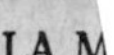

LA M

Michel Ragon, autod
publié quatorze roma
1953, aux plus récents aux
yeux d'Asie, Les Mouch *Grand Prix des*
lectrices de Elle, *Prix de* *de Bretagne, Prix Alexandre Dumas, Goncourt du récit historique),* La Louve de Mervent, Le Marin des sables, La Mémoire des vaincus, *c'est toujours la mémoire du peuple qu'il tente de restituer et à laquelle il a également consacré un livre unique dans l'édition française :* Histoire de la littérature prolétarienne de langue française.

Par ailleurs, critique et historien de l'art, de l'architecture et de l'urbanisme, il a publié une monumentale Histoire mondiale de l'architecture et de l'urbanisme modernes *et de nombreux essais dont* L'Homme et les Villes *et* L'Art pour quoi faire? *Ses travaux d'érudition l'ont amené, la cinquantaine venue, à soutenir une thèse de doctorat d'Etat à la Sorbonne et à devenir professeur de l'enseignement supérieur.*

Qui est Fred Barthélemy, dont Michel Ragon nous fait une biographie si passionnante? Qui est Flora, la petite fille de ses amours enfantines, devenue marchand de tableaux célèbre et richissime? *La Mémoire des vaincus* mêle personnages réels et personnages inventés en une vaste fresque où l'histoire, le mythe, le romanesque et l'autobiographie se conjuguent.

Dans le cours du roman, communisme, anarchisme, fascisme apparaissent dans leur complexité, dans leurs luttes féroces, par le biais de personnages historiques dont Michel Ragon nous fait d'étonnants portraits; mais aussi d'hommes et de femmes moins connus, les obscurs, les éternels vaincus par un pouvoir omnipotent, sans cesse attaqué et sans cesse renaissant. Il n'empêche que ces vaincus, qu'ils se nomment Makhno, Durruti ou Lecoin, ne s'avouent jamais battus et qu'à l'heure où le totalitarisme marxiste fait naufrage, leur increvable esprit de liberté ressuscite.

Jamais une telle fresque du mouvement libertaire – du terrorisme de la bande à Bonnot jusqu'à Mai 68, en passant par Cronstadt et la guerre civile espagnole – n'avait été aussi puissamment évoquée par un romancier. La malédiction du pouvoir, les aberrations des intellectuels progressistes que Lénine appelait « les idiots utiles », les mirages de l'utopie, la violence et la dérision : Michel Ragon, le romancier de la

(Suite au verso.)

Vendée, nous donne dans *La Mémoire des vaincus* l'histoire de ces autres irréductibles que furent les anarchistes et les libertaires.
Si, par sa documentation exceptionnelle, ce roman véhicule la mémoire politique du siècle, par son entrain, ses rebondissements, ses coups de théâtre, son souffle qui firent le grand succès des *Mouchoirs rouges de Cholet,* il s'apparente aux grandes œuvres romanesques de notre temps.

Paru dans le Livre de Poche :

L'ACCENT DE MA MÈRE.
LES MOUCHOIRS ROUGES DE CHOLET.
LA LOUVE DE MERVENT.
LE MARIN DES SABLES.
MA SŒUR AUX YEUX D'ASIE.

MICHEL RAGON

La Mémoire des vaincus

ROMAN

ALBIN MICHEL

à Jean Malaurie

« L'idéal, c'est quand on peut mourir pour ses idées, la politique, c'est quand on peut en vivre. »

Charles PÉGUY

Prologue

La vie est un curieux parcours, plein d'embûches et de découvertes, de surprises et de déconvenues. On vient, on va. On rencontre des gens, que l'on oublie, qui disparaissent. D'autres qui s'insinuent, qui ne vous lâchent plus, qui s'accrochent à vous comme des tiques et dont on sait bien que l'on ne pourra s'en débarrasser qu'en disparaissant soi-même, à tout jamais, sans espoir de retour. Ils sont si pesants parfois, que l'on a envie de devancer l'heure. Pourquoi ceux-là et pas ceux-ci, égarés en chemin et dont le souvenir vous obsède. Certains sont morts, du moins on le dit, mais ils ne sont pas morts pour vous. Des prétendus morts nous accompagnent, vivent avec nous, en nous, plus que tant de vivants que l'on côtoie chaque jour avec indifférence. Parfois, on enterre un peu vite ceux que l'on a perdus de vue et dont l'âge avancé nous fait croire à leur effacement définitif. Et il arrive qu'ils ressortent de l'ombre, comme des fantômes, et reprennent leur place, dans notre existence, une place qu'ils n'auraient jamais dû quitter.

C'est le cas de l'homme dont je vais vous raconter la vie.

Sans lui, je ne serais pas ce que je suis. Lorsque je le rencontrai pour la première fois j'avais vingt-trois ans. Il en comptait quarante-huit. Quarante-huit ans, ce n'est pas bien vieux, mais lui était déjà très vieux. Je veux dire qu'il avait vécu de telles aventures, croisé tant de gens illustres, légendaires, joué lui-même un tel rôle dans l'Histoire, qu'il semblait hors du temps. Le temps, les temps nouveaux de l'après-guerre, d'ailleurs le rejetaient. Emprisonné de 1939 à 1945 et n'ayant, de ce fait, participé ni aux conflits de la Résistance et de la Collaboration, ni à la ruée sur les pouvoirs vacants à la Libération, il apparaissait alors tout à fait anachronique. Le seul gagne-pain qu'il avait pu trouver accentuait sa désuétude. Il tenait un étal de bouquiniste en bord de Seine, quai de la Tournelle, non loin de ce qui s'appelait encore la Halle aux Vins.

Le voir ainsi, accoté au parapet, près de ses boîtes à livres, sa haute taille un peu cassée, l'air toujours ironique, ne me surprenait pas outre mesure. J'avais commencé par être son client, un client qui ignorait à quel singulier bouquiniste il s'adressait, un client qui passait plus de temps à feuilleter les livres sous l'auvent des couvercles de zinc qu'à les acheter. Les boîtes de celui qui allait devenir pour moi plus qu'un ami, un père spirituel dont l'influence me marquerait à jamais, ne ressemblaient pas aux autres. Elles ne contenaient ni publications érotiques sous cellophane, ni romans policiers, n'étaient pas encombrées de pseudo-gravures anciennes, ni d'enveloppes de collections de timbres, mais débordaient d'une abondance de brochures, de revues et même de journaux jaunis qui constituaient une extraordinaire collection pour l'amateur d'histoire syndicale, politique et sociale de la première moitié du siècle. Les livres de ce singulier libraire, eux aussi fort rares, certains même dédicacés, n'en coûtaient pas plus cher pour cela, car les amateurs d'autographes ne recherchaient pas encore les signatures de Gide, de Malraux, d'Alain, de Giono. Mais moi, elles me fascinaient et c'est sans doute ces longs moments passés à rêver sur d'aussi illustres paraphes, et plus encore ma propension à acquérir des brochures politiques invendables, qui attirèrent l'attention du bouquiniste sur son jeune habitué. Me voyant compter mes sous, il me faisait des prix. Un jour il me dit, de cette voix gouailleuse, parigote, un tantinet bourrue, que je retrouverai inchangée dans son extrême vieillesse :

— Tu m'en bouches un coin, mon gars, à ton âge, de t'intéresser à toute cette drouille. Je te regarde, comme ça, depuis des mois, et tu ne fléchis pas. Qu'est-ce qui peut bien t'attirer là-dedans ? Vraiment, tu m'intrigues ! D'où viens-tu ? Qu'attends-tu de la vie ?

Je bafouillai je ne sais quoi. Il m'en demandait trop.

Il haussa les épaules, parut agacé et me dit d'un ton peu aimable :

— Ce que je t'en dis, c'est pour ton bien. Tu ne devrais pas t'attarder à toutes ces vieilleries. Ça ne te mènera nulle part. Si je les ai ressorties, c'est qu'elles font l'affaire de quelques copains qui veulent bien se souvenir de moi.

Puis, se radoucissant :

— Il faut que je gagne ma croûte. Enfin, pourquoi dire il faut. Personne ne m'oblige. J'ai échoué là, comme ces vieux rafiots qui ne ressortent plus de la vase du port. Je liquide mon fonds. Après, on verra.

Sa mauvaise humeur revint :

— Allez, déguerpis. Ce n'est pas pour toi. Tu ferais mieux de t'intéresser aux filles. Je ne veux plus te voir. Tu m'agaces. Allez, fous le camp.

Des mois passèrent sans que je revienne quai de la Tournelle. Le bouquiniste m'avait moins effrayé que vexé. Je l'évitais. En passant sur l'autre trottoir, du côté des immeubles, je le voyais le plus souvent entouré d'hommes de son âge, ou plus vieux. Ils tenaient de longs conciliabules. Certains étaient bizarrement accoutrés, avec des pèlerines, des foulards extravagants, des bonnets de laine tricotés. Il m'apparut alors que ces hommes qui entouraient mon grand escogriffe bourru, sortaient aussi d'un autre temps. Cette similitude entre les familiers du bouquiniste et la marchandise désuète de ses boîtes, me fit mieux comprendre l'anomalie de mon intrusion dans un âge qui n'était pas le mien. Mais j'avais bien le droit de me passionner pour l'histoire politique du début du siècle. Cette conviction me donna le courage de refouiller dans des boîtes qui, après tout, n'appartenaient pas à un club privé. J'en ressortis triomphalement l'*Histoire de la Commune de 1871*, par Lissagaray, dans l'édition Dentu, datée 1897. Et, ne voulant pas être en reste avec l'agressivité du bouquiniste, je lui demandai d'un air revêche :

— C'est combien, ce bouquin-là ? Vous me ferez bien un prix, je suis un vieux client.

Il feignit de ne pas me reconnaître, prit le livre dans ses mains maigres, le feuilleta, hocha la tête d'un air très triste :

— Lissagaray... C'est un ouvrage qui n'a pas de prix. Bon, puisque tu as le culot de revenir, je te le donne. Non, ne discute pas, c'est un cadeau. Un cadeau sans prix ! Tu es anar ? Fallait le dire.

— Anar ?

Je débarquais de ma province où mon éducation se fit plutôt dans le giron de l'Église catholique, apostolique et romaine. Mais depuis que je commençais à réfléchir, mon attirance allait surtout aux hérétiques, aux réprouvés de tout acabit, aux marginaux, aux hors-la-loi, aux irrespectueux, voire aux anormaux et aux fous. Anar ? Que voulait-il dire ? Je connaissais plus l'histoire du socialisme, des socialismes, et de tous leurs avatars, que celle de l'anarchie.

Voyant mon embarras, le bouquiniste reprit :

— Non, bien sûr, tu n'es pas anar. Ce n'est plus la mode. Ça ne l'a d'ailleurs jamais été. Tu n'es pas coco, tout de même ? Sinon, que chercherais-tu dans mes boîtes ? Ou alors, c'est que tu serais maso.

— Pourquoi voulez-vous que je sois embrigadé dans quelque chose ? dis-je avec brusquerie. Je m'intéresse à la politique, pas aux partis politiques.

— Qu'est-ce que tu fais, dans la vie ?

— Je fais ce que je peux. Et je m'en fiche. Actuellement je suis manœuvre dans une usine. J'ai toujours été manœuvre, ajoutai-je dans une sorte de défi, manœuvre, manutentionnaire, débardeur. Je suis petit, mais je suis costaud. Et travailler avec mes muscles me laisse le cerveau vacant. Je peux lire, étudier.

— Tu lis beaucoup ?

— J'ai tout lu.

— Allons, ne te vante pas.

— Si, j'ai lu tous les petits classiques Larousse, par ordre alphabétique. Comme ça, j'étais sûr de ne pas en oublier.

Le bouquiniste passa ses mains dans sa chevelure grise, geste qui lui était familier, presque un tic. Il me regarda d'un autre air où je devinai à la fois de l'étonnement et de l'affection. Il eut envie de me dire quelque chose, mais se contenta de me prendre l'épaule, de sa main osseuse, et de la serrer à me faire mal.

— Reviens quand tu veux. Farfouille. Cherche, mon gars. Peut-être finiras-tu par trouver.

C'est ainsi que commencèrent mes relations avec celui dont j'ambitionne aujourd'hui, quarante ans après, de devenir le biographe. Je m'aperçus vite que le même nom se répétait à la fois sur les pages de garde de tous les livres dédicacés qui se trouvaient dans ses boîtes, et sur les couvertures de nombreuses brochures que j'achetais. Ce nom était bien sûr le sien. Il bradait sa bibliothèque, son seul avoir.

Jeune, il nous semble que tout nous est dû. On ne s'étonne de rien. Aussi la manière dont cet inconnu, illustre entre les deux guerres mondiales, et encore entouré d'un grand nombre de fidèles qui faisaient le pied de grue devant ses boîtes, entreprit peu à peu de m'éduquer, m'invita chez lui, à sa table, me présenta ses enfants qui devinrent des copains, m'introduisit chez ses amis, eut en un mot à mon égard l'attitude d'un père vigilant, sévère, possessif, me parut tout à fait naturelle et je ne lui en témoignai aucune reconnaissance.

Pire, puisque nos relations prirent un tour familial, arriva fatalement le jour où je n'eus de cesse de me dégager de ce père encombrant. Dix ans après notre rencontre, notre amitié buta sur la guerre d'Algérie. Il avait adopté une attitude sans ambiguïté contre l'insurrection algérienne, considérant tout nationalisme comme pernicieux ; celui du F.L.N. ne pouvait échapper à ce qu'il appelait la vérole du pouvoir. Guerre anticoloniale soit (il avait toujours été anticolonialiste et avait même subi de la prison pour cela) mais pas pour chasser un pouvoir et le remplacer par un autre, qui peut-être serait pire. Je ne le suivais pas. Je croyais, comme toujours lorsque l'on est jeune, puisqu'il était vieux, que ses idées dataient, que les circonstances d'alors différaient de celles dont il avait fait la cruelle expérience. Je me laissais emporter par un courant très fort, et généreux, mais pas moins stupide que celui qui l'entraîna, lui, de l'illégalisme au début du siècle, au totalitarisme étatique. Me voir recommencer ses erreurs, le mettait justement en rage.

— A quoi cela aura-t-il servi, s'écriait-il, tant de misères, tant de suppliciés, tant de victimes qui me crient encore aux oreilles, si toi, à qui j'ai tout dit, à qui j'ai tout montré, retombes dans le même merdier. A quoi ça sert d'avoir vécu tout ça. Merde, c'est trop con. Y a de quoi se flinguer !

Je le comprends bien aujourd'hui, la guerre d'Algérie ne fut qu'un prétexte. Ces dix ans de paternité jalouse me pesaient. J'avais envie de fuir, de vivre ma propre vie. Nous ne nous sommes pas revus pendant vingt-cinq ans. Pendant onze ans, j'ignorai même tout de son existence. J'évitais le quai de la Tournelle. En 1968, il ressortit brusquement comme un diable farceur d'une boîte à malices. Il n'avait que soixante-neuf ans, mais les étudiants de la Sorbonne le brandissaient comme un totem. Je le vis apparaître un jour sur l'écran de mon téléviseur, entouré d'une faune juvénile, toujours aussi grand, un peu cassé, ses cheveux devenus entièrement blancs. Je me sentis très gêné de le trouver un peu ridicule. Lorsqu'il se leva et parla devant le micro, entamant un discours que l'on percevait mal dans le tumulte de l'amphithéâtre, j'eus la gorge serrée tellement ce spectacle était pitoyable. Puis, tout à coup, sa voix s'enfla. Il retrouva le ton du tribun qu'il avait été dans les années 30, lorsqu'il réussissait à couvrir l'organe pourtant sonore de son contradicteur Maurice Thorez. Comme on dit dans le langage médiatique, il creva soudain l'écran. Un silence invraisemblable se produisit sur les gradins. La caméra montrait la foule des étudiants médusés, qui l'écoutaient. Moi-même, j'étais bouche bée. Je ne l'avais jamais vu ainsi puisque je ne l'avais fréquenté que pendant ses années de retrait du monde politique actif. Il devait être semblable, emportant son auditoire de toute sa conviction, de toute son éloquence, lorsqu'il dénonçait devant des foules hostiles l'iniquité des procès de Moscou ; lorsque au moment de la guerre civile espagnole il s'employait à lever des volontaires pour la brigade de Durruti. Cher vieil homme, cher grand ami perdu, des larmes me venaient aux yeux. J'aurais dû tenter aussitôt d'aller le rejoindre. Mais je restais là, prostré devant ma télé, fasciné par ces images où, après son discours longuement ovationné, je le vis porté en triomphe par une bande de garçons et de filles qui, en même temps, levaient le poing et chantaient *L'Internationale.* Je m'en voulais de ne pas me trouver parmi eux. Et je leur en voulais, à eux, qui me l'enlevaient, qui se l'appropriaient, sachant bien qu'il s'agissait d'un malentendu et que, une fois de plus, il serait pris en otage.

Après cet ultime éclat, mon camarade, mon frère (car dans ses faiblesses, dans son utopie, dans sa propension à se laisser duper, il n'était plus un père, mais un autre moi-même) disparut une nouvelle fois et si complètement que je le crus mort. Personne ne parlait de lui, ni dans la presse, ni même dans les livres d'histoire où le vedettariat fait aussi la loi. Dans les années 50, son nom figurait encore dans nombre d'ouvrages et le *Petit Larousse illustré* lui accordait même une notice. Quand, dans une nouvelle édition de ce dictionnaire, sa biographie sauta, remplacée par celle d'un personnage plus actuel, je le fréquentais encore et je me souviens qu'il accueillit cette nouvelle en riant de bon cœur, comme s'il s'agissait d'une farce. Mais lorsqu'il s'aperçut que, dans ses *Mémoires,* Trotski ne le citait même pas ; lorsque, en 1948, aux obsèques de Paul Delesalle, il vit avec stupeur qu'aucune délégation ouvrière n'accompagnait celui qui avait consacré sa vie à l'émancipation des travailleurs ; lorsqu'il s'aperçut que l'autre compagnon de sa jeunesse, Pierre Monatte, tombait comme lui et Delesalle dans le plus total oubli, il repoussa les portes sur le monde et s'enferma dans une solitude hautaine. Les hommes du pouvoir, de tous les pouvoirs, qu'il ne cessa de combattre, finissaient par lui faire la peau. Ils l'avaient emprisonné, certains tentèrent de le tuer, mais il paraissait increvable comme cet esprit libertaire qu'il incarnait si bien. Faute de l'égorger, on l'escamotait. On le rayait, gommait. Il devenait ainsi, pour un homme d'action, et de quelles actions, plus mort que mort. Il assistait, vivant, à ses propres obsèques intellectuelles.

Ce qui ne voulait pas dire que les idées pour lesquelles il s'était battu mouraient avec lui. Bien au contraire, jamais elles n'avaient été aussi en vogue. Toute sa vie, en butte aux persécutions, suscitant le scandale, puni de prison, il avait prôné des choses comme le pacifisme, l'anti-stalinisme, la critique moderne du marxisme, l'avortement légal, l'amour libre, le naturisme, le nudisme, l'écologisme et, aujourd'hui, tous ces thèmes réprouvés devenaient normaux. La société les récupérait, se les appropriait, sans se soucier de ceux qui s'étaient sacrifiés pour les voir aboutir. On ne le citait jamais. Pas une ligne dans Glucksmann, dans Foucault.

On ne prête qu'aux riches, c'est-à-dire à ceux dont l'Histoire veut bien se souvenir. Les autres, les comparses, les francs-tireurs, les vaincus, n'intéressent personne.

Au début des années 80, au journal télévisé de vingt heures, comme je regardais distraitement les images d'une manifestation contre une centrale nucléaire, un peu blasé par ces assauts hebdomadaires entre contestataires et C.R.S. qui finissent par observer de telles règles que l'on croirait assister parfois à un match de foot, je vis soudain, du côté des écologistes, se former comme une procession. Cette masse d'hommes et de femmes, en cortège, scandant des slogans, portait à bout de bras une sorte de mannequin. Lorsque les premiers rangs arrivèrent en gros plan devant la caméra, je m'aperçus qu'il ne s'agissait pas d'un mannequin, mais d'un vieillard ratatiné comme une momie péruvienne. Cette foule le brandissait face aux C.R.S. indifférents, retranchés derrière la barrière de leurs boucliers. Pendant quelques secondes la caméra s'attarda sur le visage du vieillard et je reconnus celui que j'avais perdu depuis tant d'années. Il paraissait beaucoup moins grand, menu, le visage osseux, la mâchoire tassée sans doute par l'absence de dents (une bouche comme celle du *Voltaire* de Houdon). Mais ses yeux noirs restaient étonnamment vifs. C'est par ces yeux que je l'identifiai en un instant, des yeux qui regardaient le téléspectateur avec un mépris, une violence, une passion, insoutenables. Bien sûr ce regard, happé par la caméra, s'adressait aux « forces de l'ordre ». Les forces de l'ordre ! Ces mots : force et ordre, représentaient tout ce qu'il haïssait le plus. J'avais l'impression que les manifestants se servaient du vieil anar comme d'une bombe et qu'ils allaient le jeter sur le bloc compact des flics caparaçonnés, que le grand ami de ma jeunesse allait finir sa vie en beauté, en éclats (c'est le cas de le dire !) en foudroyant la maréchaussée, et la centrale nucléaire et les récepteurs de télévision. Mais le journal télévisé passa à autre chose, un défilé de mode chez Cardin, je crois.

Cette fois, c'en était trop. Nous n'allions pas pouvoir continuer à jouer pendant longtemps une partie de cache-cache, étant donné son âge et le mien. Je n'eus pas trop de mal à retrouver sa trace par la voie des écologistes. Il habitait seul dans un petit logement d'H.L.M. du Kremlin-Bicêtre. Finir sa vie au Kremlin, comme son vieil ennemi Staline, quel programme ! Mais le Kremlin de Staline n'était autre que le palais des tsars, alors que celui de mon cher vieillard appartenait à la banlieue ouvrière.

J'appréhendais beaucoup ces retrouvailles. Allait-il me ficher dehors, m'assommer de réprimandes ? En fait, si je n'étais pas revenu plus tôt vers lui c'est parce que je redoutais cet affrontement. Se souvenait-il même de moi ?

L'immeuble était tout à fait délabré : boîtes aux lettres fracturées encombrées d'un amas de prospectus, graffitis sur les murs poussiéreux des couloirs, escalier obscur faute de lampes électriques brisées ou dérobées. Puisqu'il était octogénaire et que l'immeuble ne possédait pas d'ascenseur, on lui avait évidemment attribué le logement le plus haut, au quatrième étage. Lorsque je frappai à la porte, mon cœur battait très vite, non pas tant par le fait d'avoir gravi cet escalier hâtivement, que par appréhension. On ne revient pas sans risque sur les terres de sa jeunesse. La porte s'ouvrit. Moins grand qu'autrefois, il me dominait quand même d'une tête. Sa maigreur s'était par contre très accentuée et l'absence de dents (et de dentier) lui déformait tout le bas du visage. Il me regarda avec une évidente surprise, me reconnut et me serra dans ses bras. Geste si inattendu que je l'embrassai. Jamais, jadis, nous ne nous laissions aller à de telles effusions qui nous eussent paru grotesques. D'ailleurs mon vieil ami se reprit très vite, m'entraînant vers une pièce si encombrée de livres que l'on s'y frayait difficilement un passage :

— Alors, te voilà ! C'est pour me dire au revoir ? Au revoir et merci. Tu arrives à point, je m'apprêtais à m'en aller.

— Où vas-tu ?

— Où je vais ? Mais dans le néant, mon vieux, où veux-tu que j'aille ? Voilà trente ans que l'on m'y pousse et je me cramponne comme un con au bord de la tombe. J'ai peur de glisser. S'ils ne me poussaient pas, sans doute que je me serais jeté au trou moi-même, depuis longtemps, avec soulagement ; mais comme ils me poussent, tu me connais, je résiste. Histoire de les emmerder.

Le tu et le vous. Lorsque j'avais vingt ans, il me tutoyait et je le vouvoyais. On ne tutoyait pas les vieux, lorsque l'on était jeune, en ce temps-là. Mais entre un sexagénaire et un octogénaire, employer une différence de conjugaison eût été ridicule. J'adoptai d'emblée le tutoiement et cela lui parut naturel. Les jeunes écolos le tutoyaient certainement.

— Eh bien, dis-je, tu n'as pas liquidé tous tes livres dans les boîtes des quais. Ça croule de papier imprimé, ici.

— Je ne sais pas où les foutre. Un jour, le plancher va craquer. Non, c'est vrai, il n'y a pas de plancher. Seulement une dalle de béton. Du solide. Heureusement. Figure-toi que tous mes copains clamsent les uns après les autres et qu'ils me lèguent leur bibliothèque. Comme si j'étais la mémoire du monde. Enfin, de notre petit monde.

« Comme si j'étais la mémoire du monde ! » Cette phrase me donna d'emblée l'idée de ce livre. Mon vieil ami retrouvé gardait en lui une mémoire qui allait se perdre. Non seulement sa propre mémoire, mais celle de ses compagnons de lutte, celle de toute une histoire marginale, parfois secrète. En racontant sa vie, c'est presque un siècle de pensées et d'actions maudites que l'on pouvait tirer à tout jamais de l'oubli. Je n'osai lui parler de ce projet lors de notre première rencontre, mais plus j'y pensais, plus ce livre me paraissait indispensable.

Chaque semaine, je retournai au Kremlin-Bicêtre. Mon vieil ami m'attendait. Il conservait, dans son extrême vieillesse, son côté bourru, goguenard, mais il ne cachait plus une tendresse que, jadis, cette rudesse masquait. Je m'inquiétais de ses ressources, de ce qu'il mangeait, mais il repoussait ces considérations terre à terre, m'assurant qu'il ne manquait de rien, que l'on s'occupait de lui et qu'il n'avalait que de la bouillie, n'ayant plus de dents. Il préférait me parler de la masse des documents recueillis, qu'il classait soigneusement dans de grandes enveloppes confectionnées avec de vieux journaux. Un jour, je cassai le morceau :

— Que vas-tu faire de tout ce dépôt ? Ce n'est pas seulement le tien, mais celui de tes camarades. Restitue tout cela à ceux qui viendront après nous. Il faut qu'ils sachent que l'histoire enseignée dans les écoles, à l'université, n'est pas toute l'histoire de notre temps. Tu devrais écrire ta vie.

— Des fariboles ! Ça n'intéresserait personne. Je ne suis pas une vedette de cinéma. Je ne suis rien, rien du tout. Tu le sais bien, je n'existe plus. Et tous ces documents, que je range soigneusement, parce qu'il faut bien se désengourdir les doigts, et le cerveau, tous ces documents parlent de gens que personne ne connaît plus. L'histoire a été accaparée par des acteurs qui sont des imposteurs et elle est écrite par d'autres imposteurs. On n'y peut rien.

— Écoute-moi, je connais beaucoup de choses de ta vie. Je n'ai rien oublié de ce que tu m'as jadis raconté, de ce que m'ont dit Delesalle, Monatte, Lecoin. J'ai amassé beaucoup de copie, moi aussi. Si tu veux, rédigeons le livre ensemble. Mais c'est toi qui le signeras.

— Ah ça non, jamais de la vie ! Toutes les autobiographies sont fausses. On est toujours trop complaisant avec soi-même.

— Alors laisse-moi écrire ta biographie. Je t'interrogerai. Tu m'aideras.

— Un biographe, maintenant, il ne me manquait plus que ça. Si j'avais su que je risquais d'hériter d'un biographe, j'aurais renoncé à avoir une vie.

— Mais tu as une vie. Et quelle vie !

— Fiche-moi la paix, avec tes conneries.

Peu à peu, une très grande intimité revint entre nous. Notre familiarité se fortifia par la présence, parfois, de ses enfants. Tous approuvaient mon projet et l'aîné, Germinal, s'offrit de mettre à ma disposition ses souvenirs sur la guerre civile espagnole. Mon idée prenait corps. Mariette et Louis, les deux enfants de sa première femme, me poussaient eux aussi à ne pas abandonner. Que dis-je, « sa première femme » ? Et Flora, alors, l'unique, l'inoubliable ! Et Galina, la Russe ! Sa première femme légale, disons, si l'on peut parler de légalité pour quelqu'un qui se targua toujours d'illégalisme. Allons, si je commence déjà à m'embrouiller avec ses femmes et ses enfants, qu'en sera-t-il lorsque j'aborderai les événements ? Oui, les événements. Tant d'événements et tant de femmes et quelques enfants ! Ne pas perdre tout ça. Ne rien perdre. Les livres meurent aussi, mais ils durent plus longtemps que les hommes. On se les passe de main en main. Comme la flamme des jeux Olympiques portée de relais en relais par les coureurs. Mon ami, mon père, mon grand aîné, tu n'as pas glissé entièrement dans le néant puisque ce livre de ta vie existe. Bien que personne ne saura qu'il s'agit de toi

Puisque tu n'as accepté de m'aider à rédiger cette biographie qu'à la seule condition que ton vrai nom n'apparaisse nulle part. Tu voulais bien m'aider à sauver une mémoire, mais pas un nom. La mémoire, disais-tu, appartient au peuple, le nom n'est qu'un simulacre. Le nom n'est qu'un titre de propriété dérisoire. Maintenant que tes cendres sont enfermées dans le columbarium du Père-Lachaise, non loin de celles de quelques-uns de tes plus proches amis, je peux donc publier la biographie de celui que j'appelle Fred Barthélemy.

1

La petite fille dans la charrette aux poissons
(1899-1917)

« Mais moi je suis un pauvre bougre ! Pour nous autres, c'est malheur dans ce monde et dans l'autre, et sûr, quand nous arriverons au ciel, c'est nous qui devrons faire marcher le tonnerre. »

Georg BÜCHNER, *Woyzeck.*

Tous les matins, le froid réveillait l'enfant à l'aube. Bien avant que ne s'éteignent les réverbères, dans la pâle lumière grise, il s'ébrouait en quittant l'encoignure où il avait dormi, toujours au même endroit, dans une ruelle qui longeait l'église Saint-Eustache. Il s'étirait comme un chat, se secouait les puces, et comme un chat partait à la recherche de quelque nourriture, au pif, à l'odeur. Les Halles se réveillant en même temps que lui, il ne tardait pas à découvrir quelque chose de chaud. Les marchandes de volailles n'ouvraient pas leurs étals avant d'avoir discuté autour d'un bol de bouillon. L'enfant recevait sa part. Puis il s'éloignait en sautillant, jouant à cloche-pied entre les baladeuses chargées d'un amas de victuailles. Tous les vendredis, il remontait la rue des Petits-Carreaux, allant à la rencontre des charrettes de poissonniers qui arrivaient de Dieppe. Il aimait cette odeur d'algues et d'écailles qui déferlait vers le centre de Paris. La mer, cette mer qu'il n'avait jamais vue et qu'il imaginait comme une inondation terrible, se frayait un chemin à travers la campagne et descendait des hauteurs de Montmartre. On entendait les charrettes de très loin, dans un grondement de tonnerre. Les roues cerclées de métal faisaient sur les pavés un vacarme du diable. Auquel s'ajoutait le cliquetis des fers des chevaux. Engourdis dans les voitures par leur long voyage, les poissonniers sommeillaient, enveloppés dans leurs lourdes nouppelandes, tenant machinalement les guides. Les chevaux connaissaient leur chemin. Lorsque les premiers attelages arrivaient sous les pavillons de fer, il se produisait alors un embouteillage et le crissement des freins remontait en un grincement aigu jusqu'au faubourg Poissonnière. Les charretiers se réveillaient brusquement, s'invectivaient, se dressaient sur leur siège. Il fallait attendre que les premiers déchargent leurs marchandises. Les chevaux piaffaient, tapaient du pied. La plupart des hommes descendaient de voiture et allaient boire un petit verre de goutte dans les bistrots qui ouvraient leurs volets.

Ce vendredi-là, à l'arrière d'une des charrettes se tenait assise une petite fille. Ses jambes et ses pieds nus se balançaient et le garçon ne remarquait plus que cette peau blanche. Il s'approcha. La petite fille, la tête penchée, le visage caché par ses cheveux blonds embroussaillés qui lui retombaient sur les yeux, ne le voyait pas. Lui, de toute manière, ne regardait que ces jambes dodues, qui se balançaient. Lorsqu'il fut tout près, il entendit que la petite fille chantonnait une comptine. Il avança la main, toucha l'un des mollets.

— Bas les pattes ! A-t-on idée !

Alors il aperçut son visage, une figure chiffonnée, avec des yeux bleus. Il savait que la mer était bleue. La petite fille venait de la mer. Elle sentait d'ailleurs très fort le poisson, ou bien cela venait de la charrette. Pour en avoir le cœur net il mit le nez sur l'une des jambes blanches.

Elle se débattit.

— Veux-tu pas renifler comme ça. D'abord, d'où sors-tu ?

Il montra le bas de la rue, d'un air vague.

— On est arrivés, dit la petite fille. C'est pas trop tôt.

Elle sauta de la charrette. Le garçon était beaucoup plus grand qu'elle.

— Moi j'ai douze ans, dit-il, et toi ?

— Onze.

— Tu es bien petite.

— C'est toi qui es grand. Quel échalas ! On dirait un hareng saur.

La file de véhicules s'immobilisait. Hommes et femmes de la marée, tous étaient descendus dans les bistrots où on les entendait discuter bruyamment. La petite fille s'assura que personne ne restait dans sa carriole, revint vers le garçon qui demeurait planté là, à la regarder, lui prit la main et l'entraîna, en courant très vite.

— J'en ai marre de ces péquenots, dit-elle lorsqu'ils s'arrêtèrent près de la rue de Richelieu. On va faire la vie tous les deux. Tu t'appelles comment ?

— Fred.

— Moi, c'est Flora. Tu crèches chez tes père et mère ?

— Non. Je me débrouille dans la rue. Mes vieux sont morts et enterrés.

— T'as de la chance. Les miens vont me courir après, si t'es pas assez malin pour me cacher. Me font trimer comme une bête. J'en ai ma claque. Fais gaffe, ils sont méchants. Si jamais ils voient que tu m'as enlevée, qu'est-ce que tu vas dérouiller !

— Mais je ne t'ai pas enlevée !

— Si, tu m'as reniflé les jambes.

— C'était pour voir si tu sentais le poisson.

— Ça commence comme ça, et après on fait la vie.

Ils bifurquèrent dans les jardins du Palais-Royal. Flora s'émerveilla devant les jets d'eau des bassins.

— La mer, c'est comment ? demanda Fred.

— Dégueulasse. Ça bouge tout le temps. C'est de l'eau pleine de sel et d'un tas de saloperies. C'est froid, c'est méchant, ça coule les bateaux des pauvres pêcheurs. De temps en temps, ça ouvre une gueule énorme et ça se met à mordre les remblais. On dirait qu'elle va avaler les maisons, sur le quai. Elle cogne, elle hurle. J'espère bien ne plus jamais voir cette mauvaiseté.

— Ici aussi, dit Fred, dans les villes la mer remonte parfois de partout et s'étale. L'an dernier, Paris a bien failli se noyer et tous les Parigots avec. La mer vient de très loin, rentre dans les caves, déborde. Les rats courent dans les rues, comme des fous, suivis par cette montée des eaux qui leur colle aux fesses. Les rues disparaissent. Il n'y a plus que des rivières. On construit des ponts de planches. On entend de temps en temps comme des coups de canon ; les fenêtres des rez-de-chaussée explosent. L'eau déferle dans les maisons, soulève les plaques de fonte des égouts. Paris sent la boue, le cimetière, la brume. Tous les bas quartiers s'effacent. Puis la flotte finit par s'étaler, avec seulement un bruit de clapotis. On dirait qu'elle est contente, l'eau, d'avoir fait un tel bordel. C'est comme ça que je vois la mer. On m'a raconté autrefois des histoires où l'on disait qu'au fond de l'Océan se trouvent des villes englouties et qu'on entend même sonner les cloches des églises.

— Mais non, c'est pas ça du tout. La mer, je te dis, c'est une belle saloperie.

Ils s'étaient assis dans des chaises de fer, près du grand bassin. De nouveau, Flora, vêtue d'une robe courte, en vieux lainage marron, balançait ses jambes nues.

— Y a pas à dire, ce que tu peux sentir le poisson, c'est pas Dieu possible. Les chats ne te courent pas après ?

Flora haussa ses épaules menues. Elle se mordait les doigts.

C'est à ce moment qu'arriva sur eux, soufflant comme un bouledogue, un gardien en uniforme. Ils n'eurent que le temps de sauter des chaises pour éviter les gifles.

— Dehors, guenilleux, vermine !

Ils coururent vers la Comédie-Française, en se tenant par la main. Arrivés rue de Rivoli, leurs défroques détonnèrent dans ce quartier chic. Fred, coiffé d'une casquette, portait un vieux costume gris. Ses godillots achevaient de lui donner un air d'apprenti en vadrouille. Très grand, d'apparence plus vieux que son âge, il aurait pu passer inaperçu dans les beaux quartiers. Mais Flora, avec sa robe trop courte, ses jambes et surtout ses pieds nus, ressemblait à l'une des Deux Orphelines. A tel point qu'une dame cossue crut de son devoir de lui faire l'aumône.

— Qu'est-ce qu'elle t'a refilé ?

Flora montra la piécette, dans le creux de sa main.

— Chouette, on va se payer des petits pains.

Depuis les grandes inondations de Paris, en 1910, Fred vivait dans la rue. Son père, terrassier dans les tranchées du métro, était mort de tuberculose peu de temps auparavant et la mère suivit, emportée par la contagion. L'enfant fut recueilli par des cousins qui supportaient mal cette charge. Fred profita de l'affolement consécutif à la montée des eaux pour déguerpir. Comme ses parents adoptifs ne cessaient de redouter qu'il « parte aussi de la poitrine » et que « ce qu'il lui faudrait c'est le grand air », il n'avait plus jamais dormi sous un toit depuis sa fugue. Dans le quartier des Halles, les vagabonds de son acabit abondaient. De tous les âges. De tous les genres. Du clodo traditionnel à l'artiste bohème, de la putain de dernière classe à la Folle de Chaillot. Autour des pavillons de Baltard grouillait une faune nocturne qui se nourrissait des déchets du grand marché de gros. Chacun s'appropriait une zone, dormait dans un coin. Chacun défendait vigoureusement son territoire. Mais qui observait scrupuleusement les règles tacites de la cloche n'avait pas d'ennuis. L'enfant apprit, dans ce cloaque, toutes les techniques de la survie. Il apprit à ne dormir que d'un œil, l'esprit en alerte, toujours sur le qui-vive. Il apprit à se sustenter de peu, à ne boire que lorsque l'occasion se présentait. Il apprit à esquiver les coups. Il apprit la méfiance, la ruse. Toutes choses qui devaient plus tard, dans maintes situations difficiles, lui permettre d'éviter les chausses-trappes.

Toute la journée, Fred et Flora s'amusèrent à galoper dans les rues. Mais lorsque vint le soir, Fred se trouva désemparé. Flora refusait évidemment de s'approcher du quartier des Halles, où l'on risquait de la reconnaître. Or, sorti des Halles, Fred se sentait perdu. Il avait l'impression que, depuis l'aube, il avait parcouru des lieux fantastiques, mais il ne lui serait jamais venu à l'idée qu'il puisse ne pas retrouver pour la nuit sa ruelle de Saint-Eustache. Il lui paraissait de même impensable d'abandonner Flora. Ce dilemme les conduisit à contourner le centre de la ville jusqu'aux faubourgs populaires de l'Est, où ils furent tout étonnés d'arriver soudain dans une sorte de campagne. Des petites maisons entourées de jardins, des hangars, des ateliers d'artisans. La nuit les surprit dans cet environnement qui leur sembla hostile. Ils avaient faim. Fred n'osait se l'avouer, mais il appréhendait de s'être perdu.

— Alors, les amoureux, on musarde ?

Fred et Flora s'apprêtaient à fuir en entendant cette voix qui sortait de l'ombre. Mais lorsqu'ils discernèrent la silhouette de la personne qui les interpellait, ils se rassurèrent. Il s'agissait d'une toute jeune femme, qui pouvait avoir seize ans, vêtue d'un sarrau noir d'écolière. Ses cheveux courts, séparés par une raie en deux bandeaux, son col marin bien blanc qui éclairait la blouse, sa frimousse espiègle, inspirèrent aussitôt confiance aux deux enfants.

— Je ne vous ai jamais vus dans le quartier. Où donc restez-vous ?

Et comme les deux enfants ne savaient que répondre, elle eut un geste, pour s'excuser :

— Vous direz que je suis bien curieuse et que ça ne me regarde pas. Vous aurez bien raison. Je disais ça comme ça, pour parler. Histoire de vous dire bonjour, quoi ! Allez, bonne nuit.

— Ne partez pas, dit Fred. Je crois bien qu'on s'est égarés. C'est la campagne, ici, ou quoi ?

— C'est Belleville. Une pas très belle ville. Une pas très belle campagne. Belleville, c'est nulle part. C'est pourquoi on y est bien. Mais, je suis bête, peut-être avez-vous faim ?

— Oui, dit Flora.

— Alors, venez.

La jeune femme ouvrit un portail de fer, les fit passer dans le jardinet et ils montèrent, par un escalier de bois, dans un petit logement où un homme, debout devant une table, lisait attentivement de grandes feuilles de papier journal. Lui aussi paraissait très jeune, vingt ans tout au plus. Il était vêtu d'une curieuse blouse en flanelle blanche, bordée de soie mauve. Ses yeux noirs examinèrent les deux enfants.

— C'est Victor, dit la jeune femme. Moi je m'appelle Rirette.

— Moi je suis Fred, elle c'est Flora.

— Eh bien, Fred, eh bien, Flora, vous aurez un peu de pain et de fromage. Victor et moi nous ne vous interrogerons sur rien. Si vous ne savez pas où dormir, il y a une cabane au fond du jardin. Si notre tête ne vous revient pas, le portail ne ferme jamais à clef.

La destinée des êtres tient à peu de chose. Ou plutôt, il se produit parfois un enchaînement de circonstances qui vous amène à votre heure de vérité. Ainsi des jambes blanches de Flora, balancées au bord de la charrette, de la fascination qu'elles exercèrent sur Fred, de la fugue de la petite fille qui s'ensuivit, de leur impossibilité de retourner aux Halles et de la rencontre impromptue qu'ils firent à

Belleville de Rirette Maîtrejean et de Victor Kibaltchich. A partir de là commencent vraiment les aventures d'Alfred Barthélemy.

Fred et Flora ne restèrent évidemment pas sagement dans la cabane du fond du jardin à attendre que leur destin s'accomplisse. Ils redescendaient chaque jour vers le cœur de la ville, s'amusant à des riens, chapardant juste le nécessaire aux étalages, s'ingéniant à faire des farces aux bourgeois, tirant la langue aux sergents de ville. Fred regrettait les Halles, mais il ne regrettait pas de les avoir échangées contre Flora.

Lorsque passaient quelques jours, sans qu'ils revoient Rirette et Victor, ceux-ci leur manquaient ; et ils revenaient dans le petit logement de Belleville avec une sorte de gourmandise. L'amour que se témoignaient ces deux êtres jeunes les fascinait. Il avait comme une odeur de tendre sensualité, quelque chose qui ressemblait au sentiment que Fred et Flora se portaient, mais plus mûr, plus chaud, plus épanoui. Avant de rencontrer ce couple, Fred et Flora ignoraient que puisse exister le bonheur.

Beaucoup d'hommes rendaient visite à Victor et Rirette, le plus souvent le soir, voire la nuit. Certains inquiétaient les enfants avec leur allure de conspirateur. Fred remarqua une chose étrange. Rirette et Victor se vouvoyaient lorsqu'ils étaient seuls et se tutoyaient en présence de leurs hôtes. Le tutoiement général ne surprenait pas Fred, c'est ce vouvoiement intime qui l'intriguait.

Tous ces visiteurs étaient très jeunes, même si certains, comme ce Raymond-la-Science, qui avait un visage poupin et rose, ressemblait à un bourgeois avec son chapeau melon, son lorgnon et son pardessus à martingale. Malgré sa petite taille, Raymond-la-Science faisait un peu peur aux enfants. Mais comme il ne leur adressait jamais la parole, ils finirent par s'habituer aux arrivées inopinées du binoclard, comme ils le surnommaient entre eux, en pouffant de rire. Par contre, ils aimaient beaucoup un rouquin aux yeux verts, très doux, timide, qui leur récitait ce qu'il appelait des poésies. Il les savait par cœur. Il disait :

Bonjour, c'est moi... moi, ta m'man
J' suis là, d'vant toi au cèmetière...
Louis ?
Mon petit... m'entends-tu seulement ?
T'entends-t'y ta pauv' moman d' mère ?
Ta Vieill' comm' tu disais dans l' temps.

En écoutant ça, Flora ne crânait plus. Elle se mettait à chialer, comme une môme qu'elle était. Fred la regardait alors, perplexe, ne la reconnaissant pas dans cet abandon, elle toujours si maligne et qui montrait une propension à le mener par le bout du nez. Mais le rouquin aux yeux verts continuait sa complainte qui racontait l'histoire d'une pauvre vieille, venant chercher au cimetière la tombe de son fils condamné à mort et guillotiné.

C'est pas vrai, est-c' pas ? C'est pas vrai
Tout c' qu'on a dit d' toi au procès ;
Su' les jornaux, c' qu'y avait d'écrit
Ça c'était bien sûr qu' des ment'ries...

Et à présent qu' te v'là ici
Comme un chien crevé, eune ordure,
Comme un fumier, eun' pourriture,
Avec la crèm' des criminels

Qui c'est qui malgré tout vient t' voir ?
Qui qui t'esscuse et qui t' pardonne ?
Qui c'est qu'en est la pus punie ?

C'est ta vieill', tu sais, ta fidèle,
Ta pauv' vieill' loque de vieill', vois-tu !

Fred ne pleurait pas. Il ne pleurait jamais. Mais il se sentait tout remué.

— Comment tu fais pour imaginer des choses comme ça ? demandait Fred. On dirait que c'est vrai.

— C'est pas moi, Fredy, c'est un poète. Jehan Rictus, retiens bien ce nom. Je connais toutes ses poésies par cœur. Il faut que tu apprennes des poésies, toi aussi. Tu ne vas pas continuer à vivre comme un sauvage. Regarde notre copain Raymond, il sait tout. C'est pourquoi il s'appelle Raymond-la-Science. Quand on sait tout, on peut tout. Pour Raymond, rien d'impossible. As-tu appris à lire, au moins ?

— Oui.

— Victor t'a-t-il fait lire notre journal ?

— Quel journal ?

— Comment, il ne t'a pas dit qu'on publiait un journal ? Tu ne l'as pas vu corriger de grandes feuilles de papier ?

— Ah, les journaux, moi je m'en balance.

— Nous aussi. Les journaux mentent. Pas le nôtre. Il s'intitule *L'Anarchie.* C'est Rirette et Victor qui s'occupent des articles. Moi je suis le typo et, dans la cave, Octave tourne la presse à bras qui imprime.

Octave Garnier ? Oui, Fred le connaissait. Le plus costaud parmi les visiteurs nocturnes, le plus sinistre aussi. Pas étonnant qu'on l'ait planqué dans la cave.

— Et Raymond-la-Science, lui, qu'est-ce qu'il fait, dans tout ça ? demanda Fred.

— Raymond ! C'est le caissier. Il se débrouille pour trouver de l'argent. Parce que, tu sais, il en faut de l'argent. L'argent, ça ne manque pas. Savoir le récupérer sans se faire piquer, ça c'est de la science !

— J'aime pas La Science, dit Fred, c'est un bourgeois et il ne nous cause pas.

Le rouquin aux yeux verts gloussa de rire :

— Raymond, un bourgeois ! S'il t'entendait ! C'est vrai qu'il ressemble à un bourgeois. Mais faut ça pour donner confiance à ceux qui détiennent le pognon.

Le lendemain, le rouquin qui s'appelait Valet (Valet sans prénom) conduisit Fred et Flora au centre de Paris, dans le quartier de l'Odéon. Valet pensait emmener Fred seul, mais celui-ci refusa de se séparer de Flora. Valet s'en agaça :

— Mais enfin, tu la reverras ce soir, ta copine. Je ne sais pas comment tu t'en accommodes, elle ne sent pas bon. Elle va empester la boutique que je veux te faire connaître.

— C'est pas vrai, dit Fred, vexé. Elle ne pue pas, elle sent le poisson.

— Le poisson ?

— Ben oui, elle est venue à Paris dans une charrette de poissons. Ça lui colle à la peau, cette odeur. C'est aussi l'odeur de la mer, non ?

— Bon, comme tu voudras. Seulement si tu commences, aussi jeune, à t'attacher au cotillon des filles, tu n'as pas fini d'en baver, mon pauvre Fredy. Enfin, ça te regarde.

Valet, arrivé rue Monsieur-le-Prince, poussa les deux enfants dans un petit magasin encombré d'une multitude de livres. Il y en avait partout. Les murs, recouverts de rayonnages, regorgeaient de volumes brochés et reliés. Sur le sol, ils s'amoncelaient en piles. On devait se frayer un passage au risque de faire écrouler tous ces édifices d'imprimés. Fred et Flora n'avaient jamais vu autant de livres. Il s'en accumulait bien un grand nombre dans le logement de Rirette et de Victor, mais ils étaient soigneusement rangés dans des casiers. Ce débordement de papier rappela à Fred les inondations de l'année précédente.

Dans ce désastre, émergeait néanmoins un homme sec, aux cheveux, à la barbiche et à la moustache d'un beau noir. Il ressemblait à un ouvrier de l'industrie et sa présence dans cette librairie paraissait incongrue.

— Je t'amène Fred et Flora, dit Valet. Ils ont été recueillis par Rirette et Kibaltchich.

— A quoi ça sert, tous ces bouquins ? demanda Flora d'un air dégoûté.

— Regardez, les enfants, dit Valet. A droite, vous avez les romans et la poésie. A gauche, le social, la politique. D'un côté le rêve, de l'autre côté l'action. Quand vous posséderez les deux, vous pourrez conquérir le monde.

— Allons, Valet, ne t'emballe pas, dit le libraire. Les choses sont plus complexes. Les romans, c'est aussi de l'action sociale et la politique, c'est aussi du rêve. Quant à conquérir le monde, qu'en ferais-tu ? C'est la conquête de soi-même, qui importe.

— Tu n'as pas toujours causé comme ça, Paul. Tu te ranges des voitures parce que tu deviens vieux. Mais dans le temps tu as été aussi illégaliste que nous. Souviens-toi de Ravachol et de la bombe de Vaillant à la Chambre des députés...

— Vaillant a été manœuvré par les flics. On l'a guillotiné, mais le vrai coupable c'était le préfet de police. Ne me parle jamais de Vaillant. Vous aussi, vous finirez par tomber dans les provocations policières. Ce qui compte aujourd'hui, ce ne sont plus les bombes, ce n'est plus la fausse monnaie, ce n'est plus la reprise individuelle, l'avenir est au syndicalisme et c'est par le syndicalisme que nous ferons la révolution, lorsque nous aurons su à la fois imprégner le syndicalisme d'anarchisme et l'anarchisme de syndicalisme. La régénération de l'un et l'autre tient dans ça. Seulement dans ça.

La discussion entre Valet et le libraire dura longtemps. Ils avaient baissé la voix et Fred ne les entendait plus que dans un murmure. De toute manière, il était trop absorbé par ce qu'il venait de découvrir pour prêter attention à leurs propos. Il avait ouvert un livre intitulé *Les Misérables* et ce livre le pénétrait complètement. Il en oubliait la boutique, Valet, Belleville et même Flora. Il lisait, péniblement, mais avec une telle concentration, que les personnages du roman l'emplissaient. Il se sentait soulevé de terre, dans une sorte d'état de lévitation, de douce hébétude. Jamais il n'avait ressenti pareille impression. Il fallut que Valet le secoue, voulant repartir, le secoue comme pour le réveiller. Fred tenait le livre des deux mains et l'appuyait, ouvert, contre sa poitrine.

Valet regarda sur la couverture. S'adressant au libraire, avec une vive satisfaction :

— Regarde, Paul, le petit a bien su choisir. Il lit le père Hugo.

— Si ce bouquin lui plaît, qu'il l'emporte.

— Non, dit Valet. J'avais mon idée en l'amenant. Puisqu'il mord à l'hameçon, j'aimerais bien que ce soit toi qui le pêches, ce beau gardon. Réserve-lui *Les Misérables,* marque la page et il reviendra ici chercher la suite. Peut-être qu'il finira par lire toute la boutique et qu'il deviendra aussi savant que Raymond.

— Raymond n'avait pas la tête assez solide. La science la lui a tournée. C'est un puits de science, Raymond, mais au fond du puits l'eau est polluée. N'en buvez pas, elle vous empoisonnera.

Valet haussa les épaules.

— Tiens, regarde la petite. Elle s'en moque bien, elle, de la science et du syndicalisme.

Flora, à califourchon sur le gros chien du libraire, qui s'appelait évidemment Bouquin, traversait le magasin en riant aux éclats, renversant sur son passage les piles de livres poussiéreux. Fred la regarda avec un tel air de réprobation, qu'elle s'exclama, boudeuse :

— Eh bien quoi, Bouquin et moi, on ne sait pas lire, n'empêche qu'on s'amuse à mener une vie de chien.

Rirette et Victor habitaient au 24 de la rue Fessart. Fred et Flora passèrent beaucoup de temps à explorer le quartier. Le plus proche d'abord, c'est-à-dire la place des Fêtes, avec son kiosque à musique. En suivant la rue Fessart dans l'autre sens, ils aboutissaient à un endroit merveilleux, le parc des Buttes-Chaumont. Ils y entraient en courant, comme s'ils avaient peur qu'on leur en interdise l'accès, s'arrêtant essoufflés sur les passerelles qui enjambent des gouffres. Ils s'émerveillaient des cascades, de la grande rivière, du petit temple à colonnes tout en haut d'un rocher, des grottes, des tunnels. C'est aux Buttes-Chaumont que Fred découvrit la nature, les saules, les pins, les ruisseaux et son idée de la campagne en restera faussée pour toute la vie. Lorsqu'il rencontrera plus tard la vraie campagne, c'est elle qui lui paraîtra aberrante et hostile.

Les grandes pelouses à flanc de coteau se prêtaient aux galipettes. Mais dès qu'ils apercevaient, de l'autre côté du parc, le grand toit d'ardoise de la mairie du XIXe, ils redevenaient sages et faisaient, face au bâtiment, une sortie solennelle. Puis ils détalaient vers la rue de Crimée, et arrivaient à leur autre grand pôle d'attraction, le bassin de la Villette, bordé d'entrepôts. Parfois, ils s'aventuraient jusque sur les rives du canal de l'Ourcq, s'attardant à observer les pêcheurs à la ligne sommeillant sur leur pliant. Les chalands, les bistrots de mariniers et de dockers, la rotonde, les monticules de charbon, tout cela les fascinait. Fred retrouvait sur les quais une ambiance qui lui rappelait un peu les Halles.

De plus en plus souvent, Valet restait la nuit rue Fessart et dormait dans la cabane du fond du jardin, avec Fred et Flora. Ce jeune homme très doux, timide, se plaisait dans la compagnie des deux enfants. Comme l'hiver apportait pluie et froid, Rirette se procura des chaussures pour Flora. Valet, qui pourtant n'aimait guère cette petite fille trop remuante, toute son affection allant à Fred, lui offrit des vêtements chauds. Fred préférait Valet à Victor, ce dernier l'effarouchant avec ses airs précieux que l'on pouvait croire quelque peu méprisants. D'ailleurs, dans les réunions nocturnes, Kibaltchich restait toujours en retrait, comme si la compagnie des trois hommes qui l'aidaient à confectionner le journal lui pesait. On eût dit, parfois, qu'il se méfiait d'eux. En tout cas, dans les discussions animées, dont les propos échappaient à Fred, il se révélait rarement d'accord avec ses compagnons. Le ton montait, jusqu'aux menaces. Mais Rirette savait, avec sa bonne humeur, son sourire, apaiser les conflits.

Fred et Flora s'étonnaient de ce que toute la bande fût si différente des adultes qu'ils avaient précédemment connus. Tous les hommes et les femmes qu'ils avaient côtoyés, affamés de viande, buvaient des litres de vin rouge. Or, les compagnons de Rirette et de Victor, comme ceux-ci, ne buvaient pas de vin, ne mangeaient pas de viande, ne fumaient pas de cigarettes. Ils se nourrissaient presque exclusivement de légumes, n'utilisaient ni sel, ni poivre, ni vinaigre ; se désaltéraient d'eau claire. Seul Victor montrait des goûts de luxe, qui lui valaient les railleries de ses amis, parce qu'il ne pouvait s'empêcher de consommer du thé.

Une vieille complicité liait Victor et Raymond-la-Science. Dès l'adolescence, ils s'étaient rencontrés à Bruxelles où l'étudiant Kibaltchich, issu d'une famille d'universitaires russes exilés, avait été fasciné par ce petit prolo, fils d'un cordonnier socialiste. De son vrai nom Raymond Callemin, son avidité de connaissances lui donna rapidement dans les milieux révolutionnaires le sobriquet de Raymond-la-Science. A la passion intellectuelle, Raymond mêlait une violence, qui avait à un tel point inquiété les socialistes belges que ceux-ci finirent par lui interdire l'entrée de la Maison du Peuple de Bruxelles. Devenu vagabond, sur les routes de Suisse et de France, Callemin-la-Science, tour à tour maçon, bûcheron, retrouva Kibaltchich à Paris et devint le caissier de *L'Anarchie.* Caissier d'une probité exemplaire. Non seulement il ne prenait jamais un sou dans la caisse, mais il s'arrangeait toujours pour combler les déficits. C'est justement sur l'origine de cet argent frais que les discussions avec Victor viraient à l'aigre.

Fred, qui était souvent retourné dans la librairie de la rue Monsieur-le-Prince, avait depuis longtemps terminé dans l'enthousiasme sa lecture des *Misérables,* suivie aussitôt par celle des *Mystères de Paris,* puis de *Germinal.* Il commençait à comprendre un peu ce que disaient ces hommes exaltés qui se jetaient des théories à la figure, comme des coups de poing.

D'un ton un peu cassant, Victor affirmait que Kropotkine lui-même prononçait son mea-culpa, reconnaissant la stérilité de la « propagande par le fait » et de la « reprise individuelle ».

— Il faut abandonner les bombes et faire des syndicats une école pratique d'anarchisme. Monatte et Delesalle ne préconisent pas autre chose.

Raymond-la-Science, de sa voix grandiloquente, qui lui permettait de toujours forcer l'attention dans les réunions, répliquait que Kropotkine, comme tous les vioques, n'avait plus de dents pour mordre ; que la société capitaliste était moribonde et que tout ce qui pouvait hâter sa fin devait être employé.

— Illégalisme, terrorisme, révolte totale. Pas de milieu. Nous sommes les hommes du browning et de la dynamite, s'écriait Raymond Callemin. Nous utiliserons tous les progrès de la science (Ah ! la science, il n'avait que ce mot à la bouche !) : l'auto, le téléphone, tout ce qui est rapide, qui ne laisse pas de trace.

— Enfin, s'énervait Victor, réfléchis un peu...

— A trop réfléchir, on ne tente jamais rien, répliquait Raymond. Vive l'impulsion !

A quoi Octave Garnier, sorti de sa cave et de sa presse à bras, ajoutait :

— Vive les en-dehors, les misérables, les analphabètes ! Kropotkine a prôné dans *Le Révolté* la révolution de la canaille et des va-nu-pieds. Nous voilà ! Méfie-toi, Victor, tu n'es qu'un intellectuel bourgeois, un révolutionnaire sentimental. Ceux qui ne sont pas avec nous sont contre nous. Méfie-toi !

Dans le courant du mois de décembre, Callemin, Garnier et Valet disparurent tout à coup de la rue Fessart. Victor et Rirette parurent soulagés. Pour Fred, la cabane du fond du jardin, sans Valet, devenait bien triste. De plus, Flora boudait. Ses yeux bleus, en s'assombrissant, prenaient une curieuse couleur glauque. Recroquevillée dans un coin de la cabane, engoncée dans ses lainages pour se protéger du froid, elle ressemblait à une chatte effarouchée, prête à s'élancer pour griffer et mordre. Fred lisait, à la lueur d'une bougie. Il entendit Flora grogner.

— Tu n'es pas malade ? Tu as un drôle d'air.

— C'est toi qui es malade, Fredy. Tu ne m'aimes plus.

Fred lâcha le livre, se précipita près de la fillette :

— Tu rigoles ou quoi ?

— Non, pleurnicha Flora, tu préférais ce rouquin. Tu ne le lâchais pas d'une semelle. Et maintenant qu'il n'est plus là, tu passes ton temps à lire. Je n'existe plus.

— Tu devrais apprendre l'alphabet, Flora. Tu verrais comme c'est épatant. On découvre tant de choses, de gens, de monde. Depuis que Valet nous a emmenés chez ce bonhomme de la rue Monsieur-le-Prince, il me semble que j'ai grandi de dix ans. C'est comme un rideau qui s'ouvre sur tout ce que j'ignorais. Je vais t'apprendre à lire, Flora. Tu verras. C'est simple comme bonjour. Nous lirons ensemble.

— Non, ça ne m'intéresse pas. Si j'avais su, je ne serais pas descendue de la charrette.

— Ne dis pas ça.

Il rampa vers Flora, comme un animal qui s'approche lentement d'une proie.

— Le gros chat sent quelque chose de bon... Qu'est-ce que c'est ? Ah oui, une odeur de poisson. Mais où, cette odeur de poisson ? Qu'est-ce que c'est que ça ? Ce n'est pas une chatte ? C'est un ours en peluche.

Fred tira sur les gros bas de laine. Les jambes blanches de Flora réapparurent et le garçon les sentit comme le premier jour, les lécha, les mordilla.

— Tu me chatouilles.

— Tu sens toujours le poisson. A moins que ce soit la mer.

Flora prit la tête de Fred dans ses petites mains.

— Jure-moi que tu m'aimeras toujours.

— Je le jure. Sur la tête de Valet, si ça peut te rassurer.

— Tu crois qu'on s'aimera autant que Rirette et Victor, quand on sera grands ?

— Autant, oui. Plus, on ne pourrait pas.

Un soir de février 1912, comme ils revenaient de l'une de leurs errances le long du canal de la Villette, où ils avaient admiré les patineurs, ils trouvèrent Rirette seule et bouleversée.

— Ah, mes petits, ils ont emmené Victor. Je m'y attendais.

— Qui ça, demanda Fred, Raymond-la-Science ?

— Non, les agents. Raymond et Octave ont fait des bêtises et comme la police sait qu'ils ont vécu ici, on est dans de beaux draps. Manque de chance, ils ont trouvé deux revolvers dans les tiroirs du buffet. Il n'y avait rien contre Victor, sauf ça.

— Et Valet ?

— Valet, je ne sais pas. J'espère qu'ils ne l'ont pas entraîné. Lui, qui est si gentil, qui ne ferait pas de mal à une mouche. L'ennui, les enfants, c'est que vous ne pouvez plus rester ici. Le quartier est plein de poulets. On surveille tous mes déplacements. On me file. S'ils vous repèrent, ils trouveront ça bizarre. Ils sont capables de vous cadenasser dans une maison de correction, un orphelinat, à l'Assistance publique. Puisque vous connaissez Paul, demandez-lui secours de ma part. Il ne vous laissera pas tomber.

— Quel Paul ?

— Paul Delesalle, le libraire de la rue Monsieur-le-Prince.

— Ah non, dit Flora, Fred va passer son temps à lire toute la boutique !

Rirette embrassa rapidement Flora et Fred, les poussa vers la porte.

— Allez-y, les enfants, partez sans vous sauver. Tranquillement. Comme si vous reveniez de l'école. Bonne chance.

Curieux libraire que Paul Delesalle. Ajusteur-mécanicien de haute qualification, il avait construit le premier appareil de cinéma pour les frères Lumière. Au même moment, la police le classait parmi « les cent et quelques militants que compte le parti anarchiste en France ». Praticien de la « propagande par le fait », c'est-à-dire du terrorisme, sous l'influence de Bakounine, il fut toute sa vie suspecté d'avoir jeté la bombe au restaurant Foyot dont la seule victime fut malencontreusement le poète anarchiste Laurent Tailhade. Mais après le congrès de Londres de la IIe Internationale, qui marqua la scission entre marxistes et anarchistes, Delesalle, en disciple de Kropotkine, renia le terrorisme au profit de l'anarcho-syndicalisme. Permanent pendant une dizaine d'années, sa passion des livres l'amena, en 1908, à ouvrir au 16 de la rue Monsieur-le-Prince une singulière librairie consacrée principalement aux publications révolutionnaires et syndicales. C'est là qu'Alfred Barthélemy allait faire ses humanités.

Personnage sec, noiraud, un peu malingre, bourru, Paul Delesalle n'avait rien pour plaire à deux enfants fugueurs. Déjà quadragénaire, il donnait l'impression, à Fred et Flora, d'être un vieux bonhomme. Mais sa compagne, Léona, sut les apprivoiser. Il n'était pas question néanmoins qu'ils puissent loger rue Monsieur-le-Prince. Le local ne se composait que de deux pièces, réunies par un couloir obscur. La librairie absorbait la première pièce sur la rue et la seconde, qui servait de chambre à coucher et de réserve, n'avait d'autre aération que le couloir dans lequel on se faufilait entre des murailles de publications, constituant de véritables archives de la vie ouvrière et syndicale, et que Delesalle achetait au prix du vieux papier à l'hôtel des ventes. Dans un recoin, une cuisine avait été installée, sommaire. Comme tous les libertaires, les Delesalle mangeaient peu, ne buvaient que de l'eau et attachaient plus d'importance à emplir leur tête que leur ventre.

Impossible d'accueillir Fred et Flora dans ce capharnaüm. Le chien Bouquin tenait déjà la place de l'enfant que les Delesalle n'avaient pas eu. Qui pourrait bien s'occuper d'eux ? Parmi les familiers de la boutique, le poète Charles Péguy, père de famille, serait d'un bon conseil. Delesalle et Péguy, liés d'amitié au moment de l'affaire Dreyfus où ils se retrouvaient dans les bagarres contre les antisémites, n'avaient ensuite cessé de se voir et se tutoyaient. Plusieurs fois par semaine, Péguy arrivait rue Monsieur-le-Prince, enveloppé dans sa pèlerine noire, l'air d'un moine défroqué avec ses cheveux courts, sa longue barbe et son lorgnon qui masquait ses petits yeux gris-bleu.

Charles Péguy s'enthousiasma aussitôt à l'idée de tirer du ruisseau ceux qu'il baptisa d'emblée Gavroche et Eponine.

— Gavroche, je veux bien, bougonna Fred. Mais Flora n'est pas Eponine. C'est Flora, un point c'est tout.

— Comment, s'étonna Péguy, ce moineau a lu *Les Misérables* ?

— Il l'a lu dans la boutique, répondit Delesalle. Il s'est même mis dans la tête de ne plus repartir de chez moi avant d'avoir avalé tous les autres livres.

— Une vie n'y pourvoirait pas, mon petit. Et il ne suffit pas de lire, il faut agir. Quel âge as-tu ?

— Treize ans.

— Il faut travailler de tes mains, tout en cultivant ton esprit. Une tête bien faite et des mains d'ouvrier, quoi de plus beau ! Qu'aimerais-tu apprendre, comme métier ?

— Typographe...

— Typographe. Ah ! oui, c'est un beau travail. Celui qui perpétue l'œuvre du penseur en la fixant dans des caractères de plomb, qui la multiplie, qui la répand comme une manne...

— Oui, typographe, reprit Fred avec assurance. Typographe comme Valet.

— Valet ? Qui est Valet ? demanda Péguy.

Delesalle murmura :

— C'est un de la bande à Bonnot.

Péguy leva les bras. Sa pèlerine, rejetée en arrière, lui donnait l'allure d'un avocat admonestant le tribunal.

— Tant d'énergie perdue ! Tant d'idéal fourvoyé !

Ses mains retombèrent sur les épaules de Fred.

— Bon, je vais m'occuper de ce garçon. Quant à la fille, tu pourrais la confier à Sorel.

— A Monsieur Sorel ? bredouilla Delesalle. Mais il ne saura pas...

— Flora et moi on ne se quittera jamais, protesta Fred.

— Je plaisantais, dit Péguy.

Rabattant sa pèlerine sur les deux enfants, il les poussa devant lui et sortit de la librairie avec une allure de berger évangélique.

L'épisode Péguy dura peu. Flora s'enfuit dès le second jour et Fred courut à sa recherche. Il finit par la retrouver près de la rotonde de la Villette. Comme elle s'était bagarrée avec des voyous qui voulaient l'entraîner vers les fortifs, ses vêtements neufs, donnés par Valet, pendaient en lambeaux. Elle n'avait plus qu'un soulier, s'étant servie de l'autre comme d'une arme pour cogner sur ses agresseurs. Une touffe de ses cheveux blonds avait été arrachée et sa lèvre inférieure, fendue, saignait abondamment.

Fred la prit doucement par la main, l'entraîna vers une fontaine Wallace et lui nettoya le visage. Ne pouvant marcher avec une seule chaussure, elle la jeta et se retrouva nu-pieds, comme auparavant.

Ils s'en allèrent tous les deux, sans rien dire, au hasard des rues et arrivèrent naturellement rue Fessart. Rirette les accueillit, sans surprise et sans reproche. Toujours aussi charmante, mais triste et anxieuse.

— Ne me dites rien. Oui, vous retrouverez votre cabane au fond du jardin, mais pas pour longtemps. On me laisse libre parce qu'on me file. On pense trouver les gros numéros en observant mes allées et venues. Lorsqu'ils les mettront sous les verrous, on me fera rejoindre Victor. Tout ça devient très malsain pour vous. Votre seule ressource, c'est Delesalle. Il n'est pas compromis, lui. Pensez-y toujours... Delesalle... Personne d'autre...

— Valet reviendra quand ?

— Valet ? Il ne reviendra jamais. Ni lui, ni Garnier, ni Callemin. Comment, tu ne sais pas ? Oui, tu ne lis pas les journaux. Tiens, regarde.

Sur la table, où si souvent Fred avait vu Victor Kibaltchich examiner attentivement les épreuves d'imprimerie de *L'Anarchie,* Rirette étala des numéros de *L'Excelsior.* De gros titres lui sautèrent aux yeux : *Les bandits en auto... Un garçon de recette attaqué, à neuf heures du matin, rue Ordener...* En première page un dessin représentait un homme coiffé d'une casquette à oreillettes, brandissant un pistolet, cependant qu'un encaisseur à bicorne et en jaquette s'écroulait.

— Il ressemble drôlement à Garnier, le mec au pistolet, dit Fred.

Rirette lui montra un paragraphe, à l'intérieur du journal. Il lut : « Un homme d'allure très jeune, pas très grand, vêtu d'un pardessus à martingale, coiffé d'un melon, portant binocle et dont le visage est celui d'un bébé rose. »

Fred en resta baba :

— Raymond-la-Science tout craché.

— Maintenant, regarde cette couverture du *Petit Journal.*

Sur toute la page s'étalait le tableau de l'attaque d'une banque. On voyait les chaises bousculées, les employés tirés à bout portant par des agresseurs enjambant le comptoir. Une fois de plus, Octave Garnier avait été bien repéré avec sa casquette à oreillettes, tout comme Raymond Callemin avec son melon et son binocle. Et là, emplissant un sac de louis d'or...

Fred mit le doigt sur l'image :

— Valet ?

— Peut-être, dit Rirette. Mais si tu les reconnais si

bien, tu penses que les poulets les auront identifiés. Il ne leur reste plus qu'à mettre la main dessus. Pas facile ! Ils savent que la guillotine est au bout de leur aventure. Ils défendront chèrement leur peau.

— Delesalle ne voulait pas que j'entende. Mais j'ai bien retenu le nom : « bande à Bonnot ». C'est eux ?

— Un jour, Raymond nous a présenté un petit homme trapu avec une moustache rousse, qui s'appelait Jules Bonnot. Mécanicien, voleur de voitures, chauffeur casse-cou, il se disait anarchiste, mais il n'est qu'un coquin auquel l'anarchie sert de prétexte. Victor et moi nous ne cessions de mettre en garde Callemin et Garnier contre ce frimeur. Mais ils l'ont suivi. Tu vois la suite...

— Si Victor n'était pas d'accord avec eux, pourquoi les poulets l'ont-ils bouclé ?

— Pour qu'il dénonce la bande. Mais Victor et moi on n'est pas des casseroles. On ne dira rien. Même si on n'est pas d'accord. On n'est pas d'accord avec Bonnot, mais on n'est pas d'accord non plus avec Lépine. Souviens-toi de ça, mon petit, les voyous et les poulets sont les uns et les autres des flingueurs. Faut pas se mêler à eux. Jamais.

La rue Fessart sentait trop la poulaille pour que Fred et Flora puissent rester longtemps en sûreté dans leur refuge. Ils émigrèrent donc de nouveau sur la rive gauche. Fred proposa à Delesalle de lui servir de grouillot, en échange seulement de la soupe de Léona.

— Mais ta frangine, qu'en as-tu fait ? Et où crécheras-tu ?

— C'est mes oignons, dit Fred. Vous occupez pas.

Il avait repéré, dans un square du boulevard Saint-Germain, une cabane de chantier, abandonnée. Elle remplacerait celle de la rue Fessart. Les grilles du square, peu hautes, pouvaient facilement s'enjamber la nuit. Fred et Flora l'adoptèrent pour logis. Flora trouva à faire la plonge dans un restaurant, ce qui lui valait d'être nourrie. Pourvus, tous les deux, du vivre et du couvert, le printemps 1912 commençait sous d'heureux auspices.

Tous les matins, Fred accompagnait Delesalle qui partait à la recherche de livres rares. Il fouinait le long des quais, fouillant dans les boîtes des bouquinistes, en extrayait des éditions originales encore peu recherchées : les *Histoires naturelles* de Jules Renard, illustrées par Lautrec ; une première édition de *Sagesse* de Verlaine.

— Il faudra que tu lises Verlaine, disait-il à Fred. C'est notre grand poète. J'ai beaucoup erré avec lui dans les ruelles du quartier Latin, dans ma jeunesse. Puisque je ne buvais pas, il comptait sur moi pour le ramener à son domicile quand il était ivre à ne pas tenir debout.

— Valet m'a appris des poésies de Rictus... *La Jasante de la vieille...* c'est aussi beau, Verlaine ?

— Rictus, Couté, oui, c'est bien. Verlaine, c'est mieux.

A chaque fois que Delesalle trouvait un livre qu'il aimait particulièrement, il voulait absolument que Fred le lise. Une grande complicité s'établit bientôt entre l'homme mûr et l'enfant. Intelligent, vif d'esprit, d'une mémoire phénoménale, Fred repérait les brochures qui viendraient enrichir le fonds de la librairie. Tous les noms des révolutionnaires, des militants syndicalistes, se gravèrent rapidement dans son cerveau. Aucun de ces auteurs ne lui échappait, ni chez les bouquinistes, ni dans le fatras de l'hôtel Drouot. Delesalle s'amusait de son enthousiasme. Comme de sa boulimie de lectures.

En réalité, Fred passait plus de temps à lire, assis en tailleur dans un recoin de la librairie, qu'à aider celui qui ne fut jamais son patron, mais bien plutôt son initiateur et, comme on disait dans le beau monde, son mentor.

Il se plaisait aussi à baguenauder dans le quartier. La

rue Monsieur-le-Prince monte, raide, de l'Odéon au boulevard Saint-Michel. La boutique de Delesalle se trouvait à peu près à mi-hauteur, juste à l'endroit où les attelages de chevaux commençaient à renâcler. Les cochers juraient, claquaient du fouet. Fred poussait parfois les charrettes. De l'autre côté de la rue s'élevait un bâtiment immense, avec de hautes et larges fenêtres aux vitres opaques, qui l'intriguait. Il le contournait en descendant l'escalier qui débouche rue de l'École-de-Médecine. Sur la façade, intrigué, il lisait : « École Pratique ». Pratique de quoi ? Il eût aimé apprendre toutes les pratiques.

Le 15 mai 1912, l'armée française qui n'arrivait pas à se relever de l'humiliante défaite de 1870, connut enfin sa première victoire, prélude à la grande boucherie qui n'allait pas tarder à ouvrir son commerce. A l'aube, deux compagnies de zouaves, éclairées par des phares à acétylène, s'élancèrent en effet à l'assaut d'un pavillon de banlieue à Nogent-sur-Marne. Auparavant, trois cartouches de dynamite, posées par des sapeurs, avaient ouvert des brèches dans les murs de meulière. Comme cette très modeste cambuse paraissait encore redoutable, on fit éclater des pétards de mélinite et des mitrailleurs canardèrent les carreaux des fenêtres. Quand les soldats se décidèrent à pénétrer avec d'infinies précautions à l'intérieur du pavillon, ils se trouvèrent nez à nez avec un homme ensanglanté, torse nu, qui eut encore le temps de tirer quatre coups de revolver, avant d'être abattu. C'était Valet. On découvrit Garnier, entre deux matelas, qui s'était suicidé d'une balle dans la bouche.

Lorsque Fred arriva comme d'habitude, ce matin-là, vers huit heures, à la librairie de la rue Monsieur-le-Prince, tous les journaux relataient les péripéties de la nuit et la bravoure des forces de l'ordre. Mais Fred ne lisait pas les journaux. Delesalle ne savait comment lui apprendre la mort de Valet. Si bien que cet homme délicat, attentif aux sentiments des autres, à force de tourner autour de la manière la moins pénible de présenter les choses, se laissa soudain aller à l'aveu le plus rude :

— Fred, faut que je te dise, ça devait finir comme ça, la bande à Bonnot est liquidée. Bonnot, Garnier, Valet, ont échappé à la guillotine, pas au châtiment. Ils sont tous morts à l'heure qu'il est.

Fred poussa un tel cri de bête blessée, que Léona accourut et que le chien Bouquin se mit à hurler.

— Ils ont tué Valet !

— Valet avait tué des innocents, mon petit, dit doucement Léona. Tout le monde sait qu'il était un doux, un idéaliste, mais il s'est laissé entraîner par des vauriens.

— Ils l'ont tué comment ? demanda Fred qui serrait les poings.

— Il s'est défendu jusqu'au bout, dit Delesalle. Il a fait front à une compagnie de zouaves. Dans une « juste guerre », dirait notre ami Péguy, on eût célébré son « héroïsme ». Mais il n'y a pas de juste guerre.

Fred sortit de la librairie en courant, avant que les Delesalle aient pu le retenir. Attrapant au vol les ridelles d'une charrette qui remontait au trot le boulevard Saint-Germain, il se laissa véhiculer jusqu'au pont Sully, puis l'abandonna pour filer vers la Bastille et Belleville. Rue Fessart, il trouva la porte de la maison de Rirette et de Victor cadenassée. Il la poussa néanmoins, se sentit agrippé par les bras et vit deux énormes sergents de ville qui le secouaient, comme s'ils eussent voulu faire tomber de ce gamin on ne sait quelle clef.

— Pourquoi veux-tu rentrer dans cette maison ? demanda l'un d'eux.

— Je connais une dame qui habite là. Je voulais lui dire bonjour.

— Une dame, ricana l'un des agents, comme tu y vas ! Une dame, voyez-vous ça. Et comment qu'elle s'appelle, ta dame ?

— Rirette.

— Rirette ? C'est pas un nom de dame, ça. Un nom de catin peut-être ?

L'agent reçut un tel coup de pied dans le tibia qu'il poussa un hurlement et lâcha prise. Le second, mordu à la main, se mit à son tour à piailler. Pendant ce temps-là, Fred dévalait la rue en direction de la place des Fêtes.

Redescendant vers le centre de Paris, il alla tout droit au boui-boui où Flora lavait la vaisselle, pénétra à l'intérieur de l'établissement, fonça aux cuisines, siffla sa petite amie qui, aussitôt, dénoua son tablier et accourut.

— Viens, Flora, on s' barre.

— Chouette, dit Flora, on va faire la vie.

Ils quittèrent tous les deux le restaurant, main dans la main, sans se presser, à la stupéfaction du personnel et des clients.

Fred et Flora redevinrent des enfants sauvages. Il semblait à Fred qu'en coupant les ponts avec son travail honnête chez les Delesalle, qu'en coupant tout lien avec la société, il vengeait un peu la mort de Valet. Il aurait voulu plus. Mordre un agent le soulageait un peu, mais il aurait voulu les tuer tous. Il était toutefois assez intelligent pour comprendre que ce n'était pas dans ses moyens. Voler, alors, le rapprocherait de la prison, donc de Rirette et de Victor. Il se fit voleur. Petit voleur. Voleur à l'étalage. Juste de quoi chaparder du pain, des saucissons, des chaussures pour Flora (malheureusement trop grandes), un couteau, des boîtes de sardines à l'huile. Juste de quoi ressentir la peur d'être surpris. Juste de quoi frissonner lorsqu'un commerçant s'apercevait du larcin et ameutait le quartier.

Fred et Flora prirent goût à la fauche, jeu dangereux que l'on affine avec toujours plus d'adresse. En réalité, pour la première fois de leur vie, ils s'amusaient. Ils vivaient libres comme des chats errants, ne couchant jamais au même endroit, connaissant tous les squares de Paris par cœur, se laissant parfois enfermer dans des églises pour la nuit, ou bien dans le jardin du Luxembourg, voire dans le cimetière Montmartre.

Un matin, de très bonne heure, comme ils s'ébrouaient après avoir dormi dans une des baraques qui longeaient la gare Montparnasse, ils entendirent une galopade de souliers ferrés et virent deux agents qui poursuivaient un type barbu, avec une chevelure de Papou. Sans se concerter, d'instinct, ils foncèrent tous les deux sur les flics. Fred fit tomber le premier en lui décochant un croche-pied et Flora heurta, tête baissée, le gros ventre de l'autre qui, pour l'éviter, trébucha et s'étala sur le pavé.

Les deux enfants coursèrent le chevelu qui s'engagea dans la rue de Vaugirard, bifurqua dans une impasse et disparut, comme englouti dans le sol. Fred et Flora n'en avaient rien à faire, du bonhomme, mais ils se sentaient tout bêtes devant cette disparition étrange. Soudain, ils entendirent un léger sifflement, qui venait du soupirail d'une cave. Ils s'approchèrent. Le chevelu était là, derrière les barreaux, et leur tendait une belle pièce d'un franc, toute brillante.

Fred et Flora n'avaient jamais possédé d'argent. Aussi ne savaient-ils pas ce qu'ils pouvaient acheter avec un franc. D'ailleurs pourquoi acheter, quand il est si excitant de prendre ? Mais puisqu'ils avaient gagné ce franc, autant, pour une fois, s'en servir. Ils entrèrent dans une boulangerie, le posèrent sur le comptoir et commandèrent un gros pain. La boulangère regarda la pièce, la soupesa, la plaça entre ses dents, comme si elle voulait la croquer et la ressortit de sa bouche, toute tordue. En même temps, elle criait « au voleur », d'une voix à ameuter le quartier.

Stupéfaits, Fred et Flora détalèrent, se demandant bien pourquoi ils se faisaient traiter de voleurs justement la première fois où ils décidaient d'être honnêtes.

A force de traîner dans les rues, Fred retrouva inopinément Delesalle, courbé sous un ballot énorme.

— Que transportez-vous là ?

— Des livres, bien sûr, mon gars, pas de l'argenterie.

Delesalle regagnait la rue Monsieur-le-Prince, ses achats d'occasion terminés.

— Et toi, Fred, que deviens-tu ?

— J'ai failli me faire piquer à cause d'un type qui m'a refilé vingt sous.

— Comment ça ?

— La pièce était fausse. Alors, c'est vrai que les anars fabriquent de la monnaie ? J'ai lu ça dans vos bouquins.

— C'était vrai du temps de l'illégalisme. Aujourd'hui ça n'a plus de sens. Pas plus de sens que la bande à Bonnot. Je connais un faux-monnayeur qui était un bon ouvrier sellier, dans le temps. Il gagnait soixante francs par semaine. Maintenant, il se donne un mal de chien pour fondre des pièces qu'il n'arrive pas à écouler tellement elles sentent la contrefaçon. Il gagne tout au plus trente francs ; une fois moins que lorsqu'il était honnête et il finira ses jours à Cayenne. Allez, Fredy, viens avec moi ; reviens. Je ferai de toi un bon ouvrier et un révolutionnaire utile. Tu comprendras que la révolte ne mène à rien. Seul le révolté devenu révolutionnaire est utile. Tu avais si bien commencé. Les livres ne te manquent pas ?

— Si.

— Rirette et Victor comparaîtront aux Assises le 3 février prochain. Il faut que, d'ici là, tu sois un homme.

Fred replongea dans l'océan des livres. Le matin, il allait chiner avec Delesalle. Leurs carrés de toile sous le bras, qu'ils emplissaient au fur et à mesure de leurs découvertes, et qu'ils ramenaient à la librairie pleins à ras bord, sur leurs épaules, comme des sacs de chiffonniers, ils aimaient autant l'un que l'autre cette chasse à l'imprimé. Sans parler des surprises du déballage où, dans les lots, se trouvaient parfois des brochures sans aucune valeur marchande, mais que Delesalle considérait comme l'honneur de son catalogue. Car la minuscule boutique sombre de la rue Monsieur-le-Prince éditait cinq fois par an un catalogue intitulé : *La Publication sociale* et sous-titré : « Recueil bibliographique de tous les documents relatifs au mouvement social en France et à l'étranger. »

L'après-midi, Fred classait, répertoriait et surtout lisait pour son propre compte. Delesalle laissait faire. Il l'observait. Il avait son idée. Mais il ne voulait pas brusquer les choses. Léona et lui s'étaient simplement arrangés pour que les deux enfants échappent à leur vie vagabonde et à tous les dangers de déviance que celle-ci impliquait. Après tout, Péguy leur avait donné une bonne idée. Flora pourrait rendre des services dans le ménage du « vieux Sorel » qui, veuf, vivait avec son neveu. Elle apprendrait ainsi sur le tas à faire la cuisine, le ménage, les courses. Et en contrepartie le « vieux Sorel » logeait Fred et Flora dans son pavillon de Boulogne.

Flora apprécia peu cet arrangement, se paya quelques fugues, mais finalement la bonhomie du « vieux Sorel » eut raison de sa sauvagerie.

On l'appelait le « vieux Sorel », non seulement parce qu'il avait soixante-six ans, mais parce que tout, dans son physique, dans son allure, donnait une impression patriarcale. Depuis que Sorel s'était brouillé avec Péguy et qu'il ne disposait donc plus de sa galerie aux *Cahiers de la Quinzaine,* tous les jeudis il tenait salon dans la boutique de Delesalle. Alors que les rapports de Delesalle et de Péguy se faisaient sur un plan d'égalité et de familiarité (mais Péguy ne fantasmait pas, contrairement à ce que disaient ses ennemis de la Sorbonne, lorsqu'il affirmait qu'il était peuple « naturellement »), ceux de Delesalle avec Georges Sorel, marqués par une étrange vénération, conduisaient le militant révolutionnaire à n'appeler le philosophe que « Monsieur Sorel », voire, encore plus étrange dans la bouche d'un libertaire, « le maître ». Quoique, après tout, le fameux slogan de l'anarchie : « Ni Dieu, ni Maître », ne soit pas de Proudhon, mais de Blanqui.

Avec son vaste front couronné de cheveux blancs, sa parole saccadée, son auditoire respectueux qui s'entassait tous les jeudis après-midi dans la boutique de Delesalle, Georges Sorel fascinait Fred, tout en l'agaçant. Ses discours, écoutés religieusement par un petit public où se mêlaient des ouvriers et des intellectuels, son infatigable péroraison, l'assurance avec laquelle il posait justement au maître, agaçaient l'enfant qui finissait par le considérer comme un raseur. Il lui en voulait surtout d'accepter que Delesalle l'appelle « maître » ; il lui en voulait de ce travers de Delesalle, de ce défaut dans l'impeccable rigueur du libraire. Seule l'amusait la manière dont celui que ses admirateurs comparaient à Socrate, se fourrait les poils de sa barbe dans la bouche lorsqu'il réfléchissait.

En réalité, il fallait que jouent toute la séduction, la bonté et l'autorité de Delesalle pour que Fred, malgré sa passion des livres, reste enfermé dans cette petite boutique dont le seul mobilier se composait de la table à écrire de Paul et de la caisse de Léona. La rue Monsieur-le-Prince, rarement ensoleillée, était elle-même assez morose. Rien de commun avec l'animation bruyante des Halles, ni avec la familiarité populaire de Belleville.

Dans cette atmosphère poussiéreuse, calme (trop calme pour un garçon de treize ans habitué au vacarme de la rue), Fred sentait qu'il s'ankylosait. Sans doute n'eût-il pas tenu longtemps confiné rue Monsieur-le-Prince, si la dramaturgie des Assises n'était venue le bousculer opportunément.

Bonnot, Garnier, Valet, abattus par la police, il ne restait plus de la « bande » initiale que Callemin, dit Raymond-la-Science, le seul qui eût été capturé par surprise. La justice, voulant faire un exemple, avait réussi à inculper une vingtaine d'individus sous le prétexte d'association de malfaiteurs. En vertu de ce chef d'accusation, Rirette et Victor occupaient paradoxalement la première place, les juges voyant en eux les chefs de la bande à Bonnot, puisque les locaux de *L'Anarchie* servaient de repaire aux « bandits tragiques ». Les apparences se retournaient contre eux.

Bien qu'un public très peu nombreux ait été admis dans la salle de la cour d'assises, les policiers en civil occupant la majorité des places par mesure de précaution, Delesalle avait réussi à pénétrer au Palais de Justice accompagné de Fred.

Il fallut agrandir le bloc des prévenus pour que puissent y tenir les vingt inculpés, chacun accompagné de deux gendarmes. Tous étaient jeunes, la moyenne d'âge devant se situer autour de vingt-cinq ans. Le regard de Fred chercha aussitôt Rirette et Victor. Il fut très étonné de voir Rirette toujours aussi fraîche, souriante, avec sa blouse noire et son col Claudine, une lavallière flottante lui donnant encore un air plus espiègle et juvénile. Près d'elle, Victor Kibaltchich dressait sa mince silhouette ; vêtu de ce curieux sarrau des paysans russes qui constituait son habituel vêtement, il paraissait le plus élégant de la bande. Le plus grave aussi. Plus loin, Fred reconnut Callemin qui, sans son pardessus à martingale, sans son melon, sans son lorgnon, ressemblait à un collégien.

Rirette, d'une voix enjouée, souriant aux juges et aux jurés, démontra assez rapidement que ni elle, ni Victor, n'avaient trempé dans aucun des actes répréhensibles de la bande à Bonnot. Visiblement, elle s'attira la sympathie de la cour qui, pourtant, réclamait sa charrette de coupables. Mais Victor gâcha un peu les choses par son éloquence. Comme le président, agacé, lui lançait :

— De quoi vous plaignez-vous ? Vous êtes étranger, proscrit dans votre pays, libre de vos propos dans le nôtre et vous trouvez le moyen d'accueillir chez vous des assassins. On vous arrête, comme cela est bien normal, mais vous a-t-on brutalisé ? A-t-on cherché, par des voies condamnables, à vous extorquer des aveux ?

— Je ne me plains pas de la douceur de votre police, monsieur le Président, répliqua Victor de sa voix grave et mesurée. C'est au contraire son amabilité à mon égard qui m'inquiète. Monsieur Jouin, sous-chef de la Sûreté, qui m'a interrogé, ne m'a ni tutoyé, ni rudoyé. Il voulait seulement que je devienne son complice.

— Ne vous servez pas d'un mort, s'exclama le président. Monsieur Jouin a été victime de son devoir, tué par votre ami Bonnot.

— Bonnot n'était pas mon ami.

— Mais Callemin, lui, l'était. Il logeait rue Fessart.

— Il travaillait à notre imprimerie, avant l'affaire. Je suis solidaire des anarchistes, non des assassins.

Le président du tribunal, avec son bonnet rond, sa moustache et sa barbiche en broussaille, ses croix, son bavoir, ressemblait à un de ces juges que peignait alors Georges Rouault, mi-juge, mi-clown.

— Quelle différence faites-vous entre un anarchiste et un assassin ? demanda-t-il. Bonnot n'était-il pas anarchiste ?

— Je répète que les idées que j'ai défendues toute ma

vie ne peuvent engendrer des voleurs et des assassins, répondit doucement Victor. On nous accuse d'être le pivot d'une association de malfaiteurs. Rappelez-vous que nous n'avons jamais cessé d'être pauvres, que nous avons dû nous cotiser pour publier notre journal. Nous n'avons pas d'antécédents judiciaires. Nous n'avons ni tué, ni volé, ni rien fait de ce que l'on reproche à la bande tragique.

Le suprême juge-clown se désintéressa de Victor, dont les raisonnements, trop intellectuels, l'agaçaient. Il se tourna vers Raymond-la-Science qui affichait depuis le début du procès un sourire moqueur.

— Vous vous appelez Callemin ?

— Oui, je n'ai pas changé de nom depuis hier.

— Que vouliez-vous dire le jour où vous avez lancé à un inspecteur : « Ma tête vaut cent mille francs, la vôtre un peu plus de sept centimes » ?

— Eh bien, cent mille francs, c'est vous qui avez fixé le prix de ma tête et vous avez, je le suppose, honnêtement payé la somme au salaud qui m'a dénoncé. Quant aux sept centimes, c'est le prix d'achat d'une balle de browning.

La salle s'esclaffa.

Les cheveux lustrés, plus « bébé rose » que jamais, Callemin narguait la cour, le jury, l'assistance. Comme le président lui énonçait ses crimes, il l'interrompit :

— Je tiens aussi à vous annoncer que j'ai, de mes propres mains, étranglé Louis XVI.

Un peu plus tard, coupant la parole au procureur général Fabre, raide comme la justice dans sa robe rouge parée d'hermine, il s'écria :

— Vous ne faites que monologuer. Il n'y en a que pour vous !

Le criminologiste Émile Michon qui, durant les neuf mois de l'instruction, avait rendu de fréquentes visites aux prisonniers, vint déposer. Curieux témoignage, si différent de ce que l'on attendait d'un tel homme.

— Avant de connaître les prévenus, dit le criminologiste, je me les représentais comme des bêtes féroces ou, tout au moins, de véritables brutes. Ma surprise fut totale de trouver des hommes capables d'analyser avec finesse leurs sensations et leurs sentiments. Comme ils aimaient l'étude, ils supportaient beaucoup plus facilement que les autres prisonniers leur détention. Mais ce qui m'étonna le plus, c'était leur insensibilité à la rigueur de l'hiver. Quand je les demandais au parloir, ils se présentaient la chemise déboutonnée, la poitrine à l'air. Dans leur cellule, jour et nuit le vasistas était ouvert. Toujours d'une propreté exemplaire, les mains fraîchement lavées, les ongles faits, ils tranchaient ainsi avec les autres détenus, négligés, frileux et geignards. Végétariens et buveurs d'eau, ils s'adonnaient quotidiennement à la pratique de la gymnastique suédoise.

Après ce curieux éloge hygiéniste, le criminologiste Michon ajouta que Callemin lui avait confié sa nostalgie de voler en aéroplane, de naviguer et de descendre sous terre. Et il conclut, dans un grand mouvement oratoire :

— Avec une pareille mentalité, il était à prévoir que cet homme finirait dans quelque folle aventure !

Pendant les quatre semaines que dura le procès, Delesalle s'astreignit à ce que Fred et lui assistent à la plupart des séances. Il voulait que les images sinistres et théâtrales de ces assises restent à jamais gravées dans la mémoire de l'enfant. Il voulait qu'il entende le terrible réquisitoire du procureur de la République. Il voulait qu'il voie Callemin condamné à mort, Rirette acquittée, Victor écopant de cinq ans de prison pour avoir refusé d'être un mouchard. Il voulait que cette tragi-comédie serve de leçon à l'enfant et de prélude à ce qu'il allait lui dire.

Flora, bien nourrie, chouchoutée, chez le père Sorel, grossissait. Elle grandissait peu, mais s'arrondissait.

Tant que Léona s'en inquiéta et l'emmena consulter un médecin qui s'exclama joyeusement, comme s'il s'agissait d'une bonne plaisanterie :

— Mais cette enfant va accoucher d'un enfant !

— Ma foi, dit Léona, mieux vaut tôt que jamais. Ah ! qu'ils sont drôles, ces deux petits !

Léona et Flora vinrent aussitôt rue Monsieur-le-Prince annoncer la nouvelle.

— Comment l'appelleras-tu ? demanda Delesalle à Fred.

— Si c'est un garçon, je l'appellerai Germinal.

Parmi les familiers de la librairie se trouvaient de nombreux Russes, exilés à la suite de leur participation à la révolution manquée de 1905. L'un d'eux, Vsevolod Eichenbaum, jouissait d'une aura particulière car, bien qu'âgé d'à peine trente ans, il avait été l'un des fondateurs du soviet de Pétersbourg. Lui aussi était anarchiste, mais une espèce d'anarchiste si différente des « illégalistes » qu'il semblait vivre dans un autre siècle que celui de la bande à Bonnot. Sa préoccupation principale, son obsession, était la guerre qui allait venir, dont il affirmait l'inéluctabilité et qu'il voyait s'étendre à l'échelle mondiale. La propagande à laquelle il se livrait visait deux objectifs : l'antimilitarisme, le pacifisme. Il parlait beaucoup de Tolstoï, de Kropotkine, dont les œuvres figuraient en bonne place rue Monsieur-le-Prince, mais aussi d'autres Russes inconnus, ou seulement connus par quelques militants avertis comme lui : Lénine, Trotski...

Fred l'écoutait, avec son accent qui roulait les r. Il l'entendait aussi converser en russe avec d'autres émigrés. Ce curieux personnage l'intriguait surtout à cause des bouquins qui gonflaient les poches de sa pelisse. Il n'arrivait pas à lire les titres, imprimés en cyrillique. Cette découverte, à la fois d'une autre langue et d'une autre écriture, le stupéfia. La manière dont le petit commis de la librairie Delesalle écoutait Eichenbaum, l'avidité avec laquelle il se jetait sur les livres qu'il évoquait, les questions qu'il n'hésitait pas à poser, ne pouvaient qu'attirer l'attention du proscrit sur ce gamin peu ordinaire. Fred voulait tout savoir de cette Russie qu'il découvrait, de ces révolutionnaires aux noms étranges, de ces premiers soviets de 1905 dont Delesalle disait qu'ils avaient mis en pratique l'anarcho-syndicalisme. Eichenbaum lui répondait volontiers, lui décrivait les étendues neigeuses de son pays, les steppes, la tyrannie du tsar, les bagnes sibériens. Tant et si bien que Fred se mit en tête d'apprendre le russe pour lire Dostoïevski et Tolstoï dans le texte. Eichenbaum, ravi de trouver un élève aussi docile, acquiesça. Tous les soirs, après la fermeture de la librairie, il épelait à l'enfant les mots de sa langue. Fred assimila sans difficulté l'alphabet cyrillique. La sonorité des mots slaves, leur musicalité, achevèrent de le conquérir. Avec la cruelle inconséquence des adolescents qui s'abandonnent à leurs engouements et à leurs amitiés nouvelles, il en négligeait un peu Flora qui allait bientôt être mère et il s'éloignait aussi de Delesalle. Eichenbaum lui rappelait Kibaltchich. Mais il était plus impulsif que Victor, plus passionné, plus extraverti.

Avant qu'il ne soit trop tard, Delesalle décida d'avoir un entretien avec Fred.

— Je ne te reproche rien, lui dit-il. Je ne te reprocherai jamais rien. Je ne suis pas juge. Tu es libre de faire ce que tu veux. Je te dirai simplement que, depuis la sortie de prison de Rirette, tu aurais pu lui rendre visite. Elle non plus ne cherchera pas à te rappeler sa présence. Elle sait que tu n'as plus besoin d'elle. Alors elle s'occupe seulement de Flora, que tu délaisses aussi. Tu apprends le russe. C'est bien. Tu aimes apprendre. C'est bien. Mais à quoi cela te servira-t-il, de parler russe ? La révolution a échoué en Russie. C'est un pays pauvre, peu propice à l'instauration d'une société nouvelle. La révolution se fera, oui, elle se fera, et tu as suffisamment de dons pour y trouver ta place. Tu dois y trouver ta place. Il faut que tu serves la révolution. Mais elle ne se fera pas en Russie. En Allemagne sans doute, ou en Angleterre, peut-être en France ? En tout cas dans un pays industrialisé comme le nôtre. Les métallurgistes occuperont le premier rang dans les combats qui viendront. C'est pourquoi je te prie d'accepter de te former à un vrai métier. Commis libraire, ce n'est pas pour toi. Moi, vois-tu, je suis un peu rangé des voitures. L'avenir est dans l'industrie. Ce qui m'a sauvé, dans ma jeunesse, même à l'époque où je m'égarais dans l'illégalisme, c'est qu'en même temps j'étais un bon ouvrier ajusteur. Quand on est un bon ouvrier, on peut tout faire, tout dire. On est respecté. On a son passeport, en quelque sorte, pour la vie en société. On peut alors discuter la manière dont on vit dans cette société, on peut la combattre. Un bon ouvrier peut devenir un militant syndicaliste exemplaire. Le contraire, jamais. J'aimerais que tu deviennes un bon ouvrier, Fred. Pas seulement pour toi, mais pour la cause. J'ai suffisamment d'entrées dans nos syndicats pour que tu puisses suivre tout de suite le meilleur apprentissage. Tu es intelligent, habile, crois-moi, choisis d'être ajusteur. C'est un beau métier. Un métier où l'esprit travaille autant que la main, où à l'agilité de l'esprit doit répondre la promptitude du geste. Souviens-toi de ce que ce criminologiste a dit aux Assises, cet éloge qu'il prononça sur l'apparence physique des gars de la bande à Bonnot, sur leur hygiène de vie, etc. Les plus sains des hommes ! Du moins en apparence. Mais pourris de l'intérieur. Ils auraient pu devenir des militants révolutionnaires extraordinaires et ils se sont laissé avarier. Tu n'as que quatorze ans, Fred, mais tu es un homme. Tu seras bientôt père de famille. Il te faut choisir. Tu as vécu jusqu'à présent comme un enfant. L'enfance, c'est fini. Elle finit très tôt pour nous. Trop tôt sans doute. C'est ainsi. Ne me dis rien, Fred, réfléchis. Je ne te garderai pas à la librairie. Ce ne serait pas te rendre service. Nous avons passé malgré tout un bon moment ensemble.

Comme Fred restait silencieux, un peu abasourdi par ce discours inattendu, Delesalle le prit par le menton, le força à le regarder et lui dit, très triste :

— Ce n'est pas que je ne veuille plus de ta compagnie, Fred. J'aimerais bien et Léona aussi. Mais ce serait égoïste de notre part.

Puis il fit volte-face, très vite, et disparut dans le couloir obscur.

Contrairement à ce que pensait Fred, Vsevolod Eichenbaum approuva la proposition de Delesalle. Fred entra donc comme apprenti ajusteur dans une usine d'appareils de précision. Germinal était né. Comme Flora se plaisait beaucoup dans la compagnie de Rirette, qui l'avait tant assistée dans sa grossesse et pour l'accouchement, les deux enfants (disons plutôt, maintenant, les deux parents) réintégrèrent Belleville. Puisque Rirette vivait seule, en attendant la libération de Victor, ils n'occupèrent plus la cabane au fond du jardin ; Rirette leur laissant la disposition d'une pièce de son logement.

Fred passait ses journées à l'usine. Le soir, il continuait à étudier le russe. Parfois, Eichenbaum venait jusqu'à la rue Fessart. Rirette d'ailleurs le connaissait et le tutoyait, ce qui paraissait choquant à Fred, habitué à l'entendre vouvoyer Victor. Eichenbaum apportait avec lui des nouvelles du monde entier, voire de simples nouvelles de Paris, du Paris des beaux quartiers, si lointains, mais où se déroulaient toujours de bien curieuses choses. Comme ce jour de février 1914 où, de la gare de Lyon à l'église Saint-Augustin, cent mille personnes suivirent les obsèques du président de la Ligue des patriotes, Paul Déroulède.

— Place de la Concorde, dit Eichenbaum, la statue de Strasbourg était drapée de voiles noirs. La foule s'est arrêtée devant cette veuve. Il est monté alors du cortège un murmure, qui s'est enflé, qui a grondé comme le tonnerre. C'est la voix de la guerre, mes amis. Ce défilé, c'est l'avant-garde des armées en marche.

C'était le 3 février. Le 31 juillet, Raoul Villain assassinait Jaurès. Le 1er août, la mobilisation générale était décrétée.

Dès le début de la guerre, il se produisit chez les anarchistes, aussi bien que chez les socialistes, un retournement qui stupéfia Eichenbaum : tous, ou presque tous, abandonnant leur pacifisme viscéral, devinrent bellicistes.

Le Russe n'en revenait pas.

— La contagion cocardière, disait-il, atteint même Delesalle. Il croit que se déclenche la bataille entre l'esprit libertaire latin et l'autoritarisme germanique. Proudhon contre Marx. A-t-on jamais entendu pareille ânerie ! Poincaré, en faisant la guerre au Kaiser, n'aurait d'autre objectif que de combattre le marxisme ! Le pire c'est que, de Londres, Kropotkine lui-même lance des appels au combat. Le patriarche se glisse dans la peau de Danton. « La bravoure des armées belge et française est adorable », oui, le mot est exact, il a osé dire « adorable ». C'est de la démence. Et Jean Grave, le doux Jean Grave, qui de sa mansarde de la rue Mouffetard n'avait donné jusqu'ici que des leçons de sagesse, le voici jacobin. Il veut sauver ce qu'il appelle « la tradition démocratique et révolutionnaire française ». Et s'il n'y avait qu'eux ! Mais chez mes compatriotes, tous les réfugiés russes de la rue de la Reine-Blanche, aussi bien que les mencheviks, que les socialistes révolutionnaires, tous prêchent la croisade contre les Huns. Nous sommes déshonorés !

Fred eut bien du mal à ne pas céder, lui aussi, à l'hystérie cocardière qui mettait Paris en fête. Les soldats partaient en chantant de la gare de l'Est, une fleur plantée dans le canon de leur fusil. Les femmes, toutes les femmes, des bourgeoises aux ouvrières, levaient à bout de bras leur enfant qu'elles offraient à la patrie. Les ouvriers se réjouissaient que Léon Jouhaux, leader de la C.G.T., se retrouve dans l'Union sacrée au côté du préfet de police Lépine et de Charles Maurras de *L'Action française.* Fred en venait à se demander si Eichenbaum ne s'égarait pas, lui, tout seul. Puisque même Delesalle approuvait la guerre ! Puisque Kropotkine... Quelle attitude adoptait Victor Kibaltchich dans sa prison ? Rirette, qui n'était pas sa femme légale, n'obtenait pas le droit de visite. Elle réussissait néanmoins à communiquer avec lui. Sa réponse fut formelle : « Eichenbaum voit juste. Les va-t-en-guerre sont fous ! »

— Et Valet, demanda Fred, qu'aurait-il fait ?

— Valet et ses copains, répondit Rirette, étaient des hommes de guerre qui se trompèrent d'époque. Peut-être que, dans cette guerre-ci, ils seraient devenus capitaines ou quelque chose comme ça. Ils ont agi trop tôt.

— Moi, j'en ai ma claque, de ta guerre, de ton Badaboum, de ta Russie, de tes bouquins, grommela Flora. Il n'y a qu'un Bouquin qui vaille, c'est le bon chien des Delesalle.

Toujours aussi petite, toujours aussi blonde, elle berçait dans ses bras fluets le bébé Germinal, énorme. Comment une femme aussi menue avait-elle pu accoucher d'un enfant aussi gros ? Pour l'instant, Germinal se préoccupait plus de ses tétées que de la situation internationale. En quoi il tenait de sa mère que la dérive politique de Fred exaspérait. Sauvage, instinctive, insouciante, par sa sensualité plus épanouie depuis sa grossesse, elle se rapprochait d'ailleurs de Rirette. Toutes les deux graciles, jolies, coquettes (même aux pires moments de son dénuement, en haillons et pieds nus, Flora conservait un charme farouche) elles paraissaient maintenant deux sœurs, s'amusant à se vêtir d'une manière identique. Toutefois Rirette demeurait une militante libertaire convaincue, alors que Flora restait imperméable à toute réflexion politique. Cette divergence, qui aurait pu les séparer, n'affectait pas leurs relations. Pour Rirette, Flora était une sœur, mais une toute petite sœur, avec laquelle on se divertissait, mais qu'il fallait aussi protéger.

Fred, lui, admettait mal l'analphabétisme de Flora. Il voulait absolument lui apprendre à lire. Elle refusait avec violence :

— Tes livres, tu peux te les mettre où je pense. Ils t'éloignent de moi. A partir du moment où tu es entré dans cette maudite boutique des Delesalle, tu n'as plus été le même. Ils t'ont bien eu, avec leurs bouquins !

— Qui ça, ils ?

— Eh bien, Valet, Delesalle, le père Sorel, Badaboum...

— Il ne s'appelle pas Badaboum.

— Je dis ça pour t'agacer.

— Pourquoi, Flora ? Ils ont tous été si gentils avec nous.

— Tu sais à quoi tu me fais penser, parfois ?

— Non.

— A un curé. Dans le patelin de mes parents, il y avait un curé. Il parlait comme toi, comme Badaboum, comme le père Sorel.

— Tu dis n'importe quoi.

— Non. Ils t'ont bien eu. On a été libres tous les deux, libres comme des moineaux. Et maintenant tu t'enfermes toute la journée dans une usine. Clac. On t'a mis les menottes et tu te laisses faire. Tu as même l'air content de toi, d'eux... Tu es comme Victor, au fond. Rirette me dit qu'il ne se déplaît pas tellement dans sa prison, qu'il se glorifie d'être prisonnier ; qu'il y passe son temps à lire, à étudier je ne sais quoi. Comme toi, en somme. Ah ! vous êtes des drôles de cocos, les hommes ! Quand je pense que j'en ai pondu un !

Le 5 septembre 1914, à vingt-deux kilomètres de Paris, à la tête de sa compagnie d'infanterie repliée de Lorraine, Charles Péguy, suivant l'expression consacrée, « tombait au champ d'honneur ». Il avait écrit dans sa jeunesse : « Oui, nous attaquons universellement toute armée en ce qu'elle est un instrument de guerre offensive, c'est-à-dire un outil de violence collective injuste. » Comme les autres, il se laissa ensuite prendre dans la folie revancharde :

Heureux ceux qui sont morts dans les grandes batailles,
Couchés dessus le sol à la face de Dieu...

Son souhait avait été exaucé :

Heureux ceux qui sont morts dans une juste guerre.
Heureux les épis mûrs et les blés moissonnés...

Était-ce une juste guerre ? Kropotkine le disait. Gustave Hervé qui, hier encore, prêchait l'antimilitarisme auprès des appelés et la désertion en temps de guerre, recevait maintenant les éloges de Charles Maurras pour sa conversion au patriotisme.

Lorsque Eichenbaum venait passer une soirée rue Fessart, il s'étranglait d'indignation. La bouilloire à thé de Victor Kibaltchich chauffait de nouveau en permanence et Fred n'arrivait pas à comprendre comment des hommes aussi actifs pouvaient prendre plaisir à boire une infusion aussi insipide. Il préférait l'eau de la fontaine publique de la place des Fêtes. Eichenbaum, qui noyait dans des tasses de thé sa révolte, disparut soudain, sans donner de nouvelles. Rirette finit par savoir que, prévenu de son arrestation pour « défaitisme », il s'était enfui à Bordeaux pour s'embarquer comme soutier à bord d'un paquebot en partance pour les États-Unis.

L'absence d'Eichenbaum fit un grand vide rue Fessart. D'autant plus que Rirette commençait à mal supporter l'interminable détention de Kibaltchich. Elle s'énervait, communiquait son agitation à Flora. Fred, qui avait maintenant seize ans, s'attardait à la sortie de l'usine avec ses collègues. Ils se réunissaient dans un bistrot où les discussions à propos de la guerre prenaient parfois des allures de disputes. L'unanimité patriotique de 1914 s'émoussait. Trop de morts endeuillaient les familles, trop de blessés revenaient défigurés, mutilés. La guerre n'était plus fraîche et joyeuse, mais boueuse et sordide. Dans l'atelier, tous les adultes partis au front, il ne restait que des vieux et des adolescents. Ces derniers, qui voyaient approcher l'heure du conseil de révision, se montraient pratiquement tous hostiles à la poursuite du conflit. Et ils n'hésitaient pas à tenir tête aux anciens qui les traitaient de poules mouillées.

En arrivant rue Fessart, Fred trouva dans la poche de sa veste de droguet une feuille de papier, pliée en quatre, qu'il ne se souvenait pas d'y avoir mise. Il s'agissait d'un tract, mal imprimé, intitulé *L'authentique embusqué*. L'auteur, qui ne signait que d'un prénom, Armand, se disait « le sans-patrie, le sans-drapeau, le sans-frontière, le sans-religion, le sans-idéal ».

Fred reçut cette déclaration comme une gifle. Il lui apparut immédiatement qu'il s'amollissait. Il s'était contenté d'écouter Eichenbaum, sans agir lui-même.

Comme le souhaitait Delesalle, il ne s'appliquait plus qu'à devenir un bon ouvrier. Et aussi à apprendre le russe, qu'il déchiffrait presque couramment. La langue russe, Eichenbaum et Kibaltchich, tout cela se tenait. Pendant ce temps, l'Europe s'égorgeait.

— Que lis-tu ? demanda Rirette.

Il lui tendit le libelle.

— Enfin, ils se réveillent. Armand, je le connais de nom. C'est un pacifiste intégral, un disciple de Stirner. Tu as lu *L'Unique et sa propriété* ?

— Oui, Delesalle trouvait que ça ne menait à rien, sinon peut-être à la bande à Bonnot.

Quelques jours plus tard, Fred trouva de nouveau un tract dans sa veste. Signé Louis Lecoin, celui-ci se terminait par ces mots que personne n'osait alors prononcer : « Réclamons la paix. Imposons la paix. »

Qui pouvait bien, à son insu, lui glisser ces imprimés ? Un des ouvriers qu'il côtoyait au bistrot, certainement, mais lequel ? En ces temps où le pacifisme s'identifiait au défaitisme, mettre en question la validité de la guerre équivalait à une trahison et était puni comme telle. Ces deux pamphlets démontraient néanmoins que l'optimisme béat du patriotisme de 1914 commençait à sentir le roussi.

— Lecoin, dit Rirette. C'est un nouveau. Il doit avoir vingt-six ans, à tout casser. Déjà en prison, bien sûr. Mais, après tout, ça vaut mieux que de se faire trouer la peau.

Quelques jours plus tard, Fred remarqua, à la sortie de l'usine, un jeune ouvrier qui lisait ostensiblement un journal intitulé *Le Bonnet rouge*.

— C'est quoi, ton canard ?

— C'est la feuille d'Almereyda, la seule qui critique la guerre.

— On la laisse faire ?

— Almereyda a le bras long. Il n'a peur de rien. C'est plutôt lui qui effraie les politicards.

— C'est toi qui distribues des tracts pacifistes ?

— Personne ne distribue de tracts. C'est interdit. Mais si tu veux ma gazette, je te la donne.

Rentré rue Fessart, Fred découvrit avec étonnement dans *Le Bonnet rouge* des appels à la paix signés Romain Rolland. D'autres articles demandaient que la paix soit négociée avec l'Allemagne. Ce journal mettait en évidence des personnalités dont il n'avait jamais entendu parler, comme ces socialistes que l'on disait représenter l'aile gauche minoritaire : Marcel Cachin et Jean Longuet.

Fred interrogea Rirette. Elle ne savait rien de Cachin, mais de Longuet elle dit qu'il était le fils de Jenny Marx.

— Quel Max ?

— Pas Max, Marx. Un socialiste allemand. Notre adversaire de toujours. L'ennemi de Proudhon, de Bakounine, de Kropotkine.

— Un monstre, alors, dit Fred en riant.

Il lui montra *Le Bonnet rouge*. Elle connaissait ce journal, mais fit la moue.

— Comment peut-il demander la paix, sans que la censure s'en mêle ? demanda Fred. Qui est cet Almereyda dont le nom s'étale en première page ?

— Un drôle de coco. D'un côté ses références sont louables. Le rapprochement avec l'Allemagne, il l'a demandé bien avant la guerre. Il a séjourné en prison une infinité de fois depuis plus de dix ans : pour avoir fait l'apologie du 17e de ligne, mutiné à Narbonne, au temps de la grève des vignerons ; pour un article contre la guerre coloniale au Maroc ; pour avoir injurié Clemenceau ; pour avoir incité des cheminots en grève au sabotage ; qu'est-ce que je sais encore... Victor, du temps qu'il vivait à Bruxelles, l'a aidé à s'y cacher. Mais il le considérait, malgré tout son courage, comme un arriviste. Depuis, on se méfie d'Almereyda. Il a des fréquentations inavouables. Le ministre de l'Intérieur, Malvy, finance son journal.

— Le ministre des flics mènerait double jeu ? Pour la guerre, avec Poincaré, et contre la guerre, avec Almereyda ? Non, tu me fais marcher.

— Derrière Malvy il y a Caillaux, l'ancien président du Conseil, et Caillaux cherche à négocier la paix avec l'Allemagne.

— Tant mieux s'ils y réussissent.

— Ah ! vous n'êtes pas drôles, intervint Flora. Qu'est-ce que ça peut bien nous foutre, tout ça ? Laissez-les se débrouiller entre eux. De toute manière ils ne nous demanderont pas notre avis.

— Dans deux ans, si la guerre s'éternise, je suis bon pour être soldat, s'exclama Fred. Alors, ça me concerne un peu !

— Fredy, ô Fredy, que tu es niais. Je te prendrai par la main et on se sauvera tous les deux. Tu te souviens, je te disais : on va faire la vie.

— Et Germinal ?

— On le laissera à Rirette.

— Merci beaucoup, répliqua Rirette d'un air pincé. Si vous partez, vous emportez vos meubles.

L'ouvrier tourneur, lecteur du *Bonnet rouge*, travaillait dans le même atelier que Fred. Ce dernier le regardait avec une telle envie écroûter les pièces brutes provenant de la fonderie, puis les dégrossir en enlevant le métal excédentaire, que le tourneur l'invita à venir assister à la délicate opération de l'affûtage des forets sur la face plane des meules en disque. Il lui expliqua comment on conservait la symétrie parfaite des deux lèvres par rapport à l'axe de l'instrument.

— Pourquoi tu t'appliques tant ?

— Autrement le foret se désaxe et s'use rapidement.

Il lui montra ses outils, comme on présente ses copains :

— Ça, c'est pour fileter, ça pour aléser. Ça c'est la jauge de profondeur.

— Fileter, c'est quoi ?

— Ben, dis donc, t'as pas fini d'apprendre. D'où sors-tu ? Tiens, sur cette pièce toute lisse, faudra que je creuse avec mon outil à fileter. A chaque passe, l'outil doit retomber exactement dans le sillon déjà tracé. Faut avoir l'œil et la main.

— Je m'appelle Fred. Et toi ?

— Hubert.

— Je ne sais rien. Tu m'aideras ?

— T'as une bonne bouille. La trigonométrie, tu connais ?

— La quoi ?

— Bon. Je te refilerai des manuels. Tu viendras me regarder travailler. Si tu es malin, tu pigeras vite.

Hubert devait avoir deux ans de plus que Fred. Mais Fred, avec sa haute taille, faisait plus âgé. Une familiarité, puis une vraie sympathie, s'établit entre les deux jeunes gens. Fred s'aperçut que, jusqu'alors, il n'avait jamais connu de garçons de sa génération, qu'il avait toujours fréquenté des vieux ou des plus vieux que lui. La discipline de son apprentissage, ajoutée à sa somme de lectures, le mûrissaient considérablement. Il ne s'identifiait plus à Gavroche, mais à un ouvrier grave, trop sérieux, disaient ses compagnons d'atelier. Vêtus de la même façon : costume de drap beige, casquette plantée sur le côté du crâne, galoches, Fred et Hubert s'étaient fatalement rapprochés parce qu'ils se ressemblaient. A la différence qu'Hubert tirait avantage d'un passé de militant syndical, alors que Fred n'avait été conduit dans les milieux de l'avant-garde révolutionnaire de son temps que par une succession de hasards, de rencontres. Hubert lisait beaucoup moins que Fred, mais ses lectures, mieux orientées, lui donnaient une supériorité intellectuelle évidente sur son cadet. Quelques années auparavant, Hubert s'était inscrit aux Jeunes Gardes révolutionnaires, créées par Vigo de Almereyda, dont l'un des principaux divertissements consistait à faire le coup de poing contre les nervis d'Action française. Pas à proprement parler anarchiste, il se sentait plutôt porté vers l'extrême gauche socialiste dont le leader, jeune politicien à l'accent rocailleux de la Garonne, se nommait Vincent Auriol.

Ceux qui avaient été jusque-là les amis de Fred étaient plutôt des protecteurs. Eux parlaient, lui écoutait. La sauvagerie de son enfance le rendait d'ailleurs peu bavard. Et c'est sans doute à sa faculté d'écouter sagement ses aînés qu'il dut l'attention que ceux-ci lui portèrent. Avec Hubert, il découvrait la véritable amitié, faite d'égalité et d'un même élan vers un avenir incertain. Il découvrait la fécondité du dialogue. Une véritable mue s'opérait en lui. L'aisance avec laquelle il se mettait soudain à s'exprimer le surprenait, l'épouvantait aussi un peu. Il essayait de se modérer, mais les répliques arrivaient toutes seules et il voyait qu'Hubert prenait plaisir à ces discussions interminables.

Tous les soirs, désormais, plutôt que de se rendre au bistrot, puisque ni l'un ni l'autre n'aimait boire, ils arpentaient les rues en parlant. Comme Hubert habitait du côté de la gare d'Austerlitz, donc tout à l'opposé du domicile de Fred, ils s'accompagnaient tour à tour un bout de chemin, puis revenaient sur leurs pas, recommençaient dix fois le même manège, jusqu'à ce que l'heure tardive les amène à regret à se séparer.

Rue Fessart, Fred mangeait une soupe à la grimace. Flora n'admettait pas qu'il lanterne ainsi en chemin.

— On vient tout juste d'être débarrassés de Badaboum, maugréait-elle, et voilà que tu en rencontres un autre. Je ne te suffis pas. Et Germinal, tu n'es pas pressé de le prendre dans tes bras.

Fred, le nez dans son assiette, ne répondait pas. Il comprenait les reproches de Flora, les savait justifiés, mais si, par tous ses sens, il se sentait lié à Flora, s'il la revoyait chaque soir avec bonheur, si la vie sans Flora lui paraissait impossible, invraisemblable, dans un coin de son cerveau sonnait une petite cloche qui l'appelait ailleurs.

Pourquoi la jeunesse a-t-elle besoin de héros ? Pourquoi se donne-t-elle avec tant de confiance à de grands hommes ou prétendus grands hommes ? Pourquoi l'adolescence sur son déclin s'attache-t-elle à des pères ultimes ? Il ne sert à rien de le déplorer ou de s'en réjouir. C'est ainsi. Le grand homme d'Hubert c'était Almereyda. Ce personnage tout à fait extraordinaire fascinait d'ailleurs nombre de jeunes ouvriers. Et, bien sûr, Hubert n'attendait que la première occasion pour le faire connaître à Fred.

Miguel Almereyda, originaire de la principauté d'Andorre, se nommait de son vrai nom Eugène-Bonaventure de Vigo. Après des débuts dans la vie parisienne qui se situèrent dans la mouvance du terrorisme anarchiste, Almereyda trouva sa voie dans le journalisme politique. Il avait fondé deux journaux : *La Guerre sociale* avec Gustave Hervé, connu à la prison de Clairvaux, puis, seul, *Le Bonnet rouge,* adversaire acharné de *L'Action française.* On se demanda pendant longtemps pourquoi un brûlot aussi gauchiste que *Le Bonnet rouge* s'était enflammé pour défendre Mme Caillaux qui, pour couvrir l'honneur politique de son mari, avait assassiné Calmette, le directeur du *Figaro.* On sut plus tard que Joseph Caillaux finançait *Le Bonnet rouge.* On sut encore que si, à la déclaration de guerre, les milliers de suspects fichés sur le carnet B, qui devaient être arrêtés en cas de mobilisation, ne l'avaient pas été, c'est parce que Almereyda négocia avec Malvy, ministre de l'Intérieur, ami de Caillaux, la non-application du carnet B en échange de l'assurance que socialistes et anarchistes ne causeraient aucun trouble. Que la presque totalité des anarchistes et des socialistes se soient alors ralliés à l'Union sacrée peut s'expliquer par l'ascendant qu'Almereyda avait pris dans la gauche française. Que Caillaux et Malvy aient ensuite utilisé Almereyda pour exprimer par son truchement leur pacifisme et leur désir d'une paix négociée avec l'Allemagne est certain. En réalité, Almereyda se croyait devenu suffisamment puissant pour mettre Caillaux et Malvy dans sa poche. Mais s'il se servait d'eux, eux se servaient aussi de lui.

Hubert emmena Fred à une réunion tenue par Almereyda. La salle était archicomble d'un monde composite, où se mêlaient bourgeois et ouvriers. Beaucoup de chapeaux melons aussi, qui sentaient la flicaille. Soudain les applaudissements crépitèrent et apparut sur l'estrade un homme mince, très beau, d'une beauté méridionale, à l'abondante chevelure noire ondulée, avec une moustache de Don Juan d'opérette. Fred fut déçu. Il s'attendait à trouver quelqu'un comme Valet. Oui, de tous ceux qu'il avait connus, c'est Valet qui lui restait le plus cher. Il ne pouvait s'empêcher de voir Valet tel que les journaux le décrivirent, torse nu, ensanglanté, un browning à la main, se faisant tuer plutôt que de se rendre. La bonté de Delesalle, l'affectueuse éducation reçue chez le libraire, les leçons de russe d'Eichenbaum, l'hospitalité de Victor et de Rirette, tout cela demeurait vivace chez Fred, mais s'amoindrissait dès qu'il pensait à ce pauvre malfrat de Valet. Toutefois, en le regardant bien, Almereyda avait quelque chose de Valet, une expression nerveuse, un peu dépravée, non sans charme. Oui, d'Almereyda émanait un charme qui fascinait ses auditeurs, qui avait dû fasciner Malvy et, bien avant, Gustave Hervé. Un charme vicieux de rastaquouère, disait *L'Action française*. Ses dons d'orateur étaient à la mesure de ceux de l'homme d'affaires. Il parlait si bien, d'une si belle voix, d'une voix si envoûtante, que Fred ne suivait plus son discours. Il l'écoutait distraitement, se raccrochant néanmoins à des moments étonnants, comme ceux où il évoquait le « peuple » allemand, dont il prenait la défense, ne voulant pas le confondre avec le Kaiser et son état-major (quelles paroles stupéfiantes en un temps où il n'était question que de la cruauté des Boches !), ceux où il louait Romain Rolland qui venait de publier en Suisse *Au-dessus de la mêlée,* ceux où il tonnait contre le « traître » Léon Daudet. Comme un enfant d'une dizaine d'années s'approchait de la tribune, Almereyda le hissa sur ses épaules, tout en continuant sa péroraison. L'enfant, fluet, passa ses bras autour du cou de l'orateur et la foule applaudit.

— C'est Nono, souffla Hubert, le fils d'Almereyda. Il l'accompagne dans toutes ses réunions. Il paraît que, quand il était tout petit, Almereyda l'enroulait dans une couverture et l'emmenait dans les débats des bistrots. De temps en temps les pleurs du gamin coupaient les discussions politiques et Almereyda sortait de sa pelisse un biberon qu'il flanquait dans la bouche de Nono. Sacré Nono, ce sera un caïd !

L'amitié de Fred et d'Hubert fut rapidement coupée par l'appel de la classe 1915. Chacun espérait que la guerre s'arrêterait avant le moment fatidique où son tour arriverait de monter aux tranchées. Mais la guerre continuait. Elle semblait même ne plus devoir finir. Les obus creusaient des cratères. Les soldats creusaient des tranchées. Les armées françaises et allemandes s'enterraient, s'ankylosaient dans la vase. Le sol était miné. Les boyaux de terre serpentaient sous les champs déserts. Le soldat devenait taupe, devenait ver. Il s'accrochait à la terre, labourée par les projectiles d'acier. Il se mélangeait à la terre qui, tôt ou tard, l'absorberait, le revêtirait de son linceul de boue. Chaque départ, à l'atelier, était reçu comme un deuil, une condamnation à mort. Pour Fred, l'état-major, le gouvernement, s'identifiaient à cette cour d'assises qui avait envoyé Raymond-la-Science à l'échafaud. Il ne voyait aucune différence entre celle-ci et ceux-là. Le départ d'Hubert le déchirait comme le déchira la mort de Valet.

Delesalle l'avait jadis emmené assister à l'exécution de Raymond-la-Science, en s'excusant de le conduire à un aussi écœurant spectacle, mais pour qu'il se souvienne à jamais de la tragédie des amis de Rirette et de Victor. La foule, massée dès minuit boulevard Arago, voulait se trouver le plus près possible de la guillotine. A l'aube, apparut un fourgon attelé à deux chevaux blancs. Callemin en descendit, marchant difficilement avec ses pieds entravés par des cordes. Sa chemise échancrée montrait la peau blanche de sa poitrine. Il alla vers l'échafaud en chantant :

Nous n'irons plus au bois,
Les lauriers sont coupés.

Près du bourreau, il se redressa, toisa la foule, s'exclama :

— C'est beau, l'agonie d'un homme !

Fred emporta pour toujours son ultime regard de mépris.

Avant le départ d'Hubert, celui-ci lui avait dit :

— Il faut que tu soutiennes l'action d'Almereyda. C'est notre seule chance de salut. Je monte au casse-pipe avant toi, mais ton tour viendra vite. Aidons Caillaux à faire la paix.

Soutenir l'action d'Almereyda ? Fred décida auparavant de rendre visite aux Delesalle. Il s'attendait à des reproches. Mais Paul et Léona le reçurent comme s'ils s'étaient vus hier. Le chien Bouquin, lui-même, lui fit fête. Dans la librairie de la rue Monsieur-le-Prince, Fred éprouva néanmoins une sensation pénible. Non seulement celle-ci lui parut beaucoup plus petite, mais elle sentait le renfermé, la poussière. Après avoir succombé à la fièvre patriotarde, comme tout le monde, Paul

Delesalle était revenu à son pacifisme naturel. Fred lui parla d'Almereyda, d'Hubert, de l'atelier de mécanique et de la bonne ambiance du travail d'ajusteur qu'il aimait.

— Sacredieu, que c'est difficile de ne pas trébucher, dit Delesalle. Te voilà bien parti dans la vie et cette crapule de Vigo se trouve maintenant sur ton chemin.

— Comment, crapule, dit Fred, choqué. Il est le seul à s'opposer à la guerre, ça mérite bien quelque considération.

— Almereyda est vendu à une clique de financiers. Le préfet de police l'a dans sa manche.

— C'est lui qui manœuvre Malvy et Caillaux, pour les pousser à faire la paix.

— Mon pauvre Fred, quelle naïveté ! Tu verras que ce trio va se trouver un de ces jours dans un beau pétrin. Oui, Vigo, alias Almereyda, fut l'un des nôtres. Lui aussi ne buvait que de l'eau et, aujourd'hui, tu n'as pas remarqué la publicité dans *Le Bonnet rouge* pour une marque de liqueur d'absinthe ? Almereyda loue ceux qui le financent. C'était un compagnon courageux. Il s'est perverti et ne paye plus de sa personne. On le paye. Sais-tu qu'il possède un hôtel particulier, une villa à Saint-Cloud, cinq ou six autos, deux ménages, trois maîtresses, un chauffeur nègre, un valet de chambre espagnol...

— Et puis quoi, encore, plaisanta Fred. C'est un nabab à ce que vous dites. Je préfère un nabab qui travaille pour la paix à un anar patriote, comme Jean Grave.

Delesalle sourit :

— Je crois bien qu'il y a un coup de patte sur ma petite gueule. C'est vrai, je me suis trompé. Jean Grave se trompe. Kropotkine aussi. Tiens, regarde...

Delesalle prit dans une pile d'imprimés une revue : *Ce qu'il faut dire*. Il souligna du doigt une liste de souscriptions ouverte par Sébastien Faure. Fred lut : « Pour que Grave crève, cinquante centimes. »

— Il y a plus sérieux que ton Almereyda, reprit

Delesalle. Sébastien Faure vient de publier un tract : *La Trêve des peuples.* Armand a lancé une nouvelle revue : *Par-delà la mêlée.* Nos amis se sont ressaisis. Trente-cinq libertaires ont signé un manifeste, *L'Internationale anarchiste et la guerre.* On y retrouve Emma Goldman, Alexander Berkman, Malatesta. En Allemagne, Rosa Luxemburg et Liebknecht ont aussi publié un pamphlet contre la guerre. Il n'existe pas que des « anarchistes de tranchées », comme Malatesta les appelle. Oui, nous nous sommes ressaisis, il était temps. Nous sommes peu nombreux, mais nous existons. Il y a quand même Monatte, Rosmer, Merrheim, Trotski et ses amis Guilbeaux et Martinet.

Trotski ? Ce nom évoquait quelque chose à Fred. Ah ! oui, encore un Russe dont lui avait parlé Eichenbaum.

Hubert disparu, la vie de l'atelier devenait pesante et l'ambiance très morose avec cette majorité de vieux ouvriers fatigués, d'infirmes et de quelques jeunes que la perspective de partir bientôt au front, avec leur classe, rendait cabochards. L'intelligence malicieuse d'Hubert, son passé de militant, leurs longues conversations, tout cela manquait à Fred. Sans doute avait-il vécu plus d'événements dramatiques que son ami, rencontré plus de gens étonnants, mais Hubert avait participé activement à la vie politique de son temps, alors que lui s'était contenté d'en être le spectateur. Une impression de vide l'affectait soudain. Il rentrait rue Fessart sans entrain, retrouvait Flora agacée par les exigences de Germinal qui ne cessait de prendre du poids et par la voix nerveuse de Rirette. Après plus de deux ans de guerre, après plus de deux ans d'absence de la presque totalité des hommes valides, la population féminine restée à l'arrière ressentait une immense frustration, qui se communiquait de femme à femme ; une sensation d'abandon collectif. Une fébrilité les gagnait qui se traduisait par une agitation nocturne dans les cabarets et les bals, dans une envie de jouir immédiatement de la vie la plus frelatée. Comme si ces femmes qui rompaient leurs freins, voulaient offrir aux hommes qui montaient à l'assaut à travers les barbelés et au milieu de la mitraille, une sorte de pendant, de réponse obscène. Elles aussi montaient à l'assaut, une coupe de mauvais mousseux à la main. Elles aussi couraient droit au néant. Elles aussi acceptaient l'avilissement, l'asservissement. Puisque les hommes uniformisés dans leur capote bleue ne réagissaient pas, acceptaient leur sort, galopaient en bandes vers l'abattoir, obéissaient aux ordres de petits chefs, qui obéissaient eux-mêmes à de grands chefs, puisque ces hommes n'étaient plus des mâles, mais des loques, des esclaves, puisqu'on les leur renvoyait mutilés, infirmes ou morts, elles se vautraient dans l'ignominie avec une frénésie parodiant les combats absurdes. Et pour celles qui, comme Rirette et Flora, ne se laissaient pas aller à cet abandon, mais qui voyaient autour d'elles leurs semblables vaciller, glisser dans un gouffre, il se produisait néanmoins un désarroi, une inquiétude vague, une insatisfaction latente. Fred avait l'impression qu'on lui faisait la tête, rue Fessart. En réalité, les deux femmes boudaient le monde, tel qu'il était.

Pour rester fidèle à Hubert, Fred voulut rencontrer Almereyda, lui offrir ses services. Dans les bureaux du *Bonnet rouge,* on lui demanda ce qu'il cherchait au juste et on le congédia en lui disant que l'on ne pouvait déranger le patron pour n'importe qui. Il rôda plusieurs soirs devant l'entrée du journal, jusqu'à ce que, enfin, Almereyda apparaisse. Fred, qui ne l'avait vu qu'une seule fois à la tribune, le reconnut sans mal. Vêtu d'une riche pelisse de loutre et coiffé d'un feutre rejeté en arrière, à la manière des marlous, il tenait par la main un garçonnet, engoncé dans des vêtements trop neufs. Nono, le Nono des biberons et des couvertures mitées, du temps de la dèche, habillé comme un petit riche. Cet étalage de luxe écœura Fred. Deux chiens, deux molosses, encadraient l'homme et l'enfant. Almereyda aperçut cet ouvrier qui le regardait. Il s'arrêta, inquiet, tira Nono plus près de lui, siffla les chiens qui avancèrent vers Fred en grondant.

Fred salua Almereyda en soulevant sa casquette, cracha par terre et s'en alla.

En 1916, Victor Kibaltchich, libéré de prison par anticipation, ne réintégra pas la rue Fessart. Une brève entrevue avec Rirette suffit pour qu'ils s'aperçoivent que ces années de séparation les avaient changés. Cette rupture glaça d'effroi Fred et Flora. Ils ne pouvaient oublier ce couple jeune, dynamique, sensuel, plein d'entrain et de gentillesse, qui avait été pour eux l'incarnation de l'amour. Fred courut à la recherche de Victor. Il le trouva à la fois abattu et résolu à lutter.

— Je ne resterai pas à Paris, dit-il. Trop de souvenirs avec Rirette. Et ce boulet de la bande à Bonnot. Tout ça, c'est du passé. Rirette m'a dit que tu fréquentais Vigo. Je suis allé le voir au *Bonnet rouge.* Lui non plus n'est pas reconnaissable. Il est malade. Il se drogue. Il a cru manigancer le pouvoir et le contact du pouvoir l'a perverti. J'étais sans doute le seul qui pouvait le lui dire. Il m'a répondu qu'il me fallait me décrasser de la sentimentalité de mes auteurs russes et que la révolution avait besoin d'argent. En réalité, je ne le crois pas, c'est lui qui a besoin d'argent. L'argent l'avilit. Fuis Almereyda, Fred, fuis-le comme le choléra.

— Je ne fréquente pas Almereyda. C'est un copain qui croyait à lui et qui voulait que je le connaisse. Moi, je ne sais plus que croire.

— Je pars à Barcelone. Peut-être bien que l'espoir viendra de là-bas. Sans doute ne nous reverrons-nous jamais, Fred. Le monde est si grand. Sois un bon ouvrier, comme t'en a prié Delesalle.

De février à novembre 1916, alors que les terribles batailles de Verdun décimaient les troupes, l'arrière, gagné par une hystérie cocardière, voyait des espions partout. Dans *L'Action française,* Léon Daudet affirmait que toute complaisance à l'égard de l'Allemagne, toute sympathie envers les Allemands, équivalait à une trahison. « Tout Allemand naturalisé doit être considéré comme un suspect, écrivait-il. Tout Allemand vivant en France est nécessairement un espion. » En septembre, Charles Maurras commença une campagne contre Almereyda-Vigo, qu'il n'hésitait pas à flétrir comme un agent de l'Allemagne. En réalité, à travers Vigo-Almereyda, *L'Action française* visait l'aile socialisante du parti radical, c'est-à-dire Caillaux et Malvy, « du parti de la paix ».

A cette même époque, Fred vit à Belleville un homme de très petite taille, tout rond de corps et de tête, qui distribuait des tracts titrés : « Imposons la paix ». Il en rapporta un à Rirette. Seule signature : « Le libertaire ».

— Il a un drôle de culot, celui-là, dit Rirette. Faut que j'aille voir sa bobine.

Fred et Rirette retrouvèrent l'homme place des Fêtes, juste au moment où deux sergents de ville l'embarquaient.

— C'est Louis Lecoin, s'exclama Rirette.

Lecoin l'aperçut. Il cria :

— J'ai retourné mon ordre de mobilisation à qui de droit. A bas la guerre !

— Sacré Lecoin, dit Rirette. Il sort juste de prison et y retourne. Celui-là, il ne fera guère parler de lui. Dès qu'il ouvre la bouche, on le boucle.

Le 1er avril 1917, Fred participa à la manifestation en l'honneur de la Révolution russe organisée par la Ligue des droits de l'homme. Le 2 mai, il lut dans *Le Bonnet rouge* un article enthousiaste sur cette révolution et apprit en même temps que ce Lénine, évoqué par Eichenbaum, venait d'arriver à Saint-Pétersbourg. Au même moment, excédés par trois ans de combats inutiles, des soldats se mutinaient sur le front français.

L'Action française fournit aussitôt l'explication que l'arrière attendait. Une manigance combinée de l'état-major allemand et des juifs aurait conduit à la Révolution russe. La preuve, ce wagon plombé dans lequel Lénine avait voyagé à travers l'Allemagne en guerre, avec la complicité des schupos. Un plan identique existait en France, dressé par Malvy et Almereyda, soulignaient Daudet et Maurras. Les mutineries au front constituaient pour eux le signe avant-coureur de l'insurrection imminente dont Caillaux tirait les ficelles.

A la Chambre des députés, Maurice Barrès apostropha Malvy : « Quand arrêterez-vous la canaille du *Bonnet rouge* ? »

En juin, les prédictions de *L'Action française* semblèrent se réaliser. En effet, pour la première fois depuis la guerre, un syndicat, l'Union des métaux, publia un tract pacifiste et quelques milliers de femmes grévistes remontèrent les Champs-Élysées en réclamant la paix. A Saint-Ouen, des soldats annamites dispersèrent les manifestations en tirant sur la foule. A Châlons, un régiment parcourut les rues en clamant : « Vive la paix ! » Au front, en première ligne, les mutineries se multiplièrent.

Fred recevait toutes ces nouvelles avec exaltation. On ne parlait plus, à l'atelier, que de cette Révolution russe dont on ne savait pas grand-chose, sinon que le tsar avait abdiqué, et surtout des soldats français qui refusaient de continuer à se battre. Les discussions, autour des machines, prenaient parfois des allures violentes. Les vieux, qui ne risquaient pas la mobilisation, traitaient les mutins de lâches, alors que les jeunes, en âge d'être appelés, fredonnaient lugubrement les couplets de la *Chanson de Craonne* :

Adieu la vie, adieu l'amour
Adieu toutes les femmes
C'est bien fini, c'est pour toujours
De cette guerre infâme
C'est à Craonne, sur le plateau
Qu'on doit laisser sa peau
Car nous sommes tous condamnés
Nous sommes les sacrifiés.

Le 22 juillet, au Sénat, Clemenceau accusa Malvy de trahison. Le 6 août, Almereyda était arrêté. Une semaine seulement plus tard, dans la nuit du 13 au 14 août, Eugène-Bonaventure de Vigo, dit Miguel Almereyda fut découvert inanimé dans la cellule 14 de la prison de Fresnes, juste la veille du jour où il devait rencontrer son avocat. La police conclut d'abord à un décès par hémoptysie, qui devint quelques jours plus tard un suicide, l'accusé s'étant pendu aux barreaux de son lit avec les lacets de ses souliers. Se pendre soi-même, couché, par simple traction sur les barreaux de son lit, puisque telle était la position dans laquelle on le trouva, demande des dispositions à l'acrobatie. Ce qui fit écrire à un journal du soir : « Il avait des lacets à ses souliers et en mourut prématurément. » On ne sut jamais si Almereyda-Vigo dut son « suicide » à des envoyés de Malvy et de Caillaux qui voulaient l'empêcher de parler, ou s'il fut tout simplement liquidé par des policiers se vengeant de l'époque où l'anarchiste Vigo leur en faisait voir de toutes les couleurs. Qui fut châtié ? L'anarchiste idéaliste d'avant-guerre ou le politicien affairiste ?

Toujours, les agents provocateurs ou les boucs émissaires servent de prétexte à la répression. A l'élimination d'Almereyda, succéda le procès d'Armand, condamné à cinq ans de prison pour complicité de désertion ; puis celui de Lecoin, condamné également à cinq ans de prison, plus dix-huit mois pour propos subversifs à l'audience ; enfin celui de Sébastien Faure qui n'écopa que de six mois puisqu'on ne trouvait rien à lui reprocher sinon d'être Sébastien Faure. En réalité, en bouclant ces pacifistes, le gouvernement croyait juguler la source du défaitisme qui affectait les régiments de première ligne. C'était donner bien du crédit à des militants minoritaires dans leurs propres organisations, inconnus de la masse et sans influence aucune dans les tranchées. C'était en même temps les tirer de l'anonymat, en faire des héros, voire des martyrs. Ainsi roule la machine du pouvoir qui, en désignant elle-même ses ennemis, en les suscitant au besoin, assure la renommée de ces derniers. Eux-mêmes, qui n'exercent aucune puissance, en reçoivent par là du pouvoir central, du pouvoir officiel. Le pouvoir sécrète les contre-pouvoirs. Mais sans cette opposition ne dépérirait-il pas, ne mourrait-il pas de sécheresse ?

En août 1917, Barcelone se proclama commune libertaire. Fred y vit la main de Victor Kibaltchich. L'insurrection de Barcelone, conduite par des conseils d'ouvriers et de paysans comme celle de Saint-Pétersbourg, était toutefois plus radicale que cette dernière puisqu'elle sautait par-dessus l'étape transitoire du gouvernement bourgeois de Kerenski installé en Russie. Mais deux mois plus tard, Lénine et Trotski chassaient à leur tour Kerenski du trône des tsars et annonçaient l'abolition de l'État.

Que d'événements incroyables ! Et comment ces hommes si ordinaires, si anonymes, si isolés, si pauvres, si démunis, pouvaient-ils tout à coup arracher aux maîtres du monde leurs privilèges ?

Rirette rue Fessart, Delesalle rue Monsieur-le-Prince, exultaient d'enthousiasme, de joie. Alors que tout semblait perdu, l'utopie devenait réalité. Fred allait de l'une à l'autre adresse, ballotté dans cette exaltation qui le grisait lui-même. Par contre, à l'atelier, l'atmosphère pesait, de plus en plus morne. Barcelone et Saint-Pétersbourg étaient bien loin et, ici, la guerre s'éternisait. Les mutineries de soldats laissèrent supposer un moment que les combattants, aussi bien français qu'allemands, mettraient la crosse en l'air et fraterniseraient. On ne savait pas que, dans les rangs des mutins, un soldat sur dix, choisi au hasard, était fusillé et que Pétain insistait auprès du gouvernement pour que ne soient pas graciés les condamnés à mort du conseil de guerre. « La terreur est nécessaire », décrétait celui que les soldats appelaient le « boucher de Verdun ». Fred, qui n'avait reçu aucune nouvelle d'Hubert, s'inquiétait. Mais ni dans cette tragique année 1917, ni lorsque lui-même sera appelé avec sa classe, ni dans toute la suite de sa vie où il rencontrera tant de militants, il ne retrouvera trace de son premier ami. La guerre l'avait escamoté. Était-il disparu, comme tant d'autres, volatilisé dans une explosion d'obus ? Avait-il été fait prisonnier ? Avait-il été jeté dans la fosse commune de ces condamnés à mort ? Était-il retourné après le conflit dans un anonymat volontaire, trop écœuré par tant de misères, brisé à tout jamais par la souffrance ? Toujours Fred s'interrogera, questionnera ceux qui auraient pu être des témoins. En vain.

2

Les poubelles du camarade Trotski
(1917-1924)

« *Tous les arts ont produit leurs merveilles, l'art de gouverner n'a produit que des monstres.* »

SAINT-JUST.

A partir du moment où Alfred Barthélemy passa le conseil de révision, fut déclaré apte au service armé, versé dans l'infanterie, revêtu d'un uniforme bientôt couleur de boue, casqué, armé d'un fusil à baïonnette, mêlé, intégré à une cohorte de pauvres diables ahuris que l'on entassa dans des camions pour les emmener vers l'Est, il lui sembla entrer dans le tunnel d'un cauchemar. Tout s'était déroulé si vite. La convocation, la rupture avec l'atelier, la séparation déchirante avec Flora. Flora qui ne comprenait pas, qui refusait de comprendre, qui se traînait par terre en s'accrochant à ses jambes, qui l'injuriait, le traitait de lâche parce qu'il acceptait de répondre aux ordres des flics (oui, pour elle, tous des flics, Joffre, Foch et Clemenceau, tous ceux qui portaient un uniforme, sans parler des civils de la secrète). Fred, avec sa capote, ses bandes molletières, son calot, devenait lui-même un flic, c'est-à-dire la négation absolue de leur enfance sauvage. Flora n'en démordait pas, et toute sa vie elle continuera à croire que Fred commença à abdiquer à partir du moment où il entra dans la librairie de Delesalle et où les livres le retinrent prisonnier. Ces maudits livres le détachèrent d'elle. Puis il se mit un collier de chien au cou : l'atelier. Rien d'étonnant ensuite qu'il se laisse mener à l'abattoir sans protester. Elle le suppliait de ne pas partir, de se cacher. Oui, elle le cacherait. Elle trouverait bien un travail qui les nourrirait tous les trois.

N'avaient-ils pas vécu longtemps sans se soucier du lendemain ? Ne s'étaient-ils pas toujours tirés d'affaire ? Pourquoi s'incliner devant cette convocation ? Pourquoi renier leur vie libre ?

Dans le camion, toutes bâches fermées, qui l'emmenait vers ceux que l'on appelait l'ennemi, serré contre des inconnus qui sentaient la sueur, Flora le poursuivait de ses invectives. Il revoyait aussi Rirette, muette, la bouche serrée. Rirette qui n'avait rien dit. Pourquoi accepter de partir ? Pourquoi ne pas refuser l'uniforme, comme Lecoin ? Eh bien, tout simplement parce qu'il avait peur. Le monde, soudain, l'effrayait. Les puissants de ce monde lui faisaient peur. Les fusillés pour l'exemple lui faisaient peur. Almereyda étranglé dans son cachot, Hubert disparu, Callemin guillotiné, Valet abattu comme un chien enragé, toutes ces images, tous ces souvenirs s'accumulaient en lui avec une telle force qu'à partir du moment où le camion s'arrêtera dans la nuit, et qu'il sautera avec ses compagnons sur une terre molle, si molle qu'elle les effraiera par son inconsistance, que les uns glissèrent et tombèrent, englués aussitôt dans cette gadoue, la peur ne le lâchera plus, la peur de cette terre insatiable qui dévorait chaque jour tant de soldats. Pendant tout le semestre où il ne quittera plus le front, son obsession sera d'échapper à la morsure de la terre. Mais, en face, les artilleurs n'avaient d'autre objectif que de l'enfoncer, lui, Fred, dans cette glèbe. Les obus creusaient des cratères. Ils labouraient le sol, envoyaient en l'air des geysers de pierrailles et de sable, qui recouvraient les hommes accroupis dans les tranchées, qui bouchaient parfois ces tranchées ensevelissant vivants des guetteurs. Fred vivra ces longs mois transi par les brouillards et la pluie des Flandres, dans un état d'hébétude. En même temps que la vie en troupeau, il découvrait la campagne dont, en petit citadin qui n'avait jamais bougé de Paris, il ignorait tout. Mais une campagne ravagée, incendiée. Une campagne horrible avec ses arbres calcinés, ses villages en ruine, ses animaux crevés, ses prairies défoncées par les roues des véhicules et la chute des projectiles. De cette première vision champêtre, il conservera toute sa vie une aversion du monde rural, absurde.

Avec ses compagnons d'infortune, il se contentait d'obéir. Ils bondissaient tous ensemble de la tranchée lorsque les officiers hurlaient l'ordre du départ. Ils couraient le plus vite possible, baïonnette en avant, rampaient dans les trous d'obus, rampaient sous les barbelés, rampaient sous les tirs de mitrailleuses. Ils ne savaient pas ce qu'ils faisaient, ni pourquoi on leur demandait de le faire. Ils agissaient comme des robots. Tous les soirs, un dixième d'entre eux manquait à l'appel. Parfois, les jours de grande offensive, plus de la moitié. Se jugeant tous condamnés à mort et en sursis, ils n'espéraient plus rien, ne croyaient plus à rien. Ils allaient. Marche ou crève, comme ils disaient. Lorsqu'on ne les mettait pas en mouvement, ils dormaient, d'un sommeil lourd, dont ils ne souhaitaient pas se réveiller. Fred, qui n'avait jamais bu d'alcool, attendait maintenant avec impatience, comme les autres, sa ration de gnôle. Le liquide brûlait la gorge, mais réchauffait la poitrine. Il ne lisait plus, ne pensait plus. Belleville, Flora, Rirette, Delesalle, tout cela lui semblait si lointain qu'il se demandait si ce passé avait bien existé, s'il ne s'agissait pas d'un rêve glissé subrepticement dans son cauchemar quotidien.

Telle était l'apathie, qu'au repos peu d'hommes parlaient. Ils sommeillaient. Quelques-uns écrivaient à leur famille. D'autres se montraient des photos de femme, de fiancée, déjà échangées cent fois. Les mêmes nouvelles circulaient, éternellement les mêmes : les Allemands reculaient un jour, lançaient une attaque le lendemain et récupéraient le terrain perdu, se retiraient quelques jours plus tard, etc. Fred prêtait peu attention à toutes ces rumeurs. Une fois, pourtant, il entendit un mot qui lui fit dresser l'oreille : russe. Le mot : russe. Un sergent disait que les officiers cherchaient quelqu'un parlant le russe. Pourquoi pas le chinois, pendant qu'ils y étaient ! Fred hésita. Les godillots étaient si lourds à traîner. Se relever pour avancer de quelques pas vers le sergent, lui demander pourquoi on avait besoin d'un interprète. Mais n'était-ce pas un piège ? Il se décida quand même, avec une sorte de provocation qui lui donna l'impression de revivre. Il est vrai qu'il venait d'absorber sa dose d'alcool.

— Moi, sergent, je parle russe.

— Sans blague ! Comment ça se fait ?

Fred crut habile de mentir :

— Ma mère était de Moscou. Elle est morte maintenant. Elle m'a appris sa langue quand j'étais petit.

— Viens, on va voir le capitaine.

On enquêtait en effet dans les régiments pour trouver quelques soldats bilingues qui acceptent de se porter volontaires pour une mission militaire envoyée auprès du gouvernement révolutionnaire soviétique. Fred pensa d'abord que le capitaine, ayant découvert ses antécédents anarchistes, agissait envers lui en agent provocateur afin de le démasquer. Mais non, il enregistra seulement la demande, la référence de la mère russe et celle du métier d'ajusteur.

L'incroyable se produisit. Une enquête ne trouva pas plus trace de la mère slave que des fréquentations libertaires d'Alfred Barthélemy. Les éloges de l'atelier de mécanique sur l'excellent ouvrier ajusteur furent jugés amplement suffisants. Fred, extrait de sa tranchée, renvoyé à Paris, subit avec succès l'examen linguistique approprié. Flora n'était plus à Belleville, ni Rirette. Delesalle ignorait ce qu'elles étaient devenues. Par contre il montrait un grand enthousiasme pour la révolution d'Octobre. Quelle chance avait Fred de se rendre auprès d'elle !

Pendant les quelques jours où il attendit son transfert

pour Moscou, Fred courut à la recherche de Flora. Au front, il avait pris l'habitude de courir, courir vers l'ennemi invisible, courir pour éviter les obus et les balles, courir pour échapper à la mort. Dans Paris, il courait après la vie, sa vie ; sa femme et son enfant. Mais cette course folle était aussi vaine que l'autre. Qui connaissait Flora ? Qui pouvait le renseigner ? Ni rue Fessart, ni rue Monsieur-le-Prince, ni à l'usine, on ne savait rien. Il ne voulait plus partir, cherchait à résilier son engagement pour la Russie. Mais la machine militaire n'admettait pas plus de modifications, ici, que sur le front. Il n'était pas démobilisé, mais affecté ailleurs, où il serait utile dans les difficiles négociations entre les Alliés et ce mystérieux gouvernement de Monsieur Lénine. Le jour vint, inéluctable, où il se retrouva de nouveau dans un camion qui roulait vers Le Havre, en compagnie de quelques soldats taciturnes, d'un sergent et d'un lieutenant. Visiblement, tous s'épiaient, chacun d'eux étant persuadé qu'un bolchevik, masqué, les accompagnait.

Puisque la Russie avait fait la révolution, puisqu'elle avait aboli l'État, puisque les anarchistes, unis aux socialistes de toute obédience, bâtissaient un monde nouveau au pays de Kibaltchich et d'Eichenbaum, Fred s'attendait naïvement à entrer dans une société euphorique, égalitaire et libertaire. Tout ce qu'il avait lu dans Proudhon, dans Fourier, dans Blanqui, dans Bakounine, dans Louise Michel, il le voyait réalisé sur la terre de Tolstoï et Kropotkine. Il n'arrivait pas à croire à sa chance d'être choisi pour aller vivre là-bas. En échappant en même temps à l'enfer des tranchées. Pourquoi, à ce bonheur, se mêlait-il le chagrin, l'angoisse, d'avoir perdu Flora ! Perdue, non, égarée. Elle s'était égarée. Mais où ? A Moscou, il rencontrerait des camarades. La IIe Internationale avait le bras long. Il demanderait que l'on organise des recherches dans les quartiers populaires de Paris. Oui, la IIe Internationale possédait des ramifications partout et Moscou devenait son épicentre. De là, il serait plus facile d'organiser une prospection.

En ce mois de mars 1918, il n'existait d'autre accès possible pour se rendre en Russie que de contourner l'Europe centrale par la mer du Nord, débarquer en Finlande et, de là, rejoindre la frontière russe à proximité du lac Ladoga. La première vision que Fred reçut du pays des soviets fut glaciale. Non seulement du fait de la température qui, malgré le printemps, restait hivernale, non seulement à cause de cette immense étendue de neige qui passait de Finlande en Russie en ignorant la ligne de démarcation, mais par l'accueil peu aimable des sentinelles russes, grelottant dans leurs habits trop légers, soupçonneuses, hostiles.

— Nos uniformes ne leur plaisent guère, dit le lieutenant qui accompagnait la petite délégation de soldats français. Comprenons-les. Nous étions les alliés du tsar. Tout porte à croire que Clemenceau deviendra l'ennemi de Lénine. Alors, alliés ou adversaires, ils se méfient.

Cette explication rassura Fred. Mais lorsqu'il arriva à Moscou, l'ambiance sinistre des rues le sidéra. Il semblait que la ville ne fût habitée que de soldats aux capotes défraîchies et de civils aux allures de mendiants. Des vieillardes, des enfants en haillons, hélaient les passants en leur proposant des bols de soupe, des pommes de terre. Fred s'approcha. La soupe sentait la viande pourrie. De toute évidence, les pommes de terre étaient gelées. Des femmes engoncées dans des peignoirs ou même des tapis cousus avec des bouts de ficelle, marchandaient ces denrées avariées. Fred remarqua l'une d'elles, chaussée de sandales de paille et vêtue d'un manteau de zibeline qui devait valoir une fortune.

— Achetez, *barinya,* pour l'amour de Dieu.

« Pour l'amour de Dieu » ! Comme les expressions ont la vie dure.

Soudain une bousculade, des cris, la fuite. Des hommes qui ne pouvaient qu'appartenir à la police renversaient les marmites de soupe, confisquaient les denrées de ceux qui n'avaient pas eu le temps de fuir. Les femmes pleuraient en levant les bras au ciel, geignaient comme des chiens malades. Brutalement poussés vers des camions, les enfants regimbaient à coups de pied. Fred ne comprenait plus. Cette misère étalée, cette police…

— Vous regardez comment on réprime les spéculateurs ?

Fred se retourna. Le jeune lieutenant, qui avait tenté d'excuser la froideur des sentinelles à la frontière, se trouvait près de lui, souriant. Comme il tenait son képi à la main, sans doute pour que l'on remarque moins son uniforme français, Fred découvrit son crâne rasé. De grosses moustaches à la cosaque contrastaient avec ses yeux très doux. Il se présenta :

— Lieutenant Prunier. Nous allons vivre un bon moment ensemble. En vase clos, je le crains. Alors autant se familiariser tout de suite. N'est-ce pas, soldat Barthélemy ?

Fred fut un peu surpris qu'il ait retenu son nom.

— Vous ne vous attendiez pas à ça, n'est-ce pas ? reprit le lieutenant Prunier.

Fred se méfiait. Il dit seulement :

— Comment peut-on parler de spéculateurs ! Ces pauvres femmes, ces gosses…

— Le pays est ruiné. Tout le monde y a faim et froid. La population de Pétersbourg a été évacuée à cause de la famine. Les usines ferment faute de combustible. Toutes les denrées alimentaires manquent. La première chose à faire est de sévir contre le marché noir qui favorise les riches. A la carte, le pain coûte un peu plus d'un rouble. Il se vend quinze ou vingt roubles au marché noir. Le sucre coûte douze roubles la livre, cinquante au marché noir.

— La révolution n'a-t-elle pas partagé les biens? demanda Fred. Les riches n'ont-ils pas été expropriés?

— Si. Mais lorsque l'on a compté les riches et les pauvres, on s'est aperçu que les seconds étaient beaucoup plus nombreux que les premiers. Quant aux très riches, aux princes, aux ducs, aux grands bourgeois, ils sont partis à temps, avec leurs trésors.

Fred accompagna le lieutenant Prunier à travers les rues de Moscou. Des tramways circulaient, conduits par des femmes coiffées de fichus rouges. On voyait aussi quelques fiacres, attelés à des chevaux étiques, qui se frayaient difficilement un passage dans la foule très dense massée dans les avenues pour on ne savait quelle attente.

— Regardez, ce sont les derniers fiacres, dit le lieutenant Prunier. Tous les chevaux finissent en morceaux, dans la soupe. Bientôt, même les cosaques marcheront à pied.

Ce qui surprenait le plus Fred, c'était le contraste entre la grisaille des maisons, le délabrement des magasins vides et l'éclat des dômes d'églises scintillantes de leurs couvertures de cuivre doré. Les croix se dressaient très haut dans le ciel, comme un défi à la révolution qui semblait stagner en bas, au ras des rues.

Le lieutenant Prunier, qui décidément observait toutes les réactions de Fred dit, ironique :

— Un peu trop orgueilleuses, ces croix. Je crains bien qu'un jour, on les rase. L'église ramenée au niveau du sol, à la hauteur des fidèles, ça se défend, non?

Que cherchait cet officier? Qu'espérait-il lui faire dire? Fred se taisait prudemment. Ils arrivèrent devant une énorme statue. Un gros homme barbu, debout, tenant dans ses mains un chapeau haut de forme. Sculpture visiblement de confection toute récente. Le bronze manquant, on l'avait édifiée en ciment, peint en vert wagon.

— Qu'est-ce que c'est que ce bourgeois ? s'exclama Fred.

Le lieutenant Prunier rit aux éclats.

— Comment, vous ne connaissez pas Karl Marx ? Un bourgeois ! Surveillez vos paroles, jeune homme. Karl Marx, mais voyons, c'est le père de cette révolution. Un homme respectable, avec sa redingote et son haut-de-forme. Un homme respectable pour une révolution respectable. Vous ne voudriez tout de même pas que les soviets prennent pour modèle un voyou. Ce Monsieur Lénine, qui fait si peur à Clemenceau, c'est un bourgeois comme lui. Des gens du même monde. Soldat Barthélemy, on nous a envoyés ici pour que nous établissions le dialogue, pour que nous évitions les malentendus. Par exemple, vous allez pouvoir témoigner que la Révolution élève sur les places publiques des statues à la bourgeoisie éclairée. Ce n'est pas rien. Cela rassurera Monsieur Poincaré.

Fred n'était pas dupe. Le lieutenant Prunier ironisait, mais pourquoi ? Que lui voulait-il ? Il en connaissait un bout, sur la révolution des Soviets. Venait-il en Russie en ami ou en ennemi de cette révolution ? En espion ? Cherchait-il à l'entraîner dans une aventure ou simplement à lui tirer les vers du nez ?

— Vous n'êtes pas bavard, soldat Barthélemy.

— Un soldat doit écouter ses supérieurs, dit Fred, et jamais les contredire.

— Exact, soldat Barthélemy. Vous serez bien noté.

Les premiers mois que Fred passa à Moscou ne lui donnèrent qu'une impression bien succincte des événements russes. Il se tenait en effet un peu cloîtré dans les limites d'action de la mission militaire française, elle-même tout à fait marginale par rapport à l'effervescence de la Révolution. Commandée par un général, avec lequel le soldat Barthélemy n'avait évidemment aucun rapport, elle se composait d'un ensemble d'hommes de troupe encadrés par quelques officiers qui effectuaient un travail surtout bureaucratique. Fred s'aperçut que les autorités militaires avaient renoncé en France à ne choisir que des soldats parlant russe. Pour la plupart, soldats aussi bien qu'officiers, ignoraient tout de cette langue. Fred fut donc très employé pour de perpétuelles traductions.

Le principal personnage de la mission militaire n'était pas le général, mais un capitaine, le capitaine Sandoz. Ancien avocat parisien, Sandoz avait été chargé par le ministre de l'Armement, le socialiste Albert Thomas (premier homme politique occidental à s'être rendu en Russie dès avril 1917 pour interroger Kerenski sur ses intentions), de lui envoyer des rapports détaillés. Le capitaine s'acquittait avec soin de cet office, au grand désagrément du général qui observait d'un mauvais œil cette correspondance entre un militaire aux écoutes des soviets et un socialiste français, fût-il ministre de Poincaré. Fred remarqua très vite le climat déplorable de la délégation. Tout le monde s'épiait. Tout le monde suspectait tout le monde. Seuls le capitaine Sandoz et le lieutenant Prunier semblaient s'amuser de cette zizanie. Comme le capitaine ne comprenait pas un mot de russe, comme Fred lui avait débrouillé déjà un grand nombre de rapports, comme vraisemblablement le lieutenant Prunier lui recommanda ce soldat, il le rattacha à son bureau et, très vite, Fred lui devint indispensable.

Tel était le destin de Fred qu'il suscitait à son insu des affections irrésistibles, dont il se fût parfois bien passé. Le lieutenant Prunier l'intriguait, l'attirait, mais par contre le capitaine Sandoz l'agaçait avec sa manière de vouloir toujours charmer son interlocuteur. Ce qu'il l'entendit confier au lieutenant Prunier, à propos de certains membres du Soviet suprême (« J'ai, pour la première fois depuis mon entrée dans les milieux de l'extrême gauche, la sensation très vive d'être en face de gens un peu visqueux et qui ne sont pas nets ») — il se le disait lui-même à propos de cet officier. Oui, visqueux et pas net. Il se trouvait néanmoins suffisamment proche quotidiennement du capitaine Sandoz et du lieutenant Prunier pour voir que tous les deux sympathisaient avec les bolcheviks et plaçaient, au-dessus de tout, Lénine et Trotski. Que tous les deux, aussi, en savaient plus sur son compte que le bureau qui le recruta.

A la première impression défavorable des résultats de la Révolution, se substituèrent peu à peu chez Fred des effets positifs. La Révolution n'avait pas apporté le bonheur, soit, mais elle restait encore fragile, entourée d'ennemis : les Allemands à la frontière de l'ouest, les militaires tsaristes en révolte à l'intérieur. Les ennemis de la Révolution se révélaient si nombreux, si pervers, qu'un sabotage généralisé torpillait l'économie. Lénine et Trotski, ces deux compères, ces jumeaux aux dires du capitaine Sandoz, menaient néanmoins la Révolution comme un attelage lancé au galop. N'exigeaient-ils pas l'abolition de l'armée, de la police, de la bureaucratie ! N'abolissaient-ils pas l'État en donnant tout le pouvoir aux soviets : « La terre aux paysans, l'usine aux ouvriers. » N'avaient-ils pas supprimé la peine de mort !

Le matin du 12 avril, le lieutenant Prunier entra dans le bureau du capitaine Sandoz précipitamment, la mine bouleversée.

— Il s'est accompli cette nuit un événement incroyable. Les vingt hôtels particuliers occupés à Moscou par des anarchistes ont été attaqués à la mitrailleuse et au canon.

— Qui a fait ce coup, les K.D. ?

— Non.

— Les mencheviks ?

— Non. C'est la Tchéka de Dzerjinski.

— Vous plaisantez, lieutenant Prunier.

— Vous savez bien que je ne plaisanterais pas sur un pareil sujet.

— De quoi vais-je avoir l'air ! Tenez, lisez mon rapport au ministre, de la semaine dernière.

Fred, qui assistait à ce dialogue, blêmit. Le capitaine Sandoz remarqua son émotion :

— Prunier, le soldat Barthélemy a le droit d'écouter. Lisez à voix haute.

— Je ne voudrais pas vous ridiculiser, mon capitaine.

— Lisez.

« Le parti anarchiste est le plus actif, le plus combatif des groupes de l'opposition et probablement le plus populaire. »

Fred savait qu'il ne devait pas réagir devant les deux officiers, mais il étouffait.

— Barthélemy, dit le lieutenant Prunier, le capitaine et moi n'ignorons pas que vous êtes anarchiste. Il s'est produit la nuit dernière quelque chose d'étrange, un raté dans la marche de la Révolution. Nous n'oublions pas que le premier manifeste paru en France, approuvant les bolcheviks, a été lancé dès l'été 1917 à la prison de la Santé par les prisonniers libertaires qui criaient dans leurs cellules : « Les soviets partout ! » Nous n'oublions pas que, dans la fosse commune de la place Rouge, quelques dizaines d'ouvriers anarchistes mêlent leurs os aux combattants bolcheviks. La révolution d'Octobre s'est faite main dans la main, bolcheviks, sociaux-révolutionnaires de gauche, anarchistes. Seul le but comptait, pas le parti.

— Je réclamerai des explications à Trotski, dit Sandoz. Ce serait un coup en vache de Zinoviev que ça ne m'étonnerait pas.

Fred ne comprenait pas très bien pourquoi les deux officiers le mettaient dans leurs confidences. Et comment avaient-ils pu découvrir son passé libertaire, alors que celui-ci n'avait jamais été éventé en France par l'autorité militaire ? La sympathie que lui témoignait le lieutenant Prunier l'incita à lui demander de lancer des recherches en France pour retrouver Flora et Germinal.

— Sans doute serait-il plus simple de pister d'abord Rirette Maîtrejean, dit en souriant dans sa moustache le lieutenant.

Fred fut stupéfait.

— Voyons, Barthélemy, quoi de plus naturel ? Le capitaine et moi marchons avec les bolcheviks. Il nous fallait un collaborateur sûr. Nous croyons l'avoir rencontré avec vous. Mais avant, nous nous sommes renseignés. A propos, le capitaine a rencontré Trotski, qui l'a rassuré. Il est hors de question que les bolcheviks se mettent à dos vos camarades. Le quotidien *L'Anarchie* vient de reparaître ce matin avec une énorme manchette : « A bas l'absolutisme ! » Preuve que la presse reste libre. Quant aux vingt-six maisons investies par les gardes rouges, elles étaient devenues le repaire de malfaiteurs de droit commun qui déshonoraient l'anarchie. Il s'agit d'une opération d'épuration. Trotski a bien insisté auprès de Sandoz pour qu'il avertisse nos amis français que jamais les bolcheviks ne porteront atteinte aux anarchistes idéalistes, que la collaboration entre anarchistes et bolcheviks demeure à la base de la Révolution. Il n'oublie pas que dans le Comité militaire révolutionnaire du soviet de Petrograd qu'il dirigeait et qui fit chuter le gouvernement provisoire, siégeaient quatre anarchistes, ni que pendant les plus durs combats d'Octobre, la tâche la plus périlleuse fut confiée au régiment de Dvinsk qui marchait sous la conduite de deux vieux libertaires : Gratchoff et Fedotoff ; que Matiochenko, le meneur de l'insurrection du *Potemkine,* était anarcho-syndicaliste ; que le pilote Akachev qui a monté de toutes pièces la flottille aérienne soviétique est anarchiste. Lui-même, Trotski, n'est qu'un bolchevik de fraîche date.

— Je vous en prie, dit Fred, retrouvez ma femme et mon enfant.

Il avait prononcé « ma femme ». Jamais il ne s'était représenté Flora comme « sa femme ». Ils s'étaient connus si jeunes. Un couple d'enfants qui, peu à peu, avait mûri tout naturellement. Un couple de copains, de complices. Flora était sa compagne, comme on disait dans le milieu libertaire, celle qui l'accompagnait et qu'il accompagnait. Quant à Germinal, fruit tombé de leur amour, Fred s'efforçait d'y penser comme un père doit penser à son fils, mais il n'y arrivait pas. Il ne se voyait pas père. Il ne se souvenait pas, lui-même, d'avoir eu un père. Orphelin de si bonne heure, il n'apercevait dans le plus lointain de son enfance qu'un personnage flou ; une ombre sans consistance. Celui auquel il pensait souvent, comme on pense à un père, c'était Paul Delesalle. Valet, Kibaltchich, ressemblaient plutôt à de grands frères et Eichenbaum à un oncle, éducateur un peu raseur. « Quelle famille, se remémorait Fred, amusé, quelle famille nombreuse pour un orphelin ! J'attire à moi la parenté, comme la viande les mouches. Et voilà que ça recommence en Russie avec ce lieutenant et ce capitaine qui me tournent autour, qui me veulent du bien. » Fred était certes venu en Russie pour y rejoindre une famille, mais pas celle de l'armée française. Il la sentait autour de lui, autour de ce petit ghetto de la mission militaire, cette grande famille de la Révolution. Elle grouillait dans les rues, sur la place Rouge, dans les meetings improvisés sur le parvis des églises désaffectées. Il la voyait bouillir. De toute cette masse d'un peuple hébété, les joues creusées par la faim, cette masse d'hommes et de femmes descendus dans la rue et qui n'en remontaient pas, cette masse de pauvres dans leurs mauvais habits troués, ces bandes d'enfants qui tous ressemblaient à Gavroche, au Gavroche qu'il avait été lui-même (comme l'apostrophait ce pauvre Péguy, mort par erreur, en se trompant de croisade), de toute cette masse fusait un grondement, tel un roulement de tambour. Fred avait la sensation que ces tambours l'appelaient, mais il ne savait comment rejoindre ce peuple en marche. Son uniforme de soldat français le plaçait à l'écart. Il avait eu la chance de bénéficier de cette mutation invraisemblable qui l'enleva de la guerre pour le placer au cœur de la révolution mondiale, mais néanmoins isolé encore dans un îlot français, entouré de compatriotes qui, presque tous, à part le lieutenant Prunier et le capitaine Sandoz, se montraient hostiles à la révolution d'Octobre et n'aspiraient qu'à rentrer au plus tôt en France et à chausser leurs pantoufles.

— Je vous en prie, répéta Fred, retrouvez ma femme et mon enfant.

Dans les derniers jours d'août 1918, une nouvelle inouïe arriva comme un coup de tonnerre à la délégation militaire française. Une femme venait de tenter d'assassiner Lénine. Elle s'appelait Fanny Kaplan. Les deux balles de revolver tirées à bout portant n'avaient blessé Lénine que légèrement au cou. Mais ces deux balles perdues ne cesseront plus de siffler aux oreilles des dirigeants bolcheviks. Toutes leurs angoisses, toutes leurs peurs, toute la terreur que cette peur engendrera, naîtront de ces égratignures.

Lorsque Fred, à son heure habituelle, se rendit dans le bureau du capitaine Sandoz, celui-ci se leva avec solennité et s'écria, emphatique : « Vive la République des soviets ! » Puis il s'approcha de Fred, lui mit la main sur l'épaule :

— Camarade soldat Barthélemy, l'heure du choix sonne. La Révolution est en danger. Notre place n'est plus dans cette délégation d'un pays réactionnaire qui, tôt ou tard, prendra les armes contre les soviets. Le lieutenant Prunier et moi avons décidé d'adhérer au parti communiste. A partir de ce soir, nous aurons jeté aux ordures nos uniformes et rien ne nous distinguera plus du peuple qui nous attend. Viendrez-vous avec nous ?

La phraséologie du capitaine agaçait toujours Fred. Il semblait jouer un rôle, parader sur une estrade, réciter les dialogues d'une pièce apprise par cœur.

Fred le remercia de sa confiance, mais repoussa sa réponse, préférant connaître auparavant l'attitude du lieutenant Prunier.

Ce dernier confirma que le capitaine et lui sautaient le pas et qu'ils souhaitaient entraîner Fred dans leur aventure.

— Ne me dites pas que vous êtes venu ici pour une autre raison que de rejoindre la révolution des Soviets. Sans doute ne saviez-vous pas très bien comment vous y prendre ? Nous avons aujourd'hui l'opportunité de le faire. Lénine et Trotski créent une fédération des groupes communistes étrangers qui sera l'ébauche d'une IIIe Internationale. Après la fin de cette horrible guerre, chacun de nous retournera dans son pays d'origine, mais avec une mission bien précise. Nous allons former ici les cadres de la révolution mondiale.

— Je ne suis pas communiste, dit Fred.

— Vous n'ignorez pas que Kropotkine est rentré en Russie de son plein gré et que, sur proposition de Lénine, son nom figure sur le fronton de plusieurs écoles. Pourquoi ? Si Marx et Bakounine se sont séparés à Genève en 1867, ils se sont retrouvés le 17 octobre 1917 à Petrograd, réconciliés sur le socle de la Révolution russe. Barthélemy, cher Barthélemy, je vois en vous, je vois en toi, mon camarade, tant de promesses. Certes l'idée de l'anarchisme est la meilleure, la plus belle et la plus pure des idées, seulement le moment de sa réalisation n'est pas encore venu. Consolidons d'abord la révolution existante. Je suis persuadé que l'anarchisme viendra et triomphera après l'indispensable phase socialiste.

Fred pensa à l'enthousiasme du vieux militant anarcho-syndicaliste Delesalle lorsqu'il l'informa qu'il partait en Russie. En réalité, Fred ne demandait qu'à se rallier à la révolution. S'il hésitait maintenant, c'est que le capitaine Sandoz se posait en intermédiaire et qu'à la tragédie qui se jouait aux portes de la mission militaire française il interposait son image de comédien madré.

— Je veux bien, dit Fred, mais ce qui m'intéresse c'est de travailler directement avec les Russes. Pas de continuer à servir de traducteur au capitaine.

— Il faut savoir ruser un peu, camarade. Tu ne dis rien. Tu continues à collaborer avec Sandoz pendant quelque temps. Par son intermédiaire, tu connaîtras tous les rouages du Parti. Rien ne t'empêchera de travailler en même temps pour ton propre compte, de te faire des amis. Tu as une grande supériorité sur Sandoz, tu parles russe. En quelques semaines, tu te trouveras comme un poisson dans l'eau. Il aura plus besoin de toi que tu n'auras besoin de lui.

A partir du moment où Alfred Barthélemy se débarrassa de son uniforme, il eut l'impression de recouvrer une liberté perdue depuis longtemps, bien avant sa mobilisation, au moment même où il accepta d'entrer comme apprenti à l'atelier de mécanique. Flora avait raison. Vêtu d'un costume de laine rêche, coiffé d'une casquette de feutre, il ne se distinguait plus en rien de la masse moscovite. Il suivit le conseil du lieutenant Prunier. Apparemment, il ne changeait que de bureau, passant de celui de la mission militaire française à celui du groupe communiste français. Groupe encore assez fantomatique, puisque, sous la direction de Sandoz, et avec la collaboration de Prunier et de Fred, il ne se composait que de cinq ou six émigrés russes ayant vécu en France, en Belgique ou en Suisse. Apparemment, car bureaucrate le jour, il devenait chasseur la nuit. Chasseur de nouvelles puisées dans le peuple même, auquel il se mêlait dans les tavernes et les clubs. Il retrouvait sa faculté d'errance, fouinait, s'immisçait partout. Comme Prunier le lui avait prédit, il glissait tel un poisson dans l'eau. D'emblée. La plupart des noctambules qu'il rencontrait vivaient une vie semi-sauvage, ressemblant à celle de son enfance. Seule chose qui l'étonnait, la faculté de ces hommes et de ces femmes à boire des litres d'alcool. Ils crevaient de faim, mais la vodka, mystérieusement, semblait intarissable. Puisque Fred, à la guerre, avait pris l'habitude de boire, il participait à ces beuveries qui contribuaient d'ailleurs beaucoup à le faire pénétrer dans les milieux populaires les plus dérobés.

C'est ainsi qu'il parvint jusqu'à cette garde noire que les anarchistes organisèrent pour se protéger des gardes rouges. « L'état-major noir », si l'on peut employer un terme aussi peu approprié, s'était installé dans le logement dévasté d'un spéculateur en fuite. L'adhésion de Fred au parti communiste ne constituait aucun obstacle à sa fraternelle réception chez les anarchistes. Ils savaient bien, comme lui-même, que celle-ci n'était qu'une adhésion de circonstance. Présentement, s'opposer aux bolcheviks eût été faire le jeu des blancs. Nombreux étaient les anarchistes qui combattaient avec les bolcheviks contre les troupes tsaristes commandées par les généraux rebelles Denikine, Wrangel et Koltchak. Lénine n'avait-il pas envoyé un anarchiste au Turkestan pour diriger la propagande soviétique ? Néanmoins, depuis le raid de Dzerjinski, les anarchistes se méfiaient du renouvellement de pareils « malentendus ». La garde noire offrait un écran de protection contre la Tchéka.

Fred aimait beaucoup rejoindre ce commando dans l'appartement saccagé où rien n'était remis en place.

Les meubles éventrés gardaient leurs tiroirs ouverts, d'où sortaient des étoffes et des papiers. Les rideaux, déchirés, pendaient dans les embrasures des fenêtres. Comme grand nombre de vitres étaient brisées, on les avait réparées hâtivement avec des morceaux de carton. Fred avait l'impression de se retrouver aux Halles, du temps de sa petite enfance, les lendemains de marché, une fois les commerçants partis et que, sous les pavillons de fer, tout restait à l'abandon en attendant les balayeurs. Ici, visiblement, les balayeurs ne viendraient jamais. Chacun s'accommodait de ce désordre et de cette saleté. Même cette jolie jeune femme aux cheveux courts, le corps serré dans une tunique de cuir noir, qui revenait d'Ukraine. Aucune femme, à la connaissance de Fred, ne portait des cheveux aussi courts. Cette coiffure lui donnait l'allure d'un garçon. Habillée en homme, fumant de petits cigares, buvant ferme, elle étonnait et fascinait Fred, comme une apparition étrange, sorte d'androgyne exalté qui racontait les massacres des paysans devant le rideau rouge des blés en flammes, à perte de vue, dans la plaine incendiée.

Sans doute l'attrait qu'il trouvait à ce taudis tenait-il d'abord à la présence de cette mystérieuse fille. En la voyant, un émoi le troublait, qu'il n'avait jamais connu. Du milieu de son enfance jusqu'à ses vingt ans, il n'avait jamais éprouvé d'autre désir que celui du corps de Flora, aux si dodues petites jambes blanches dont le souvenir l'attendrissait encore. La féminité, c'était Flora, un point c'est tout. Il n'imaginait même pas que d'autres femmes puissent le tenter. Et voilà que, dans ce logement délabré, dans ces pièces qui sentaient la sueur, le tabac, l'alcool, cette militante aux cheveux presque ras, aux yeux gris, à la voix sonore, le bouleversait. Il mettait cette émotivité sur le compte de la fraternité qu'il recevait dans ce petit groupe et de son bonheur de pénétrer au sein du mouvement révolutionnaire. Même dans le bureau de Sandoz l'image de la jeune femme le poursuivait et il ressentait dans tout son corps un malaise qui l'attristait.

La rapidité avec laquelle Fred avait été accepté parmi les gardes noirs ne l'étonnait pas car, dans le vaste local, nombre d'inconnus arrivaient chaque nuit. Les clubs se multipliaient à Moscou comme à Petrograd. Mencheviks, sociaux-révolutionnaires de droite, sociaux-révolutionnaires de gauche, libéraux, bolcheviks, anarchistes-syndicalistes, anarchistes-individualistes, communistes-libertaires, toutes les composantes de la Révolution s'exprimaient dans ces cercles improvisés. On y discutait sans fin de la manière la plus adéquate de transformer les hommes et le monde. On s'y disputait. On en venait parfois aux coups. On se consolait dans la vodka. De la masse bavarde émergeait parfois un orateur qui réussissait à se faire entendre et qui, fort du pouvoir de sa voix, serait bientôt connu de club en club et remarqué par les leaders qui lui donneraient sa chance. Les soirées se passaient dans un brouhaha, une mêlée confuse de cris, de bousculades. Une nuit, néanmoins, au siège de l'état-major des gardes noirs, le tapage dégénéra en une ébauche de rixe. Deux individus, empoignés par les compagnons de Fred, furent traînés, jambes ballantes, sur le parquet.

— Les salauds ! Ils se sont introduits ici avec des grenades !

— Ils ont avoué qu'ils sont K.D.

— Ils ont bien failli nous faire sauter.

— Bouclons-les dans la pièce sans fenêtre.

Les deux « cadets » enfermés, le tumulte tomba d'un coup. Un silence oppressant saisit les gardes noirs qui se regardaient avec gêne.

— Qu'allez-vous en faire ? demanda Fred.

Personne ne répondit.

Une bouteille de vodka passa de main en main. Chacun buvait une rasade au goulot. Certains crachaient par terre, plus par dépit que par nécessité. Le silence persista longtemps et Fred n'osait plus poser de question. Enfin, Igor qui tenait lieu de chef (car si les anarchistes réfutaient l'idée même de tout grade, il fallait bien que l'un d'entre eux soit responsable de quelque chose) dit lentement, comme s'il se parlait à lui-même :

— Au VIIe congrès du parti bolchevik, en mars dernier, Lénine a préconisé l'abolition des fonctionnaires de métier, de la police, de l'armée, l'égalité des salaires, la disparition de la monnaie, la suppression progressive et complète de l'État. Nous approuvons les décisions de Lénine puisqu'elles répondent à nos vœux. Nous avons toujours réclamé la démolition des prisons. Donc, nous ne pouvons pas faire de prisonniers.

— C'est ce que répète le camarade Makhno, s'écria la jeune femme aux cheveux courts. Makhno ne fait jamais de prisonniers. Comme lui, fusillons ces ordures !

— Quoi, protesta Igor, tu oses parler comme les tchékistes qui, malgré l'abrogation de la peine de mort par les soviets, assassinent dans les caves d'une balle dans la nuque !

— Il n'y a qu'à les conduire à la forteresse, suggéra un garde noir.

— Tu t'en chargerais ?

— Ma foi oui, débarrassons-nous-en.

Les deux « cadets », mains ligotées derrière le dos, furent descendus dans la rue, poussés dans une automobile et trois gardes noirs les accompagnèrent dans l'obscurité. Faute de combustible, aucun lampadaire n'était allumé et la ville disparaissait totalement dans une nuit opaque. On écouta longtemps le moteur de la voiture qui s'éloignait. La morosité donnait au club un silence insolite. Certains s'enroulèrent dans des couvertures et dormirent à même le plancher. Fred n'entendait plus qu'un seul bruit, le crissement de la combinaison de cuir de la jeune femme aux cheveux ras. Il la regardait, allongée près d'un garde, tous les deux rapprochés presque bouche à bouche, qui se parlaient à voix basse. Leur intimité, leurs corps qui se touchaient, bouleversaient Fred. Il sentait une morsure à son côté gauche, près du cœur. Comme il allait partir précipitamment, il se heurta aux trois gardes noirs qui revenaient.

— Alors ? demanda Igor.

— Je n'ai pas pu, dit l'un d'eux. J'avais fait ce même trajet voilà pas si longtemps, entre deux policiers du tsar. Je regardais nos deux prisonniers et je me voyais. J'ai tranché leurs liens. Les camarades ont ouvert les portières et on leur a crié : « Filez, maudits ! Allez au diable ! »

— Le diable n'existe pas, dit sévèrement Igor.

— N'ai-je pas été idiot ? reprit le garde noir.

— Il vaut mieux être idiot que bourreau, dit Igor.

Fred s'amusait de ce que, transféré avec Sandoz de la mission militaire à la mission politique, il ne se soit produit aucune modification dans ses rapports avec son « supérieur ». Ils avaient simplement changé d'adresse, de costume et Sandoz ne l'appelait plus « soldat Barthélemy », mais « camarade Barthélemy ». Il continuait auprès de Sandoz son travail de traducteur, de secrétaire. Il le voyait parader, discourir, se boursoufler d'importance. Une fois, une seule fois, il le vit décontenancé, presque effondré. Mais quelques jours plus tard, il reprenait de l'assurance et toute sa supériorité. L'ex-lieutenant Prunier lui donna les clefs de cette volte-face. Il s'en gaussait, comme d'une farce :

— Figure-toi que Lénine et Trotski ont convoqué Sandoz au Kremlin pour lui offrir la direction de tous les départements économiques de la Russie. La famine, l'arrêt des usines, la ruine des transports, tout cela jette Lénine et Trotski dans un tel embarras qu'ils n'ont vu qu'un seul sauveur : Sandoz. C'est rigolo, non ! Tu imagines sa bobine, comment il devait s'enfler la poitrine. Seulement il se dégonfla comme une baudruche lorsque Lénine lui dit : « Camarade Sandoz, votre qualité d'ingénieur va vous permettre d'être le grand organisateur qu'il nous faut. » Ingénieur ? Sandoz ne se vanta pourtant jamais d'être ingénieur. Comment Lénine et Trotski ont-ils pu commettre une pareille erreur ? Sandoz n'a pas osé accepter. Il les a détrompés, leur avouant sa fonction d'avocat avant la guerre. Lénine et Trotski étaient aussi déçus que lui. C'est à ce moment-là que tu l'as vu déconfit. Mais l'initiative de Lénine lui insinua des idées de grandeur. Il retourna au Kremlin et se proposa comme inspecteur général aux Armées. « Pourquoi, aux Armées ? » demanda Lénine, circonspect. Trotski vint en aide à son protégé : « Le camarade Sandoz est capitaine. — Bon, dit Lénine, puisque nous ne pouvons pas nous fier aux généraux ex-tsaristes, prenons des généraux français ! » Et il se mit à rire, de son rire malin qui agace tant Trotski. En adoubant Sandoz comme inspecteur général aux Armées, Lénine croit faire une bonne farce à Trotski. Sandoz, lui, ne voit que le titre. Il n'est pas plus militaire que moi, qui suis professeur de philosophie. La guerre nous donna nos grades, mais des grades de militaires bureaucrates. Sandoz inspecteur général aux Armées, rien ne nous sera épargné ! Ce n'est pas fini. Sandoz t'emmènera certainement avec lui. Comment, sans toi, haranguerait-il les troupes ? En français ? Tu vas devenir interprète sous-inspecteur, ou quelque chose comme ça. Un anarchiste inspecteur aux Armées, ce n'est pas drôle ?

— Je n'accepterai pas.

— Mais si, accepte. Tu rencontreras peut-être Trotski. En tout cas tu voyageras dans son train.

Lorsque Fred revint à l'état-major de la garde noire, la jeune femme aux cheveux courts ne s'y trouvait plus.

Igor l'informa qu'elle était retournée en Ukraine, rejoindre Makhno.

— Qui est Makhno ?

— Un paysan ukrainien, libéré par la Révolution de la prison Boutyrki, où il était enfermé depuis six années. C'est lui qui entraîne l'Ukraine vers l'édification d'une société paysanne libertaire. Il doit repousser les Allemands à l'ouest, les blancs au sud. Ce fils de serf a hérité du génie guerrier des cosaques zaporogues. Il est imbattable. Tout le monde le craint, même l'armée rouge de Trotski.

— C'est lui qui fusille les prisonniers ?

— Il a un défaut. Il boit trop. Nous buvons tous trop. Quand il a trop picolé il devient méchant. Seulement il faut aussi comprendre la misère de ces paysans, leur haine. L'Ukraine explose avec Makhno. Makhno est un ancien anarchiste terroriste. Il garde de mauvaises habitudes.

Fred pensa à Valet. Valet, né quelques années plus tard, aurait peut-être pu devenir un Makhno français ? Valet qui, lui, comme tous les copains de la bande à Bonnot, ne buvait que de l'eau.

— Nous, à Paris, murmura Fred, nous ne buvions jamais d'alcool. Pas de vin, pas de tabac, pas de viande. Ils m'ont intoxiqué à la guerre avec leur sale eau-de-vie. Mais vous, alors, qu'est-ce que vous lampez, c'est pas croyable !

— Je vais te raconter une histoire, dit Igor. Une histoire que j'ai vécue. Une histoire que les historiens de la Révolution ne retiendront pas car elle leur paraîtra immorale, absurde, anti-historique, quoi ! Juste après Octobre, dans les jours qui suivirent immédiatement, la Révolution faillit périr. Oui, elle a failli périr, noyée dans l'alcool. J'y étais. Je ne buvais pas dans ce temps-là et j'ai donc tout vu, tout observé. Avec quelques camarades nous essayâmes d'empêcher le navire Révolution de sombrer corps et biens. Je peux même jurer que si la Révolution n'est pas morte noyée dans la dernière semaine d'octobre 1917, c'est parce que quelques anarchistes sobres et vertueux tinrent en main le fanal de la Révolution au-dessus du flot montant de la saoulerie universelle.

» Il était bien normal que les insurgés fêtent leur victoire, qu'ils se détendent les nerfs en buvant un bon coup. Seulement, tout le reste de la population suivit. Il y a toujours plus de badauds que de combattants, dans une révolution, mais lorsqu'il s'agit de triompher tout le monde veut en être. Une orgie sauvage déferla sur Petrograd. Toi qui aimes Tolstoï, tu as lu dans *Guerre et Paix* comment une marée d'émeutiers sort de trous à rats dans Moscou en flammes, au moment du départ de Napoléon et de son armée. Eh bien, la même chose se produisit. Kerenski chassé, les derniers débris du tsarisme enfuis, toute la pauvreté de la ville se révéla. Tous les pauvres, tous les infirmes, tous les vagabonds, comme des cloportes, déboulèrent des ruines, se ruèrent vers les caves du palais d'Hiver, en tirèrent les bouteilles, se saoulèrent à mort sur place. Les soldats, que Trotski envoya pour les déloger, leur arrachèrent les bouteilles des mains, mais au lieu de les détruire, ils crurent plus simple de se les vider dans le gosier. Ce fut le commencement de l'enivrement général qui gagna toute l'armée. Le régiment Préobrajenski, le plus discipliné, dépêché pour rétablir l'ordre, ne résista pas à la contagion. Les caves du palais d'Hiver accumulaient tant de vins et de spiritueux que les soldats n'arrivaient pas à l'éponger. Le régiment Pavlovski, rempart révolutionnaire entre tous, vint à la rescousse et tomba lui aussi le nez dans le ruisseau. Que dis-je, le ruisseau ! De rivière, l'alcool devenait fleuve. Les gardes rouges eux-mêmes glissaient dans l'orgie. On lança les brigades blindées pour disperser la foule. Elles entrèrent dans le tas, cassèrent quelques jéroboams et, finalement, les blindés se mirent à zigzaguer et à défoncer les murs des celliers et des cafés aux volets clos. Des escouades de pompiers, chargés d'inonder les caves, s'enivrèrent à leur tour. J'assistais, atterré, à cet effondrement de la Révolution. Si Kerenski avait alors osé revenir, si les généraux blancs avaient su dans quel état se trouvaient les insurgés dans les semaines qui suivirent la prise du palais d'Hiver, la Révolution était balayée en un tour de main. Mais eux aussi, peut-être, sans doute, noyaient dans la vodka leur défaite. Nous étions seulement quelques camarades obstinément à jeun qui essayions de colmater les brèches. On clouait des barricades devant les bistrots et les caves. Les soldats escaladaient les maisons par les fenêtres. Markine, ancien matelot de la Baltique, entreprit de détruire à lui seul, sans boire une seule gorgée d'alcool, tous les dépôts du palais d'Hiver. Chaussé de hautes bottes, il s'enfonçait dans un flot de vin, jusqu'aux genoux. Des tonneaux qu'il éventrait, le vin giclait en ruisseaux qui s'écoulaient hors du palais, imprégnant la neige, vers la Neva. Les ivrognes se précipitaient vers ces traînées rouges, lampaient à même dans les rigoles. Non seulement la garnison de Petrograd, qui joua un rôle si déterminant dans les révolutions de février et d'octobre, se désintégra et disparut dans cette beuverie énorme, mais la contagion éthylique gagna ensuite la province. Des trains qui transportaient du vin et des liqueurs étaient pris d'assaut par les soldats. La vieille armée russe ne s'effondra pas sous la ruée des Autrichiens et des Prussiens, elle se délita dans les vapeurs d'alcool. Si Trotski s'acharna à vouloir signer la paix à Brest-Litovsk, c'est qu'il savait que l'armée russe n'existait plus. L'armée russe était saoule. L'armée russe s'était noyée dans une orgie inimaginable. Trotski a bluffé à Brest-Litovsk en proposant aux Allemands de démobiliser les troupes russes. Elles s'étaient démobilisées elles-mêmes.

— Alors Sandoz va inspecter quoi, s'il n'y a plus d'armée ?

— La nouvelle, celle que Trotski forme avec des militants sûrs, l'armée rouge.

— Tu me disais que Lénine s'était prononcé pour l'abolition du potentiel militaire.

— Oui. Il s'est aussi prononcé pour la suppression de la police. Puis il a laissé ce maudit Polak de Dzerjinski créer la Tchéka. Maintenant Trotski, le plus antimilitariste des bolcheviks, est notre nouveau Koutousov. Que faire ? Les armées blanches attaquent au sud et à l'est, les Allemands pénètrent en Ukraine. Comme Makhno, nous devons apprendre à guerroyer contre nos ennemis. Lorsque nous les aurons vaincus, nous détruirons la guerre à tout jamais et dissoudrons toutes les armées. Aujourd'hui, on ne peut pas.

Au début de l'année 1919, Fred accompagna donc Sandoz dans le fameux train blindé de Trotski. L'idée du train blindé participait de ce goût du théâtre, de ce goût des coups de théâtre, inhérent au génie de Trotski. Trotski avait le don de créer des mythes, notamment son propre mythe. Parmi tant de grands acteurs révélés par la révolution d'Octobre, il fut sans aucun doute le meilleur tragédien et aussi le metteur en scène qui possédait au plus haut degré le sens du spectaculaire. En un temps où la puissante armée tsariste, en lambeaux, se mettait d'elle-même au rebut, le train blindé apparaissait comme l'image inoubliable d'une nouvelle force. Il ressuscitait aussi de vieilles peurs, celle du dragon crachant des flammes, invincible ; celle du serpent géant et de tous les monstres sortis des enfers. Au moment où la Révolution s'attachait à détruire l'État, l'armée, la bureaucratie, le train blindé réintroduisait dans tout le pays une représentation du pouvoir, certes fugitive, mais d'autant plus inquiétante qu'elle arrivait subitement, jugeait sur place et repartait vers des destinations inconnues. C'était une sorte de gouvernement volant, insaisissable qui, lorsqu'il s'arrêtait en pleine campagne, débarquait des automobiles armées de mitrailleuses qui patrouillaient alentour. Le train semblait ainsi se démultiplier. Il accouchait de monstres mécaniques qui surgissaient dans les bourgades et les villes comme des anges de l'Apocalypse. Deux locomotives étaient nécessaires pour traîner un convoi aussi lourd. Vomissant de la fumée noire, des jets d'eau bouillante, des étincelles de charbon, elles terrifiaient autant que les tourelles pivotantes au-dessus des wagons d'où sortaient les canons des armes automatiques.

Fred et Sandoz prirent place dans le wagon des secrétaires qui suivait immédiatement celui où Trotski s'enfermait pendant toute la durée du voyage. Venaient à la suite les wagons qui contenaient l'imprimerie, la bibliothèque, la salle de jeux, le restaurant, la réserve de vivres et de vêtements, l'infirmerie, le garage à autos. Des stations de télégraphe et de radio permettaient au train de garder le contact avec Moscou et d'envoyer des ordres aux commissaires politiques isolés dans l'immensité du territoire.

— Accompagne-moi, dit Sandoz à Fred, Trotski va nous recevoir.

Le wagon du commissaire du peuple à la Guerre (Trotski, toujours préoccupé de sa stature devant l'Histoire, refusa le portefeuille de ministre de l'Intérieur que lui offrait Lénine, voulant éviter d'apparaître comme le premier des flics bolcheviks) avait appartenu au ministre tsariste des Chemins de fer. Assis à une petite table du salon transformé en bureau-bibliothèque, Trotski révisait les feuilles dactylographiées des articles qu'il venait d'écrire pour le journal quotidien, imprimé dans le train et distribué le long du parcours. Lorsqu'il se leva pour serrer les mains de Sandoz et de Fred, ce dernier fut frappé par son visage mince, aigu, ses joues creuses, sa barbe rousse qui pointait en avant. Moins grand que Fred, mais d'une assez haute stature, il était vêtu d'un blouson de cuir un peu trop étroit pour sa poitrine large, d'une culotte militaire, de guêtres et d'un bonnet de fourrure avec l'insigne de l'armée rouge. Ainsi accoutré, il paraissait déguisé. Sans doute est-ce cette impression de déguisement qui laissera pour toujours à Fred le sentiment que Trotski était un homme de théâtre. Des deux années qu'il avait vécu en France, il conservait un bon usage du français qu'il parlait néanmoins avec emphase en forçant le ton de sa voix. Il se sentait obligé de discourir devant ses deux auditeurs comme s'il se trouvait face à une foule, de marcher de long en large, de faire des mouvements de persuasion avec ses bras et ses mains. Il se reportait sans cesse à une grande carte de Russie clouée sur une paroi du wagon, indiquant à Sandoz le trajet du train, les points forts où l'inspection des troupes serait le plus nécessaire. Le moins que l'on puisse dire, c'est que Trotski, infatué de sa personne, ne s'en cachait pas. En dialoguant avec Trotski, Sandoz était aux anges. Plus Fred les écoutait, les regardait, plus il les considérait comme des comédiens madrés. Il s'aperçut tout à coup que ce qui lui avait toujours paru faux chez Sandoz venait tout simplement de ce que celui-ci imitait Trotski. Il n'en était qu'une doublure, une pâle réplique. Trotski jouait la comédie, soit, mais avec quelle intelligence, quelle malicieuse ironie. Son air hautain, déplaisant, se rachetait par l'énergie qui émanait de toute sa personne. Toutefois il ne pouvait s'empêcher de se laisser aller à des boutades, dont on voyait bien qu'à peine proférées il les prenait lui-même au sérieux. A Sandoz qui lui exprimait son regret de ce qu'il avait abandonné le commissariat aux Affaires étrangères, Trotski répondit avec désinvolture : « La révolution n'a pas besoin de diplomates. Je me suis contenté de lancer quelques proclamations révolutionnaires et puis j'ai fermé boutique. »

Ce que Fred entendait dans le wagon de Trotski avait quelque chose d'ahurissant. Trotski donnait à Sandoz ses instructions pour les inspections en automitrailleuse. Il disait : « Les comités de soldats doivent être centralisés et disciplinés. Ils ne peuvent continuer à élire leurs officiers. Il faut que vous vous attachiez à combattre les déviations antimilitaristes. Nombreux sont encore les bolcheviks qui voient dans toute armée un instrument contre-révolutionnaire. Il nous faut donc faire appel aux services des anciens officiers tsaristes pour encadrer notre armée rouge naissante. » Surpris, Sandoz objecta : « Le camarade Lénine ne propose-t-il pas, au contraire, de chasser de l'armée tous les officiers tsaristes ?

— Exact, confirma Trotski, mais j'ai répliqué au camarade Lénine : Savez-vous combien j'ai accepté d'officiers tsaristes dans l'armée rouge ? Je ne sais pas, a répondu le camarade Lénine. Dites un chiffre, par exemple. Je ne sais pas. Pas moins de trente mille, camarade Lénine. Et comme le camarade Lénine s'effrayait des trahisons probables, je lui ai assuré que, pour un traître, je pouvais miser sur cent officiers loyaux. Je ne crois pas, comme Zinoviev, qu'il faille presser comme des citrons les officiers tsaristes et les rejeter ensuite. Ces officiers, même s'ils sont d'esprit conservateur, valent mieux que ces pseudo-socialistes qui passent leur temps à intriguer. »

Fred était abasourdi d'entendre qu'il fallait rétablir dans leurs grades les larbins du tsar.

— Le travail, la discipline et l'ordre sauveront la République soviétique, ajouta Trotski.

C'en était trop. Fred intervint :

— Camarade commissaire, le libellé de votre décret fondateur de l'armée rouge commence par : « L'une des tâches fondamentales du socialisme est de délivrer l'humanité du militarisme. Le but du socialisme est le désarmement général. »

Sandoz blêmit, regarda Fred d'un air navré et s'empressa de parer à l'une de ces crises de fureur dont

Trotski était coutumier lorsqu'un contradicteur interrompait ses discours.

— Notre camarade Barthélemy, qui m'est si dévoué, qui nous est si dévoué, est néanmoins anarchiste. Enfin, il l'était avant d'adhérer à la section française du Parti.

Trotski, d'abord dédaigneux, se reprit très vite. Il savait ainsi, lorsqu'il voulait convaincre, passer sans transition du mépris au charme. Et il aimait convaincre.

— A Paris, dit-il, les anarcho-syndicalistes étaient mes meilleurs amis : Monatte, Rosmer... Il existe en France une tradition de l'anarchisme ; pas en Russie. Bakounine et Kropotkine ne jouèrent un rôle qu'en exil. En 17, les anarchistes ne comptaient en Russie que quelques milliers d'individualistes. Leur rôle n'en a pas moins été capital en Octobre, je le reconnais. C'est même le groupe anarchiste d'Anatole Gelezniakoff qui a dispersé l'Assemblée constituante. Depuis, tous les anarchistes sérieux nous rejoignent, comme vous l'avez fait vous-même. Il n'empêche que vous nous créez souvent des problèmes. Vous ne pouvez empêcher que votre esprit petit-bourgeois vous remonte à la gorge. Nous aussi, nous avons dénoncé le militarisme, encouragé les soldats à se révolter contre la discipline. Nous chantions le couplet de *L'Internationale* :

Nos balles seront pour nos propres généraux...

A la stupéfaction de Fred et de Sandoz, Trotski chanta à tue-tête :

Appliquons la grève aux armées,
Crosse en l'air et rompons les rangs !
S'ils s'obstinent, ces cannibales,
A faire de nous des héros,
Ils sauront bientôt que nos balles
Sont pour nos propres généraux.

Invraisemblable d'entendre dans ce train blindé hérissé de mitrailleuses les paroles les plus blasphématoires d'un communard français !

Trotski ricana, puis enchaîna brusquement :

— Qu'ai-je proclamé devant les plénipotentiaires allemands et autrichiens à Brest-Litovsk ? Que nous nous retirions du conflit, que nous lancions l'ordre de démobilisation générale. Où trouverez-vous dans l'Histoire un exemple de démobilisation unilatérale semblable ? J'attendais qu'après un tel acte pacifiste les ouvriers allemands, autrichiens, français, anglais, italiens, décrètent la grève générale et congédient eux-mêmes leur armée. Or, qu'arriva-t-il ? Rien. Le prolétariat occidental ne bougea pas. Et les armées allemandes se ruèrent sur la Russie désarmée. Puisque le monde entier voulait étrangler notre révolution, il fallait bien que j'organise des groupes de partisans. Les gardes rouges ont été l'embryon de l'armée nouvelle. Notre propagande antimilitariste nuit encore à son recrutement. Nous en venons donc à devoir combattre l'état d'esprit que nous avons nous-même créé. Quel âge avez-vous, camarade Barthélemy ?

— Vingt ans.

Trotski se tourna vers Sandoz :

— Un gamin.

Puis il ajouta, avec ce rire sec (ce rire méphistophélique, disait son ennemi Zinoviev) :

— Un gamin de Paris... J'ai presque le double de votre âge. Si l'on n'est pas anarchiste à vingt ans, on est un salaud. Si on le reste à quarante, on est un imbécile.

Sur cette forte parole, qui n'était pas de lui, il s'assit à sa table de travail, enleva son bonnet de fourrure découvrant une chevelure rousse, hirsute, et congédia ses deux visiteurs d'un geste agacé du poignet.

De semaine en semaine le train blindé roula vers le sud, interminablement. Sa masse grise fendait l'immensité blanche des plaines enneigées et désertes. Fred regardait par le hublot de son wagon ce paysage monotone. De temps à autre, des forêts de bouleaux couverts de givre, rompaient la monotonie du parcours. Les rivières, les fleuves, gelés, se fondaient dans l'immensité blanche. On n'entendait que le crissement des roues métalliques et le halètement des pistons des locomotives. Parfois, le train s'arrêtait, bloqué par les congères. Les soldats descendaient sur la voie avec des pelles et dégageaient les rails.

Le froid était si vif à l'extérieur que les wagons semblaient chauffés. La seule source de chaleur dans les compartiments venait pourtant seulement des réchauds sur lesquels bouillait, du matin au soir, l'eau des samovars. Le thé brûlant, une petite portion de pain bis, du poisson séché, quelques biscuits rances, constituaient l'ordinaire des occupants du train de Trotski. Menu frugal, mais privilégié si on le comparait à l'état de famine qui continuait à frapper la population russe. Le thé, auquel Fred avait bien fini par prendre goût, lui rappelait bien sûr Victor et Eichenbaum, les deux amis russes de son adolescence. Victor était-il resté à Barcelone et Eichenbaum en Amérique ? En tout cas leurs noms n'apparaissaient nulle part, sur toutes ces proclamations, ces décrets, ces articles, que Fred traduisait pour Sandoz. Bien qu'il eût préféré demeurer à Moscou avec Igor et ses compagnons, il se rendait bien compte de la situation exceptionnelle que lui donnait son rôle d'accompagnateur de Sandoz. Ne serait-ce que par la masse des écrits qu'il lisait et qui lui révélaient toute la complexité, toutes les contradictions, de la Révolution russe. En réalité, le destin de la Révolution oscillait entre l'utopie marxiste et l'utopie libertaire. Les bolcheviks se voulaient marxistes, mais tous restaient imprégnés d'idées anarchisantes. A commencer par

Lénine qui revenait perpétuellement dans ses textes sur la nécessité de détruire non seulement l'État tsariste, mais tout État, tout État en soi. Fred recopiait, pour lui-même, pour sa propre éducation politique, pour la propagande qu'il devrait faire lorsque les soviets l'enverraient en mission en France, ces phrases de Lénine : « Aussi longtemps qu'il y a un État, il n'y a pas de liberté... Sur la suppression de l'État comme but, nous sommes tout à fait d'accord avec les anarchistes... L'expression *l'État se meurt* est très heureuse, car elle exprime à la fois la lenteur du processus et sa fatalité matérielle. »

La « lenteur du processus », voilà ce qui séparait anarchistes et marxistes. Les anarchistes exigeaient la suppression de l'État tout de suite, les marxistes en repoussaient l'application à une date indéterminée. La méfiance des libertaires envers les bolcheviks tenait dans cette indétermination.

Mais lorsque, au IIIe congrès des Soviets, voilà un an, Lénine s'écriait : « Les idées anarchistes revêtent maintenant des formes vivantes » ; lorsque Trotski écrivait : « L'activité du soviet signifie l'organisation de l'anarchie », comment ne pas adhérer au grand mouvement qui entraînait aujourd'hui la Russie dans un destin exemplaire, prélude à la révolution mondiale où Fred avait déjà sa place.

Une tache noire, au loin, qui s'élargissait sur la neige, le tira de sa rêverie. La tache se rapprochait, semblait zigzaguer, prenait soudain du volume et bientôt Fred distingua par la fenêtre une troupe de cavaliers qui fonçait vers le train.

Sandoz regardait par la même vitre, anxieux. Les cavaliers se rapprochaient au galop. Le vacarme continu provoqué par la carapace métallique des fourgons, où des pièces ne cessaient de s'entrechoquer, ne permettait pas de percevoir le grondement des sabots de chevaux, d'ailleurs étouffé par la neige.

— Les cosaques ! s'écria Sandoz.

Les chevaux s'avancèrent près du train, à toute allure, jusqu'à le frôler, et bifurquèrent parallèlement aux wagons. Les cavaliers, debout sur les étriers, leur fusil brandi au-dessus de leur tête, hurlaient on ne sait quoi. Le train continua sa route, tout droit, sans que les chauffeurs des locomotives paraissent s'apercevoir de la bruyante escorte. Puis, aussi brusquement qu'ils étaient venus, les cosaques tournèrent bride et s'éloignèrent dans la steppe.

— Amis ou ennemis ? demanda Fred.

Sandoz épongea la sueur qui coulait sur son visage.

— Qui le sait ? Notre mission est justement de nous trouver des amis.

Le train s'arrêta près d'une forêt. Les locomotives manquaient de bois de chauffage. Une auto, descendue du convoi, partit à la recherche d'un village d'où elle ramènerait des bûcherons. Comme l'étape serait longue, une seconde auto fut larguée. Sandoz et Fred y prirent place, avec un mitrailleur et quelques soldats qui s'y entassèrent comme ils purent, avec leurs grenades, leurs chapelets de balles et leurs fusils. Détachées du train, les voitures s'avançaient vers les lignes du front. Les commissaires qui y étaient dépêchés devaient réformer l'armée sous le feu de l'ennemi. Fred, Sandoz et leur escorte traversèrent plusieurs villages, absolument déserts. Désertion d'autant plus étrange que certaines cheminées fumaient. Un des soldats dit à Fred que les paysans avaient sans doute entendu le train et qu'ils se cachaient dans la taïga.

— Que craignent-ils donc ?

— Ils se sont partagé les domaines des boyards, croyant la révolution finie. Quand le train arrive, ils se disent que c'est peut-être bien le diable, qu'ils ont péché contre Dieu en s'appropriant des terres ne leur appartenant pas et que le diable apporte de nouveaux maîtres.

— Que dit-il ? demanda Sandoz.

— Il m'a l'air assez stupide. Il parle du diable.

— Bien sûr, le diable et son train, ricana Sandoz. Où se planquent les paysans ? Sont-ils déserteurs ?

— Tous les paysans sont déserteurs, répondit le soldat. Sauf ceux qui suivent Makhno.

Fred demanda qui était Makhno, mais en même temps il se souvint de la jeune femme aux cheveux ras repartie en Ukraine. Il ressentit une impression d'étouffement, une oppression telle que la tête lui tourna et qu'il crut défaillir.

— Que dit-il ? demanda Sandoz.

Fred haletait. Un coup de pied dans le ventre ne lui aurait pas fait plus mal.

— Que dit-il ? répéta Sandoz.

— Que tous les paysans sont déserteurs.

— On dénombrait quinze mille déserteurs quand Trotski arriva au commissariat à la Guerre de Riazan. Il sut les haranguer et tous sont maintenant soldats de l'armée rouge.

Le chauffeur de l'automobile montra de la main une masse noire au loin.

— Il dit que c'est une ville. Faut-il y aller ?

— Oui, répondit Sandoz.

Ils pénétrèrent dans un faubourg où la neige se transformait en murs de glace. La voiture se frayait difficilement un passage en suivant les traces de traîneaux. De certaines maisons écroulées, des poutres calcinées, comme des moignons noirs perçaient un linceul blanc. Il s'agissait d'une petite ville, dont l'église avait été aussi brûlée. Des femmes en haillons s'approchèrent. Un des soldats leur tendit des paquets de journaux ; le journal que Trotski rédigeait dans le train. Elles regardèrent ces papiers avec surprise, les attrapèrent néanmoins avidement, les enfouirent sous leurs châles, tout en marmonnant des sortes de prières.

— Elles demandent du pain, dit Fred.

— Du pain, du pain, grogna Sandoz. Qu'elles le

fassent elles-mêmes, leur pain ! Nous, nous leur apportons le pain de l'esprit.

— Elles prennent ces paquets de journaux pour des briques de charbon, dit un soldat. Elles s'en serviront pour se chauffer.

Des enfants sortirent à leur tour des masures, si maigres et grelottants qu'ils paraissaient agonisants. Les mères les poussaient devant elles, leur ouvraient leurs bouches édentées, montraient leurs plaies aux jambes, des jambes nues par un froid de moins trente degrés.

Sandoz les écarta brutalement, hurlant :

— Ce sont les hommes que je veux voir !

La voiture s'avança jusqu'à la place centrale. Une femme déboucha d'une maison en titubant. Elle portait dans ses bras un petit cercueil en bois argenté qu'elle tendit à Sandoz.

— Tovaritch, je t'offre mon enfant. Pour le salut de la Sainte Russie ! Prends, tovaritch...

Fred traduisit.

— Elle est folle, s'écria Sandoz. Je veux voir les hommes. Où sont les hommes ? Dis aux troufions d'aller me chercher les hommes.

Les soldats sautèrent de la voiture, sauf le mitrailleur qui resta à son poste en observant attentivement les alentours. Ils revinrent assez vite en traînant un individu en blouse qu'ils avaient arraché de son isba sans lui donner le temps de se vêtir d'une pelisse.

— Interroge-le. Qui est-il ? Que fait-il là ? Où sont les autres ?

Fred traduisit les demandes de Sandoz et les réponses de l'inconnu.

— Il dit qu'il était autrefois forgeron, mais qu'on lui a volé ses outils ; qu'il s'est fait paysan ; que toutes les vaches, tous les cochons, ont été dévorés par les bandits ; que les mères n'ont plus de lait, que tous les bébés sont morts de la variole.

— Et les hommes ? Ce sont des hommes qu'il me faut.

— Il dit qu'ils sont tous morts du typhus.

— Pas tous, quand même ! Lui n'est pas crevé.

— Ceux qui ne sont pas morts ont été enlevés par les bandits.

— Quels bandits ?

— Les blancs, les rouges, les noirs, chacun a puisé dans le tas des vivants. Tous sont partis, sauf lui, qui se cache.

— Les rouges ne sont pas des bandits. Il raconte n'importe quoi.

— Il dit que tout le monde a faim et froid.

— On le sait. Le problème n'est pas là. Quand les rebelles tsaristes seront vaincus, la révolution apportera l'aisance pour tous.

Fred écoutait l'ancien forgeron, mais ne traduisait pas ses paroles devenues, soudain, inquiétantes. Ne racontait-il pas que le paysan russe n'était qu'un serf à peine affranchi, paresseux, crasseux, blasphémateur et que ces messieurs de Moscou et de Petrograd voulaient en faire un héros ; qu'ils ne s'adressaient qu'à des héros, alors qu'ils ne parlaient qu'à des serfs marqués par tous les stigmates de leur passé ; que lui-même n'était qu'un esclave prêt à baiser les mains de ses nouveaux maîtres ? L'ancien forgeron racontait tout cela sur un ton plaintif, comme une lamentation.

— Que dit-il ? s'agaça Sandoz.

Fred hésita.

— Il dit qu'il n'est pas un héros, mais un serf ; qu'il y a maldonne.

— L'imbécile !

Sandoz donna l'ordre au chauffeur de repartir. Les soldats lâchèrent l'ancien forgeron qui s'agenouilla et se prosterna devant la voiture qui démarrait.

L'automitrailleuse poursuivit son chemin, encore plus loin dans la glace et la neige. Ce paysage sinistre rappelait à Fred l'horreur que lui inspira la plaine flamande sous les obus. Là aussi il se voyait en pays hostile, incompréhensible. Ce monde rural lui demeurait totalement étranger. Malheureusement il n'était pas le seul révolutionnaire qui éprouvait une antipathie viscérale pour la paysannerie. Tous les révolutionnaires, russes ou occidentaux, à part Makhno, étaient des citadins, à qui la campagne, terra incognita, paraissait un univers antagonique. Fred partageait les mêmes préjugés que Sandoz, que Trotski, que Lénine. Un seul parti révolutionnaire russe défendait les paysans, celui des socialistes-révolutionnaires de gauche, que les bolcheviks considéraient comme des demi-fous.

Dans la taïga, la voiture de Sandoz finit par rencontrer des lambeaux de troupes hagardes, menées par des sous-officiers sortis du rang, qui erraient à la recherche d'un commandement. Rassemblés, ils eurent droit à un beau discours de Sandoz, traduit au fur et à mesure par Fred. Sandoz s'efforça de les persuader que des partisans isolés n'avaient plus de raison d'être, qu'ils devaient s'incorporer à une armée régulière et flatta en même temps les caporaux et les sergents en leur disant que, tout comme ceux de la Révolution française, ils portaient leur bâton de maréchal dans leur sac. Il les invita ensuite à suivre l'auto et à venir assurer Trotski de leur allégeance.

Ce qui fut fait.

Le train repartit dans son fracas de tôles. Il emportait en otages la femme et les enfants d'un officier traître qui avait fui chez Wrangel. Sandoz trouva le procédé choquant et s'en ouvrit à Trotski.

— J'ai décidé, dit Trotski, de condamner à mort les officiers suspects.

Sandoz se montra surpris :

— Mais la peine de mort a été abolie !

— On ne peut dresser une armée sans répression. On ne peut mener au trépas des masses d'hommes si le commandement ne dispose pas, dans son arsenal, de la peine de mort.

Il ajouta :

— La révolution est une grande dévastatrice de gens et de caractères. Elle pousse les plus courageux à leur extermination et elle vide les moins résistants.

Sandoz garda un silence désapprobateur.

Trotski se lança alors dans une de ses brillantes péroraisons, où l'Histoire le prenait tout entier, où il s'incorporait à l'histoire de la Révolution, des révolutions, qu'il citait en exemple pour sa propre action. Il se glissait dans la peau des personnages du passé, s'appuyant toujours sur cette Révolution française à laquelle il vouait un culte exalté. Il distribuait les rôles de ce théâtre qu'il improvisait, attribuant à Lénine celui de Robespierre et à lui-même celui de Danton. Bien sûr, Zinoviev, son cauchemar, c'était Marat. « La Révolution française forma quatorze armées, disait-il, moi j'en placerai seize sur les fronts révolutionnaires de la République soviétique. »

Pour l'instant, tout le pouvoir des bolcheviks tenait dans ce train blindé qu'il promenait du nord au sud, de l'ouest à l'est, et dans quelques régiments commandés par d'anciens officiers du tsar, comme ce Toukhatchevski devenu le général le plus prestigieux de l'armée rouge. D'une armée rouge encore velléitaire et qui, en fait, n'existait que dans l'utopie de Trotski. Imitant, une fois encore, la Révolution française, il avait adjoint des commissaires politiques à tous les degrés de la hiérarchie militaire, du grade de commandant jusqu'aux généraux. Il s'angoissait d'un possible Bonaparte, voire d'une Charlotte Corday. Pour Lénine, Fanny Kaplan ne joua-t-elle pas le rôle avorté de Charlotte Corday ? Trotski, lui, voyait Charlotte Corday, sa Charlotte, sous les traits de la Spiridonova, qu'il exécrait. Étrange, douloureuse et fascinante créature que cette Marie Spiridonova, membre de ce parti socialiste révolutionnaire auquel Trotski avait lancé son fameux anathème : « Votre rôle est fini. Allez donc à la place qui est la vôtre : dans les poubelles de l'Histoire ! »

Sandoz interrompit le monologue de Trotski en lui racontant sa rencontre de l'ancien forgeron qui se disait non pas un héros, mais un serf.

— Cette apathie du monde paysan face à la révolution n'est-elle pas inquiétante ?

Trotski répliqua :

— C'est tout le contraire avec les ouvriers, camarade Sandoz. Tout le contraire. Les ouvriers, qui forment le noyau dur de l'armée rouge, sont tous des héros, prêts au sacrifice de leur vie. Je n'ai qu'un reproche à leur faire : qu'ils se disposent plus à se sacrifier pour la cause révolutionnaire qu'à accepter de nettoyer leur fusil et de cirer leurs chaussures.

Et il se mit à rire, de son rire sardonique, qui n'était jamais un rire gai.

La pagaille que Fred retrouva à Moscou contrastait à tel point avec la rigueur et la discipline que Trotski imposait aux passagers du train blindé qu'il repensa aussitôt à cette phrase de Kropotkine : « La vraie révolution sera celle de la canaille et des va-nu-pieds. » Kropotkine récupérait ainsi ce que Marx appelait avec dédain le lumpen proletariat, le « prolétariat déguenillé ». Ce prolétariat déguenillé n'emplissait-il pas les rues de Moscou ? L'élite ouvrière combattait dans l'armée rouge. Tous les militants mobilisés, il ne restait dans la capitale que des ilotes, errant comme des chats abandonnés. Chapardeuse, querelleuse, cette population clochardisée s'accrochait aux basques des révolutionnaires qui devaient la traîner comme le forçat son boulet.

Dans ce tumulte de Moscou en perpétuelle effervescence, de Moscou qui s'asphyxiait de son surcroît de population indigente, dans cette cohue, dans cette tension d'idéologies antagonistes, Fred songeait au train blindé. Jamais sans doute pareille identification à un État, à un pouvoir, ne s'était-elle produite avec autant d'intensité que dans ce palais ambulant. Le char de l'État, oui, quelle juste image ! Le char de l'État bardé de canons, de mitrailleuses, de fusils, glissant sur des rails, implacablement, assuré de son invulnérabilité, répandant à son approche la crainte, pour ne pas dire la terreur. Fred ressentait l'impression de s'être introduit dans le cœur de ce monstre, tant haï, que Valet et ses amis tentèrent jadis naïvement de détruire avec leurs petits brownings. L'État dans sa carapace blindée, tracté par des dragons crachant de la vapeur de tous leurs naseaux. L'État, que Lénine et Trotski affirmaient vouloir abolir et dont ce train représentait le plus absolu des symboles.

Les dirigeants soviétiques ne se rendaient aucunement compte de l'isolement de leur action. Si quelqu'un leur avait souligné que leur seule puissance réelle tenait dans ce train blindé itinérant, ils auraient pris cela pour une blague. Non seulement ils ne se voyaient pas isolés, mais ils se persuadaient que le monde entier les regardait. Tous pensaient que Berlin, Vienne, Varsovie, s'apprêtaient à renverser leur gouvernement bourgeois et à instituer des Républiques soviétiques qui s'uniraient aussitôt à celle de la Russie ; qu'ensuite, tout naturellement, le reste de l'Europe suivrait. C'est pourquoi Lénine crut à l'urgence de proclamer la faillite de la IIe Internationale socialiste, qui boudait la Révolution russe, et d'instituer une IIIe Internationale communiste en réunissant à Moscou les délégués de toutes les nations possibles. Proclamer la faillite de la IIe Internationale était une chose, en concrétiser la déchéance en était une autre. Le fait que dans tous les pays européens, les anarchistes et les anarcho-syndicalistes soutenaient pratiquement seuls la Révolution russe ne concourait pas à entraîner l'adhésion des socialistes, alors marxistes orthodoxes. En Allemagne, Rosa Luxemburg jugeait elle-même prématurée l'adhésion à la IIIe Internationale, alors que le leader anarchiste Erich Mühsam exhortait ses camarades à épauler les soviets en raison des thèses de Lénine sur le dépérissement de l'État. Le blocus qui enfermait la Russie rendait le voyage des délégués occidentaux difficile et dangereux. Arrivèrent néanmoins à la conférence du 2 mars 1919 un Allemand spartakiste, Hugo Eberlein, et un Autrichien, Gruber. Trois délégués représentaient cavalièrement la France : Sandoz, Prunier et Barthélemy. La plupart des autres nations figuraient également dans cette réunion par un accommodement avec le ciel bolchevik puisque, comme la section française, elles étaient personnifiées par des représentants vivant en Russie, certains même de nationalité russe, jadis exilés en Occident.

Pour sa création, la IIIe Internationale ne comptait que vingt participants. Comparée à la IIe Internationale, il s'agissait donc tout au plus d'une secte schismatique aux ambitions dérisoires. Sandoz, chef de la délégation française, se croyait au moins l'égal de Clemenceau. Quant à Prunier, depuis qu'il avait abandonné l'uniforme militaire, il se transformait curieusement, s'habillant d'une blouse de paysan pour mieux se fondre dans la population russe. Sa tête rasée, sa grosse moustache, évoquaient Tarass Boulba. Il menait une vie ascétique, parlait peu (il ne prendra pas la parole lors de la fondation de la IIIe Internationale). Fred l'avait un peu perdu de vue, ne serait-ce qu'à cause de sa longue absence de l'hiver. Mais l'ex-lieutenant l'intriguait et il conservait pour lui une sympathie dont il ne s'expliquait d'ailleurs pas très bien la raison. Trotski, descendant de son train blindé, se présenta à la réunion en uniforme, ce qui n'eut pas l'heur de plaire au pacifiste Hugo Eberlein dont l'intervention faillit faire capoter d'emblée la conférence. Pendant les débats, un coup de théâtre se produisit. Lénine annonça, avec grand enthousiasme, que le camarade français Henri Guilbeaux, réussissant à forcer le blocus, arrivait porteur d'un mandat très favorable. Fred vit Sandoz au bord de l'évanouissement. A mi-voix, il demanda à Prunier qui était Guilbeaux.

— Un ami de Lénine et de Trotski, qu'il a connus en Suisse pendant la guerre. Un ami aussi de Romain Rolland. Mauvais coup pour Sandoz qui ne sera plus le numéro un.

Lors d'une interruption de séance, Sandoz, qui s'était ressaisi, interpella Fred :

— Viens avec moi chez le camarade Lénine.

— Pour quoi faire ?

— Ce salaud de Guilbeaux va foutre en l'air tout notre travail.

— Je ne le connais pas.

— Tu ne perds rien. L'important, c'est que Lénine te connaisse et que tu contrecarres Guilbeaux.

Qu'est-ce que Sandoz manigançait encore ? Lénine les reçut avec son habituelle cordialité. Fred fut surpris de le voir d'aussi petite taille. Simplicité, aisance de l'accueil, Lénine ne pouvait qu'inspirer la sympathie. Il n'avait pas l'aspect d'un intellectuel poseur, comme Trotski, mais plutôt, ce qui étonna Fred, le physique d'un notaire de province. Au contraire de Trotski, justement, il se méfiait du pittoresque et sa figure de faune ne se départait pas d'une expression goguenarde. Lorsque Sandoz lui présenta Fred, avec de grands éloges, il le dévisagea, amusé, remuant sa tête chauve et sa barbiche, de bas en haut et de haut en bas. Il écoutait Sandoz, attentif, comme si cette présentation d'un délégué subalterne lui importait autant que la réunion interrompue.

— Bien, bien, camarade Barthélemy, dit Lénine.

Et comme Sandoz lui disait que Fred était un disciple de Paul Delesalle, il ajouta :

— J'ai fréquenté, moi aussi, la librairie de Delesalle. C'est une bonne référence, camarade Barthélemy. Je m'en souviendrai.

A ce moment, Sandoz crut opportun de glisser ses phrases fielleuses contre Guilbeaux, condamné en France, assura-t-il, pour avoir touché de l'argent allemand. Lénine changea de visage. Ses petits yeux se bridèrent et son faciès s'allongea comme un museau de rat. Sans rien répondre, il se leva, fit volte-face et rejoignit la salle de réunion.

Sandoz oubliait que toute allusion à un stratagème avec l'Allemagne restait un sujet tabou pour Lénine, sans cesse accusé lui-même par les pays occidentaux de demeurer un agent du Kaiser, déguisé en révolutionnaire. Lénine traînait à ses basques l'épisode de sa traversée de l'Allemagne en wagon plombé. A chacun son train. Celui de Lénine était moins glorieux que celui de Trotski. Cette intervention maladroite de Sandoz allait marquer à la fois le déclin de l'ex-capitaine et la montée spectaculaire d'Alfred Barthélemy.

Sur la photo souvenir de la fondation de la IIIe Internationale, on voit au premier rang Guilbeaux à côté de Lénine et Sandoz au deuxième rang, près de Trotski. A partir de là, la haine de Sandoz pour Guilbeaux devint pathologique. A ce malheur pour Sandoz s'en ajouta un second. Sur proposition de Lénine, Zinoviev fut élu président de la IIIe Internationale. Zinoviev, l'ennemi de son ami Trotski. L'étoile de Sandoz s'éteignit.

Les bureaux de l'Internationale s'installèrent dans l'hôtel particulier de l'ancienne ambassade d'Allemagne. Sur le parquet, une large tache brune marquait l'endroit où le sang de l'ambassadeur, le comte von Mirbach, assassiné par deux tchékistes, sociaux-révolutionnaires de gauche, s'était répandu quelques mois plus tôt. En face du bureau de Zinoviev, se trouvait le service publiant en quatre langues (russe, anglais, allemand, français) la revue intitulée *Internationale communiste.* Fred fut chargé de l'édition française, en association avec un rédacteur technique, nouvel adhérent du groupe communiste français de Moscou, qui s'appelait Victor Serge.

Lorsque Victor Serge arriva pour la première fois aux bureaux de l'Internationale, Fred et lui crurent à une hallucination. Victor Serge était en effet le nouveau nom de Victor Kibaltchich, adopté pendant l'insurrection de Barcelone. Que Victor et Fred aient suivi le même chemin politique, leur semblait aussi inouï à l'un qu'à l'autre.

— Toi, répétait Victor, toi mon petit gamin de Paris, ici, dans ma patrie russe ! Toi devenu un homme, un militant révolutionnaire conscient et organisé ! Mais ce simple phénomène prouverait la validité de notre combat ! De la bande à Bonnot à Lénine, quel parcours n'avons-nous pas fait !

— Et Rirette ?

— Ah ! Rirette, c'est le passé. La vie insouciante. Nous étions bien jeunes ! Et ta petite Flora ?

— Disparue. On a fait des recherches qui ne donnent rien. Si tu savais l'adresse de Rirette, peut-être que...

— Regarde devant toi, Fred, jamais en arrière.

Il chantonna :

Du passé, faisons table rase
Foule esclave, debout, debout !
Le monde va changer de base :
Nous ne sommes rien, soyons tout.

— J'ai hâte de retourner en France, dit Fred, pas pour le passé, mais pour l'avenir. On m'y enverra bientôt, je l'espère. Et je retrouverai Flora.

Fred partagea très vite l'antipathie de Sandoz pour Henri Guilbeaux. Ne serait-ce que parce qu'il harcelait la Tchéka de notes confidentielles. Avec ses chemises vertes, ses complets verdâtres, ses cravates pois-cassés, Guilbeaux donnait l'impression d'un légume défraîchi. De son amitié avec Romain Rolland, qu'il n'avait cependant pas encore convaincu de rejoindre le camp bolchevik, il bénéficiait d'une réputation de fin lettré. Il composait d'ailleurs lui-même des vers, qu'il déclamait et que Lénine préférait à ceux de Marinetti, pourtant très prisés dans l'avant-garde littéraire russe. Il est vrai que Guilbeaux portait à son crédit l'organisation du passage des bolcheviks par l'Allemagne, dont il avait, en Suisse, signé le protocole. Guilbeaux, fort de l'appui de Lénine, envisageait bien sûr de ravir à Sandoz la place de représentant du « prolétariat français » auprès du parti bolchevik. Pour déjouer cette ambition, Sandoz imagina, de concert avec Prunier, de faire élire Alfred Barthélemy président du groupe français communiste de Moscou. C'était un peu gros, mais Sandoz usa de son amitié avec Trotski et Victor Serge agit auprès de Lénine. La manœuvre réussit. Du dernier rang, Fred se trouvait tout à coup projeté au premier. Il s'ensuivit une lutte d'influences qui conduisit Sandoz à ne plus guère résider à Moscou, ses missions d'inspecteur général aux Armées constituant l'essentiel de son travail. Quant à Guilbeaux, il ménageait Fred que sa soudaine ascension rendait à la fois intéressant et dangereux.

Dans cette seconde année de la Révolution soviétique, tous les titres étaient plus ou moins fallacieux. Chacun se parait de pouvoirs exagérés. Aussi bien Lénine, qui croyait tenir en main tous les leviers de la révolution mondiale et ne comprenait pas pourquoi l'Angleterre tardait à décapiter son roi ; aussi bien Trotski, souverain incontesté, mais seulement dans un train fantôme ; aussi bien Zinoviev, persuadé d'être le seul dauphin de Lénine ; aussi bien Sandoz qui se prenait pour un général alors qu'il n'était qu'un inspecteur ; aussi bien Guilbeaux qui se voyait déjà poète officiel du nouveau régime. Fred n'affabulait pas sur ses propres pouvoirs, mais les autres affabulaient pour lui. En forçant la note, en gonflant les effectifs, en donnant au président du groupe français communiste de Moscou une dimension exagérée, ce dernier finissait par exister, par prendre un poids imposant. Il deviendra même redoutable lorsqu'il sera l'une des branches du Komintern.

C'est pourquoi, au printemps 1919, Alfred Barthélemy fut invité avec de grands égards à assister, dans une salle du Kremlin, au congrès du parti bolchevik. Assis à la tribune, tout près de Lénine et de Trotski, il s'aperçut très vite que l'unanimité était loin de se faire parmi les fondateurs de la République soviétique. Tous, sauf Lénine qui exprimait une force tranquille et ne cessait de sourire en se caressant la barbiche, tous gardaient un air tendu, griffonnaient rapidement des notes, regardaient l'orateur en exercice avec inquiétude, comme si, de ses paroles, risquait d'échapper on ne sait quelle catastrophe.

Fred les observait, les uns après les autres, avec une intense curiosité.

Ainsi Boukharine, chef des communistes de gauche, c'était ce petit homme fluet, discret, à la physionomie si gentille, vêtu de modestes vêtements bruns et dont la voix tendait à se briser. Ainsi Kamenev, représentant l'aile droite, c'était cet individu froid, flegmatique. Aussi froid et flegmatique que ce Staline, qui ne disait rien, gardait un visage impassible ; ce Staline accusé par Trotski d'être la plus éminente médiocrité du parti. N'empêche que le bureau politique comprenait seulement cinq hommes et que Staline était de ceux-là. Lénine, Trotski, Staline, Kamenev, Boukharine, tous les cinq menaient la destinée de la nouvelle Russie, peut-être même la destinée du monde. Mais combien ils apparaissaient à Fred fragiles, hésitants, s'épiant les uns les autres. Combien, sauf Lénine, ils semblaient indécis, anxieux, moroses.

Lénine interrompait rarement un orateur. Seule sa mimique, si expressive, soulignait son accord ou la délectation qu'il prendrait bientôt à mettre de l'ordre dans le désordre des esprits. Lénine n'allait jamais se placer au pupitre, préférant se lever et marcher de long en large à la tribune, pour donner plus de poids à ses propos. On avait toujours l'impression qu'il corrigeait avec bienveillance les examens oraux de ses élèves. Il se tenait, de par sa position dans la salle, et la manière dont il réagissait aux propos de ceux qu'il considérait (et qui se considéraient) comme ses disciples, au-dessus de la mêlée. Un Jupiter aimable, un Jupiter laïque, en costume d'homme de loi.

Ses deux pouces enfoncés dans son petit gilet, il parlait lentement, d'une voix un peu rauque. Lorsqu'un vieux bolchevik comme Zinoviev, qui supportait mal la prédominance de Trotski, critiquait l'action de l'armée rouge et surtout l'ouverture de plus en plus grande faite aux officiers tsaristes, Lénine volait au secours de l'attaqué. Il se penchait dans le vide, le bras tendu, prolongeant ainsi démesurément son corps. Sa voix devenait plus claire, plus vibrante, plus forte. Il avait l'art de remettre sur pied ses collaborateurs mal en point, n'acceptant pas que l'un d'eux sorte disqualifié d'une réunion publique. Si bien que, à force de vouloir que tous ses disciples aient raison, puisqu'ils étaient ses disciples, chacun d'eux se croyait le favori de Lénine, alors que, l'avenir le prouvera, Lénine ne préférait personne.

L'ascension d'Alfred Barthélemy dans la hiérarchie soviétique se fit presque à son insu. Elle résulta d'un ensemble de circonstances favorables. On peut dire qu'il ne força pas son destin, mais qu'au contraire il eut l'impression de devoir courir pour rattraper sa vie qui, d'une seule poussée, fuyait en avant. Au fur et à mesure qu'il avançait, il éprouvait la sensation de remplir un vide. Ce vide lui donnait parfois le vertige, mais ne pas sauter les obstacles signifiait tomber.

Le creux se produisit d'abord par l'absence de Sandoz, par l'indifférence de Prunier. Fred occupait leur place. Qu'il soit élu plutôt que Sandoz, homme de Trotski, réjouissait Zinoviev qui misa donc sur Fred.

Après Lénine et Trotski, Zinoviev était l'homme le plus populaire du Parti. D'avoir vécu dix ans d'exil en Suisse, en compagnie de Lénine, lui valait d'être à la fois considéré comme son plus fidèle disciple et, dans les moments difficiles, comme son porte-parole. C'est lui qui avait lancé l'idée de la IIIe Internationale et l'embrasement de l'Occident, par le biais des partis communistes occidentaux, restera toujours son idée fixe. Comme il préférait résider à Petrograd plutôt qu'à Moscou, il lui fallait dans cette dernière ville quelqu'un de sûr et il se méfiait de tous ceux qu'il connaissait. Alfred Barthélemy bénéficia de ce qu'il sortait de l'ombre. Il bénéficia aussi de l'appui de Victor Serge que Zinoviev tenait en haute estime puisqu'il avait failli instituer à Barcelone une république soviétique.

Alfred Barthélemy s'aperçut très vite que, quoi que l'on fasse, dans cette cour d'intrigues, de rancœurs, d'ambitions, qui environnait Lénine, on apparaissait toujours l'homme de quelqu'un. Sandoz était l'homme de Trotski et Fred avait été l'homme de Sandoz. Contrairement à une tendance naturelle, il ne suivit pas Sandoz, en disgrâce, dans son déclin. Victor Serge se trouva là au moment opportun pour le propulser du côté de Zinoviev.

Trotski, qui ne manquait aucune occasion pour rabaisser Zinoviev, disait que, lorsque ce dernier partait à Petrograd, la IIIe Internationale disparaissait puisqu'il l'emportait avec lui. Exact. Toutefois, cette anomalie cessa à partir du moment où Zinoviev se dédoubla en choisissant pour le représenter à Moscou celui qu'il se complut à croire un autre lui-même : Alfred Barthélemy.

Que Fred n'eut alors que vingt et un ans ne soulevait pas d'objection en période révolutionnaire. Toukhatchevski n'en avait-il pas vingt-six lorsqu'il parvint au plus haut niveau de la hiérarchie militaire ? Ses idées libertaires, le contact qu'il maintenait avec les gardes noirs, auraient par contre constitué un considérable handicap à sa carrière si Zinoviev, évidemment mis au courant des tendances de son subordonné par la Tchéka, n'avait décidé au contraire de s'en servir. Ne le considérait-on pas, lui, Zinoviev, comme un bolchevik pur et dur, l'incarnation même de la vertu bolchevique ? Une collaboration étroite avec le jeune militant français lui permettrait de s'insinuer dans ce milieu anarchiste encore puissant et de damer le pion à Boukharine qui montrait pour les libertaires une indulgence inquiétante.

Ce nœud de vipères aurait dû inquiéter Fred dès qu'il s'en approcha. Sa jeunesse, son inexpérience, son utopie, contribuèrent à ce qu'il s'en accommode.

Zinoviev ne venant qu'irrégulièrement à Moscou, en son absence Fred menait la barque de l'Internationale, aidé par les conseils de Victor Serge. Dès que Zinoviev annonçait son arrivée, il se produisait dans tous les rouages de l'administration (car la Révolution commençait à glisser insidieusement de l'idéologie à la bureaucratie) un invraisemblable branle-bas. Tous se sentaient en faute. Sans doute la plupart l'étaient-ils, du moins lorsqu'ils comparaient leur médiocrité à l'énergie bouillonnante de Zinoviev. Seul Fred restait calme et ce calme lui valait la sympathie instinctive de ce « géant de la Révolution » comme certains se complaisaient à l'appeler. La patience de Fred apaisait l'agitation de Zinoviev, qui sautait facilement de l'enthousiasme délirant à la déprime la plus absolue. L'échec de la Révolution hongroise menée par Bela Kun l'affecta à un tel point qu'il passa plusieurs jours en gémissant, affalé sur un divan. Fred le vit ainsi souvent dans son bureau, étendu sur ce canapé, malade de rage impuissante, de peur, d'irrésolution.

Comme Lénine et Trotski, Zinoviev parlait parfaitement français. Il avait par contre une curieuse voix de petit garçon plus aiguë en français qu'en russe. Fred eût préféré converser en russe avec lui, pour éviter cette intonation de fausset, mais Zinoviev voulait absolument que leurs conversations se fassent en français, ce qui palliait d'éventuelles indiscrétions des secrétaires.

La voix de Zinoviev l'empêchait d'être un grand orateur. Circonstance d'autant plus singulière qu'il bénéficiait du physique même du tribun. Une solide carrure, avec une tête large et une abondante chevelure bouclée. Il suppléait à sa carence oratoire par une extrême habileté lorsqu'il répondait aux oppositions. Fred assistait, médusé, à ses astuces démagogiques et à toutes les combinaisons qu'il ne cessait de manigancer, mû par une ambition extrême. Son emprise sur ses collaborateurs avait quelque chose de démoniaque. Fred, qui allait connaître peu à peu tous les dirigeants du Parti, considérera toujours Zinoviev comme le plus dangereux, le seul qui, parfois, l'effraiera.

Paradoxalement, Zinoviev se prit d'une amitié de plus en plus grande pour Alfred Barthélemy. Il est vrai que Fred se lançait dans des initiatives qui ne pouvaient que lui être agréables, tressant un réseau européen de correspondants qui lui permettait de joindre les milieux libertaires et il envisageait d'inviter à Moscou pour le

IIe congrès de la IIIe Internationale des militants anarcho-syndicalistes aussi prestigieux que Delesalle, Monatte, Rosmer.

Les informations que Fred diffusait en France soulignaient que la Révolution russe, bien que non anarchiste, n'en opérait pas moins une véritable mutation sociale ; que, malgré la prise du pouvoir par le parti bolchevik, la Révolution restait indéniablement de tendance libertaire ; de plus, l'intervention étrangère constituant un danger pour la République soviétique, les anarchistes s'interdisaient de faire chorus avec l'ennemi.

Il en résulta à Paris des meetings anarchistes « contre l'intervention » ; des tracts : « Démobilisés, ne déposez pas vos armes ! » ; une dénonciation de la « paix impérialiste », du traité de Versailles (« traité de haine, de violence et de guerre »), de la Société des Nations qualifiée d' « assemblée de brigands ».

Zinoviev exultait. Dans son enthousiasme, sa voix prenait des inflexions stridentes qui mettaient les nerfs de Fred à vif.

— Bravo, camarade Barthélemy, bravissimo, chantonnait Zinoviev. Continuez ! Faites honte à cet imbécile de Radek qui n'arrive à rien en Allemagne.

Changeant brusquement de ton et adoptant cet air persifleur que Fred détestait :

— Vous avez tout intérêt, camarade Barthélemy, à ce que la révolution ne tarde pas à éclater en France, sinon vous ne reverrez jamais votre femme et votre enfant.

— Pourquoi ? s'écria Fred, étonné que Zinoviev soit au courant de sa vie privée, dont il ne parlait à personne, sinon à Victor. Pourquoi, camarade Zinoviev ?

— Vous, Sandoz, Prunier, tous les trois déserteurs, n'est-ce pas ? Tous les trois condamnés à mort par votre gouvernement. Vous êtes voués à devenir russes et soviétiques à perpétuité.

Zinoviev riait aux éclats. Il reprit :

— Sauf, bien sûr, si vous allumez la révolution en

France. Alors c'est vous, mon petit Barthélemy, qui serez le Zinoviev français. Et vous aurez vous aussi votre Trotski sur le dos, le commissaire aux Armées Sandoz. Malheur ! Malheur ! On emporte partout ses puces avec soi, et ses poux.

Il fourragea sa tignasse de ses mains dodues.

— Grattez-vous, mon petit camarade. Mais souvenez-vous que les poux ça s'écrase comme ça !

Zinoviev fit crisser ses ongles du pouce et de l'index. Puis il se mit à gémir et s'allongea sur le divan.

C'est vrai qu'ils étaient tous les trois condamnés à mort par contumace, comme Guilbeaux. Fred savait bien qu'il ne pouvait sans danger retourner en France, mais d'être ainsi rejeté, sinon pour toujours, en tout cas pour de nombreuses années (car il comprenait bien que la révolution mondiale n'était pas pour demain, que ni la France, ni l'Italie, ni l'Angleterre, ne s'y préparaient, contrairement à ce que s'obstinait à imaginer Lénine), d'être ainsi rejeté lui portait un coup terrible. Il ne se trouvait pas mal à Moscou, mais Flora et Germinal lui manquaient. L'information de Zinoviev tomba comme un verdict, puis comme un couperet de guillotine. Il eut soudain l'impression que son passé venait d'être tranché et que Zinoviev avait manœuvré la machine.

Plus rien ne s'opposait donc à ce qu'il se mette en ménage avec Galina.

Galina Anastasia Fedoroff, fille de bourgeois mencheviks disparus en exil, travaillait en étroite collaboration avec Kamenev, le premier président de l'exécutif central des soviets, fonction équivalente à celle d'un président de la République. L'opposition de Kamenev à Lénine et à Trotski lorsque ceux-ci négocièrent la paix de Brest-Litovsk, le jeta à bas de son socle. Il s'en consolait par ce vrai pouvoir qu'il détenait avec Zinoviev et Staline, puisque tous les trois représentaient l'aile droite du parti bolchevik. Moins populaire que Zinoviev, Kamenev était par contre plus respecté. Il n'empêche que ces deux leaders se complétaient, à tel point qu'on les surnommait les « Castor et Pollux de la Révolution ». Zinoviev, c'était la passion et l'imagination ; Kamenev, la négociation et la conciliation.

La liaison de Galina et de Fred s'était accomplie tout naturellement, sorte de prolongement de leur vie militante. Petite femme nerveuse, brune, aux cheveux et aux yeux très noirs, toujours coiffée d'un fichu rouge, bottée, sanglée dans des ceintures de cuir qui prenaient des allures de baudrier, Galina avait participé à Petrograd à l'insurrection d'Octobre. Le soir du 25, alors que ses parents fuyaient dans la voiture de Kerenski, elle se trouvait dans la grande salle de l'Institut Smolnyï et distribuait du thé chaud à Lénine et à Trotski, harassés, couchés à même le plancher. Le lendemain, sur l'unique machine à écrire de l'Institut, elle tapait les proclamations que lui dictaient les nouveaux maîtres de la Russie. Dans les premiers jours de la République des soviets, Lénine, Trotski, Zinoviev, Kamenev, Boukharine, Staline, travaillaient et dormaient dans les minuscules bureaux de l'Institut Smolnyï, transformé en siège du gouvernement. Galina et quelques autres filles déjeunaient et dînaient avec eux à la cantine, d'une unique soupe aux choux et de pain noir. La prise du pouvoir, si risquée, si soudaine, entretenait une excitation chez les vainqueurs qui se traduisait par un brouhaha perpétuel, des allées et venues de messagers, car il n'existait pas de téléphone dans cet ancien bâtiment où les demoiselles de la noblesse recevaient hier encore leur éducation. Pour éviter le ridicule de s'appeler ministres, titre particulièrement honni, les vainqueurs se désignaient commissaires du peuple, parodiant ainsi, dès le début, la Révolution française. Du grésillement des réveille-matin, au bruit de bottes des gardes rouges faisant leur ronde de nuit, l'ex-Institut Smolnyï bruissait comme une usine. Galina conservait le prestige insigne d'avoir été la première dactylographe de Lénine. Titre incontestable, puisque, le 26 octobre et dans les jours qui suivirent, il n'exista pas d'autre dactylographe à l'Institut Smolnyï, pour la bonne raison que personne ne savait où en trouver une seconde.

Galina, lorsqu'elle racontait à Fred ces souvenirs de Petrograd, s'étonnait encore que Lénine et Trotski aient placé leur bureau aux deux extrémités du bâtiment, alors qu'ils avaient perpétuellement des choses à se dire. Le couloir reliant ces deux pièces était si long que Lénine, seul humoriste parmi tous ces pisse-froid, proposa d'établir la communication par un cycliste. Faute de cycliste, Galina courait d'un bureau à l'autre. Lénine, inspirateur de l'insurrection d'Octobre, et Trotski, son exécutant exemplaire, se trouvaient donc alors les deux vrais dépositaires de la Révolution et n'arrêtaient pas de s'envoyer des messages. Galina portait les questions, ramenait les réponses. Ce contact permanent avec les deux hommes, dans un moment aussi crucial, lui donnait encore, deux ans plus tard, une auréole telle que tout le Politburo enviait Kamenev de se l'être attachée.

En réalité, les bureaux de Lénine et de Trotski, aux deux extrémités de l'Institut Smolnyï étaient un coup de Zinoviev et de Kamenev qui s'engouffrèrent les premiers dans les salles intermédiaires, afin d'éloigner le plus possible les deux vedettes de l'insurrection. Ensuite, Zinoviev s'arrangea pour se placer toujours, dans les réunions, à la droite de Lénine. Il s'installait sur la chaise appropriée, bien avant que les membres du gouvernement, et Lénine lui-même, ne pénètrent dans la salle. Tous se résignèrent à le trouver toujours là, le premier assis, quel que fût leur effort pour arriver avant l'heure. Il leur signifiait ainsi qu'il était le plus proche de Vladimir Ilitch, le successeur déjà désigné.

Zinoviev et Kamenev devaient néanmoins traîner

toute leur vie une honte commune : s'être opposés à l'insurrection d'Octobre qu'ils jugeaient prématurée. Lorsque Lénine voulait leur rabaisser le caquet, il les traitait tout bonnement de « briseurs de grève de la Révolution ». Cette catastrophique erreur les obsédait à tel point qu'ils ne la compensaient qu'en vouant une haine inextinguible au vainqueur d'Octobre 17, c'est-à-dire à Trotski.

Le hasard qui fit de Galina la collaboratrice de Kamenev et de Fred le collaborateur de Zinoviev contribua bien sûr à les rapprocher. Castor et Pollux trouvaient dans ces deux jeunes gens leur réplique gémellaire.

Un même enthousiasme, une même foi, animaient Fred et Galina. Ils se sentaient transportés par leur mission. Dire que celle-ci leur donnait des ailes, suivant l'expression convenue, n'était pas trop fort. Seul le souvenir de Flora empêcha pendant longtemps Fred de sauter le pas. Leur liaison fut d'abord plus cérébrale que sensuelle. Ces bottes de soldat, sous la longue jupe rêche, comment Fred ne les aurait-il pas rapprochées des jambes blanches et des pieds nus de Flora ? Dans sa mémoire, surchargée de tant d'événements depuis son départ de Paris, Flora, curieusement, ne lui apparaissait toujours que sous les traits d'une enfant. Il n'arrivait pas à se la remémorer comme la mère de Germinal. Comment vivait-elle aujourd'hui ? Où ? Avec qui ? Était-elle devenue femme, comme Galina ? Sans doute, mais autrement. Flora était un petit animal des rues, comme lui-même l'avait été. Que cette vie parisienne devenait lointaine, si lointaine que parfois Fred avait du mal à penser que ce Gavroche qu'il apercevait dans un lointain brumeux pouvait être le même que l'homme qui discutait aujourd'hui avec les leaders de la révolution mondiale. Le camarade de Galina, qu'avait-il de commun avec le galopin qui traînait dans les rues de Belleville, en tenant par la main une petite fille qui sentait le poisson ?

L'odeur de poisson, la mer, comme tout cela se situait au bout du monde. On ne sentait jamais le poisson à Moscou. Tout le poisson servi parfois dans les réfectoires, rarement, n'était que du poisson séché, mariné, salé ; de la nourriture dure comme du bois. L'odeur de la mer ne s'y attachait plus.

A partir du moment où Fred et Galina vécurent ensemble, dans l'unique pièce glaciale d'un palais désaffecté, leur liaison prit une autre tournure. Ils n'y résidaient que la nuit. A la cuisine collective de l'immeuble, ils préféraient l'ambiance conviviale des cantines où ils se retrouvaient avec d'autres militants. Mais la chambre, leur chambre, les révéla l'un à l'autre différents de ce qu'ils étaient le jour. Leurs vêtements tombés, tombaient aussi leur fonction, leur idéologie. Leur nudité leur rendait leur jeunesse. L'un et l'autre n'avaient guère plus de vingt ans. Ils s'abandonnaient à l'impétuosité de leur corps. La sexualité, longtemps repoussée, comme une entrave à leur action, comme une déviation bourgeoise, les saisissait. Ils se laissaient glisser dans ce plaisir avec la volupté suprême de s'y croire en état de péché. Cette vieille idée du péché, que la révolution se targuait d'éliminer, en même temps que le préjugé de religion, voilà qu'elle leur montait à la gorge.

Fred, qui n'avait reçu aucune éducation religieuse, ne pouvait penser à cette notion de faute morale. Il se croyait seulement un peu coupable, comme si toute cette énergie nocturne dépensée aux choses de l'amour, représentait autant de voltage volé à la révolution. Galina, elle, se levait le matin avec un sentiment de honte. Son corps l'avait trompée, s'était détaché des rigueurs de son cerveau. Elle se souvenait du pope, venu voilà si peu de temps, au collège de jeunes filles où elle étudiait l'histoire et la littérature, et qui les avait tant effrayées en leur évoquant les horreurs de la luxure. Stupidité, se disait-elle. Néanmoins, le plaisir qu'elle prenait avec Fred, lui paraissait une sorte de péché en un temps où la Russie saignait de partout, où le peuple mourait de faim, où les soldats de l'armée rouge se faisaient décimer en Ukraine par les régiments de Denikine. Il n'empêche que, chaque soir, elle succombait. Nitchevo ! Kamenev n'en saurait rien !

Alfred Barthélemy évitait Henri Guilbeaux. Tout ce vert sur ses vêtements semblait moins de la coquetterie qu'une sorte de moisissure. Il traînait derrière lui un relent de décomposition. Son sourire, ses gestes, sa trop grande courtoisie, tout sonnait faux. Lorsqu'il vint demander à Fred de le suivre chez Lénine, qui le convoquait, Fred eut le sentiment désagréable de voir surgir un oiseau de mauvais augure.

Lénine habitait au Kremlin un logement modeste installé au rez-de-chaussée dans le corps de logis des chevaliers.

Dans le délabrement de Moscou, seul le Kremlin conservait sa splendeur.

Ses grandes murailles rouges et sa masse de dômes surplombaient la Moskova. Autant d'églises et de palais, intacts, alors que la ville tombait en ruine, surprenaient Fred et le choquaient. Il ne comprenait pas que la Révolution préserve avec tant de soin un luxe inutile. Pourquoi Lénine s'obstinait-il à sauvegarder le passé artistique alors qu'il s'acharnait à détruire la société traditionnelle ? Pourquoi, si la religion était néfaste et devait être proscrite, protéger cet invraisemblable entassement d'édifices d'une richesse ostentatoire ? Fred avait visité la cathédrale de l'Assomption, lieu du couronnement des tsars, la cathédrale des archanges où l'on voyait les tombeaux des grands-ducs. Pourquoi cette dévotion pour la dynastie, alors que l'on avait massacré les derniers Romanov ? Devant ces châsses, ces candélabres, ces lustres, ces iconostases, ces anges ailés, ces vierges mères, ces saints à auréole, toute cette débauche d'or, d'argent, de pierreries, Fred demeurait stupéfait, au seuil d'une religion inconnue où tout lui paraissait mystère et affabulation.

Guilbeaux circulait à l'intérieur des bâtiments du Kremlin comme s'il en était le propriétaire ou le concierge. Tous les factionnaires le saluaient. Laissez-passer vivant, Guilbeaux guidait Fred d'un air protecteur. Ils stationnèrent un moment dans une grande pièce carrée, celle du secrétariat, où une vingtaine de femmes s'affairaient. Guilbeaux allait de l'une à l'autre, plaisantant, leur chuchotant des mots à l'oreille qui les faisaient glousser. Fred songeait à Galina, seule dactylographe dans la première nuit de la prise du pouvoir, voilà seulement deux ans. La bureaucratie soviétique restait encore empirique, mais quel chemin parcouru par Lénine et son équipe, depuis l'Institut Smolnyï de Petrograd ! Cette appropriation du Kremlin gênait d'ailleurs Fred. L'image de Trotski dans son train blindé lui paraissait plus progressiste, tout effrayante qu'elle fût, que cette récupération du palais des Romanov. On ne pouvait éviter de penser que Lénine, en occupant le palais impérial, devenait une réplique du tsar, réplique démocratique certes, mais quand même...

Ils attendirent longtemps avant d'être introduits dans le bureau de Lénine. Fred fut surpris de voir cette pièce, assez petite, emplie de gens qu'il ne connaissait pas. Devant une grande carte, Vladimir Ilitch commentait les mouvements de l'armée rouge. Il interrompit son discours en apercevant Guilbeaux et Fred, se dirigea vers eux, affable :

— Je vous demande de patienter encore un peu, excusez-moi. Ce n'est pas mon habitude.

S'adressant plus particulièrement à Fred :

— Je ne suis pas comme Zinoviev qui doit vous accoutumer à ne pas tenir d'horaire.

Il retourna devant la carte, donna des précisions aux

membres de la commission présente, les interrogea sur des détails. Ne se départant pas de sa courtoisie, il écoutait attentivement chacun, coupant parfois néanmoins la parole aux plus bavards mais toujours avec une malice gentille. Son tact, sa manière de ménager les susceptibilités, son ouverture à toutes les suggestions, faisaient de Lénine un personnage presque anachronique au milieu de ses comparses si passionnés, si brutaux, si colériques. Non, se disait Fred, Lénine n'a pas pris la place du tsar. Trotski ressemble peut-être à un grand-duc, mais pas Lénine, si simple, si modeste. Lénine ressemble à un bon bourgeois, à Monsieur Madeleine des *Misérables.* Il se sentait tout ému d'approcher un personnage aussi bon et qui consacrait sa vie au bonheur des hommes.

La réunion dura plus longtemps que prévu. Tous les quarts d'heure, les carillons de la tour Spassky sonnaient quelques notes de *L'Internationale.* Que ce chant ait été écrit par un Français, de plus communard, emplissait Fred d'espérance.

Quand Guilbeaux et Fred se trouvèrent enfin seuls avec Lénine, celui-ci regarda sa montre, l'air effaré :

— Presque deux heures! Allons déjeuner. Nous discuterons pendant le repas.

Ils s'attablèrent dans une salle à manger immense, qui conservait tout son mobilier de l'époque impériale. Rien n'avait été changé, ni les lourds rideaux cramoisis aux fenêtres, ni les tapis superbes sur le sol. Surprise encore plus grande, les domestiques du palais n'avaient pas bougé. Alors qu'alentour, dans les bureaux, des militants formaient l'ensemble du personnel, que tous les gardes venaient de l'armée rouge, dans la salle à manger les serviteurs des Romanov restaient en place, obséquieux, se dépensant en courbettes et ne parlant qu'avec des circonlocutions. Ce luxe médusa Fred. Puis il faillit éclater de rire lorsqu'il vit les domestiques servir précautionneusement l'habituelle soupe aux choux des cantines dans des assiettes de la Cour marquées de l'aigle impériale. Seule la vaisselle était magnificente. La nourriture aussi exécrable qu'ailleurs : du millet, toujours du millet en bouillie salée... Et dans les verres de cristal, on ne versait que du thé froid.

Lénine ne paraissait pas s'apercevoir de ce contraste. Il n'attachait manifestement pas plus d'importance à ce qu'il mangeait qu'aux somptueux vestiges du passé qui l'entouraient. Quant aux domestiques, puisqu'ils demeuraient là et jugeaient naturel de continuer leur service, que trouvait-on à y redire ? Lénine ne prenait pas le temps de s'occuper de ces détails. Il suivait son idée fixe : accélérer le processus révolutionnaire dans les pays riches occidentaux, afin que ces futures républiques soviétiques tirent la vieille Russie de sa misère. La révolution mondiale permettrait une juste répartition des ressources. Il était persuadé que, sans insurrection victorieuse en Allemagne, en France, en Angleterre, la Révolution russe ne survivrait pas.

— Avez-vous réussi à décider Delesalle et Monatte ? demanda-t-il à Fred. Quand viendront-ils voir ce que nous faisons ?

— Ils sont d'ores et déjà avec nous. Seulement Delesalle, sorti de sa librairie, se sent perdu. Mais s'ils ne peuvent se déplacer, ils enverront des camarades sûrs.

— Je sais. Votre travail est excellent. Zinoviev me tient au courant. Mais ce que nous aimerions augmenter ce sont les idiots utiles.

Stupéfait, Fred regarda Lénine qui essayait vainement de mâcher un morceau de viande salée plus dure qu'un copeau de chêne. Lénine reprit :

— Nous avons déjà Romain Rolland.

— Je m'occupe de Romain Rolland, coupa Guilbeaux. Il finira par nous rejoindre tout à fait. Ne l'appelez pas idiot, camarade Lénine. Utile, oui. Tout à fait utile.

Le visage de Lénine se rida, ironique.

— Ces intellectuels progressistes d'Occident sont des idiots qui peuvent nous être utiles. Nous espérons l'appui d'Anatole France, de Bernard Shaw. Il nous faudrait celui de Lawrence, de Wells, de Sorel...

— Quel Sorel ? demanda Fred.

— Georges Sorel, bien sûr.

Il ajouta en riant :

— Pas Julien Sorel, celui-là a été guillotiné.

— Georges Sorel, l'ami de Delesalle ?

— Lui-même, jeune homme, l'avez-vous connu ?

— J'avais quatorze ans. Il me paraissait ennuyeux et surtout ça m'agaçait de voir Delesalle l'appeler Monsieur.

— C'est un monsieur, dit Lénine, un grand monsieur. L'Action française le pousse à droite, tirez-le donc un peu vers notre gauche. Delesalle vous épaulera. Delesalle, Monatte... les cadres des partis communistes occidentaux seront donc surtout formés par nos amis anarchistes, alors que les socialistes continuent à nous bouder. Longuet, le petit-fils de Marx, entraîne les socialistes français dans l'opposition à la IIIe Internationale. On aura tout vu ! Rien ne nous sera épargné ! Rien ! Personne ne nous aide, sauf vous, les anarchistes. Ici, et là-bas ! Serge et vous faites un bon travail. Et Mühsam en Allemagne. Et Pestaña en Espagne. Pestaña viendra-t-il au prochain congrès ?

— Il l'a promis, dit Fred.

— En France, Jouhaux et la C.G.T. ont capitulé dès les premiers grognements de Clemenceau, alors que nous attendions qu'ils déclenchent la grève générale pour protester contre l'intervention des Alliés qui soutiennent Denikine et Wrangel. Nous aurions dû lancer l'armée rouge jusqu'à Varsovie. Les ouvriers et les paysans polonais nous auraient accueillis à bras ouverts. La Pologne traversée sans problème, nous arrivions en Allemagne soutenir la révolution. Toukhatchevski était d'accord, mais Trostki n'a pas voulu.

— Vous exagérez la force du communisme polonais, dit Guilbeaux, et vous sous-estimez la xénophobie anti-russe de la population.

Lénine s'agaça :

— La Pologne n'existe pas. Rosa Luxemburg, Radek, Dzerjinski sont nés en Pologne et ils se refusent à soutenir l'idée d'une nation polonaise. Marcher sur Varsovie aurait tiré la Russie de son isolement et la Pologne de son servage. Nous aurions sondé l'Europe avec la baïonnette de l'armée rouge.

Fred n'en croyait pas ses oreilles. Quoi, Lénine préconisait la révolution par la conquête militaire ? Si la guerre se justifiait sur le territoire russe, pour défendre les soviets contre l'intervention étrangère et contre les lambeaux des troupes tsaristes, par contre faire franchir à l'armée rouge les frontières de la Russie, n'était-ce pas retomber dans un procédé impérialiste ? Il ne put s'empêcher de dire :

— Camarade Lénine, le peuple sauvegarde sa révolution dans son propre pays, mais il ne peut pas l'imposer aux autres peuples, si ceux-ci ne le souhaitent pas. C'est à nous de les convaincre d'adhérer à nos idées, mais non pas de les leur assener à coups de canon.

Lénine se releva brusquement, furieux. Son exquise urbanité s'éclipsait. Le notaire provincial faisait soudain place à un Tartare. Les pommettes saillantes, les yeux bridés, Lénine grimaçait de rage.

— Les désirs et les souhaits du peuple sont une chose, s'écria-t-il. Si vous croyez que c'est seulement sur eux que reposent les fondations de la révolution, vous cédez à un mesquin préjugé bourgeois.

Il s'éloigna rapidement de la salle à manger, suivi par les domestiques pliés en deux qui lui brossaient ses habits à la dérobée et lui susurraient des mots doux comme le miel.

Fred raconta bien sûr à Galina ce déjeuner avec Lénine, si bien commencé, si mal fini.

— Tu n'aurais pas dû l'agacer. Qui sommes-nous pour lui apporter des objections ? Tu ne te débarrasseras donc jamais, mon pauvre Fred, de ta sentimentalité libertaire. Il faut que tu doutes, que tu t'accroches à des principes. Lénine sait quels principes sont bons pour la révolution puisque lui-même les formule.

Une pareille assurance déconcertait Fred. Une pareille assurance issue d'une telle confiance dans les décisions du parti bolchevik. Ce dernier, minoritaire en 1917, voyait d'ailleurs ses effectifs grossir avec une rapidité déraisonnable. Comme si la certitude des chefs de détenir la vérité finissait par fasciner un peuple pourtant si indiscipliné. La base, cette base mouvante, indécise, fuyante ; cette base indéterminée mais qui devait nécessairement former le socle ; cette base longtemps molle se durcissait, devenait support. A l'aube de sa troisième année d'existence, la Révolution qui, jusque-là, ne maîtrisait guère son destin que dans l'imaginaire de quelques utopistes, devenait réalité sociale.

Galina représentait bien cette réalité sociale ; fille de la révolution, heureuse et fière de l'être. La révolution était comme ces auberges où chacun peut apporter son manger. Chacun y cherchait le moment d'échapper à sa propre aliénation. La révolution apportait la liberté, mais quelle liberté ? Liberté pour les paysans de s'approprier la terre. Liberté pour les ouvriers de s'approprier les usines. Pour Galina, la révolution donnait aux femmes la liberté de leur corps et l'égalité des sexes. Le gouvernement bolchevik ne comptait-il pas parmi ses ministres (ses commissaires du peuple) une femme, et quelle femme, cette Alexandra Kollontaï dont Galina ne cessait de parler à Fred avec tant d'admiration !

Fille d'un général du tsar, Alexandra Kollontaï, menchevik avant la Révolution, puis membre du Comité central du parti bolchevik dès 1917, avait publié plusieurs ouvrages où elle annonçait la désagrégation de la famille traditionnelle dans la société communiste, dénonçait le mariage comme instrument d'oppression de la femme et préconisait une « école de l'amour » où auraient été enseignés « l'amour jeu » et « l'amitié érotique ». Un tel programme ne l'empêchait pas d'être commissaire du peuple à l'Assistance publique, bien qu'il effarouchât le machisme de plus d'un de ses collègues. Peut-être choquait-il aussi un peu Fred qui ne manifestait aucun enthousiasme à rencontrer Alexandra Kollontaï, comme Galina le lui proposait avec trop d'exaltation.

Pourtant, mis en présence de la commissaire du peuple à l'Assistance publique, il fut immédiatement conquis par cette femme qui unissait deux qualités souvent antagonistes : l'énergie et le charme. Alexandra Kollontaï avait alors près de cinquante ans. Avec son visage ovale, ses yeux clairs, sa petite bouche, elle paraissait encore jeune et demeurait fort belle. Coiffée court, la poitrine moulée dans un élégant tricot mauve, elle regardait Fred et Galina avec une sympathie amusée. Amusée par leur jeunesse et leur amour.

Ce « ministre » ne ressemblait à aucun des autres dirigeants bolcheviks. Son élégance, l'aisance de ses gestes, auraient pu lui donner un air anachronique, relié à l'Ancien Régime. Bien au contraire, plus Fred la contemplait, pendant qu'elle parlait avec Galina, plus il la voyait comme une femme de l'avenir. En même temps, cette familiarité entre Galina et celle que cette dernière considérait comme un modèle, le troublait. Galina, à la fois possessive et rétive, prenait dans la vie de Fred un rôle envahissant, tendait à l'accaparer tout entier, à en faire sa chose, tout en se dérobant elle-même. Comparée à Flora, si nature, si impulsive, si peu compliquée, Galina lui paraissait souvent incompréhensible. Il se mit à lire les ouvrages d'Alexandra Kollontaï, *La Nouvelle Morale et la classe ouvrière, La Famille et l'État communiste.* « L'État communiste ! » Comment se permettait-elle d'écrire un terme aussi absurde ! Le communisme ne se proposait-il pas d'autre but que de détruire l'État ?

La carrière politique d'Alfred Barthélemy atteignit son sommet en Russie, en juillet 1920, lors du IIe congrès de la IIIe Internationale. Il n'avait pas réussi à faire bouger Monatte et Delesalle, mais la tendance anarcho-syndicaliste était représentée par Alfred Rosmer, le parti socialiste par Cachin et Frossard. Trotski manifestait sa joie devant l'arrivée de Rosmer, l'un de ses amis français du temps de l'exil. Quant à Lénine, passant outre à son mouvement de mauvaise humeur, il félicita Fred d'avoir obtenu une première allégeance parmi les « idiots utiles » : Georges Sorel venait de publier un vibrant *Plaidoyer pour Lénine.*

L'organisation de ce IIe congrès de la IIIe Internationale ne s'était pas réalisée sans mal. Les partis socialistes occidentaux, qui se considéraient comme les seuls héritiers de la pensée marxiste, se moquant de ce Lénine qui, disaient-ils, ne faisait que du blanquisme à la sauce tartare, se montraient fort réticents à entreprendre le voyage à Moscou. Boukharine, furieux de l'absence de Longuet (Jean Longuet qui, en tant que petit-fils de Karl Marx et ami de Jaurès, eût constitué un si beau symbole !) s'en prit, dès le début de la séance, à Cachin et à Frossard. Frossard était alors secrétaire général de la S.F.I.O. et Marcel Cachin le directeur de *L'Humanité.* Comme ils avaient été tous les deux partisans de l'Union sacrée en 1914, Boukharine leur rappela violemment leur chauvinisme, leur trahison du pacifisme. Singulière manière d'accueillir les deux représentants d'un des plus prestigieux partis marxistes. Mais puisque Alfred Barthélemy, homme de Zinoviev, invitait ces deux-là, Boukharine tenait bien sûr à les mettre au piquet. Fred, qui se trouvait près de Rosmer, le saisit par le bras et lui chuchota :

— Oh ! regarde, Cachin pleure.

— Il a la larme facile, répondit Rosmer. En 1918 il pleurait d'émotion, devant Poincaré célébrant à Strasbourg le retour de l'Alsace à la France. Boukharine a bien raison de l'épingler, lui qui condamna l'insurrection d'Octobre et qui déteste les bolcheviks.

Derrière Cachin, Frossard essayait de se dissimuler. Pendant tout le congrès, Frossard se tiendra ainsi masqué par Cachin, le laissant prendre la responsabilité des interventions et l'exposant aux rebuffades.

— Observe bien Frossard, dit Rosmer à Fred. C'est le champion du faux-fuyant et des dérobades.

Peut-être sous l'influence de Rosmer, Fred mésestima Cachin et Frossard, qu'il jugea un peu vite médiocres et ringards. Son attention se porta plutôt sur trois autres délégués français : Lefebvre, Vergeat et Lepetit. Journaliste acquis au communisme, Raymond Lefebvre attirait la sympathie par son enthousiasme et son exaltation de visionnaire. Son apparence physique ne lui permettait pas de passer inaperçu. Avec sa tête étroite, son long nez, il faisait penser à un prédicateur du genre Savonarole. Contrairement à Frossard, il posait des questions et participa activement aux discussions de l'assemblée. Vergeat, ouvrier mécanicien, montrait plus de réserve. Quant à Lepetit, anarchiste du syndicat des terrassiers, il voulait tout savoir et son esprit critique agaçait un peu Fred.

Ce qui l'agaçait encore plus, tout en le surprenant, c'est que, servant de guide à ces trois Français pour visiter Moscou, il voyait soudain la ville différente. Il la voyait un peu par les yeux de ses trois compagnons et s'apercevait ainsi qu'il s'était russifié et même bolchevisé. Par exemple, ces grands portraits de Lénine, de Trotski, de Zinoviev, pendus aux pignons des maisons, à tous les carrefours, il s'y était habitué comme à une chose naturelle. Les trois Français, eux, s'en estomaquaient. Ils estimaient ce culte de la personnalité, comme on dira plus tard, ridicule et, osons l'avouer, bourgeois. La présence énorme de soldats dans les rues, les patrouilles tatillonnes, les laissez-passer sans cesse exigés, tout cela les choquait. Que la guerre civile, imposée par les anciens généraux du tsar, oblige, en riposte, à la constitution d'une milice populaire, ils voulaient bien l'admettre, mais là, à Moscou, pourquoi toutes ces sentinelles, pourquoi cette police obsédante qui va jusqu'à vous demander vos papiers aux portes des hôtels : *Propusk, tovaritch... Propusk, tovaritch...* Que craignait-on à Moscou ? Les contre-révolutionnaires n'y avaient-ils pas été mis hors la loi ? Et ces queues, ces queues interminables, pour tout, pour obtenir des tickets qui vous donnent droit à faire la queue pour obtenir du pain. Dix jours pour un billet de tram.

— Nous croyions l'armée démobilisée, la bureaucratie supprimée, disaient les trois Français, et nous voyons plus de gens en uniforme dans Moscou que dans Paris, plus de scribouillards irresponsables que partout ailleurs.

Raymond Lefebvre n'hésita pas en séance (et pourquoi aurait-il hésité ?) à s'étonner de la prolifération de la bureaucratie. Trotski lui répondit aussitôt :

— Si je le pouvais, je remplirais des bateaux entiers de bureaucrates et je les coulerais en mer sans atermoyer.

A quoi Lefebvre rétorqua que les bureaucrates en tant qu'individus n'étaient pas responsables de l'incurie bureaucratique. Il fallait détruire la bureaucratie et non pas de malheureux gratte-papier.

Personne n'aime être contredit. Mais lorsque Trotski l'était, il blêmissait, essayait de sourire, d'un sourire de commisération pour l'imbécillité de son contradicteur. L'émotion, la colère, transformaient vite ce sourire en une grimace qui donnait à son visage quelque chose d'effrayant, comme un masque de diable japonais.

Un soir, Jules Lepetit tira Fred par l'épaule.

— Je voulais voir un copain, enfin le copain russe d'un copain français. Il m'a répondu qu'il n'était pas autorisé à me recevoir. Qui refuse ? Qui ordonne ? Sais-tu que la veille de l'application du décret abolissant la peine de mort, cinq cents prisonniers ont été exécutés ? Oui, tu le sais, mais tu n'as rien dit.

— Dans les plus belles forêts poussent des champignons vénéneux. Ils apparaissent là, spontanément. La Tchéka, c'est pareil. C'est une pustule sur le corps de la Révolution. Ça commence par un petit abcès de rien du tout et ça se met à grossir, à proliférer. Je fuis ces gens-là. Nous les fuyons tous. Un jour, j'ai quand même rencontré Dzerjinski, chez Zinoviev, et lui ai reproché certaines méthodes de la Tchéka. Il m'a répondu : « Seuls les saints ou les canailles peuvent servir la Tchéka. Aujourd'hui les saints s'éloignent de moi et je reste avec les canailles. Que faire ? Que faire ? »

— Ton Dzerjinski, répliqua Lepetit, pour avoir eu l'idée de la Tchéka, n'est qu'un voyou. Tu verras qu'il finira lui aussi comme un voyou, trucidé au coin d'une ruelle.

Fred trouvait que Lepetit exagérait. En même temps, ce terrassier lui rappelait son père, lui rappelait Belleville, lui rappelait même un peu Valet. C'est pourquoi il accordait indulgence à ce râleur sympathique.

Marcel Vergeat exprima le désir de rencontrer Gorki. Le plus célèbre des écrivains populaires russes se tenait à l'écart de la Révolution bolchevique. Jadis ami intime de Lénine, cette prérogative lui permettait de consacrer le principal de son activité en interventions pour sauver des hommes qu'il estimait injustement persécutés. Fred acquiesça volontiers au souhait de Vergeat. Il n'avait lui-même jamais vu Gorki, retiré hors de Moscou, et se souvenait avec émotion de la lecture de ses romans faite dans la librairie de Delesalle. Vergeat lui rappelait qu'il avait un peu oublié l'auteur des *Bas-Fonds*. Soudain, tout ce monde de tâcherons, de vagabonds, de travailleurs du fer et de la terre, lui revint en mémoire. Il ressentit la désagréable impression d'un manque de contact avec ce peuple russe si admirablement décrit par Gorki, ce peuple au nom duquel la Révolution s'était déclenchée et que l'on perdait de vue au profit d'une abstraction, d'une hypothétique idée « prolétarienne », créée en fait par des bourgeois bien intentionnés comme Lénine, comme Trotski, comme la Kollontaï, comme tous ceux qu'il côtoyait chaque jour et qui « représentaient » la masse. Cette représentation n'était-elle pas une imposture ? Décidément, la fréquentation de ces trois Français ingénus le mettait dans un bien curieux état d'esprit.

Pour aller dans le village où résidait Gorki, Fred et Vergeat montèrent avec difficulté dans un train bondé. Sur le quai, une horde de gens en haillons, des balluchons sur le dos, des paquets dans les deux mains, se poussait, hurlait, s'agrippait aux marchepieds. Certains montaient sur les toits, d'autres s'installaient sur les tampons. On aurait pu croire à un exode suscité par le typhus ou par l'annonce de l'avancée des armées blanches de Denikine, mais il ne s'agissait que de l'affluence habituelle pour les quelques rares trains qui circulaient. Fred eut un peu honte, mais il obtint d'accéder à un wagon, en priorité avec Vergeat, en montrant sa carte de fonctionnaire du Parti. Cette carte ouvrait toutes les portes. Vergeat secoua la tête, comme s'il disait non, et s'engouffra néanmoins avec Fred dans un compartiment, suivant un garde rouge qui leur déblaya la place en hurlant.

Gorki les attendait dans une auberge de son village. Grand, les épaules carrées, il avait une figure de moujik burinée par de grosses rides. Dès que Fred et Vergeat lui eurent serré la main, il s'effondra sur un siège, accablé de fatigue. Maigre, lugubre, toussant sans arrêt, il paraissait beaucoup plus que ses cinquante ans. Son grand corps osseux se pliait contre la table où il s'était affalé. Tout en lui était gris, les cheveux ras, les gros sourcils, l'énorme moustache, la peau même. Ce physique de Gorki s'associait immanquablement à l'image d'un vieil ours famélique, sorti malencontreusement d'une forêt et désireux de s'y retirer au plus tôt.

Fred parla de ses lectures d'adolescent et dit combien un livre comme *La Mère* l'avait bouleversé. Vergeat opina en soulignant le caractère révolutionnaire de cette œuvre, puis il enchaîna rapidement sur la surprise causée chez la plupart des délégués de la IIIe Internationale par l'état pitoyable de la révolution.

Gorki, ni étonné ni choqué, se contenta de répondre d'un air blasé :

— Pauvre Russie, si inculte, si rustique, demeurée pendant des siècles dans l'ignorance et les ténèbres. Mes amis français, vous le voyez, ce peuple russe, le plus paresseux et le plus brutal qui soit au monde.

La stupéfaction décontenança Fred et Vergeat. Tous les dirigeants sanctifiaient le peuple russe et mettaient tous les malheurs de la nation sur le compte du blocus, de la guerre civile, de l'exode des riches partis avec leurs trésors. Le peuple russe, tabou, mythifié, devenait une nouvelle icône. Comment Gorki pouvait-il tenir de tels propos !

Gorki but lentement son verre de thé et continua, comme s'il soliloquait :

— Tolstoï, tous les écrivains romantiques placent nos moujiks dans une bulle de bonté et de naïveté. La Révolution a crevé la bulle et nos moujiks sont apparus tels qu'ils sont : fainéants, avares, malins, sauvages, sadiques. Tout le mal vient de l'archaïsme du peuple slave.

— Camarade Gorki, contesta Fred, le peuple a rendu possible le résultat de l'insurrection d'Octobre. Sans lui, ce n'aurait été qu'une émeute.

Gorki regarda longuement Fred, de ses petits yeux vifs, s'aperçut avec surprise de son extrême jeunesse, fit la moue d'un air entendu et dit comme à regret :

— Le peuple ne participa pas à l'insurrection par conscience révolutionnaire, mais par colère. Si cette colère n'avait pas été guidée par Lénine, elle aurait détruit les objectifs de la Révolution.

— On m'a informé, coupa Vergeat, que des boulangers grévistes par protestation contre les livraisons de farine avariée ont été jetés en prison ; que dans les campagnes on procède à des réquisitions forcées et même à des expéditions punitives ; que l'on se propose d'enfermer dans des camps les enfants vagabonds. La peine de mort est abolie et pourtant, la Tchéka...

Gorki se leva brusquement. Son long corps se déplia si maladroitement que ses membres semblèrent désarticulés. Il interrompit Vergeat en tendant le bras vers lui, la main ouverte comme lorsque l'on veut barrer le passage :

— La Russie est un pays arriéré. Dans un pays arriéré la révolution ne peut s'accomplir que par des méthodes autoritaires. On peut le regretter, mais c'est ainsi. Il n'y a rien d'autre à faire. Rien. Nous avons devant nous une tâche grandiose : dominer l'anarchie de la campagne, cultiver la volonté du moujik, subordonner les instincts du campagnard à la raison organisée des villes. Toute ma vie j'ai été accablé par la prédominance écrasante de la campagne analphabète, de l'individualisme zoologique du paysan et de son manque presque total de sentiments sociaux.

Le dialogue de Vergeat et de Gorki était rendu difficile par la nécessaire et continuelle traduction opérée par Fred. Car, malgré ses nombreux séjours à l'étranger, Gorki ne comprenait que le russe.

— Vous parlez de méthodes autoritaires, reprit Vergeat. Comment vous, le porte-parole des marginaux, des tziganes de la mer Noire, des pêcheurs et des journaliers vagabonds, des débardeurs du port d'Odessa, pouvez-vous approuver toutes ces entraves à la liberté, cette dictature...

— Le camarade Gorki proteste auprès de Lénine, rectifia Fred.

Gorki gardait le bras tendu vers Vergeat. Il semblait maintenant le désigner du doigt, l'accuser même :

— Lénine me reproche toujours de m'occuper de bêtises, de me compromettre aux yeux des camarades. Et moi je lui réponds que les camarades traitent à la légère et d'une façon trop simpliste la liberté et la vie de personnes précieuses. Je lui demande d'éviter une cruauté inutile et souvent absurde, qui ternit l'œuvre noble et difficile de la Révolution. Objectivement, elle lui est funeste, Lénine se moque de ma sensiblerie, mais il réagit toujours favorablement à mes requêtes. Ne médisez pas des bolcheviks. Ils sont peut-être parfois cruels, mais ils croient agir pour le bien de tous. Ce n'est pas comme ces gens que j'ai connus jadis, dont l'unique ambition consistait à saigner à blanc d'autres hommes pour transmuer leur sang en kopecks.

Gorki laissa retomber son bras. Fred remarqua alors combien les membres d'Alekseï Maksimovitch étaient longs, des bras de *bourlacs,* ces haleurs des barques de la Volga avec lesquels il avait autrefois partagé le pain noir et la fatigue des muscles.

L'écrivain des *Bas-Fonds,* le seul écrivain russe célèbre rallié à la révolution d'Octobre dans les pires moments du blocus et de la guerre civile, regarda pendant un long moment ses deux visiteurs français. A quoi pensait-il alors ? A la difficulté de convaincre ? Était-il, lui-même, aussi convaincu qu'il voulait le paraître ? Il partit brusquement vers sa maison, en longues enjambées, sans leur serrer la main.

A leur retour à Moscou, invités à passer la soirée avec Victor Serge, Fred et Vergeat s'arrêtèrent à l'Hôtel Lux pour y prendre Lefebvre et Lepetit.

Fred et Vergeat commentèrent d'abord, bien sûr, leur visite à Gorki. Victor ne se montra pas trop surpris des réflexions ahurissantes de l'écrivain. Il leur exposa que tout le monde savait que Gorki, génial en littérature, n'était en politique qu'un enfant naïf, de plus immodeste, infatué de sa personne, « comme tout self-made man parvenu à la célébrité ».

Fred, Vergeat et Lepetit se braquèrent contre ce point de vue qu'ils considéraient comme spécifique d'un intellectuel d'origine bourgeoise. Tous les trois retrouvaient leur solidarité ouvrière, leur solidarité d'autodidactes. Ils en oubliaient ce qui avait pu les choquer dans les paroles de Gorki. En réalité, Gorki, homme du peuple, comme eux, constituait un phénomène rare dans l'intelligentsia bolchevique et sa description de la plèbe slave devait correspondre à une vérité, même si celle-ci était déplaisante. Ils croyaient se trouver plus proches de Serge et Serge les rejetait vers Gorki, par ce dédain du self-made man qui lui remontait soudain à la bouche.

— Les méthodes autoritaires, dit Lepetit, la dictature du prolétariat ou plutôt des commissaires du peuple, le socialisme est bien tel que nous l'avons toujours décrit. Le socialisme bolchevik commence à engendrer un nouvel État. Les anarchistes ont répondu les premiers à l'appel de Lénine. Il faudra qu'un jour nous réglions nos comptes. C'est trop tôt. La Russie faible, attaquée de toutes parts, n'a pas trop de toute son énergie pour sauver la Révolution menacée. Ne regrettons rien. Seul compte l'avenir de la Révolution et cet avenir se façonne ici, pas en France. Nous devons donc la soutenir. Gorki a raison. Mais nous avons aussi raison d'être vigilants et de critiquer.

Lorsque Angel Pestaña demanda la parole au congrès de la IIIe Internationale, les choses se gâtèrent. Cet ouvrier horloger, représentant la très puissante C.N.T. (Confederación Nacional del Trabajo), déclara que les camarades espagnols adhéraient seulement provisoirement à la IIIe Internationale car ils insistaient pour souligner à tous les délégués réunis à Moscou que la C.N.T. n'en demeurait pas moins liée aux principes défendus par Bakounine dans la Ire Internationale.

Ce préambule suscita quelques rumeurs ; rien, comparé à ce qui suivit. Pestaña affirma en effet que le but de la C.N.T. restait l'implantation du communisme libertaire, que le principe de l'autonomie syndicale demeurait entier et que la C.N.T. se montrait hostile à l'appropriation du pouvoir et à la dictature du prolétariat.

Dans un silence oppressant, Pestaña éleva la voix pour conclure :

— La Révolution n'est pas l'œuvre d'un parti. Un parti, tout au plus, fomente un coup d'État. Mais un coup d'État n'est pas une révolution.

Depuis les deux balles de revolver tirées par Fanny Kaplan, jamais détonation plus grave que celle-ci n'avait retenti dans l'enceinte d'une réunion bolchevique. Lorsque Pestaña s'assit, le silence continua pendant quelques minutes, insoutenable. Zinoviev et Trotski se regardaient, semblaient s'épier. Lequel des deux allait répondre ? Trotski, le plus prompt, s'élança vers la tribune. Trotski avait d'ailleurs une manière de prendre la parole qui ressemblait à une montée au créneau, à un soldat courant à l'assaut. Il prenait en effet réellement d'assaut la tribune, se l'appropriait, marquait fortement par ses coups de poing sur la rampe qu'elle était maintenant à lui et qu'on ne l'en délogerait pas. Tous les délégués ne disposaient que de dix minutes d'intervention et Pestaña avait observé cette règle. Pour lui répondre, Trotski pérora pendant une heure et demie.

Comme toujours, Trotski amorçait son public par une séance de charme. Il minimisait les attaques de ses adversaires en se plaçant avec eux sur un plan de familiarité.

— Étais-je préparé pour le métier des armes ?

Cette question ne répondait aucunement aux objections de Pestaña. Toutefois, Trotski, devinant que la plupart des délégués, militants pacifistes comme lui-même pendant la guerre mondiale, admettaient mal de le voir parader en uniforme de généralissime, prenait les devants :

— Étais-je préparé pour le métier des armes ? répéta-t-il de sa voix claire.

Regardant l'assistance, avec toujours cet air conscient de sa supériorité, qui lui valait tant d'inimitiés, il quêtait une réponse dont il savait bien que personne ne la formulerait. Puisque le silence persistait, il prononça lentement, d'un ton las :

— Bien entendu, non ! Les années de service militaire s'écoulèrent pour moi en prison, dans la déportation et l'émigration...

Il se justifia ainsi pendant une bonne demi-heure, comme dans une réunion entre amis où l'on se remémore ses souvenirs ; puis son discours s'élança, s'envola. On ne pouvait résister à la fascination de ses paroles. Mais tels étaient ses dons d'acteur que bientôt on en perdait le fil, ne retenant que la beauté des phrases. Certaines affirmations suscitaient néanmoins des remous parmi les délégués étrangers. Comme lorsque Trotski préconisa la subordination des syndicats à l'État prolétarien ;

— Les syndicats prétendent défendre les intérêts de la classe ouvrière contre l'État, mais lorsque l'État lui-même est ouvrier cette défense n'a aucun sens. Autant vous devez, dans les pays capitalistes, vous servir des syndicats comme un fer de lance désorganisant le processus d'accumulation de la richesse, autant, dans notre pays où la révolution est faite, nous demandons aux syndicats de discipliner les travailleurs et de leur apprendre à placer l'intérêt de la production au-dessus de leurs besoins.

Lorsque Pestaña voulut répondre aux attaques personnelles que Trotski avait dirigées contre lui, le président de séance déclara le débat clos et leva l'assemblée.

Fred essaya de convaincre Pestaña qu'il s'y prenait mal en attaquant de front les bolcheviks et en leur lançant Bakounine à la gueule :

— En fait, les bolcheviks sont déchirés entre une tendance libertaire qui correspond le mieux à l'âme russe et une tendance autoritaire héritée du marxisme germanique. Ils reprochaient au tsar sa germanophilie et ils héritent d'un même complexe. Lénine a toujours été fasciné par deux grandes machines : le capitalisme d'État allemand et le monopole du type poste et télégraphe français. Il sait bien que l'État doit dépérir, mais il n'ose pas délimiter la période transitoire, celle de cette pseudo-dictature du prolétariat qu'il chérit particulièrement. En réalité, ne t'illusionne pas, pour Lénine le meilleur État c'est un grand bureau, une belle fabrique. Toutefois, Lénine ne représente qu'une tendance. Boukharine, Kollontaï nous comprennent, nous approuvent souvent et même défendent nos idées.

— J'aimerais discuter seul à seul avec Boukharine, dit Pestaña.

— Seul à seul ?

— Tous les trois, si tu peux arranger ça.

En ce temps-là, Alfred Barthélemy pouvait tout arranger.

Boukharine différait totalement de Trotski, qui n'aimait que discourir. Boukharine préférait causer. Homme de vaste culture, débatteur brillant, il se montrait toujours prêt à discuter sur n'importe quel sujet. Fred le rencontrait peu, puisqu'il était avant tout associé à Zinoviev, mais il eût volontiers opté de travailler avec Boukharine, qui n'avait que trente-deux ans et pour lequel il ressentait une instinctive sympathie.

Nikolaï Ivanovitch Boukharine, alors rédacteur en chef de la *Pravda,* économiste de formation, voyait en fait beaucoup plus loin que Lénine. Considéré par ce dernier comme le théoricien du Parti, Boukharine se référait quand même continuellement à celui auquel il portait une admiration sans bornes. Si bien que cet homme d'avant-garde, qui eût pu faire progresser la révolution d'Octobre vers une vraie démocratisation, revenait sans cesse en arrière pour ne pas perdre de vue son vieux maître. Trotski s'en amusait en disant : « C'est à peu près ainsi ; Boukharine part toujours en avant, mais il tourne fréquemment la tête et regarde derrière lui pour s'assurer que Lénine n'est pas loin. » Ce phénomène se reproduisait curieusement dans le comportement physique des deux hommes. Dans les assemblées, Lénine s'avançait, trapu, indestructible, marchant d'un pas égal et devant lui courait, s'agitait, menu, léger, un Boukharine qui, sans cesse, se retournait pour vérifier si Lénine le suivait bien. Les médisants l'appelaient le chien familier de Lénine. Vladimir Ilitch grondait parfois Boukharine comme s'il s'agissait d'un enfant, s'exclamant en riant : « Mais où est Boukharine ? Allons, asseyez-vous à côté de moi et ne bougez plus. »

Boukharine reçut Fred et Pestaña avec son habituelle gentillesse. Comme toujours, il était vêtu d'une veste de cuir et coiffé d'une casquette, ce qui lui donnait l'allure d'un mécanicien de locomotive. Un mécanicien de locomotive qui ne devait pas toutefois monter souvent sur sa machine si l'on en croyait l'état de ses habits, toujours très soignés. Boukharine suscitait immédiatement la sympathie par son aspect juvénile et chaleureux.

« Boukharine, c'est notre cristal », avait dit à Rosmer un militant russe de base.

Angel Pestaña lui avoua son désarroi après le discours de Trotski :

— Je vais retourner en Espagne en ayant l'impression d'être le rescapé d'un naufrage. Comment pourrai-je révéler à nos camarades espagnols ce qui me semble le naufrage de la Révolution ?

Boukharine avait une sensibilité très vive et toutes ses émotions se reflétaient aussitôt sur son visage. Il rougit comme un adolescent.

— Mes désaccords avec Trotski sont nombreux. J'ai toutefois une grande affection pour lui. J'oserai même dire que je suis son seul ami au Politburo. Trotski n'a pas de patience. Vous l'avez impatienté. Il se bat pour que la révolution triomphe dans ce pays-ci, mais il est persuadé que si elle ne s'étend pas aux principales nations d'Europe, la Révolution russe périra. Il compte donc sur vous. Il ne peut pas ne pas compter sur vous. Si vous lui résistez, c'est à la révolution mondiale que vous résistez ; c'est la Révolution russe que vous condamnez à terme. Comment voulez-vous qu'il ne vous invective pas ?

— Trotski s'est laissé gagner par l'esprit de guerre. Il a dû faire la guerre, j'en conviens, mais il n'a pas dompté la guerre. C'est la guerre qui le contamine. Trotski, ancien menchevik, qui n'a adhéré au Parti que deux mois avant la révolution d'Octobre, veut donner des gages aux bolcheviks. Il a l'intolérance et la fureur des convertis. Je sens bien qu'il sera notre principal ennemi.

— Mais non, dit Boukharine, navré. Vos ennemis se trouvent plutôt chez les sociaux-démocrates. Je me suis personnellement élevé contre une vieille brochure anti-anarchiste de Plekhanov, dont j'ai souligné les raisonnements grossiers qui tendaient à insinuer que rien ne distinguait un anarchiste d'un bandit. Nombreux les anarchistes qui, depuis Octobre, se rallient à la dictature du prolétariat ; nombreux sont ceux qui se rapprochent de nous et s'insèrent dans les soviets. Voyez notre camarade Barthélemy, et Victor Serge… tant d'autres… Nous ne combattons pas les anarchistes, nous discutons cordialement et franchement avec eux, nous examinons s'il est possible de travailler ensemble et nous n'y renonçons que si nous nous heurtons à une opposition irréductible.

Angel Pestaña quitta la Russie sans être convaincu.

« Qu'est-ce que je vais bien pouvoir leur dire ? » Telle était la question que se posaient nombre de délégués à la IIIe Internationale.

« Qu'est-ce que je vais bien pouvoir leur dire, aux camarades libertaires qui m'ont envoyé au pays de cocagne ? Qu'est-ce que je vais bien pouvoir dire de cette Révolution qui exalte l'armée, qui dispose d'une police politique terrifiante, qui muselle les syndicats, qui abolit l'inégalité en instituant la pauvreté universelle ? Qu'est-ce que je vais bien pouvoir leur dire ? gémissait Lepetit. On nous invite à un congrès et nous assistons à un concile où l'on doit simplement approuver les ordres du pape. »

Vergeat, plus réservé, hésitait néanmoins à adhérer au parti communiste.

Lefebvre, Vergeat et Lepetit se trouvaient toujours à Moscou, alors que Cachin et Frossard avaient, depuis longtemps, regagné Paris. Étrangement, on ne leur délivrait pas de laissez-passer sous prétexte qu'ils refusaient de communiquer leurs dossiers aux fonctionnaires soviétiques. Fred s'occupait d'eux, mais percevait, dans les bureaux concernés, une inquiétante réserve. Finalement, on leur signifia que leur itinéraire passerait par Mourmansk et la Suède.

— N'accepte pas, dit Fred à Lepetit. Le Nord est glacé. Vous ne possédez pas de vêtements assez chauds. Tu as eu l'imprudence de publier dans *Le Libertaire* des critiques qui déplaisent. Je ne comprends pas pourquoi on vous déroute par Mourmansk. Je sens une animosité contre vous.

— Lefebvre est un communiste enthousiaste. Si on nous voulait du mal, on nous aurait séparés. Lefebvre aurait pris le train avec Cachin et Frossard. Pestaña, aussi critique que moi, est maintenant en Espagne. Nous sommes suffisamment protégés par la présence de Lefebvre. N'exagérons pas la malignité des bolcheviks. Tu finirais par me faire peur.

Lefebvre, Vergeat et Lepetit partirent donc pour Mourmansk. En octobre, alors que le parti socialiste allemand votait son adhésion à la IIIe Internationale, ils y attendaient toujours le bateau promis pour la Suède. En décembre, alors que Cachin et Frossard acculaient le parti socialiste français à la scission, d'où allait naître le parti communiste français dont ils seront les premiers dirigeants, Lefebvre, Vergeat et Lepetit disparaissaient à tout jamais dans les glaces de la presqu'île de Kola.

Le doute commençait à atteindre Fred, le doute et le désarroi. S'il s'était trompé ? Si Sandoz, Prunier, Victor, le trompaient en se trompant eux-mêmes ? Si Delesalle, Monatte, Rosmer, se trompaient en croyant que la Révolution russe concrétisait leur idéal ? Si Zinoviev et Trotski, si Lénine lui-même, se trompaient ? De telles questions pouvaient rendre fou. C'est pourquoi, dans l'entourage de Fred, personne n'osait se les poser.

De toute manière, lorsque, le soir, il retrouvait Galina dans leur petite chambre, ses angoisses s'effaçaient d'un seul coup. Tous deux jetaient leurs habits sur le plancher et, en même temps, se dépouillaient de leurs responsabilités politiques. Leur nudité les refaisait neufs, les refaisait jeunes et enthousiastes, les débarrassait de ce placenta visqueux d'où la Révolution soviétique n'arrivait pas à naître. Il manquait en fait à cette

Révolution cette sensualité que les nuits lui dérobaient. Tout était froid dans cette Russie qui, dans le lointain des pays occidentaux, apparaissait comme un soleil. Tout était froid : la terre, la glace, la neige, le givre, le train de Trotski, l'acier des armes automatiques, le regard des tchékistes, la décision des décideurs. Tout était froid dans ce nouvel hiver, ce troisième hiver de la Révolution. Tout était froid, sauf Galina et Fred sous leur édredon. Galina qui, au matin, annonça sa grossesse comme une nouvelle parmi les autres et qu'elle garderait l'enfant. Elle ne le consultait pas. Elle décidait. Fred ressentit la douloureuse sensation qu'on lui enlevait prématurément cet enfant, comme la destinée lui avait enlevé Germinal. Il ne réagit pas. Galina n'était-elle pas libre de son corps ? Il se disait néanmoins qu'on lui subtilisait quelque chose et il s'en voulait de ce sentiment de propriétaire. Lénine avait bien raison, qui le traitait de petit-bourgeois.

Galina, elle, imperméable au doute, loin du lit redevenait une battante. Elle redevenait froide comme la révolution en marche. Elle emportait avec elle, en elle, ce fœtus qui aurait à trois ans près l'âge de la Révolution. Fred la regardait qui marchait dans la rue, de son pas décidé, s'éloignant vers les bureaux de Kamenev. Il suivait des yeux sa longue jupe qui se tordait sur ses bottes de cuir. Et l'image nostalgique des jambes blanches de Flora lui revenait, ces jambes nues de fillette, se balançant derrière la charrette aux poissons.

Alfred Barthélemy avait le défaut, ou la qualité, de ne jamais laisser de questions en suspens. Puisque Zinoviev prenait un air affligé lorsqu'il l'interrogeait sur Lefebvre, Vergeat et Lepetit, il alla donc trouver Dzerjinski.

— La Tchéka, lui dit ce dernier, est trop occupée à pourchasser les contre-révolutionnaires russes pour se préoccuper des étrangers qui sont avant tout nos hôtes. Nous ne les surveillons que pour les protéger. Vos trois compatriotes ont disparu dans le Nord, c'est vrai, certainement victimes de bandits soi-disant anarchistes. Qu'y pouvons-nous ? Nous en sommes navrés. Ils se montraient si imprudents. Vous aussi, camarade Barthélemy, vous êtes parfois bien imprudent.

Dzerjinski, conclut Fred, comme tous les flics sait tout, n'avoue que ce qui l'arrange, ment pour les besoins de la cause. Comment est-ce possible que la Révolution, dont l'adversaire principal fut toujours la police, ait engendré si vite la Tchéka frappée des mêmes vices que l'Okhrana ? Là se révèle la faute. Nous avons raison : pas de police, pas d'armée, pas d'État. Alors, que faisait-il dans cette organisation, rouage, lui-même, du nouvel État ? Delesalle ne s'était pas mépris lorsqu'il le dissuadait d'apprendre le russe puisque jamais la révolution ne se produirait dans un pays aussi arriéré. La révolution s'accomplissait quand même en Russie et la pratique de la langue de Tolstoï avait changé la vie de Fred, mais visiblement, c'est vrai, la révolution se trompait de lieu. Peut-être aussi se trompait-elle d'hommes ? Victorieuse à Barcelone avec Victor Serge, l'idéologie libertaire triomphait inéluctablement. La contagion eût gagné la France et sans doute l'Italie. La révolution eût été latine et anarchiste. Il ne peut y avoir de communisme viable que dans le partage de l'abondance. Or la Russie ne partageait que la pénurie.

Fred s'abandonnait à ces réflexions moroses, en trébuchant sur la chaussée défoncée. Les autos étaient rares dans les rues que parcouraient encore de vieux fiacres conduits par des cochers qui paraissaient échappés d'un roman de Gogol. Ces fiacres vides, quelles âmes mortes emportaient-ils et vers quel au-delà ? Les chevaux, si maigres que leurs côtes formaient des arceaux sous les brancards, s'arrêtaient souvent devant l'encombrement de la foule. Une foule bruyante, grouillante, toujours agitée. Une foule qui se précipitait vers les magasins devant lesquels s'allongeaient d'interminables queues. Fred entra dans l'immense bâtisse de l'Hôtel Lux, où se tenaient la plupart des congrès. Il restait à l'intérieur peu de chose de ce luxe qui avait donné son nom à l'hôtel : des dorures, de lourds rideaux sales et déchirés, des meubles énormes aux pieds contournés. Comme partout, une odeur de choux surs et de soupe de poissons, empestait.

Fred inspecta les anciens salons, donna quelques ordres à l'équipe de femmes qui essayait de nettoyer en prévision d'un prochain congrès, et repartit consterné. Avec leur fichu sur la tête, leur jupe de couleur, elles évoquaient ce peuple misérable si éloquemment décrit par Gorki. Pourquoi n'avait-il pas évolué, ce peuple d'avant la Révolution, ce peuple asservi, aujourd'hui libéré ? Les paroles cruelles de Gorki lui revenaient : « Pauvre Russie, si inculte, si rustique, demeurée pendant des siècles dans l'ignorance et les ténèbres. » Par son physique d'ours affamé, Gorki appartenait à cette vieille Russie qu'il déplorait de voir toujours là, toujours la même, cette vieille Russie qui décrassait, avec des balais de branches de bouleaux, les anciens salons décrépis de l'Hôtel Lux.

Fred remonta le boulevard jusqu'à la statue de Pouchkine. Beaucoup de maisons délaissées par des propriétaires exilés servaient de bureaux. Les murs étaient maculés, les conduites d'eau crevées. On discernait des planchers défoncés à travers les façades ébréchées. L'état d'abandon des immeubles s'aggravait. Personne ne réparait rien. Bien au contraire, tout le monde chapardait. On volait jusqu'aux parquets pour les débiter en bois de chauffage puisque Moscou, pourtant entouré de forêts, crevait de froid. Dès la tombée du jour, la ville plongeait dans la plus totale obscurité. Inutile de remplacer les ampoules électriques puisqu'elles s'éclipsaient dans la minute qui suivait le moment où on les posait.

Fred s'aperçut qu'il arrivait devant l'immeuble où se tenait la permanence des gardes noirs. Depuis bien longtemps, il n'était pas venu les voir. L'envie de parler avec Igor lui fit rapidement monter l'escalier. Là encore, la rampe avait été arrachée.

Par chance Igor, avec une dizaine de camarades, s'affairait dans la pièce du second étage à ficeler des paquets de tracts et de journaux. Machinalement, Fred chercha du regard la jeune femme aux cheveux ras et à la combinaison de cuir. Il ne l'avait jamais oubliée. Ses yeux gris réapparaissaient souvent dans ses rêves.

— Tiens, voilà notre ami bolchevik, dit Igor.

— Ne plaisante pas avec ça. Tu sais bien que je suis avec vous.

— Tu es avec eux. Tu te crois encore avec nous, mais pour eux tu es un *ideiny*. Il n'y a que deux sortes d'anarchistes, pour les bolcheviks, les *ideiny* comme toi, qui sont des anarchistes conséquents, auxquels on peut confier des responsabilités, et les *makhnovitsy* qui ne sont que des bandits à jeter en prison.

— Et toi, tu es quoi ?

— Un *makhnovitsy,* bien sûr. A propos, un de nos camarades voudrait te parler. Il t'a connu autrefois. Voline, tu te souviens ?

— Voline ? Non.

— Il dit qu'il t'a rencontré en France. Enfin, il pense qu'il s'agit bien de toi. C'est un camarade important, le conseiller de Makhno.

— Qu'est devenue cette femme, toujours vêtue de cuir, les cheveux ras, qui partait rejoindre Makhno ?

— Enlevée par les cosaques de Denikine, violée par tout le régiment, coupée en morceaux, donnée à manger aux chiens.

Fred se sentit étouffer. Cette angoisse qui, de temps

en temps, lui happait la poitrine comme dans un étau, l'étreignait. La tête lui tournait. Il se ressaisit néanmoins très vite, maudissant cette faiblesse ; prit dans ses mains un paquet de journaux qu'il regarda longuement, sans vraiment les voir.

— Écoute, Igor, tu sais qu'avec moi travaille Victor Serge et qu'il est aussi un *ideiny*. Ces paquets de journaux me rappellent Victor et Rirette sa compagne, que j'observais quand j'avais treize ans, imprimant *L'Anarchie*. Victor s'est tapé trois ans de prison pour ça. Il a participé à l'insurrection de Barcelone. S'il est *ideiny*, pourquoi ne le serais-je pas ? Nous invitons le maximum de délégués étrangers anarcho-syndicalistes. Ils peuvent examiner sur place la réalité de la Révolution.

— Je le sais. Angel Pestaña m'a souvent contacté. Il voulait tout dire aux camarades espagnols, les adjurer de ne pas adhérer à la IIIe Internationale. Seulement, dès son arrivée en Espagne, la police bourgeoise l'a flanqué en prison. Bouche cousue, Pestaña, tu ne trouves pas ça drôle ?

— Tu ne vas pas me dire que la police du roi d'Espagne protège la Révolution russe ?

— Non, mais la police de Dzerjinski ne tenait pas à ce qu'il parle. Le meilleur moyen de l'empêcher de parler, si l'on n'ose pas le liquider comme Lepetit et ses copains, parce qu'il est quand même trop connu, c'est d'avertir discrètement une autre police qu'un dangereux révolutionnaire débarque de Russie pour foutre le feu à la Catalogne. Tu saisis ?

— Si on se met à suspecter chacun de machiavélisme, la Révolution devient un roman !

— Elle ne devient pas un roman, Fred, elle est déjà une tragédie. Voline t'expliquera tout ça.

— Dis-lui de venir me voir quand il veut.

— Non. C'est trop dangereux. Il faut que ce soit toi qui te déplaces.

— Quand ?

— Cette nuit.

Cette nuit ? La nuit était pour Galina. La nuit était faite pour l'amour, pour le sommeil, pour la tendresse, pour la chaleur des corps, pour l'étreinte des corps.

— Il faut que tu rencontres Voline cette nuit, reprit Igor. Il repartira demain rejoindre Makhno en Ukraine.

Cette nuit ? La nuit était faite pour la sensualité, pour la nudité, pour le rêve, pour l'oubli du jour, pour l'oubli de la lumière blessante du jour, blessante comme des éclats de shrapnell.

— C'est donc si important que je rencontre ce Voline ? Tu ne peux pas me transmettre toi-même ce qu'il veut me dire ?

— Il te connaît bien. C'est lui qui t'a appris à parler russe.

— Pas du tout. C'était un émigré qui s'appelait Eichenbaum. Il y a méprise.

— En exil, Voline s'appelait Eichenbaum, c'est vrai. Il s'est fabriqué un nom plus facile à retenir. Comme Victor Kibaltchich. Comme Lev Davidovitch Bronstein, alias Trotski. Comme Vladimir Ilitch Oulianov, lui-même, ce cher Lénine.

— Eichenbaum ! Je me suis souvent demandé ce qu'il était devenu.

— Tu le reverras cette nuit.

Jamais Fred ne dissimulait quoi que ce soit à Galina. Tous les deux militants de tendances différentes, ils n'en travaillaient pas moins pour un même idéal. Aussi, lorsqu'il l'informa qu'il rencontrerait dans la nuit ses camarades gardes noirs, cette défiance qui ne lui fit pas mentionner le nom de Voline le surprit. Il s'en voulait et, en même temps, les mésaventures de Pestaña et des trois délégués français le mettaient en garde. La Tchéka avait de grandes oreilles.

Eichenbaum, transformé en Voline, restait le même. Il ressemblait toujours à un professeur et Fred s'étonna de ne pas voir les poches de sa pelisse bourrées de livres. Il s'étonna encore plus d'apprendre que Voline, élu président de leur Conseil militaire par les insurgés d'Ukraine, était en quelque sorte le principal collaborateur de Makhno.

Voline tâtait des deux mains les épaules de Fred, lui serrait les bras, comme s'il voulait s'assurer de sa présence physique.

— *Da ! Da !* C'est bien mon petit Fred. Et qui parle russe mieux qu'un moujik !

Il l'embrassait sur la bouche, le pressait contre sa poitrine.

— Mon petit élève qui n'a pas compris, qui se fait couillonner par ce renégat de Kibaltchich.

— Makhno, demanda Fred, qui est-ce, au juste ? Tantôt on le loue parce qu'il combat les blancs, de concert avec l'armée rouge ; tantôt on le considère comme un ataman, meneur de cosaques sanguinaires, un chef de bande sans idéologie...

— Makhno vient d'écraser Wrangel. Sans Makhno, Trotski n'en serait jamais venu à bout. Parce que les paysans fuient devant l'armée rouge. Pour eux, c'est l'armée du diable. Ils identifiaient la révolution à un nouveau messie qui partage la terre comme on partage le pain. Et, à la place du messie, la Tchéka s'abattit sur les campagnes, nuée de vautours leur arrachant jusqu'à leurs derniers grains. Un paysan, comme eux, se dressa contre les nouveaux maîtres, aussi bien les nouveaux maîtres que les anciens. C'est Makhno. Le Christ est de nouveau ressuscité.

— Tu me parais bien mystique.

— Pour être compris des paysans, il faut employer leur langage. Tout cela n'est que métaphore. Les paysans appellent Makhno « le ressuscité d'entre les morts » et ils n'ont pas tort puisque Makhno, condamné dans sa jeunesse à la pendaison, vit sa peine commuée en travaux forcés à perpétuité. La Révolution lui ouvrit les portes de Boutyrki. Dès août 17, il formait un soviet de paysans dans son Ukraine natale. C'est ce soviet qui s'enfla, qui devint la commune libertaire d'Ukraine. Makhno a repoussé avec sa cavalerie de paysans les Autrichiens et les Allemands qui tentaient de s'accaparer l'Ukraine. Il a repoussé l'armée blanche de Wrangel. Maintenant, il se trouve face à face avec l'armée rouge de Trotski. Trotski respectera-t-il nos drapeaux noirs ? Respectera-t-il nos traités d'assistance mutuelle ? Tu sais bien que, lorsqu'on veut pendre son chien, on dit qu'il a la rage. Trotski accuse Makhno d'être enragé ; de chercher à arracher l'Ukraine à la Grande Russie. C'est faux. Makhno ne réclame pas l'indépendance de l'Ukraine, il exige l'indépendance des paysans, de tous les paysans. Il n'est pas nationaliste ukrainien, mais internationaliste libertaire. En Russie, à l'heure actuelle, la survie de l'anarchie ne tient plus que dans la *makhnovitchina*...

— J'ai rencontré Gorki. Il croit les moujiks trop arriérés pour comprendre la révolution.

— Je connais bien Gorki. Il est convaincu que la paysannerie russe, que le peuple russe tout entier, est spontanément anarchiste. Un jour il s'en réjouit, un autre jour il s'en effraie. Tu es tombé sur un mauvais jour. Lénine, lui, au moins, est catégorique. Il l'a écrit : « Les paysans, de par leur essence même, n'existent socialement que sous la direction de la bourgeoisie ou sous celle du prolétariat. »

Fred ignorait tout de la paysannerie. Ce qu'il en aperçut, lorsqu'il accompagna Trotski dans son train, lui laissait le souvenir d'un monde abandonné et quelque peu répugnant.

— Lénine exterminera peut-être les paysans, reprit Voline, mais il ne pourra jamais les conquérir.

— Je connais mal ces problèmes, dit Fred. Ce qui

m'intéresse c'est la révolution mondiale. La spontanéité anarchisante du peuple russe a obligé les bolcheviks à composer avec nous. Nous trahiront-ils ? Nous marchons ensemble. Peu d'informations sur Makhno me sont parvenues, sinon que les premiers canons, les premiers fusils, les premières cartouches de ses partisans lui ont été fournis par l'armée rouge. Est-ce faux ?

— C'est vrai. C'est vrai aussi que nous avons souvent combattu en parfait accord et que cet accord est à l'origine de la défaite de Wrangel. Seulement, lorsque les bolcheviks nous assurent qu'une fois leur pouvoir bien établi, ils feront triompher plus aisément nos aspirations, nous nous méfions. Tu as acquis suffisamment de pouvoir, mon petit Fred, mon petit camarade, pour en être déjà contaminé. Non, ne proteste pas. On m'affirme que tu as toujours la foi. C'est pourquoi je voulais te voir avant de retourner en Ukraine. Je ne sais pas ce qui m'y attend. Maintenant que Wrangel est battu, Trotski n'a plus besoin de nous. Il va falloir discuter dur pour sauver la *makhnovitchina.* Écoute-moi. Des soldats de l'armée rouge, délégués de leur régiment, sont venus me demander à Kharkov l'autorisation d'éliminer leurs généraux et leurs commissaires politiques afin de proclamer avec nous un gouvernement anarchiste. Pendant plus de deux heures, je leur ai expliqué qu'il s'agissait d'un malentendu, que la révolution anarchiste n'aspirait pas à former un gouvernement, mais au contraire à renverser tous les gouvernements. Ils sont repartis déçus. Ils n'ont pas très bien compris. Mais tu peux être sûr que Trotski, au courant de ce flottement dans son armée, y mettra bon ordre. Ce malentendu entre ces soldats de l'armée rouge et nous, il existe aussi, depuis octobre 17, entre les anarchistes *sovietski* comme toi et les bolcheviks. Quand les bolcheviks ont pris le pouvoir, vous avez confondu ce nouveau gouvernement qui dominait la Révolution pour la freiner et la diriger vers un seul parti, avec la révolution elle-même. Seules les tendances anarchisantes des masses obligent les bolcheviks à composer avec nous. Mais les bolcheviks, socialistes politiciens et étatistes, hommes d'action centralistes et autoritaires, consolident et légalisent leur pouvoir. Ils arrangent la vie du pays et du peuple avec des moyens dictatoriaux. Les soviets populaires ne sont plus que de simples organes exécutifs de la volonté du ministre central. On assiste aujourd'hui à la mise en place d'un appareil autoritaire qui agira par le haut et écrasera tout avec sa poigne de fer. Sauf si nous réussissons à sauver la *makhnovitchina.* C'est notre seule chance. Sinon, nous disparaîtrons tous. Toi aussi, Fred, lorsqu'ils nous auront liquidés, ils ne vous épargneront pas. Vous ne leur servirez plus à rien. Tu ne comprends pas que tu es un otage, que tu sers d'appât pour les camarades occidentaux ?

Dans l'appartement, toujours aussi sale et désordonné, Igor et les gardes noirs écoutaient silencieusement. De la rue, ne parvenait aucun bruit. Il semblait que le temps se fût arrêté, suspendu aux paroles alarmantes de Voline. Fred le regardait, incrédule. Non pas que ce qu'il disait fût totalement faux. Il était trop introduit dans la machine bolchevique pour en ignorer la complexité et les antagonismes. Ce qui le surprenait le plus, ce qui lui paraissait incroyable, c'est que ce petit professeur exilé, avec lequel il avait appris le russe dans le minuscule logement de Rirette, puisse être maintenant le bras droit de Makhno et le principal adversaire de Lénine. Ce qui le surprenait le plus, ce qui lui paraissait incroyable, c'est que, de la misérable maison de la rue Fessart, aient pu sortir et arriver jusqu'à Moscou, à la fois Voline, Victor et lui-même et que tous les trois se retrouvent acteurs dans une pièce fantastique, où ils improvisaient des dialogues, en sachant bien que tout était écrit, y compris la fin de la pièce qui ne leur serait dévoilée que quelques minutes avant le baisser du rideau.

Voline attira de nouveau Fred contre lui, l'embrassa frénétiquement.

— Tiens-toi prêt, mon petit camarade. Des moments douloureux nous attendent. Puis-je compter sur toi ?

— Oui, camarade professeur.

Fred souriait, un peu ironique devant la mine tragique de Voline.

— Peut-être, conclut ce dernier, toujours aussi grave, ne nous reverrons-nous jamais.

— Bah ! dit Fred, Victor me serina la même chose lorsque nous nous quittâmes à Paris et aujourd'hui nous travaillons à Moscou dans le même bureau. C'est aussi ça, l'Internationale !

Fred appuyait son oreille sur le ventre de Galina et écoutait battre le cœur de l'enfant. Il n'avait jamais eu ce geste avec Flora. Pourquoi ? Pourquoi Flora, l'image de Flora ne lui revenait-elle que sous les traits de la petite fille sautant de la charrette des poissonniers ? Pourquoi n'arrivait-il pas à imaginer Germinal tel que devait être un petit garçon de huit ans ? Huit ans, déjà ! Comment vivaient Flora et Germinal ? Avec qui ? Personne ne retrouvait leur trace. Alors que lui, si loin de Belleville, retrouvait Kibaltchich et Eichenbaum... Lui en Russie, Delesalle à Paris toujours dans sa boutique de la rue Monsieur-le-Prince, il lui semblait qu'il y avait maldonne. C'est Delesalle qui aurait dû vivre à Moscou, lui qui connaissait Lénine, Trotski, Voline, toute la bande. Mais Delesalle continuait à chiner des livres, à classer, reclasser, répertorier les opuscules révolutionnaires. Mais la révolution, bon Dieu ! elle était là. Elle n'attendait pas que la théorie suive. Elle s'enfantait dans le sang, dans les larmes, dans la sueur, dans le froid et la faim. Fred s'exaspérait en lisant les articles parus dans la presse occidentale, même les mieux intentionnés. Presque dix millions de morts, en Russie, pour que la révolution perdure. Dix millions de Russes morts de faim, de froid, de découragement, de misère morale et physique. Aussi irritants, aussi mesquins que soient parfois Lénine, Trotski, Zinoviev et les autres, ne les voyait-il pas se sacrifier eux-mêmes pour ce que tous nommaient d'un mot sacré : « la cause » ? Aucun d'eux ne pensait à s'enrichir, aucun d'eux ne vivait comme un koulak. Même s'ils s'appropriaient le Kremlin, ils y habitaient le plus simplement du monde, sans ostentation, sans aucun luxe. Alors les critiques venues d'Occident, les railleries sur les origines juives de Trotski et de Zinoviev, les quolibets sur les maladresses des bolcheviks à Brest-Litovsk, sur leurs incompétences diplomatiques, sur leurs méconnaissances de l'économie, sur les contradictions du communisme, tout cela le renforçait dans sa conviction qu'il devait assumer loyalement sa tâche de compagnon de route.

Il avait réussi à faire venir le romancier anglais H. G. Wells, comme le souhaitait Lénine. Invité personnel de Kamenev, Wells se montra choqué par ce qu'il appelait l'impréparation du régime et l'ignorance de ses dirigeants. Il bombarda de questions un Lénine affable, mais déçu. A toutes ses objections, Lénine répondait : « Revenez dans dix ans, vous verrez ! »

Dans dix ans...

La rencontre de Voline troublait Fred. Il demanda à Galina d'exposer ses craintes, ses doutes, à Kamenev. Celui-ci le convoqua aussitôt dans son bureau et lui fit des offres à transmettre immédiatement à Voline, à Igor, à tous les responsables anarchistes. Kamenev n'y allait pas par quatre chemins, proposant à toutes les organisations libertaires la légalisation complète de leurs tendances, de leurs clubs, de leur presse, de leurs librairies, à condition toutefois qu'ils épurent un milieu où, disait-il, « se réfugiaient tous les incontrôlables, les aigris, les énervés, les aliénés et quelques contre-révolutionnaires authentiques ».

Fred s'empressa de communiquer ce message. Il ne put joindre Voline, parti à Kharkov, mais Igor, dans son automobile rafistolée, le conduisit chez les responsables des différentes familles libertaires de Moscou. Tous repoussèrent cette idée d'organisation et surtout de contrôle. Tous dirent qu'ils préféraient disparaître plutôt que de s'organiser en un parti. L'un d'eux les retint longtemps, leur expliquant le mécanisme de la langue universelle qu'il mettait au point pour le jour où la révolution se mondialiserait. Il appelait cet idiome l'Ao. Quelle inconséquence ! Byzance s'interrogeait encore sur le sexe des anges alors que les Turcs campaient le long de ses remparts.

— Aidons les bolcheviks et les socialistes révolutionnaires de gauche à instaurer d'abord la révolution ici, s'écriait Fred. A nous trois, nous arriverons bien à un accord. Nos trois tendances formeront un nouveau type de société. Les bolcheviks sont trop autoritaires, c'est vrai. Mais nous, ne sommes-nous pas trop laxistes et les socialistes révolutionnaires de gauche trop romantiques ? Chacun de nous corrigera ses défauts grâce aux deux autres. Nous avons tout pour réussir, pour unir Marx et Bakounine, comme dit Radek.

Igor l'écoutait, l'écoutait, hochait la tête et lui répondait d'un air désolé :

— Tu es contaminé, mon pauvre Fred. Tu es irrémédiablement contaminé.

— Enfin, s'exclamait Fred, le dernier de nos grands théoriciens, le seul qui soit encore vivant, Pierre Kropotkine, est bien retourné vivre en Russie pour appuyer, par sa présence, la Révolution. Il n'a jamais publié une seule ligne contre les bolcheviks. Il n'approuve sans doute pas tout. Comment le pourrait-il ? En tout cas, il ne s'oppose pas à ce que nous faisons.

— Peter est bien vieux, bien seul. Si tu veux, je t'emmène le visiter. Oui, ce serait utile. Il faut que tu parles un peu avec Peter.

Quelques jours plus tard, Fred accompagna Igor dans la vieille auto bringuebalante. En ce début de décembre, la neige recouvrait à tel point la campagne que, hors de Moscou, on ne distinguait plus les routes. La neige qui tombait était peu épaisse, mais il neigeait sans interruption depuis plus d'un mois, des flocons qui tourbillonnaient interminablement, comme du duvet. Seuls quelques traîneaux, avec des hommes et des femmes déguenillés qui chargeaient du bois mort, donnaient un peu de vie. Une vie précaire, un peu fantomatique. De minces filets de fumée sortaient des cheminées des isbas. Des chiens tiraient sur leur chaîne en entendant le moteur de l'auto et aboyaient furieusement. Comme à chaque fois que Fred s'aventurait hors du monde trépidant des villes, il éprouvait un malaise, une sorte de manque. Ces étendues désertes, ces huttes de bois clairsemées et closes, ces églises aux dômes verdâtres, ces travailleurs de la terre, gueux parmi les gueux, cette impression de peuple abandonné dans un climat hostile, tout cela l'oppressait.

Kropotkine, depuis son retour en Russie, dès l'établissement du gouvernement provisoire de Kerenski, s'était installé à Dimitrov, village près de Moscou, et n'en sortait jamais.

Avec sa grande barbe blanche, ses petites lunettes cerclées de fer, Kropotkine ressemblait exactement au patriarche tolstoïen tel que l'imaginait Alfred Barthélemy. Il allait entrer dans sa soixante-dix-neuvième année, paraissait encore robuste. Fred s'étonna toutefois de le trouver grelottant dans une chambre mal chauffée. Sa femme et sa fille s'empressèrent auprès des visiteurs, s'excusant de les recevoir dans cette pièce unique où ils logeaient tous les trois, le manque de chauffage rendant les autres parties de la maison inhabitables. Kropotkine se leva pour embrasser Igor.

Lorsque ce dernier lui présenta Fred, anarchiste *ideiny* en proie à des troubles de conscience, Kropotkine regarda avec attention ce jeune homme, ce Français égaré dans les steppes.

— Vous vous êtes trompé de chemin, lui dit-il avec un sourire malicieux de bon vieillard. C'est dans votre France, dans la France de Proudhon, que la révolution aurait dû s'accomplir. Ou dans notre chère Angleterre. Pas en Russie ! Pourquoi un tel malheur ! Le Kaiser a manigancé tout cela. En facilitant le voyage de Lénine à travers l'Allemagne en guerre, le bismarckolâtre Ludendorff s'en est servi comme d'un bélier destiné à porter un coup mortel au tsarisme qui chancelait. Ainsi, dès l'origine, la politique bolchevique fut marquée par des influences bismarckiennes.

— Camarade Kropotkine, objecta Fred, la thèse de la complicité de Lénine et du gouvernement allemand n'est-elle pas une légende destinée à disqualifier la Révolution ?

— Hélas non. Je connais bien Lénine, que j'estime, mais il est tombé dans un piège que lui a tendu l'Allemagne et, depuis, il en reste prisonnier. Pourquoi la Tchéka aurait-elle détruit dans la nuit de mai 1918 tous les clubs anarchistes de Moscou ? Cela ne vous semble pas incompréhensible ?

— Si. Incompréhensible, puisque l'activité anarchiste ne s'arrêta pas pour autant.

— Eh bien, tout simplement parce que l'Allemagne se rappela au bon souvenir de Lénine en lui envoyant le comte von Mirbach. Celui-ci lui fit entendre qu'un État qui se respecte ne saurait en aucun cas collaborer avec la canaille anarchiste. Lénine dut obtempérer. Vint un moment où cet ambassadeur de l'Allemagne, trop pesant, le paya de sa vie. Bien que ses assassins fussent deux socialistes révolutionnaires de gauche, ils n'en étaient pas moins hauts fonctionnaires de la Tchéka.

— Donc, camarade Kropotkine, nous sommes maintenant débarrassés de cette influence allemande, reprit Fred très doucement.

Kropotkine s'assit dans un vieux fauteuil d'osier. Comme beaucoup de vieillards, il répondait moins aux questions qu'il ne se parlait à lui-même. A lui-même, ou à la postérité. Il murmura :

— Le bismarckisme marxiste... Espérons qu'un jour nos descendants ne baptiseront pas État knouto-bismarckien ce que Lénine est en train de fonder.

Obstiné, Fred continua :

— Lénine a toujours pris parti contre la constitution d'un État. Nous élaborons tous ensemble un nouveau type de société, où l'État n'aura plus de raison d'être.

— Lénine l'a cru. Le croit-il encore ? Toujours est-il qu'il se trompe en composant un gouvernement pour détruire le principe de l'État. Le mal, à nos yeux, ne réside pas dans telle sorte de gouvernement plutôt que dans telle autre, mais dans l'idée gouvernementale elle-même. Il est dans le principe d'autorité. Le peuple commence à apprendre à se passer de Dieu, il saura bien aussi se passer de gouvernement. Le drame de Lénine tient en ce qu'il est un révolutionnaire bourgeois et que, pour un révolutionnaire bourgeois, renverser le gouvernement et en former un autre, c'est faire la révolution. Ils n'en veulent au gouvernement du jour que pour prendre sa place. Or nous savons bien que révolution et gouvernement sont incompatibles ; l'un doit tuer l'autre.

Fred regardait ce grand vieillard, ce révolutionnaire incorruptible qui ressemblait à ces moujiks décrits par Tolstoï. Ce « moujik », il ne l'ignorait pas, était un prince de la vieille Russie, un savant, géographe de réputation mondiale. Ému de se trouver en présence de l'un des fondateurs de la philosophie anarchiste, Fred se sentait en même temps troublé par un flot d'objections. L'aristocrate, en Kropotkine, ne méprisait-il pas un peu le bourgeois Lénine ? Et cette accusation de collusion de Lénine avec le bismarckisme n'était-ce pas une manière de se dédouaner de ce chauvinisme antiallemand dans lequel Kropotkine tomba en 1914, entraînant avec lui Jean Grave et même Delesalle ? Il pensait à la boutade de Lénine à propos des « anarchistes de tranchées ».

Se reprenant, il demanda d'un ton grave :

— Que dois-je faire ?

Kropotkine le fixa longuement, en silence, le pria de s'approcher du fauteuil et lui prit les deux mains.

— Que dois-je faire ? C'est la question que nous nous posons tous. Malgré ses égarements, la Révolution russe est plus importante et plus universelle que la Révolution française. S'opposer aujourd'hui à Lénine servirait la contre-révolution. La dictature bolchevique n'est que provisoire et naturellement condamnée par l'économique. Continuez donc ce que vous faites, tout en restant vigilant. Souvenez-vous toujours que les bolcheviks sont les jésuites du socialisme.

En revenant à Moscou, lentement, dans la vieille auto qui se frayait difficilement une voie dans la plaine enneigée, Fred dit à Igor :

— Tu vois bien, Voline exagère. Kropotkine me donne raison.

— C'est Voline et Makhno qui permettent à Kropotkine de survivre en lui envoyant des provisions d'Ukraine. Peter ne veut rien accepter des bolcheviks. Le gouvernement lui offre deux cent cinquante mille roubles pour publier ses œuvres. Il refuse. Il a refusé aussi la « ration académique » que Lounatcharski octroie aux écrivains. Mais il est si affaibli par l'âge que sa femme considère qu'il pousse trop loin ses scrupules et prend les « rations académiques » en cachette. Il écrit son *Éthique*, se repose en jouant un peu de piano. Le piano est sans doute la dernière joie qui lui reste. Quand Makhno lui rendit visite et lui demanda : « Quelle est la voie, quels sont les moyens pour s'emparer de la terre ? », il se montra surpris puisqu'il avait fourni la réponse depuis bien longtemps dans *La Conquête du pain*. Il n'imaginait pas qu'aucun paysan, et surtout pas Makhno, n'ait lu son livre. La Révolution est venue trop tôt, le peuple russe n'était pas prêt. C'est pourquoi les intellectuels bolcheviks vont s'emparer de la Révolution.

Le 8 février 1921, à quatre heures du matin, d'un matin glacé, dans sa datcha recouverte de givre, mourait le prince Pierre Kropotkine. Depuis plusieurs jours, les meilleurs médecins envoyés d'urgence par Lénine, veillaient l'illustre vieillard. Transféré à Moscou, le corps fut exposé dans la salle des colonnes de la Maison des Syndicats. Dès que la nouvelle de la mort de Kropotkine se répandit, une foule immense se mit en marche. De toutes les queues qui s'allongeaient depuis la révolution d'Octobre, aucune n'avait atteint l'ampleur de celle-ci. Tout le peuple de la ville et des faubourgs accourait vers ce cercueil où le vieux révolutionnaire ressemblait maintenant à un pope dans une châsse, à une relique présentée à la vénération des masses. Il n'est pas sûr d'ailleurs que quelque confusion ne se produisait pas dans cette population qui affluait, malgré un froid glacial, si l'on en croyait les nombreuses femmes passant devant le catafalque en s'agenouillant et en faisant de grands signes de croix. Lénine voulait organiser des obsèques nationales. La veuve et la fille de Kropotkine s'y opposèrent, demandant plutôt que les anarchistes emprisonnés bénéficient d'une liberté conditionnelle pour assister aux funérailles. C'est ainsi qu'Alfred Barthélemy apprit que Voline et Aaron Baron avaient été arrêtés en Ukraine et transférés à la prison Boutyrki. Furieux, il essaya de joindre Zinoviev, qu'il ne trouva pas, et se précipita chez Kamenev auprès duquel Galina l'introduisit aussitôt. Kamenev le rassura, lui certifiant qu'il existait certainement des malentendus, une confusion de la Tchéka entre vrais anarchistes et bandits contre-révolutionnaires, que les premiers seraient aussitôt libérés, notamment Voline et Aaron Baron.

L'inhumation fut fixée au dimanche. A l'entrée des jardins du Kremlin, un obélisque dressé portait l'inscription du nom de Kropotkine, mais aussi ceux de Fourier, de Cabet, de tous ces précurseurs du communisme que Marx appelait avec dédain des utopistes. Cent mille personnes s'amassèrent dans les alentours de la Maison des Syndicats, attendant le départ du cortège. Fred s'y trouvait en compagnie de Victor Serge. Les drapeaux noirs se mêlaient aux drapeaux rouges. Sur des bannières, on pouvait lire : « Où il y a autorité, il n'y a pas de liberté. » La foule piétinait, essayait de se donner du mouvement, pour échapper à l'engourdissement du froid. On ne savait plus ce que l'on attendait. Des rumeurs couraient. Il se produisait de temps à autre des remous de panique, vite résorbés par la multitude très dense. Fred et Victor finirent par arriver à proximité de la famille et des proches de Kropotkine. Igor et ses gardes noirs les entouraient. Fred s'approcha d'Igor et lui demanda pourquoi le convoi funèbre restait immobilisé.

— Le Comité des funérailles refuse de donner le signal du départ vers le cimetière tant que nos camarades emprisonnés à Boutyrki ne seront pas là.

— Comment ! Voline et Baron n'ont pas été libérés ?

— La Tchéka exige que le Comité se porte garant de leur retour en prison ce soir même.

— Qu'a répondu le Comité ?

— Il accepte, mais nos camarades tardent à venir.

Au bout d'une heure, une sorte de rumeur sourde parcourut l'assistance. Apparurent les uniformes sinistres de la Tchéka. La multitude s'écarta pour laisser passer les servants de la terreur et de la mort. Elle les laissait passer en grondant, rechignant à se disjoindre. Les officiers tchékistes saluèrent du poing le Comité des funérailles. Fred n'entendait pas ce qui se disait. Il vit seulement que la femme et la fille de Kropotkine faisaient de grands gestes de protestation. Les tchékistes repartirent. Le Comité des funérailles, aidé des gardes noirs, se mit à retirer certaines couronnes de fleurs du catafalque. Des clameurs, des hurlements même, parvenaient des approches de la Maison des Syndicats. Des bousculades faisaient refluer la foule vers ses extrémités, au loin, dans les rues de Moscou.

— Pourquoi cette pagaille ? cria Fred à Igor.

— La Tchéka prétend qu'elle n'a pu trouver un seul anarchiste à Boutyrki. Toujours les mêmes mensonges.

— Pourquoi retirez-vous les fleurs ?

— On enlève seulement les couronnes offertes par les bolcheviks. On n'aurait jamais dû accepter cette mascarade, ces crachats sur le corps de Peter.

De nouveau, la foule fut prise d'un frémissement. Elle ondulait comme les blés mûrs. Des exclamations fusèrent, mais celles-ci paraissaient joyeuses. Les anarchistes emprisonnés arrivaient enfin. Ils n'étaient que sept.

— Ce n'est pas possible, s'exclama Fred. Regarde, Victor, Voline ne se trouve pas parmi eux.

Les détenus s'avançaient en trébuchant, vieux loups maigres, la plupart barbus, vêtus de vêtements trop amples.

— Qui est celui-là ? demanda Fred, désignant un homme ascétique.

— Lazare ressuscité, s'écria une vieille femme en joignant les mains.

L'homme, en effet, paraissait sortir d'un tombeau, tellement il était gris, hâve. Aveuglé par la lumière crue que réverbérait la neige, il clignait les yeux.

— Aaron Baron, répondit Victor Serge. Aaron Baron, lui aussi conseiller de Makhno.

Le Comité des funérailles hésita à donner le signal du départ en l'absence de Voline. Comme on avait beaucoup piétiné, une lassitude s'opérait aussi bien parmi les organisateurs, en proie à une tension fiévreuse, que dans la foule qui, privée du spectacle de l'enterrement d'un héros, devenait de plus en plus turbulente. Les sept détenus s'approchèrent donc du cercueil et le hissèrent sur leurs épaules. Le long cortège les suivit jusqu'au cimetière des Novodiévitchi, à l'autre extrémité de la ville. Cette masse en mouvement bourdonnait comme un essaim de guêpes. Il en sortait une sorte de râle. Des chants claquaient comme des drapeaux. Pour contenir la cohue, des étudiants formaient une chaîne, en se tenant par la main. Lorsque le cortège passa devant Boutyrki, il s'arrêta brusquement et tous les drapeaux noirs s'abaissèrent. Des mains s'agitèrent derrière les barreaux. Fred crut reconnaître Voline. Il lui cria qu'il ne l'oublierait pas. Mais les chants reprenaient et les drapeaux qui saluaient les emprisonnés se relevèrent. Le cri de Fred se perdit dans le brouhaha.

Le corps de Kropotkine descendu dans une fosse, sous des bouleaux argentés, la foule se disloqua. Fred et Victor s'approchèrent d'Aaron Baron :

— Que vas-tu faire ?

— Je retournerai à Boutyrki ce soir, comme promis. Voline m'y attend.

Aaron Baron avait un visage émacié, barbu, les yeux à demi clos derrière des lunettes cerclées d'or.

— On assassine dans les caves de la prison, dit-il avec dégoût. Les bolcheviks déshonorent le socialisme.

Fred le supplia de ne pas retourner à Boutyrki, l'assurant que Kamenev, fort bienveillant pour sa première requête, considérait cet emprisonnement comme un malentendu et, en conséquence, le protégerait contre la Tchéka. Aaron Baron ne voulut rien entendre. Sorti de prison sous la promesse d'y revenir, il ne serait pas parjure. Si nous aussi, disait-il, nous mettons à tricher, comme les bolcheviks, le monde est perdu.

Fred l'accompagna le soir avec ses six compagnons, espérant rencontrer un fonctionnaire important qui puisse différer l'emprisonnement. Boutyrki fermée, aucun garde n'attendait. Ils durent frapper à la porte de fer, à coups redoublés. Les gardes qui accoururent enfin les considérèrent comme s'il s'agissait de fantômes.

Lorsque Aaron Baron expliqua qu'on l'avait libéré le matin, sous condition de regagner sa cellule au terme de la journée, le sous-officier qui commandait la patrouille crut d'abord qu'il se trouvait en présence de farceurs. Mais qui aurait osé plaisanter avec la Tchéka ? Très vite, il comprit que ce grand juif ascétique était un de ces intellectuels fous dont il avait la garde. Vraiment fou, en effet, pour revenir se jeter dans la gueule des loups. De surprise, il l'appela « camarade prisonnier » et lui ouvrit le vantail avec une certaine prévenance.

Aaron Baron embrassa Victor et Fred.

— Tout le monde, un jour ou l'autre, loge à Boutyrki, dit-il en s'efforçant à la gaieté. Makhno, Trotski, m'y précédèrent. Quelles références ! J'aurais tort de me plaindre.

La porte se referma sur Aaron Baron. Fred et Victor restèrent un long moment devant la prison, comme s'ils espéraient le voir ressortir au bras de Voline ; comme s'ils espéraient que cette journée n'était qu'un cauchemar et qu'ils allaient se réveiller, par ailleurs, en un autre temps.

Cette foule recueillie, cette foule endeuillée, cette foule grave, venue rendre un dernier hommage à Kropotkine, ne savait pas qu'elle assistait aux obsèques de l'anarchie. Pas seulement aux obsèques du dernier des grands théoriciens libertaires, mais aux obsèques de l'anarchie elle-même. A partir du moment où Kropotkine fut enfoui dans la terre du cimetière des Novodiévitchi, la répression contre les anarchistes, jusque-là non avouée en Russie, jusque-là presque clandestine, s'accéléra, devint pratiquement officielle. En réalité, l'anarchie fut tolérée par les bolcheviks tant qu'elle demeura théorique. Mais dès que le peuple russe, fatigué par les privations, déconcerté par la lenteur du processus révolutionnaire, exaspéré par une bureaucratie aussi corrompue et inefficace que celle de l'Ancien Régime, meurtri par la guerre civile, effrayé par l'omnipotence de la police politique, dès que ce peuple, que cette base, se mit en marche, derrière le cercueil de Kropotkine d'abord, puis dévala en flots menaçants dans les usines, dans les campagnes, décidant d'appliquer l'anarchie dans la vie quotidienne, la panique courut dans les bureaux du Kremlin. Le 1er mars 1921, une nouvelle incroyable arriva sur la table de travail de Lénine : seize mille marins, soldats et ouvriers de Cronstadt déclaraient la guerre au gouvernement bolchevik et cela au nom de l'authenticité soviétique. Cronstadt, dont Trotski avait été le président du premier soviet en 1917, Cronstadt dont les marins avaient bombardé le palais d'Hiver et assuré la victoire de l'insurrection d'Octobre, Cronstadt que Trotski appelait « l'honneur et la gloire de la Révolution », voilà que cette île-forteresse du golfe de Finlande demandait des comptes à ceux qu'elle avait hissés au pouvoir. La radio de Cronstadt diffusait des résolutions incroyables.

Le 1er mars :

— Étant donné que les soviets actuels n'expriment pas la volonté des ouvriers et des paysans, nous procédons immédiatement à la réélection des soviets au moyen du vote secret et non plus du vote à mains levées. Nous donnons la liberté de parole et de presse pour tous les ouvriers et paysans, pour les anarchistes et les partis socialistes de gauche.

Le 6 mars :

— Notre cause est juste. Nous sommes pour le pouvoir des soviets et non des partis. Les soviets falsifiés, accaparés et manipulés par le parti communiste, ont toujours été sourds à nos besoins et à nos désirs.

La stupéfaction surmontée, le Kremlin répondit à Cronstadt. Jadis, les trente et une cloches de la tour d'Ivan le Grand sonnaient le tocsin des malheurs. Aujourd'hui, une radio nasillarde révélait au peuple russe qu'au Kremlin un tsar rouge se substituait au tsar blanc. Aussi fourbe, aussi implacable. La fourberie d'abord. La radio des nouveaux maîtres dénonçait une insurrection militaire, ayant à sa tête l'ex-général Kozlovski. En réalité, ce général d'artillerie, nommé dans la forteresse par les bolcheviks, était général de l'armée rouge, tout comme Toukhatchevski que Trotski envoyait contre lui. Kozlovski, par fidélité à ses soldats, deviendra général de la Commune de Cronstadt à l'exemple de Louis Rossel, officier de carrière, général de la Commune de Paris. La radio de Cronstadt répondait à la radio du Kremlin :

— Camarades ouvriers, soldats rouges et marins. Nous sommes pour le pouvoir des soviets et non pour celui des partis, nous sommes pour la représentation libre des travailleurs. Camarades, on vous trompe. A Cronstadt, tout le pouvoir est exclusivement entre les mains des marins révolutionnaires, des soldats rouges et des ouvriers.

Dans cette île étroite, face à Petrograd, où la terre avait été divisée par ses habitants en petits lots tirés au sort, où la culture était assurée par des groupes de dix à soixante personnes qui transformaient l'ancien matériel militaire en faux et en charrues, le mot d'ordre fusait : des soviets sans bolcheviks. La résistance à l'assaut inévitable de l'armée rouge s'organisait avec confiance, malgré le handicap des navires de guerre bloqués dans les glaces.

Trotski donna l'ordre d'écraser la mutinerie. A cette menace, la radio des mutins répliqua en traitant Trotski de « mauvais génie de la Russie ». Le golfe de Finlande, gelé, n'assurait plus l'inviolabilité de l'île. Sur la banquise, s'avançaient les troupes de Toukhatchevski. Avant l'assaut, un ultimatum grésilla sur les ondes :

— Voyez-vous maintenant où les vauriens vous ont menés ? Quelques heures encore et vous serez obligés de vous rendre. Si vous persistez, on vous tirera comme des perdrix.

Cette voix déformée, les mutins l'attribuèrent à leur ancienne idole, ce « sanglant maréchal » qui les trahissait, l'âme damnée de Lénine, l'ancien libertaire pacifiste aujourd'hui sanglé dans un uniforme d'officier, celui qu'ils n'appelèrent plus dorénavant que le feld-maréchal Trotski.

Le 7 mars, les canons de l'armée rouge pilonnèrent Cronstadt. Pendant dix jours et dix nuits, Cronstadt, investie, résista au feu continu de l'artillerie, aux bombes d'avions, et sa radio ne cessa de parler, la dernière radio libre en Russie communiste.

Le 9 mars :

— Écoute, Trotski ! Tant que tu réussiras à échapper au jugement du peuple, tu pourras fusiller des innocents par paquets. Mais il est impossible de fusiller la vérité. Elle finira par se frayer un chemin.

Le 11 mars :

— Cronstadt a commencé une lutte héroïque contre le pouvoir odieux des communistes, pour l'émancipation des ouvriers et des paysans.

Le 15 mars :

— Elle a bien travaillé, la maison de commerce Lénine, Trotski et Cie. La criminelle politique absolutiste du parti communiste au pouvoir a conduit la Russie à l'abîme de la misère et de la ruine. La route du paradis communiste est belle, mais peut-on la parcourir sans semelles ?

Le 16 mars :

— Nous avons obtenu le socialisme d'État, avec des soviets de fonctionnaires qui votent docilement ce que l'autorité et ses commissaires infaillibles leur dictent. Cronstadt révolutionnaire a brisé, la première, les chaînes et enfoncé les grilles de la prison. Elle lutte pour la véritable République soviétique des travailleurs où le producteur deviendra lui-même le maître des produits de son labeur.

Le 17 mars, la radio de Cronstadt s'éteignit. Dans la nuit, les soldats de Toukhatchevski, drapés de linges blancs, comme des suaires, qui se confondaient avec la couleur de la glace, s'étaient emparés de la citadelle. La canonnade cessa. Bientôt, seul le crépitement des balles, fusillant les insurgés dans les rues de la cité en ruine, déchira le silence.

Le 18 mars, l'armée rouge célébra l'anniversaire de la Commune de Paris, en défilant solennellement dans les rues de Moscou, cependant que tous les survivants de Cronstadt prenaient le chemin du goulag.

Alfred Barthélemy vécut ces événements à Moscou dans un état de stupeur, d'abattement et de rage. Trotski était injoignable. Zinoviev, affalé sur son divan, mâchonnait son mouchoir. Comme Fred le suppliait d'intervenir auprès de Trotski, il se mit à gémir :

— Mais qu'est-ce que je peux faire contre ce Juif ? Il nous écrasera tous. C'est Bonaparte. Il nous prépare un nouveau Brumaire.

Étonné, Fred osa :

— Camarade Zinoviev, je croyais que vous étiez aussi d'origine juive ?

— Oui, oui, admit Zinoviev à regret. Seulement, Trotski, lui, c'est un sale Juif.

Kamenev, sollicité par Galina, se déclara impuissant. Boukharine pleurait. Dans tous les bureaux du Kremlin, la désolation se lisait sur les visages. La nouvelle victoire de Toukhatchevski était une victoire triste, sans gloire, sordide, pleine d'amertume. Lorsque l'on a tant vanté la

Commune de Paris, et même si l'on célèbre son anniversaire en faisant défiler l'armée rouge, ce n'est quand même pas gai de se sentir versaillais.

Puisque le danger venait de Trotski, puisque Trotski tenait entre ses mains tous les fouets de la répression selon les dires de ses collègues et selon toutes les apparences, puisqu'il lançait son armée rouge à la fois contre les mutins de Cronstadt et contre les paysans de Makhno, Alfred Barthélemy décida de se rendre dans l'antre du monstre. Comme on était au mois de mai, Trotski se reposait à la campagne. Fred pria Victor Serge de l'accompagner. Victor, qui entretenait des liens privilégiés avec Trotski, justifiait toujours les actes de ce dernier.

Juste avant que l'armée rouge n'écrase Cronstadt, elle avait envahi la Géorgie qui, jusqu'alors, conservait un gouvernement menchevik. Cette propagation du communisme par la conquête, inaugurée dès les débuts de la Révolution par la marche de Toukhatchevski sur la Pologne, contredisait évidemment tous les principes du socialisme. La révolution par la conquête territoriale, quelle aberration !

— Ce n'est pas Trotski qui a intimé l'ordre d'envahir la Géorgie, dit Victor. On lui met tout sur le dos et, dans son fol orgueil, il entérine. Lorsque Trotski ne réside pas à Moscou, et l'armée rouge l'en éloigne souvent, ses collègues du Politburo se démènent autour de Lénine. On intrigue. On cherche les moyens de disqualifier celui que personne n'aime parce que le plus brillant. L'affaire de Géorgie est due au Géorgien Staline, l'homme de l'ombre, le bureaucrate modèle. Non seulement il a su manœuvrer Lénine, en court-circuitant Trotski, mais en plus il condamne Trotski à porter le chapeau.

Victor obtint une voiture de service. Le chauffeur roulait à une allure folle sur les routes défoncées. Le sol, dégelé, s'était fissuré, crevassé. Il semblait que le paysage gardait encore des traces de la guerre civile, mais il ne s'agissait que de l'inclémence du temps. La renaissance de la nature donnait au contraire à la campagne un certain air d'allégresse qui surprit Fred. Il ne connaissait la nature que sinistre. Sous un pâle soleil, les champs verdissaient. Des hommes, des femmes, des enfants, poussaient des charrettes, attelaient des chevaux, menaient des troupeaux à la pâture, labouraient le sol. Fred regardait toute cette animation avec surprise. Victor remarqua son étonnement :

— Tu vois, la vie reprend. Tout n'est pas perdu. Dans quelques mois ces plaines seront couvertes d'épis de blé. La vie est plus forte que tous nos discours, que toutes nos résolutions, plus forte que les armées blanches, plus forte que l'armée rouge, plus forte que toutes nos interdictions, que toutes *leurs* résolutions. Ces paysans ne comprennent plus rien. On leur offre la terre de leurs anciens maîtres, puis on la leur reprend. Leurs champs, leurs récoltes, foulés aux pieds des chevaux de Denikine, écrasés par les camions de l'armée rouge, ont changé vingt fois de maîtres. Ils s'imaginent que Dieu les abandonne et les livre aux Juifs. Mais ils continuent quand même à semer.

Fred pensait aux paysans d'Ukraine, insurgés avec Makhno, contre lesquels l'armée rouge se retournait depuis qu'elle n'avait plus besoin de leur aide. Il pensait à Voline et à Aaron Baron, emprisonnés à Boutyrki, Voline et Baron, tous les deux juifs, comme Trotski, comme Zinoviev, comme Kamenev, comme Radek. Il lui revenait à l'esprit cette nuit où, s'attardant avec Victor dans une taverne bondée d'ouvriers qui buvaient dans des tasses ébréchées une eau colorée baptisée thé, ils avaient sympathisé avec ces noctambules excités, qui chantaient et tapaient du poing sur les tables. A un moment, comme l'un d'eux leur demandait qui ils étaient, ils eurent la bêtise (mais ils croyaient, sans se flatter, que cette réponse les ferait plutôt bien voir) de spécifier qu'ils appartenaient au *Kommounisticheski Internacional* (Komintern). Aussitôt, les joyeux buveurs de thé s'éloignèrent avec mépris. L'un d'eux cracha par terre :

— Alors, vous êtes juifs ?

— Non, pourquoi ?

— Tous les dirigeants communistes sont juifs.

— C'est faux, dit Victor, et s'ils l'étaient où serait le mal ?

— Les Juifs c'est le mal, s'exclama un grand type barbu qui ressemblait aux images de Raspoutine. Ils ont crucifié notre Sainte Russie. Foutez le camp, ordures !

Ils durent fuir pour échapper aux coups. « Ils s'imaginent que Dieu les a abandonnés et les a livrés aux Juifs », lui disait Victor. Et Zinoviev qui traitait Trotski de « sale Juif », tout cela n'était-il pas absurde ? Il n'existait plus de pogrom en Russie depuis la prise du pouvoir par les bolcheviks, sauf en Ukraine, disait-on, où les cosaques de Makhno... mais que ne disait-on pas pour disqualifier Makhno ! Que le racisme subsiste encore dans le peuple, quelle abomination ! Et pourquoi ? Fred ne comprenait pas.

Lorsque la voiture s'arrêta devant la maison de Trotski, Fred eut un moment de stupeur. Apparaissait une sorte de palais, dans un parc. L'association Trotski-Rothschild lui sauta aussitôt à l'esprit. Il s'attendit à ce que des domestiques sortent de la demeure, comme il en avait vu au Kremlin dans la salle à manger de Lénine, mais Trotski et sa jolie femme, seuls, arrivèrent, affables, en leur tendant les mains.

Tête nue, les cheveux roux un peu blanchis, Trotski avait échangé son uniforme militaire contre une blouse et un pantalon ample. Malgré cela, il ne s'apparentait pas à un paysan, comme Gorki, mais plutôt à un artiste bohème.

L'accueil, très chaleureux, surprit Fred et il s'en

voulut de cette réaction épidermique qui fleurait elle aussi le racisme lorsqu'il avait associé Rothschild à Trotski sous prétexte que ce dernier se reposait dans une belle maison. D'autant plus que cette datcha, ancienne propriété d'un duc, ne lui appartenait pas, que le rez-de-chaussée avait même été converti en musée public et que Trotski et son épouse n'occupaient que deux pièces au premier étage. Trotski s'excusa auprès de ses hôtes de leur demander d'emprunter une échelle pour accéder à l'appartement. Toute la tuyauterie du palais détruite par le gel, l'escalier d'honneur effondré, cette résidence n'était donc habitable qu'à la belle saison. Il ne restait que peu de meubles, tous défraîchis, voire éventrés. Les moujiks des alentours s'étaient servis.

— Juste ce qui convient pour les nouveaux maîtres, dit Trotski, en montrant d'un geste, toujours théâtral, les vestiges d'une ancienne splendeur dont on voyait encore quelques traces par des boiseries aux moulures dorées et quelques tableaux de Canaletto dans leurs cadres ouvragés, sans doute protégés du vandalisme parce qu'ils représentaient des églises vénitiennes.

Fred était venu vers Trotski furieux et, dès le premier contact avec ce charmeur, sa colère tomba. Trotski parlait de Sandoz, en mission à Odessa, du parti communiste français qui absorbait peu à peu les milieux anarcho-syndicalistes grâce à Delesalle et à Rosmer. Il complimentait Fred et Victor de leur excellent travail.

Fred se laissait envoûter par ce discours, par ce discoureur qui savait si bien enjôler amis et adversaires. Soudain, il se ressaisit et lança brutalement :

— Camarade Trotski, lorsque le 23 septembre 1917 le soviet de Petrograd vous choisit comme président, vous vous êtes engagé, dans votre déclaration d'investiture, à respecter la légalité et l'entière liberté de tous les partis. La direction du Praesidium, avez-vous proclamé, ne cédera jamais à la tentation de supprimer la minorité.

Or, après les mencheviks, les socialistes révolutionnaires ont été éliminés, et maintenant vous pourchassez les anarchistes. Jusqu'où irez-vous dans la suppression des minorités ? Vous souvenez-vous de votre promesse de 1917 ?

Trotski demeura un long moment silencieux. Il ne prit pas la mouche, comme si souvent lorsqu'on le contredisait. Il sembla s'abandonner à une sorte de rêve. Sans doute revoyait-il cette exaltante année 17, que Fred lui rappelait abruptement. Il murmura simplement, d'un air pensif :

— C'était le bon temps !

— Pourquoi avoir été aussi cruel avec Cronstadt ? demanda Victor. Pourquoi cet ultimatum à la radio qui traitait les mutins de vauriens ?

Trotski grimaça, de vraie douleur.

— Ce n'est pas moi qui ai lancé cet ultimatum. Nous ne pouvions pas accepter que Cronstadt s'étende. Il fallait éteindre très vite cet incendie, avant que ne brûle tout ce que nous tentons d'édifier. Mais je n'aurais jamais dit qu'il fallait tirer ces malheureux comme des perdrix.

— Qui a invectivé les mutins à la radio, si ce n'est pas vous ? lança Fred, agacé.

Trotski le regarda avec commisération, comme s'il s'apitoyait sur son cas.

— C'est votre patron Zinoviev, bien sûr. Vous n'avez pas reconnu sa voix de châtré ? Personne n'a reconnu sa voix. Il l'a camouflée, le salaud. C'est Zinoviev qui a déclenché l'assaut contre Cronstadt et il proclame à tout le monde que c'est moi. J'en porterai la croix devant l'Histoire. Ils me détestent parce que je ne suis pas un vieux bolchevik, comme eux, et parce que Lénine m'aime. Ces vieux bolcheviks, quelle plaie pour le Parti ! Ils poussent le communisme dans la dégénérescence bureaucratique. Ils n'ont que le prolétariat à la bouche. Pourtant, dans les usines, seulement quinze pour cent des ouvriers adhèrent au Parti. Un parti de fonctionnaires, voilà leur idéal ! Moi, j'ai levé la nation en armes, comme Danton, la nation armée, victorieuse. L'armée rouge, c'est la fleur de la Révolution.

— Pourquoi Voline en prison ? demanda Fred. Pourquoi la fleur de la révolution sème-t-elle la mort en Ukraine ?

— Voline est complice de Makhno qui n'est qu'un bandit.

— Je ne connais pas Makhno, mais je connais bien Voline. C'est lui qui, à Paris, m'apprit le russe. Il a participé à la révolution de 1905, comme vous. Il a été en exil, comme vous. Il est revenu pour participer à la révolution d'Octobre, comme vous. Vous le savez bien. Pourquoi exclure de la construction de la Russie soviétique des hommes qui ne vivent que pour elle, qu'avec elle ! Pourquoi eux, pourquoi pas Victor, pourquoi pas moi ?

— Nous enfermons des bandits à Boutyrki et des *makhnovitsy,* mais pas d'anarchistes *ideiny.*

— C'est toujours votre excuse, dit Fred. Vous m'appelez *ideiny,* mais je suis frère de Voline.

La gracieuse femme de Trotski servit du thé dans la vaisselle de porcelaine du duc, miraculeusement épargnée du pillage. Depuis longtemps, le sucre avait disparu de Russie. Trotski tendit cérémonieusement à ses invités une coupe de cristal emplie de pastilles de saccharine.

— Je ne sais si Marx et Engels buvaient autant de thé en Angleterre. Je ne sais si le marxisme passe par tout ce thé ? Si oui, quelle incubation !

L'évocation de Marx et d'Engels entraîna Trotski dans une longue rêverie. Il s'approcha de la fenêtre et contempla la campagne. Au bout d'un moment, il se planta devant ses visiteurs, les bras croisés.

— Je pense à la phrase de Marx et d'Engels où ils parlaient du tragique destin de ces révolutionnaires qui viennent avant leur heure. Oui, la Tchéka, Boutyrki, et même ma glorieuse armée rouge, tout cela n'existe-t-il que parce que nous sommes venus trop tôt ? Le peuple n'était pas prêt. Les nations occidentales n'étaient pas prêtes à nous rejoindre. Nous nous trouvons seuls, dans nos contradictions, avec des prisons qui devraient être détruites, une police qui ne devrait pas avoir de raison d'exister, une armée qui devrait être seulement une légion du travail.

Trotski, au sens propre du mot, chancelait. Il se retint au dossier d'un fauteuil et sa femme le prit par le bras pour l'aider à s'asseoir. Fascinés, Fred et Victor regardaient ce héros d'une tragédie shakespearienne, arrivé au sommet du pouvoir et qui flageolait sur ses jambes. Ils se rendaient bien compte que Trotski, dans un moment de faiblesse, les considérait comme des accusateurs, des fantômes de sa jeunesse libertaire.

Trotski ne cessait d'agir contre ses principes, de passer outre à ses engagements moraux. Il évoquait toujours les circonstances, l'obligation de défendre la Révolution menacée. En réalité, s'il s'arrêtait un moment pour réfléchir, il s'apercevait bien qu'il ne menait pas les événements, mais qu'il était mené par eux, mené à toute vitesse, comme dans ces troïkas endiablées des contes de son enfance. Alors un vertige l'accablait. Il avait peur du gouffre, au bout de la route. Puis, son immense orgueil le remettait debout.

— Lev Davidovitch est fatigué, chuchota la femme de Trotski, très triste. Excusez-le. Excusez-nous.

Fred et Victor regagnèrent leur voiture.

— Il a été sublime, dit Victor.

— Encore quelques pas, répondit Fred, et il deviendra lugubre.

Au début de l'été naquit le second fils d'Alfred Barthélemy, l'enfant attendu par Galina, qu'ils prénommèrent Alexis, en hommage à Alexandra Kollontaï.

Fred regardait ce petit être rougeâtre, congestionné, crispé, qui hurlait comme si on s'apprêtait à l'écorcher. Il regardait Galina qui l'enveloppait dans des lainages. Galina radieuse, heureuse comme il ne l'avait jamais vue. Galina toujours fermée dans ses certitudes, toujours butée dans ses principes, s'était ouverte, avait ouvert son corps, tout son être, pour accoucher de cet enfant qui s'accrochait à sa blouse de ses petits doigts, comme des pattes d'oiseau. Elle déboutonnait son corsage et lui donnait le sein. Le lait était encore rare dans les magasins de Moscou. Heureusement, elle pouvait allaiter. Fred regardait Galina ouverte, ouverte sur l'avenir de cet enfant qui coïncidait avec l'avenir de la Révolution. Encore une fois, sa pensée s'en alla vers l'Ouest, vers Flora que la naissance de Germinal ne transforma pas ainsi. Dans le couple qu'ils formèrent, Germinal vint en plus. Il s'ajouta. Avec Galina, il avait l'impression que lui, Fred, était maintenant en plus, que la mère et l'enfant constituaient le vrai couple.

Il n'eut pas le temps de se laisser contaminer par de telles digressions sentimentales qui risquaient de déboucher sur de la sensiblerie préjudiciable à son action. Il devait en effet préparer le *Krasnyï Internacional Profsoïouzov* Profintern) et sa tâche de recruteur se révélait beaucoup moins facile que les années précédentes. Les anarchistes occidentaux commençaient à se méfier. Armand, Armand le stirnérien, dont lui parlait jadis Rirette, lui répondit une longue lettre par laquelle il confirmait son admiration de la Révolution russe, tout en s'opposant absolument à cette dictature du prolétariat que Lénine et Trotski brandissaient comme un nouveau mot d'ordre. « Terrorisme blanc, terrorisme rouge, c'est toujours du terrorisme, concluait Armand. Dictature du clergé, dictature de la bourgeoisie, ou dictature du prolétariat, c'est toujours de la dictature. »

Pire, le Congrès anarchiste français du mois de janvier condamnait l'État bolchevik, tout en se désolidarisant de Makhno dont l'héroïsme guerrier lui paraissait suspect. *Le Libertaire* titrait : « A bas la bourgeoisie et l'État, y compris l'État prolétarien. »

Certains anarchistes, et non des moindres, adhéraient néanmoins au nouveau parti communiste français : Monatte, Delesalle, Monmousseau. Mais ils y instillaient des méthodes de réflexions inhabituelles qui amenaient le Parti à se plaindre des directives et des rappels de Moscou. C'est en Russie que, eu égard à ses convictions qu'il ne dissimulait à personne, à ses remontrances même aux bolcheviks les plus éminents, c'est en Russie que Fred aurait dû subir le plus de rebuffades, or celles-ci ne lui venaient que de France, d'Italie, d'Espagne et de militants avec lesquels il se sentait en totale affinité. La délégation de la puissante C.N.T. espagnole n'était pas conduite cette fois-ci par Pestaña, pourtant sorti de prison, mais par Joaquin Maurin et Andreu Nin. Dès son arrivée, Nin demanda des explications à Fred qui ne lui cacha rien. Il lui raconta comment s'étaient déroulées les obsèques de Kropotkine, comment Voline et Baron se trouvaient toujours en prison.

— Et l'économie ?

— Le revenu national est tombé au tiers de son niveau de 1913. On a brûlé l'hiver dernier les derniers meubles de la bourgeoisie. Soixante grammes de pain par personne, des pommes de terre gelées, mais on tient. Lénine et Trotski ne parlent que de dictature prolétarienne, seulement le prolétariat russe n'existe pas. La Russie est un pays de paysans.

Fred pensa à ce que Gorki lui disait des moujiks, mais il jugea inutile d'aggraver la situation. Il ajouta :

— Les soviets n'existent plus. Le dernier mourut à Cronstadt. Les membres actuels des soviets ne sont pas des parlementaires, mais des fonctionnaires comme moi.

— Pourquoi restes-tu à Moscou, si tu ne crois plus à la Révolution russe ?

— Où aller ? Je suis condamné à mort par contumace en France. J'ai une compagne, ici, un enfant, des camarades. Tout n'est pas perdu. Zinoviev et Kamenev ne refusent pas de m'écouter et, grâce à eux, je peux aider des opposants en difficulté. L'esprit libertaire demeure encore très vivant en Russie. Pas le moment de lâcher ! Faut que vous m'aidiez à renforcer la gauche du parti bolchevik. Les communistes russes dérivent de plus en plus à droite, c'est certain.

Le 4 juillet, une nouvelle tomba en plein congrès, comme une bombe : dans la prison Taganka de Moscou, treize anarchistes entamaient une grève de la faim, exigeant leur mise en accusation ou leur mise en liberté. Parmi eux, Voline et Baron. Les délégués occidentaux accueillirent cette information par un chahut tel qu'une fois de plus Trotski, à la tribune (comment faisait Trotski pour se cramponner toujours à la tribune, à toutes les tribunes, comme s'il comparaissait éternellement devant le tribunal de l'Histoire !), Trotski entendit siffler les balles de Fanny Kaplan. Il s'écria, dans un élan de conviction tel qu'il en arrivait à se convaincre lui-même des mensonges qu'il improvisait :

— Nous n'emprisonnons pas les vrais anarchistes. Ceux que nous détenons ne sont que des criminels se couvrant du nom d'anarchistes.

Toujours le même argument, qui commençait d'ailleurs à porter auprès du peuple russe, si las des brigandages, des exactions, des exécutions sommaires, et auquel on finissait par imposer ce bouc émissaire : l'anarchiste. Comme souvent l'anarchiste était en même temps juif, l'association d'idées s'opérait.

Les délégués étrangers, eux, s'indignaient, exigeaient de rencontrer les grévistes de la faim. Trotski demanda à Fred de les emmener visiter les clubs libertaires, le musée Kropotkine qui venait de s'ouvrir, de leur montrer les journaux anarchistes qui paraissaient encore. Des militants, plus sûrs que Fred, furent chargés de récupérer dans Moscou les extravagants, les bouffons, tous ceux qui constituaient une caricature de l'anarchie et permettaient d'en ridiculiser l'idée.

— Voyez-les, s'écriait Trotski, ce ne sont que des rouspéteurs, des bavards, des rêveurs irrécupérables. Les vrais anarchistes conscients et organisés sont avec nous.

Alfred Barthélemy et Victor Serge se trouvaient dans une situation incommode. Ils réfutaient, eux aussi, les anars folkloriques, tout en sachant bien que les grévistes de la faim, à Taganka, n'étaient pas des droits-communs comme Trotski voulait le faire croire, mais des politiques mélangés à des droits-communs, manœuvre perfide que la police tsariste n'osa jamais opérer.

Harcelé par Fred, par Victor, par Andreu Nin, Trotski céda. Le onzième jour de leur grève de la faim, les prisonniers furent informés de leur expulsion de Russie, suivie d'un bannissement perpétuel.

Cette grève de la faim, les révélations de Fred Barthélemy à Andreu Nin, devaient aboutir à ce coup de théâtre en Espagne. La C.N.T. annula en effet son adhésion à la IIIe Internationale, toute collaboration franche avec les bolcheviks s'avérant impossible. Pestaña se décida alors à publier le rapport qu'il tenait secret et qui anticipait sur celui de Maurin et de Nin. Non seulement la C.N.T. allait constituer le plus puissant syndicat anarchiste d'Europe, mais Maurin et Nin, exaspérés par ce qu'ils avaient vu à Moscou, fonderont quelques années plus tard un parti communiste autonome, sans aucun lien avec celui de Moscou. L'Espagne révolutionnaire se posait donc en adversaire de la Révolution russe et ouvrait son propre chemin.

A la défection espagnole, Moscou répondit par une vengeance atroce. La jeune femme d'Aaron Baron, Fanny, arrêtée à Odessa sous prétexte de complicité avec une bande de faux-monnayeurs, fut assassinée d'une balle dans la nuque.

Dans toutes les villes, la Tchéka désarmait les gardes noirs et fermait leurs permanences. Par ailleurs, en Ukraine, l'armée rouge liquidait définitivement les communes libres de Makhno. Fred intervint auprès de Zinoviev pour obtenir des nouvelles d'Igor, disparu. Zinoviev, de sa voix aiguë, insupportable lorsqu'un événement l'agitait, une voix de petit garçon qui pique une crise de colère, lui assura qu'il fallait imputer tout cela à Trotski, que si on laissait agir ce Bonaparte, la terreur s'abattrait sur la Russie, « sur toi, camarade Barthélemy, sur moi, sur Kamenev. Il finira par effrayer même le camarade Lénine. Tu verras... le feld-maréchal ! »

Il se mit à rire, hystériquement :

— Le feld-maréchal ! Ils l'avaient bien baptisé, les gars de Cronstadt !

Fred pensa à la duplicité de l'ultimatum de Zinoviev attribué à Trotski. Était-ce vrai ? Trotski mentait peut-être ? Pourquoi se détestaient-ils tous ? Victor Serge, inquiet de cette rivalité puérile entre membres du Politburo, interrogea une fois Lénine. « Pourquoi se détestent-ils tous ? » Et Lénine de répondre, souriant, affable : « L'ambition, mon cher, l'ambition. »

— Camarade Zinoviev, dit Fred d'un ton qu'il voulut très ferme, Trotski avait promis d'exiler les treize anarchistes de Taganka et ils restent encore en prison. Il l'a promis aux délégués étrangers. J'en suis garant auprès d'eux.

Zinoviev glapit :

— Tu vois comme il est, ce feld-maréchal. Il promet n'importe quoi pour se donner de l'importance. Mais c'est la Tchéka qui décide, pas lui.

— Alors toi, camarade Zinoviev, tu es suffisamment puissant pour faire sortir mes amis de Taganka.

— Tes amis ! Tu sais bien que ce ne sont pas tes amis. Moi je suis ton ami. Et Kamenev aussi. Nous avons beaucoup d'amitié pour toi et pour Galina. Tu es devenu un vrai Russe et père d'un futur constructeur de la Russie nouvelle. Laisse tomber tes anarchistes. Tu vois où nous en sommes, où en est le pays, dans quelle misère ! Tout ce qui a été élaboré par vos théoriciens, par notre bon maître Kropotkine, ne sera possible que dans les siècles futurs. Pas dans notre Russie menacée d'anéantissement. Seul importe de transmettre tout le pouvoir aux masses de l'avant-garde prolétarienne, c'est-à-dire au parti communiste.

Comme toujours, quand il n'obtenait rien de Zinoviev, Fred s'adressait à Kamenev. Celui-ci ne lui tint aucun discours, mais agit de telle sorte qu'en septembre Voline, Maximov, Gorelik et quelques autres quittèrent pour toujours la Russie. Aaron Baron n'était pas parmi eux. Fred retourna chez Kamenev qui, une nouvelle fois, intervint auprès de la Tchéka. Dzerjinski répondit que la démarche arrivait trop tard, que, tous les expulsés partis, une exception pour un isolé ne s'imposait pas. Pour Fred, seule la libération de Voline était primordiale. Aaron Baron resta en prison. Il doit y être encore car personne ne l'a jamais revu.

C'est dans cette conjoncture sinistre qu'Alfred Barthélemy passa à l'opposition interne. Et dans cette opposition il connut mieux deux femmes extraordinaires qu'il n'oubliera jamais : Alexandra Kollontaï, le grand modèle de Galina, et Marie Spiridonova, l'ennemie irréductible de Trotski.

Ces deux femmes représentaient deux courants, deux contestations à la politique bolchevique : l'opposition ouvrière avec Kollontaï, l'opposition paysanne avec

Spiridonova. Toutes les deux, donc, fondaient leurs principes sur le peuple réel.

Alexandra Kollontaï n'était en effet pas seulement la théoricienne de l'émancipation féminine. Au Comité central du parti communiste, elle seule émettait des doutes sur l'authenticité de l'identification de la classe ouvrière et du Parti. Effrayé par la course à l'abîme de Trotski, par le truquage des votes de Zinoviev, par la perte d'influence de Kamenev et de Boukharine, Alfred Barthélemy se retournait vers cette Alexandra Kollontaï dont le charme et l'autorité le subjuguaient. A partir de la naissance d'Alexis, Galina fréquenta encore plus assidûment Alexandra. Bien que cette dernière repoussât absolument toute continuation de la cellule familiale dans la société communiste à venir, Galina portait à Alexandra une sorte d'amour filial. Cette dernière lui en fit plusieurs fois le reproche, lui disant qu'elle s'attardait dans des sentiments périmés, qu'elle n'était qu'une jeune camarade agréable à rencontrer. Tout aboutissait là, à un problème de plaisir. Prendre de la vie tout le plaisir possible à la condition que cela ne nuise pas à l'édification de la société nouvelle. Ce qui risquait de freiner ce plaisir, d'abord plaisir des corps, serait revu et corrigé. Plus de barrière entre les sexes. Plus de mariage qui constitue une fermeture, un renfermement de deux êtres, échappant ainsi à la vie collective intégrale. La fécondité elle-même, lorsqu'elle s'opposait au libre choix du partenaire sexuel, ne devrait plus être une finalité de l'amour. Alexandra avait eu un fils d'un premier mari, mais s'en excusait presque : « Bien que j'aie élevé mon enfant avec beaucoup de soin, la maternité ne fut jamais au centre de mon existence. »

Lorsque, de la vie familiale, la Kollontaï passait à l'organisation du travail, demandant de rendre aux syndicats la liberté et l'autorité que les bolcheviks leur avaient confisquées, Fred ne voyait plus que cette femme pour sauver la Russie de cette dictature du parti unique vers laquelle glissait la Révolution comme sur un lac gelé.

Car en cette année 1921, année de grogne dans les partis communistes occidentaux, année de rupture avec le parti communiste espagnol, si des élections libres avaient été autorisées en Russie, les bolcheviks auraient été liquidés au profit des socialistes révolutionnaires de gauche et des anarchistes. Les sabotages et les grèves se multipliaient dans les usines. Jamais le mécontentement de la population n'avait été si grand et ne s'était exprimé aussi violemment. Même Lénine, jusque-là respecté par tous ceux qui, à des titres divers, détestaient Trotski ou Zinoviev, était contesté. Le communisme de guerre, qui entraîna tant de privations, fut supporté par la population comme un pis-aller nécessaire, mais maintenant que les armées étrangères se retiraient, que les blancs étaient vaincus, pourquoi maintenir la dictature d'un parti ? Tous les membres du Politburo couraient d'usine à usine, d'atelier à atelier, pour haranguer les travailleurs qui se croisaient les bras. Tout avait été prévu par le marxisme en ce qui concernait la prise du pouvoir, sauf l'éventualité que le parti communiste perde la confiance de ce prolétariat qu'il s'arrogeait le droit de représenter, éventualité inimaginable puisque les bolcheviks se persuadaient que socialisme et prolétariat ne faisaient qu'un, que le communisme concrétisait le prolétariat. Et pourtant, voilà que la mince couche ouvrière du peuple s'insurgeait. Quant aux paysans, eux ne pouvaient pas s'éloigner puisqu'ils n'étaient jamais venus. L'armée rouge, dispensée de ses ennemis, s'occupait à traquer les dernières bandes rebelles de moujiks. L'armée rouge et la Tchéka, voilà les deux réussites de la révolution d'Octobre. Quelle sinistre dérision !

Face à cette inattendue colère prolétarienne, Lénine surgissait à l'improviste dans des meetings de travailleurs. Moins mal reçu que ses commissaires, il lui arrivait néanmoins d'essuyer des rebuffades. Comme devant ces métallos moscovites auxquels, à bout d'argument, il lança :

— Préférez-vous le retour des blancs ?

Un vieil ouvrier, les mains et le visage noircis de cambouis, s'avança tout près de Lénine, si près que ce dernier recula de quelques pas.

— Revienne qui voudra, s'écria l'homme menaçant. Revienne qui voudra ! Les blancs, les noirs ou le diable en personne, pourvu qu'ils nous débarrassent de vous !

Toujours le désagréable sifflement des balles de Fanny Kaplan.

Ce recul de quelques pas, Lénine ne devait ni se le pardonner, ni le pardonner à la classe ouvrière. Puisque celle-ci était immature, il ne fallait tenir aucun compte de ses hésitations momentanées. Trotski avait raison : les syndicats seraient privés de toute autonomie et absorbés dans l'appareil gouvernemental, les militants syndicalistes défendraient désormais l'État contre les ouvriers et non pas les ouvriers contre l'État. Ils imposeraient discipline et rendement, deviendraient des sortes de commissaires politiques, comme ceux de l'armée rouge. Longtemps Lénine se méfia de cette armée de métier mise en place par Trotski. Maintenant il approuvait entièrement Trotski. Sur tout. Non seulement on n'abolirait pas l'armée, mais la classe ouvrière s'organiserait sur son modèle.

Même Boukharine se déclara d'accord avec cette militarisation des syndicats, même Boukharine ratifia la suppression de tous les partis d'opposition sous prétexte qu'ils avaient approuvé Cronstadt.

Comme Alfred Barthélemy tentait une ultime démarche auprès de ce Boukharine qui lui avait toujours été sympathique, celui-ci l'évinça d'une pirouette :

— Un système biparti, oui, nous pourrions, nous pourrions. Mais l'un d'eux serait au pouvoir et l'autre en prison.

Il riait, Boukharine, en émettant cette boutade. Il

riait, toujours un peu espiègle, toujours gentil. Il raccompagna Fred jusqu'à la porte de son bureau, en le tenant amicalement par le bras, tout mince, fluet, près de la haute silhouette de Fred qui se retirait, un peu trop raide, un peu trop rapidement.

Chez tous les leaders du Parti, Alfred Barthélemy percevait une peur qui montait, qui leur émaciait le visage. Zinoviev passait plus de temps allongé sur son canapé, en proie à ses crises de dépression sanglotante, que dans son fauteuil présidentiel. Comme toujours, quand un gouvernement prend peur, il devient méchant. Confrontée à sa propre faiblesse, la Révolution ne voyait d'autre issue que le totalitarisme. Écrasement du soviet de Cronstadt, écrasement de la République menchevique de Géorgie, écrasement de la République libertaire d'Ukraine, arrestations massives de socialistes révolutionnaires de gauche et d'anarchistes, la machine totalitaire, lancée, ne s'arrêterait plus. Les bolcheviks, à court de théorie, ressortaient la vieille idée jacobine de la minorité vertueuse et éclairée qui se substitue à un peuple enfant pour lui apporter raison et bonheur.

Lénine alla jusqu'à proposer l'exclusion de toute faction à l'intérieur du Parti. Pourtant Alexandra Kollontaï continua à y représenter ce qu'il fallait bien appeler l'opposition ouvrière ; tandis que, en dehors du Parti et désormais aussi rejetée que les anarchistes, Marie Spiridonova s'acharnait, elle, à défendre ceux qui constituaient la majorité démesurée de la population russe : les paysans.

C'est aussi en 1921 que, non contents d'éliminer tous leurs adversaires, les bolcheviks décidèrent d'extirper les brebis galeuses dans le Parti lui-même. La première purge décapita deux cent mille membres, soit le tiers de ses effectifs. Ni Alfred Barthélemy, ni Victor Serge, ne furent de ceux-là.

— Fredy, ô Fredy, s'exclama Victor, cette magnanimité à notre égard m'étonne. Puisque nous ne sommes ni exclus, ni prisonniers, ni morts, c'est que l'on nous garde comme otages. J'ai un peu l'impression de me retrouver avec toi dans cette vieille masure de la rue Fessart. Tout autour, rôdait une armée de flics que l'on ne discernait pas, mais on les sentait. Ils ont ici la même odeur. Repenses-tu parfois à Belleville, Fredy ?

— J'y pense toujours. Flora me manque, tu sais.

— Flora, Rirette... *Mais il est bien court, le temps des cerises...*

Flora, Rirette... Maintenant Galina et Alexandra... Jamais Fred n'avait associé Flora et Rirette comme aujourd'hui Galina et Alexandra. Sans doute parce que ces deux Parisiennes possédaient un tel tempérament, une telle personnalité, que Flora, toute fillette qu'elle fût, ne le cédait en rien à la compagne de Victor. Par contre Galina, comparée à Alexandra, manquait de relief.

Lorsque la Kollontaï entrait dans une réunion, toutes les discussions cessaient. Sa beauté, son allure de duchesse, sa fougue, attiraient tous les regards. Ces hommes qui ne pouvaient s'empêcher de plaisanter entre eux du féminisme de la Kollontaï et qui ne croyaient guère dans ses théories de libération sexuelle, devenaient béats d'admiration dès qu'elle apparaissait et prenait la parole. En quelques instants, elle les retournait. Alors qu'elle représentait l'opposition la plus contestable puisqu'il s'agissait d'une opposition ouvrière, en principe inimaginable pour les bolcheviks, jamais on ne la contredisait. Même lorsque, de sa voix chaude, une voix de gorge, troublante, elle dénonçait la nouvelle bureaucratie privilégiée.

— La bureaucratie, affirmait-elle, est une peste qui pénètre jusqu'à la moelle de notre parti et des institutions soviétiques.

Les bureaucrates privilégiés qui l'écoutaient s'avouaient prêts à sacrifier leurs privilèges. Ils se ravisaient en regagnant leurs bureaux, mais sur le moment ils étaient conquis. Le plus extraordinaire, c'est que jamais ils n'en voulaient à Alexandra de les subjuguer ainsi.

Ils savaient bien que la Kollontaï passait avec adresse de la théorie aux actes. N'avait-elle pas promulgué toute une suite de décrets bouleversant plus rapidement le code habituel de la famille que ses collègues masculins ne transformaient celui de la condition prolétarienne ? La commissaire du peuple aux Affaires sociales légalisa en effet le divorce et l'avortement, ouvrit des réseaux de crèches et de jardins d'enfants, imposa l'unification des salaires. Une telle révolution dans la révolution lui donnait une popularité immense parmi les femmes les plus défavorisées par leur condition de femme. La *perestroïka byta,* cette reconstruction du mode de vie que les ouvrières et les ouvriers attendaient de la Révolution, c'est elle, et presque seulement elle, qui l'offrait. Afin de libérer les épouses des corvées ménagères, Alexandra Kollontaï proposait à la fois l'éducation collective des enfants et une sorte d'unanimisme des adultes dans des maisons communes. Alfred Barthélemy retrouvait dans les idées d'Alexandra les théories de Charles Fourier et des socialistes utopiques français qui éblouirent tant ses lectures d'adolescent.

Alexandra Kollontaï était le charme même. Pour Fred, le charme d'Alexandra tendait à effacer celui de Galina. L'admiration que Galina portait à Alexandra, la manière dont elle s'efforçait de lui ressembler, contribuaient à la gommer. La femme de vingt ans s'effaçait, même physiquement, devant la femme de cinquante ans. Galina devenait une doublure.

Quant à Alexis, jamais Germinal ne l'avait autant ému. Sans doute Fred était-il trop jeune à la naissance de Germinal, tombé dans ses jeux d'enfant comme un jouet lancé par un facétieux père Noël. Avec Alexis, il se sentait charnellement père. Il aimait le prendre dans ses bras, le porter vers la fenêtre et lui montrer la rue bruyante de passants et de véhicules. Il aimait lui parler en français. Il ne parlait plus guère français, sinon un peu avec Victor. Les mots qu'il murmurait à l'oreille d'Alexis ressemblaient à une comptine. Toujours ces mots le ramenaient à Belleville, vers Flora, et il s'offusquait de confondre Alexis et Germinal, d'exclure Galina qui l'interrogeait de ses yeux noirs.

L'ascension de Trotski atteignait son zénith. Enfin, pas tout à fait puisqu'au zénith se plaçait Lénine. Trotski, néanmoins, se trouvait maintenant assis à la droite du père.

Il étonnait Lénine et le déconcertait. Les tirades pathétiques de cet orateur théâtral suscitaient à la fois chez Vladimir Ilitch admiration et malaise ; et même souvent la désagréable impression d'être un moujik écoutant, béat, un intellectuel grandiloquent. Il n'empêche qu'en cette année 1921 Trotski apparaissait comme son favori. Par une sorte de mécanique pendulaire, plus Trotski montait, plus Zinoviev descendait. Et Zinoviev, descendant, tombait au trente-sixième dessous. Fred passait la majeure partie de son temps à essayer de le remonter. Il y mettait d'autant plus de conviction que la réussite de Trotski le rebutait lui-même, qu'il voyait en Trotski poindre la silhouette d'un dictateur militaire. Jamais Fred ne se sentit plus proche de Zinoviev, malgré les aspects troubles du personnage. Mais qui n'était pas trouble dans cette cour du roi Pétaud ? Boukharine ? Il décevait Fred depuis qu'il approuvait la militarisation des syndicats. Boukharine virait à droite. Kamenev ? Kamenev, l'honnêteté même, la rectitude, effrayé par la personnalité dominatrice de Trotski, se tournait aussi contre celui-ci. De toute manière, Kamenev et Zinoviev se maintenaient toujours sur la même ligne. Castor et Pollux obligent ! Zinoviev se lamentait :

— Il n'y en a que pour le feld-maréchal. Le Parti n'est plus léniniste, il devient trotskiste !

Trotskiste ! Cette trouvaille l'enchanta. Le mot, lancé, sera repris par tous les adversaires du créateur de l'armée rouge. Y compris par Fred qui agaçait Victor en utilisant abusivement cet adjectif. Malgré la tendance au totalitarisme de Trotski, Victor Serge lui conservait sa confiance. Si bien que l'amitié de Fred et de Victor s'altéra. Ils évitaient de parler entre eux de politique, ce que leurs fonctions rendaient difficile. Par voie de conséquence, Belleville revenait de plus en plus souvent dans leurs propos. L'avenir incertain, ils se complaisaient dans leur passé. La République est toujours plus belle sous l'Empire !

Dans son désarroi, Alfred Barthélemy portait de plus en plus son attention sur les rivaux des bolcheviks. Ces socialistes révolutionnaires de gauche, parti majoritaire dans le premier gouvernement des soviets, et proscrit depuis que Trotski l'avait voué aux « poubelles de l'Histoire ». Au contraire des anarchistes *ideiny*, les socialistes révolutionnaires de gauche n'acceptèrent jamais aucune compromission avec les bolcheviks qu'ils ne cessèrent d'accuser de trahir les principes socialistes. Le 7 juillet 1918, ils faillirent même réussir une insurrection contre le gouvernement de Lénine puisqu'ils allèrent jusqu'à incarcérer Dzerjinski. L'âme de cette révolte, de ces complots, était cette frêle petite femme, Marie Spiridonova, dont la popularité égalait presque celle de Lénine.

Marie Spiridonova intriguait Alfred Barthélemy. Comme tout le monde, il savait que la Spiridonova avait exécuté de sa propre main un gouverneur au temps du tsarisme, qu'elle avait été arrêtée, torturée, condamnée au bagne, libérée comme tous les politiques en février 17.

Il savait que Trotski, avant d'adhérer tardivement au parti de Lénine, se trouvait très proche des socialistes révolutionnaires de gauche. D'où sans doute la haine qu'il leur portait aujourd'hui, et à la Spiridonova en particulier, comme s'il espérait, par cette outrance, faire oublier d'aussi mauvaises fréquentations. Les socialistes révolutionnaires de gauche reprochaient aux bolcheviks d'ignorer les moujiks, ces paysans qui demeuraient pour Alfred Barthélemy une énigme.

Double énigme pour Fred, double tentation : la personnalité de la Spiridonova et l'accès à ces mystérieux paysans que Voline, lui aussi, défendait. Rencontrer les socialistes révolutionnaires de gauche, pour un collaborateur de Zinoviev, n'était pas facile. Fred pensa qu'Alexandra Kollontaï le recommanderait peut-être. Mais elle partageait l'aversion de tous les bolcheviks pour la Spiridonova.

— C'est une hystérique, une folle !

— C'est une héroïne.

— Nous n'avons plus besoin de héros, Fred. Ce qui nous manque ce sont des ouvriers de haute qualification.

— J'aimerais la rencontrer pour qu'elle me parle de ces paysans russes que je ne comprends pas.

— Qui les comprend ? Il n'y a rien à comprendre. C'est le peuple à l'état brut, que l'on doit dégrossir. La Spiridonova est aussi éloignée des paysans que toi et moi. Ce qu'elle affectionne chez eux c'est justement le plus méprisable : l'insubordination, le chaos, la barbarie. La Russie a trop de paysans et une insuffisance d'ouvriers. L'avenir est au prolétariat des villes, pas aux moujiks. Il faudra réduire les paysans au minimum. Il faudra que ces paysans grossiers se transforment en ouvriers citadins instruits et conscients de la vie en société. Quel travail formidable, Fred ! Regarde cet avenir radieux ! Regarde ! La Spiridonova est une arriérée. Elle se croit révolutionnaire et ses valeurs ne sont que de la monnaie périmée, de la monnaie du tsar, de la monnaie de Tolstoï. Des âmes mortes… Voilà ce prétendu parti des paysans : un parti d'âmes mortes !

Lorsque Alfred Barthélemy avait une idée en tête, personne ne pouvait l'en déloger. Ni lui ni personne. Il la suivait et finissait toujours par atteindre son but, quelles qu'en soient les conséquences. Il finit donc par arriver jusqu'à Marie Spiridonova.

Le contraste entre Alexandra et Marie était tel qu'il stupéfia Fred. Marie Spiridonova, très petite, maigre, ressemblait à une chatte de gouttière au poil hérissé, toutes griffes dehors. La première impression rebutait. Il est vrai que Marie Spiridonova surgissait d'un lointain passé, de ce temps des intellectuelles jeteuses de bombes, échappées des romans de Dostoïevski.

— Que voulez-vous ? maugréa-t-elle, avec dédain. Nous n'avons plus rien à déclarer aux gendarmes de la bourgeoisie.

— Les bolcheviks sont des gendarmes, mais pas de la bourgeoisie.

— Les *ideiny* sont pires. Des indics !

— Marie, ce que vous préconisez se rapproche de l'anarchie. C'est mon ami Voline qui m'a appris le russe. C'est à cause de lui que je vis ici. Peut-être me suis-je trompé en acceptant de devenir *ideiny,* mais vous aussi, les S.R. de gauche, vous vous êtes trompés puisque, comme les bolcheviks, vous vous êtes égarés dans le fétichisme du pouvoir…

— Nous voulions prendre le pouvoir et le réduire au minimum. Du minimum au plus minimum.

— Vous vous êtes trompés. Je me souviens de ce que disait Voline, à ce propos : « Le pouvoir n'est jamais une boule de sable qui, à force d'être roulée, se désagrège ; c'est toujours une boule de neige, qui en roulant, ne fait qu'augmenter de volume. » La Russie n'est pas un pays de sable, mais un pays de neige. La boule que vous poussiez avec les bolcheviks au début de la Révolution est maintenant énorme. Si énorme qu'elle risque bien de nous écraser. Je viens vous voir à cause de ces paysans que je ne comprends pas. Et aussi pour vous, Marie... Votre courage...

— Je déteste qu'on vienne me voir. Je suis laide.

— Parlez-moi des paysans, Marie...

— Lénine l'astucieux s'approprie les masses révolutionnaires. Mais il n'obtiendra jamais la confiance des moujiks.

— Pourquoi ?

— Le paysan aime la terre, les produits de la terre. Il aime la liberté. Les bolcheviks se méfient de la liberté. Ils ne croient qu'à l'égalité. Ils ne croient qu'à la ville, qu'aux machines, qu'à l'électricité. Leur prétendu prolétariat n'est qu'une écume, un peu de mousse. Le paysan c'est la forêt, le fleuve, la toundra, la steppe, toute l'immensité du monde russe. Les bolcheviks dépériront dans leur écume. Nous sommes, nous, le parti de la Russie profonde. Nous gagnerons.

Fred pensait aux méchants mots d'Alexandra Kollontaï : une hystérique, une folle. Il regardait avec incrédulité Marie Spiridonova et ses folles espérances. Comment tabler sur l'avenir de son parti alors que les bolcheviks détenaient toute prépondérance ? Les paysans ne les suivaient pas, certes, mais la ville a toujours été le lieu du pouvoir. Tôt ou tard, de gré ou de force, les paysans seront bien obligés d'obéir à leurs nouveaux maîtres.

L'énergie désordonnée qui agitait cette femme minuscule faisait pitié. Dans son visage émacié, ses yeux paraissaient disproportionnés, avec leurs prunelles dilatées, brillantes d'un éclat peu soutenable. Fred ressentait la pénible impression de se trouver devant une suicidaire. Il ne savait plus quoi dire.

— Marie, vous aimez les paysans et vous n'organisez rien pour les sauver, ni pour vous sauver. Vous attendez qu'ils s'insurgent. Or, l'insurrection de Makhno, elle-même, n'a pas réussi. Elle marche inéluctablement vers sa fin. Pourquoi n'avez-vous pas soutenu la *makhnovitchina* ?

— Makhno a aidé l'armée rouge, comme vous autres, les *ideiny,* vous aidez les bolcheviks. Sans vous, que seraient-ils devenus ? Non, nous n'avons jamais douté de nos idées. Nous ne renonçons à rien. Si les bolcheviks restent au pouvoir, c'est la faute des anarchistes. Vous avez tout gâché. Allez-vous-en ! Va-t'en, toi, *ideiny* !

— Prenez garde, Marie, les anarchistes ont été liquidés. Votre tour arrivera.

— Je reprendrai le revolver et la bombe, comme je l'ai fait jadis. Je n'ai peur de personne.

Elle pouffa comme une chatte, en postillonnant :

— Va-t'en, maudit *ideiny* !

Montant l'escalier plein de débris qui menait au logement où, chaque soir, il retrouvait Galina, Alfred Barthélemy fut frappé par le brouhaha qui emplissait cet ancien immeuble bourgeois. Partagé pour une centaine de fonctionnaires du Parti, dépecé, fractionné à l'extrême, le bâtiment devenait une sorte de caserne. Des grandes pièces, on avait fait quatre chambres, en élevant hâtivement des cloisons de bois. Toutes les cuisines, toutes les salles d'eau, collectives, servaient à quatre, voire à huit familles. Il s'ensuivait de perpétuelles chamailleries, des disputes. D'où ces éclats de voix que Fred percevait plus intensément, plus désagréablement ce soir où sa visite à Marie Spiridonova le déprimait. Si ces fonctionnaires communistes, que l'on contraignait dans ce bâtiment à l'apprentissage de la vie collective la supportaient aussi mal, qu'en serait-il lorsqu'on l'imposerait aux ouvriers et, pire, aux paysans ? Une angoisse saisissait Fred au fur et à mesure qu'il gravissait les marches. L'angoisse du voyageur enfermé dans la cale d'un bateau à la dérive, mené par un capitaine de plus en plus sourd et aveugle. Folle, Spiridonova, oui, sans doute, mais Trotski n'était-il pas dément dans son orgueil de tragédien confondant l'art et la vie ? Trotski utilisait des millions d'hommes qu'il transformait en acteurs pour une mise en scène grandiose. Il jouait la révolution sur le plateau d'un théâtre qui avait la dimension du plus grand de tous les pays d'Europe. Il écrivait sa tragédie dans le sang de ses concitoyens. Esthète halluciné, intellectuel paranoïaque, le ressentiment contre Trotski s'amplifiait chez Alfred Barthélemy, avivé par les propos journaliers de Zinoviev.

Dans leur petite chambre, où les rumeurs de l'immeuble s'introduisaient comme des sifflements de tempête, Fred trouva Galina prostrée, pliée en deux sur une chaise, hoquetant de douleur. Il se précipita.

— Tu es malade ?

— Alexis !

— Quoi, Alexis ? Où est-il ?

— On est venu le chercher.

— Comment ça ? Qui ?

— Le Parti.

— Le Parti ? Pourquoi ?

Il s'agenouilla devant Galina, lui releva la tête, l'embrassa sur ses yeux mouillés.

— Qu'est-il arrivé à Alexis ?

— Je ne t'avais rien dit, mais Alexandra me reprochait de l'élever moi-même. Elle me répétait que je me rattachais à des idées bourgeoises, que nos enfants devaient être des fils de la Révolution et pris en charge par l'État, que je n'avais pas le droit de confisquer pour moi seule un fils de la Révolution. Elle a raison, bien sûr. C'est moi qui ne suis pas assez forte. Alexis sera mieux dans une maison spécialisée qu'avec nous. Ils en feront un pionnier, un homme de l'avenir.

La fureur gagnait Fred :

— Pourquoi as-tu donné Alexis ? Pourquoi ne m'as-tu rien dit ? Il est aussi mon enfant. Tu n'avais pas le droit...

Galina le repoussa brutalement, se leva toute droite, s'essuya les yeux.

— Oui, Alexandra a raison. C'est moi qui suis trop faible, trop inféodée encore au passé. Et toi, mon pauvre Fred, écoute un peu ce que tu viens de dire et la honte te montera au visage. « Pourquoi as-tu donné Alexis ? » Comme si Alexis nous appartenait ! Oui, Lénine a bien raison lorsqu'il affirme que les anarchistes sont des petits-bourgeois. « Il est aussi mon enfant ! » Quel esprit de propriétaire ! Les enfants ne nous appartiendront plus, ils appartiendront à la Nation. Tu le sais bien. Ou alors c'est que...

— C'est que quoi ?

— Si tu ne le sais pas c'est que tu deviens un contre-révolutionnaire.

— J'irai trouver Alexandra et elle me rendra Alexis.

— Elle ne te le rendra pas. Tu comprendras lorsque tu liras le livre auquel travaille Alexandra : *Les Amours des abeilles travailleuses*. C'est moi l'abeille. Tu n'es qu'un bourdon.

Fred s'enfuit du logement, dévala l'escalier et faillit renverser dans l'obscurité un gamin qui sommeillait sur une marche. Celui-ci se leva d'un bond, regarda Fred, lui tendit un bout de papier sur lequel une croix noire était tracée à l'encre d'imprimerie. Dessous, une adresse, un rendez-vous près du Manège.

Le gamin attendait. Il devait avoir une dizaine d'années. Le crâne rasé, les pommettes saillantes rougies par le froid, il était vêtu d'une sorte de paletot taillé dans une vieille couverture et cousu avec des ficelles. En guise de chaussures, des morceaux d'étoffes, enroulés, enveloppaient ses pieds et ses jambes. Les enfants errants se comptaient par milliers à Moscou et dans toutes les grandes villes de la Russie. Ces gosses abandonnés, dont les parents étaient morts dans la guerre civile, morts de faim ou du typhus, ou emprisonnés ou tués par la Tchéka, constituaient des bandes dangereuses que la police traquait. On venait d'ouvrir des camps pour enfermer ceux que les rafles capturaient dans la nuit. Des camps de redressement, des écoles de civisme. De ces vagabonds, l'État ne se proposait rien de moins que d'en faire des héros, héros de l'armée rouge ou héros de l'armée du travail. L'État voulait aussi convertir Alexis en héros. L'État-Moloch ! Oui, se disait Fred, l'ennemi de l'humain, c'est bien l'État. L'inhumain, c'est bien l'État. Pourquoi ai-je accepté de collaborer avec ce monstre ? Je croyais le combattre en restant en Russie. Cet État soi-disant prolétarien que les bolcheviks mettent en place est encore pire que l'État bourgeois, plus impitoyable, plus carcéral, plus étouffant.

Le gamin désigna du doigt la croix noire, sûr le papier. Puis il le tira par sa redingote molletonnée.

— *Da, da,* je t'accompagne. Comment t'appelles-tu ?

Il ne répondit pas.

Fred regarda de nouveau le signe de reconnaissance de la Croix-Noire, la seule parmi les nombreuses organisations anarchistes encore autorisée à survivre, cantonnée dans la tâche d'aider les libertaires emprisonnés et leurs familles. Toute propagande anarchiste étant réprimée depuis Cronstadt, les militants de la Croix-Noire, eux-mêmes, vivaient dans une semi-clandestinité.

Fred suivit le gamin qui, dans la nuit, galopait comme un chien, courant devant, s'arrêtant, hélant Fred avec des gestes. Arrivé près du Manège, il disparut. Fred savait que désormais la Tchéka le tenait à l'œil, qu'il risquait toujours de tomber dans une machination imprévisible. Suspect pour la Tchéka, il l'était aussi pour les militants d'extrême gauche. Sa rencontre avec la Spiridonova le lui avait bien rappelé. La provocation policière, le guet-apens d'amis se croyant trahis, tout était possible. Le gamin réapparut, le tira de nouveau par ses habits et l'entraîna vers une ruelle. Un homme s'y tenait tapi qui lui indiqua, sur un bout de carton, une croix noire.

— L'Ukraine libertaire est morte, lui dit-il. L'armée rouge vient d'écraser la *makhnovitchina.* Makhno a réussi à s'échapper. Il ne nous reste plus aucune force à opposer aux bolcheviks. Votre tour arrivera vite, les *ideiny.* Prépare-toi à fuir à l'étranger, comme Makhno. Et tu proclameras là-bas tout ce que tu sais. Pars avant que ce ne soit trop tard. Sauve ta mémoire. Nous comptons sur toi. Tiens, voilà le récit, jour par jour, de la fin des nôtres.

L'homme tendit à Fred un rouleau de papier.

— Makhno est en Roumanie. Peut-être n'en sortira-t-il jamais ! Peut-être le souvenir de la grande *makhnovitchina* va-t-il mourir avec lui. Il est frappé de tant de blessures. Il faut que tu préserves la mémoire de la *makhnovitchina.* Tiens...

Fred montra le gamin, resté près des deux hommes et qui les regardait.

— Ne crains rien, dit l'inconnu. Il est muet. Il va te reconduire.

Fred se revoyait dans ce gavroche, du temps où il errait aux Halles de Paris ; ce gavroche qui bientôt serait traqué et enfermé dans un camp. Enfermé comme Alexis. Une douleur intense le prenait au ventre, lui remontait dans la poitrine. Il voulut donner quelques kopecks à ce pauvre petit, mais celui-ci s'éclipsa. Fred se trouvait tout près de sa demeure. Comme il n'avait aucune envie de rejoindre Galina, il se dirigea vers le Kremlin. Les bureaux des leaders demeuraient ouverts toute la nuit. On y travaillait sans interruption à la lueur de lampes électriques trop faibles, qui fatiguaient les yeux. C'est au Kremlin, dans le bureau proche de celui de Zinoviev, que Fred serait le plus tranquille pour lire le mémoire sur la *makhnovitchina.*

Le mémoire était très long, écrit d'une manière naïve et déclamatoire. Alfred Barthélemy le relut plusieurs fois, s'appliqua à en retenir l'essentiel et en brûla toutes les feuilles dans le poêle, veillant à ce que ne subsiste aucune trace des papiers carbonisés. Il s'assit ensuite à son bureau, se prit la tête dans les mains, se cacha les yeux et reconstitua, pour lui-même, le récit.

Tout commença en novembre 1920, lorsque l'armée makhnoviste unie à l'armée rouge écrasa l'armée blanche de Wrangel en Crimée. La guerre civile contre les derniers débris du tsarisme se termina ainsi. C'est alors que l'armée rouge se retourna brusquement contre son alliée « noire ».

Convié par Trotski, avec tout son état-major, le « général » anarchiste Simon Karetnik s'attendait à sabler le champagne. Or, tous ces chefs de partisans furent arrêtés et immédiatement fusillés. Une grande partie de leurs soldats, qui ne s'attendaient pas à une telle volte-face, tombèrent devant les mitrailleuses « prolétariennes ». Seul Martchenko, commandant de la cavalerie, parvint à se dégager et à entraîner ses cosaques dans l'isthme de Peretop.

Makhno, qui se trouvait dans son quartier général de Goulaï-Polé, cerné lui aussi par les bolcheviks, réussit à rompre l'encerclement de l'ennemi avec son escadron de deux cents cavaliers. Très vite, comme à son habitude, il forma une nouvelle troupe de partisans et mit en déroute la 42e division de l'armée rouge. Sa mobilité ne lui permettant pas de s'encombrer de prisonniers, il fusillait les officiers et donnait le choix aux soldats entre la désertion ou l'insertion dans la *makhnovitchina*. Sur six mille prisonniers, deux mille acceptèrent. Les paysans de Makhno, depuis le début de l'insurrection ukrainienne, se gonflèrent toujours ainsi de transfuges de l'armée rouge.

Makhno savait que Martchenko avait échappé au traquenard de Crimée et il attendait impatiemment sa venue. Le 7 décembre, un cavalier qui avait aperçu les troupes de Martchenko arriva au galop. Makhno s'élança aussitôt à la rencontre de ceux qui constituaient le fer de lance de sa cavalerie. A l'enthousiasme succéda l'angoisse lorsqu'il vit apparaître au loin, au lieu des quinze cents chevaux partis d'Ukraine, une poignée d'hommes harassés sur deux cents montures. Martchenko, à leur tête, poussa son cheval vers Makhno et lui cria, d'une voix à la fois solennelle et ironique :

— J'ai l'honneur de vous annoncer le retour de l'armée de Crimée.

A la vue des restes lamentables de sa magnifique cavalerie, Mackhno, atterré, se tut, trop ému pour prononcer les paroles d'accueil qui s'imposaient.

— Oui, frère, reprit Martchenko. A présent seulement, nous savons ce que sont les communistes.

De novembre 1920, date à laquelle l'armée rouge déchira les accords qui la liaient à l'armée noire, jusqu'en août 1921, une dernière lutte à mort se livra entre le nouvel État centralisateur et l'Ukraine libertaire. Les insurgés, débordés de toutes parts par les assauts d'une armée rouge qui n'avait plus d'autre ennemi que celui-ci, qu'elle s'était inventé, progressaient difficultueusement à travers le désert glacé de la steppe. Trotski tenant tous les carrefours, il devenait clair que Makhno ne pouvait plus envisager une victoire, mais seulement esquiver une débâcle totale de ses trois mille partisans assaillis par cent cinquante mille hommes. Pendant huit mois de combats perpétuels, Makhno parcourut la totalité de l'Ukraine, faisant parfois plus de prisonniers qu'il ne commandait de soldats. Évitant les routes, les *makhnovitsy* traversaient les champs couverts de neige. Ils arrivèrent dans le département de Kiev, contrée accidentée et rocheuse. Toute l'artillerie, les vivres, les munitions, presque toutes les charrettes du convoi, immobilisées dans la glace, durent être abandonnés. En janvier, Martchenko fut tué lors d'une charge de sa cavalerie. Les *makhnovitsy* s'avancèrent jusqu'aux confins de la Galicie, rétrogradèrent jusqu'à Kiev, repassèrent le Dniepr, descendirent dans le département de Poltava, puis dans celui de Kharkov, remontèrent vers Koursk. L'étau se resserrait sur Makhno. Au même moment, dans le nord, l'armée rouge écrasait les mutins de Cronstadt, qui se battaient pour une cause identique. Les *makhnovitsy* se lançaient à l'attaque en criant : « Vivre libres ou mourir en combattant ! » Les mots des insurgés de la Commune de Paris, encerclés par les versaillais de Monsieur Thiers !

Au cours d'une offensive, Makhno fut renversé de cheval. Une balle qui le frappa à la cuisse pénétra dans le bas-ventre. On le plaça dans une carriole et, pendant une heure, il perdit son sang en abondance avant que l'on puisse lui faire un pansement. Le cri : « Batko est tué ! » jeta quelque panique dans la troupe. *Batko,* le père ! C'était le 14 mars. Le dégel commençait. Les chevaux piétinaient dans la boue. La glace des lacs devenait molle. Le 17, la cavalerie de l'armée rouge fonça sur ces fugitifs harassés.

Là, Alfred Barthélemy avait appris par cœur les paroles mêmes de Makhno que relatait le mémoire. Makhno disait :

« Que faire ? J'étais incapable non seulement de me mettre en selle, mais de me dresser sur mon séant : j'étais couché au fond de ma carriole et je voyais un corps à corps épouvantable, un hachage, s'engager à quelque deux cents mètres de moi. Nos hommes mouraient rien que pour moi, rien que pour ne pas m'abandonner. Or, en fin de compte, il n'y avait aucun moyen de salut, ni pour eux, ni pour moi. L'ennemi était cinq ou six fois plus fort et les réserves lui arrivaient constamment. Tout à coup, les servants de nos mitrailleuses Lewis s'accrochèrent à ma carriole et je les entendis me dire : “ *Batko,* votre vie est indispensable pour la cause de notre organisation paysanne. Cette cause nous est chère. Nous allons mourir tout à l'heure. Mais notre mort vous sauvera, vous et tous ceux qui vous sont fidèles et prennent soin de vous. N'oubliez pas de répéter nos paroles à nos parents. ” L'un d'eux m'embrassa, puis je n'aperçus plus personne auprès de moi. Emmené dans la voiture d'un paysan, j'entendis les mitrailleuses crépiter et les bombes éclater au loin. C'étaient nos lewisistes qui empêchaient les bolcheviks de passer. Nous eûmes le temps de gagner trois ou quatre verstes de distance et de passer au gué d'une rivière. J'étais sauvé. Quant à nos mitrailleurs, ils moururent tous là-bas. Au mois de mai, les unités de Kojine et de Kourilenko se rejoignirent et formèrent un corps de deux mille cavaliers et de quelques régiments d'infanterie. Il fut décidé de marcher sur Kharkov et d'en chasser les grands maîtres. Mais ceux-ci étaient sur leurs gardes. Ils envoyèrent à ma rencontre plus de soixante autos blindées, plusieurs divisions de cavalerie et une nuée de fantassins. La lutte contre ces troupes dura des semaines. Kourilenko fut tué. Kojine, grièvement blessé, tomba aux mains de l'ennemi. »

Le brusque surgissement de pas cadencés dans la cour du Kremlin, le cliquetis d'armes entrechoquées, firent tressaillir Alfred Barthélemy. Il ouvrit les yeux, surpris de se trouver dans ce bureau désert qui sentait l'encaustique. Tellement imprégné du rapport sur Makhno qu'il se croyait parmi les derniers cosaques zaporogues essayant de desserrer l'étreinte de leurs poursuivants et poussés vers l'ouest dans une chevauchée sans espoir. Le Kremlin si calme dans la nuit, Fred pouvait s'abstraire entièrement du lieu habituel de son travail. Ces bruits de bottes, d'armes, c'était la relève de la garde. Un téléphone, au loin, se mit à grésiller. Soudain, l'anomalie de la situation apparut à Fred. Il se trouvait dans la gueule du monstre, au centre même de ce Pouvoir suprême qui avait lancé son armée exterminatrice sur les paysans d'Ukraine. Et cette agonie d'une Révolution, il se la remémorait, il la gravait à jamais dans son cerveau, dans les lieux de son excommunication.

Alfred Barthélemy faisait l'impasse sur toutes les péripéties des batailles entre la cavalerie rouge de Boudennyï et la cavalerie noire de Makhno qui se continuèrent jusqu'à la fin du mois d'août. Makhno, malgré ses blessures, remonta à cheval et participa aux charges. Le 22 août, une balle le frappa au cou et ressortit par la joue droite. De nouveau couché au fond d'une charrette, accompagné d'une centaine de cavaliers, il se dirigea vers le Dniestr. Soixante-dix-sept cavaliers seulement, profitant des eaux basses du fleuve, le traversèrent et se réfugièrent en Bessarabie. Parmi eux Makhno, accompagné de sa femme. Soixante-dix-sept cavaliers, ultimes débris d'une armée qui compta jusqu'à cinquante mille hommes !

Par la pensée, Fred suivait ces exilés en Bessarabie. Il les enviait. Il comprenait que la défaite de Makhno, comme celle de Cronstadt, signifiait aussi sa propre défaite. L'horreur de s'être trompé l'oppressait. S'était-il leurré avec tous ces anarchistes russes qui avaient cru aussi que l'avenir de la Révolution leur commandait l'alliance avec les bolcheviks ? S'était-il trompé avec Victor, avec Delesalle, avec Monatte, avec Rosmer, qui tous approuvaient cette collaboration ? Ou bien était-ce l'anarchie qui se trompait, qui demeurait une utopie ? Seule chose certaine, un monde s'écroulait. De ces ruines, un monde meilleur n'était pas né. Les bolcheviks voulaient abolir la police et l'armée. Au lieu de cela, la police et l'armée représentaient la seule concrétisation du pouvoir révolutionnaire. Trotski se pavanait en uniforme blanc de maréchal. En 17, les soldats avaient arraché les épaulettes des officiers. Quatre ans après, les ordres chevaleresques de l'Ancien Régime, que tous les bolcheviks considérèrent comme ridicules, resurgissaient sous le sigle de l'ordre du Drapeau Rouge. Trotski remettait solennellement ces hochets dans le Grand Théâtre, pavoisé de drapeaux. La peine de mort abolie, jamais on n'avait tant exécuté de prisonniers politiques. *Raztrellyat* (fusillé), voilà le mot à la mode. En réalité, on ne fusillait pas, c'eût été trop honorable. On assassinait dans les caves de la Tchéka. Toutes les nuits, des détenus qui ne savaient pas la plupart du temps ce qu'on leur reprochait, étaient arrachés de leur cellule et, lorsqu'ils descendaient les dernières marches de l'escalier, un tchékiste leur tirait une balle de revolver dans la nuque. Les corps, inhumés clandestinement, n'étaient jamais rendus aux familles. Celles-ci n'imaginaient l'exécution que par le refus de l'administration d'accepter les vivres qu'elles apportaient à la prison. « Il ne figure plus sur les registres. — Pourquoi ? Où a-t-il été transféré ? — Il ne figure plus sur les registres. » Le registre devenait le nouveau Livre saint de cette génération de bureaucrates et de flics née si vite de la révolution d'Octobre. Ne pas figurer sur le registre, pouvait vouloir dire aussi bien mort, que déplacé dans une autre geôle ou déporté en Sibérie. En tout cas, celui qui ne figurait plus sur les registres disparaissait. Il n'existait plus. Il n'était plus comptabilisé ; jeté dans ces fameuses poubelles de l'Histoire si chères au camarade Trotski.

Fuir ? Mais comment et où ? Les frontières étaient désormais bien gardées. Makhno n'avait pu y tailler une brèche que les armes à la main et au prix d'une hécatombe. Et si, par chance, il réussissait à passer du côté des pays capitalistes, Alfred Barthélemy ne serait-il pas considéré comme un traître, d'ailleurs condamné à mort par contumace pour désertion ? *Raztrellyat !* Il retourna vers Galina.

Galina sans Alexis. Impensable ! Il s'en alla trouver Alexandra Kollontaï. Se préparant à cette rencontre en formulant bien ses accusations, il se jurait de ne pas revenir sans la promesse de récupérer son enfant. Il se voulait brutal, dût-il offenser la Kollontaï. Elle abusait de son ascendant sur Galina. Il lui ferait honte, lui démontrerait que ses théories, sa littérature sur les amours des abeilles, tout cela conduisait à une société monstrueuse qui ressemblait si peu à cette grande dame charmante. Aberration d'intellectuelle, se disait Fred. Elle comprendra.

Au contraire de la plupart des militantes bolcheviques, qui se vêtaient de manteaux de cuir et se chaussaient de bottes, comme si elles avaient voulu se masculiniser, pensant sans doute qu'en affichant une virilité agressive, elles paraîtraient plus révolutionnaires, Alexandra ne portait que de longues robes très féminines, se couvrait les épaules de mantelets de fourrure et laissait même effleurer de la dentelle à ses poignets. On eût dit qu'elle sortait toujours d'un salon de l'ancienne société, affable, souriante, un peu mutine.

Fred se précipita vers elle, plutôt qu'il ne s'approcha, tellement les griefs lui pesaient sur la langue.

— Alexis !

— Eh bien, Alexis, que lui veux-tu ?

— Rends-moi mon enfant !

Alexandra se renversa dans un fauteuil. Elle riait. Ses lèvres retroussées découvraient de jolies dents blanches.

— Rends-moi mon enfant... Comme il dit bien ça ! On se croirait dans une pièce de Tchekhov. Mais je ne t'ai rien pris, mon petit Fred ! Que pourrais-je te prendre, tu n'as rien à toi ? Tu es un homme libre. Vas-tu me parler de *ta* femme ? De *ton* Ziunoviev ? De *ta*

IIIe Internationale ? Ai-je mal compris ? Que signifient ces titres de propriété ? *Mon* enfant ! Mais tu es un monstre, mon petit Fred.

Dans un froufrou d'étoffes, elle continuait de rire, en se tordant les mains. Ses beaux yeux regardaient Fred avec ironie. Comment conserver son agressivité ? Alexandra retournait d'emblée la situation. C'est lui maintenant qui était un monstre et non pas elle. C'est lui qui se trouvait accusé d'employer abusivement des pronoms possessifs.

— Ne te moque pas, Alexandra. Galina souffre comme une bête. Elle accepte parce que c'est toi qui le veux. Mais moi je ne veux pas. Je n'accepte pas.

— Le rebelle ! J'aime te voir aussi tumultueux. Comme un bourdon qui vole avec fureur autour de la ruche. A l'intérieur, les abeilles travaillent, les œufs éclosent. Des centaines de petits Alexis grandissent, élevés par la communauté des abeilles. Le bourdon ne sert plus à rien. Il tournoie en vain autour de la ruche. Il mourra aux approches de l'hiver.

— Toujours tes abeilles. Nous ne sommes ni des bourdons, ni des abeilles, mais des hommes et des femmes…

— La société des abeilles est une société idéale vers laquelle nous tendons de toutes nos forces.

— Rends-moi Alexis !

— Mais je ne l'ai pas pris. Alexis n'est pas plus à moi qu'à toi. Il appartient à la collectivité que nous édifions. Tu l'aurais mal élevé avec tes idées anarchistes. Imagine un peu ce qu'il serait devenu, ce pauvre Alexis, avec un père tête de mule comme mon cher petit Fred. Tu as mieux à faire que de perdre ton temps à pouponner. Et Galina aussi. Aimez-vous, mettez vos corps en fête.

Elle se releva, avança droit vers Fred, de sa démarche altière, lui saisit le menton et l'embrassa sur la bouche, légèrement, comme un baiser maternel ambigu.

— Va, mon petit Fred, retourne aimer Galina.

En mars 1921, Lénine fit éclater la bombe de la *Novaïa Ekonomitcheskaïa Politika* (plus familièrement : la N.E.P.). Après avoir décimé toute son opposition de droite, des K.D. aux mencheviks ; toute son opposition de gauche, des socialistes révolutionnaires aux anarchistes, Lénine déclarait, avec la plus tranquille hypocrisie, au XIe congrès du parti communiste : « L'idée de construire une société communiste avec l'aide des seuls communistes, est un enfantillage, un pur enfantillage. Il faut confier la construction économique à d'autres, à la bourgeoisie qui est beaucoup plus cultivée, ou aux intellectuels du camp de la bourgeoisie. Nous-mêmes ne sommes pas encore assez cultivés pour cela. »

Fred s'attendait à tout, sauf à ce revirement, un revirement qui s'éloignait définitivement de toutes les conceptions libertaires. Mais Lénine, vieux loup de mer, conduisait son bateau sans boussole, au flair, donnant tantôt un coup de barre à droite, tantôt un coup de barre à gauche. L'importance était de ne pas perdre le cap. Dans la situation économique catastrophique de la Russie, Lénine proclamait que le capitalisme d'État serait pour la Révolution un grand progrès.

Fred n'était pas le seul qui se trouva désemparé. Du septième ciel, Zinoviev retombait une fois de plus sur son divan où il restait allongé, mordillant son mouchoir, se lamentant, de son insupportable voix de fausset. Il souffrait d'autant plus que, pour lui, sincèrement, tout ce qui sortait de la bouche de Lénine était parole d'Évangile. L'influence de Lénine imprégnait si fortement Zinoviev qu'il allait jusqu'à imiter inconsciemment son écriture. Zinoviev gémissait :

— Il le faut. Il le faut. Camarade Barthélemy, dites à l'Ouest que la N.E.P. est indispensable, mais provisoire. Faites-leur comprendre. C'est l'intérêt du Parti. Il le faut. Il le faut.

Il répétait ce « Il le faut », comme une litanie, pour bien s'en persuader lui-même. Il interrogeait Fred, soupçonneux, pour vérifier si son collaborateur était convaincu de l'obligatoire tournant léniniste. L'approbation de Fred lui eût semblé de bon augure. Malheureusement pour les convictions ébranlées de Zinoviev, Fred sifflotait, refusant de répondre. Pour dérider un peu son « patron », il lui tendit une dépêche très récente, reçue de France. *Le Populaire,* quotidien du parti socialiste, le parti de Jean Longuet et de Léon Blum, qui avait refusé l'adhésion à la IIIe Internationale, publiait un article intitulé : « Trotski excommunié par son père. » Zinoviev bondit du divan, s'empara du papier. L'article se terminait par ces mots : « Trotski a renoncé à la religion juive en épousant une Russe. »

Cet article imbécile réveilla tout à fait Zinoviev, soudain de bonne humeur :

— Ainsi, s'écria-t-il, Trotski a un père ! Je ne l'aurais jamais cru. Mais qu'est-ce qu'il fait, ce père ? Ce ne serait pas le Père éternel, par hasard ? En tout cas, Trotski, lui, s'imagine être le messie, c'est sûr. Méfions-nous de cette conjuration juive, camarade Barthélemy. Le parti socialiste français est un parti de Juifs. Blum est Juif. Longuet demi-juif. Trop de Juifs ! Trop de Juifs ! Les moujiks n'aiment pas ça. Ils tuent nos commissaires politiques à coups de bâton parce qu'ils les prennent pour des Juifs. Trotski est un Juif trop voyant, je l'ai toujours dit à Vladimir Ilitch. Kamenev et moi, c'est déjà bien assez !

Zinoviev agaçait toujours Fred avec son antisémitisme absurde. Mais cette niaiserie humoristique des socialistes français à propos de Trotski, alors que la situation de la Révolution russe devenait dramatique, l'agaçait plus encore. Comment retourner en France dans de telles conditions ? Ne s'y sentirait-il pas plus étranger qu'en Russie ? D'ailleurs, si l'envie de la fuite commençait à le tourmenter, il n'en recevait pas moins de plus en plus d'étrangers qui s'échappaient de leur propre pays. Comme ce jeune Français d'une vingtaine d'années, poursuivi et condamné par défaut à la prison pour un article antimilitariste, qui s'était précipité à Moscou. Cette rébellion plut à Fred. Il le mit toutefois en garde. En Russie soviétique, l'antimilitarisme menait aussi en cabane.

— On ne peut pas être antimilitariste en Russie, répliqua le Français, puisque l'armée rouge défend la Révolution.

— Je vois que tu connais bien ta leçon, répondit Fred.

L'éducation politique du jeunot étant néanmoins assez sommaire, Fred l'envoya dans une école des cadres du Parti. Plein de bonne volonté, modeste, appliqué, il s'appelait Jacques Doriot.

De nouveaux Français arrivaient, qui confondaient Moscou avec La Mecque. D'autres disparaissaient. Ainsi de Guilbeaux et de Sandoz, fondus dans le creuset du bolchevisme. Devenus bureaucrates du Parti, comme Alfred Barthélemy. De toutes petites roues dentées dans l'immense engrenage de la machine étatique. L'ex-lieutenant Prunier travaillait toujours, théoriquement, avec Fred et Victor. Théoriquement, car il s'absentait souvent. Ni Victor, ni Fred, ne s'en souciaient. La Tchéka était suffisamment omniprésente pour que les responsables de services ne se sentent pas obligés de surveiller la vie privée de leurs collaborateurs. Bien que la conduite de Prunier, ses absences bien sûr, mais encore plus sa manière de se vêtir, de parler ; ses mutismes autant que ses exaltations, autant de choses qui intriguaient. Sa tête rasée, sa grosse moustache à la cosaque, sa blouse de paysan, tout cela, Fred s'y habituait. D'autres bolcheviks étrangers s'affichaient d'ailleurs ainsi, avec extravagance. Néanmoins, le jour où Fred remarqua que Prunier marchait pieds nus, non seulement dans les bureaux, mais dans la rue, il commença à s'inquiéter de la santé mentale de son ancien protecteur. Un soir, il le suivit, s'en voulant un peu de l'espionner, mais seule la curiosité le poussait. Prunier marchait à pas rapides, de ses pieds nus dans un sol qui, malgré le printemps, devait être encore glacé. Il s'éloigna peu à peu du centre. Les passants se raréfièrent. Fred laissa une plus grande distance entre eux deux pour ne pas se faire remarquer. Visiblement, Prunier allait vers un lieu ou un but précis. Il disparut soudain, happé dans une ruelle. Ce corridor en cul-de-sac aboutissait à une petite église surmontée de son bulbe doré. Fred hésita, poussa la porte et, stupéfait, entendit un chœur d'hommes chantant à pleins poumons un office religieux. Il se glissa derrière un pilier, aperçut Prunier qui s'avançait vers l'iconostase. La profusion d'or, les lumières des cierges, la foule debout, entassée sous les voûtes, la puissance des chants où les basses psalmodiaient comme des gongs, ce spectacle inattendu étonna Fred. Presque toutes les églises avaient été fermées par la Révolution. Fred ne s'était jamais soucié de la persécution religieuse, pourtant aussi forte que celle qui châtiait les anarchistes. Elle lui semblait naturelle. Soudain, cette cérémonie étrange, dans un de ces rares lieux du culte qui subsistaient, la présence de Prunier dans cette assemblée, la ferveur exprimée par ces fidèles, l'amenèrent à cette constatation que la Révolution sécrétait de nouvelles communautés marginales. La Révolution devenait à son tour l'État, le Pouvoir et, à la base de ce monstre, tout en bas du socle, s'échappaient les minces ruisselets de toutes les contestations. Les fuites de cet énorme édifice risquaient un jour d'ébranler ses fondements. Fred, qui n'avait reçu aucune éducation religieuse, ressentait une véritable répulsion pour ces chrétiens orthodoxes qui pratiquaient des rites incompréhensibles, sortes de gesticulations barbares issues de la nuit des temps. Découvrir Prunier parmi eux l'ahurissait.

En retournant vers le centre de Moscou, seul, il se souvint que Prunier lui confia jadis qu'il était catholique, ce qui les conduisit à parler ensemble de Péguy, ce Péguy à la longue pèlerine noire et à la barbe de moine, qui fréquentait la librairie de Delesalle et chez lequel il avait vécu quarante-huit heures étonnées, avec Flora. Leur discussion sur Péguy, sur son socialisme, lui avait fait oublier l'aveu du catholicisme de Prunier. Bien qu'un jour où Fred le taquinait sur les contradictions entre bolchevisme et christianisme, Prunier lui répondit par un long développement où il justifiait son engagement par la *Somme* de saint Thomas d'Aquin. Fred ignorait tout de Thomas d'Aquin. Il n'insista pas. Le catholicisme de Prunier lui paraissait une boutade. Et voilà qu'il le retrouvait, quelques années plus tard, dans une église byzantine. Curieux personnage que ce Prunier, tellement plus sympathique que Sandoz, mais sans doute, d'une autre manière, aussi fou.

Alexis avait transformé Galina. La perte d'Alexis la transformait de nouveau. Elle redevenait nerveuse, irritable. La présence de Fred l'agaçait. Son audacieuse démarche auprès d'Alexandra Kollontaï la mettait hors d'elle. De quoi se mêlait-il ? Toujours à chercher des poux dans la tête des autres. Quel insupportable tatillon ! Une nuit, elle ne rentra pas dans leur petit logement. Fred l'attendit dans la plus grande angoisse. Les disparitions étaient de plus en plus fréquentes parmi les fonctionnaires du Parti. On ne savait jamais très bien pourquoi un tel ou une telle s'éclipsait. Pourquoi, de leur bureau, on les transférait à Boutyrki. Pourquoi celui-ci ou celle-là et non pas tel autre, bien plus suspect ? Pourquoi eux, pourquoi pas moi ? Pourquoi Galina ? N'était-elle pas appréciée par Lénine lui-même, par Kamenev évidemment ? Mais Kamenev serait-il en disgrâce ? Non, impossible. Kamenev en difficulté entraînerait automatiquement Zinoviev. Or, Zinoviev, il le quittait à l'instant. D'une humeur excellente. Il n'était plus question de divan, mais de septième ciel. Zinoviev comprenait enfin la N.E.P. Il l'approuvait sans réserve. Tout allait pour le mieux dans le meilleur des mondes que Wells, un de ces « idiots utiles » chers à Lénine, décrivait comme le devenir rationnel de l'humanité. Alors pourquoi cette absence de Galina ? Un accident ? Une maladie soudaine ? Fred regarda vingt fois à la fenêtre, essayant d'apercevoir quelque chose dans la rue obscure. Il descendit à plusieurs reprises en bas de l'immeuble. Rien. L'aube n'amena pas mieux Galina.

Aussitôt arrivé à son bureau, Fred fit effectuer des recherches. Galina travaillait tout simplement au secrétariat de Kamenev. Il lui téléphona :

— Où étais-tu ? Je t'ai attendue, si inquiet.

— Pourquoi, inquiet ? Nous ne sommes pas un couple de bœufs attelés à un même joug.

Fred encaissa. Galina avait raison. Chacun est libre. Libre de son esprit, non, mais libre de son corps.

— La prochaine fois préviens-moi. Je n'ai pas dormi.

— La nuit prochaine, je ne serai pas non plus avec toi. Ne t'inquiète pas. Bon sommeil.

Elle raccrocha.

Puisque Fred disposait d'une nuit à perdre, il décida d'observer de nouveau Prunier. Celui-ci changea de direction. S'éloignant du centre, il pénétra dans un faubourg particulièrement boueux et nauséabond. Fred le suivit dans une sorte de grange où il ne distingua d'abord que les faibles lueurs clignotantes de bougies posées sur une grande table. Autour, se dessinèrent les silhouettes d'hommes, la plupart barbus comme des moujiks, avec des cheveux très longs. Ils ne parurent pas surpris et, en tout cas, pas du tout effrayés par l'arrivée inattendue de Fred. Prunier, assis parmi eux, reconnut Barthélemy et l'invita dans un grand geste :

— Viens, frère, viens t'asseoir près de moi. Tu es le bienvenu.

Fred prit place à la table.

— Tu vois, dit Prunier, nous sommes quelques croyants qui nous réunissons pour discuter du Christ et de la Révolution.

— Le Christ n'a rien à faire dans la Révolution, répondit Fred.

Un vieillard à l'allure de pope affirma :

— Le Christ a opéré jadis la plus grande des révolutions, en libérant l'homme du pouvoir de la société et de l'État.

— Si Marx a proclamé : « La religion est l'opium du peuple », dit Fred, c'est justement parce que les croyants étaient les moins libérés des hommes. Ils dormaient, drogués.

— Dans son destin historique, reprit le vieillard, le christianisme se déforma parce qu'il s'adapta au Royaume de César. S'inclinant devant la force de l'État, il s'employa à sacraliser cette force.

— Saint Paul, dit Prunier, craignait que le christianisme ne se transforme en une secte anarchiste et révolutionnaire. Il réhabilita l'Autorité en proclamant que toute Autorité émane de Dieu.

— Saint Paul, c'est le Trotski du Christ.

Un autre des personnages extravagants venait de parler.

— Si Trotski est saint Paul, qui est le Christ ? demanda Fred.

L'homme répondit :

— Ni Marx, ni Lénine. J'ai mordu à l'hameçon de Marx, avant la Révolution. Tout nous démontre que la perfection du Royaume de César, dans laquelle croyaient Marx ou Fourier, est une erreur. La seule perfection réside dans le Royaume de l'Esprit.

Fred regardait attentivement cet inconnu, âgé d'une cinquantaine d'années, au fin visage triangulaire accentué par une barbiche en pointe. Ses longs cheveux grisonnants s'évasaient sous un large béret de velours noir. Cette étrange assemblée autour de la table éclairée par ces bougies, toutes ces barbes de popes, cette atmosphère religieuse, Fred ressentait l'impression de comparaître devant un tribunal dont l'inconnu au visage triangulaire était de toute évidence le grand juge. Fred ne l'avait pas remarqué d'abord dans cette pénombre. Il distinguait maintenant toutes ces têtes attentives tournées vers cet homme qui énonça sentencieusement :

— L'ordre harmonique au sein du Royaume de César sera toujours l'annihilation de la liberté.

— Toutes les révolutions se sont produites au nom de la liberté, dit Fred.

L'inconnu le fixait de ses yeux sombres, encore assombris par de larges sourcils noirs, très épais. De sa voix grave, il laissa tomber, comme une cruelle évidence :

— Les révolutions apportent de grandes expériences dans la vie des peuples et marquent de traces ineffaçables leur vie sociale. Mais elles ne correspondent pas du tout à nos rêves. Les révolutions, même les révolutions couronnées de succès, finissent dans l'échec. De même, ont échoué toutes les révolutions religieuses de l'Histoire et surtout, hélas, le christianisme.

— Alors que faire ? demanda Fred.

— Affirmer la primauté de la personne sur la société. Refuser tous les totalitarismes. Quand la société s'identifie à l'État, il n'y a plus de salut pour personne. Non seulement l'État, mais aussi la société, deviennent alors, selon le mot de Nietzsche, des monstres froids.

« Des monstres froids »... Cette expression, que Fred ne connaissait pas, lui parut aussitôt une évidence.

Trotski, Zinoviev, Dzerjinski, étaient des monstres froids. La société implacable qu'ils mettaient en place était une société de glace. Elle tendait vers la perfection glacée de ces machines, de ces systèmes bureaucratiques, qu'admirait Lénine. Tous les dirigeants bolcheviks, tous leurs subalternes, aspiraient à cette perfection froide. Froide comme l'acier du canon de revolver posé sur la nuque du prisonnier descendant l'escalier des caves. Froide comme la mort.

Prunier prit Fred par le bras et l'invita à se lever. Ils sortirent tous les deux dans la nuit. Fred eût été incapable de retrouver son chemin dans ce dédale de ruelles désertes. Prunier ne le lâchait pas. Il le tenait doucement, sans trop serrer, juste une pression amicale.

— Quel est cet homme qui a parlé des monstres froids ? demanda Fred.

— Un grand philosophe, déporté pendant trois ans sous le tsar ; aujourd'hui professeur à l'université de Moscou.

— Et il y enseigne ce qu'il nous a dit ce soir ?

— Oui, il y démontre la signification mystique de la Révolution. Mais il ne peut pas aller jusqu'au bout de ses idées devant les étudiants. Alors nous sommes quelques-uns à bénéficier de ses cours du soir. Nicolas Berdiaeff, tel est son nom.

Le froid et le chaud. Le chaud, c'était Galina. La seule impression de chaleur dans cette glaciation de la Révolution. Mais Galina, elle-même, se refroidissait.

Lorsqu'ils se retrouvèrent dans leur étroit logement, il sembla néanmoins à Fred que celui-ci s'illuminait. Galina partie, dans ce dortoir sinistre Fred n'utilisait pas le lit, fermé par ses couettes. Seul, il préférait sommeiller dans l'unique fauteuil avachi du logement. Galina revenue, il se précipita sur le lit, en rejeta les couvertures, comme on ouvre un coffre. Galina riait, de toute sa jeunesse, de toute l'impétuosité de sa jeunesse. Elle arracha prestement ses bottes, se débarrassa de son caparaçonnage de cuir, de ses sous-vêtements, se jeta nue sur Fred qui, lui aussi, s'était dévêtu en toute hâte. Elle n'aimait pas qu'il tente de la déshabiller. Là aussi, elle se rebellait contre ce qu'elle appelait une prérogative de mâle. Femme libérée, donc libre de ses gestes, de son comportement, elle ne voulait pas subir. Tous les deux nus, l'égalité s'établissait. En conséquence, elle ne montrait plus de complexes, se laissait aller à sa sensualité, tirait au maximum tout le plaisir que la sexualité peut apporter. Cette fête des corps, qu'Alexandra Kollontaï recommandait, sorte de récompense aux êtres affranchis des préjugés bourgeois, Galina s'y adonnait avec une ardente conviction.

Leurs étreintes épuisées, lorsqu'ils s'endormirent emboîtés l'un contre l'autre, dans la douce chaleur de leurs corps satisfaits, juste avant de basculer dans le sommeil, la pensée des « monstres froids » obséda encore Fred insidieusement. Mais il serra un peu plus fort Galina contre lui. La tiédeur moite de sa peau chassa les cauchemars.

Le 23 mai, s'ouvrit à Moscou le premier de ces procès politiques qui allaient désormais ponctuer toute l'histoire de l'U.R.S.S. Les bolcheviks avaient jusque-là éliminé leurs adversaires, sans y mettre de cérémonie. Pourquoi décidèrent-ils d'accorder aux socialistes révolutionnaires de gauche ce jugement public spectaculaire qu'ils déniaient à leurs autres contestataires ? Sans doute parce que la popularité de Marie Spiridonova demeurait très forte, surtout dans cette classe paysanne inassimilée. Sans doute parce que les socialistes révolutionnaires de gauche étaient, autant que les bolcheviks, les auteurs incontestés de la Révolution. Il fallait donc qu'un verdict les désavoue devant l'Histoire, qu'ils en ressortent disqualifiés à jamais.

Alors qu'avant 1917, Lénine, Zinoviev, Kamenev, Trotski, Boukharine, se trouvaient assez confortablement exilés en Occident, les socialistes révolutionnaires maniaient la bombe en Russie tsariste où ils vivaient une clandestinité qui les menait fatalement au bagne. Spiridonova, Gotz, Kamkov, pour ne citer que ceux-là, furent de cette génération terroriste anticipant sur la révolution d'Octobre. Tous emprisonnés, torturés, condamnés aux travaux forcés. Non seulement ils transformèrent des moujiks passifs en insurgés, mais ils surent entraîner les étudiants à l'activité politique.

Les révolutions, comme les religions, ont d'abord leurs héros et leurs martyrs. Puis arrivent les bureaucrates et le clergé. Les socialistes révolutionnaires de gauche refusèrent toujours de se bureaucratiser, refusèrent que la Révolution devienne une Église. Ils se condamnaient ainsi eux-mêmes à pourrir dans ces fameuses « poubelles de l'Histoire » que le camarade Trotski offrait généreusement à tous ses contradicteurs.

A peine le procès des socialistes révolutionnaires de gauche fut-il ouvert que la nouvelle inattendue, imprévisible, de Lénine gravement malade, filtra de comités en officines. On se la chuchotait, sans trop y croire, redoutant néanmoins qu'elle soit vraie. Lénine éloigné de Moscou, dans un village de banlieue... Lénine se plaignant de maux de tête et d'une fatigue extrême... Lénine foudroyé par une attaque de paralysie...

Une véritable ambiance de catastrophe paralysait en tout cas le Kremlin. Du bureau vide de Lénine ne surgissaient plus au galop les messagers portant les plis. Dans cette atmosphère de désastre, encore plus qu'à l'ordinaire l'image du pouvoir omnipotent frappa Alfred Barthélemy. Il semblait que le bureau de Vladimir Ilitch fût la tête d'une pieuvre d'où sortaient de multiples bras, cataleptiques aujourd'hui comme cette tête. La plupart des locaux de dirigeants étaient d'ailleurs aussi abandonnés que celui du chef suprême. Accourus vers le village où ce dernier faisait retraite, ils guettaient, sur les traits figés du malade, le moindre tressaillement. Ils aspiraient de toute leur force à ce que Lénine dise quelque chose. Mais le visage de Lénine, crispé par l'artériosclérose, perdait toute expression et aucun son ne sortait de sa bouche. Il n'avait que cinquante-deux ans. Ses collaborateurs, qui se surveillaient tous les uns les autres, qui s'attendaient tous à des coups de théâtre provoqués par leurs dissensions, s'étaient préparés à toutes les éventualités, sauf celle-ci. La santé de Lénine constituait une des bases inaltérables de la Révolution. Robuste, actif, d'égale humeur, gai, il paraissait impossible que Lénine tombe malade comme le commun des mortels et, encore moins, disparaisse avant que ne soit achevé l'édifice révolutionnaire. Cinquante-deux ans ! Lénine disposait au moins de trois décennies devant lui. En 1950, il serait le grand-père vénéré de la Révolution terminée et pourrait alors mourir en paix. Mais pas maintenant ! Pas après seulement cinq ans de travail constructif ! Pas au milieu de tant de doutes, de tant de contradictions, de tant de conflits internes !

Alfred Barthélemy fut tenu à l'écart aussi bien de Lénine malade, que du procès des socialistes révolutionnaires de gauche. Il avait beau être monté dans la hiérarchie, il se situait quand même trop loin du pouvoir réel. Zinoviev et Kamenev ne quittaient pas le chevet de Lénine. Quant à Trotski, pendant tout le mois de juin il se consacra au tribunal où il joua ce rôle de grand inquisiteur qui lui allait à merveille. Spiridonova, Gotz, se défendirent de toute leur énergie, de tout leur courage, mais leur sort avait été tracé par Trotski et Dzerjinski bien avant la sentence. Les quatorze accusés condamnés à mort, le seul homme qui pût les sauver était Boukharine, le seul qui pût encore comprendre leurs motivations. La collaboration de Fred avec Zinoviev l'avait fait s'éloigner de celui qui, de tous les membres du Politburo, lui semblait le plus humain, le plus sympathique. Il réussit à le joindre, emporté immédiatement par la bonne humeur de ce petit homme trépidant. Malgré le chagrin réel que lui causait la maladie de Lénine, Boukharine conservait son entrain juvénile. Alfred Barthélemy n'eut aucun mal à le convaincre d'intercéder en faveur des socialistes révolutionnaires. A la grande fureur de Trotski, les quatorze condamnés à mort bénéficièrent du sursis. Fred ne s'aperçut pas que la clémence de Boukharine était beaucoup plus pernicieuse que la cruauté de Trotski. Exécutés, Marie Spiridonova et ses amis se transfiguraient en martyrs. Graciés, ils devenaient des morts vivants, anonymes, destinés irrévocablement à l'oubli.

Fred ne se résignait pas aux absences de Galina. Elle disparaissait maintenant pendant des semaines entières. Puis, une nuit, ou un matin à l'aube, Fred entendait dans le couloir de l'immeuble le bruit de cuir froissé, caractéristique de la démarche décidée de la jeune femme. Elle grattait à la porte, comme un animal. Fred courait ouvrir.

Il se reprochait cet empressement et cette sentimentalité qui le poussaient à attendre anxieusement sa compagne. Il ne comprenait pas qu'elle ne lui parle jamais d'Alexis. Il l'avait surprise déchirée, désespérée à l'idée de perdre son enfant et maintenant, apparemment, elle ne s'en souciait plus. Si Fred évoquait Alexis, elle haussait les épaules.

Fred n'osait se l'avouer, mais la jalousie le rongeait. Il ne pouvait s'empêcher de s'imaginer ces autres hommes qui tenaient Galina dans leurs bras, qui se réchauffaient à la chaleur de son corps, qui lui faisaient l'amour. Il se représentait Galina dans toutes les positions possibles de l'accouplement et ces scènes lascives tournaient au cauchemar. Il dormait peu et mal, passant ses nuits à lire, cherchant dans les livres à percer cette énigme du monde, de plus en plus indéchiffrable.

Pendant l'été, une sécheresse exceptionnelle anéantit les récoltes. La famine ravagea des régions entières de la Russie. Dans ce désastre, Fred pensait à ces incompréhensibles moujiks, éternelles victimes de tous les désastres : la guerre, la sécheresse, l'inondation, le typhus, la famine. Il revoyait Gorki, maigre, voûté, noueux comme un vieil arbre mal poussé sur un sol infertile, Gorki qui ressemblait tant à ces paysans décrits complaisamment par tant de romanciers russes et qui, pourtant, ne les aimait pas. Il revoyait Marie Spiridonova, si éloignée des babas villageoises, toute menue, dévorée de passion intellectuelle et qui, elle, défendait ces moujiks avec l'acharnement que l'on met à s'immoler pour des causes perdues. Entre Gorki et Marie Spiridonova il s'était produit une inversion des rôles. Mais qui jouait juste, qui jouait à sa place, dans cette immense tragédie de la Révolution ?

A la fin de l'automne, une seconde attaque de paralysie terrassa Lénine. Alfred Barthélemy ne l'avait pas rencontré depuis ce déjeuner au Kremlin, avec Guilbeaux, où Vladimir Ilitch lui demanda d'étendre le rayon d'action des « idiots utiles ». Mais Zinoviev ne lui cachait pas combien la première attaque diminuait le chef suprême. Ses traits restaient figés. Il ne marchait qu'avec une allure d'automate. Ses paroles souffraient d'un débit hésitant, heurté. Les mots lui manquaient.

Que la maladie de Lénine soit une catastrophe, tout le monde en prenait conscience. En son absence, le Kremlin devenait d'ailleurs absolument sinistre. De tous les dirigeants, seul Lénine donnait une impression heureuse. Il riait facilement. Il lui arrivait même de réprimer des fous rires en présidant une assemblée avec gravité, comme si cette situation bureaucratique lui paraissait du dernier comique. Fred se remémorait l'étrange figure faunesque de Vladimir Ilitch, si souvent moqueuse ; sa manière de regarder son interlocuteur à travers ses doigts, en plaçant devant ses yeux sa main droite en éventail ; sa manière d'écouter son visiteur en posant sa joue sur sa main et de s'absorber dans la contemplation du plafond, si bien que l'importun finissait par abréger ou s'interrompait ; sa manière agaçante de se balancer sur sa chaise, s'esclaffant pour un rien, émettant des avis assortis parfois d'un humour qui laissait son interlocuteur pantois. La faculté de rire de Lénine stupéfiait tous les pisse-froid qui l'entouraient. Aux débuts de la Révolution, lorsqu'il devait affronter dans les assemblées ses adversaires mencheviks ou socialistes révolutionnaires, il rigolait, même sous les insultes, le visage épanoui, s'amusant de ces obstacles posés sur son chemin. Cette hilarité exaspérait Trotski, ronchonnant contre ce qu'il appelait à mi-voix les « traits de caractère puérils » de Lénine.

Lénine malade ne riait plus. Éloigné du Kremlin, dans sa solitude campagnarde le pouvoir qu'il avait édifié lui apparaissait de plus en plus comme une machine énorme écrasant son rêve. Cette machine monstrueuse, dont il avait assemblé patiemment toutes les pièces et qu'il manipulait avec dextérité, il la voyait maintenant lui échapper, rouler toute seule, broyer l'idéal de sa jeunesse. Il s'effrayait de cette bureaucratie qui rongeait les muscles de la révolution. Il dit à Zinoviev, qui le rapporta imprudemment à Fred, tellement était forte son émotion : « Tout me dégoûte à tel point que, indépendamment de ma maladie, je voudrais lâcher tout et m'enfuir. »

Dans son désespoir, Lénine se raccrochait au plus calme de ses collaborateurs, au plus discret, celui que Zinoviev proposa comme secrétaire général du parti communiste afin de contrecarrer Trotski : Josef Staline.

Alfred Barthélemy n'avait jamais parlé à Staline. Tout ce qu'en disaient les autres membres du Politburo l'en dissuadait. Boukharine s'en gaussait par cette formule : « Sa première qualité, c'est la flemme. » Trotski le traitait avec une hauteur méprisante et lançait, désinvolte, en haussant les épaules : « Sur l'écran de la bureaucratie, l'ombre d'un homme inexistant peut passer pour quelqu'un. » Plus en verve, il ajoutait : « C'est un mauvais homme, il a les yeux jaunes. »

Staline rendait à Trotski son dénigrement, lorsqu'il ridiculisait devant Lénine ces « chevaliers de la phrase romantique », ces « rêveurs ultra-révolutionnaires ». Pour lui, Trotski n'était qu'un poseur grandiloquent, un champion aux faux muscles. Lénine approuvait, peu enclin à déguster ce romantisme et cet esthétisme de la révolution dans lesquels Trotski se complaisait. Le bon sens de Staline le rassurait, comme ses indéniables qualités administratives.

Aussi, à partir de la seconde attaque de paralysie de Lénine, Staline devint-il son visiteur le plus assidu et le plus attendu. Ni Zinoviev, ni Kamenev ne s'en offusquaient. Bien au contraire, cette intimité de Staline et de Lénine les rassurait. Elle éloignait du malade l'homme qu'ils considéraient comme le plus dangereux, le « feld-maréchal » en uniforme blanc, le comploteur d'un possible 18 Brumaire.

Galina se moquait de la jalousie de Fred. Quel avatar bourgeois ! Elle n'avait jamais été aussi belle que depuis qu'elle était inconstante. Une sensualité radieuse se dégageait de son corps, de sa démarche, de ses yeux noirs, de ses lèvres charnues. Depuis qu'elle lui échappait périodiquement, Fred ne cessait de penser à elle, d'aspirer à la posséder pour lui seul. Lors de ses fugues, Galina lui manquait si intensément qu'il se mordait les poings de rage. En même temps, il s'affligeait de se sentir si lié aux normes du monde ancien. Alexandra Kollontaï et Galina, femmes de l'avenir, avaient raison. Lui, misérable, restait prostré dans une sentimentalité désuète.

Heureusement, une mission importante lui fut assignée. De nouveau, l'Internationale syndicale communiste allait tenir un congrès à Moscou à la fin de l'année. Comme pour les précédentes assemblées, Zinoviev chargea Alfred Barthélemy d'inviter les délégués les plus efficaces et, en particulier, ceux de la C.G.T. française. Une fois de plus, Fred usa de ses relations avec les anarchistes étrangers pour contrer les syndicats autonomes qui refusaient l'allégeance à Moscou. Mais son action devenait plus celle d'un bureaucrate exécutant les consignes de ses chefs, que d'un prosélyte. Il lui répugna même de confier au libertaire Monmousseau la besogne de casser la vieille C.G.T. si elle refusait de se rallier en bloc au Profintern ; mais Monmousseau mit un tel empressement à faire voter les sections en faveur de l'adhésion, que Fred aurait eu mauvaise grâce à le freiner. Par 779 mandats contre 391 la majorité se rallia donc au diktat de Moscou. Une fois de plus, Alfred Barthélemy reçut les félicitations de Zinoviev.

Chacun des congrès internationaux apportait son vent de révolte, ses rébellions, ses scandales. Pour être sympathisants, voire militants de l'Internationale communiste, les délégués n'étaient pas encore tous soumis et le retour dans les pays d'origine marquait parfois des revirements spectaculaires, comme celui de la C.N.T. espagnole. Cette fois-ci, tout se serait passé le plus tranquillement du monde si, dans la délégation française, ne s'était trouvée une drôle de petite bonne femme, secrétaire de la Fédération des métaux, qui se nommait May Picqueray.

Tous ses invités logés à l'Hôtel Lux, Fred organisa, le lendemain de leur arrivée, une réception en leur honneur au Kremlin. Depuis longtemps, les salles d'apparat avaient perdu leur état d'abandon des débuts de la Révolution. Les boiseries dorées, les lustres, les cristaux, les glaces immenses, reconstituaient le même décor que du temps du tsar. Caviar, blinis, poissons fumés, viandes rôties, servis à profusion sur des consoles recouvertes de nappes blanches, les délégués étrangers ressortaient en général estomaqués par cette hospitalité princière qui leur donnait l'impression d'un régime soviétique en fort bonne santé. Or, à la stupéfaction générale, une femme grimpa sur une table et harangua les convives, leur rappelant que la famine terrassait les campagnes et qu'il lui paraissait scandaleux que des militants ouvriers en goguette se gobergent au détriment des prolétaires russes manquant du nécessaire. C'était May Picqueray. Elle fut copieusement huée, mais ne se démonta pas, refusant de rester plus longtemps parmi des affameurs et des viveurs.

Cette rebelle n'avait rien d'une virago. Aussi jeune que Fred, elle montrait une jolie frimousse et des yeux bleus candides. Fred pensa aussitôt à Rirette. Comme Rirette, May sautait sans transition de l'ingénuité à l'exaltation. Il suffisait qu'elle aperçoive une injustice, une contradiction entre la théorie politique et la pratique sociale (en Russie elle allait être servie !) pour qu'elle explose. Sa voix douce devenait alors tonitruante. On se demandait comment de telles tirades enflammées pouvaient sortir d'une aussi charmante bouche. Pendant tout son séjour à Moscou, May n'arrêta pas de s'indigner. La délégation française se déclarait honteuse de compter une telle emmerdeuse dans ses rangs. Par contre, Fred remarqua assez vite que Zinoviev et Trotski, non seulement la laissaient faire, mais cherchaient tous les prétextes pour l'exciter. Dans ses outrances, elle représentait trop bien le type d'anars folkloriques auxquels les bolcheviks permettaient encore toutes leurs fantaisies, pour se priver de son spectacle. Fred voulut la mettre en garde contre une telle récupération. Elle le rembarra aussitôt :

— Toi et Victor Serge, vous êtes bien placés pour me donner des leçons, oui, vous autres les souteneurs, les ralliés. Les souteneurs, mon vieux, ne valent pas mieux que les soutenus.

— Tu chapitres toujours les copains, May. Pourtant tu voyages avec Monmousseau qui est aussi un souteneur, pour employer ton expression. Et que fais-tu de Monatte, de Delesalle ?

— Je te les laisse. Ceux que j'aime s'appellent Lecoin, Armand.

— Que deviennent-ils ?

— Ils sortent tous les deux de prison et tous les deux pour antimilitarisme. Armand a écopé de quatre ans et Lecoin de huit.

— As-tu connu Rirette Maîtrejean, la compagne de Victor ?

— Un peu, oui.

Un immense espoir bouleversa Fred. Le fil qui conduisait à Flora et à Germinal, enfin trouvé ! Un immense espoir vite déçu car May bougonna, dépitée :

— Elle est disparue de la circulation, celle-là.

Puis elle reprit, hostile :

— Dis-moi, souteneur, je n'ai pas mes yeux dans ma poche et j'ouvre grand mes oreilles. Je ne me suis pas radinée ici pour bâfrer comme tous ces porcs qui se disent délégués. Délégués de mes fesses ! J'ai la chance d'observer le paradis des soviets. C'est pire que ce qu'on imaginait. J'ai rencontré un professeur de lettres qui raccommode des chaussures, un ingénieur qui m'a demandé de ne pas l'accompagner chez lui car il craignait d'être dénoncé par ses enfants si ceux-ci apprenaient qu'il recevait une anarcho-syndicaliste. J'ai assisté à une élection de délégués à l'usine Dynamo. Tous les votes à mains levées, à l'unanimité. La grève interdite. La paye calculée d'après le rendement. L'ouvrier licencié expulsé de son logement... C'est le rêve des patrons capitalistes, ça, pas le rêve des ouvriers !

— Tu as bien vu, May. N'accuse pas les camarades russes. Ils se sont ralliés et je me suis rallié avec eux parce que les bolcheviks ont été les seuls, dans les premières années de la Révolution, à prendre toutes les initiatives, toutes les responsabilités. Puisque nos camarades refusaient le pouvoir, eux l'ont pris. Le drame c'est que, insidieusement, ce pouvoir les a contaminés. Armée, police, bureaucratie, tout recommence.

— Et toi, tu n'es pas contaminé ?

— Sans doute un peu, mais je lutte contre le système à ma manière.

— Pourquoi ne rentres-tu pas avec nous ?

— On me flanquera douze balles dans la peau.

May regarda Fred avec étonnement.

— Les bolchos sont plus économes, reprit-elle avec un sourire charmant. C'est une seule balle qu'ils te tireront dans la nuque si tu t'obstines parmi ces cannibales. Ou bien tu deviendras comme eux, ou bien on te zigouillera. C'est la destinée des souteneurs, mon gars. Ou bien on pactise avec la flicaille, ou bien on est ratiboisé.

Avant le départ de la délégation française, et pour fêter son adhésion à l'Internationale communiste, un dîner fut organisé au Kremlin. Zinoviev s'amusa à placer May Picqueray à sa droite et lui tint pendant tout le repas des propos amusants et galants. Au moment des toasts, Trotski demanda que quelqu'un chante une chanson comme, dit-il, c'est l'usage en France après un bon repas. Il y eut un moment d'hésitation. Personne n'osait se risquer à une telle improvisation devant Zinoviev et Trotski. Monmousseau se leva alors, s'approcha de May et lui demanda de pousser une romance. A la stupéfaction générale, et notamment celle de

Monmousseau qui faillit s'étrangler en buvant sa vodka, May Picqueray entonna de sa voix tonitruante *Le Triomphe de l'anarchie* de Charles d'Avray :

Debout, debout, compagnon de misère,
L'heure est venue, il faut nous révolter.
Que le sang coule et rougisse la terre
Mais que ce soit pour notre liberté,
C'est reculer que d'être stationnaire,
On le devient de trop philosopher.
Debout, debout, vieux révolutionnaire,
Et l'anarchie, enfin, va triompher.

Trotski ne se démonta pas. Il souriait, avec cette commisération que l'on accorde à un enfant mal élevé.

— Tu vois, camarade May, qu'il existe encore de la liberté en Russie, puisque tu peux chanter l'anarchie au Kremlin.

— Liberté pour ceux qui acceptent, qui s'adaptent, répliqua May Picqueray. Les autres sont à Boutyrki. L'an dernier, mes camarades Lepetit et Vergeat disparaissaient. Cet exploit sera-t-il renouvelé ?

Pour faire taire May, les délégués scandèrent en chœur *La Jeune Garde*. L'incident était clos.

Toutefois, May Picqueray fut involontairement à l'origine de la rupture entre Trotski et Alfred Barthélemy et de la haine que le créateur de l'armée rouge ne cessera de porter à celui qui avait été l'un de ses collaborateurs. Après le dîner, comme les convives s'éparpillaient dans les salons du Kremlin, dont ils admiraient la magnificence, Trotski s'avança vers May et lui tendit la main en lui souhaitant un bon retour en France. May Picqueray mit précipitamment ses mains dans les poches de sa veste et Trotski resta le bras ballant.

— Tu refuses de me serrer la main, camarade May, pourquoi ?

— Je suis anarchiste. Il y a Cronstadt et Makhno entre nous.

Trotski se pencha pour prendre affectueusement par l'épaule la jeune femme et la pria de s'asseoir près de lui, dans un de ces immenses fauteuils qui avaient dû servir aux badinages de la Cour. Il s'efforçait d'être aimable. Pourquoi voulait-il absolument convaincre un personnage aussi peu influent que May ? Quelle réminiscence ces yeux bleus innocents évoquaient-ils au « feld-maréchal » ?

— Moi aussi, lui dit-il, avec presque de la tendresse dans la voix, moi aussi je suis anarchiste. Mais le peuple russe, inculte, doit évoluer. Pour cela nous traversons une période transitoire où la dictature du prolétariat est indispensable.

L'hypocrisie de Trotski indigna à tel point Fred qu'il ne put s'empêcher de s'approcher et de crier :

— Ce n'est pas la dictature du prolétariat que vous avez instituée, mais la dictature *sur* le prolétariat.

Trotski regarda Fred avec morgue. Il ne manquait à son visage glacé habituel que le monocle pour s'identifier totalement à un officier tsariste.

— Qui êtes-vous, pour me parler sur ce ton ?

Zinoviev se précipita.

— C'est mon excellent collaborateur, camarade Trotski. Vous ne vous souvenez pas ? Alfred Barthélemy qui, jadis, travailla pour vous avec Sandoz.

— Vous vous déclarez anarchiste, enchaîna Fred, et vous êtes le bourreau des anarchistes. May vous a rappelé Cronstadt et Makhno. Aujourd'hui encore j'apprends que quatre-vingt-douze anarchistes tolstoïens ont été fusillés pour avoir refusé de servir dans votre armée. Que faites-vous de l'objection de conscience instituée par la Révolution ? Vous n'hésitez pas à bafouer les résolutions des soviets. La peine de mort est abolie et vous assassinez dans les prisons.

Trotski se tourna vers Zinoviev.

— Je ne me souvenais pas, mais maintenant n'ayez aucune inquiétude, je me souviendrai de lui.

— Souvenez-vous aussi qu'il est mon protégé, camarade Trotski ; mon collaborateur et mon protégé.

Trotski haussa les épaules et partit à grandes enjambées.

May regarda Fred, ébahie.

— Alors, tu as autant de culot que moi !

— J'en ai gros sur la patate, tu sais.

Puisque Fred était très grand, la petite May monta sur un des vénérables fauteuils et se jeta à son cou, l'embrassant sur les deux joues.

1923 fut pour Fred une année terrible. S'il n'avait appris dès son enfance toutes les techniques de la survie, il ne serait sans doute pas parvenu à glisser entre les mailles de ce filet d'acier qui s'abattit sur lui. La méfiance, la ruse, le sommeil léger, l'habitude de se tenir sur le qui-vive, il retrouvait ses réflexes du temps de ses vagabondages aux Halles de Paris. Peu après son algarade avec Trotski, comme il regagnait son domicile, la nuit tombée, il eut la sensation d'être suivi. Au milieu de la rue une auto noire roulait lentement. Il remarqua que celle-ci prenait soudain de la vitesse. D'un coup de volant, le véhicule l'effleura, bondissant sur le trottoir. Fred l'esquiva en sautant en arrière. Il se dégagea, courut à toute allure, pendant que la voiture reculait et débrayait. L'auto fila de nouveau dans sa direction. Il ne se trompait pas. Une voiture tueuse était lancée contre lui. Il en ressentait à la fois une impression de terreur et de soulagement. Cette voiture tueuse signifiait qu'il ne serait pas emprisonné, que la Tchéka ne le torturerait pas. Il fallait le supprimer par accident, afin que Zinoviev ne puisse intervenir pour le libérer. Fred fuyait en zigzaguant, comme un lièvre, obligeant l'automobile à des embardées. Il eût été fatalement renversé par le véhicule qui le traquait s'il n'avait aperçu une barre de fer, près d'une porte cochère. Il la ramassa prestement, fit volte-face pour regarder l'auto qui fonçait sur lui, lança l'objet sur le pare-brise qui vola en éclats. La voiture percuta un poteau indicateur. Fred rentra chez lui, harassé.

Galina n'était pas là. Galina n'était presque plus jamais là.

Les mauvaises nouvelles se succédaient. Prunier l'informa de l'emprisonnement, puis de l'expulsion de Berdiaeff. Prunier, qui avait le goût du martyre, déplorait l'exil de Berdiaeff. Pour augmenter ses chances de persécution, non content de marcher pieds nus et d'exhiber une barbe qui l'assimilait à un pope, il s'accrochait une grande croix de bois sur la poitrine. Ce qui lui valait des insultes, parfois des coups. L'œil au beurre noir, couvert de crachats, il souriait.

— Les bolcheviks trahissent le messianisme dont ils étaient porteurs, disait-il à Fred. La Révolution est défigurée, il nous faut revenir aux sources. Il nous faut devenir des Christs souffrants.

Il ouvrait les mains, comme s'il espérait recevoir immédiatement les stigmates.

Puis Fred apprit que Marie Spiridonova avait été internée dans un asile psychiatrique. Il demanda des explications à Zinoviev qui, par on ne sait quelle aberration, continuait à le traiter en ami. Sans doute la haine que Trotski portait à Fred grandissait-elle ce dernier aux yeux de Zinoviev. Trotski avait néanmoins réussi à écarter Alfred Barthélemy de toutes ses responsabilités dans les services du Komintern. Il n'était plus qu'une sorte de secrétaire de Zinoviev, poste sans grande importance.

— La Spiridonova entre dans une maison de santé, s'écria joyeusement Zinoviev. Elle va pouvoir lire, écrire, en attendant de retrouver son état normal.

— Vous savez bien quc Maric Spiridonova n'cst pas folle, dit Fred.

— Si elle n'est pas folle, c'est alors nous qui le sommes.

Il ajouta de sa voix nasillarde, qui montait toujours vers l'aigu lorsqu'il se divertissait :

— Vous n'ignorez pas, camarade Barthélemy, la très grande difficulté que l'on rencontre pour décider qui est fou, qui ne l'est pas. La solution la plus simple est de considérer que ceux qui enferment les autres dans des asiles ne sont pas les plus fous. Les vrais malades mentaux sont ceux qui ont la faiblesse de subir leur incarcération.

En mars, une troisième attaque terrassa Lénine et le laissa impotent. Dès lors, toute la politique du Politburo reposa sur ce que l'on pourrait appeler avec emphase la guerre de succession ; mais il ne s'agissait encore que d'un embrouillamini d'intrigues. Zinoviev, le plus ancien compagnon de Lénine et son confident dans l'exil suisse, tenait le rôle de prince héritier. Toutefois Trotski l'inquiétait. Le « feld-maréchal » toujours suspecté de bonapartisme, ne ferait-il pas un coup d'État ? Le moment venait de lui opposer un barrage sûr. Pour cela, comptant évidemment sur Kamenev, il proposa à Staline, en si bonne grâce avec Lénine, de former avec eux deux un triumvirat secret. Si peu secret que Boukharine rejoignit bientôt la troïka. Et que Zinoviev soliloquait devant Alfred Barthélemy comme s'il eût désiré que son secrétaire ne perde rien de ses manœuvres.

— Staline, lui disait-il, le plus modeste et le plus dévoué de nous tous, n'aime ni l'argent, ni le plaisir, ni le sport, ni les femmes (à l'exception de la sienne). Il est aimable avec tout le monde, même avec Trotski.

Fred n'avait aucune opinion sur Staline, l'homme le moins voyant du Politburo et, par là même, celui qui lui paraissait le moins intrigant.

Lénine lutta contre la mort jusqu'au 21 janvier 1924. De la panique qui s'ensuivit parmi les dirigeants, Alfred Barthélemy n'en reçut que de faibles échos. Il savait seulement par Zinoviev qu'il existait un testament et que Lénine y désignait son ou ses successeurs. Ainsi le Parti, devenu monarchique, reconstruisait sa propre aristocratie ; les soviets d'ouvriers et de paysans étant exclus du pouvoir électif. Lénine manquait sa sortie. Avec sa mort, s'achevait la phase idéaliste de la Révolution russe. Fred en prenait une absolue conscience. Il avait vécu trop intensément, trop étroitement, tous ces événements extraordinaires qui s'enchaînèrent depuis son arrivée à Moscou, pour ne pas être convaincu qu'il n'avait plus rien à faire dans une aventure qui reniait un peu plus chaque jour la merveilleuse utopie de 1917, celle qui le conduisit, lui, Alfred Barthélemy dans ce pays de glaces et de neiges pour participer à la naissance d'un nouveau monde. Lénine manquait sa sortie. Fred cherchait une voie pour la sienne. Plus rien ne l'attachait à Moscou, sinon Galina, mais son attachement à Galina se transformait en souffrance intolérable.

Avant son départ pour Oslo, en mission diplomatique, Alexandra Kollontaï avait tenté de le raisonner, de lui expliquer que la jalousie, maladie plutôt dégoûtante, n'exprimait que des relents de conformisme bourgeois. La jalousie et la liberté sont antinomiques. Comment lui, Alfred Barthélemy le libertaire, pouvait-il être jaloux ? Un révolutionnaire doit surmonter ses contradictions, mieux, les effacer.

— Regarde-moi, lui dit la belle Alexandra, tournant sur elle-même comme une superbe toupie, regarde-moi. Suis-je jalouse des compagnes de mes amants ? Suis-je jalouse des hiérarchies dictées par le camarade Lénine, ce grand *chinovnik* ? M'as-tu vue me plaindre de l'exil où l'on me pousse ? Je devrais être jalouse de Galina qui étreint si fort ton petit cœur. Mais j'adore Galina, j'adore mon petit Fred. Je suis une abeille butineuse. Je me grise de miel.

Comme Fred baissait la tête, elle lui prit le menton dans le creux de ses deux mains, le força à la dévisager, le baisa sur la bouche avec gourmandise. Puis elle se dégagea en riant.

— Tu pourrais être mon fils ! L'inceste ? Qu'est-ce que l'inceste ? Une invention des popes. D'ailleurs tu n'es pas mon fils. Seulement, je n'ai pas envie de coucher avec toi. En tout cas pas aujourd'hui. Laissons faire le temps. Tu es trop triste, mon petit camarade. Je n'aime coucher qu'avec des hommes gais. Reviens quand tu seras joyeux.

Elle l'avait poussé dehors, gentiment, le menaçant de son index, comme une institutrice à un enfant dissipé.

« Tu es trop triste »... C'est ce que lui disait aussi Galina. « Comment veux-tu que je reste avec toi, tu es trop triste. » Il était triste parce qu'elle le quittait et elle le quittait parce qu'il était trop triste. Comment s'en sortir ? S'en sortir... Sortir de Russie, sortir de cette impasse dans laquelle la Révolution capoterait, obsédait Alfred Barthélemy. Il se savait surveillé. S'il s'éloignait de Moscou par ses propres moyens, il n'irait pas loin. Beau prétexte pour le liquider, en délit de fuite.

Des rumeurs filtraient sur la teneur du testament de Lénine, lu au Comité central et, depuis, mis au secret. Pourquoi ? Qui désavouait-il ? Qui mettait-il en cause ? Zinoviev paraissait troublé, amer. Pourtant, aux obsèques de Lénine, la troïka occupait les premières places et l'absence de Trotski fut beaucoup commentée. Peu après cette cérémonie, qui rappela désagréablement à Fred les fastes nécrologiques des institutions bourgeoises, Zinoviev lui confia une mission. L'ex-capitaine Sandoz travaillait toujours à Odessa pour le compte de Trotski. Cette trop longue délégation inquiétait Zinoviev. Il chargea Alfred Barthélemy de tirer au clair le rôle de Sandoz et de le contrer au besoin.

Ainsi Fred revenait à son point de départ, près de celui dont il avait été le collaborateur. Il retrouva Sandoz, à Odessa, sans plaisir. Déplaisir d'ailleurs réciproque car Sandoz n'ignorait pas que Fred, agent de Zinoviev, lui rendait une visite dépourvue de courtoisie. Installé dans un bel hôtel particulier du front de mer qui dominait la rade, où patrouillaient des navires de guerre, Sandoz, dans ce décor, posait au procurateur.

Odessa offrait la douceur d'une belle ville méridionale et la tranquillité d'une cité moyenne provinciale. Après ses quatre années de vie turbulente à Moscou, Fred eut l'impression, pour la première fois de son existence, de découvrir les vacances. Comme sa mission ne comportait aucune urgence, et que Zinoviev lui demandait surtout d'écouter aux portes, il occupait la majeure partie de ses journées à se promener, fasciné par les escaliers immenses où, lors de la mutinerie du cuirassé *Potemkine,* une population désarmée avait été fusillée sur les marches par les soldats du tsar. Que la Révolution apparaissait belle en 1905 !

Alfred Barthélemy s'aperçut que l'une des principales fonctions de Sandoz consistait à faire passer à l'étranger, à la fois de la littérature de propagande destinée aux partis communistes et des hommes chargés de missions discrètes. Pour cela, il utilisait des contrebandiers bulgares et roumains. La porte de sortie se trouvait donc soudain à portée de main de Fred. Seule difficulté, puisqu'il ne pouvait emprunter la filière de Sandoz, circonvenir par ses propres moyens un de ces bateliers.

Il découvrit que, si Sandoz payait fort cher ces messagers nocturnes, non pas en roubles dévalués, mais en pièces d'or marquées à l'effigie du tsar, certains contrebandiers profitaient de ce trafic pour introduire en Russie des brochures anticommunistes, voire des armes destinées à quels réseaux illicites. Une difficile enquête lui révéla qu'il existait encore en U.R.S.S. des groupes anarchisants qui ne désespéraient pas d'abattre la dictature bolchevique avec de simples brownings. Guetter une livraison, dans un de ces lieux secrets de la côte, entre Odessa et la frontière roumaine ; se précipiter sur le contrebandier, seul dans sa frêle embarcation pleine à ras bord, en exhibant sa carte de fonctionnaire du Kremlin ; faire comprendre que la Tchéka se tient prête à intervenir, cachée dans les roseaux ; marchander son silence en échange d'un passage en Roumanie — l'opération réussit plus facilement que Fred ne l'espérait.

La nuit suivante, Fred rejoignit le batelier roumain dans les méandres du delta du Danube. La barque était pleine de ballots de livres et de tracts livrés par Sandoz. Fred se casa tant bien que mal, face au rameur qui regardait avec hostilité cet inquiétant clandestin. Dans la poche de son blouson molletonné Fred palpait pour vérifier s'il n'avait pas perdu ce document mystérieux qui allait, croyait-il, bouleverser toutes les données de la politique occidentale : une copie du fameux testament de Lénine, dérobée à Zinoviev.

3

L'ogre de Billancourt
(1924-1935)

« L'inconscience véritablement stupéfiante de ces lâches finit par égaler aux plus braves : tant qu'ils pourront déguiser un de leurs chiens en gendarme, l'autre en juge et le troisième en agent du fisc, ils vivront de biscuits et de conserves au milieu de la ville en flammes attendant tranquillement d'heure en heure la victoire du parti de l'Ordre. »

Georges BERNANOS,
La Grande Peur des bien-pensants, 1931.

Alfred Barthélemy ne regagna Paris qu'en novembre 1924. Depuis mai, le Cartel des gauches formait en France un nouveau gouvernement où les radicaux triomphaient. Gaston Doumergue, nouveau président de la République, voulant affirmer le coup de barre de la politique française, s'était empressé de reconnaître l'U.R.S.S. et d'amnistier les transfuges français de Moscou. Fred se trouvait donc blanchi. Par une curieuse coïncidence, lorsqu'il débarqua à la gare de l'Est, la première chose qu'il aperçut boulevard Magenta fut un défilé d'hommes endimanchés suivant des drapeaux rouges. Des dizaines et des dizaines de grands drapeaux rouges, portés fièrement, sans que la police intervienne. Rien de commun avec les manifestations tumultueuses que Fred avait connues avant guerre, toujours brisées par les assauts des gardes républicains à cheval. On se serait cru à Moscou, pour quelque commémoration officielle.

Fred s'informa. On lui répondit que l'on enterrait Jaurès. Jaurès, assassiné en 1914 ? Le même. Le Cartel des gauches transférait ses cendres au Panthéon. Les délégations se rendaient au Palais-Bourbon où le cercueil, arrivé d'Albi, était exposé. Fred qui s'attendait à tout, sauf à ça, accompagna ses interlocuteurs qui ne voulaient rien perdre du spectacle et descendaient vers la place de la Concorde.

Dès qu'ils arrivèrent à proximité de la Madeleine,

une multitude impatiente, qui s'agglutinait, sc poussait, exigeait de tout voir, bouchait les rues. Un titi à casquette à carreaux, qui lui rappelait un peu Hubert, le tira par la manche et l'invita à faire un détour. Ils bifurquèrent vers les Tuileries et débouchèrent bientôt sur la terrasse de l'Orangerie, qui domine la Seine. Fred remarqua devant la Chambre des députés, sur une estrade, à l'ombre d'un portique, un catafalque entre deux immenses torchères d'où jaillissaient des flammes. Les haut-parleurs diffusaient une musique pompeuse.

— C'est Gustave Charpentier qui a composé ça spécialement, dit le titi à casquette.

— Gustave Charpentier ?

— Ben oui, celui qui a écrit *Louise.*

Et comme Fred manifestait autant de surprise à l'évocation de cette Louise qu'à celle de ce Charpentier, son compagnon ajouta :

— *Louise,* l'opéra, quoi ! D'où sors-tu ?

En bas, devant le Palais-Bourbon, une vingtaine de mineurs, reconnaissables par leurs vêtements de travail et leur casque, s'avançaient pour hisser le cercueil sur leurs épaules. Le cortège s'ébranla lentement, s'engageant dans le boulevard Saint-Germain. Venaient les enfants des écoles, les délégations des Ligues républicaines, les francs-maçons, les représentants des coopératives. Puis des milliers de communistes, en rangs serrés, arborant des centaines de drapeaux rouges.

— Tu vois, dit le titi à casquette, les drapeaux rouges suivent l'enterrement de la bourgeoisie.

Fred avait plutôt la pénible impression que cette cérémonie officialisait l'étendard des bolcheviks. Le pauvre Jaurès n'était qu'un prétexte. On le panthéonisait, comme à Moscou on canonisait Lénine, devenu momie sainte dans sa châsse de verre. Jaurès et Lénine, morts, avec eux mourait l'utopie révolutionnaire. Défilaient maintenant les congrégations.

Depuis des années, Fred espérait ce retour à Paris et, dès le premier jour, il eut la sensation désagréable que Paris n'était plus le même, que les gens, eux aussi, avaient changé. Il ne se sentit jamais vraiment étranger à Moscou. C'est maintenant, de retour en France, qu'il éprouvait un décalage. Les Parisiens étaient vêtus différemment. Les femmes portaient des jupes très courtes qui l'ébahissaient. Comparé à la pénurie russe, le relatif bien-être qui s'affichait par des magasins regorgeant de marchandises, par des vêtements neufs sur des passants enjoués, lui révélait que la guerre, qui le happa dès la fin de son adolescence, ne le relâcha pas ensuite, que son séjour en Russie ne fit que continuer cet état de guerre ; qu'il n'était qu'un prisonnier libéré, un prisonnier oublié, que personne n'attendait.

Pendant neuf mois, il avait vécu en fugitif, tantôt emprisonné comme agent présumé du Komintern, tantôt expulsé comme anarchiste. Il avait parcouru toute l'Europe centrale en zigzag, n'échappant que par une chance incroyable à deux attentats perpétrés par les sbires de Dzerjinski. En Allemagne, Erich Mühsam lui assura protection et amitié, bien que la récente défaite de la Révolution allemande eût jeté la consternation dans l'extrême gauche. Mühsam, comme Fred, anarchiste berné, avait poussé ses camarades libertaires à rejoindre la IIIe Internationale bolchevique. Maintenant, il s'angoissait en découvrant le pitoyable résultat de son action. Ce que lui révéla Fred était encore pire que ce qu'il supposait.

Qui voir à Paris ? Delesalle, bien sûr. C'était le plus facile. Sa librairie, rue Monsieur-le-Prince, restait immuable. Paul et Léona se trouvaient toujours au milieu de leur fouillis de livres. Ne manquait que le gros chien Bouquin, mort de vieillesse. Les Delesalle reçurent Fred comme un fils prodigue. Ils voulaient tout savoir de sa vie, des événements russes. Fred parlait. Il pouvait enfin parler à cœur ouvert. Il raconta Makhno. Il transmit le message de Makhno, comme il l'avait fait à Erich Mühsam. Il montra la copie du testament de Lénine. Paul Delesalle lut attentivement ce talisman, s'étonna seulement que Lénine place sur le même plan Trotski et ce ténébreux Staline. L'incrédulité que Fred devina dans les yeux de Delesalle le bouleversa. Si Delesalle ne croyait pas à l'authenticité de ce document, qui le croirait ?

— Que comptes-tu faire de ce papier ?

— Le transmettre à tous les partis de gauche. Même aux communistes qui en ignorent l'existence.

— Ils le considéreront comme un faux.

— J'aurais pris tous ces risques pour véhiculer un faux ?

— Qui te prouve que tu n'as pas été abusé par Zinoviev, ou que Zinoviev lui-même n'est pas tombé dans un piège ? Avec ce que tu me dis des rivalités au Kremlin, on peut s'attendre à tout. Simplement, les rivalités du Kremlin, les Français voient ça de loin. La victoire de la gauche aux élections leur semble bien plus importante. Le gouvernement a reconnu la légalité de la Révolution soviétique...

— Il ne s'agit plus d'une révolution soviétique, mais d'un gouvernement bolchevik.

— Pour le peuple français, quelle immense espérance ! L'étoile rouge du drapeau russe remplace l'étoile du berger qui guidait les mages dans la vieille culture. Notre nouvelle culture, aussi rationnelle soit-elle, a besoin elle aussi d'une étoile. Tu auras beau faire, tu n'arriveras pas à éteindre cette lueur qui brille au-dessus du Kremlin. Et c'est tant mieux, car si tu l'éteignais, tu éteindrais toute espérance.

— Rosmer m'a rencontré à Moscou. Il me croira.

— Il te croira sans doute, mais il dira que le parti communiste entraîne des masses enthousiastes ;

qu'il réveille la classe ouvrière française ; que ce n'est pas le moment de la décevoir.

— Vous n'avez pas réagi lorsque je vous ai raconté la fin de Makhno. Puisque vous publiez des livres, vous devriez diffuser ce témoignage. La mémoire des vaincus se perd. Nul mieux que vous ne peut la sauver.

Delesalle, vieilli, très las, un peu affaissé, secoua la tête en signe de dénégation.

— Pourquoi te soucier de Makhno, Fred ? Ce n'est pas un bon cheval. Aussi suspect que la bande à Bonnot. On raconte des horreurs sur son compte. Sa fin est triste, comme toutes les agonies. Seulement elle ne fait pas oublier ses orgies, ses pogroms. Trotski me paraît plus sain. Tu m'inquiètes, Fred, avec ta tendance à glisser du côté des voyous. Valet, Almereyda, Makhno, tout ça c'est la même mauvaise engeance.

— Vous regardez la Russie de trop loin et vous mélangez tout. Makhno a été porté par l'Ukraine libertaire. Peut-être, dans l'ivresse de ses victoires, s'est-il laissé aller à des orgies, je ne sais, mais à des massacres de Juifs, non. Ses deux conseillers les plus écoutés étaient juifs : Voline et Baron.

Comme Delesalle s'entêtait à ne pas vouloir perdre ses illusions, Fred l'interrogea sur Flora, sur Rirette. Mais il n'avait pas revu les deux femmes. Ils se quittèrent, amers. Léona, devenue sourde, n'avait rien entendu de leur conversation. Elle embrassa Fred sur les joues, de trois baisers sonores, l'invitant à souper un de ces prochains soirs.

En traversant le carrefour de l'Odéon, la statue de Danton l'arrêta, comme jadis. Le bronze ruisselait d'une récente averse. Danton, ce Danton que Trotski croyait réincarner et qui lui ressemblait si peu avec sa stature massive. L'incompréhension de Delesalle donnait à Fred la sensation d'une défaite. Il s'apercevait qu'il n'était pas attendu, ni par Flora, ni par aucun camarade. Pendant ces six années, chacun était allé son chemin.

Comment vivre maintenant ? De quoi ? Que ferait-il ? En Russie, le Parti subvenait à tous ses besoins. Fugitif, il avait été accueilli, abrité, par des déçus du bolchevisme ou des libertaires. Homme de l'Organisation, même transfuge l'Organisation lui servait de caution. Il irait trouver Rosmer et Monatte, toujours adhérents du parti communiste, mais seulement pour leur dévoiler les derniers avatars de la Révolution russe, pour leur montrer le testament de Lénine. Il s'accrochait à cette idée folle que Rosmer et Monatte pourraient encore infléchir la politique du Parti et qu'il travaillerait avec eux. Les deux hommes l'accueillirent sans plaisir, excédés de recevoir sans cesse en pleine figure, venant de leurs anciens amis, la boue de Cronstadt. Makhno, en plus, non, n'en jetez plus ! Et ce testament de Lénine, vaseux... Lénine qui critiquait tous ses collaborateurs, pour finalement n'en désigner aucun, digne de lui succéder... Le papier sentait trop la fabrication réactionnaire. Lénine gâteux, tout le Politburo sentait la fripouille... Non, la caricature était trop grossière.

Une telle réticence de Rosmer et de Monatte à l'écouter lui parut étrange. Il ne comprenait pas encore que, pour les membres du Parti, il était devenu un traître. Il se croyait seulement un opposant, un contradicteur.

Quelqu'un lui parla d'un nouveau député communiste, élu récemment alors qu'il purgeait une peine de prison pour antimilitarisme. Il s'agissait de ce Jacques Doriot, rencontré à Moscou. Fred se précipita à sa permanence. Doriot se souvenait, bien sûr, du collaborateur de Zinoviev. Or, il résultait de l'analyse faite par Barthélemy, plus que de l'obscur testament, que Zinoviev devenait l'homme fort de la Russie. Alors que le parti communiste français, depuis la mort de Lénine, ne savait à quel saint se vouer, grâce à Fred, Doriot fut le premier à miser sur Zinoviev. Toutefois, il se garda bien de prendre Barthélemy sous sa protection. Ses accointances libertaires, pendant longtemps utiles au Parti, aujourd'hui le disqualifiaient. Fred ignorait en effet que, sur ordre de Moscou, le parti communiste français avait, au début de l'année, brutalement rompu avec les organisations anarchistes. Jusqu'alors, communistes et anarchistes menaient des actions communes : contre le traité de Versailles, contre Mussolini, contre Primo de Rivera, pour Sacco et Vanzetti. Cette association ponctuelle, qui répondait à la collaboration des communistes et des libertaires dans les premiers soviets, n'existait plus. Un petit Cronstadt s'était même opéré lors d'un meeting à la Grange-aux-Belles, où les communistes tirèrent à bout portant sur les anars, tuant deux d'entre eux.

May Picqueray, qu'il réussit à retrouver sans trop de difficulté, combla ses lacunes, lui racontant comment la F.C.R.A. (Fédération communiste révolutionnaire anarchiste), transformée en U.A. (Union anarchiste), rejetait désormais le terme communiste dénaturé par les bolcheviks ; comment Makhno était suspect parmi les camarades, bien qu'elle, May, lui conservât admiration et affection ; que, de toute manière, elle défendrait toujours les proscrits ; pourquoi aucune des nouvelles grosses têtes de l'Union n'avait fait le voyage à Moscou, s'étant toujours refusée à collaborer avec les cocos.

— Je voudrais rencontrer une de tes grosses têtes.

— Alors, vois d'abord Lecoin.

Alfred Barthélemy rencontra Lecoin au siège du *Libertaire.* Il se souvenait de l'avoir aperçu jadis à Belleville, distribuant des tracts, et même de cette réflexion de Rirette disant qu'il ne ferait guère parler de lui car on l'emprisonnait dès qu'il ouvrait la bouche. Lecoin comptait déjà six ans de taule à son actif, mais la prison, au lieu de l'annihiler, l'avait propulsé comme leader. Alors que la plupart des « vieux » anars s'étaient dévalués par leur participation à l'Union sacrée, alors que Delesalle, Rosmer, Monatte, Monmousseau, s'intégraient au parti communiste, Lecoin demeurait un pur libertaire, incontournable. Fred fut stupéfait par sa si petite taille. Il devait courber sa grande carcasse pour lui causer. Souvent, la haute taille de Fred le gênait, comme ce jour où, au Kremlin, il remarqua, confus, qu'il dominait Lénine d'une tête. Lecoin, si minuscule, avait pourtant acquis une telle puissance que, cette année même, il avait fait libérer Émile Cottin, « l'assassin de Clemenceau ». Il ne montrait aucun complexe de sa courte stature, n'en perdant pas un pouce, dressé sur ses talons comme sur des ergots, le menton relevé, regardant son interlocuteur de ses yeux ronds.

Lecoin, après avoir parcouru le testament de Lénine, s'exclama :

— Un testament ! Tu te rends compte de ce que tu trimbales ! Ce bon bourgeois de Lénine qui rédige un testament de père de famille, qui déshérite les uns, bénit les autres. Ah ! il est bien le digne successeur du suprême bourgeois Karl Marx, qui veillait avec tant d'attention sur la vertu de ses filles et qui couchait avec sa bonne. Un testament ! Mais qu'est-ce que tu veux bien que ça nous foute, les dernières volontés de Lénine !

May s'interposa, soulignant qu'à Moscou Fred avait toujours soutenu les libertaires.

Lecoin haussa les épaules.

— Il est hors de doute que les partisans de la dictature dite du prolétariat n'auraient jamais causé tant de mal chez nous si des révolutionnaires intègres, comme Monatte, ne les avaient mis en selle. Monatte, Delesalle, Rosmer, ont acclimaté le bolchevisme en France. Maintenant, le mal est là. Ils s'en mordront les doigts. En attendant, c'est nous tous qui allons déguster. Toi, Barthélemy, tu as fait pire. Tu t'es servi des libertaires pour asseoir l'autorité du Komintern.

— Mais non, protesta Fred, je me suis servi du Komintern pour infiltrer nos camarades libertaires.

— Le penses-tu vraiment ? Es-tu naïf ? Es-tu salaud ?

Sur cette rebuffade, Fred s'en fut du *Libertaire,* accompagné par May qui tentait de le consoler :

— Te tracasse pas. Louis a mauvais caractère, mais c'est un bon gars. Faut dire qu'en Russie tu me paraissais plutôt suspect. Jusqu'au jour où, devant moi, tu as rembarré Trotski. Ils ne se rendent pas compte, ici, ils croient que Trotski c'est quelqu'un comme Cachin.

Cachin, Frossard ? Il revoyait ces délégués français minables, lors de la formation de la IIIe Internationale. Cachin malmené par Boukharine et pleurant comme un gosse.

— Qu'est devenu Frossard ? demanda Fred à May.

— Il a abandonné les communistes l'an dernier, pour réintégrer le parti socialiste.

Fred se rendit chez Frossard. Ce dernier lut attentivement la copie du testament et la rendit à son visiteur, sans un mot.

— Me serais-je donné tout ce mal pour apporter un faux document ?

— Je le présume vrai. Il reflète exactement les dissensions au sein du Parti. C'est pourquoi je l'ai quitté. Mais à plus forte raison, s'il est authentique, n'en parlons pas. Attendons la suite. De toute manière, que pouvons-nous ? Foutaise ! Trotski, le plus malin, enlèvera le morceau. Je vous conseille de vous taire. D'ailleurs, on ne vous écoutera pas. La France, qui dispose enfin d'un gouvernement de gauche, n'a aucun intérêt à se mettre mal avec les bolcheviks. Vous auriez dû rester en Russie, monsieur Barthélemy, vous y jouissiez d'une belle situation.

Frossard se moquait. Fred, retourné en France, se retrouvait tout nu. Il n'était plus rien, ne possédait plus rien, ne représentait plus rien. Il comprenait mieux, maintenant, avec quelle énergie les bureaucrates soviétiques se cramponnaient à leurs privilèges, s'adonnaient à toutes les bassesses lorsqu'ils se sentaient en disgrâce. Il comprenait la peur des délégués étrangers que Moscou accusait, la peur de tous les permanents d'être rejetés à la base. La dictature *sur* le prolétariat résultait de cette angoisse de perdre sa place confortable. J'y suis, j'y reste, advienne que pourra !

Fred ne s'était jamais livré à de tels calculs. C'est pourquoi il se découvrait soudain si démuni. Ce testament de Lénine, transporté si précautionneusement pendant un an, comme une bombe, n'intéressait personne. Lui-même, transfuge de cette Russie bolchevisée qui fascinait le monde entier, n'intéressait personne. Dépouillé de sa fonction, de son pouvoir, de ses protections, il dérivait en épave, parcourait les rues de Paris comme un somnambule.

Bien sûr, il chercha désespérément les traces de Flora. Rue Fessart, un immeuble neuf remplaçait la vieille masure où logeaient Rirette et Victor, Paris avait beaucoup changé. Seules les Halles demeuraient immuables avec leur abondance de victuailles, de chariots, de porteurs ; avec leur foule de marchands et d'acheteurs ; avec leurs cris, leurs appels qui se répercutaient sous les parapluies de fer. Simple transformation, mais qui modifiait néanmoins singulièrement l'environnement du marché, la quasi-disparition des chevaux supplantés par des camions automobiles. Les voitures des poissonniers descendaient toujours à l'aube la rue Poissonnière, mais il ne s'agissait plus de charrettes. Bâchées, fermées. Les jambes de Flora n'auraient pu s'y balancer.

Sans aucune ressource, Fred para au plus pressé en se faisant débardeur. Au repos, il s'assoupissait sans problème dans une encoignure des murs de Saint-Eustache.

Replacé à son point de départ, Alfred Barthélemy se décrassait de sa vie politique. Plus les jours passaient, plus celle-ci lui paraissait lointaine, invraisemblable, absurde. Il se laissait aller à une sorte de somnolence. Les fardeaux qu'il portait entretenaient son énergie physique, mais son esprit s'ankylosait. En s'endormant, il ressentait parfois la désagréable impression de glisser dans un puits, interminablement.

Une nuit, Fred se réveilla en sursaut, mouillé de sueur, l'angoisse lui tenaillant les côtes. Cette fois-là, il avait glissé jusqu'au fond du puits et se débattait dans l'eau pour ne pas se noyer. Il étouffait. Un goût saumâtre, dans sa bouche, lui donnait vraiment la sensation d'avoir bu la tasse. Dès que le jour se leva, il se précipita vers la rue Monsieur-le-Prince. La librairie des Delesalle n'était pas encore ouverte. Au carrefour de l'Odéon, le grand Danton de bronze tenait toujours son bras tendu, réclamant de l'audace, encore de l'audace, toujours plus d'audace. Des pigeons irrespectueux souillaient la statue de leurs fientes qui coulaient sur le visage du tribun, comme des larmes. Fred s'accroupit devant la porte du magasin. Lorsque Paul Delesalle voulut enlever les volets de bois, surpris, il trouva Fred endormi qui ressemblait à un clochard.

Le réveiller, lui faire tiédir de l'eau pour sa toilette, lui préparer un café bouillant, Paul et Léona s'activaient. Paternité et maternité refoulés se dépensaient pour choyer cet enfant qui leur revenait. Fred déployait son long corps, s'étirait, se désengourdissait. La bonté des Delesalle lui réchauffait le cœur, plus que ce café brûlant.

— Passons aux choses sérieuses, dit Delesalle. Si tu reprenais ton métier d'ajusteur ?

— J'ai bien peur d'avoir perdu la main. Et je n'ai pas de certificat.

— Je t'arrangerai ça avec la Fédération des métaux. On te casera dans une boîte où tu auras du temps pour des essais. Bien sûr, tu n'es jamais allé en Russie. Tu sors de maladie. D'ailleurs, avec ta mine de déterré ça ne surprendra personne.

Une fois de plus, les Delesalle se débrouillèrent pour que Fred soit provisoirement logé et nourri. Quant à une place d'ajusteur-mécanicien, elle lui fut procurée rapidement, les offres d'emploi étant alors très nombreuses.

Lorsque, le premier matin de son embauche, Fred posa machinalement sur l'établi ses outils de travail à droite, ses instruments de mesure à gauche, protégés par un chiffon, il lui sembla que, par une sorte d'opération magique, il se remettait dans la case départ d'un absurde jeu de société. La veille de sa mobilisation, il avait confié ses outils à Delesalle. Le libraire les lui rendit comme un viatique. Son beau pied à coulisse d'apprenti, ses équerres, un petit marteau, une lime, Fred les prit avec émotion et crainte. Crainte de ne plus savoir s'en servir avec efficacité. Mais très vite, dans les ébauches, la pratique lui revint. Il la sentait dans ses doigts, dans la précision avec laquelle il appuyait le manche de la lime dans la paume de sa main droite, le pouce en dessous. Il tenait son corps bien d'aplomb, le pied gauche dirigé vers la base de l'étau, le touchant presque, la jambe droite en arrière. Toute la matinée, il se limita à des ébauches à la main : burinage, sciage, limage, meulage. Il se surprit à siffloter un air de chansonnette. Combien Delesalle avait eu raison de le mettre jadis en apprentissage. Son métier lui revenait dans tous ses muscles, dans sa tête. Il appréhendait le moment où il serait amené à des opérations de traçage. Il pourrait lire le dessin, bien sûr, mais traduirait-il rigoureusement avec le compas les indications cotées ? Il ne redoutait une défaillance, ni de sa vue, ni de son cerveau, mais de sa main qui, depuis six ans, ne maniait plus d'outils. Vers la fin de la matinée, un jeune ouvrier, qui devait avoir à peu près son âge, examina son travail, ne fit aucun commentaire, s'inquiétant seulement de ce qu'il possédait bien tous les instruments nécessaires. Comme Fred ne portait pas de lunettes protectrices, il enleva celles qu'il avait sur son front et les lui tendit.

— Tu me les rendras quand je me mettrai au meulage.

Il s'était dérangé par simple camaraderie. Un peu plus tard, il repassa pour voir la qualité de l'ajustage et prêta à Fred une pince à goupille. Cette attention le revigora. Il se sentait adopté par l'atelier. L'inconnu reprit sa place. Fred le regardait buriner, l'épaule immobile, l'avant-bras et le poignet imprimant seuls les mouvements du marteau. Ce jeune ouvrier lui rappelait Hubert. Hubert disparu, comme Flora, comme Rirette. Comment pouvait-on ainsi disparaître, dans une ville comme Paris, dans un quartier comme Belleville, alors que Victor et Voline, propulsés dans une vie errante et dangereuse, s'étaient tout bonnement retrouvés avec lui à Moscou ?

L'atelier dans lequel travaillait Fred, de taille moyenne, regroupait une quarantaine d'ouvriers. Toutes les machines étaient installées dans un grand hangar, haut comme une nef d'église. Les courroies, les treuils, les ponts roulants, occupaient tout cet espace. Polisseuses, mortaiseuses, meules, emplissaient le local d'un concert de bruits stridents. Fred souriait en se souvenant du calme des bureaux du Kremlin, calme qui masquait toutes les tempêtes dans le crâne des membres du Politburo. Que tout cela était loin, si loin que, dans ce cadre prolétarien retrouvé, Fred avait un peu l'impression d'avoir rêvé ce voyage fabuleux au pays des soviets. Oui, il était rentré dans sa case départ. Peut-être même n'en était-il jamais parti ?

Étrange, ce jeune ouvrier qui s'inquiétait de son travail se prénommait aussi Hubert. Il avait fait la guerre, en était revenu meurtri, amer. Comme l'autre

Hubert, le disparu, il plantait de côté sa casquette sur sa tête, ce qui lui donnait un air coquin. Fred se réjouissait de rencontrer si vite un bon copain. Mais s'ils avaient le même âge, s'ils portaient tous les deux, dans leur chair, la morsure de l'abomination des tranchées, s'ils pratiquaient le même métier d'ajusteur, ses six années de Russie pesaient lourd dans la conscience de Fred, si lourd que, parfois, il chancelait. Elles pesaient d'autant plus lourd qu'il ne pouvait en parler. Il était amnistié, certes, de sa désertion en compagnie de Sandoz et de Prunier, mais la prudence lui commandait de ne pas l'évoquer. Il avait bien vu, dans les premiers contacts, à son retour, que tout le monde, à part son vieil ami Delesalle, le suspectait. Il savait trop bien, pour avoir envoyé lui-même en Occident des émissaires du Komintern, soigneusement camouflés, qu'il ne prouverait jamais qu'il n'en était pas un. Par ailleurs, la montée du communisme dans la classe ouvrière française lui rendrait la vie impossible à l'usine si l'on découvrait en lui « le traître ». Mieux valait disparaître, rentrer dans le rang, se faire oublier. Il avait commencé ce nivellement en se clochardisant aux Halles. Maintenant, il ne désirait plus rien d'autre que de devenir un ouvrier anonyme, comme Hubert.

Hubert l'y aida. Comme Fred expliquait son inhabileté, son manque de métier, par une longue maladie qui l'avait forcé à l'inaction, Hubert le prit sous sa protection. Fred loua une chambre, dans un hôtel meublé de Vincennes, pas trop loin de l'usine. Hubert habitait tout près. Ils furent bientôt inséparables, quittant ensemble l'atelier et passant ensemble leurs soirées, dînant chichement dans de petits bistrots.

Hubert n'avait pas la fibre politique, dégoûté par la guerre de tous les politiciens. Seul Doriot trouvait grâce à ses yeux parce qu'il rompait avec les habitudes de civilité du Palais-Bourbon, invectivant la droite, tutoyant tout le monde. Il apparaissait vraiment comme un prolo brutal élu par inadvertance dans une assemblée dont il n'observait pas les convenances. Par sa stature, par sa fougue d'orateur, il évoquait ce Danton coulé en bronze près de la librairie de Delesalle. Dans la grisaille des représentants du parti communiste français, il avait vite acquis une telle célébrité que la presse le surnommait « le Karl Liebknecht français ». Fred voyait son nouvel ami s'emballer pour Doriot, comme l'autre Hubert s'était laissé fasciner par Vigo de Almereyda. Il affectait l'indifférence. Quelle stupeur chez Hubert si Fred lui avait avoué avoir mis le pied de Doriot à l'étrier moscovite ! D'un seul coup, le fragile lien qui les unissait se serait brisé. Non pas que les fonctions de Fred eussent choqué Hubert, mais celles-ci le détachant de l'atelier, il l'eût considéré autrement, comme un phénomène. Ils ne se seraient plus situés sur un même plan.

Fred écoutait son ami lui vanter l'indépendance de Doriot, son franc-parler. Et il lui revenait les termes de cet article du IIe congrès de l'Internationale, qu'il retranscrivit si souvent lui-même pour l'envoyer aux partis communistes étrangers : « Tout député communiste est tenu de se rappeler qu'il n'est pas un législateur cherchant un langage commun avec d'autres législateurs, mais un agitateur du Parti envoyé chez l'ennemi pour appliquer les décisions du Parti. » Sans aucun doute, Doriot appliquait à la lettre cette consigne.

Fred chassait ces fantômes. Un seul désir l'animait : devenir un ouvrier exemplaire. Il l'était avant de partir à la guerre. La guerre et la bureaucratie lui avaient fait perdre la main, mais il la retrouverait. Il ne lisait plus que des ouvrages techniques, se complaisait dans les traités de géométrie, de calculs arithmétiques et trigonométriques. Un dimanche, Hubert lui donna rendez-vous dans une guinguette des bords de Marne où ils mangeraient une friture. Il y avait foule, une foule populaire, bon enfant, joyeuse. Il faisait beau. Fred aperçut Hubert qui tenait par le bras une jeune fille coiffée d'un chapeau-cloche. Elle portait une robe très courte comme le voulait la mode, découvrant de belles jambes nues. Comme toujours, Fred pensa aux jambes de Flora. Hubert poussa la jeune fille vers Fred, d'un air goguenard.

— Je te présente ma sœur, Claudine.

— Tu ne m'avais pas dit...

Hubert était hilare.

— Je ne présente pas ma sœur à n'importe qui.

Claudine, un peu gênée, tirait sur sa robe qui lui découvrait trop les genoux.

— Eh bien, Claudine, dit Fred, voilà une bonne surprise.

Ils s'attablèrent au bord de l'eau, assis sur des bancs de bois en équilibre instable. La friture de petits poissons était bien dorée, croustillante ; le vin frais. Servi à discrétion on se passait les pichets, de table en table. Une familiarité allait de l'un à l'autre. On aurait pu croire que tous ces ouvriers et ouvrières en goguette formaient une même famille. On s'interpellait. On se lançait des boulettes de mie de pain. Les plaisanteries fusaient.

Après le repas, Fred proposa de louer un canot pour une promenade sur la Marne. Claudine s'assit à l'arrière du bateau. Fred ramait, lui faisant face. Il observait la jeune fille qui contemplait la rive. Elle ressemblait à son frère, un même air de gentillesse et de simplicité. Ses cheveux châtains sortaient en deux petites touffes du chapeau-cloche. Ses yeux... Quelle était la couleur de ses yeux ? Elle détournait trop vite la tête. Il dit :

— J'aimerais connaître la couleur de vos yeux.

— Elle a des yeux noisette, dit Hubert.

Claudine souriait. Elle souriait dans le vague, contemplant l'eau de la rivière qu'elle faisait couler entre ses doigts. Son visage, agréable à regarder, avait néanmoins peu d'expression. Ni l'espièglerie de celui de Flora, ni la hardiesse de celui de Galina. Cette banalité des traits correspondait à sa nature tranquille. Peu bavarde, son frère parlait pour elle. Elle l'écoutait d'un air étonné, admiratif et affectueux. Hubert précisa qu'elle était bobineuse dans une usine de textile et qu'elle vivait chez leurs parents, à Pantin.

Étrange comme une image chasse l'autre, ou se superpose à la précédente. Celle de Claudine n'effaçait pas celle de Galina qui n'avait pas effacé celle de Flora. Mais elle prédominait, devenait obsédante. Tout en affûtant ses pointes de compas, Fred revoyait la Marne, la barque, le sourire de Claudine. Il ne disait rien à Hubert, comme si cette douce émotion risquait de s'effriter en la partageant. Il l'interrogea seulement sur le lieu de travail de sa sœur. Quelques jours plus tard, il se trouvait devant l'entrée de la filature, guettant la sortie des ouvrières. Au coup de sirène, les deux battants s'ouvrirent en grinçant et une nuée de femmes se précipita dans la rue, en rangs serrés, se bousculant, comme s'il s'agissait de prisonnières brusquement libérées. Fred dut reculer devant cette foule, cherchant désespérément à apercevoir celle qu'il cherchait, l'unique, la seule, noyée dans cette vague. En quelques minutes, le flot s'écoula, absorbé par la bouche de métro. Les gardiens refermèrent le portail de l'usine, en dévisageant Fred d'un air soupçonneux.

Le lendemain, il s'y prit autrement. Puisque les ouvrières se ruaient vers le métro, il se posta tout près de l'escalier qui menait à la gare souterraine. Comme tous les soirs, au mugissement de la sirène répondirent l'ouverture grinçante des portes de fer, la ruée des femmes. Comment repérer Claudine dans ce troupeau, où, à part les vieilles, toutes étaient coiffées à l'identique et vêtues d'une manière plus ou moins semblable ? L'image des abeilles travailleuses, chère à

Alexandra Kollontaï, lui revint à l'esprit. Chère, troublante, terrible Alexandra...

— Bonsoir, monsieur Fred, que faites-vous là ?

Claudine, elle, l'avait reconnu. Il faut dire que, seul homme posté à l'entrée du métro, tous les regards de ces femmes convergeaient vers lui.

— J'avais envie de vous revoir.

Il la prit par le bras, l'entraîna vers la rotonde de la Villette où, si souvent, il avait flâné avec Flora. Des douaniers qui surveillaient les abords du bassin, les lorgnèrent en plaisantant. Mais eux ne remarquaient rien. Ils marchaient lentement sur le quai de la Loire encombré de marchandises débarquées des chalands. Au-delà de la rue de Crimée, ils longèrent joyeusement le canal de l'Ourcq.

Cette approche de la banlieue, sinistre, grise, se teinta désormais de ces couleurs rosâtres des cartes postales désuètes où deux amoureux gominés s'échangent des mots d'amour pompeux. Le vacarme de l'usine, les façades lépreuses des immeubles, la foule harassée qui rentrait dans ses gîtes, tout cela disparut aux yeux de Claudine et de Fred. Ils allaient sur le trottoir du boulevard, serrés l'un contre l'autre, grisés par cette chaleur qui se communiquait de corps à corps. Chaque soir, le même manège recommençait. A la différence que Fred n'eut plus besoin bientôt de guetter Claudine, qu'elle s'approchait elle-même de la grille du métro, se détachant de ses compagnes. A la différence qu'aux pressions des doigts entrelacés succédèrent les baisers, les caresses. A la différence qu'un jour Hubert retint Fred par le bras.

— Attention, mon petit vieux, si tu veux ma sœur faudra passer devant Monsieur le maire. Si le cœur t'en dit, dimanche prochain on cassera la croûte en famille. J'ai parlé de toi aux parents.

Une famille ? Fred n'en avait jamais eu. Il imaginait une famille comme quelque chose d'enfermé, de chaud ;

quelque chose aussi d'un peu patriarcal et suranné. Il craignit de tomber dans le ridicule. Mais Claudine valait bien une messe.

Les parents de Claudine et d'Hubert habitaient au premier étage d'un petit pavillon, dans une rue écartée de Pantin qui serpentait comme un chemin de village. Trois pièces, trop encombrées de meubles, de bibelots, de coussins et de dentelles. Dans cet espace exigu, Fred ne savait où caser son long corps. Il aperçut à peine la mère qui s'affairait dans la cuisine, avec Claudine, Le père, ouvrier chaudronnier d'une cinquantaine d'années, dit à Fred, affable :

— Pas de manières, on se tutoie. Alors, comme ça, t'es le bon copain d'Hubert. Il m'a dit que t'avais été malade. Ça va, maintenant, la santé ?

— Oui, sans problème. Cette foutue guerre m'a esquinté. Mais j'ai repris le dessus.

— Alors, comme ça, t'es comme Hubert, la politique, tu t'en balances ?

— Ça mène à quoi ?

— Ça mène à quoi ? Quelle jeunesse égoïste ! Crois-tu que la loi des huit heures aurait été obtenue, si le Cartel des gauches ne l'avait pas emporté ? Et les assurances sociales, et la construction de logements bon marché ? Si le parti communiste ne poussait pas au cul le Cartel des gauches, on n'en serait pas là.

— Le père est communiste, dit Hubert. Faut pas le contrarier là-dessus. S'il avait trinqué comme nous devant les Boches, il encaisserait moins les bobards des politicards.

— C'est un bobard, ça, quand le Grand Jacques gueule à la Chambre contre la guerre du Rif et qu'il appelle les soldats français à fraterniser avec les Marocains ? Puisque vous détestez le casse-pipe, vous devriez militer avec nous contre cette guerre-là.

— Laisse tomber, dit Hubert. Le paternel s'excite. Tu ne lui feras pas entendre raison.

Fred n'avait aucune envie de contredire le père de Claudine. Il demanda simplement, par un reste de curiosité :

— Le Grand Jacques ? Quel Grand Jacques ?

— Doriot, voyons, répondit Hubert. Ah ! t'es encore pire que moi. Tu ne connais vraiment rien à la politique.

— Le Grand Jacques, c'est l'avenir du Parti, reprit le père. Il vient de se débarrasser de Monatte et de Rosmer. Exclus ! Tant mieux. Ils traînaient toujours les pieds ces deux-là.

Moscou, le Kremlin, le Politburo, déferlèrent soudain en trombe dans le petit pavillon de Pantin ; en trombe dans le cerveau de Fred qui déchiffrait la signification de l'exclusion de Monatte et de Rosmer, qui comprenait maintenant leurs réticences à le recevoir, à prendre connaissance du testament de Lénine. Cette exclusion signifiait que, dans la lutte pour la succession entre Zinoviev et Trotski, Zinoviev marquait un point.

Claudine et sa mère entraient dans la salle à manger avec des plats fumants. Moscou, le Kremlin, le Politburo, Zinoviev et Trotski disparurent brusquement, effacés par l'odeur délicieuse du pot-au-feu.

Fred et Claudine se marièrent à l'automne. Un mariage civil, très simple, auquel les Delesalle furent conviés, tenant le rôle des parents de Fred. L'exiguïté du logement de Pantin ne permettait guère d'invitations. Quelques oncles, tantes, cousins et cousines de Claudine s'entassèrent néanmoins dans les trois pièces. On fit bombance, on chanta au dessert et on alla même, dans l'après-midi, jusqu'à danser entre les meubles. Claudine quitta ses parents le soir, avec quelques larmes, et suivit Fred dans son hôtel meublé de Vincennes où ils habitèrent au début de leur union.

Pour la première fois, Fred s'insérait dans ce que l'on pouvait appeler la normalité. Il vivait comme la grande majorité de ses contemporains. Il assumait les contraintes et recevait les plaisirs de cette existence prolétarienne qui, lorsqu'il était cadre politique, demeurait un mythe. Habitué depuis son enfance à toutes les extravagances de l'aventure, à toutes les angoisses de l'insécurité, cette destinée heureuse, qui lui arrivait tout à coup, cette femme aimante, calme, ce beau-frère aimable compagnon de travail, tout cela, au lieu de lui paraître naturel, lui semblait étrange. Il avait l'impression de se glisser dans la peau de quelqu'un d'autre et de se trouver dans cette vie agréable par tricherie. Il est vrai qu'il cachait son passé, qu'il redoutait toujours que son beau-père, si politisé, n'apprenne ses antécédents. L'hiver écoulé, ces craintes s'estompèrent peu à peu. Puisqu'il n'avait pas été découvert, il ne le serait plus. Il se fondait dans la masse anonyme. Seuls les Delesalle savaient, mais ne diraient rien, trop contents de le voir, de nouveau, bon ouvrier. Six mois après son mariage, Fred ne se préoccupait plus que de filer avec Claudine le parfait amour. Comme Claudine aimait danser, ils fréquentaient, le dimanche, les bals de quartier. Parfois, Hubert les rejoignait, avec une copine. Lorsque les manèges, les tirs, les loteries, s'installaient en bas de Montmartre, place Pigalle et sur les boulevards, ils y flânaient, éblouis comme des enfants par les baraques illuminées. Fred était fasciné par ces petites ménageries de foire, où des lions au pelage râpé faisaient mine de bouffer le dompteur. Il ignorait pourquoi. Peut-être à cause des cages, de la captivité. D'autres incarcérés lui remontaient alors en mémoire : la Spiridonova, Aaron Baron... Cette Russie qui s'enfermait dans une cage, cette Russie dont Zinoviev, son ancien patron, devenait le maître... Il ne disait rien, serrait plus fort le bras de Claudine, regardait tristement le lion qui le dévisageait en se léchant les babines.

Ils allaient aussi, en matinée, au cirque Médrano, s'amusaient comme des gosses aux reparties des clowns, frémissaient devant les voltiges des trapézistes, admiraient la cavalerie et les écuyères. Fred s'abandonnait à tous ces plaisirs aimables, à la douceur des rapports amoureux, aux visites familiales dominicales, aux progrès constants dans son métier d'ajusteur. Il avait acquis maintenant cette sensibilité du toucher qui lui permettait de mieux peaufiner ses réglages. Sa grande habileté le fit accéder au poste d'outilleur. Il aspirait à celui de calibriste. Ces ajusteurs, qui réalisaient des instruments de précision servant au contrôle des formes et des dimensions, représentaient le gratin de la profession. Pas beaucoup plus payés que les outilleurs, ce boni n'était cependant pas à dédaigner. Claudine continuant à travailler comme bobineuse, leur double salaire leur donnait l'illusion de ne se priver de rien.

Fred, qui n'avait cessé de dévorer des livres, depuis cette première rencontre avec *Les Misérables,* dans la boutique des Delesalle, ne lisait plus. Même pas les journaux. Il fuyait l'actualité pour qu'elle ne gâche pas son bonheur. Puisque les Delesalle restaient les seules personnes qui le rattachaient à son passé, il les évitait. De toute manière, la seule vue de la librairie lui donnait des nausées. Il ne comprenait pas comment des livres l'avaient tenu si longtemps prisonnier. Flora raisonnait juste : les livres le contaminaient. Eux seuls portaient la responsabilité de ses divagations en Russie. Trotski, Lénine lui-même, tous les bolcheviks, intoxiqués de lectures, entreprenaient une tâche monstrueuse : dresser le peuple russe comme une bête rétive pour qu'il devienne conforme à l'utopie des livres. Les anarchistes étaient aussi fous. Makhno avait embrasé l'Ukraine pour que l'Ukraine devienne conforme au rêve de Kropotkine. La vraie vie se trouvait ailleurs, dans ces soucis et ces plaisirs quotidiens qu'il découvrait avec Claudine, avec Hubert, avec tout ce petit peuple de Paris (que l'on disait petit parce qu'il n'aspirait pas à la grandeur, à cette funeste recherche de grandeur, à cet héroïsme, qui conduisait à l'hécatombe).

Seule contrariété, ces dimanches chez les parents de Claudine, où le père s'obstinait à parler politique. Mais Hubert considérait, lui aussi, son paternel comme un raseur.

Un an plus tard, Claudine accoucha d'une fille qu'elle appela Mariette. Ne pouvant plus vivre en hôtel meublé, ils se logèrent à Billancourt. Fred, qui disposait d'un excellent certificat, fut embauché sans problème chez Renault.

Renault représentait une puissance industrielle automobile unique en Europe. Fred se réjouissait de travailler dans une grande usine où, pensait-il, il progresserait encore dans la perfection de son métier. Le taylorisme appliqué chez Renault donnait, vu de l'extérieur, une image de propreté, d'ordre, de sécurité. Image trompeuse. Dès qu'il pénétra dans l'immense usine il reçut de plein fouet le vacarme des machines. De tous les ateliers, montaient des sifflements, des vrombissements, des coups de masse, des grincements de meules, des claquements de courroies. Des ponts roulants, des tuyaux, des sangles, des presses découpant les capots, occupaient tout l'espace, du sol au toit. En bord de Seine, après les gazomètres, venaient les fonderies, les forges, la centrale de la vapeur. Près de la nationale 10, de l'autre côté du pont de Sèvres, l'atelier des boîtes de vitesses semblait moins bruyant. Il est vrai que, non loin, se tenait la tôlerie, avec plus de mille ouvriers, et que le tapage y prenait des proportions démentielles.

Le travail d'ajusteur demande de la réflexion. Une fois entré chez Renault, le boucan ne vous quittait plus. Devant son établi, Fred essayait de se concentrer. Il regardait avec une certaine incrédulité les traceurs qui maniaient le trusquin comme si de rien n'était, lisant tranquillement sur les grandes feuilles bleues les cotes du dessin qui leur servait de modèle. Puisqu'ils y arrivaient, il se plierait lui aussi à cette ambiance infernale ; il l'oublierait. Les chariots électriques qui se frayaient un passage, en klaxonnant dans les étroites travées, achevaient de créer un climat survolté.

La première réaction de Fred fut évidemment de regretter l'atelier tranquille où il vécut de si bons moments avec son beau-frère. Il ne l'avait pas abandonné inconsidérément puisque Claudine, se consacrant à élever Mariette, ne travaillait plus et qu'il devait suppléer au manque à gagner par un meilleur poste. Alexandra Kollontaï, préconisant la multiplication des crèches, résolvait le problème. Mais enlever les enfants aux mères pour les confier à l'État, non, là c'était trop. Fred préférait se casser les oreilles chez Renault et retrouver le soir Claudine reposée et Mariette babillante.

Le bruit, finalement, il s'y habitua. Lui parut plus pénible l'isolement des ouvriers qui ne se parlaient pas, qui s'observaient même avec hostilité. Il n'en comprenait pas la raison. S'il était interdit de causer à l'outillage et de se déplacer, des contacts pouvaient s'opérer dans les vestiaires et aux changements d'équipe. Or, le travail achevé, chacun lâchait son job, comme s'il fuyait. On ne quittait sa place qu'au signal de la fin des huit heures, mais on la quittait en courant. En réalité, Fred remarqua que certains ouvriers communiquaient entre eux mais, aux regards qu'ils lui jetaient, ils se méfiaient des nouveaux. Une peur latente planait. Peur des agents de maîtrise qui circulaient entre les établis, proférant sans cesse des reproches ou des menaces. Peur d'être mis à pied. Peur d'être surpris à fumer une cigarette dans la paume de sa main. Peur d'arriver deux minutes en retard, ce qui obligeait à retourner au bureau d'embauche. Peur des machines trop vieilles et dangereuses, qu'il fallait utiliser jusqu'à leur extrême usure. Dès la première semaine de Fred, chez Renault, un volant projeté d'une grande presse tua un ouvrier. Une vis brisée au moment de l'estampage, et le volant, qui tournait à six cents tours-minute, chut de ses trois mètres de hauteur, fauchant l'homme qui se tenait à proximité. Il s'ensuivit un mouvement de protestation, d'atelier en atelier, et Fred devina que la C.G.T.U. coordonnait le mouvement de révolte, vite réprimé par les contremaîtres. Un soir, il s'aperçut que ses vêtements, laissés au vestiaire, avaient été fouillés. Il ne put s'empêcher d'exprimer à haute voix sa colère. Les ouvriers, qui se rhabillaient en même temps que lui, dirent que tout le monde passait par là, que les chefs suspectaient tous les travailleurs et que, eux-mêmes, devaient placer en quarantaine les nouveaux pour les éprouver. Puisque Fred avait été contrôlé, ils s'apercevaient bien qu'il n'était pas un mouchard. Pour la première fois, ils poursuivirent leur conversation à la sortie, lui demandant d'où il venait. L'un d'eux lui dit :

— Tu fais du beau boulot. Je t'ai observé. T'as un bon tour de main.

Ce compliment lui réchauffa le cœur. L'usine, maintenant, l'acceptait.

La frustration d'Alexis, le regret de la presque indifférence portée à Germinal, contribuaient à ce que Mariette reçoive à foison tout cet amour paternel que Fred n'avait pas su, jusque-là, exprimer. Il se précipitait, en quittant l'atelier, pour arriver au moment de la tétée. Voir Claudine dégrafer son corsage et sortir un gros sein happé par la bouche gourmande de Mariette l'emplissait de joie. L'enfant s'endormait toujours trop tôt, ce qui privait Fred de jouer plus longtemps avec ses menottes, de lui frisotter les cheveux, de la chatouiller sous le menton. Il la regardait dormir dans le berceau garni de linges blancs, ne se lassait pas de la contempler. Si bien que Claudine plaisantait, disant qu'elle devenait jalouse. Plus rien ne comptait pour Fred, autre que sa vie conjugale, sinon l'attachement à son métier. La traditionnelle visite aux parents, le dimanche, constituait en quelque sorte une annexe à cette quotidienneté paisible. Bien que la répétition de ces repas de famille, la répétition des mêmes propos anodins, pesât finalement sur Fred. Il éprouvait, tous les dimanches matin, une sorte de gêne, qu'il s'expliquait mal. Le père et la mère de Claudine étaient pourtant affables. Il prenait aussi plaisir à retrouver son beau-frère qu'il n'avait pas le temps de fréquenter en semaine.

Le pot-au-feu, le même jour, même succulent, l'exaspérait. Et ces trois pièces trop bien astiquées, aux meubles encombrés de napperons, de bibelots ridicules, quelle vie étriquée, quel conformisme ! Conformisme que reflétait d'ailleurs l'orthodoxie politique du père de Claudine. Fred et Hubert subissaient son oraison. Fred feignait un accablement amusé, comme celui d'Hubert qui poussait des soupirs exagérés. Ce rappel de la vie politique, tous les dimanches, et d'une vie politique ramenée au niveau des combinaisons électorales, le déprimait. Il appréhendait ces visites familiales, y parlait de moins en moins, passant son après-midi à tenir Mariette sur ses genoux, à jouer avec elle. Si bien qu'Hubert le prit à part, une fois qu'ils s'éloignaient de Pantin.

— Toi, tu files un mauvais coton. Secoue-toi, sinon tu deviendras gâteux. Avec Claudine, tu marines dans le bonheur, on le sait, mais c'est pas une raison pour faire une gueule d'enterrement. Vous ne sortez plus. Vous devenez des ours. Finalement, un jour, vous vous ennuierez. Mais si, mais si, ne protestez pas. Moi je connais mes fables. « Deux pigeons s'aimaient d'amour tendre ; l'un d'eux s'ennuyait au logis. » Et quand l'un des deux s'ennuie, c'est trop tard...

— Quel bavard !

— Un de ces soirs, je vous emmène au bal de la Coupole, à Montparnasse. Claudine, toi qui te plaisais tant à danser, ça ne te manque pas ?

— Et Mariette ?

— Vous dégoterez bien une voisine pour la garder de temps en temps. Vous n'allez quand même pas la couver jusqu'à ses fiançailles !

— Nous sommes très bien chez nous tous les trois, dit Fred. Nous n'avons pas besoin de sorties.

Ce qui n'empêche qu'une dizaine de jours plus tard, ils se retrouvaient à Montparnasse avec Hubert. Fred n'avait aucune envie de cette balade, mais Claudine se laissa vite convaincre par son frère. Dès qu'ils débouchèrent du métro, devant la gare, Claudine s'émerveilla de ce Paris nocturne des fêtards, si différent de la grisaille de Billancourt. Tout étincelait sur le boulevard Montparnasse, comme à une devanture de bijouterie. Les lumières des lampadaires, les feux des enseignes, les vitrines illuminées. Des élégantes en robe longue sortaient des taxis et des hommes, un peu trop gominés pour être honnêtes, les prenaient par la taille. Fred découvrait avec surprise un monde qu'il ignorait.

Hubert les attendait devant la Coupole. Ils descendirent tous les trois dans le dancing, recevant de plein fouet une musique de jazz tonitruante. La foule était très dense dans ce sous-sol, une foule de danseurs de toutes conditions sociales. Ouvriers et ouvrières, mais aussi bourgeois en goguette, marlous et artistes ; les marlous identifiables par leur trop grande élégance et les artistes par leur toilette exagérément négligée. Claudine s'était coiffée de son chapeau-cloche, comme beaucoup d'autres femmes. Ses yeux brillaient de plaisir. Fred était heureux de cette joie, comme de la sveltesse de sa femme qui attirait les regards. Hubert, qui changeait de cavalière à chaque nouvelle danse, les saluait avec de grands gestes lorsqu'ils virevoltaient dans les mêmes parages.

La chaleur de ce local bondé, la musique trop forte, les chopes de bière, l'atmosphère renfermée, les parfums de musc et de transpiration, tout concourait à une griserie et enlevait à Fred la notion du temps et du lieu. Un peu étonné, lui qui n'avait pratiqué aucun de ces divertissements avant de rencontrer Hubert, il dévisageait les couples qui tournaient, tournaient. Il en venait à penser à l'usine, à toutes ces roues qui ne cessaient, là aussi, de pivoter, à tout ce vacarme, à toute cette sueur. Dans une sorte d'éclair, il crut reconnaître, tout près de lui, une petite tête blonde, appuyée contre la poitrine de son cavalier, une toute petite femme vêtue très court, avec des bas noirs et de hauts talons. Il se rapprocha, essaya de voir ce visage. Son cœur battait très fort. Il ne savait plus très bien ce qu'il faisait. Se glissant tout près, il heurta ce couple et la petite femme détourna la tête. Ses yeux bleus le regardèrent et une impression de stupéfaction, presque d'effroi, se lut sur sa figure. Fred lâcha Claudine qui, emportée par son élan, se retint à une table pour ne pas tomber. Fred et la petite femme blonde se fixaient, incrédules. Elle aussi, détachée de son compagnon, restait les bras ballants ; figée. C'était Flora.

Immobiles, l'un devant l'autre, au milieu des couples qui continuaient à danser. Pétrifiés. Le monde tournait autour d'eux et ils oubliaient ce monde. Plus rien ne comptait. Le temps s'arrêtait. Sans doute ne demeurèrent-ils ainsi, paralysés, que quelques instants. Ces secondes leur parurent interminables. Il leur semblait que, s'ils esquissaient un geste, ils s'écrouleraient, foudroyés. Mais la foudre ne s'était-elle pas abattue sur eux, les transformant en statues de bronze ? Ils n'entendaient plus rien, ni l'orchestre ni les pas du fox-trot sur le parquet ciré. Rien. Seulement le battement de leur cœur.

Comme jadis, lorsqu'elle sauta de la charrette des poissonniers, c'est Flora qui osa rompre le charme. Elle saisit Fred par la main, l'entraîna vers le bar, très vite, en bousculant les danseurs qui protestaient en riant. La plupart la saluaient au passage avec amusement. Claudine et Hubert arrivèrent au bar presque au même moment qu'eux. Fred et Flora n'avaient pas encore prononcé un mot que Hubert demanda :

— Qu'est-ce qui vous prend ? Et d'où qu'elle sort, celle-là ?

Toujours aussi petite, menue, Flora conservait une allure juvénile. Mais sa robe, très serrée, moulait un beau corps de femme. Ses cheveux blonds, raides, étaient taillés à la garçonne, comme l'on disait depuis le succès du roman de Victor Margueritte. Elle dévisageait Hubert et Claudine avec une ironie provocante.

— On s'est connus lorsqu'on était mômes, avoua Fred. On s'est quittés quand je suis parti à la guerre. On se retrouve seulement aujourd'hui.

— Oui, on était mômes, répliqua Flora. Deux petits mômes paumés. Comme s'il n'y avait pas assez de miséreux dans le monde, on a même fait un môme ensemble, voyez-vous, messieurs-dames.

— Tu ne savais pas, Claudine, mais j'ai un fils de Flora. Tous les deux, je les ai tant cherchés. Puis, ne voulant plus penser qu'à toi, j'ai voulu tout oublier... Oui, Flora, je suis marié avec Claudine... Et Hubert, c'est son frère. Un bon copain. Et toi ?

— Moi, on ne me mettra jamais un fil à la patte. Tu te souviens quand on s'est rencontrés aux Halles, je t'ai dit : « Viens, on va faire la vie. » On s'est bien amusés, comme deux gosses qu'on était. Mais toi, tu devenais de temps en temps sérieux comme un pape et tu m'abandonnais. Quand tu t'es laissé coincer pour aller à la guerre, je t'ai dit encore : « Viens, on va faire la vie. » Tu n'as pas accepté. Tu avais peur. C'est comme ça qu'on s'est perdus.

— Germinal ?

— Il a treize ans. Il me dépasse d'une tête. Tu es grand, Fred, mais lui sera un géant.

— Alors qu'est-ce qu'on branle ? lança Hubert, un peu agacé.

— On va arroser ça, répondit Flora. Pas ici. Je connais un bon coin, à deux pas. Allez, on y va tous les quatre.

Claudine, comme d'habitude, gardait son calme. Elle observait avec étonnement cette petite Flora, si minuscule près d'elle, une puce, mais une puce quelque peu inquiétante par l'énergie qui émanait de toute sa personne.

Claudine sortit du dancing en tenant Fred par le bras et ce dernier ressentit une gêne. Sa femme n'affirmait-elle pas ainsi ses droits de propriétaire ? En réalité, elle ne lui prenait le bras que pour se rassurer elle-même. Flora les précédait. Sur le boulevard Montparnasse, plusieurs passants s'arrêtèrent pour l'embrasser. Elle semblait chez elle, dans ce quartier, en tout cas très à l'aise, quelque peu conquérante. Devant une devanture aux couleurs criardes, elle leur montra l'enseigne où s'affrontaient des cow-boys et des Peaux-Rouges.

— C'est mon quartier général. Vous êtes ici chez moi. Entrez.

Le Jockey était alors le cabaret le plus à la mode de Montparnasse. Hubert, Claudine et Fred se sentirent immédiatement déphasés dans ce local au luxe frelaté. Flora se dirigea tout droit vers un homme d'une quarantaine d'années, vêtu de noir et coiffé d'un chapeau melon, au gras visage veule de noceur, affalé sur une banquette au milieu de filles en ribote, surchargées de colliers dorés.

— J'amène des amis. Mes amis sont tes amis.

— Oui, oui, grogna l'homme qui souleva à peine la tête, regardant les arrivants les yeux mi-clos. Régale-les, c'est ma tournée.

Ils s'assirent tous les quatre sur les hauts tabourets du bar.

— Qu'es-tu donc devenue, Flora ? demanda Fred. Tout le monde te connaît par ici. On paye pour toi...

— Je n'avais pas d'autres ressources que mon corps. Il n'est pas grand, il n'est pas gros, mais on le trouve joli. J'aurais pu le vendre mais, comme je te le répète, je n'ai pas envie de me mettre un fil à la patte. Alors je le loue. Je le loue à des peintres. Je suis modèle. Notamment de ce monsieur que tu vois là et qui s'appelle Baskine. Il ne peint que des petites femmes, comme moi.

— Modèle, dit Claudine, pas modèle nu, tout de même ?

— Et pourquoi pas, madame, je n'ai rien de moche à cacher.

— Ma foi, dit Hubert, j'aimerais bien me faire artiste, on ne doit pas s'ennuyer tous les jours.

Flora se contenta de sourire. Elle n'avait rien perdu de sa pétulance. Seul son visage chiffonné d'adolescente s'était transformé, lissé ; un peu trop lissé par un maquillage habile qui mettait en valeur ses yeux bleus et sa bouche arrondie comme un bouton de rose.

Fred souhaitait raconter tant de choses à Flora. Il se contenta de dire :

— Claudine et moi nous avons une petite fille ; Mariette. Quand me montreras-tu Germinal ?

— Germinal, quel drôle de nom, s'exclama Hubert.

Flora ne réagit pas. Elle soupçonnait que Fred ne voulait rien avouer de son passé. Fred, apparemment guère changé puisque ouvrier ajusteur comme à l'époque de leur séparation. Mais elle se gardait bien de l'interroger sur sa disparition.

— Germinal est en pension, dit Flora. Seulement, comme moi, les études le barbent. Il est fort. Il aspire à travailler de ses mains.

Fred se souvint que Flora ne savait pas lire. Avait-elle

appris ? Il lui tendit insidieusement une carte des consommations. Flora, devinant son geste, la saisit en riant, toujours aussi futée, l'esprit toujours aussi vif :

— Ton astuce ne tient pas, Fredy. Je connais cette carte par cœur. Rassure-toi, j'ai potassé l'alphabet avec Rirette. Je voulais pouvoir lire tes lettres quand tu m'écrirais. Tu n'as jamais écrit. Donc j'ai décidé que je ne lirais jamais rien. Ce sont tes maudits livres qui m'ont fait te perdre. Je sais lire, bien sûr, mais je ne lis rien, sinon les chiffres. J'aime les chiffres. Les chiffres, c'est l'argent qu'on gagne, c'est l'argent qu'on dépense. Les chiffres, c'est la vie qui coule entre les doigts.

Flora regarda Claudine, dont la bouche tremblait.

— N'ayez pas peur, madame, Fred est à vous. Je ne tenterai jamais de le récupérer. Et même s'il voulait me revenir, je n'accepterais pas. Nous nous sommes engagés, chacun, dans de nouveaux chemins. Reste Germinal qui s'est parfaitement moqué, jusque-là, d'avoir un père. Mais je ne peux pas refuser à votre mari le droit de visite.

A Billancourt, la vie reprit son rythme régulier de machine. De cette virée nocturne à Montparnasse, Fred conservait l'image d'un désastre. Il lui semblait bien que Claudine n'en était pas retournée non plus indemne. Ils repoussaient tous les deux le moment où ils seraient bien obligés d'en parler, ne serait-ce qu'à cause de ce Germinal qui, inopportunément, venait de tomber près de Mariette. Chez Renault, la méticulosité de son travail lui occupait l'esprit. Il s'appliquait, avec ses pointeaux, à repérer les traits et les axes ; traçait sur la pièce de métal, avec le trusquin, les droites parallèles à la surface de référence du marbre. Ce marbre, en réalité table de fonte, il aimait qu'il soit soigneusement raboté, s'assurait, du plat de la main, de son poli. La qualité de son ouvrage lui apportait l'estime des autres ouvriers.

On ne le boudait plus. Il était maintenant parfaitement intégré à l'atelier.

Pourquoi, juste à ce moment-là, l'image troublante de Flora venait-elle s'immiscer dans sa vie tranquille ? Flora si changée et toujours pareille. Si changée d'aspect, de milieu, mais toujours aussi gouailleuse, maligne et encore plus séduisante.

Lorsque Fred quittait l'usine, il se hâtait pour rejoindre Claudine et Mariette. La chaleur, la douceur du nid. Oui, c'était bien ainsi qu'il voyait son petit logement. Mais depuis l'équipée de Montparnasse, une envie folle d'effectuer un détour du côté de la Coupole le saisissait. Si Montparnasse avait avoisiné Billancourt, il s'y serait précipité dès le lendemain. Que Flora soit à la fois hors de portée et si proche le consternait. Et Germinal ? Flora lui avait laissé une adresse, celle de l'école où il était pensionnaire. A cent lieues encore, du côté de Montmartre. Finalement, à Moscou, Flora disparue lui semblait moins lointaine que cette Flora retrouvée, dans un contexte impossible.

Un dimanche, il aborda avec Claudine le problème de son fils. Elle répliqua aussitôt :

— On y va. On emmène Mariette. Elle sera contente d'avoir un grand frère.

Claudine, toujours parfaite, imperturbable.

Ils montèrent tous les trois à Montmartre. Germinal jouait au ballon dans la cour de récréation. Seul. Tous les autres enfants avaient été récupérés par les familles en ce jour dominical. Il avait des cheveux blonds et des yeux bleus, comme sa mère, mais sa taille était en effet anormale pour son âge. Cette visite ne le surprit pas, Flora l'ayant informé du retour de Fred. Ni surpris ni enchanté. Il regardait ce couple, avec ce bébé, dans une sorte d'indifférence polie. Comme l'avait dit Flora, accoutumé à ne pas avoir de père il ne comprenait pas pourquoi il devrait maintenant s'habituer à en supporter un. La conversation entre Fred et Germinal manquait de sel. Ni l'un ni l'autre ne savaient quoi dire. Claudine, la moins malhabile, commença par rajuster le col de la veste de Germinal, s'inquiéta de l'état de ses chaussures, suggéra à Fred quelques emplettes de vêtements les plus indispensables. De son sac, elle tira une tablette de chocolat Menier qu'elle tendit au garçon, lui demandant ce qui lui ferait plaisir. Il répondit qu'il n'avait besoin de rien et surtout pas de visites, qu'il quitterait l'école à la fin de l'année, pour travailler. Et comme Fred lui demandait quel métier il choisirait, il répliqua, en regardant son père bien dans les yeux, qu'il n'avait pas l'intention de se mettre un fil à la patte et qu'il resterait toujours libre, comme un oiseau.

Le fil à la patte... Fred retrouvait l'expression chère à Flora. En même temps, cette repartie impliquait une sorte de condamnation. Germinal, comme Flora, le rejetait. Avec plus de brutalité.

Claudine s'interposa :

— Mon petit, n'as-tu jamais vu d'oiseaux en cage, qui chantent comme des bienheureux ?

— Si, répondit Germinal, mais ce sont des serins.

Fred ressentit une bouffée d'orgueil. Son fils avait de qui tenir. Claudine, imperméable à la boutade, enchaîna maladroitement :

— Les serins sont de bien jolis oiseaux.

Quelques semaines passèrent, longues comme l'hiver. Le souvenir de Montparnasse obsédait Fred. Un dimanche, il ne résista plus. Prétextant qu'il lui fallait rencontrer Germinal seul à seul, il esquiva le traditionnel pot-au-feu des beaux-parents et, au lieu de suivre la ligne de métro en direction de Saint-Lazare, descendit à la station Vavin.

Montparnasse dominical s'assoupissait, perdait de sa brillance et de son ambiguïté. Fred retrouva le Jockey porte close. Aux terrasses du Dôme et de la Coupole des gens ordinaires buvaient du café ou des chopes de bière. Ce Montparnasse nocturne qui avait tant troublé Fred, n'était-il qu'un rêve ? Le jour dissipait les brumes, chassait les artistes et les marlous, les excentriques et les modèles. Les petits-bourgeois récupéraient les lieux.

Fred regardait, espérant que Flora apparaîtrait. Il regardait tout l'environnement de ce quartier étrange, les vitrines des magasins, les guéridons des bistrots, les tables des restaurants, avec une telle acuité que soudain il la vit. Oui, il vit Flora. Flora nue, impudique, multipliée par dix, derrière les vitres d'une galerie de peinture. Le corps de Flora, ainsi exposé à la concupiscence de tous. Ce petit corps charnu, plus charnu que celui dont il avait emporté le souvenir ; plus rond, plus fessu, plus tétonneux. Il avait quitté une adolescente un peu maigrichonne et il contemplait là une femme épanouie, aux formes galbées. Mais aucun doute, c'était elle. Le peintre exagérait peut-être ses rondeurs, mais Fred reconnaissait le regard de Flora, vingt yeux bleus de Flora qui le narguaient. Lorsque Flora boudait, ses yeux prenaient la teinte de l'eau de cette mer du Nord qu'elle détestait. Le peintre rendait parfaitement cette couleur dans certains des portraits où, en effet, il accentuait la moue des lèvres. Il n'y avait pas que des nus. Flora apparaissait aussi en chemise très courte, d'une manière plus équivoque. Ah ! ces jambes blanches, dodues, qui ressemblaient tant à celles de la fillette, assise sur le tablier de la charrette aux poissons. Fred avança la main vers le bec-de-cane de la porte, mais la galerie était fermée. Il essayait de distinguer les autres peintures, à l'intérieur du magasin. Dans la pénombre, d'autres Flora se détachaient. Flora les bras levés au-dessus de la tête. Flora allongée, les jambes pendantes au bord du lit. Flora couchée sur le ventre, le fessier rebondi, qui regardait en biais, d'un œil coquin. Toutes ces poses étaient sensuelles, lascives. Dans les attitudes de Flora, une sorte de candide impudeur étonnait Fred. Aucun doute, Flora avait posé pour cet artiste, mais la Flora des tableaux n'était pas la même que l'inoubliable compagne des Halles et de Belleville. Le petit animal sauvage sophistiqué, l'amoureuse instinctive pervertie, quelle métamorphose diabolique ! Fred s'exaltait à la vue de ce corps de Flora reflété dans vingt miroirs et, en même temps, s'attristait. Les couleurs utilisées étaient d'ailleurs maussades. Pâles, diluées, comme des aquarelles. Les roses éteints et les bleus cendrés dominaient. Il en résultait une sorte d'atmosphère nocturne, comme celle du sous-sol de la Coupole, dans laquelle Flora lui était revenue.

Au moment de partir, de s'arracher à cette fascination du corps de Flora multiplié, il eut la curiosité de lire la signature du peintre. Baskine... Baskine ? Oui, il se souvenait de ce nom slave, prononcé par Flora au Jockey en lui désignant cet homme en noir, affalé devant son verre de gnôle, un chapeau melon rabattu sur les yeux. Baskine s'interposa cruellement entre lui et Flora. Il revoyait son regard louche, ce regard vicieux d'homme à femmes, de bringueur. C'étaient ces yeux-là qui déshabillaient Flora !

Fred reprit le chemin de Billancourt, le dos voûté, accablé par toutes ces défaites qui s'accumulaient depuis son départ de Russie. Billancourt où il retrouvait la paix de Claudine et les rires de Mariette. Mariette qui, elle, était une victoire.

Fred s'efforça de ne plus penser à Montparnasse, de moins penser à Flora, d'oublier Germinal. Mais Montparnasse, le Montparnasse nocturne, gardait l'attrait des rues en pente. Il les avait tant déboulées avec Flora, ces rues de la nonchalance et du laisser-aller ; ces rues dans lesquelles les autos de la bande à Bonnot fuyaient la société rentière, semant la terreur avec leurs petits brownings. Pourquoi se remémorer tout à coup Bonnot et Raymond-la-Science? Bien sûr, à cause du chapeau melon de Baskine. Un peu anachronique en 1926, mais qui couvrait toutes les têtes des bourgeois en 1912. Des bourgeois et des voyous. Baskine avait une tête de voyou, comme Bonnot. Fred échappé aux voyous, Flora retombait entre leurs mains. Échappé aux voyous, vite dit. A Vincennes avec Hubert, à Billancourt avec Claudine et Mariette, à Pantin chez les beaux-parents, là, c'est vrai, il échappait complètement aux voyous. Mais à Moscou, n'avait-il pas basculé dans une sorte de gredinerie? Une gredinerie hypocrite, qui le berna pendant tant d'années, comme elle continuait à berner sans doute Victor Serge.

Un échauffement anormal dans la rotation de sa perceuse le tira brusquement de sa rêverie. Le foret, mal affûté, provoquait des bourrelets sur le bord d'attaque du trou et des bavures à la sortie. Comment avait-il pu oublier d'affûter ce foret! Il épia autour de lui, comme si l'on risquait de le prendre en faute. Mais personne ne le surveillait. On était trop habitué à ce que ses pièces soient parfaites. Par contre, il vit un homme malmené par un contremaître et toute une agitation parmi les ouvriers qui interpellaient de loin ce malheureux qui paraissait sourd et muet.

Son voisin d'atelier lui cria qu'il s'agissait d'un manœuvre russe qui ne comprenait pas un mot de français. Fred hésita. Le regard désespéré du manœuvre le rendit imprudent. Il se précipita, offrant au contremaître de lui être utile.

— Restez à votre place. Ne perdez pas votre temps pour cet imbécile qui n'est même pas capable de balayer des copeaux. Quelle andouille l'a embauché? Toujours des passe-droits pour ces foutus métèques. Il n'y en a que pour eux!

L'homme, petit, malingre, avait un visage balafré

de profondes cicatrices. Ses yeux ardents, rageurs, fixaient tour à tour Fred et le contremaître. Son balai jeté à terre, il se croisait les bras.

Fred lui dit en russe :

— Veux-tu que je t'aide ? Il va te foutre à la porte si tu fais la mauvaise tête. Tu ne comprends donc pas du tout le français ?

— Non. J'apprendrai. Pas eu le temps. Manger d'abord... Tu entends ça, manger... Donner à manger à ma femme et à ma fille... Je suis ici pour ça. J'accepte tout. Sauf les coups. Ce Tartare m'a frappé.

— Tu es réfugié politique ?

— J'ai été vaincu, mais je retournerai me battre.

— Comment t'appelles-tu ?

— Nestor... Nestor Makhno.

Trotski serait au même moment tombé entre les machines-outils dans son uniforme blanc de feld-maréchal que Fred n'eût pas été plus stupéfait. Makhno ? Non, impossible ! Sans doute un homonyme. Makhno, le tout-puissant Makhno, le vainqueur de Denikine et de Wrangel, ne pouvait être ce malheureux manœuvre rabougri.

— Que dit-il ? demanda le contremaître.

— Il s'excuse. Il est malade. Mais il travaillera. Laissez-lui le temps d'apprendre un peu le français.

— Allez, bourrique, balaye !

— Reprends le balai, va, je t'aiderai, insista Fred. Quand tu ne comprends pas, appelle-moi.

Retournant à son établi, Fred fut entouré par ses collègues.

— Tu parles russe ? pourquoi ?

Fred renouvela son vieux mensonge :

— Ma mère était russe. Elle m'a appris, enfant.

— Alors tu nous donneras des nouvelles de la patrie des travailleurs ?

— Si je baragouinais le russe, enchaîna un autre, il y a longtemps que je serais parti là-bas.

— Moi je ne fais pas de politique, dit Fred. Seulement, quand je vois un pauvre type dans la merde, je lui tends la main.

Quelques jours plus tard, comme le manœuvre russe passait à proximité, Fred l'appela pour qu'il nettoie les poudres d'abrasifs et les copeaux d'acier autour de ses machines.

— D'où viens-tu ?

— D'Ukraine.

— Tu as entendu parler du *batko* ?

— Le *batko*, c'est moi.

— Comment toi ? Le *batko* était un *bogatyr*.

Au temps de la *makhnovitchina*, on considérait en effet Makhno comme un *bogatyr*, un de ces héros épiques russes qui resurgissent de temps à autre, un nouveau Pougatchev, ce tsar des moujiks et des cosaques qui faillit de peu renverser Catherine II.

— Il n'y a plus de *bogatyr*, répondit le manœuvre-balai. Je te dis, le *batko* c'est moi. Je me vante. Nestor Makhno n'est plus rien sans son cheval, sans son Ukraine. Plus rien. Un chien insulté par les tchékistes de cette usine maudite.

— Comment as-tu quitté l'Ukraine ?

— Sur mon cheval, tiens, quelle question ! Avec soixante-dix-sept cavaliers. Tout ce qui me restait de mon armée qui compta jusqu'à cinquante mille hommes. Nous avons traversé à gué le Dniestr et trouvé refuge en Bessarabie.

Les mots mêmes de ce mémoire que Fred conservait précieusement dans sa tête et qui, à Paris, n'avait intéressé personne. Aussi invraisemblable que cela puisse être, il s'agissait bien du légendaire Makhno. Doutant encore, il insista :

— Voline ! Tu te souviens de Voline ?

— Qui es-tu donc, toi aussi, qui connais mon nom et celui de Voline ?

L'homme se redressa. Dans ses yeux qui brillaient tout à coup d'une lueur d'orgueil et d'espoir, Fred comprit que Nestor Makhno était bien devant lui.

Fred avait fui la Russie et la Russie le rattrapait. D'autres débris dérivaient de la révolution trahie. D'autres épaves. Toutes ses résolutions de vivre désormais une vie familiale tranquille s'évanouissaient. Flora, Germinal, Makhno et Voline, le passé remontait soudain comme ces eaux de l'inondation de Paris, en 1910, qui l'avait tant frappé. Le passé, son passé, remontait comme une crue, débordait. Il se sentait emporté, bousculé, happé. Il prononça malgré lui :

— Où pourrais-je revoir Voline ?

— Chez moi, tous les soirs.

— Où habites-tu ?

— A Vincennes, rue Diderot. Un grand immeuble de brique rouge. Au quatrième étage.

Pour aller à Vincennes, de Billancourt, il faut traverser tout Paris d'ouest en est. Impossible de s'y rendre un soir. Fred attendit une semaine, deux, repoussant cette tentation de revoir Voline. L'irruption de Makhno était si invraisemblable que Fred s'obstinait à se jouer la comédie de la méprise. D'ailleurs, le manœuvre-balai n'apparaissait plus dans l'atelier. Avait-il été déplacé ? Fred avait-il été le jouet d'une hallucination ? Il interrogea le contremaître qui lui répondit que si l'on devait se tracasser pour tous les tâcherons qui s'usaient plus vite que les serpillières, on n'en finirait pas, que le Russe en question s'était éclipsé, comme tant d'autres. Bon débarras.

Le dimanche suivant, Fred prétexta de nouveau une visite à Germinal, convainquit Claudine de ne pas l'accompagner (ses parents et son frère seraient trop déçus de son absence à la fête dominicale) et prit le métro pour Vincennes. L'immeuble se trouvait dans une rue grise, sinistre, bordée de pavillons renfermés derrière leurs grilles et d'ateliers d'artisans en piteux état. Tout près de l'immeuble de brique, insolite dans le décor banlieusard, s'étalait un terrain vague où des enfants couraient derrière des cerceaux. Fred monta au quatrième étage, frappa au hasard à l'une des portes. Une jeune et jolie femme ouvrit. Fred demanda Makhno. Elle ne broncha pas. Fred identifiait une Slave, à cause de ses hautes pommettes et à ses yeux vifs et enjoués. Il s'enquit de Makhno, cette fois-ci en russe. La jeune femme demeura toujours aussi indécise. Une voix rauque se fit entendre à l'intérieur du logement. Une voix rauque à l'accent ukrainien.

— Qu'il entre ! S'ils doivent me tuer, le plus tôt sera le mieux.

Makhno, dans un vieux complet rapiécé, chaussé de pantoufles, s'avança vers lui en boitant.

— Toi, je t'ai vu. Où ? Dis-moi. C'est la Tchéka qui t'envoie ou les nervis de Wrangel ?

— Tu m'as rencontré chez Renault.

Makhno l'observa, tourna autour de lui, le toucha du bout des doigts.

— C'est vrai. C'est toi, l'ouvrier qui m'a parlé. Comment connais-tu ma langue ? Tu es bien le seul humain. Tous les autres des brutes, de la graine de bolcheviks. Figure-toi que j'ai reconnu un ancien colonel de Wrangel dans un des gardiens-chefs. Oui. J'en suis sûr. Je n'ai plus remis les pieds dans ton usine. Qu'il me repère et j'étais cuit. Ils ont déjà cherché plusieurs fois à m'assassiner. Aussi bien les blancs que les rouges. Depuis que j'ai franchi le Dniestr, ils me pourchassent. Je suis une bête aux abois.

— Tu t'es blessé au pied ?

— Ils m'ont blessé au pied. Une balle dum-dum a cassé les os. La plaie ne se referme pas.

Sur son visage marqué de trous de variole, une énorme cicatrice à la joue droite traçait un sillon de la bouche à l'oreille. Fred demanda s'il s'agissait du souvenir d'un coup de sabre.

Makhno se mit à rire, un rire convulsif.

— Bast ! Ça c'est Galina.

Galina ? Quel réveil encore dans la mémoire apaisée de Fred. Mais il s'agissait de la compagne de Makhno qui, elle aussi, se prénommait Galina. Cette nouvelle Galina s'esclaffait joyeusement :

— Oui, oui, c'est moi, dit-elle. En Pologne. Avec un rasoir. J'étais jalouse. Et puis, si tu savais comme il m'embête, parfois, ce moujik.

Interloqué, et de plus en plus mal à l'aise, Fred s'inquiéta de Voline. Viendrait-il ce dimanche ?

— Voline, répliqua Makhno, agacé, pourquoi veux-tu rencontrer Voline ? La *makhnovitchina,* ce n'est pas Voline, c'est moi.

— Voline est un vieil ami. C'est lui qui m'a appris le russe.

— Voline ne vient jamais le dimanche. Le dimanche, ce monsieur se repose. Il a beaucoup travaillé pendant la semaine. Car on lui donne du travail, à lui. Moi, je crève de faim. Heureusement Galina fait des ménages pour des bourgeois de Vincennes.

Fred regarda le logement. Une seule pièce, avec une cuisine. Une petite fille s'agrippait aux jupes de Galina.

— Comment s'appelle-t-elle ?

— Lucia.

— Moi aussi, j'ai une petite fille. Mariette...

Il pensa à Alexis, disparu dans l'élevage forcé des enfants communistes modèles ; à Germinal qui ne voulait pas chanter dans une cage d'oiseau. Mystère que ces enfants qui vous sont donnés, qui vous sont retirés. Il ressentit un pincement au côté gauche en imaginant tout à coup qu'il pourrait aussi perdre Mariette, qu'il perdrait Mariette s'il perdait Claudine ; qu'il commençait à mentir à Claudine ; qu'il retournait à ses anciens amis, à son ancienne vie politique, à Flora. Il nota l'adresse de Voline et partit, comme s'il s'enfuyait.

Revoir Voline signifiait remettre le doigt dans l'engrenage politique. Il se défiait tellement de ses impulsions, qu'il n'était plus retourné dans la librairie de Delesalle depuis son mariage. Au bout de quelques semaines il n'y tint plus et écrivit à Voline qui eut la gentillesse de venir le voir à la sortie de l'usine.

Le contraste entre Voline et Makhno était saisissant. Après le loup maigre, le veau gras. Comment Voline avait-il acquis une apparence aussi prospère ? Élégamment vêtu, la barbe et la moustache bien taillées, rubicond, il se précipita vers Fred avec jovialité, l'invita à boire un verre dans un bistrot. Fred, pour éviter qu'on l'entende parler avec un Russe, si près de chez Renault, lui proposa plutôt de marcher le long de la Seine, loin des oreilles indiscrètes.

Voline lui raconta son installation à Paris, avec sa femme et ses quatre enfants, sur invitation de Sébastien Faure. Il collaborait à *L'Encyclopédie anarchiste* et la C.N.T. lui avait donné la responsabilité, en langue française, du journal *L'Espagne anti-fasciste*. Par ailleurs, il faisait des traductions.

— Qui anime maintenant l'Union anarchiste ? demanda Fred.

— Sébastien Faure, Armand, Lecoin, m'y ont accueilli fraternellement. Tous les autres se sont déconsidérés en 14 en adhérant à l'Union sacrée, ou bien ont rallié les communistes. Parmi ceux-là, beaucoup ont déjà été vomis par l'ogre. Monatte, Rosmer, Souvarine, réclamaient la clarté dans les affaires russes. Le Parti a chassé ces impertinents. De toute manière, Zinoviev exigeait une bolchevisation accélérée des partis frères et une approbation à cent pour cent de la ligne du

Komintern. La peste nous suit jusqu'ici. Sais-tu qu'à Bobigny s'est ouverte une École de bolchevisme que dirige un certain Paul Marion ?

— Je ne sais rien. Arrivé de Russie, je suis allé partout raconter l'extermination de l'Ukraine libertaire, la fin de Makhno ; montrer le double du testament de Lénine que j'avais dérobé à Zinoviev. L'un et l'autre n'intéressaient personne. On m'a dit de me taire. Je me suis tu.

— L'univers se tait et, pendant ce temps, en Russie, toutes les libertés disparaissent. Le Politburo c'est du théâtre de Shakespeare. Les journaux sont muets ou bégaient. L'Occident, maintenant, ménage la Russie, devenue puissance raisonnable. Moi, je reçois des nouvelles clandestines de Moscou. Depuis la mort de Lénine, toutes les factions se déchirent. Zinoviev et Kamenev se sont d'abord associés à Staline pour contrer Trotski. Mais Zinoviev, les yeux plus gros que la tête, persuadé depuis toujours qu'il serait le successeur de Lénine, a voulu tout bouffer. Puisque le testament, que tu as cru naïvement si précieux et qui n'est qu'un secret de polichinelle, ne désignait personne, disqualifiant plutôt tout le monde, il s'arrogea seul le rôle de leader *über alles*. Staline, bien sûr, en prit ombrage et joua Trotski contre Zinoviev et Kamenev. Mais Trotski, qui s'affolait, parmi tant de diables, jugea astucieux de lâcher Staline et de s'allier à ses vieux ennemis Zinoviev et Kamenev. Restait le gentil Boukharine que Staline s'empressa de mettre dans sa poche. Et tous les deux, ces bons Russes de la Russie profonde, utilisèrent le vieil antisémitisme qui ne sommeille jamais très fort dans l'âme slave. Staline et Boukharine proclamèrent que les Juifs Trotski, Zinoviev, Kamenev et Radek étaient ennemis des moujiks, des cosmopolites sans racines. Trotski, qui ne peut jamais prononcer un discours sans évoquer la Révolution française, cria que la Russie entrait dans sa période thermidorienne, que

Staline, jacobin comme Barras, glissait à droite. Alors que ses collègues l'accusaient d'être Bonaparte à la veille du 18 Brumaire, il se disait Robespierre à la veille de Thermidor. La seconde comparaison était en effet plus juste. Dès qu'il abandonna son train blindé, Trotski fut un homme fini, malade, qui ne lutta plus, qui se laissa peu à peu mettre hors jeu par tous les clans. Yoffé, son ami intime, se suicida. Dzerjinski mourut bizarrement. Finalement Staline tira tous les marrons du feu, excluant non seulement du Comité central, mais du Parti, à la fois Trotski et Zinoviev. Plus Radek pour faire bonne mesure. Plus ton ami Victor Serge. Les frères ennemis, devenus complices, se rencontrèrent dans la même charrette. On estime à quatre mille le nombre des opposants chassés de leur emploi...

— Trotski chassé du Parti ! Tu te moques de moi !

— Hein ! quelles nouvelles ! Qui aurait pu imaginer Trotski déporté en Sibérie ! Pourtant, il y a rejoint les quelques mutins de Cronstadt encore survivants. S'il en reste...

— Trotski réussira bien à s'en tirer. Et Zinoviev aussi. Je suis plus inquiet pour ce malheureux Makhno...

— Oui, tu l'as vu. Trop malade, trop infirme pour prendre un emploi. D'ailleurs, il ne sait rien faire d'autre que la guerre. Seulement, ici, il est désarmé et entouré d'ennemis qui, tous, rêvent de l'abattre. Les blancs, les rouges, les Juifs...

— Pourquoi les Juifs ?

— Mais d'où sors-tu, camarade Barthélemy ? Tu ne lis plus rien, tu ne fréquentes plus tes amis. Tout le monde parle du roman *Makhno et sa Juive,* publié l'an dernier par un journaliste plus ou moins russe : Joseph Kessel. Cet imbécile s'est laissé conter des fariboles par le colonel blanc Guerassimenko, réfugié à Berlin. Ainsi, la presse communiste a trouvé en cet échotier un précieux allié pour accabler l'anarchisme ukrainien.

Comme, dans son livre, Kessel décrit de prétendus pogroms perpétués par Makhno, nombreux sont les Juifs qui veulent avoir sa peau. Makhno antisémite ! Les salauds ! Mais quoi prouver contre la calomnie ?

Fred et Voline marchaient lentement, au bord du fleuve. Dépassant le pont de Sèvres, ils suivaient le quai de Boulogne. Fred pensait à la Moskova, à Galina... A Victor Serge dont les bolcheviks venaient de se débarrasser. Galina le ramenait à l'autre Galina, celle de Makhno.

— Que signifie cette histoire de la blessure au visage de Makhno ? Sa femme se vante...

— Ah ! Tu as vu Galina. Qu'elle est belle ! Quelle lionne !

Voline perdit soudain son air professoral et se mit à rire :

— Oui, oui, c'est elle qui essaya de lui trancher la gorge pendant son sommeil. Mais il a bougé et le rasoir lui taillada seulement le visage. Il est amoureux fou de Galina et elle, ma foi...

— Ma foi, quoi ?

— Quand elle a connu Makhno, elle n'était qu'une simple institutrice et lui l'homme le plus puissant d'Ukraine. Un ataman. Tarass Boulba en personne. Maintenant les rôles sont intervertis. Non seulement Galina est belle, mais elle est intelligente, instruite, alors que Makhno, demi-illettré, paraît déjà un vieillard. C'est un homme fini et elle, la jolie, respire la vie, l'amour.

Fred regarda Voline, étonné par cette désinvolture vis-à-vis de celui qui incarna en Russie la Révolution libertaire. Il dit :

— J'aimerais aider Makhno. Je ne sais pas comment.

— Va le voir. Sers-lui d'interprète, de garde du corps, de porte-plume. Il est si seul. Mais méfie-toi de Galina.

Fred commença par acheter le roman de Kessel. Depuis son retour en France, il n'avait pas lu un seul livre. La joie qu'il ressentit à tenir celui-ci entre ses mains le surprit et l'épouvanta. Son passé reprenait insidieusement possession de son esprit, comme on sent une maladie qui, peu à peu, pénètre votre corps, provoquant une sorte d'ivresse.

Dans son avant-propos, l'auteur écartait tout soupçon de romanesque : « L'histoire qu'on va lire est véridique. Je puis garantir qu'en ce qui touche Makhno rien n'est dû à mon imagination. » Fred lisait, stupéfait de ce que Kessel racontait le plus tranquillement du monde, insouciant de l'homme traqué à Paris, sans ressources, incapable de se défendre : « Un personnage aussi barbare, aussi sanglant que celui de Makhno... tout bandit qu'il fut... Makhno n'aimait pas les Juifs. Si tuer les orthodoxes lui était un simple plaisir, massacrer les Juifs lui apparaissait comme un véritable devoir... » Kessel décrivait les prétendues orgies de la *makhnovitchina,* les prisonniers hachés, la danse des cosaques sur les cadavres : « Makhno massacre les Juifs, les bourgeois, les officiers, les commissaires, bref, pendant deux années terrorise l'Ukraine entière. » Kessel évoquait aussi Voline. Le rôle qu'il lui attribuait était curieusement exagéré. Non seulement Voline n'avait pas dirigé les études de l'adolescent Makhno, mais en faire le chef du gouvernement de la *makhnovitchina* tirait un peu trop les draps du côté de celui qui ne participa à la guerre civile en Ukraine que pendant six mois. Kessel valorisait l'intellectuel Voline au détriment du paysan Makhno. On ne respecte que les gens de son monde, se disait Fred, agacé. Voline, qui parlait parfaitement français, qui pouvait s'exprimer aussi bien à la tribune que dans la presse et par le livre, reprenait à Paris son rôle de théoricien. Makhno, lui, vaincu, muet, ne tenait plus aucun rôle. Vaincu et muet comme Fred, lui-même, l'était devenu. Il se sentait proche, si proche de Makhno. En même temps, Voline lui servait d'exemple. Grâce à ce dernier, il s'apercevait que seule l'écriture sauve la mémoire. Auparavant, jamais l'idée de rédiger ses impressions ou ses souvenirs ne l'avait touché. C'est dans la révolte, le dégoût que le livre de Kessel lui fit monter à la gorge, qu'il décida de tout révéler, de tout écrire sur ce qu'il avait vécu en Russie, de défendre Makhno, de témoigner pour tous ceux que la Tchéka étranglait dans les caves de la Loubianka, pour Aaron Baron resté à Boutyrki, pour Igor et les gardes noirs disparus, pour Victor Serge, pour Alexis...

Claudine constatait bien l'évolution de Fred. Elle mettait cette transformation sur le compte de Flora et de Germinal retrouvés. Pourtant, Fred n'avait pas revu Flora, sinon par les multiples peintures de Baskine. Ces peintures s'interposaient d'ailleurs entre sa Flora à lui et la Flora de Baskine. La Flora de ses souvenirs, si différente de celle surgie dans le sous-sol de la Coupole. Mais telle est la puissance des choses peintes que la Flora nue, la Flora court-vêtue, la Flora impudique, le poursuivait. Ces touffes blondes des aisselles et du pubis, sur lesquelles s'était attardé l'artiste, l'obsédaient.

Que Fred se préoccupe de sa première compagne et de leur enfant paraissait tout naturel à Claudine. L'affectait, par contre, ce détachement qu'elle remarquait, de plus en plus vif, vis-à-vis de ses parents et de son frère. Dans leur logement de Billancourt, Fred restait le même, toujours aussi passionnément empressé aux moindres caprices de Mariette ; mais le dimanche, à Pantin, il cachait mal son ennui. Répondant souvent de travers aux questions de son beau-père, il n'avait plus le cœur à plaisanter avec Hubert qui l'observait avec cette sollicitude que l'on montre aux malades. Les après-midi se passaient à jouer aux cartes, d'interminables parties, en buvant des bocks de bière. Fred, distrait, tracassé par les moyens qui lui permettraient de fréquenter Makhno et de reprendre contact avec les milieux libertaires, perdait par inattention ; ce qui lui valait les récriminations aigres de son partenaire. Pour éviter de tels incidents, Claudine prit l'habitude d'être sa coéquipière. Elle plaisantait, en retournant vers Billancourt :

— Comment peux-tu confondre la dame de pique et la dame de trèfle ? A quoi pensais-tu ?

Comme il est habituel lorsque l'on rumine quelque chose de précis, Fred répondait :

— A rien. A quoi veux-tu que je pense ?

Alfred Barthélemy se remit à parcourir les journaux, notamment *Le Libertaire* et *L'Humanité.* Dans *L'Humanité,* il trouvait dans chaque numéro motif à indignation, mais un article, signé Henri Barbusse, dépassa les bornes. Fred lut et relut ce paragraphe, n'en croyant pas ses yeux : « Le chef de bande Makhno, voleur et assassin de paisibles populations, qui commit avec un sadisme fou les plus abominables attentats et qui, paraît-il, se prélasse en ce moment chez nous. »

Assimiler un anarchiste à un bandit, Fred en avait l'habitude. C'était la manœuvre habituelle des bolcheviks. Mais dire du malheureux Makhno : « qui, paraît-il, se prélasse en ce moment chez nous », relevait de la plus parfaite ignominie. Fred se précipita chez les Delesalle, leur demandant qui était ce Barbusse.

— Un communiste, précisa Paul. Un grand écrivain aussi. Tu n'as pas lu *Le Feu* ? Il vient de fonder avec Francis Jourdain l'Association des amis de l'Union soviétique. Un homme honnête, mal renseigné peut-être pour Makhno. Toujours ce roman de Kessel qui traîne dans tous les tiroirs.

Fred décida de le rencontrer. Chose facile, Barbusse

s'empressant de recevoir cet ouvrier métallurgiste. D'aussi grande taille que Fred, avec des joues creuses et des lèvres minces, sa maigreur était telle que ses os avaient du mal à le porter. Il fléchissait sous on ne sait quel poids. Que ce prolétaire intercède pour Makhno l'incommoda. Il fit dériver la conversation vers Renault, l'oppression patronale.

— Louis Renault est un exploiteur et son usine un bagne, n'est-ce pas ?

— Un bagne dont on peut sortir chaque soir ; ce n'est pas le cas des bagnes sibériens.

— Qu'en savez-vous ?

Fred n'était pas encore décidé à se démasquer. Il parla de Makhno avec chaleur, de sa misère, de ses blessures, du rôle qu'il joua dans l'écrasement des armées blanches.

Barbusse se dérobait. A toutes les tentatives de Fred pour le décider à rétablir la vérité à propos de Makhno, il prenait des tangentes. Jamais Fred n'arriva à saisir son regard. Ses mains effilées brassaient l'air. Fred évoqua la répression qui, après avoir frappé les anarchistes et les socialistes révolutionnaires, atteignait maintenant tous les compagnons de Lénine. Puisque lui, Barbusse, se disait ami de l'Union soviétique, son premier devoir était de mettre Staline et Boukharine en garde contre cet esprit de destruction qui semblait les submerger.

— Les révolutions ont un destin tragique, gémit Barbusse.

— Les hommes aussi. Regardez Zinoviev, Trotski, monuments tombés de leur socle. Comme Makhno.

Barbusse prétextant une migraine, demanda à Fred de saluer les travailleurs de son atelier et se retira, presque cassé, le buste en avant, comme s'il allait tomber.

Soudain, le vent de la politique tourna, d'Est en Ouest. On ne se préoccupait que de la Russie. L'Amérique entra alors en scène. Par la porte de la répression.

Depuis 1921, deux anarchistes italiens, émigrés aux États-Unis, Nicola Sacco et Bartolomeo Vanzetti, condamnés à mort pour le meurtre supposé d'un trésorier-payeur et du gardien d'une usine, attendaient leur exécution, sans cesse retardée. Au début de 1927, un câble d'Amérique informa l'Union anarchiste que la chaise électrique se préparait pour Sacco et Vanzetti. Pendant tout le premier semestre, Fred suivit dans *Le Libertaire* les péripéties de la défense organisée en France toujours par ce même petit homme, pas plus haut que Flora, Louis Lecoin. Il avait du mal à se concentrer devant son établi, du mal à ne parler que de banalités avec Claudine. Il avait l'impression que cette affaire Sacco et Vanzetti lui échappait, que c'est lui qui aurait dû se trouver à la place de Lecoin. Resterait-il indéfiniment spectateur ? Il aurait voulu crier que ces deux seuls anarchistes condamnés à mort en Amérique, et dont la culpabilité n'avait jamais été prouvée, pesaient aussi lourd que les milliers d'anarchistes russes tués d'une balle dans la nuque en descendant les marches des caves de la Tchéka. Aussi lourd, parce que l'Amérique symbolisait jusqu'alors la liberté, la Russie s'attribuant l'emblème de l'égalité. Pour forcer le peuple russe à l'égalité, les bolcheviks tordaient le cou à la liberté. Mais l'Amérique inégalitaire, si elle se mettait, elle aussi, à persécuter les libertaires, où subsisterait-il une terre d'asile ? N'était-ce pas en Amérique que tant de proscrits s'étaient réfugiés jadis : Trotski, Voline, Emma Goldman…

Lecoin se démenait. De semaine en semaine, *Le Libertaire* rendait compte de son action. Il avait convaincu Jouhaux de mettre en branle la C.G.T., Victor Basch de faire intervenir la Ligue des droits de l'homme, Joseph Caillaux (mais oui, le Caillaux de Vigo de Almereyda) de télégraphier à la Maison-Blanche,

Mme Curie d'intercéder auprès des scientifiques d'outre-Manche. Lecoin organisait des meetings, collectait des signatures (trois millions de signatures pour sa pétition). Lorsque, le 23 août, parvint à Paris la nouvelle de l'exécution de Sacco et Vanzetti, Fred se précipita vers le centre de la capitale. La foule, une foule énorme, manifestait, tentant, malgré les charges de la police, de prendre d'assaut l'ambassade américaine. Ces hommes et ces femmes, soulevés d'indignation contre l'injustice, descendus spontanément dans la rue pour une cause strictement humanitaire, démontraient à Fred que tout n'était pas perdu, que Lecoin avait raison, que le silence et le retirement, que son silence et son retirement, s'ils persistaient, seraient lâcheté.

A la fin de l'année, Alfred Barthélemy rencontra Louis Lecoin. Toute cette publicité faite à Makhno par le livre de Kessel aboutissait à ce que la préfecture de police décide l'expulsion de l'Ukrainien. Fred intervint donc auprès de Lecoin pour qu'il essaie d'obtenir l'annulation de cette mesure.

Lecoin partageait la méfiance des anarchistes pacifistes pour ce foudre de guerre que fut Makhno. Il suffit que Fred lui décrive la déchéance de l'homme, son désarroi, sa solitude, pour que Lecoin s'échauffe :

— J'ai bien réussi à empêcher l'extradition de Durruti qui voulait assassiner le roi d'Espagne. La violence de Durruti ou de Makhno me répugne et je ne les suivrai jamais dans cette voie. Mais s'ils deviennent victimes, s'ils souffrent de la violence, je suis prêt à me dévouer pour eux.

— Durruti, demanda Fred, Durruti de la C.N.T. ?

— Tu le connais ?

— Non, mais j'ai connu Pestaña et Nin... Comment va l'anarchie, en Espagne ?

— Formidablement bien. On la persécute. On étrangle les anarchistes au garrot. Ce qui n'empêche que nous sommes la plus forte organisation révolutionnaire en Catalogne.

— J'aimerais rencontrer Durruti.

— Je lui demanderai de te voir. Et toi, pourquoi ne milites-tu plus ? Que le communisme t'ait dégoûté de la politique, rien de plus normal. Seulement tu es vacciné, maintenant. Bon, fais ce que tu veux. Pour Makhno, te tracasse pas. J'irai voir Chiappe.

Lecoin serait allé voir le pape si cette visite pouvait sauver une cause qui lui était chère. Il avait un tel don de convaincre, que personne ne lui refusait jamais rien.

Bien sûr, puisque Lecoin s'en mêla, Makhno ne fut pas expulsé. Comme il s'ennuyait dans son immeuble de brique de Vincennes, Fred lui servit de guide et d'interprète dans les réunions anarchistes. Makhno ignorait tout de la situation politique en France qui, d'ailleurs, ne l'intéressait pas. Fred s'aperçut très vite que Makhno détestait les intellectuels par un complexe de plébéien inculte et qu'il s'accrochait à lui, parce qu'il était un ouvrier, qu'il parlait russe, qu'il avait vécu en Russie, connu Igor et les gardes noirs. Il s'attacha tellement à Fred que celui-ci lui devint indispensable. Comme tous les délaissés, Makhno, vite tyrannique, se plaignait sans cesse de ce que Fred ne lui accordait pas assez de temps. Dès qu'il arrivait dans le petit logement, Makhno l'empoignait par le bras et le poussait dehors. Il lui déplaisait que Fred cause avec Galina. Il faut dire que Galina prenait un plaisir sadique à critiquer Makhno, à le dévaluer. Comment se comportait-elle dans l'intimité, on ne le sait, mais dès que, dans leur une pièce-cuisine, s'introduisaient de rares visiteurs, elle s'acharnait sur son mari, ne lui ménageant pas les mots blessants, alors qu'elle minaudait auprès des inconnus. Une fois que Fred évoquait Toukhatchevski, elle s'écria :

— C'est un vrai général, lui, c'est pas comme Nestor !

Ces perpétuelles allusions aux généraux de l'armée rouge : Toukhatchevski, Boudennyï, Vorochilov, ulcéraient le vaincu. Fred remarqua, contrarié, que Makhno estimait ces généraux, qu'il jalousait leur carrière et qu'il échafaudait dans sa tête des stratagèmes pour retourner en Russie.

— Ils comprendront que je peux leur être utile, disait-il. Ils ont chassé Trotski, qui m'a trahi. Je vais demander à l'ambassade un visa de retour.

— Tu es fou. Ils te fusilleront à l'arrivée.

— Ici, ils me fusillent tous les jours. Tous. Avec leurs yeux. Les blancs, les rouges, les noirs. Tous !

Les Russes blancs, c'est vrai, considéraient Makhno comme plus horrible que Lénine. Quant aux rouges, pour eux Makhno représentait l'aberration révolutionnaire, la pire, celle du gauchisme. Et les noirs le suspectaient de violences gratuites.

Fred, qui n'aimait pas les violents, les retrouvait toujours sur sa route. La bande à Bonnot dès l'enfance et, maintenant, Makhno.

Pourquoi ce désir de rencontrer Durruti ? A cause du souvenir de Pestaña ? Durruti, comme Fred excellent ouvrier métallurgiste, vivait depuis des années dans la clandestinité, combattant *los pistoleros,* ces tueurs professionnels recrutés par les gouverneurs, les patrons et les évêques pour assassiner les militants de la C.N.T. Durruti était devenu lui-même terroriste par autodéfense, mais tout semblait prouver qu'il y prenait goût. Il avait attaqué des banques, enlevé des juges. Condamné à mort par contumace en Espagne, au Chili, en Argentine, expulsé de sept pays, son rêve était pourtant bien pacifique : ouvrir des librairies anarchistes dans toutes les grandes villes du monde.

La situation des réfugiés politiques en France restait précaire. Sous le règne de Poincaré, que Léon Daudet appelait familièrement « le nain Raymond, ce sinistre péteux », il subsistait néanmoins une tolérance pour les libertaires. Exterminés en Russie (où, même la Croix-Noire, réplique de la Croix-Rouge, était interdite), garrottés en Espagne, électrocutés en Amérique, les anarchistes russes, bulgares, hongrois, espagnols, italiens, affluaient à Paris, lieu désormais privilégié de l'Internationale noire. Ils affluaient, mais ne nous méprenons pas, ils ne formaient pas une foule suffisamment dense pour qu'un gouvernement puisse s'en inquiéter. La police les tenait à l'œil, surveillait leurs agissements, brandissant la menace de la proscription. Il avait fallu toute l'énergie de Louis Lecoin pour que Durruti ne soit pas refoulé en Espagne où le garrot l'attendait, ou embarqué pour l'Argentine qui le condamnerait au bagne. En ces années 20, Lecoin porta à bout de bras en France une théorie révolutionnaire qui paraissait anachronique. Octobre 17 éclipsait la Commune de Paris. Pire, le communisme s'appropriait les communards. Il ne restait plus à l'anarchie que des victimes, des exclus, des fugitifs. Tout naturellement, Fred se retrouva parmi eux.

Lecoin ne le mit pas en contact avec Durruti. Fred voyait bien que, pour les libertaires purs et durs comme Lecoin, il demeurait suspect. Un transfuge du Komintern n'est en odeur de sainteté pour personne. Seul Makhno lui faisait confiance. C'est par Makhno qu'il connut Durruti.

Musclé, massif, Buenaventura Durruti ressemblait à une sculpture primitive taillée dans le bois à coups de hache. Dès leur première rencontre, dans une allée déserte du bois de Vincennes où Makhno les avait réunis, les deux hommes ressentirent une sympathie et une confiance que les vicissitudes de leur existence ne devaient ensuite jamais altérer.

Durruti, avant de connaître Alfred Barthélemy, ne fréquentait, outre Lecoin qu'il plaçait à part (dans une sorte de chapelle pieuse, si l'on peut utiliser telle expression pour des anticléricaux aussi virulents ; mais la tête ronde de Lecoin se nimbait d'une auréole de ce que l'on devrait bien appeler une sorte de sainteté laïque) que Makhno et Émile Cottin. Cottin et Durruti avaient un point commun : ils avaient acquis leur notoriété, le premier en tirant sur Clemenceau, le second en montant un attentat contre le roi d'Espagne.

Fred désapprouvait totalement ces attentats individuels qui engendrent une répression collective. Il s'en expliqua avec Durruti qui se rendit à ses raisons. Aussi ne manifestait-il aucune envie de fréquenter Cottin que Lecoin (toujours lui !) avait réussi à faire libérer, après cinq ans de détention, en intervenant auprès du Cartel des gauches.

— Sais-tu, dit Durruti à Fred, qu'en même temps que le conseil de guerre condamnait Cottin à mort, qui avait seulement blessé Clemenceau, Raoul Villain, l'assassin de Jaurès, était amnistié ?

Fred, silencieux, pensait qu'en Russie, ni Villain ni Cottin, n'auraient survécu à leur condamnation. Mais le stipuler n'était-ce pas faire l'éloge de cette société capitaliste qu'ils exécraient autant que la société bolchevique ?

Impossible de cacher plus longtemps à Claudine qu'il reprenait une activité politique. La surprise fut grande pour la jeune femme qui ignorait qu'il s'agissait d'une récidive, et qui croyait à un incompréhensible engouement. Elle avait bien observé chez Fred un changement d'attitude, de nombreuses absences, un air d'être ailleurs, mais elle mettait cela sur le compte de cette Flora et de son fils. N'était-ce pas depuis cette néfaste nuit à Montparnasse que Fred n'était plus le même ? Ce militantisme n'était-il pas un prétexte qui masquait la vraie raison ?

— Pourquoi, dit-elle, pourquoi t'intéresser comme ça

à la politique ? Tu trouves mon père raseur avec ses grands principes. Enfin, tu vas pouvoir discuter maintenant avec lui. Nos dimanches seront plus gais.

Fred savait bien que le jour où sa vraie vie politique l'absorberait, le jour où il publierait le livre qu'il commençait à écrire, le drame éclaterait dans la famille de Claudine, et qu'il apparaîtrait comme un dissimulateur, doublé d'un renégat.

— Pourquoi ne me parles-tu jamais de la mère de ton fils ? insinua Claudine, qui ne voulait pas passer pour dupe. Germinal, nous devrions l'inviter ici, parfois.

— La mère de mon fils ? Tout cela est si vieux qu'il me semble avoir eu deux vies. Quant à Germinal, il ne m'aime guère. Il pense que j'ai abandonné sa mère.

— Oui, pourquoi l'as-tu abandonnée ?

— Je ne l'ai pas abandonnée. C'est la guerre qui m'a pris. Je n'avais pas le choix. Ensuite, nous nous sommes perdus. Le principal, c'est que je t'ai trouvée, toi, ma Claudine.

Fred était sincère. Il n'avait pas revu Flora, sinon multipliée par les peintures de Baskine, sinon ankystée dans ses rêves. Est-on responsable du vagabondage de son esprit ? De la mouvance de ses désirs ? Il désirait Flora, la Flora nue de Baskine, plus fort qu'il ne l'avait jamais désirée lorsqu'elle était sienne et justement, parce qu'il savait la violence de cette passion pour Flora, il la fuyait. Jamais, après avoir contemplé les peintures de Baskine, il ne retourna à Montparnasse. Souvent, chez Renault, attentif devant son établi, les forets à langue d'aspic, les mèches à téton, les gouges de forme arrondie, se transformaient en lèvres, en seins, en fesses. Toute une fantasmagorie érotique où le corps de Flora déferlait parmi les pièces d'acier, les bousculait, s'insérait à leur place. Fred, médusé, n'osait plus se servir de ses outils. Il n'entendait plus le fracas des machines. Il s'en allait vers les Halles, vers la rue Poissonnière et Flora surgissait, balançant ses petites jambes blanches à l'arrière d'une charrette de poissonnier.

Il aimait trop Claudine et Mariette pour mettre en péril ce bonheur. Déjà, le militantisme risquait fort de le perturber. Il présumait bien que Claudine, confrontée à Flora, ne tiendrait pas longtemps sous le choc. De Flora, émanaient une force sauvage, une sensualité radieuse, si naturelles lorsqu'ils vivaient ensemble, qu'il n'y avait pas attaché assez de prix. Il avait suffi qu'il la voie pendant une seule nuit évoluer à Montparnasse, qu'il la regarde comme une étrangère, pour que ces particularités explosent sous son nez. Il avait découvert Flora dans les regards concupiscents des hommes qui l'abordaient. Flora radieuse, provocante, souveraine.

Fred reprit :

— Le principal, c'est que je t'ai trouvée, toi, ma Claudine.

Le regard confiant de Claudine. Elle hésita, confia avec son calme habituel :

— Je n'en suis pas sûre. Peut-être bien que Mariette aura un petit frère. Faudra que je consulte le docteur.

Maintenant, tous les soirs, une fois Mariette couchée, Fred posait un cahier d'écolier sur un coin de la table de la cuisine et écrivait ; décrivait tout ce qu'il avait vécu en Russie, l'enthousiasme des premières années de la Révolution, le désenchantement qui suivit, la mise en place de l'appareillage habituel de l'État, la bureaucratisation, la militarisation, l'univers carcéral, les rivalités entre les chefs du Politburo, l'éviction de l'opposition. Il se souvenait que Vergniaud, le leader des Girondins, avait dit de la Révolution française lorsqu'elle devint Terreur : « Saturne dévorant ses enfants ». Il voulait intituler ainsi son livre. La Révolution russe, c'était également Saturne dévorant ses fils. L'ogre bolchevik, après avoir avalé goulûment tous ses adversaires, dévorait maintenant ceux qui l'avaient fait ogre. L'ogre s'autodévorait.

Claudine, perplexe, regardait Fred qui écrivait. Il lui avait affirmé qu'il rédigeait une sorte de rapport qui servirait à prendre certaines décisions politiques. Claudine rétorqua qu'elle ne comprenait pas quel exposé il pouvait bien concevoir, lui qui ne frayait avec personne. Fred répliqua que, justement, il s'absenterait pendant quelques jours et qu'elle ne devrait pas s'inquiéter. Durruti et lui projetaient en effet de rencontrer en Allemagne Erich Mühsam.

Pourquoi cette Allemagne, qui devait être le pivot de la révolution mondiale ne bougeait-elle pas ? Durruti savait que Mühsam conservait la confiance des anarchistes allemands et il voulait établir une liaison avec eux. Comme Fred Barthélemy connaissait bien Mühsam, il était indispensable qu'il participe au voyage.

Durruti et Fred préparèrent leur escapade avec une grande exaltation. Fred trouvait en Durruti un camarade à peu près de son âge. Au contraire de Makhno, qu'ils admiraient d'ailleurs tous les deux, mais dont ils constataient l'inéluctable déclin, ils se sentaient sur un tremplin, prêts à bondir. Ni l'un ni l'autre ne savaient où, mais ils pressentaient qu'un jour ils feraient un grand saut.

Erich Mühsam jouissait en Allemagne d'un prestige exceptionnel dû à la fois à sa responsabilité de membre du Conseil central de la première République de Bavière, en 1919, et à son succès d'écrivain. Poète, essayiste, dramaturge, son style acerbe et son humour avaient rendu célèbre cet homme qui venait d'avoir cinquante ans, l'aîné donc de vingt ans de Barthélemy et de Durruti.

Mühsam comprenait bien que les bolcheviks l'avaient abusé. En même temps, il s'effrayait à l'idée de décrocher totalement du parti communiste allemand, demeuré très fort, qui lui paraissait le seul rempart sûr contre la montée d'une nouvelle Ligue prolétarienne qui l'inquiétait beaucoup plus que l'éviction, en Russie, de Trotski et de Zinoviev.

Ni Durruti, ni Alfred Barthélemy, n'avaient entendu parler de ce parti national-socialiste des ouvriers allemands, pas plus que de son chef, Adolf Hitler.

— Hitler, dit Mühsam, ne paye pas de mine avec son vieil imperméable et son chapeau cabossé. Mais qu'on ne s'y trompe pas, il porte l'uniforme des chômeurs. Hitler s'identifie à eux et eux croient qu'il les représente. Cet Hitler est un acteur et un metteur en scène qui ne laisse rien au hasard. Depuis dix ans, dans l'ombre, il prépare sa représentation. Il a déjà créé son drapeau (rouge, bien sûr) avec une croix gammée noire ; ses troupes de choc, les S.A., avec des chemises brunes qui singent les chemises noires de Mussolini.

— Trotski aussi était un grand metteur en scène et un prodigieux acteur, dit Fred. Il n'empêche que sa pièce a fait un four et que le rideau lui est tombé sur la tête.

— Mais non, sa pièce n'a pas fait un four, répliqua Mühsam. Staline la joue maintenant à bureaux fermés. Il récupère tout : l'armée rouge, la Tchéka devenue Guépéou, la bureaucratie, le parti unique. Staline couche avec ses bottes dans le lit que lui a bordé Trotski.

— Staline, dit Durruti, c'est la victoire des bureaucrates sur les idéologues.

— Pas si simple, reprit Fred. Du temps de Lénine, Staline se moquait du bureaucrate Trotski. C'est Trotski et Zinoviev qui ont bureaucratisé le bolchevisme. Staline n'est qu'un héritier. Ton Hitler ne me paraît qu'une pâle imitation de Mussolini, lui-même pitoyable matamore. Le danger n'est pas là. Je suis bien placé pour savoir que la pieuvre Komintern étend ses tentacules sur toute l'Europe. Si nous ne réagissons pas, nous serons étranglés. Proclamons partout que l'avenir de la révolution n'est plus en Russie, que la Russie bafoue la révolution. L'avenir de la révolution se trouve en Espagne, avec Pestaña.

— Oui, appuya Durruti. Nous venons pour que tu comprennes bien ça, pour que tu abandonnes l'idée que la Russie représente encore un espoir. En Espagne, les anarchistes sont majoritaires et il n'y existe qu'un seul parti communiste important, adversaire de celui de Moscou et avec lequel nous pouvons donc travailler.

Durruti conservait des manières plébéiennes qui déroutaient l'intellectuel Mühsam. Il parlait en effet très fort et, pour accentuer ses paroles, frappait la table de ses énormes poings.

Mühsam se mit à marcher de long en large, les bras derrière le dos. Il s'arrêta soudain, fit volte-face, dévisagea ses deux visiteurs avec un certain étonnement, comme s'il les découvrait.

— Le drame, c'est que chacun se complaît dans son petit monde. Quand tu étais à Moscou, Barthélemy, tu ne repérais pas plus loin que la lorgnette de Zinoviev. Maintenant, ton regard ne traverse pas le Rhin. Et toi, Durruti, tu ne vis plus en Espagne et pourtant tu traces les frontières de l'Espagne autour de toi, comme un cercle de craie. Vous me direz que, moi aussi, mon regard ne porte pas assez loin. Mais il faut jouir d'une vue perçante pour distinguer ce que trame ce petit homme à l'imperméable chiffonné. Les socialistes en ricanent. Les communistes se tapent sur les cuisses. Moi, je vous l'affirme, cet homme est le diable en personne. Il a écrit un livre, *Mein Kampf,* où il révèle toute sa doctrine, tous ses plans. Personne ne le lit. Personne ne le prend au sérieux.

— Mais que propose-t-il, ton Hitler ?

— Il reprend à son compte toutes les idées de l'extrême gauche : abolition des revenus ne résultant pas directement du travail, nationalisation des cartels, partage avec l'État des bénéfices de la grande industrie, expropriation des grands magasins et leur location à bas prix aux petits commerçants, abrogation du traité de Versailles...

— Eh bien ! Ce n'est pas si mal !

— Il promet la lune, mais en même temps il agite de vieux démons : la race, la haine des Juifs. Vous n'avez pas rencontré ses S.A. De vrais voyous. Actuellement, il ne fait plus parler de lui. Mais je le sens qui se prépare. Je vous le dis, mes camarades, ce nouveau parti qui se proclame ouvrier est un ramassis de voyous. Hitler se modèle sur Mussolini, mais aussi sur Staline. Il est loin du pouvoir, mais s'il l'obtient ce sera terrible.

Durruti et Barthélemy revinrent d'Allemagne déçus par Mühsam. Ils étaient allés lui présenter une Espagne avenir du monde et il ne les avait entretenus que des pitreries d'un acteur de second rôle que lui seul prenait au sérieux.

A la fin de 1928, Claudine accoucha d'un second enfant, prénommé Louis. Mariette avait maintenant deux ans. Elle s'amusait avec sa poupée, passait de longs moments à regarder le bébé dans son berceau, parlait peu, observait autour d'elle, avec attention, les meubles, les objets et ces deux êtres verticaux, énigmatiques, ses parents. Parfois, Fred la juchait sur ses épaules et ils descendaient en bord de Seine. Des coups de masse faisaient trembler les berges. Des milliers de pieux enfoncés dans l'île Seguin formaient les futurs points d'appui à l'assise de l'usine Renault qui s'y construirait en extension aux actuels ateliers de Billancourt. Fred s'étonnait de rester si longtemps lié à cette boîte, de retourner chaque jour dans le même atelier, de voir aux établis voisins les mêmes têtes. Être marié à Claudine et père de deux enfants ne le surprenait pas moins. Cette vie tranquille contrastait à tel point avec la tempête qu'il retrouvait en rejoignant le dimanche

Makhno et Durruti, qu'il ne savait plus très bien qui il était, quel rôle il jouait. Seule l'écriture le rééquilibrait. Il continuait à écrire tous les soirs, au crayon (sa vie d'atelier lui avait donné l'habitude du crayon de bois à mine de graphite) sur des petits cahiers quadrillés. Il accompagnait de moins en moins souvent Claudine chez ses parents puisque seuls les dimanches lui permettaient de rejoindre Makhno et Durruti, d'assister à des réunions, de rencontrer d'autres militants.

C'est ainsi qu'en janvier apparut au *Libertaire* un revenant. Un vrai revenant. Lazare en personne. Un vieillard au teint cireux, aux cheveux blancs comme du plâtre. Un revenant de l'anarchie terroriste du temps de la bande à Bonnot. Fred n'avait jamais entendu parler de cet homme, mais les militants le recevaient avec affection et prévenance. May Picqueray dit à Fred qu'il s'agissait de Marius Jacob, condamné au bagne à perpétuité en 1905. Marius Jacob avait passé neuf années au cachot en Guyane, les fers aux pieds. Il y avait subi quinze ans de régime cellulaire, tenté dix-neuf évasions. Ce vieillard entrait dans sa cinquantième année. Depuis plus de vingt-cinq ans, il n'avait pas marché dans une rue, seulement dialogué avec des codétenus. Libéré à la suite d'une réduction de peine, il découvrait un Paris qui n'était plus le sien. Des tramways remplaçaient les voitures à chevaux. Il ne connaissait plus personne et personne ne le connaissait. Seul lien avec son passé : *Le Libertaire.* Il y apprenait que tous ses amis étaient morts, que la C.G.T. marxisée laminait l'anarcho-syndicalisme, qu'en Russie les bolcheviks décimaient les anarchistes. Il restait assis, anéanti, ses yeux noirs, encore plus noirs dans la pâleur de son visage buriné, fixant avec intensité les hommes et les femmes qui l'entouraient. Personne ne l'avait approché du temps où ses cambriolages rocambolesques lui valurent d'inspirer les aventures d'Arsène Lupin, personnage de fiction aujourd'hui plus célèbre que son modèle. Marius Jacob, cramponné à sa chaise, avait un ébahissement d'enfant. Le monde qu'il découvrait était un monde fou, aussi fou que celui des gardes-chiourme de Cayenne. Au bagne, il avait étudié le droit. Le droit ? Comme s'il existait d'autre droit que celui du plus fort, du plus riche, du plus beau ! On garda Marius Jacob, vissé sur sa chaise, jusque tard dans la nuit. Il ne voulait plus s'en aller. Il ne voulait plus aller nulle part. En désespoir de cause, on lui fit un lit de camp au milieu des piles de journaux et il resta seul à dormir dans le local désert.

En février 1929, Trotski fut expulsé d'U.R.S.S. Pourquoi Staline, qui l'avait jeté dans ces poubelles de l'Histoire où Trotski, lui-même, aimait enfouir ses adversaires, le ressortait-il soudain pour le lancer à la face de l'univers ? Mystère. Pensait-il qu'il ne se relèverait jamais de cet affront ? Pensait-il que l'Occident allait persécuter le créateur de l'armée rouge et que l'exil lui serait son enfer ? Staline, qui n'avait jamais quitté la Russie et qui ne la quittera jamais, connaissait bien mal l'Occident. L'Occident raffole des martyrs. Pour les Occidentaux, Trotski au pouvoir était un monstre ; Trotski, chassé du paradis soviétique, devenait une victime qu'il fallait aimer.

Que Zinoviev prononce son autocritique, soit réintégré dans le Parti et proclame son allégeance à Staline, n'étonna pas Fred outre mesure. Doriot qui, en Russie, se montrait disciple zélé du puissant Trotski ne s'affirmait-il pas en France son plus enragé accusateur ? Doriot et le parti communiste français misaient à fond sur Staline. Par contre, que le trotskisme (ainsi baptisé par Zinoviev avec une rare prescience) revendique déjà le statut de religion, stupéfiait Fred Barthélemy. A peine le communisme établissait-il sa catholicité, qu'un schisme apparaissait, ébranlant la gauche. Comment l'Union anarchiste, moribonde, se relèverait-elle de ce nouveau raz de marée ? Fred s'interrogeait pour savoir s'il y militerait. En Espagne, il eût déjà adhéré depuis longtemps. Mais en France, que représentaient maintenant les anarchistes, sinon une fidélité à un idéal qui n'intéressait guère qu'eux-mêmes ? Chez Renault, ses collègues avec lesquels il discutait lorsqu'ils décampaient en troupeau compact par les grilles de l'usine, au coup de sirène du départ, étaient tous fascinés par ce qui se passait en Russie. Fred voyait bien que la liberté (premier souci des anarchistes) leur importait moins que l'égalité. Dans les meetings libertaires, il intervenait souvent, à regret, comme opposant. A ceux qui soutenaient que la Révolution soviétique pourrissait par la tête, il rétorquait que tous les compagnons de Lénine, et Lénine lui-même, étaient des vertueux et que celui que l'on considérait alors comme le plus vertueux de tous était Staline. La vertu, disait Alfred Barthélemy, conduit à la terreur. Voyez Torquemada, voyez Robespierre. J'ai connu autrefois les gars de la bande à Bonnot. Tous des vertueux ! Ne croyez pas que les masses russes ont été acquises au communisme seulement par la terreur. La terreur n'existe que parce que les masses russes approuvent la terreur. Subjuguées par le bolchevisme, elles n'écoutaient pas nos camarades qui prêchaient seulement pour quelques convertis. Le bolchevisme n'aurait pu s'emparer du pouvoir sans le soutien des masses. Le bolchevisme, c'est l'ordre et l'égalité dans la médiocrité. Les masses n'aiment ni le désordre, ni la liberté, dont elles ne savent que faire. Seuls les moujiks étaient des libertaires innés, c'est pourquoi Staline vient de décréter l'étatisation totale de l'agriculture. Or qui, parmi nous, se soucia jamais des paysans ? En Espagne, oui. Il n'y a que l'Espagne qui soit vraiment anarchiste.

Parce qu'il travaillait dans une immense usine, Fred se rendait compte que le développement de la grande industrie amenait une nouvelle discipline sociale. Au début du siècle, la plupart des militants libertaires appartenaient au monde de l'artisanat. L'artisanat tombait en désuétude et l'anarchie avec. Il fallait réagir. Fred s'élevait dans les réunions contre des idées trop confuses, des rabâchages de formules usées, des méthodes de propagande anachroniques. Mal diffusées, mal imprimées, peu lues, les publications anarchistes n'atteignaient pas leur but. Alors que les intellectuels influents flirtaient avec le parti communiste ou commençaient à s'enthousiasmer pour le trotskisme, l'Union anarchiste ne réussissait à attirer qu'un seul d'entre eux, le philosophe Alain, collaborateur régulier du *Libertaire,* unique universitaire français ayant dénoncé la répression contre les anarchistes russes.

Alfred Barthélemy, qui se laissait de nouveau aller à sa fringale de lectures, lisait à la fois les journaux provenant de Russie et les journaux russes de l'émigration. Il était ainsi plus au courant que quiconque de ce qui se passait en U.R.S.S. On n'y parlait que du trotskisme, de l'exil de Trotski. Or Fred observait qu'une transformation effrayante s'opérait en U.R.S.S. Lorsqu'il vivait à Moscou, les opposants mis en accusation par les bolcheviks protestaient, se battaient jusqu'à la mort, criaient leur indignation devant la révolution trahie. La répression prenait maintenant des formes plus subtiles. Les vieux bolcheviks, déportés en Sibérie ou en Asie centrale, partaient sans murmurer, disant seulement que le salut de la révolution demandait leur exclusion. Ils approuvaient leurs juges. Les cellules communistes organisaient des meetings pour exiger des condamnations plus dures et les procureurs accédaient à la voix des masses. Il semblait bien en effet que la terreur qui s'étendait sur toute la Russie exprimait la voix des masses, que Staline lui-même n'était que l'incarnation de ces masses aveugles (ou aveuglées).

Durruti avait fini par imposer à Fred la présence de Cottin. Toutes ses préventions tombèrent dès le premier contact avec ce petit homme blond, à la courte moustache et aux cheveux longs. Il fut conquis à la fois par l'extrême douceur qui émanait de toute sa personne et par la vaste culture de cet autodidacte, grand lecteur de Montaigne, de Voltaire, de Rousseau, de Marx, de Bakounine. Fred lui raconta sa visite chez Kropotkine et l'enterrement du prince anarchiste. Louis-Émile Cottin avait exactement le même âge que Durruti, soit trois ans de plus que Fred. Végétarien, Cottin ne buvait ni vin, ni alcool. Fred le rapprocha de Valet. Comment ce menuisier-ébéniste, timide et calme, avait-il pu tirer sur Clemenceau, le 19 février 1919 ? Et pourquoi ?

Cottin répondait à Fred la même chose qu'au procureur, lors de son procès : qu'il ne comprenait pas la société actuelle, autoritaire, n'engendrant qu'une foule de malheurs, et qu'il maudissait les gouvernements responsables de toutes les guerres.

Ils n'étaient pas trop nombreux, tous les trois, pour s'occuper de Nestor Makhno dont la déchéance devenait inquiétante. La tuberculose, rapportée de Boutyrki, minait de nouveau ses poumons. On l'entendait tousser dès que l'on montait les escaliers de l'immeuble de brique. Sa blessure au pied ne se refermait pas et il en souffrait de plus en plus. De toute manière, sa jambe droite, invalide, ne tenait à son corps que par un seul tendon. Son regard s'était adouci, dans son visage ridé. Rêve ou absence, il écoutait avec attention ses visiteurs. Seules les interventions de Galina le faisaient sursauter. Elle l'humiliait perpétuellement, comme si elle voulait se venger de la chute dans laquelle il l'avait entraînée. Elle, la jolie institutrice, ravalée au rôle de garde-malade d'un infirme et condamnée à gagner misérablement leur vie, à tous les deux, tantôt comme femme de ménage, tantôt comme cuisinière. Un dimanche, elle leur révéla que Makhno avait écrit à Staline pour lui offrir ses services. Il se croyait encore capable de commander un régiment de cosaques.

— Seulement, dit-elle à Fred, même Staline n'en veut pas de ton ami. *Niet! niet!* Personne ne m'en débarrassera jamais. Personne ! Sauf Trotski peut-être, qui arrive, et qui le tuera.

— C'est moi qui tuerai Trotski, grogna Makhno.

En accord avec *Le Libertaire*, Fred organisa un comité de solidarité qui assura à Makhno une pension de mille francs par mois. Avec ces mille francs, il se crut riche, s'attarda dans les bistrots de Vincennes jusqu'au moment où les mastroquets le poussaient dehors en étendant leur sciure de bois. Très vite ivre, avec sa constitution délabrée, il gravissait péniblement les étages de ce qu'il appelait la caserne. Galina l'accablait de reproches, l'accusant à juste titre de dilapider l'argent que les militants avaient bien du mal à réunir. Un soir, il trouva la porte ouverte. Galina était partie, emmenant Lucia.

Son livre terminé, relu, soigneusement corrigé sur manuscrit, Fred entreprit le tour des éditeurs. Au seul énoncé du sujet, certains refusèrent de le parcourir. D'autres conservèrent pendant quelques mois les cahiers et les lui rendirent avec un air de supériorité, lui disant qu'il affabulait, que l'exagération n'est jamais crédible. D'autres s'effrayèrent des conséquences d'un tel brûlot. On lui exposait qu'il allait contre le sens de l'Histoire et qu'il ne sert à rien de ramer à contre-courant. Il essaya les éditeurs plus politisés et ceux-ci lui firent la leçon, lui démontrant que son livre constituait une mauvaise action, que les réactionnaires le récupéreraient fatalement ; qu'au moment où Trotski devenait une victime il ne convenait pas de l'accabler ; que la révolution qui s'opérait en Russie n'était pas seulement politique, mais technologique. Staline accouchait un monde nouveau. Quel intérêt de s'attarder à des détails, à des guerres de clans, au passé du bolchevisme, à vouloir réhabiliter des victimes qui ne sont que des vaincus !

Fred s'ouvrit de ses déboires à Paul Delesalle. Il négligeait beaucoup son vieil ami. Celui-ci, qui approchait de soixante ans, songeait à prendre sa retraite. Il rêvait d'un peu de verdure, pas trop loin de Paris. Léona, de plus en plus sourde, n'entendait guère les clients. Désillusionné par le parti communiste, Delesalle ne se résignait pas néanmoins à rompre. Il lut les cahiers de Fred, s'alarma lui aussi des conséquences d'une telle publication qu'il considérait comme tout à fait inopportune. Il ne mettait pas en doute les révélations de Fred, mais lui conseillait, pour l'instant, de les garder secrètes. Le voyant si décontenancé, il ajouta :

— Si tu crois de ton devoir de les publier, je vais te donner l'adresse d'un libraire qui les éditera en brochures. Tu le contacteras de ma part. Seulement, ne compte pas toucher de droits d'auteur. Encore heureux s'il ne te demande pas de payer l'imprimeur, comme un bourgeois.

— Je ne pourrai jamais payer, dit Fred. Claudine et les deux enfants, ça mange un salaire de métallo.

— Pourquoi ne nous amènes-tu pas un jour ta petite famille ? Tu délaisses tes vieux, Fred. Léona serait si contente de caresser tes deux enfants.

Fred promit, tout en sachant qu'il ne viendrait pas.

Le libraire-éditeur en question tenait boutique à Montparnasse, rue Delambre. Devant le Dôme, Fred remarqua à la terrasse tout un attroupement, joyeusement animé. Des bohèmes aux cheveux longs, qui fumaient des cigares ; des femmes exagérément maquillées, aux robes collantes. Il passa très vite pour ne pas risquer de voir Flora ; entendit son nom. Comme un coup de couteau dans son dos, ce « Fredy » lancé d'une voix claire, un peu gouailleuse. Il eut l'impression de chanceler. Les jambes molles, il pivota lentement et reçut en pleine gueule tous ces regards d'oisifs attablés, un peu goguenards en lorgnant cet ouvrier à casquette que venait d'interpeller Flora. Pour mieux le surprendre, pour mieux l'étonner, elle était montée sur une chaise. Sa robe rouge, abusivement courte, découvrait ses jambes et ses cuisses moulées dans des bas noirs. Tête nue, ses cheveux blonds collés à sa tête, comme un casque, elle tendait les bras vers Fred.

— Ramène-toi, voyons ! Si c'est moi que tu cherches, je suis là !

Fred découvrit alors, tout près de la chaise où Flora était toujours perchée, l'homme au vêtement noir et au chapeau melon. Fixant Fred de ses yeux globuleux, il l'invita d'un geste de main molle à venir près de lui. Fred s'avança vers Flora. Elle était si petite que, debout sur ce siège, son visage arrivait juste à la hauteur de celui de Fred. Un fard bleu agrandissait ses yeux et ses lèvres rouges évoquaient toujours un bouton de rose. Flora sauta de la chaise sur Fred, qu'elle agrippa aux épaules. Il la serra dans ses bras, toute chaude, vibrante. Il eut une envie violente de l'emporter, de courir à toute allure, loin de Montparnasse, loin de tout, Flora suspendue à son buste, comme un enfant. Mais avant qu'il eût pu prendre son élan, Baskine s'était levé et, décrochant Flora, l'avait assise sur ses genoux. Il s'excusait de ce geste cavalier, excusait aussi Flora de son impertinence. Très séduisant, ce Baskine, malgré son costume de marchand de chevaux, malgré sa lippe dégoûtée. Très poli, trop poli. Il avait chassé une fille qui ressemblait à une prostituée pour qu'elle donne sa chaise à Fred. Il tenait les mains de Fred dans les siennes, l'assurant de son amitié, serrant en même temps de ses bras robustes la taille de Flora, prisonnière sur ses genoux. Il siffla le garçon qui accourut, obséquieux, l'appelant maître, aussi obséquieux, se remémora Fred, que les anciens laquais du tsar, au Kremlin, qui servaient Lénine. Baskine voulut absolument que Fred boive un apéritif, qu'il accepte un cigare. Flora ne disait rien. Elle observait Fred qui, gêné par cette situation fausse, ne pensait qu'à partir. Baskine paya le garçon avec un gros billet, le priant de garder la monnaie.

Il était presque impossible d'entrer dans la librairie de la rue Delambre tellement livres et brochures s'y entassaient. Comparé à celui-ci, le magasin des Delesalle paraissait ordonné et harmonieux. Il s'agissait en fait moins d'une librairie que d'un éditeur d'opuscules de politiques marginales, travaillant sur catalogue. Il diffusait on ne savait trop où, mais possédait des listes d'adresses qui lui permettaient d'écouler sa marchandise. Flairant dans le manuscrit d'Alfred Barthélemy matière à scandale, il lui proposa d'éditer gratuitement son texte, en quatre brochures ; une par trimestre, le tout intitulé, selon le vœu de Fred : *Saturne dévorant ses enfants*.

La première brochure parut en février 1930. Grise, mal brochée, d'une typographie trop pâle, elle n'encourageait guère à la lecture. Fred reconnaissait là cette négligence dans la présentation des publications anarchistes qui contribuait tant, selon lui, à leur mésestime. Dès qu'il prit ce fascicule en main, il sut qu'il ne convaincrait pas. Il lui eût fallu plus de brio, plus d'éclat. Il regrettait que ce ne soit pas un livre, sous la couverture d'un éditeur connu, comme ceux de Barbusse ou de Romain Rolland. Son texte avait des habits de pauvre. Il était gris comme la banlieue, gris comme l'usine, gris comme la vie quotidienne à Billancourt. Publier chez un éditeur marginal le marginalisait.

Pourtant, quelles explosions dans ce récit de six

années en Russie, des six années déterminantes où la Révolution passa de l'utopie à la bureaucratie, de Lénine à Staline, de la paix à tout prix à Brest-Litovsk à la militarisation de la classe ouvrière ; de la suppression de la peine de mort aux exécutions massives dans les caves de la Tchéka, puis de la Guépéou ; de la volonté de supprimer l'État à l'édification d'un pouvoir plus puissant que celui du tsar ; des soviets d'ouvriers et de paysans à la dictature d'un parti unique. Non seulement Alfred Barthélemy racontait, montrait les protagonistes de cette formidable mutation, mais il analysait la montée et le dépérissement d'un idéal, cherchait à en déterminer les causes, désignait les coupables de la trahison.

Le texte d'Alfred Barthélemy, rendu rapidement caduc par des ouvrages plus spectaculaires d'écrivains connus, comme André Gide, qui reprenaient simplement ses propos, venait trop tôt. L'aveuglement de la gauche, de toute la gauche, devant ce qui allait communément s'appeler, d'une manière abusive, l'Union soviétique (alors qu'il n'existait plus aucun soviet en Russie bolchevisée) rendait un tel livre invisible. En dénicher aujourd'hui des exemplaires, même en bibliothèque, relève de l'exploit. L'écriture conserve pourtant une fraîcheur que le papier de mauvaise qualité et l'encre trop pâle ne reflètent pas. La première brochure commence par ces mots :

« Si je me suis rendu, volontaire, en Russie, ce n'était pas pour y obtenir un bien-être matériel supérieur à celui des pays capitalistes. J'aurais même accepté, comme une chose presque naturelle, la misère que j'y rencontrai, si en échange j'y avais trouvé l'égalité, la liberté, la fraternité. Il est difficile de donner à tous la nourriture et le confort, mais rien ne s'oppose à ce que tous reçoivent la justice. »

Une telle introduction aurait dû intriguer le lecteur. Elle le rebuta. Beaucoup, qui s'attendaient à du prêchi-prêcha, jetèrent le libelle. On était impatient de mieux connaître Staline et ce prétendu témoin ne parlait que de Zinoviev, de Boukharine, de Kamenev, tous ces déchus qui n'intéressaient plus personne. Quant à son tableau des machinations de Trotski, il paraissait inconvenant au moment où celui-ci perdait tout pouvoir.

La thèse de la confiscation de la Révolution par les bolcheviks, alors que le mouvement initial de 1917 aurait été libertaire, fut jugée absurde et de mauvaise foi. Alfred Barthélemy démontrait que l'autorité des soviets ne dura que d'octobre 1917 au printemps 1918. Très vite dépouillés de leur autonomie, les soviets d'ouvriers et de paysans avaient lutté malgré tout contre la montée d'un nouvel État, constituant une opposition ouvrière dont Cronstadt fut le dernier sursaut, une opposition paysanne qui persista jusqu'à l'agonie de la *makhnovitchina.* Alfred Barthélemy ne déniait pas que le parti bolchevik constituât le fer de lance de la Révolution, que, plus que toutes les autres formations politiques, il possédât le sens de l'organisation. Mais cet esprit méthodique amena les bolcheviks à identifier la Révolution à leur seul parti qui, en toute logique, devait donc structurer le nouvel État prolétarien. Tous les désastres de la Révolution en Russie, concluait Barthélemy, n'ont pour origine qu'une seule faute : l'identification du Parti à l'État. Tout en découle naturellement : le Parti, dénaturé en clan, se substitue à la collectivité de ses membres ; un Comité central accapare ensuite le pouvoir des membres de l'appareil ; finalement un dictateur solitaire supplante le Comité central. La tyrannie du chef suprême se propage alors dans tout le corps de l'État. Chaque président de commission, d'association, devient lui-même tyran et cette tyrannie se répand de sous-fifre en sous-fifre. La société tout entière se bureaucratise et chaque bureaucrate, nanti d'une délégation aussi infime soit-elle, assume son despotisme. La malédiction du pouvoir se répand dans toute la société. Chassé par le parti unique, l'idéologue est remplacé par le fonctionnaire. L'homme de comité élimine l'idéaliste. Le temps de Staline arrive.

Barthélemy concluait dans sa dernière brochure que l'actuel résultat de la Révolution bolchevique confirmait la justesse du point de vue des anarchistes, notamment dans leur critique du socialisme autoritaire. Elle enseignait aussi comment il ne faut pas conduire une révolution.

Ceux qui lurent les quatre brochures de Barthélemy jusqu'au bout sourirent de tant de naïveté. Les autres, les furieux, les scandalisés, les balancèrent aux ordures bien avant d'arriver à la fin.

A part *Le Libertaire,* qui non seulement louangea le texte de Barthélemy, mais en publia de larges extraits, la presse de droite, comme de gauche, n'en souffla mot. Elle ne prêtait attention qu'au livre de Barbusse qui venait de paraître, intitulé *Russie,* ouvrage qui exaltait l'économie et l'activité sociale du pays de Staline. Une telle signature, à propos d'un sujet identique (mais traité combien différemment), éclipsa totalement les pauvres imprimés de celui qui avait vu, de celui qui savait, de celui qui osait dire la vérité.

L'insuccès de la publication d'Alfred Barthélemy eut en tout cas l'avantage de ne pas lui rendre la vie impossible chez Renault, ce qui se fût produit si ses collègues avaient connu son « forfait ». Certains entendirent sans doute parler d'un renégat du Komintern, payé par la bourgeoisie pour salir la patrie des travailleurs, mais Barthélemy n'est pas un nom rare et ils n'imaginèrent pas que cette « ordure » et leur gentil collègue ajusteur puissent être le même homme. Par contre, il fallut bien se dévoiler devant la famille de Claudine. Claudine emporta les brochures à son père, qui les lut, les rendit à sa fille.

— Remballe tes torchons ! Ton mari avait l'air un peu bizarre, mais je n'imaginais pas une telle saloperie. Je te conseille de revenir chez nous. Vite. De toute manière, considère-toi déjà comme veuve. Il n'échappera pas aux balles dans la peau qui punissent les traîtres à la classe ouvrière.

Claudine pleura un peu dans les bras de sa mère, qui sanglotait bruyamment, embrassa son paternel sur le front et revint à Billancourt, bouleversée.

Elle ne comprenait pas Fred. Pourquoi lui cacher cette vie en Russie ? Pourquoi lui dissimuler ses idées ? Son appartenance au mouvement anarchiste la faisait frémir. Anarchiste et bandit, elle avait toujours cru ces deux mots synonymes. Pourtant Fred, ouvrier modèle, bon père de famille, mari attentionné, n'évoquait en rien un bandit. Restaient cette Flora qui ressemblait à une pute, ces rebelles qu'il rencontrait sans doute pendant ses absences de plus en plus répétées, ce voyage en Allemagne bien mystérieux.

Le premier réflexe de Claudine ne fut pas de blâmer Fred, mais de craindre pour sa sécurité. Ce que disait son père était vrai. Les journaux parlaient souvent de traîtres abattus par des tueurs infiltrés de Russie. Et la police française ne traquait-elle pas les anarchistes ? Que pouvait-elle pour protéger Fred, pour sauver son bonheur, son amour ? Il ne lui venait pas à l'idée qu'il puisse changer, se renier. Il se révélait désormais tel qu'il était vraiment et elle se montrait bien résolue à affronter cette vie plus difficile, à se priver de ces dimanches familiaux si douillets, à ne plus voir ses parents ni son frère (car, lui aussi, maudissait Fred), à tout faire pour que rien ne bouge entre elle et lui, pour qu'il lui donne cette confiance qu'il n'avait pas osé lui accorder. Elle s'était souvent étonnée de sa mère, épouse d'un militant révolutionnaire. Elle admirait son dévouement. Maintenant, à côté de Fred, son père lui paraissait un révolutionnaire en peau de lapin. Ils étaient bien petits-bourgeois ses bons parents communistes. C'est elle qui allait dérouiller, avec un marginal comme Fred. C'était elle, l'épouse d'un vrai révolutionnaire. Elle s'exaltait à cette pensée. Non pas qu'elle se sentît une vocation au martyre, mais l'étrangeté de sa situation nouvelle l'époustouflait tant qu'elle finissait par en rire.

Si les brochures de Fred n'eurent alors aucune influence dans la classe politique, elles le conduisirent néanmoins à nouer de solides liens avec l'Union anarchiste. Ses révélations, ses prises de position sans ambiguïté, levèrent la suspicion qui pesait sur lui. Les colonnes du *Libertaire* lui furent largement ouvertes. Dans les années qui suivirent, il usa de plus en plus abondamment de cette faculté de s'exprimer, devenant peu à peu l'un des hommes les plus en vue du mouvement.

Était-ce par humour, était-ce par hasard, les réunions anarchistes, dans les années 30, se tenaient à l'Hôtel de Russie près de la porte de Clichy. Fred s'y rendait souvent. Il assistait aussi aux fêtes et aux meetings du Moulin de la Galette. Toutefois son principal objectif consistait à tenter de dépoussiérer la vieille organisation libertaire qui s'assoupissait dans le culte de ses ancêtres. Il ne faut pas tomber dans le travers des communistes, écrivait-il, pour qui toute parole de Marx est sacrée. Il faut désacraliser nos précurseurs, les replacer dans leur temps, ne prendre leurs théories que pour ce qu'elles sont, c'est-à-dire des valeurs relatives, et chercher parmi nos contemporains des libertaires qui s'ignorent. Il rappelait le mot de Lénine : « les idiots utiles ». Trouvons aussi nos compagnons de route, concluait-il, et ne les considérons pas comme des idiots. Ouvrons-nous au monde des vivants. Il nous faut, nous aussi, puiser parmi les intellectuels connus, y trouver des références qui appuient nos idées, qui nous aident à les diffuser dans des milieux inaccessibles avec nos faibles moyens journalistiques. Ne momifions pas Proudhon, Bakounine, Kropotkine, à l'exemple de *leur* Lénine exposé à la vénération des foules dans son cercueil de verre.

Passant de la théorie aux actes, il consacra un grand article à D. H. Lawrence, qui venait de mourir. La presse bourgeoise ne s'intéressait qu'à l'auteur scandaleux de *L'Amant de Lady Chatterley*. Barthélemy, lui, soulignait le pacifisme de Lawrence pendant la guerre de 1914-1918, qui s'associait à celui d'autres Anglais éminents : Lord Russell (limogé en 1916 de son poste à Cambridge), Bernard Shaw, Wells. C'est la guerre qui imposa à D. H. Lawrence son inquiétude politique. Et cette inquiétude politique, affirmait Barthélemy, le conduisit en luttant contre toutes les tyrannies de la collectivité à adopter de véritables positions anarchistes. Ne considérait-il pas l'armée comme un monstre-machine, l'État comme une « institution vulgaire » ? N'écrivait-il pas : « Le grand serpent qu'il faut détruire est la volonté de puissance : le désir qu'un homme a de dominer ses semblables » ?

De tels articles gratifièrent Fred Barthélemy d'une audience qui déborda largement le petit cercle libertaire et même celui des partis politiques.

Fred envoya bien sûr ses brochures antibolcheviques aux intellectuels qui lui semblaient devoir les comprendre. Trois seulement, sur une centaine, lui répondirent, le félicitant de son courage et le remerciant pour ses révélations : Alain, Victor Margueritte et Romain Rolland.

Il n'aimait pas beaucoup Alain, familier des bureaux du *Libertaire*. Avec ses cheveux bien peignés, séparés par une raie au milieu du crâne, sa cravate, sa chemise blanche, son complet noir, ses lunettes, son air de chanoine, Alain qui jouissait d'une réputation de grand philosophe au sein du parti radical-socialiste, lui donnait plutôt l'impression d'un prof besogneux rédigeant des platitudes. Dans ses billets hebdomadaires, ne bavardait-il pas interminablement à propos de l'honneur, de la lâcheté, du sacrifice, de la justice, de la violence, de l'ambition, sur un ton qui confinait au badinage ? De l'humanisme, peut-être, mais de l'humanisme professoral, pour ne pas dire de la discussion au café du Commerce. De la philosophie, ça, râlait Fred devant les camarades du journal, vous rigolez ! Comment une telle banalité a-t-elle pu hisser ce pauvre homme au niveau des philosophes ? Mais Fred n'allait pas se mettre à attaquer Alain qui, à chaque fois qu'il le croisait dans les couloirs du *Libertaire,* lui témoignait une admiration tellement exagérée qu'elle l'agaçait.

Par contre, Victor Margueritte l'intriguait. Il avait lu *La Garçonne,* le roman le plus célèbre des années 20, avec beaucoup de déception. C'est à cause de ce livre feuilletonesque, sans style, tout en dialogues d'une consternante médiocrité, que Victor Margueritte, accusé de pornographie, avait été radié de la Légion d'honneur. Pire, on l'incriminait de « calomnier la femme française » ! Fred enrageait en constatant que l'on ignorait en France les œuvres d'Alexandra Kollontaï, tellement plus hardies dans leurs propos sur la libération sexuelle féminine. Kollontaï ! Il pensait souvent à la belle Alexandra. Les journaux parisiens se servaient d'ailleurs de cette ambassadrice des bolcheviks, élégante, et qui traînait toujours derrière elle un parfum de scandale érotique pour critiquer une révolution prolétarienne mandatée en Occident par une coquette. Première femme au monde nommée « ambassadeur », Alexandra Kollontaï avait représenté l'U.R.S.S. en Norvège, puis au Mexique et en Suède. Depuis toujours adversaire de Trotski, au nom de l'opposition ouvrière, elle venait d'annoncer son allégeance à Staline. Il faudrait, se disait Fred, que j'aie le courage de traduire les écrits de la Kollontaï et les envoyer à Victor Margueritte. Mais où trouver en France les textes originaux ?

Si le romancier Victor Margueritte décevait Fred, par contre l'auteur pacifiste de l'*Appel aux consciences* et de l'*Appel au bon sens* l'intéressait fort. Victor Margueritte publiait ces manifestes contre le traité de Versailles, pour le désarmement, pour une déclaration de paix à l'univers, en réunissant à ses côtés Alain, Barbusse, Romain Rolland.

Fred se proposait de rencontrer un jour Victor Margueritte, si celui-ci voulait bien le recevoir. Pour l'heure, c'est Romain Rolland qu'il eût aimé visiter. Malheureusement, Romain Rolland habitait en Suisse. Faute de pouvoir lui parler, il lui écrivit et ce dernier répondit avec beaucoup de clarté à toutes ses questions. C'est à la suite de cette correspondance que Fred eut l'idée de publier une brochure consacrée à Romain Rolland. Alors que son livre, découpé en quatre fascicules, n'avait pas atteint son but, cette petite plaquette le rendit soudain, sinon célèbre, en tout cas connu. Mais on n'en lut pas plus *Saturne dévorant ses enfants*. Malheur aux mauvais titres ! Saturne n'était pas d'actualité ; Romain Rolland, oui. En réalité, le nom de Romain Rolland, sur la couverture de la brochure, tirait celui de Fred Barthélemy de l'obscurité.

Il faut dire que le portrait que Fred brossait de l'auteur de *Jean-Christophe* différait totalement de l'image pieuse aquarellée sans relâche par les hagiographes du parti communiste. Fred racontait comment Henri Guilbeaux manigançait pour que Romain Rolland se déclare en faveur de la Révolution bolchevique et que, contrairement à ce qui se répétait toujours, le fameux texte de Rolland, *Salut à la Russie d'être libre et libératrice,* n'approuvait pas du tout les bolcheviks, puisque antérieur à la prise du pouvoir d'octobre 1917. Le manifeste de Romain Rolland, datant du 1er mai 1917, ne saluait donc que le gouvernement provisoire, menchevik, de Kerenski. Si Romain Rolland s'était associé à Henri Barbusse pour fonder un Comité antifasciste international, il n'en rendait pas moins le communisme responsable du fascisme. Dans une lettre à Fred, que celui-ci citait avec l'autorisation de Rolland, ce dernier écrivait : « Porteur de hautes idées, ou plutôt (car la pensée n'a jamais été son fort) représentant une grande cause, le bolchevisme l'a (les a) ruinée par son sectarisme étroit, son inepte intransigeance et son culte de la violence. Il a engendré le fascisme, qui est un bolchevisme à rebours. »

La presse de droite épingla une telle déclaration. Celle de gauche écuma de rage, criant à la supercherie. Mais Romain Rolland n'opposa pas de démenti. Qui était donc ce Fred Barthélemy ? Des journalistes ouvrirent une enquête. Ils trouvèrent vite ses antécédents politiques, son séjour à Moscou, sa connivence avec le Komintern. On tenta de le circonvenir. On lui offrit de collaborer à des journaux anticommunistes. Il refusa. Il ne collaborait qu'au *Libertaire.* Ou bien s'exprimait par la voie de ces petites brochures que le libraire-éditeur de la rue Delambre finissait par vendre convenablement.

Fred démontrait que Romain Rolland condamnait la violence au service de quelque cause qu'elle soit, qu'il n'approuvait pas Lénine, mais Gandhi. Voulant rester « au-dessus de la mêlée », il évitait non seulement de s'inscrire à un parti, mais même de patronner *Clarté,* la revue de Barbusse. Comme Fred l'interrogeait à propos de la dictature du prolétariat, Romain Rolland répondit : « Elle remplace une injustice par une autre injustice. C'est une substitution, entre deux abus de pouvoir. Terreur blanche, terreur rouge, se valent dans mon mépris; elles déshonorent également ceux qui s'en servent. »

L'Humanité se tira d'affaire en affirmant que ce Fred Barthélemy était un imposteur et un faussaire, que Romain Rolland ne le connaissait pas, qu'il s'indignait qu'on lui fasse tenir de tels propos.

Quelques jours plus tard, chez Renault, passant sous

un pont roulant, une poulie se détacha et tomba à quelques décimètres de Fred. Les ouvriers, penchés sur leurs établis, ne bronchèrent pas. Fred comprit que la guerre, à l'usine, venait de lui être déclarée.

Lorsqu'il quittait son chantier, le soir, Fred aimait acheter *L'Intransigeant* à un vendeur à la sauvette. Journal à grand tirage, *L'Intran* le reposait de ses lectures politiques. Les articles se complaisaient dans les faits divers, les crimes, les accidents et une kyrielle de catastrophes qui, pour Fred, paraissaient beaucoup moins graves que l'avènement de Staline. Cette fois-ci, un titre l'accrocha : la mort d'un peintre, à Montparnasse, qui s'était ouvert les veines en écrivant vingt fois sur les murs de son atelier le même prénom : Flora... Flora... La mort de Baskine, le suicide de Baskine... Et Flora étalée sur ce journal... Fred n'hésita pas. Sans réfléchir au risque d'une telle démarche, il prit le métro pour Montparnasse, rôda autour de la Coupole et du Dôme. Il entendit que l'on parlait de Baskine, se mêla à un groupe de gens très excités, demanda s'ils connaissaient Flora. On lui déclara que Flora demeurait à Montmartre, avec un autre artiste dont il n'arriva pas à comprendre le nom, que Baskine s'était tué parce qu'il ne pouvait pas survivre à cette séparation.

Moi non plus, se dit Fred, je ne pourrai pas survivre à ma séparation d'avec Flora. En réalité, depuis plus de dix ans, il ne survivait pas si mal. Galina, Claudine, Mariette qui le bouleversait toujours autant, Louis... Flora n'avait jamais cessé d'être présente, mais elle se plaçait au-dessus, au-delà, dans une sorte de firmament trouble. Tous les deux suivaient des voies différentes, presque antagonistes. La curieuse expression désinvolte de Flora : « On va faire la vie », lui revenait souvent à l'esprit. Et il pensait que l'un et l'autre ne faisaient pas la vie qu'ils auraient dû vivre.

Ce mélodrame occupa peu la presse. Baskine était célèbre, de Montparnasse à Montmartre, de Berlin à New York, mais inconnu à Billancourt et à Pantin. Fred évita d'informer Claudine de la fin horrible de Baskine. Cette agonie du peintre, seul dans son atelier, parmi toutes ces images de Flora qui décoraient ses murs, prenait dans son imagination une place énorme. Il essayait de chasser ce cauchemar qui l'obsédait sans cesse, à l'usine, dans son petit logement, dans la rue, partout. Il n'avait jamais visité d'atelier d'artiste, qu'il se représentait comme un atelier d'artisan, avec une quantité de pots de couleur, des pinceaux multiples ; une grande verrière dans laquelle se tenait Baskine, seul, comme prisonnier dans une cage. Il le voyait en bras de chemise, un peu bedonnant, regardant de ses yeux globuleux les portraits de Flora, Flora épinglée sur ses murs comme autant de papillons et qui, malgré tout, s'était envolée. Il le voyait s'ouvrir les veines avec un rasoir et, trempant ses doigts dans le sang, se traîner jusqu'au mur nu, le seul mur nu, pour écrire, pour crier : « Flora... Flora... » Il le voyait s'écrouler, devenir rouge, rouge des pieds à la tête, de tout son sang perdu, comme cette robe rouge dont il avait vêtu un jour Flora pour un tableau sinistre, sinistrement beau, beau comme un incendie. Il jalousait Baskine, puisque Baskine avait aimé tellement Flora qu'il en était mort.

Travailler huit heures par jour avec des gens qui vous font la gueule manque d'agrément. Surtout si, par-dessus le marché, des objets suspendus risquent à tout moment de vous tomber sur la tête. En conséquence, Fred demanda de changer de secteur.

Une fois de plus, il se félicitait d'avoir écouté le conseil de Paul Delesalle : un militant révolutionnaire doit d'abord être un ouvrier exemplaire. La qualité de son travail le protégeait. L'atelier de mécanique de précision, où on le muta, exigeait une exécution irréprochable dans la pratique aussi bien de l'ajustage que du tournage et du finissage (aux meules abrasives) des instruments de mesure, d'étude, de contrôle. Il aimait que repartent de son établi de beaux objets brillants, nets, coulant dans la main comme des briquets. Les équipes faisaient les trois-huit. Lorsque Fred commençait sa journée à l'aube, dès six heures, tout allait bien. A midi, il mangeait rapidement son casse-croûte en prenant l'air de la rue, puis recommençait à travailler jusqu'à quatorze heures trente. Au son des sirènes, toute l'équipe du matin filait aux vestiaires, se décrassait au savon noir mêlé de sciure, pendait ses bleus dans les placards et réenfilait ses vêtements de ville. On se parlait peu, chacun se hâtant de fuir le fracas des meules, des perceuses, des marteaux de la chaudronnerie. Les huit heures se passant debout, courbés sur les pièces à ajuster, on se bousculait pour courir vers le métro et y disposer, en arrivant les premiers, d'une place assise. Ses nouveaux compagnons de travail ne lui semblaient pas, à priori, hostiles. Savaient-ils qui il était ? Le téléphone arabe, si rapide dans les usines, ne fonctionnait-il pas ?

Lorsqu'il bénéficiait de cet horaire, Fred filait de l'usine au *Libertaire,* parfois jusque chez Makhno, ou bien retrouvait Durruti. Il était libre jusqu'à l'heure du dîner.

La situation de Makhno devenait de plus en plus lamentable. La crise mondiale due à la surproduction, déclenchée à New York deux ans plus tôt, atteignait la France. Les patrons licenciaient une partie de leur personnel et beaucoup, parmi ceux qui conservaient leur emploi, voyaient leur salaire diminuer. De mille francs de pension mensuelle, Makhno n'en recevait plus que trois cents. Difficile de survivre avec une pareille aumône. Tuberculeux, infirme, ne parlant pas français, il lui était impossible d'obtenir du travail. Galina, sans doute fatiguée de houspiller son souffre-douleur, comme l'autre Galina partait et revenait. Vendeuse dans un magasin, sa coquetterie et sa jolie frimousse lui facilitaient les aventures amoureuses. Ces départs et ces retours, retours piteux et larmoyants lorsque ses amants la quittaient, brisaient Makhno. Il appréhendait surtout de perdre Lucia, sa fille. Lorsqu'il la retrouvait, il la prenait par la main et, seul avec elle, se promenait interminablement dans les allées de marronniers. Avec ses vêtements usés, maladroitement raccommodés par lui-même, il ressemblait à un clochard et certains passants s'étonnaient de voir cette petite fille, aussi pomponnée, en compagnie de ce vieil homme misérable. Ils ne rentraient qu'au moment où s'allumaient les becs de gaz.

Makhno se plaignait à Fred de ce que *Le Libertaire* ne lui versât pas la totalité de sa pension. Comme s'il s'agissait d'un dû. A part Fred, Durruti et Cottin, il ne fréquentait plus d'anarchistes. Il avait tenté de se refaire une place parmi eux, sans succès. Ses manières trop graves le rendaient un peu ridicule. Seul Fred, qui comprenait le russe, remarquait combien ses dons d'orateur restaient aussi exceptionnels. La traduction affadissait ses propos.

Les anarchistes français préféraient Voline à Makhno, se sentant instinctivement plus proches de l'intellectuel que du héros guerrier. Fred, non sans stupeur, voyait celui-ci prendre peu à peu la place de Makhno, se substituer même complètement à lui. Mémorialiste, témoin et théoricien de la *makhnovitchina,* Voline s'identifiait à tel point à la révolution paysanne d'Ukraine qu'il finissait par gommer le véritable créateur et acteur de cette insurrection. Le traducteur devenait l'auteur du roman.

Makhno souffrait autant de cette substitution que de l'infidélité de Galina. Il jalousait tellement Voline, qu'il lui arrivait de le haïr. Paysan perdu dans une ville qu'il détestait, Makhno n'était plus qu'un petit homme souffreteux, amer, désabusé. Insurgé contre les citadins, il avait été finalement vaincu par eux, loin, si loin de son Ukraine.

Le 13 juin 1931, Fred organisa une « grande fête de solidarité pour Makhno ». Mais sans l'aide des anarchistes espagnols mis au fait de sa misère par Durruti, ce « gala » n'eût rien rapporté.

Fred suivait attentivement les événements en Espagne où la République avait été proclamée. Durruti regagna Barcelone. L'exil, sa vie clandestine, lui conféraient un prestige énorme. Bien qu'il ne fût qu'un médiocre orateur, il subjuguait les foules. Durruti réussirait-il ce que Makhno avait manqué ? La République espagnole paraissait bien fragile.

Le dimanche, une fois par mois, Fred, Claudine et leurs enfants retrouvaient une vie de famille. Mais dans la famille que Fred s'était découverte dans son enfance. Paul et Léona Delesalle avaient en effet quitté la rue Monsieur-le-Prince pour une maison entourée d'un jardin à Palaiseau. La surdité totale de Léona, l'âge de Paul, les avaient conduits à prendre leur retraite. Ces déjeuners dominicaux chez les Delesalle constituaient un havre de paix dans la vie de Fred. Claudine aima d'emblée ces deux vieux affables, affectueux, si affectueux avec Mariette et Louis.

On accédait à ce pavillon isolé par un sentier, ce qui donnait l'illusion de se rendre à la campagne. La cuisine, la salle à manger et la chambre, installées au rez-de-chaussée, Paul s'était réservé le seul étage mansardé pour sa bibliothèque. Après le repas, Claudine et les enfants restant avec Léona, Fred accompagnait Delesalle dans son domaine. L'émotion, devant tous ces livres, le souvenir du premier bouquin lu dans la librairie de la rue Monsieur-le-Prince, ce refuge que représenta toujours la boutique pour les deux enfants fugueurs, tout cela lui montait à la gorge, l'étouffait un peu. Il avait honte de l'ingratitude qui lui faisait négliger souvent ses amis Delesalle, alors que ces derniers se tenaient toujours prêts lorsqu'il avait besoin d'eux ; témoins de son mariage avec Claudine comme ils avaient été témoins de son amour de gamin pour Flora.

Sur les rayons de la bibliothèque, tous les auteurs révolutionnaires voisinaient, sans préoccupation de parti. Syndicalistes, anarchistes, socialistes, communistes, se côtoyaient là en paix, dans le plus parfait œcuménisme. Seuls se serraient à part, sur des étagères de bois peintes en rouge, les titres concernant la Commune de Paris. Ce « grenier » renfermait non seulement des pièces rares, certaines dédicacées, mais aussi des cartons contenant des collections de journaux aux titres effrayants : *L'Hydre anarchiste, L'Émeute, La Misère.* Paul Delesalle consacrait sa retraite à classer tous ses trésors ; les imprimés, mais aussi les lettres de « Monsieur Sorel », de Louise Michel, de Pelloutier.

Fred ne se lassait pas de découvrir des ouvrages, de les feuilleter. Il lui restait encore tant de livres à lire. Près de Sorel et de Péguy (quel éloge !) Delesalle avait placé les quatre brochures de Fred Barthélemy : *Saturne dévorant ses enfants,* reliées en un seul volume, devenues ainsi livre, vrai livre. Fred se mordait les lèvres pour ne pas sangloter devant une telle affectueuse attention.

Les deux hommes devisaient aussi, bien sûr, des événements politiques, de l'espoir qui se levait en Espagne, de Trotski exilé et de Staline triomphant qui reprenait à son compte toutes les idées de son rival après les avoir condamnées : syndicats instruments d'État, émulation socialiste des usines et des mines, mise en pratique du taylorisme, etc.

— Staline, disait Fred, applique en France le stratagème de Lénine qui ne cessait de jouer Trotski contre

Staline et inversement. On a cru qu'il misait sur Doriot contre Thorez et finalement il nomme à leur place un troisième larron à la direction du Parti, que personne n'attendait.

— C'est un pion provisoire, répliquait Delesalle. Thorez gagnera la partie.

— Vous êtes loin de l'usine, Paul ! La popularité de Doriot est énorme parmi les ouvriers. Et s'il a conquis la mairie de Saint-Denis, ce n'est pas pour des prunes. Il en fera son fief.

Fred, Claudine et les petits retournaient à Billancourt désintoxiqués. Ils avaient pris un bon bol d'air, comme disait Claudine. Celle-ci retrouvait auprès de Delesalle cette atmosphère familiale qui lui manquait depuis qu'elle ne rencontrait plus ses parents. Malgré leur âge, malgré l'infirmité de Léona, malgré l'éloignement de Paris qui accablait parfois ces deux Parisiens, il émanait du couple Delesalle une impression de vie bien remplie, de vie réussie en somme, et même de bonheur.

C'est au cours d'un de ces après-midi de dimanche, que Paul Delesalle parla à Fred de Jean Vigo, ce cinéaste qui s'était fait remarquer par un court-métrage insolent : *A propos de Nice.* Il venait de réaliser un film que la censure interdisait, le considérant comme irrévérencieux pour la République des professeurs. Delesalle était invité pour une projection privée. Comme se rendre spécialement à Paris pour la circonstance lui pesait, il offrit à Fred son carton.

Fred n'allait jamais au cinéma. Le militantisme, la lecture, depuis peu l'écriture, l'absorbaient trop pour qu'il puisse dépenser du temps devant un drap blanc où des images tressautantes vous donnaient le tournis. Delesalle insista :

— Vigo, ça ne t'évoque rien ? Ah ! pendant un temps ce que tu as pu me tanner avec ton Vigo de Almereyda...

Vigo de Almereyda... Hubert (le premier Hubert, le

disparu dans cette guerre que l'on appelait la dernière)... Vigo de Almereyda, le protégé de Caillaux et de Malvy, le pacifiste dévoyé, le suicidé pour raison d'État...

— Jean Vigo, reprit Delesalle, c'est le fils d'Almereyda.

— Nono ?

Fred se souvenait bien de l'enfant qu'Almereyda emmenait aux meetings, emmitouflé dans une couverture et, plus tard, du petit riche gardé par deux gros chiens ; mais si pâle, si chétif.

— Oui, Nono. Nono abandonné par sa mère et que le lycée de Montpellier refusa de recevoir parce que « fils du traître ». Des camarades se sont occupés de ce pauvre petit. Surtout Francis Jourdain. Il est cinéaste, mais un cinéaste anticonformiste bien digne d'Almereyda. Va voir ce *Zéro de conduite.* Tu me diras ce que tu en penses.

Fred se rendit seul, en soirée, à la projection privée, Claudine ne pouvant quitter Mariette et Louis. Il arriva un peu en retard, trouva la salle dans l'obscurité, sauf ce rectangle blanc où s'agitaient des images grises. Le film le laissa d'abord indifférent, toutes ces péripéties de collégiens le concernaient si peu. Puis il remarqua peu à peu que ces gosses enrégimentés, ces professeurs dictatoriaux, tout cela reconstituait un microcosme de la société. Les chahuts, les révoltes des enfants, devenaient des paraboles de l'esprit insurrectionnel que Nono avait hérité de son père. Lorsqu'il vit Tabard s'écrier « Je vous dis merde ! », le doute n'était plus permis ; Jean Vigo rendait hommage au Vigo de Almereyda qui imprimait en gros caractères, comme manchette à *La Guerre sociale* et comme adresse au gouvernement, ce même : « Je vous dis merde ! »

S'il existe un paradis, Almereyda sera sauvé, car parmi toutes ses turpitudes, ses saloperies, il n'avait jamais faibli dans la passion, dans l'amour fou qu'il portait à son fils. Et ce fils refusait sa culpabilité. Germinal serait-il aussi indulgent ? Fred se blâmait de délaisser ce garçon qui le repoussait, certes, mais il aurait dû insister, le sortir de temps en temps de sa pension.

La lumière revint dans la salle. Les spectateurs se levèrent dans un brouhaha de conversations. Tout ce monde, ce beau monde réuni là, se connaissait. Fred se sentit perdu, dans ses vêtements d'ouvrier, parmi toutes ces dames en robe longue et ces messieurs en costume sombre. Le monde du Vigo qui avait trahi, du Vigo magnat de la presse, le Vigo des antichambres de ministères. Fred avait l'impression d'être le seul, représentant la jeunesse de Vigo, la jeunesse insurrectionnelle de Vigo, reprise par son fils, applaudie par des bourgeois qui se congratulaient dans cette salle étouffante. Parmi eux, soudain il *la* vit. Comme toujours, elle apparaissait au moment où il s'y attendait le moins. Vêtue d'une robe de soie collée au corps, coiffée d'un chapeau noir à aigrette qui mettait en valeur ses cheveux blonds. Flora le regardait, surprise elle aussi. Ils se glissèrent dans les rangées de fauteuils et se retrouvèrent dans le hall du cinéma.

— Mon pauvre Fredy, murmura Flora. Toujours le même. Toujours prisonnier de tes chimères. Comment as-tu abouti ici, avec ce vieux costume démodé ?

Fred contemplait Flora. C'était elle et ce n'était plus elle. Trop élégante, trop maquillée, trop sophistiquée. Il dit :

— Germinal ? Ces enfants m'ont fait penser à Germinal. Je me reprochais...

— Tu n'as rien à te reprocher. Rien en ce qui concerne Germinal qui se débrouille très bien tout seul. Il a dix-neuf ans. Fort comme un lion, il me ressemble en ce qu'il refuse toute attache. Malheureusement, il te ressemble aussi dans une parfaite absence d'ambition. Si bien qu'il est terrassier. La pioche et la pelle conviennent à ses grosses mains.

Terrassier ? Comme le père de Fred, son grand-père dont il n'avait sans doute jamais entendu parler... Comme Lepetit... Un travailleur manuel... Ce n'était pas pour déplaire à Barthélemy. Il résolut aussitôt de le revoir, de l'amener au militantisme.

— J'ai dit que tu n'avais rien à te reprocher en ce qui concerne Germinal, reprit Flora. Par contre, tu as tout à te reprocher en ce qui me concerne. Tu m'as abandonnée pour cette guerre dont tu n'es jamais revenu. Tu continues la guerre avec tous ces fous qui rêvent de mettre le feu au monde. Pourquoi, Fred, pourquoi ? Je n'arrive pas à oublier nos cavales. Belleville... Si tu m'avais aimée autant que je t'aimais, tu ne serais jamais parti.

— Tu sais bien que je ne suis pas parti volontairement. On m'a obligé à devenir soldat, comme les autres. Je ne me bats pas aujourd'hui pour mettre le feu au monde, mais pour qu'il n'y ait plus de boucherie.

— C'est faux, Fredy, tu es contaminé. Je le sais. Tu t'affirmes pacifiste et tu es un homme de guerre.

Les spectateurs qui sortaient lentement du cinéma, par petits groupes, regardaient avec curiosité cette femme du monde et cet ouvrier qui discutaient avec tant de passion. Beaucoup connaissaient Flora, lui faisaient en passant un petit signe de la main, n'osant s'interposer.

— Baskine est mort, lança Fred.

— Cher Baskine... Je l'aimais beaucoup, tu sais. Seulement il est devenu jaloux. Je déteste ça. On ne me bouclera jamais, même avec une chaîne d'or. Tu as lu les journaux, l'histoire de mon nom écrit avec son sang. Quelle mise en scène ! Quel cabotin ! Une manière, bien sûr, de me récupérer, de proclamer à tout le monde que j'étais à lui. Et pour que personne n'en doute, il m'a légué son atelier, tous ses tableaux. Une fortune ! Je suis riche, Fred. Je ne voulais pas être la femme de Baskine, la Madame ; il s'est arrangé pour que je sois sa veuve. Il m'a bien eue.

Elle rit, de son petit rire grêle d'adolescente, qu'elle conservait, comme cet air d'innocence qu'elle ne perdait pas, malgré son visage fardé.

— Que fais-tu, Fredy ? Comment vis-tu ?

— Je suis marié. Tu connais Claudine. Nous avons deux enfants. Je travaille chez Renault. Je revois souvent les Delesalle, retirés à Palaiseau.

— C'est tout, Fred, tu n'oublies rien ? Tu as une vie aussi sage ?

— J'ai rencontré de nouveaux camarades libertaires. Je milite avec eux. J'écris des articles politiques.

— Ah ! Je me doutais bien que la maladie t'avait repris. Ce n'est pas Claudine que je déteste, bien qu'à cause d'elle je ne toucherai plus jamais ton corps, mais cette politique qui t'a éloigné de moi, ces livres qui t'ont conduit à tes mirages. Delesalle, Eichenbaum, Victor, oui, je les exècre tous !

— Je t'ai tant cherchée, tant espérée, Flora, si tu savais ! Je demandais à tous les militants des nouvelles de Rirette, pensant te retrouver par son intermédiaire. Rirette ? La vois-tu ?

— Disparue. Nous nous sommes quittées un matin à Belleville. Elle est partie à droite, moi à gauche et nos chemins ne se sont plus jamais croisés. Peut-être a-t-elle récupéré Victor ?

— Victor est en Russie. On travaillait ensemble. Depuis, nous aussi, nous suivons des chemins séparés.

— Allons, dit Flora, ne nous noyons pas dans la sentimentalité. Je me vengerai de ta politique, Fred, je deviendrai encore plus riche, si riche que tu me détesteras. Je serai une ennemie de classe.

— Tu déconnes. Indique-moi plutôt où je pourrais rencontrer Germinal.

Ils se séparèrent, sans s'embrasser, sans même se serrer la main. Fred chiffonnait nerveusement, dans une poche de sa veste, un papier sur lequel était inscrite l'adresse de Germinal.

L'année 1932 fut morose. En février, Fred apprit l'arrestation de Durruti, déporté aux îles Canaries. La République espagnole glissait vers la droite. Déjà ! Plus triste que l'incarcération de Durruti, qui s'en sortirait encore grandi, survint la volte-face inimaginable de Romain Rolland.

Comment Romain Rolland, hostile à un parti qui, disait-il, plaçait « la dictature et la violence à l'ordre du jour », optait-il soudain pour une défense inconditionnelle de l'U.R.S.S. ? « Si l'U.R.S.S. est menacée, déclarait-il, quels que soient ses ennemis, je me range à ses côtés. » Entre Gandhi et Staline, Romain Rolland balayait soudain Gandhi et choisissait Staline. Comment Barbusse était-il arrivé à provoquer chez Rolland ce reniement ? Makhno avait-il raison qui lui répétait que l'on ne pouvait faire confiance à aucun intellectuel bourgeois ? Il mettait toutefois cette antipathie sur le compte de la rancœur que Makhno éprouvait à l'encontre de Voline qui lui dérobait ce qu'il appelait, avec une emphase qui gênait Fred, « sa gloire ».

De Russie, parvenaient des informations consternantes. La mécanisation forcée, la paysannerie moyenne sacrifiée à la collectivisation, amenaient la famine dans les campagnes. La peste ravageait la population du Caucase. La jeune femme de Staline, Nadiejda Allilouieva, ne supportant plus l'atmosphère d'intrigues et de crimes qui entourait son mari, se suicidait d'une balle de revolver dans la poitrine. Mais les intellectuels occidentaux, toute la gauche, ne voyaient que la réussite des travaux spectaculaires : le combinat de Magnitogorsk qui s'élevait dans la steppe, les douze mille kilomètres de canaux creusés, les six mille kilomètres de voies de chemin de fer posés, le barrage du Dniepr, le plus haut du monde... Le Dniepr que Makhno et ses derniers cavaliers harassés traversèrent dans leur fuite vers la Roumanie, sur des barques de pêcheurs. Quelle transformation en effet ! Lénine n'avait apporté à la Russie que le marxisme, Staline, répondant au vœu le plus cher de Lénine, ajoutait au marxisme l'électricité. Quelle métamorphose dans ce pays ruiné, mais à quel prix ! Et pour prouver quoi ? Que les bolcheviks pouvaient administrer une nation, l'industrialiser, la militariser, aussi bien que les capitalistes ? Quelle dérision ! La Russie de Staline construisait ses pyramides, ses temples, ses cathédrales, plus hauts, plus beaux, plus dynamiques que les réalisations des pays capitalistes et cela confirmait que Staline était plus moderne que le tsar. Qui en doutait ? Et qui s'interrogeait sur ce que masquait cette superbe façade : les camps de concentration en Sibérie, les exécutions dans les caves de la Guépéou, la terreur érigée en système de gouvernement ? De tous les noms inscrits sur le testament de Lénine, un seul triomphait : ce Staline, pseudonyme qui se traduisait en français par l'Acier. L'Acier seul survivait à Lénine, l'Acier qui broyait tous les autres compagnons du « vieux », encore dans la mouvance du pouvoir (à l'exception de Trotski, fugitif, victime à son tour, comme tant d'autres de ses victimes errantes) mais qui se taisaient, qui n'osaient plus bouger le petit doigt, qui s'empressaient d'acquiescer aux décisions du nouvel Ivan le Terrible.

Voilà ce qui fascinait Romain Rolland. Lui aussi se laissait gagner par la contagion. La Russie misérable et utopiste, dans laquelle avait vécu Fred Barthélemy, effrayait. La nouvelle Russie, puissante et réaliste, donnait confiance. Impossible de nier que (à part l'Espagne libertaire) toute la classe ouvrière d'Occident n'avait de regards que pour ce qui se déroulait à

Moscou, que pour les réussites des plans quinquennaux, et qu'il ne fallait plus lui parler des échecs, des opposants, des sacrifiés. Rien n'aide mieux à vivre que de croire en une Terre promise. Le prolétariat occidental dégotait la sienne. Il n'aspirait plus qu'au Grand Soir, où il basculerait parmi les élus.

En attendant, la crise économique amenait le chômage. Chez Renault, le salaire horaire, basé sur deux cent huit heures par mois, remplaçait le salaire mensuel. Fred participa à sa première grève. Grâce à celle-ci, ses contacts avec les autres ouvriers échappèrent à l'habituelle contrainte des découpages du temps liés à la production. Les militants cégétistes ramaient dur pour rameuter les adhérents. Fred, en parfait accord avec leurs revendications, se pointa pour demander sa carte. Entrer à l'intérieur de la C.G.T. n'était pas une mauvaise position. Il pourrait ainsi jouer un rôle de taupe. Approuver, lorsque les revendications seraient purement syndicales, comme maintenant; infléchir peut-être la ligne, en tout cas chez Renault, si elle se politisait. Le délégué d'atelier qu'il contacta le prit par le bras, sans animosité, le guida vers un coin tranquille et lui dit en souriant :

— Non, pas toi.

C'était plus gentil qu'une poulie qui vous tombe sur la gueule. Mais le message restait le même. On savait qui il était. On le tenait à l'œil. Toutefois, pendant les débrayages, à part ce refus du délégué, d'ailleurs signifié dans la plus grande discrétion, Fred ne fut pas placé à l'écart. Il trouvait enfin cette solidarité ouvrière, cette convivialité de classe, qui seules aident à supporter la grisaille de la vie prolétarienne. La répétition des horaires, la répétition des gestes, les salaires dérisoires, tout cela pèserait trop lourd si de temps à autre ne s'ouvrait la clairière de la grève. La grève, c'est l'utopie. C'est le temps libre. C'est la fraternité avec les copains. Le salaire est amputé, la gêne s'installe au foyer, mais pendant quelques jours, quelques semaines, dans l'atelier occupé, c'est la fête. Les machines ne produisent plus leur vacarme, les contremaîtres ne hurlent plus leurs ordres, les tapis roulants n'apportent plus les pièces à une cadence qu'il faut suivre, guettant la suivante, la suivante, toujours ; l'usine devient humaine. Puisque l'on n'est plus rivé à son établi, on se rencontre. On se connaît enfin entre collègues. On discute. On chante. On organise soi-même ses horaires pour les piquets de grève. On participe à des meetings. On s'exprime. On parle enfin. C'est un torrent de paroles qui sort de toutes les bouches. Certains questionnaient Fred sur la Russie, puisqu'il y était allé, pourquoi on l'avait chassé ? Il s'efforçait de ramener ses réponses à des choses simples, exposant son admiration pour les premiers soviets, son opposition à la bureaucratisation du Parti, au militarisme de Trotski, à l'élimination des opposants. Il disait : « Formons un soviet chez Renault, mais ne le laissons pas récupérer par la C.G.T. Menons notre révolution nous-mêmes. Ne nous donnons pas de nouveaux maîtres. » Certains lui tournèrent le dos. D'autres le qualifièrent de trotskiste ; un comble ! Mais il vint aussi des libertaires. La grande industrie en comptait peu, mais que ceux-ci se manifestent rassura Fred. Ils décidèrent de fonder un petit groupe, de continuer leurs réunions après la reprise du travail. Eux que l'on qualifiait d'irréalistes savaient que le plus difficile n'est pas de décider une grève, mais de préparer ce que l'on accomplira après, une fois l'enthousiasme retombé, une fois les minimes augmentations de salaire obtenues, lorsque la laideur de l'usine et la monotonie du travail à la chaîne réengourdiraient les esprits. C'est à ce moment-là qu'on devait agir, prendre la balle au bond et la lancer plus loin, le plus loin possible, vers le plus de devenir.

Fred rencontra Germinal. En effet énorme. Aussi grand que son père, mais avec des épaules, un torse, toute une musculature d'athlète. Invraisemblable que ce géant puisse être d'une blondeur aussi douce, avec ces mêmes yeux candides, ces yeux bleus de Flora ! Germinal revit son père sans animosité, et sans plaisir. Ils ne trouvaient pas grand-chose à se dire. Habitué à s'appuyer sur le manche de sa pelle, Germinal cherchait où poser ses énormes mains. Comme Fred lui avait demandé de le rejoindre au *Libertaire,* il regardait, ironique, cette activité des rédacteurs, des manutentionnaires, des livreurs, tous militants, tous empressés, tous joyeux, sifflotant, plaisantant. Ces gens lui paraissaient bien frivoles. Il s'en alla, sans vouloir accepter le dernier numéro du journal qui sortait de presse.

Fred fut déçu, évidemment. Il eût aimé que Germinal lise ce périodique, où l'on parlait des grèves et des méthodes pour les dépasser en aboutissant à un vrai syndicalisme actif. Comme il consacrait par ailleurs une page au Père Peinard, une petite vanité lui faisait regretter que Germinal ne s'aperçoive pas de la place que son père occupait.

Émile Pouget, mort l'an dernier, publiait au début du siècle des chroniques au vitriol sous le pseudonyme : le Père Peinard. Qui se souvenait que cet Émile Pouget avait été secrétaire général de la C.G.T., représentant la tendance anarcho-syndicaliste au début du siècle ? Ami de Delesalle et de Monatte, Émile Pouget s'était en effet retiré après la guerre de 1914. Du temps où il tenait sa librairie rue Monsieur-le-Prince, Delesalle le présenta un jour à Fred qui s'étonna de voir un vieux monsieur, de retour du marché, un gros sac à provisions à la main. Pouget avait une démarche un peu hésitante et le regard perdu dans on ne savait quel rêve. Beaucoup de revenants, beaucoup de fantômes, circulaient ainsi parmi les anars ; beaucoup de militants brisés, déçus, amers. Un dimanche, après le décès de Pouget (que Paul Delesalle avait fait enterrer au cimetière de Palaiseau pour disposer enfin d'un camarade, pas trop loin de chez lui) Fred demanda à Paul de lui retrouver la collection du *Père Peinard.*

Par le style et par l'esprit, Émile Pouget lui rappela le roman d'un auteur nouveau qui venait de paraître et qu'il avait lu avec beaucoup d'enthousiasme : *Le Voyage au bout de la nuit* de Louis-Ferdinand Céline.

Il recopia ce passage qui lui paraissait si proche du ton de Céline :

« Ils sont bidards, les Esquimaux !

« Ah ! oui, nom de Dieu, ils sont bougrement bidards, les Esquimaux ! Imaginez-vous qu'ils ne possèdent ni sergots, ni pandores, ni pestailles d'aucune sorte, pas même des mouchards de la secrète ! Ils n'ont ni jureurs, ni avocats bâcheurs, ni chicanous, ni requins-de-terre, ni avoués, ni avocats et encore moins de prisons et de guillotines... On ne se bouffe pas le nez à tire-larigot, comme pourraient le supposer les pantouflards de France qui ont la venette dès qu'ils ne se sentent plus protégés par le tricorne du gendarme. On vivote en harmonie chez les Esquimaux et on y est aussi heureux que le permet le climat glacial. C'est même justement parce qu'il n'y a dans ce patelin ni gouvernants, ni jugeurs, ni accapareurs qu'on peut y vivre et endurer la froidure. »

Pouget oublié, Pouget enterré, Fred décida de rencontrer Céline. Si ce nouvel écrivain, dont on parlait tant, pouvait remplacer la défection de Romain Rolland, quelle chance ! Dans la modernité de Céline, dans son délire incantatoire, dans sa langue parigote, dans son jeu de massacre de toutes les valeurs bourgeoises, il voyait un écrivain d'avenir.

En attendant, il continuait de correspondre avec Victor Margueritte, dont il appréciait peu l'écriture, mais qui, incontestablement, était l'écrivain du présent. Aussi spectaculaire que fût la percée de Céline, son influence, comparée à celle de l'auteur de *La Garçonne,* paraissait dérisoire. Victor Margueritte, romancier le plus lu dans les années 30, vendait plus d'un million d'exemplaires de *Femme en chemin.* Son nouveau roman, *Ton corps est à toi,* partait en flèche pour battre tous les records de librairie.

Victor Margueritte intéressait Fred pour trois raisons : parce que porte-parole du pacifisme intégral ; parce que ses théories féministes rejoignaient celles d'Alexandra Kollontaï ; parce que toutes les ligues patriotiques, toutes les ligues de vertu, tous les bureaucrates, tous les juges, tous les hommes de pouvoir le détestaient.

Les va-t-en-guerre ne pardonnaient pas à ce fils de général (mort de surcroît en héros à la guerre de 1870) d'avoir écrit : « La guerre n'est pas l'honneur, mais la disqualification des patries. » Ou encore, ce qui paraissait confiner au parricide : « La mort guerrière n'est ni pieuse, ni douce. » Victor Margueritte ridiculisait toutes les âneries de Victor Hugo que la IIIe République faisait réciter aux enfants des écoles : « Mourir pour la patrie, c'est le sort le plus beau », etc. Même la Suisse avait interdit la conférence qu'il devait prononcer en février 1932 sur « Les femmes et le désarmement ». Fred Barthélemy publia ce texte dans la « Bibliothèque de l'Artistocratie » du libertaire Lacaze-Duthiers. Ce Lacaze-Duthiers, petit homme charmant, mais que Fred trouvait un peu ridicule parce qu'il s'obstinait à s'habiller « en artiste », à la manière des rapins du début du siècle : grand chapeau, lavallière, vêtements noirs ; sans doute pour justifier le titre de ses éditions par ailleurs si utiles.

Puisque les hommes persistaient à frémir aux accents des tambours, ces tambours qui se mettaient à résonner sinistrement en Allemagne et en Italie, Victor Margueritte exhortait les femmes à observer « la grève des ventres », refusant de faire des enfants « tant que les Patries auront le droit de les assassiner ».

Tous les hommes, du ministre au manœuvre-balai,

souriaient de telles déclarations. La technique de la grève, d'apparence si virile, en tout cas menée alors presque exclusivement par les hommes, devenait à leurs yeux ridicule, appliquée à la sexualité. Ils détournaient cette forme de contre-pouvoir féminin vers la gaudriole. Fred et ses camarades libertaires de chez Renault, après s'être fait rembarrer par leurs collègues masculins en distribuant des tracts qui recopiaient les phrases essentielles de Victor Margueritte, ne s'adressaient plus qu'aux ouvrières qui lisaient ces papiers d'un air gêné, ou égrillard. L'un des tracts s'intitulait : « A toutes les femmes qui n'ont pas un cœur de louve, ou de chienne. » Bientôt les maris, les frères, les amants, menacèrent Fred et ses copains de leur casser la figure s'ils continuaient à distribuer de pareilles cochonneries.

Pourtant le tambour, ces tambours de l'autre côté du Rhin... Erich Mühsam avait raison. Cet Hitler, dont il assurait à Barthélemy et à Durruti qu'il était le grand danger, le grand risque, conquérait le pouvoir en Allemagne. Ce parti nazi, caricature du socialisme et, comme tous les fascismes, engendré par le bolchevisme (ainsi que le disait si bien Romain Rolland avant sa conversion), annonçait lui aussi une ère de terreur. Devant ces aigles brandies, ces drapeaux à croix gammée, ces défilés au pas de l'oie, le parti communiste allemand, le plus puissant parti communiste d'Europe, ce parti qui faisait rêver Lénine et Trotski et dans lequel ils voyaient l'avenir de la révolution mondiale, s'effondrait. Les masses, ces fameuses masses, sur lesquelles s'appuient les idéologues, l'abandonnaient pour écouter cet Hitler aux discours hystériques. Sans son socle populaire, le parti communiste allemand ne représentait plus rien. Une poignée d'irréductibles, de convaincus, de sacrifiés, confondue, dans les camps de concentration ouverts par le nouveau maître de l'Allemagne, avec les anarchistes, dont cet Erich Mühsam qu'ils avaient refusé de prendre au sérieux; Mühsam arrêté par les nazis le 28 février.

Mühsam arrêté par les nazis, Durruti emprisonné en Espagne par la République. Tout recommençait. En pire.

Il semblait parfois à Fred Barthélemy, dans son étroit logement de Billancourt, dans l'ambiance douillette que savait y créer Claudine, qu'il assumait non seulement deux existences mais que son être se dédoublait dans un affreux déchirement. Depuis huit années, il appréciait cette vie conjugale sans histoires, dans laquelle il trouvait calme et bonheur. L'usine lui paraissait un prolongement de son foyer. Son métier lui plaisait. Il avait toujours autant de satisfaction à parfaire et à assembler les pièces de métal, à guider les tiges d'acier cylindriques des traceurs, à évaluer avec précision, au moyen du pied à coulisse, des mesures parfois inférieures au millimètre. L'élan qui emportait la classe ouvrière vers le communisme, lui valait quelques algarades, son militantisme anarchiste et pacifiste quelques rebuffades, mais dans l'ensemble l'usine était une grande famille où l'on se querellait tout en se supportant assez bien.

Comme Mariette avait maintenant sept ans et Louis cinq, par les beaux soirs d'été il emmenait les deux enfants se promener en bord de Seine. Sur les pylônes plantés dans l'île Seguin, s'élevait une vaste plate-forme bétonnée sur laquelle se construisaient les futurs ateliers. Fred aimait cette activité, cette image du monde en marche, cette puissance de l'industrie. Il eût voulu qu'elle profite aux travailleurs et pas seulement aux patrons, comme à ce Louis Renault qu'il n'avait jamais vu, qu'aucun ouvrier ne voyait jamais, et qui, à cause de ce rôle de dirigeant occulte, de manitou intouchable, de seigneur, s'apparentait à une sorte d'ogre, de vampire.

La presse de gauche n'écrivait jamais le mot autrement qu'en modifiant la deuxième lettre : un saigneur. Un saigneur qui exploitait ses serfs, dans son fief. L'usine devenait une forteresse patronale, un bastion, une citadelle. Il est vrai que l'île Seguin, cimentée, qui se refermait comme une coque de navire, prenait une allure menaçante d'engin de guerre.

Fred regardait Mariette, marchant si sérieusement en lui donnant sa main potelée. Mariette, l'enfant du calme et de la vie douce, qui ressemblait tant à sa mère avec ses yeux noisette. Louis traînait un peu les pieds. Fred se disait qu'il devait l'aimer autant que Mariette, mais il n'y arrivait pas. Il ne savait pas pourquoi cette petite fille l'émouvait tant. Parce que, auparavant, il s'était trop peu occupé d'Alexis et de Germinal ? Peut-être. Alexis avait... combien ? Douze ans, déjà ! Sans doute parfait *komsomol* au foulard rouge, puisque formé depuis le berceau à un avenir de bolchevik modèle. Et Galina ? Kamenev ne passerait-il pas, lui aussi, un jour ou l'autre à la trappe ? S'était-elle démarquée d'un aussi encombrant patron ? Était-elle stalinienne ?

Deux vies ? Cette existence paisible à Billancourt et toutes ces tragédies qui remontaient de son enfance : Flora, Victor Serge et le Komintern, Voline et l'anarchisme... Toutes ces figures, au loin, menaçantes pour son bonheur, pour le bonheur de Claudine et des enfants. Toutes ces silhouettes qui l'appelaient avec de grands gestes, dont il lui semblait parfois percevoir les cris, des cris analogues à ceux de Makhno qu'il entendait en remontant l'escalier du sinistre immeuble de brique de Vincennes, Makhno que ses blessures réouvertes faisaient gémir.

Fred crut l'étonner en lui apprenant que Trotski arrivait en France, fugitif comme lui, traqué par la Guépéou ; que Trotski n'était plus rien, un simple réfugié politique tenu à l'œil par la police française. Makhno lui rétorqua que Trotski n'avait toujours été qu'une nullité, rien qu'un intellectuel fou et arrogant ; que les vainqueurs de la *makhnovitchina* n'étaient pas Trotski, mais Boudennyï et Vorochilov, qu'entre généraux on se comprenait ; puisque la Russie chassait Trotski, Staline allait le rappeler, lui, et le replacer à la tête de la cavalerie d'Ukraine.

Makhno rêvant de devenir général de cosaques dans l'armée rouge, quelle misère ! Ce seul espoir, pourtant, le maintenait en vie, ou plutôt en survie, car ses blessures ne se guérissaient pas et la tuberculose gagnait son deuxième poumon. Parfois, Fred trouvait une femme, en compagnie de Makhno, une réfugiée elle aussi, Ida Mett, qui l'aidait à rédiger ses Mémoires. Avec ces Mémoires, il pensait rattraper cette gloire que Voline lui volait. Mais Makhno éprouvait la plus grande difficulté à écrire. Il se perdait dans une profusion de détails sans importance, ne voulant rien omettre de cette aventure fabuleuse de la *makhnovitchina,* digne suite, digne réplique de la *pougatchevitchina.* L'ennui, c'est que les Français ne connaissaient pas mieux Pougatchev que Makhno et que toute la gauche non bolchevisée n'avait maintenant de ferveur que pour Trotski. Trotski l'anti-Staline, Trotski victime, se parait de toutes les vertus.

Autour de Trotski exilé se formait une « opposition communiste de gauche ». Voir ce boucher, l'exterminateur de toutes les oppositions, le bourreau de Cronstadt et de Makhno, se transformer en France en héros libertaire, stupéfiait Fred. Rosmer se refaisait un nom comme « dirigeant trotskiste ». Trotski ressuscitait aussi Sandoz, qui avait repris à Paris son métier d'avocat. Mais au contraire de Rosmer, Sandoz se manifestait contre Trotski et pour Staline. Sans doute se vengeait-il d'avoir été en Russie une doublure de Trotski, une si pâle doublure.

Seul Romain Rolland rappelait à propos le caractère tyrannique et impitoyable de Trotski :

— J'ai fait plusieurs fois appel à la clémence et au bon sens des gouvernants soviétiques, déclarait-il, quand ils persécutaient, emprisonnaient, envoyaient au bagne des îles Solovetski leurs anciens camarades de combat, les anarchistes et les socialistes révolutionnaires. Les plus impitoyables étaient alors Zinoviev et surtout Trotski.

Romain Rolland se souvenait encore, et osait le dire, des anarchistes et des socialistes révolutionnaires. Mais s'il soulignait l'inhumanité de Zinoviev et de Trotski ce n'était que pour excuser celle de Staline. Toutefois, il remettait Trotski à sa vraie place. Fred Barthélemy lui écrivit pour le remercier et, une fois de plus, pour le mettre en garde contre la récupération stalinienne. Romain Rolland ne lui répondit pas.

L'année 1934 commença par un suicide qui ressemblait beaucoup à celui de Vigo de Almereyda. Un escroc, nommé Stavisky, à tu et à toi avec la clique politique au pouvoir, longtemps intouchable, mourut mystérieusement dans un chalet isolé. « Stavisky s'est suicidé d'un coup de revolver qui lui a été tiré à bout portant », titrait en manchette *Le Canard enchaîné.* Comme le coup de feu de Fanny Kaplan contre Lénine déclencha le processus de la terreur, la balle qui tua Stavisky allait assassiner la IIIe République. Elle ne cessera, elle aussi, de siffler aux oreilles des locataires du Palais-Bourbon. A partir du 6 février, où une foule hurlante investit la Chambre des députés, la peur s'installa sur les banquettes des représentants du peuple. Place de la Concorde, le peuple criait qu'il n'avait plus qu'une idée en tête, foutre à la Seine lesdits représentants. Le spectacle eût été réjouissant si l'énorme manifestation n'accusait pas une alliance inquiétante, celle des Croix-de-Feu, de l'Action française et du parti communiste.

Alfred Barthélemy ne portait aucune affection à la IIIe République, ni d'ailleurs à la Ire puisque celle-ci servait de modèle catastrophique à la Révolution bolchevique. Toutefois, cette marche commune de toutes les factions qui aspiraient à la dictature, contre un pouvoir perverti mais débonnaire, l'angoissa. Aussi détestables fussent-ils, des personnages comme Chiappe, comme Herriot, comme Doumergue, restaient des hommes de dialogue. Il n'était pas impensable de négocier avec eux, d'obtenir la libération de militants, d'arracher par la grève de meilleures conditions de travail. Lecoin ne se faisait pas faute de les taper d'une grâce. Si Makhno survivait encore à Paris, si Durruti n'avait pas été expulsé, si Trotski lui-même bénéficiait d'un refuge en France, n'était-ce pas à cause de cette clémence ?

Fred voyait avec horreur s'étendre sur l'Europe deux coulées de lave : une rouge, une brune. La rouge suscitait la brune, comme une sorte de contre-feu. Hitler, en Allemagne, plébiscité Reichsführer par 90 % des voix, prétendait barrer la route à Staline. Mais Fred savait bien que les deux hommes, que les deux dictateurs, étaient de même nature. Seuls les discours changeaient. Différaient-ils tellement ? Bientôt, ils allaient singulièrement se ressembler.

Alfred Barthélemy suivait tous ces événements loin des décideurs. Il s'était trouvé suffisamment près d'eux, lors de son séjour en Russie, pour analyser, plus vite que les autres « gouvernés », des mobiles parfois si peu clairs que ceux-là mêmes qui les mettaient en branle, ne les saisissaient pas très bien. Pourquoi Doriot, l'homme fort du parti communiste français, était-il déboulonné ? Son rival, Maurice Thorez, après avoir fait allégeance à Staline, revenait en France pour accuser pendant une heure (devant des milliers de communistes réunis à la Grange-aux-Belles), pour accuser Doriot de rompre avec les principes du léninisme, de désorganiser le

P.C.F., d'évoluer à l'exemple de Trotski dans un sens hostile au prolétariat, de tenter de former un front commun avec les socialistes. Doriot exclu du P.C. comme Trotski, quelle farce ! L'amalgame, se disait Fred, n'est qu'apparent et destiné à brouiller les cartes. En réalité Doriot et Staline sont trop semblables. Staline ne tolère aucun rival, même à des milliers de kilomètres du Kremlin. S'il mise sur Thorez, c'est que celui-ci a été parfaitement conditionné dans les officines de la Guépéou et du Komintern. Désormais le parti communiste français sera aux ordres. Aucun doute là-dessus.

Fred écrivit une suite d'articles sur ce thème dans *Le Libertaire.* Malheureusement, ils ne dépassèrent pas le cercle d'influence de militants facilement convaincus. Si les hommes politiques français avaient pris le temps de lire ces articles parfaitement informés et tout à fait prospectifs, ils eussent esquivé des faux pas catastrophiques. Mais on ne lisait pas *Le Libertaire* à l'Élysée, ni au Palais-Bourbon.

Fred s'étonna de rencontrer Germinal à plusieurs reprises dans les locaux du *Libertaire.* A chaque fois, son fils se dérobait. Il ne comprenait pas pourquoi Germinal l'évitait puisque sa présence dans le bureau du journal ne pouvait que lui être agréable. Il questionna les camarades qui lui dirent que Germinal offrait ses services, portait bénévolement des paquets, voulait se rendre utile. Ils furent surpris d'apprendre que Germinal était le fils de Fred car le jeune homme n'avait fait aucune allusion à cette parenté.

Fred n'eut pas le loisir de s'attarder sur cette énigme car l'état de santé de Makhno s'aggrava et il se rendit encore plus souvent à Vincennes. Parfois Galina rejoignait son mari, lui soutirait un peu d'argent provenant des collectes espagnoles, et lui laissait leur fille pour quelques jours.

Il se promenait alors interminablement avec la petite

sous les marronniers. Ses pas le conduisaient invariablement vers la caserne où il restait pendant des heures à regarder les manœuvres des soldats. Lucia le tirait par le bras, pleurait d'ennui. Il revenait lentement avec elle, s'arrêtant en cours de route dans tous les bistrots. Lucia devait souvent demander l'aide de passants complaisants pour réussir à faire monter son père, complètement ivre, à l'étage de l'immeuble de brique rouge.

Fred le trouvait parfois dans cet état lamentable. A quarante ans, Makhno ressemblait à un petit vieux. Ses pommettes hautes, exagérément ressorties par sa maigreur, lui donnaient de plus en plus un aspect mongolique. Il toussait continuellement, parlait de moins en moins, se contentant de fixer Fred de ses yeux tristes. Son regard le remerciait. Il ne voyait pratiquement plus personne, ayant lassé tous ses proches par sa mauvaise humeur et par l'impossibilité de dialoguer avec lui puisqu'il ne réussissait pas à apprendre le français. Dans sa chambre, vêtu de son pardessus élimé, coiffé d'un béret, il se tenait prêt à partir, partir là-bas, vers l'Est. Son obsession.

Un jour Makhno, dans un grand effort, se leva de sa chaise paillée et, marchant en boitillant, tournant en rond, s'agrippa à Fred par les revers de sa veste :

— Que je te dise... Tu sais, la Révolution...

L'effort de Makhno pour formuler sa pensée gonflait les veines de ses tempes.

— Que veux-tu dire ? demanda Fred. La Révolution, eh bien ?

— En aucun cas, en aucun cas, la Révolution ne peut être la vérification d'une idéologie quelconque. Fût-elle anarchiste. La Révolution ne peut être que la destruction de toutes les idéologies.

Cette formule, la dernière qu'il entendra de la bouche de Makhno, poursuivra Fred toute sa vie. Plus que le récit des dernières heures de la *makhnovitchina* enregistré dans sa mémoire, au Kremlin, pour qu'il ne périsse pas dans le souvenir des hommes, le vrai talisman de Makhno sera, pour Fred, celui-ci. Il lui vaudra bien des avanies.

L'aménagement de l'île Seguin se terminait. Un énorme cuirassé semblait désormais ancré dans la Seine, relié à l'usine par un seul pont de fer. Pour les ouvriers de Renault, cette île Seguin, assimilée à un navire de guerre, parut une provocation, une sorte de sentinelle immobile, gardienne du bagne. Les grèves se multiplièrent, justifiées amplement par la dégradation des conditions de travail et l'amenuisement des salaires. La mécanisation accrue s'opérait au détriment de la main-d'œuvre qualifiée. Fred se demandait si sa qualification professionnelle ne serait pas bientôt un handicap dans la métallurgie. L'outillage manquait. Il fallait se disputer à huit pour obtenir un palmer, à dix pour emprunter un diamant. Les machines remplaçaient de plus en plus le travail manuel. En trois coups, un mouton de cinquante tonnes forgeait des vilebrequins. D'une seule passe, une feuille de tôle obtenait des formes chantournées. Des batteries d'Ingersoll, de Lees-Bradner, d'Ajax, formaient un équipement titanesque, fascinant et effrayant, où l'homme ne comptait plus. L'atelier de haute précision qui employait Fred se tenait encore à l'écart de cette totale déshumanisation. Par contre, dans l'île Seguin, qui se partageait entre la centrale électrique, les matrices, la carrosserie et le montage des autorails, l'exploitation devenait si féroce qu'on ne la désignait plus que comme l'île du Diable.

La menace de renvoi pesait sur les mécontents. Déjà les étrangers avaient été licenciés. Une peur, latente, créait un climat malsain. Les agents de maîtrise, vrais gardes-chiourme, ne cessaient de crier : « Si vous rouspétez, dehors ! Il y a des remplaçants au bureau d'embauche ! » Certains jours, dès huit heures trente, ils annonçaient que le manque de pièces, dans tel atelier, demandait l'arrêt de la chaîne : « Revenez après déjeuner. » Pas d'autre solution que d'attendre treize heures trente, au bistrot. Et même à ce moment-là, les agents de maîtrise rétorquaient parfois : « Toujours rien, revenez demain. » Le salaire journalier était perdu. Parfois, au contraire, il fallait rattraper le temps chômé. A six heures du matin, on vous disait : « Vous devez rester jusqu'à huit heures du soir, nous avons du retard. »

Certaines semaines, Fred ne travaillait plus que vingt heures. Il suppléa à ce manque à gagner en faisant des traductions du russe. Lui s'en tirait, mais beaucoup n'avaient d'autre recours que de se serrer la ceinture.

Lors d'une de ses visites à Vincennes, Fred ne trouva pas Makhno. Des voisins l'avertirent que le « Ruskof tubard » était parti à l'hôpital Tenon.

Fred reprit donc la direction de Belleville, s'arrêtant à Ménilmontant dans cette grande caserne que constituait l'hôpital. Makhno, parmi d'autres indigents, sommeillait dans la salle des tuberculeux où les lits s'entassaient. On l'avait opéré une nouvelle fois de sa blessure au pied. Sans succès. Fred et Makhno se regardèrent intensément, silencieux, ne sachant plus quoi se dire.

C'est Germinal qui lui parla de Wells. L'Anglais Herbert George Wells, l'auteur célèbre de *La Machine à remonter le temps,* l'un de ceux que Lénine appelait « les idiots utiles » et qu'il avait vu à Moscou en 1920, moins docile que Lénine l'escomptait. Germinal lui annonça, en le croisant devant *Le Libertaire,* comme s'il reprenait une conversation ininterrompue :

— Tu sais, Wells, il a rencontré Staline. Eh bien, le Géorgien l'a beaucoup plus emballé que Lénine.

Fred regarda son fils, stupéfait. Comment connaissait-il ces choses ?

— Wells ? Pourquoi t'intéresses-tu à Wells ?

Germinal sourit. Ce regard candide de Flora qui réapparaissait dans le visage poupin de ce géant !

— Ah ça, alors... si j'avais pu penser qu'un jour tu me flanquerais Lénine à la figure ! Je croyais tout ça bien loin de toi !

— C'était loin. Je me suis rapproché. Manier la pioche et la pelle confère l'avantage de vous laisser la tête au repos.

— Tu refusais mes visites, à ta pension. Je ne voulais pas t'incommoder, t'obliger. Tu avais le droit de me bouder.

Germinal lança une bourrade amicale à son père, qui chancela.

— Bougre ! Tu connais mal ta force.

— Moi, je n'en veux à personne. Tu as ta vie, Flora aussi. J'essaie de faire la mienne.

Il appelait sa mère par son prénom, ce qui était alors peu courant. La voyait-il souvent ? Et si Flora était aussi riche qu'elle le disait, comment pouvait-elle permettre que son fils unique soit terrassier, exposé à toutes les intempéries ?

— Que devient Flora ? La vois-tu ?

— Oui, oui, souvent. Elle habite à Montmartre avec un type que je ne peux pas blairer, qui lui pique son pognon. Elle vend des tableaux.

— Les tableaux de Baskine ?

— Non. Ceux-là, elle les garde. C'est son tas d'or. Elle n'en livre qu'une pépite de temps en temps, juste de quoi conserver le marché. Elle vend des tableaux d'autres peintres. Elle est riche. Et si belle !

— Elle est riche et te laisse patauger dans la boue !

— Pourquoi pas ! J'aime bien travailler au grand air, moi. Tu es bien ouvrier, toi aussi.

— Terrassier, ce n'est pas un métier.

— Comment ça ! Elle est bien bonne. Essaie un peu de creuser une tranchée pour repêcher un tuyau de gaz crevé. Faut des muscles. J'en ai. Profitons-en. Mais Wells, il ne t'étonne pas, Wells ? Lénine, qui n'arrivait pas à le convaincre, lui avait dit : « Revenez dans dix ans, vous verrez ! » Il y est retourné et la seule chose qui lui a plu, c'est Staline !

Fred regardait Germinal, incrédule, ce Germinal hier muet et hostile, qui tout à coup lui parlait comme à un copain.

Germinal lui donna une nouvelle bourrade, que Fred esquiva.

— Tu es agaçant avec tes manières de... (il allait dire de terrassier) de gamin. Tu fais mal avec tes battoirs.

— Je vous ai observés ici, vous tous, les anars. J'ai lu vos machins, vos bouquins, tout. Même *Saturne dévorant ses enfants* ! C'est comme ça que j'ai appris ce que tu avais vu en Russie, ce que tu y fabriquais. J'ai réfléchi, pesé le pour et le contre. Finalement, je me suis inscrit à l'Union.

— Ça, alors, si je pouvais penser...

Germinal sortit une liasse de papiers de sa poche qu'il tendit à son père.

— Tiens, lis ça, c'est traduit de l'anglais. Un copain me l'a refilé.

Ça devait arriver. Quelqu'un, en Occident, finirait par admirer la bureaucratie soviétique. C'était H.G. Wells. Quelqu'un qui n'était pas communiste, qui considérait même Marx comme « un raseur de la pire espèce », encensait Staline : « Je n'ai jamais rencontré un homme plus candide, plus honnête, plus juste... Il doit sa position au fait qu'il n'effraie personne et que tout le monde a confiance en lui. »

— Inouï ! A se flinguer ! Et toi, que crois-tu de tout ça ? demanda Fred.

— Je rigole.

— Pas moi. Je les ai vus tous, tu comprends, dit Fred

avec emportement. Tous. D'aussi près que je te vois, toi. Je ne peux pas en rire. Ils ont des mains pleines de sang. Le drapeau rouge, c'est un chiffon dégoulinant de sang.

En juillet, des nouvelles lugubres tombèrent sur Alfred Barthélemy. D'abord la mort de Nestor Makhno, à l'hôpital Tenon, après une thoracoplastie. Le temps que Fred en soit averti, Makhno avait été incinéré et ses cendres placées dans le columbarium du Père-Lachaise voisin. Puis la nouvelle, qui filtra d'Allemagne, par la voie d'un réseau clandestin : Erich Mühsam, stigmatisé par Goebbels comme « porc de Juif rouge », torturé et pendu par les S.S. dans le camp de concentration qui le détenait.

L'espoir venait seulement du Sud, de cette Espagne où, contrairement à l'Europe du Centre et de l'Est, le mouvement libertaire ne cessait de gagner du terrain. Des soulèvements anarchistes se produisaient en Catalogne et en Aragon. Les mineurs des Asturies déclenchaient une grève générale. Fred y devinait partout la trace de Durruti. En octobre, Durruti, de nouveau arrêté, était condamné au bagne.

La France, l'Angleterre, l'Autriche, tous les pays qui échappaient encore à la dictature, s'endormaient dans leur déclin. Leurs dirigeants ne remarquaient rien, ne comprenaient rien. Ou bien alors, comme le lapin fasciné par le serpent qui le dévorera, ils se laissaient ensorceler par les sirènes de Moscou, de Berlin, de Rome. Pierre Laval, le nouvel homme fort du faible gouvernement français, fraternisait avec Mussolini puis, Premier ministre d'une république capitaliste reçu à Moscou, banquetait avec Staline. Comme H. G. Wells, il en ressortait enchanté. « Staline est un bon type », proclamait-il. Ce Laval, si populaire, presque aussi populaire que Doriot, n'inspirait guère confiance à

Alfred Barthélemy. Il lui rappelait trop Vigo de Almereyda. Comme Almereyda, Laval savait jouer de son influence sur les magnats de la presse pour assurer sa publicité. Comme Almereyda, cet ancien socialiste, ce plébéien, avait la manie des grandeurs, avec son château, sa fille mariée à un aristocrate. Seule différence, Almereyda était beau et dandy, Laval laid et vulgaire. Mais cette vulgarité lui donnait des allures populacières qui le rendaient sympathique chez les bougnats.

Lorsque, le 14 juillet 1935, Fred assista au défilé du Front populaire, de la Bastille à la Nation, où un demi-million de personnes suivirent pieusement les drapeaux rouges et les drapeaux tricolores, conduites par le radical Daladier, le socialiste Blum et le communiste Thorez, tous marchant le poing levé, l'indignation lui fit écrire son article le plus mémorable. *Le Libertaire* en imprima en effet un tiré à part, largement distribué, envoyé à tous les députés et sénateurs, à tous les journaux. La violence du ton, l'originalité des propos, favorisèrent la publication d'extraits dans toute la presse, même dans *L'Humanité* et *Le Populaire* (pour s'en indigner).

Que disait donc Fred Barthélemy de si singulier ?

L'article commençait par cette phrase blasphématoire : « La France n'est plus la fille aînée de l'Église, mais la sœur cadette de l'Union soviétique. »

Il dénonçait les manœuvres de Laval, passant des accords avec le fascisme mussolinien et le fascisme stalinien. Il soulignait qu'il s'agissait bien dans les deux cas de fascisme et rappelait à propos la phrase de Romain Rolland, du temps où celui-ci n'était pas encore aveugle. Et pourquoi Romain Rolland, aujourd'hui, reniait-il subitement Gandhi pour Staline ? Parce que, avançait Barthélemy, le Komintern qui n'avait jamais réussi à récupérer Romain Rolland par l'esprit, le tient par les sens. Étrange coïncidence que Romain Rolland se convertisse au stalinisme juste au moment où une

Russe, Maria Pavlovna, s'introduit dans sa vie et ne le quitte plus ? Qui emmena le mois dernier en U.R.S.S. Romain Rolland et lui servit d'interprète, sinon Maria Pavlovna devenue entre-temps sa femme légitime ? Vous verrez, concluait Fred Barthélemy, que les sous-marins féminins soviétiques entreprendront d'autres retournements parmi nos intellectuels. Derrière Maria Pavlovna galopent déjà de nombreuses *cavalières Elsa*.

Fred pensait à Galina. Il ne s'était jamais posé ce problème ; maintenant cela lui semblait évident : il avait été, lui aussi, capturé par une belle. Kamenev et Zinoviev ne se l'attachèrent-ils pas longtemps, muet, docile, trop docile, par le biais de Galina ?

Cette incursion dans la vie privée de Romain Rolland fit scandale. La manière dont Fred malmenait, par ailleurs, le tout-puissant parti radical, ancienne extrême gauche parlementaire des débuts de la IIIe République, si lié aux puissances d'argent qu'il en avait oublié, jusqu'à ce 14 juillet, son appartenance à la gauche ; la manière dont il ridiculisait le parti socialiste de se laisser berner par son ennemi irréductible, ce parti communiste qui l'embrassait aujourd'hui pour mieux l'étouffer, réjouissaient fort, évidemment, la presse de droite qui en publia de très larges passages. Thorez, écrivait Fred, aux ordres de Moscou, renie tout ce qu'il a proclamé hier parce que la politique de la Russie le lui commande. Son virage à droite est la conséquence du pacte d'assistance franco-soviétique signé par Laval. Puisque la France est maintenant son alliée militaire, Staline ne peut qu'approuver sa politique de réarmement et Thorez doit persuader ses militants que la défense de la patrie des travailleurs oblige à soutenir l'armée française. D'où *La Marseillaise* chantée en chœur avec les radicaux, d'où le drapeau tricolore mis en faisceau avec le drapeau rouge, d'où Jeanne d'Arc « fille du peuple ». Là encore, Alfred Barthélemy trouvait une formule qui sera reprise même par les chansonniers : Staline et

Laval ont *tricolorisé* le prolétariat français. Désormais présentables, vous verrez, disait-il, que les communistes dépasseront en patriotisme les Croix-de-Feu.

Enfin, il dénonçait l'A.E.A.R. (Association des écrivains et artistes révolutionnaires) qui avait tenu son congrès en juin, et où, près d'Alain, Barbusse, Romain Rolland, Victor Margueritte, s'alignaient de nouveaux noms : André Malraux, Aragon, Gide, Élie Faure. En réalité, affirmait Fred Barthélemy, l'initiative émane d'officines communistes spécialisées dans l'organisation d'associations et de congrès, pour susciter des mouvements pro-staliniens dans l'intelligentsia française. Je le sais d'autant plus, soulignait Barthélemy, j'en suis d'autant plus sûr, que j'ai moi-même combiné, de Moscou, nombre de manœuvres de ce genre.

A partir de juillet 1935, Fred Barthélemy devint donc célèbre et le restera jusqu'aux débuts de la Seconde Guerre mondiale. Le premier résultat de sa sortie de l'obscurité fut son immédiate mise à la porte des usines Renault. Fred, brutalement chômeur, à une époque où retrouver un emploi s'avérait impossible, mit complètement à profit sa connaissance de la langue russe. Les traducteurs étant peu nombreux et la Russie entrant de plus en plus dans l'actualité, il obtint suffisamment de commandes pour que ces besognes, pourtant mal rémunérées, compensent son salaire perdu. Pendant tout le temps où il travailla chez Renault et où il participa avec ses collègues aux revendications salariales, la modicité de sa paye ne lui apparut jamais aussi clairement que depuis qu'il la comparait à ce qu'il gagnait avec ses traductions. Si les ouvriers rêvaient du paradis soviétique, les patrons les y encourageaient en leur serrant la vis. Fred se souvenait des épithètes qui fleurissaient dans *L'Humanité* pour qualifier Louis Renault : malfaiteur public, grand exploiteur, grand requin, *saigneur*... Il se remémorait les photos de cet autocrate, pour lequel il avait turbiné pendant dix années, sans jamais le rencontrer, sans même l'apercevoir. Un visage mal rasé, avec de gros sourcils, un nez busqué de rapace, un mufle et une crinière. Un petit Staline, en somme, un dictateur, lui aussi, dans sa principauté.

Un mois après les festivités du Front populaire, on ramenait de Moscou le corps de Barbusse, Barbusse mort bêtement en Russie d'un « refroidissement ». Pour que la population laborieuse puisse participer aux obsèques, le parti communiste entreposa le corps à la Grange-aux-Belles et attendit le samedi pour opérer alors un grand rassemblement porte de la Chapelle. Fred, curieux, s'y rendit, sortant difficilement du métro où des grappes humaines se tenaient perchées dans les escaliers reliés aux voies aériennes.

Fred suivit le long cortège, précédé d'un grand portrait de Barbusse brandi au-dessus de la foule. Des jeunes filles portaient sur des coussins un exemplaire de chaque livre de l'écrivain. Le char noir, orné d'un drapeau rouge, était encadré par des mutilés de guerre poussant leurs petites voitures en actionnant les roues avec leurs bras. Barbusse rejoignait Makhno au Père-Lachaise. Mais alors que l'anarchiste disparaissait dans l'anonymat du columbarium, le communiste serait placé près du mur des Fédérés.

Pour la première fois, Fred revit Cachin qui, avec sa moustache tombante, prenait, avec l'âge, l'air de Vercingétorix. Lui qui détestait tant les bolchos en 1919, se voulait aujourd'hui grand ordonnateur du stalinisme français. Dans son discours funèbre, Cachin rappela que Barbusse avait voué un culte à Staline et à sa politique et qu'il appelait Staline « l'homme à la tête de savant, à la figure d'ouvrier et à l'habit de simple soldat ». « Nul ne fut plus stalinien qu'Henri Barbusse », conclut Cachin avec ses trémolos dans la voix.

Quelques jours plus tard, Fred rencontra au *Liber-*

taire Ida Mett, cette femme qu'il apercevait parfois dans le petit logement de Makhno. Bouleversée, elle lui dit qu'elle avait écrit un texte sur « le crépuscule sanglant des soviets » (c'est-à-dire Cronstadt) et que, montrant le manuscrit à Monatte, pour que celui-ci le publie dans sa revue *La Révolution prolétarienne* — ce dernier l'avait refusé. Trop négatif pour Trotski.

Ainsi Trotski exilé bénéficiait de toutes les indulgences. Sa chute l'absolvait de tous ses péchés. Le trotskisme envahissait la gauche non stalinienne. Même Monatte empêchait que l'on dise la vérité !

— Et les Mémoires de Makhno, lui demanda Fred, as-tu terminé de les mettre en forme ?

— J'ai sauvé les Mémoires de la *makhnovitchina.* Qui acceptera de les publier ? Makhno rédigeait aussi un journal intime. Il me l'a fait lire. Je l'ai corrigé. Eh bien il a disparu.

— Peut-être Galina...

— Oui, Galina et Voline.

— Comment ça, Galina et Voline ?

— Galina est maintenant la femme de Voline. Ils ont trouvé le manuscrit sous l'oreiller du mort et l'ont brûlé.

— Tu es certaine de ce que tu avances ?

— Ma main à couper ! Galina et Voline sont deux vautours sur le cadavre de notre ami.

Fred, stupéfait, incrédule, regardait Ida. Non seulement Voline dérobait à Makhno *sa gloire,* voilà maintenant qu'il lui prenait aussi sa femme.

— Makhno lui-même a été brûlé, dit-il. Il ne reste de notre ami qu'une petite urne remplie de cendres. Mais nous ne l'oublierons pas. Nous n'oublierons pas la *makhnovitchina.* Nous n'oublierons pas Cronstadt. Je te le jure, Ida. Il suffit de quelques-uns pour que la mémoire des vaincus ne sombre pas dans le néant.

C'est par Germinal qu'Alfred Barthélemy retrouva une nouvelle fois Flora. Avec sa brutalité habituelle, un peu pataude, Germinal raconta un jour à son père que Flora s'était débarrassée de son mac, que le grand atelier de Montmartre, maintenant, lui appartenait.

— Tu devrais aller la voir. Elle ne s'éternisera pas longtemps seule. Profites-en.

Fred balaya cette proposition d'un revers de main.

— Ce que je t'en dis, reprit Germinal, c'est à toi de décider. Je me charge seulement de la commission. Elle aimerait bien reluquer la tête que tu as depuis que tu es célèbre. Non, non, ce n'est pas ce que tu crois. Des célébrités, elle en a à revendre. C'est le cas de le dire. Plein son atelier, de célébrités peintes. Mais quoi, vous m'avez fait tous les deux, ça vaut bien une revoyure.

Il s'était établi entre Germinal et son père une familiarité étrange. Comme ni l'un ni l'autre n'avaient pratiqué en temps opportun les échanges de paternité et de filialité, comme seule la vie militante les réunissait, ils se comportaient plus en copains qu'en parents. Après tout, ils n'avaient que quatorze ans de différence et si Germinal témoignait à Fred certains égards, c'était par admiration pour l'aîné bourré d'expérience et non pour le père qu'il ne connaissait pratiquement pas.

Fred ne résista pas longtemps. Flora l'eût-elle appelé de l'autre côté de la terre, qu'il se serait arrangé pour y accourir. Montmartre ne se situait pas si loin de Billancourt.

L'atelier dans lequel vivait Flora occupait le sommet d'un immeuble. Si bien que ses fenêtres s'ouvraient sur une vue panoramique de Paris. Flora s'amusait à désigner les points de repère, montrant à Fred les gares, les dômes du Panthéon et des Invalides, les tours de Notre-Dame et, devant, la flèche de la Sainte-Chapelle. Fred n'avait jamais vu Paris ainsi, mis à plat, comme une carte géographique en relief, tout gris, avec des volutes de fumée blanche qui montaient des bâtisses.

Les usines marquaient leur présence par leurs hautes cheminées d'où sortaient de vilaines taches noirâtres effilochées par le vent. Son regard alla vers l'ouest, vers Billancourt, trop éloigné pour que l'on puisse distinguer le bastion de Renault. Il ressentit un malaise en s'apercevant que Claudine et les enfants se perdaient derrière ce brouillard qui recouvrait la Seine.

Dès que Flora lui ouvrit la porte de l'atelier et qu'elle apparut dans cette robe de soie blanche qui lui dénudait les épaules, ses cheveux blonds toujours coupés à la garçonne, les jambes gainées dans des bas couleur chair, il eut l'impression de basculer dans un autre monde, ce monde trouble et perverti dans lequel elle semblait se mouvoir avec tant de facilité. Il se précipita vers la grande baie vitrée qui surplombait Paris, comme pour se jeter dans le vide, échapper à Flora. Il la devinait derrière lui. Il flairait son odeur qui n'était plus celle de la petite fille aux poissons, mais une senteur de femme de riche, aux parfums lourds. Il n'entendit sa voix gouailleuse qu'à travers une sorte de murmure cotonneux. Il l'entendit prononcer Belleville. Comme il ne réagissait pas, elle le prit par le bras, lui indiqua vers l'est une masse de maisons chaotique et le sommet des arbres aux Buttes-Chaumont.

— Es-tu retourné à Belleville ?

— Quand je suis revenu de Russie, je t'y ai cherchée. La maison de Victor et de Rirette n'existait plus. Depuis, non, je m'arrête en chemin, au cimetière du Père-Lachaise.

Il voulut parler de Makhno, de Barbusse, mais Flora ne savait sans doute pas qui ils étaient. A quoi bon ? Il se tourna vers Flora, la dévisagea. A chaque fois qu'il la revoyait, sa petite taille l'étonnait. Sa tête n'arrivait qu'au milieu de la poitrine de Fred. Elle levait vers lui ses yeux bleus. Leur maquillage était plus discret qu'à Montparnasse, plus nuancé.

— Regarde, dit-elle en pivotant, j'ai tout acheté, tout, les murs de l'atelier et ce qu'ils contenaient, les tableaux, moi-même. La seule manière de me débarrasser de mon Jules. Ce qu'il pouvait être collant, celui-là ! Mais il baisait comme un dieu. Ça demande quelque considération.

Fred examinait les peintures. Il identifiait celles de Baskine, accrochées dans de beaux cadres. L'autre peintre, l'ancien propriétaire de ce local, avait laissé dans les lieux une odeur d'huile un peu rance, qui semblait tout imprégner.

— Ne cherche pas les peintures de mon Jules, reprit Flora, j'ai tout bazardé en même temps que lui. A l'hôtel Drouot, comme des fripes. J'en ai pas retiré gros. Juste de quoi m'offrir ça...

Elle montrait le portrait d'un petit pâtissier, tordu, d'un blanc crayeux. Fred trouva ce tableau d'une laideur incroyable.

— Soutine, dit Flora. Rappelle-toi ce nom. Si je ne fais pas la connerie de le revendre trop tôt, il vaudra des millions.

Fred tomba en arrêt devant un nu, hiératique, une jeune femme grave, aux yeux bleus, et aux lèvres roses comme une langue de chat. Il reconnut Flora, gêné par l'étalement de cette nudité.

— Oui, c'est moi, s'écria Flora, amusée. J'ai aussi été modèle de Foujita. Maintenant, je lui négocie des tableaux. Germinal t'a dit, je ne suis plus modèle. J'ai grimpé à l'échelon supérieur. C'est moi qui paye les peintres. Je fraye avec tout le monde... les collectionneurs, les marchands... J'ai la bosse du commerce. Sans doute que je tiens ça de mes poissonniers de parents.

Elle regarda Fred d'un air ironique.

— Tu es célèbre dans ta partie, m'a dit Germinal. Tu ne travailles plus à l'usine. Combien ça te rapporte, tes écritures ?

— Un peu moins que du temps où j'étais ajusteur, mais ça va, je ne me plains pas.

— Pauvre pomme ! Tu n'as pas changé. Toujours tes maudits livres. Rêveur, va !

Elle ouvrit un joli meuble marqueté, en sortit des bouteilles.

— Que veux-tu boire ?

— Je ne bois pas d'alcool.

— Je connais ta chanson. Germinal, qui ne crachait pas sur le rouge, ne boit plus que de l'eau depuis qu'il fréquente tes copains. Savez-vous que vous n'êtes pas amusants avec votre vertu ?

Fred haussa les épaules. Il examinait le grand atelier, s'arrêtant devant certaines peintures, ces peintures étranges comme des énigmes et qu'il interrogeait. A mi-hauteur de la pièce, une loggia s'avançait.

— Qu'est-ce qu'il y a, en haut ?

Flora hésita, sourit, un peu narquoise.

— Seulement des aquarelles, encadrées, très jolies. Si tu veux les voir, monte l'escalier.

Fred fut surpris d'arriver sur une sorte de balcon. Un grand lit recouvert de fourrures occupait presque tout l'espace. Les aquarelles, sous verre, juxtaposées, tapissaient entièrement les murs. Des aquarelles d'un beau bleu, très doux, avec une infinité de personnages dans des poses grotesques, mais charmantes. Ces figures rappelaient à Fred quelque chose. Oui, Odessa ! Les enseignes des magasins populaires d'Odessa. Il demanda :

— C'est un Russe, ce peintre ?

— Chagall ? Oui, un Juif russe.

Flora s'étendit sur les fourrures, les coudes relevant son buste. Ses jambes se balançaient au bord du lit. Elle regardait Fred, les yeux mi-clos, Fred qui revoyait la petite fille arrivant aux Halles, dans le matin gris, voilà combien d'années ? Vingt-quatre ans, déjà ! La petite fille pieds nus.

Aujourd'hui, les jambes de Flora étaient masquées par cette soie brillante et les boucles dorées de ses chaussures à bride étincelaient, comme des bijoux. Lorsqu'elle s'allongea soudain, sa robe découvrit ses cuisses. Fred aperçut un morceau de chair bridé par les jarretelles. Il vacilla, se laissa tomber sur le lit, sur Flora, sur tout son passé merveilleux, jamais oublié, inoubliable. Ils s'étreignirent avec une fureur qui voulait annuler tout ce qui s'était produit après, après les années d'enfance, à partir de la guerre, à partir de leur séparation. En s'unissant, ils tentaient d'annuler le temps. Ils retrouvaient leurs anciennes caresses. Mais les corps n'étaient plus tout à fait les mêmes. Celui de Fred devenu plus osseux, plus rude ; celui de Flora plus arrondi, superbe, mais ce n'était plus la Flora de Belleville. Ils s'attardèrent longtemps dans la redécouverte de leurs corps, de leurs caresses, de leurs baisers. Trop longtemps. Fred constatait avec stupeur que son sexe ne répondait pas à son désir, qu'il ne pourrait pas pénétrer Flora. Plus il pensait à l'éventualité de ce fiasco, moins le mécanisme habituel de l'érotisme se déclenchait. La honte de cet échec achevait de le paralyser. Soudain, Flora échappa à son étreinte et se jeta sur le côté, mi-furieuse, mi-boudeuse :

— Ça vaut mieux, Fredy. On allait s'embarquer dans quel pétrin ! Avec toi, faut s'attendre à tout. On s'aimera toujours quand même. Moi, je sais que je t'aimerai toujours, de tout mon amour de môme. Toi, tu ne m'aimes pas assez, tu vois bien.

— Peut-être, au contraire, que je t'aime trop, Flora.

Elle réenfila ses sous-vêtements roses, rattacha ses bas. Fred se souvenait de la fillette qui faisait des galipettes aux Buttes-Chaumont, laissant entrevoir sa petite culotte pas très propre. Le petit oiseau de Fred n'était pas manchot, en ce temps-là !

Ils redescendirent de la loggia, très tristes. En l'accompagnant sur le palier, Flora se hissa sur la pointe des pieds pour l'embrasser dans le cou, longuement. Puis elle lui lança, de son air désinvolte :

— Allez, va faire ta vie.

4

L'affront populaire
(1936-1938)

« ... Le Pouvoir aura triomphé une fois de plus. L'éternel Pouvoir qui jamais ne meurt, qui ne tombe que pour renaître de ses cendres, on croit l'avoir abattu avec une révolution ou une de ces boucheries que l'on baptise révolution, au contraire le revoilà ; intact, n'ayant changé que de couleur, noir ici, rouge là, ou jaune, ou vert ou violet, tandis que le peuple s'incline, subit ou s'adapte. »

Oriana FALLACI, *Un homme*, 1979.

Rares étaient les militants révolutionnaires de la génération de Fred Barthélemy qui avaient échappé à la prison. Sans son évasion à temps d'U.R.S.S., il aurait subi, pour le moins, le sort de Victor Serge, déporté dans les steppes kirghizes. Il s'était tiré sans dommage de deux attentats, mais à la fin de l'année 1935 il écopa de six mois de prison pour un simple délit d'opinion. Participant à une campagne contre le colonialisme qui tenait un peu de la routine, un de ses articles, ni plus ni moins violent que les autres, eut l'heur de déplaire au ministre des Colonies qui demanda des sanctions. Arrêté, promptement jugé, mis en cellule à la Santé, Fred se trouva soudain isolé, inactif, coupé du monde. Juste au moment où l'Europe allait basculer dans une nouvelle folie meurtrière, dans une nouvelle guerre de religion.

Car à l'internationale marxiste répondait maintenant une internationale fasciste. Le moment viendrait où ces deux avatars du socialisme s'affronteraient plus violemment qu'en paroles. Même si les paroles claquaient souvent comme des coups de feu. Dans un meeting de la Solidarité française, Jean-Pierre Maxence ne s'était-il pas écrié : « Si jamais nous prenons le pouvoir, voilà ce qui se passera : à six heures suppression de la presse socialiste ; à sept heures la franc-maçonnerie est interdite. A huit heures on fusille Blum. » Ce qu'approuvait Maurras : « Il ne faudra abattre physiquement M. Blum que le jour où sa politique nous aura amené la guerre impie dont il rêve contre nos compagnons d'armes italiens. Ce jour-là, il est vrai, il ne faudra pas le manquer. »

Bravades suivies d'ailleurs d'un commencement d'effet puisque Blum, agressé boulevard Saint-Germain, fut hospitalisé en piteux état. Fred Barthélemy n'avait jamais proféré de semblables menaces de mort. Il n'avait insulté ni le président de la République, ni le président du Conseil, ni le ministre des Colonies. Il relatait seulement certains agissements indignes d'un pays qui se proclamait démocrate et civilisé, rappelant la devise de la République inscrite sur le fronton des édifices publics. Maxence et Maurras continuaient à injurier la République, à prêcher la guerre civile et lui, qui ne parlait que de paix et de fraternité, moisissait en prison. Normal.

Il faut dire que Fred Barthélemy, en participant à une campagne anticolonialiste, se posait une fois de plus comme un empêcheur de danser en rond. Ce qui se passait aux colonies n'intéressait personne. Au moment où cinquante pour cent des travailleurs de la métropole subissaient un chômage partiel, où le chômage total prenait des proportions inquiétantes, où les défilés d'ouvriers sur les Grands Boulevards, casquette enfoncée sur les yeux, préparaient le « Grand Soir », où l'on voyait sur les Champs-Élysées des camions de femmes brandissant des drapeaux rouges, où la liste des « deux cents familles » se vendait dans les rues pour quarante sous — l'Indochine, le Congo et même l'Algérie se situaient sur une autre planète. L'Union sacrée qui s'organisait pour ou contre le Front populaire paraissait une tâche prioritaire. Fred avait voulu briser cette conspiration du silence observée par toute la classe politique en matière coloniale, se contentant, sans élever le ton, sans invectives, sans même émettre de jugement, de rapporter des faits indiscutables, relatés par des témoins. Le pire venait d'Indochine : colonnes d'Annamites réclamant du riz et liquidées à la mitrailleuse, ordres donnés aux légionnaires de ne pas s'encombrer de prisonniers, camps de concentration où la pratique de la torture à l'électricité était chose courante et la moins atroce. Dix mille Annamites morts suppliciés en 1933.

Dans sa cellule, ces victimes lointaines l'obsédaient. Tous ces petits hommes jaunes grimaçaient, se contorsionnaient. Il lui semblait même entendre leurs cris. Mais il s'agissait des plaintes de ses voisins de taule. Bizarrement, sa vie en Russie alimentait moins ses cauchemars, que ses mois de guerre dans les tranchées des Flandres. Hubert, le premier Hubert, son compagnon d'atelier du temps d'Almereyda, Hubert disparu, mangé par la terre crayeuse, lui remontait perpétuellement à l'esprit. Son antimilitarisme, son pacifisme, n'eurent peut-être pas d'autre origine que cette révolte contre le sacrifice inutile de son ami.

Peu d'informations s'infiltraient dans la prison, sinon déformées, furtives. On n'y lisait aucun journal. Le courrier était censuré. Seulement à l'heure de la promenade hygiénique dans la cour, où l'on croisait d'autres détenus, des nouvelles se colportaient. Ainsi Fred apprit l'avènement du *Frente popular* en Espagne. Lorsqu'il fut libéré, en mai, le Front populaire, vainqueur aux élections, formait aussi, en France, un nouveau gouvernement.

Cette prise de pouvoir par la gauche, Fred l'avait déjà respirée en Russie. Il revoyait cette alliance contre-nature des bolcheviks, des socialistes révolutionnaires et des mencheviks, si semblable à cette conjuration française des communistes, des socialistes et des radicaux. L'expérience russe ne servait donc à rien ! Ces imbéciles de sociaux-démocrates ne pressentaient pas que le petit parti communiste les dévorerait lentement, mais sûrement. Fred écrivit dans *Le Libertaire* un article sans équivoque. Non seulement il rappelait une fois de plus ce qu'il avait vécu en Russie, mais il dénonçait le Front populaire comme une invention stalinienne :

« Nous ne contestons pas que le parti communiste soutient le Front populaire, mais ce que le Front populaire ne remarque pas, c'est la manière dont il est soutenu : cette corde qui supporte le pendu. Le Front populaire c'est l'Union sacrée et l'Union sacrée c'est la guerre. »

Accompagné par Germinal, Fred faisait le tour des usines. Devant les grilles fermées, il improvisait des discours qui finissaient par attirer les ouvriers. Il leur disait de ne pas se laisser berner par les partis politiques, de constituer des soviets populaires comme au début de la révolution d'Octobre, en évitant que ces soviets ne soient ensuite récupérés par les bolcheviks. Il n'était pas toujours bien reçu. Les agents de maîtrise lâchaient les chiens-loups ou appelaient la police. Mais chez Hotchkiss les ouvriers l'acclamèrent et posèrent leurs outils. Puis ils le suivirent chez Renault. A leur tour, les métallos de Renault débrayèrent. Bientôt la grève s'étendit à toute la métallurgie, puis aux autres industries. Comme le souhaitaient Fred et ses amis militants libertaires, les travailleurs prenaient leur sort en main. Non seulement ils interrompaient le travail, mais ils occupaient les usines. Cette atteinte au « droit sacré » de la propriété provoqua une stupeur aussi grande chez les bourgeois que chez les leaders du Front populaire. Comment canaliser cette révolte prolétarienne spontanée, comment l'encadrer ? *L'Humanité* ne se décida à parler des grèves que neuf jours après la première et en recommandant à ses lecteurs « l'ordre, le calme et la tranquillité ». L'ancien secrétaire général du parti communiste, Frossard, redevenu socialiste et nommé ministre du Travail, préconisa l'emploi de la force. Les patrons, surpris par l'autodiscipline qui régnait dans les usines occupées, refusèrent. Les patrons, plus à l'écoute de leurs ouvriers que les socialistes et les communistes, on aura tout vu !

Surprise inouïe, aussi bien chez les bourgeois que chez les politiciens, à l'appropriation des biens patronaux ne succédait pas le saccage. Bien au contraire, dans chaque atelier, des groupes se constituaient qui se chargeaient du nettoyage et de l'entretien des machines. On ne touchait pas aux vivres des dépôts d'alimentation. On ménageait l'éclairage. Si l'on cassait quelque chose, on se cotisait pour le rembourser. Des femmes venaient retrouver leur homme, apportaient des victuailles, se mettaient à raccommoder et à coudre. Des services de garde et d'inspection, des corvées de nettoyage, s'instituaient. On créa même une monnaie, sous forme de jetons. Des orchestres s'installaient. Le dimanche, on chantait et on dansait dans l'usine. On improvisait des mélodrames sur des tréteaux. Les vieux ouvriers, résignés depuis qu'ils ne crevaient plus de faim, se montraient stupéfaits de la révolution pacifique qui s'accomplissait sans que les patrons et la police interviennent. Trois semaines de kermesse populaire. Trois semaines à se promener autour des machines silencieuses, à se rencontrer, à se connaître enfin libérés de l'entrave de l'établi. Trois semaines à se tenir debout, redressés, à prendre la parole, à se sentir des hommes auxquels cette usine, ces usines, appartiennent. Trois semaines de joies, de rires, de détente.

Et le 12 juin, dans *L'Humanité,* cet ordre de Maurice Thorez : « Il faut savoir terminer une grève. »

La permission est terminée. Inquiet des soviets d'ouvriers instaurés spontanément, Thorez cherchait par tous les moyens à les noyauter. Difficile avec des effectifs politiques aussi restreints : par exemple, chez Renault, cent vingt communistes, sur trente-huit mille ouvriers. Alors le plus simple, puisque les ouvriers ne sont pas joignables, consiste à négocier avec les patrons. Des patrons très bien disposés, qui acceptent les contrats collectifs, la semaine de quarante heures, les congés payés. Le 13 juin, Fred et Germinal, ébahis, virent sortir des usines Renault un camion dans lequel se tenaient des musiciens coiffés de bonnets phrygiens, jouant à tour de rôle *La Marseillaise* et *L'Internationale*. Un char fleuri les accompagnait, portant les bustes de Cachin et de Blum. Derrière, la masse des ouvriers arrivait en un flot énorme, hilare, levant le poing en signe de victoire. Ils se croyaient à la noce et ils participaient à un enterrement.

Dans les semaines qui suivirent, toute la presse de gauche ne parla que de la « mystique du Front populaire ». Fred, lui, répondait qu'il ne s'agissait que de la « mystification d'un Affront populaire ».

Le même processus qu'en Russie se renouvelait. Les soviets d'ouvriers avaient été seulement beaucoup plus rapidement confisqués en France. Cent vingt communistes clandestins chez Renault avant le gouvernement du Front populaire, sept mille communistes légaux après. L'encadrement réussissait parfaitement.

Fred et ses amis libertaires couraient de réunions en meetings. Salle Bullier, vélodrome Buffalo, Magic City, tout l'effort du Front populaire visait à tenir en main ces masses qui l'avaient un instant lâché. Pour les allécher, il organisait des fêtes, perpétuellement des fêtes, qui ressemblaient étrangement aux cérémonies rituelles de Moscou, de Berlin et de Rome.

Fred titra dans *Le Libertaire* : « Le régime hitlérien est un régime exécrable. Le régime stalinien est un régime au moins aussi exécrable. »

Ce parallèle impie lui valait à la fois l'hostilité des communistes et des fascistes. Quant à la gauche libérale et à la droite traditionnelle, elles considéraient Fred Barthélemy comme un simple d'esprit. Pourtant, plus il avançait dans ses raisonnements, plus il soulignait ces concomitances, ces coïncidences, entre l'extrême droite et l'extrême gauche, plus celles-ci lui paraissaient incontestables. Le premier parti réellement fasciste, le P.P.F., qui venait de se fonder, n'était-il pas dirigé par le grand homme de son beau-père communiste, ce Jacques Doriot qu'il avait reçu à Moscou ? Sur les sept membres du bureau politique du P.P.F., cinq ne sortaient-ils pas du parti communiste, dont ce Paul Marion qui, hier encore, donnait des cours destinés à former les militants bolcheviks à l'école de propagande de Bobigny ? Comment un Léon Blum, que l'on disait si intelligent, pouvait-il rester à ce point aveugle ? Il est vrai que même Delesalle trouvait que Fred exagérait.

— Enfin quoi, protestait-il, la gauche est au pouvoir !

— La prise du pouvoir par la gauche est un non-sens, répliquait Fred. La gauche n'a qu'une mission : talonner les gouvernants, pour leur arracher des progrès sociaux, pour leur rappeler sans cesse la devise de la République. Tout pouvoir, de par sa nature même, est oppressif. Donc la gauche doit refuser de prendre le pouvoir, sinon elle se renie.

Delesalle, découragé, levait les bras au ciel.

— Et les travailleurs qui croient le Grand Soir venu, qu'en fais-tu ?

— Il faut les soutenir. Oui, soutien inconditionnel aux travailleurs qui risquent fort de se laisser berner par les promesses des politiciens qu'ils élisent.

Mais qu'ont-ils donc, pensait Fred, à toujours s'embrigader, comme si la liberté leur faisait peur ? Le vieux Delesalle, retraité paisible, à peine délivré du parti communiste, ne croyait-il pas bon d'adhérer à la S.F.I.O. ? Il lui semblait parfois que Delesalle devenait plus sourd que Léona, dont la main en cornet ne quittait guère l'oreille. Si bien qu'il abandonnait ses dimanches à Palaiseau. Son activité politique l'accaparant de plus en plus, ses séjours à Billancourt se raccourcissaient aussi. Il n'y disposait que de peu de temps à accorder à sa femme et à ses enfants puisqu'il travaillait à ses traductions, seules ressources du ménage. Il lui arrivait même de ne pas rentrer chez lui, couchant chez des camarades, parfois même dans les bureaux du *Libertaire,* ou dans la petite piaule de Germinal.

Dans cette effervescence suscitée par le Front populaire, Fred retrouvait son activité débordante du temps où il collaborait avec Zinoviev. Germinal l'accompagnait partout. Ils étaient maintenant si intimement liés qu'ils en oubliaient, l'un et l'autre, leur parenté. Fred n'avait jamais pu se passer d'amis, de camarades. Beaucoup disparaissaient, mais d'autres surgissaient qui les remplaçaient. Germinal n'était pas venu dans sa vie comme un fils, mais comme un compagnon. Toutefois, l'admiration et l'affectueuse attention qu'il lui portait, ressemblaient bien parfois à quelque chose de filial. Dans les débats houleux auxquels ils participaient, Germinal ne quittait pas son père un seul instant, le protégeant des coups éventuels par son énorme stature. Il était à la fois son garde du corps et son copain. Fred se pointait comme contradicteur aussi bien dans les meetings du Front populaire que dans ceux du P.P.F. Ses dons oratoires, esquissés en Russie, prenaient maintenant une ampleur telle que chacune de ses interventions avait quelque chose d'inattendu et d'inoubliable.

Lorsqu'ils se levaient tous les deux dans une assemblée, le maigre et le gros, tous les deux dominant d'une tête la plupart des militants, il se produisait à chaque fois un murmure. A l'agacement de voir apparaître ces enquiquineurs, qui rappliquaient faire leur numéro, se mêlaient la curiosité, l'attente de ce que Fred allait exposer. On savait qu'il ne parlait jamais pour ne rien dire, chose exceptionnelle dans les réunions politiques ; qu'il apportait souvent des points de vue originaux, même s'ils exaspéraient par ce que l'on considérait comme des partis pris ; qu'il connaissait parfaitement la Russie et continuait à en recevoir des renseignements de première main puisqu'il était l'un des rares, parmi tant de russophiles, à lire couramment le russe.

Fred ne perdait plus de temps avec le menu fretin du communisme et du fascisme. Il n'attaquait que les gros poissons. Thorez et Cachin, Doriot et Marion. Il les acculait, les uns et les autres, dans leurs contradictions, dans leurs reniements. Il éprouvait un plaisir un peu pervers à mettre Cachin en déroute, rappelant combien Frossard (aujourd'hui ministre de l'Affront populaire), combien Frossard et Cachin étaient pitoyables devant Trotski si puissant. Il évoquait le passé antibolchevik de Cachin, le louait ironiquement d'avoir pressenti la trahison virtuelle de Trotski. La salle riait. Cachin finissait par partir en baissant la tête, sous les huées, l'air d'un vieux phoque avec ses moustaches tombantes. Doriot ou Thorez, l'un et l'autre redoutables débatteurs, lui donnaient plus de mal. Mais Fred arrivait quand même à couvrir la voix sonore de Thorez.

Si bien que militant sans parti, lié à cette minuscule Union anarchiste privée de son lustre d'avant-guerre, considérée comme si peu importante que, dans le défilé du 14 juillet de l'an passé, le préfet avait interdit que les drapeaux noirs se mêlent aux drapeaux tricolores et aux drapeaux rouges, sans qu'aucune composante du Front populaire ne s'offusque ; si bien que marginal et marginalisé, dépourvu de tout pouvoir réel, Fred parvenait néanmoins à dialoguer publiquement d'égal à égal avec des tribuns adulés comme Thorez et Doriot.

Il s'était fait un nom, Fred Barthélemy. Il ne représentait certes pas, à lui seul, l'esprit libertaire puisque, dans les meetings, Louis Lecoin et Sébastien Faure occupaient une aussi grande place. Les disciples de Proudhon et de Kropotkine restaient toutefois bien peu nombreux.

Peu nombreux en France, mais innombrables en Espagne. Le *Frente popular* espagnol, qui n'avait devancé le Front populaire français que d'un mois, ne ressemblait pas à son homologue en ce que les communistes staliniens y étaient distancés par les communistes indépendants réunis par Andreu Nin dans le P.O.U.M., et que les anarchistes représentaient la majorité, notamment en Catalogne. Fred reçut des nouvelles de Durruti, libéré quelques jours avant les élections de février. Il lui disait son enthousiasme, cette marée populaire issue de la C.N.T. et de la F.A.I. (Fédération anarchiste ibérique), la timidité du pouvoir bourgeois qui cherchait à composer avec elle.

Le 18 juillet, tomba la sinistre nouvelle : une insurrection militaire se dressait contre la République espagnole. Le 20, dans l'après-midi, Radio Barcelone annonçait que le peuple avait vaincu le fascisme. En soixante-douze heures l'État bourgeois et l'autorité militaire s'étaient effondrés. La C.N.T. et la F.A.I. tenaient seules la situation en main en Catalogne. Si bien que Companys, président de la Généralité de Catalogne, offrit à la F.A.I. la direction du gouvernement de Catalogne qui lui revenait de droit. Durruti refusa. Il lui paraissait plus urgent d'armer des milices et de se porter en Aragon où les militaires continuaient le combat. La victoire anarchiste à Barcelone n'était-elle pas illusoire, de nombreux généraux se ralliant à ce Franco qui avait déclenché la rébellion ? En réalité la guerre civile ne faisait que commencer. Durruti demandait à Fred de le rejoindre.

Fin juillet, Fred accompagna Claudine et les deux enfants gare de Lyon où ils montèrent dans un de ces trains qui emmenaient les premiers vacanciers des congés payés vers les plages du Sud. Comme toutes les femmes de sa condition, Claudine n'avait jamais pris de vacances, n'avait jamais vu ni la mer, ni la montagne et n'avait aperçu de la campagne que quelques prairies dans la région de Palaiseau et d'Aulnay-sous-Bois. Au bonheur de découvrir ces loisirs dont on parlait tant, se mêlait le chagrin d'abandonner Fred sur le quai. Elle souhaitait ce départ et l'appréhendait. Les enfants ressentaient un besoin d'air pur. Pourquoi Fred ne les suivait-il pas ? Elle en comprenait bien les raisons, mais elle admettait mal qu'il fasse passer son activité politique avant ses devoirs de famille. Et pourquoi refusait-il le plaisir dont ces wagons bondés d'une foule joyeuse devenaient le symbole ? Comme le train sifflait, elle s'accrocha de toutes ses forces à son mari.

— Ne nous abandonne pas. J'ai peur.

— Repose-toi, ma grande. C'est toi qui t'en vas et tu dis que je t'abandonne. Faut pas charrier !

— Je n'aurais pas dû accepter de partir. Je ne serais jamais partie sans toi, si je ne savais pas que, de toute manière, tu vas t'en aller.

— Où ?

— Ne joue pas la comédie. Je sais bien que tu iras retrouver Durruti en Espagne. Je te sens déjà ailleurs. A quoi ça me servirait de lanterner à Paris ? Autant donner un peu de joie aux enfants.

Fred resta silencieux.

— En Espagne, il y a la guerre. Ne te fais pas tuer, Fred. Qu'est-ce qu'on deviendrait, tous les trois ?

— Tu serais une très belle veuve. Tu aurais de nombreux prétendants. Tu serais bien débarrassée de ce fou qui ne t'apportera que des ennuis. Ne crains rien. Je suis passé déjà à travers beaucoup d'embûches.

Le train siffla une nouvelle fois. Les employés fermaient les wagons. Fred poussa Claudine et les petits à l'intérieur du compartiment. Mariette pleurait. Louis, du haut de ses huit ans, le regardait, congestionné de fureur.

Quelques jours plus tard, après un voyage difficile, Fred, Cottin et Germinal rejoignaient Durruti à Bujalaroz, près de Saragosse.

Bien que les aléas de son existence l'eussent habitué à ne s'étonner de rien, Fred fut quand même surpris de voir son ami Durruti, l'exilé, le fugitif, métamorphosé, par un coup de baguette magique, en chef militaire d'une colonne de dix mille hommes. Il reçut les Français dans une cahute qui lui servait de poste de commandement. Vêtu d'une salopette brune, coiffé d'un calot à pompon, un revolver à la ceinture, il ressemblait peu au Durruti que Fred avait accompagné pour rendre visite au malheureux Mühsam. Le même sourire, toutefois, mais son visage s'était durci. Il accueillit Fred et ses compagnons avec enthousiasme et chaleur, voulut leur montrer immédiatement ses installations militaires. La précision des gestes, des emplacements, les ordres lancés en passant à des miliciens empressés, Durruti rappelait désagréablement Trotski, sans la morgue du « feld-maréchal », ni cet air de supériorité que les intellectuels bourgeois conservent en toute circonstance. Il demeurait homme du peuple, très simple, modeste. Seuls son passé, son énergie, lui donnaient cet ascendant sur la troupe qu'il entraînait.

— Te découvrir général me fiche un coup, dit Fred. Trotski a commencé comme toi et il a pris goût au pouvoir.

— Moi je le refuse. Je ne suis pas général. Les camarades m'ont désigné comme chef de leur colonne. Dès que nous aurons vaincu les fascistes, nous rentrerons chez nous. Nous ne sommes pas des soldats, mais des miliciens volontaires. Partout où nous pénétrons, notre première tâche est de distribuer la terre aux paysans. Nous ravitaillons la population en nourriture et en vêtements. Va dans les alentours, regarde les bourgades et tu verras que partout la colonne Durruti se mêle aux communautés villageoises. Non, Fred, je ne renie pas notre vieil antimilitarisme. Nous luttons contre les généraux rebelles. Nous luttons contre le militarisme qui trahit la République.

Fred croyait réentendre Igor, lui disant à Moscou, en 1919 : « Nous devons apprendre à faire la guerre contre nos ennemis. Lorsque nous les aurons vaincus, nous détruirons la guerre à tout jamais et dissoudrons toutes les armées. » Hélas ! Hélas !

Avec ses deux compagnons, Fred parcourut le territoire occupé par le détachement de Durruti. Sur les plus hauts édifices, flottaient des drapeaux rouge et noir, points de ralliement pour ces ouvriers agricoles, ces bergers, tous ces *braceros* qui arrivaient des territoires investis par les franquistes, gris de poussière, la peau foncée comme celle des Maures, poussant des mulets chargés de sacs et d'outres. Ils avaient parcouru de longs chemins, franchi des cols de montagne, traversé de nuit les lignes ennemies. Fourbus, les pieds tuméfiés dans leurs sandales de corde, dès qu'ils apercevaient les miliciens, ils agitaient leurs bâtons de marche ou leurs fusils de chasse et criaient : « *Salud ! Salud !* » Personne ne disait plus : « *Buenos días.* » Ce salut fraternel devenait le mot de passe de la République. Tout le monde se tutoyait et s'appelait camarade. Il semblait qu'un couvercle de fer ait été arraché soudain au-dessus de la péninsule Ibérique. Tous ces paysans, tous ces ouvriers, levés spontanément pour défendre leur gouvernement légal, se sentaient libérés d'une accumulation de siècles de servitude. Ils s'asseyaient en rond, autour des fusils mis en faisceaux et chantaient de vieilles chansons populaires auxquelles se mêlaient les refrains révolutionnaires qu'ils apprenaient en balbutiant. Cette assemblée de paysans et d'ouvriers, réunie pour faire face à une armée professionnelle parfaitement équipée, était à la fois émouvante et dérisoire. Une fois de plus, Fred voyait devant lui l'utopie ouvrant ses mains nues pour arrêter l'assaut des monstres.

Comme ses miliciens, Durruti marchait en espadrilles, buvait seulement de l'eau, couchait sur la paille. Il aimait rendre la justice, à la manière des sages d'autrefois. Une bande de paysans, intégrée dans sa colonne, s'étant vantée d'avoir tué le cacique de leur village, qui était en même temps le maître de la terre, il les interrogea sévèrement pour savoir si celui-ci les maltraitait. « Non, répondirent-ils spontanément, non, il ne nous battait pas, mais il ne nous adressait jamais la parole. » La parole ? Le droit à la parole, voilà ce qu'ils revendiquaient.

Germinal et Cottin restèrent avec Durruti. Fred revint seul à Barcelone secouée d'une agitation fébrile. Comparée à l'ambiance populaire bon enfant, naïve même, de la colonne Durruti, la capitale de la Catalogne semblait au bord de la panique. Toutes les églises incendiées, à l'exception de la cathédrale, leurs ruines calcinées ponctuaient la ville d'images lugubres. Des véhicules, peints en rouge et noir, passaient dans les rues à une vitesse folle, faisant beugler leurs klaxons. La plupart s'ornaient d'énormes lettres, hâtivement tracées : U.H.P., c'est-à-dire *Uniaos Hermanos Proletarios* (Unissez-vous frères prolétaires). A la caserne, baptisée Lénine, de très jeunes hommes s'engageaient dans la milice du P.O.U.M. Drapeaux rouges des partisans d'Andreu Nin, drapeaux noir et rouge des partisans de Buenaventura Durruti, toutes ces étoffes, ces emblèmes, se balançaient dans le vent qui venait de la mer. Des haut-parleurs diffusaient des couplets de *L'Internationale* et de *Hijos del pueblo* (Fils du peuple). De grands portraits de Bakounine, de Lénine, de Jaurès, remplaçaient l'iconographie religieuse disparue. La ville, cette ville prospère et bourgeoise méditerranéenne s'était brusquement prolétarisée. On ne voyait dans les rues que des miliciens et des civils en bleu de travail. Pas un chapeau. Que des casquettes et des bérets basques. Sur les *Ramblas,* un homme sur trois arborait à l'épaule un fusil ; ce « camarade fusil » dont il ne se séparait jamais. Des patrouilles surveillaient les faubourgs. A l'entrée des hôtels, des magasins, des édifices administratifs, des sentinelles montaient la garde, on ne sait trop pourquoi. Les jeunes femmes, elles-mêmes, avaient abandonné leurs traditionnelles robes noires pour des salopettes de mécanicien. Tête nue, avec des fleurs dans les cheveux, un fusil à la bretelle, elles s'enrôlaient dans les milices de Nin ou de Durruti. Si les casernes se remplissaient, par contre les magasins se vidaient. La viande, le lait, le sucre, le charbon, l'essence, manquaient. Des files se formaient devant les boulangeries. Pourquoi faut-il, se disait Fred avec tristesse, que la révolution apporte d'abord la pénurie ? Barcelone en 1936 lui rappelait déjà Moscou en 1919.

Il repartit en France dans un train presque vide. Sur l'autre voie, celle qui descendait vers le sud, les wagons bondés de miliciens roulaient lentement. Durruti avait chargé Fred de convaincre le gouvernement de Léon Blum de lui envoyer des armes. Pour l'instant, seul le Mexique assurait le premier approvisionnement des forces populaires. Réussiraient-elles à bloquer la poussée de la coalition des généraux ? Tout recommençait comme dans la Russie des lendemains d'Octobre. L'armée traditionnelle se rebellait. Il fallait créer une armée populaire pour défendre la révolution qui, sans ce sursaut, serait balayée. Cette armée populaire devrait assumer beaucoup de sacrifices, faire preuve d'abnégation, de discipline, pour tenir tête aux professionnels. Pire, il lui faudrait adopter de mêmes méthodes militaires, user de mêmes stratagèmes. Fred gardait confiance en Durruti. Mais Durruti n'était pas seul. La première insurrection victorieuse à Barcelone avait réuni spontanément les militants de la C.N.T., de la F.A.I. et du P.O.U.M. Maintenant, le gouvernement républicain, sauvé par les libertaires, organisait des régiments « légaux ». Fred avait remarqué sans plaisir, dans les rues de Barcelone, les officiers de la nouvelle armée républicaine, jeunes hommes vêtus d'uniformes kaki élégants, qui paradaient devant les terrasses des cafés.

Fred était morose. Il eût aimé rester avec Durruti.

Mais Durruti réclamait son soutien à Paris. Germinal, qui l'accompagnait partout depuis un mois, lui manquait. A Billancourt, il trouva son petit logement vide. Claudine et les deux enfants n'étaient pas encore rentrés du Midi. Il ouvrit les paquets de journaux russes, arrivés en son absence. La stupeur l'étrangla, l'étouffa. Il repoussa les journaux, courut ouvrir la fenêtre. De l'air ! La respiration coupée, il suffoquait. Malgré tout, il ne pouvait s'empêcher de regarder la *Pravda,* d'essayer au loin de lire. En première page, les photos de Kamenev et de Zinoviev l'avaient frappé comme deux jets de pierre. Et ce titre, énorme : « Les traîtres Kamenev et Zinoviev fusillés. »

Fred examinait attentivement les photos de ces deux hommes qu'il avait si bien connus. Kamenev gardait son air de bureaucrate discipliné. Bien peigné, les cheveux tirés en arrière, portant bouc et moustache, il observait ses juges avec effarement, derrière son binocle. La *Pravda* citait ses dernières paroles : « J'adjure mes fils d'employer leur vie à défendre le grand Staline. N'ayant pas su vivre pour soutenir la Révolution, je suis prêt à la servir en mourant. » Que signifiait une telle platitude ? Fred se souvenait que, lors d'une de ses nombreuses interventions en faveur de militants anarchistes emprisonnés, Kamenev lui avait rétorqué : « Le gouvernement bolchevik ne peut se maintenir que par la terreur. » Eh bien, cette terreur, qu'il justifiait, l'abattait à son tour et il l'admettait.

Jugés « moralement responsables » de l'assassinat de Kirov, Kamenev et Zinoviev avouaient des crimes inimaginables. Fred essayait de lire sur les traits du visage de son ancien patron, ce qui avait pu l'amener à s'attribuer de tels forfaits. Vieilli, amaigri, Zinoviev écoutait le réquisitoire de Vychinski la tête baissée, les mains jointes. Le procureur osait cracher à la figure des deux plus anciens compagnons de Lénine : « Vous êtes une bande de contre-révolutionnaires fieffés, vous représentez l'avant-garde de la contre-révolution internationale contre l'avant-garde de la révolution mondiale ! J'exige, camarades juges, que ces chiens enragés soient fusillés du premier au dernier. » Zinoviev, s'accusant lui aussi de trahison, demandait comme une grâce d'être exécuté. Incroyable ! Ce Zinoviev qui avait bolchevisé les partis communistes étrangers, qui avait introduit le totalitarisme dans toute la vie de l'Internationale, qui avait mis à Staline le pied à l'étrier, l'imposant au Parti contre Trotski... Incroyable ! Kamenev et Zinoviev, Castor et Pollux jusque dans les caves de la Loubianka, exécutés d'une balle dans la nuque, la dernière semaine du mois d'août. Avec eux, tous les anarchistes les plus connus, ralliés au bolchevisme et adhérents au Parti, avaient été liquidés. Une loi d'exception étendait même la peine de mort aux enfants de douze ans et établissait la responsabilité familiale des parents.

Fred dormit peu cette nuit-là. Dès le lendemain matin, il se précipita au siège de la F.A. On lui apprit que Victor Serge venait d'être expulsé d'U.R.S.S. avec toute sa famille, après intervention de Romain Rolland auprès de Staline. Victor, cher Victor Kibaltchich de Belleville, qui s'obstinait à disculper les bolcheviks à tel point que Fred et lui s'étaient brouillés à Moscou. Au moins, il se tirait de ce nœud de vipères.

Fred intercéda auprès de la Ligue des droits de l'homme pour qu'elle organise une enquête sur ce procès falsifié. A sa grande surprise, la Ligue refusa, puisque les inculpés reconnaissaient leur infamie. *Le Populaire* n'accorda qu'un compte rendu succinct de l'affaire, éclipsée par la guerre civile en Espagne.

Zinoviev et Kamenev, jetés dans les poubelles de l'Histoire, n'intéressaient plus personne.

Fred prenait la parole dans les meetings du Front populaire. Il disait que Kamenev et Zinoviev étaient certes coupables, mais pas des crimes dont ils s'accusaient. Leur seule culpabilité avait été de bolcheviser les soviets populaires, d'avoir bureaucratisé la Révolution, d'avoir offert le pouvoir absolu à Staline. On l'apostrophait avec violence : « Traître ! Fasciste ! Tu n'empêcheras pas l'U.R.S.S. de demeurer la patrie des travailleurs ! » Parfois, on l'expulsait sans ménagements. Germinal ne se trouvait plus là pour lui éviter les coups.

Par l'intermédiaire de Frossard, il réussit à joindre Blum. Le chef du parti socialiste reçut Fred Barthélemy sans chaleur. Il est vrai que tout séparait le prolo anar du riche dilettante. Avec sa tête de chien triste, ses mains un peu tremblantes, sa voix faible, une voix de fillette qui rappelait à Fred celle de Zinoviev, Blum était tout le contraire d'un tribun. Lorsqu'il levait son petit poing à la tribune, au côté de Thorez, son geste avait quelque chose de ridicule et d'attendrissant. Blum, comparé à Thorez, paraissait une levrette près d'un taureau. Il écouta d'un air las le plaidoyer de Fred, non pas en faveur de Zinoviev et de Kamenev, qui n'avaient plus besoin de secours, mais des autres compagnons de Lénine qui passeraient fatalement à la trappe :

— Par exemple Boukharine, aujourd'hui cul et chemise avec Staline, sera aussi liquidé. Le processus est maintenant enclenché. Staline ne reculera plus. Il régnera sur un monceau de cadavres. Et sa folie gagnera l'Europe. Vous pouvez encore réagir. Sinon Thorez et Cachin vous liquideront, vous aussi.

Blum haussa les épaules. Puis il s'excusa de ce mouvement d'humeur et dit que le salut du Front populaire commandait de ménager les communistes. Il ne fallait pas non plus oublier que l'U.R.S.S. restait notre alliée face au nazisme.

Fred parla alors de Durruti, de son besoin urgent d'armement. Blum rétorqua qu'un gouvernement légal se formait, avec Largo Caballero à sa tête, que ce gouvernement continuait le *Frente Popular* et qu'il traiterait directement avec celui-ci.

Fred Barthélemy et Léon Blum se quittèrent en se serrant mollement la main.

Que Blum et Caballero s'arrangent. Après tout, se disait Fred, ce n'est pas mes oignons. Plus important était de révéler au peuple français ce qui lui était masqué : l'extraordinaire impact de l'anarchisme de l'autre côté des Pyrénées. L'anarcho-syndicalisme, moribond en France, comptait en Espagne un million d'adhérents groupés dans la C.N.T. Et la F.A.I., la *Federación anarquista ibérica,* dénombrait plus de militants que le parti socialiste et le parti communiste réunis. Beaucoup plus de militants encore, si l'on joignait aux anars le P.O.U.M. de Nin, communiste mais antistalinien, seul parti communiste européen qui ne dépendait pas de Moscou. Fred s'était étonné de ne pas trouver à Barcelone Angel Pestaña qui, bien avant Nin, s'était opposé aux exigences du Komintern et avait entraîné l'Espagne dans cette voie libertaire qui débouchait aujourd'hui sur une nouvelle *makhnovitchina.* Malheureusement, Angel Pestaña, malade, ne pouvait participer aux luttes qui concrétisaient toutes les aspirations de son existence.

Libération des prisonniers politiques, expulsion des gardes civils chassés des casernes et remplacés par des miliciens, occupation des terres par les ouvriers agricoles, transformation des mairies en maisons du peuple… contrairement à ce qui s'était passé en Russie les anarchistes espagnols, très organisés, et l'anarcho-syndicalisme puissant, devenaient les fers de lance de la révolution.

Fred rendit compte aux militants libertaires français de ses observations en Catalogne. Le mouvement anarchiste exterminé en Russie, décimé en Allemagne et en

Italie, ressuscitait en Espagne, plus fort, plus ample, plus vivant que jamais. Fred pressait ses camarades d'apporter à Durruti un soutien sans réserve.

Il reçut aussitôt l'appui de Sébastien Faure et de Louis Lecoin. Sébastien Faure, qui approchait de ses quatre-vingts ans, représentait l'orthodoxie absolue de l'anarchisme. Théoricien respecté par tous, vulgarisateur des théories de Kropotkine, tout au cours de sa longue vie il n'avait jamais failli. De par son âge, de par son pacifisme irréductible, il faisait le pont entre les précurseurs du siècle dernier et les militants quelque peu agitateurs comme Lecoin. Fred se sentait très proche et de l'un et de l'autre. Mais, dans les réunions, l'unanimité était loin de s'établir. La peur de retomber dans les aberrations de l'Union sacrée, qui occasionna la chute d'un homme aussi intègre que Jean Grave, poussait un grand nombre de libertaires à se méfier de toutes les guerres, même d'une guerre civile comme celle de l'Espagne. La seule riposte à une insurrection militaire, disaient-ils, c'est la grève générale, la grève absolue, la non-violence totale. Espérer transformer une guerre injuste en guerre juste, est un leurre. Nous condamnons toutes les guerres, aussi bien défensives qu'offensives. Dressons-nous contre la guerre avant la mobilisation ; après, c'est trop tard. Les miliciens en uniforme les horrifiaient. Que Durruti se coiffe d'un calot leur paraissait déjà une trahison. Vous verrez, disaient-ils, qu'il finira comme Trotski. Trotski aussi était pacifiste. Le jour où il se mit sur la tête une casquette d'officier, c'était fichu. L'habit fait le moine.

La guerre civile espagnole se serait terminée avant qu'une décision fût prise quant à la participation ou non des anarchistes français, si Sébastien Faure, Lecoin et Fred Barthélemy n'avaient pris sur eux de former un Comité pour l'Espagne libre. Ils convenaient bien que la guerre civile posait le problème le plus délicat et le plus dramatique à résoudre pour des antimilitaristes, qu'aucun des grands théoriciens du XIXe siècle ne l'avait résolu, mais qu'il était impossible de laisser Franco et les autres généraux insurgés assassiner la liberté en Espagne. Repoussant l'intervention directe du gouvernement français réclamée par les communistes, Sébastien Faure, Lecoin et Barthélemy préconisaient une aide de peuple à peuple. Passant aussitôt de la théorie à la pratique, ils constituèrent une brigade d'une centaine de volontaires à laquelle ils donnèrent, malgré les protestations de l'intéressé qui détestait le culte de la personnalité, le nom de Sébastien Faure. Mais Sébastien Faure était alors le seul, parmi les anarchistes français, jouissant d'une aura internationale.

Louis Lecoin et Fred Barthélemy se partageaient la tâche. L'un et l'autre suscitaient des collectes pour acheter des armes et des vivres, empruntaient des véhicules de transport, tentaient de convaincre des hommes de partir se battre alors que rien ne les prédisposait à un tel sacrifice. Un de leurs meetings, au vélodrome d'Hiver, réunit dix mille personnes. Après les discours, la foule se dispersa dans les rues de Paris, hurlant : « Des fusils, des avions pour l'Espagne ! » En peu de semaines, ils suscitèrent un enthousiasme extraordinaire. Paris n'en avait pas connu de semblable, d'aussi désintéressé, depuis les manifestations en faveur de Sacco et de Vanzetti. Des camions bâchés, chargés de munitions, de linge, d'aliments, roulaient vers les Pyrénées. Germinal et Cottin, engagés dans la centurie Sébastien Faure, écrivaient d'Espagne que tout allait bien, que l'appui des volontaires étrangers réconfortait les miliciens, mais que les armes manquaient. Lecoin et Fred réussissaient pourtant le prodige d'envoyer un camion par jour vers la frontière espagnole. Mais ce camion de ravitaillement, aboutissement de tant de sacrifices, de dévouements, une fois arrivé à son but, étant donné l'énormité des besoins, ne représentait presque rien.

Fin septembre, une nouvelle inattendue divisa encore les anarchistes français. Cinq militants anarcho-syndicalistes catalans acceptaient d'entrer dans le gouvernement de coalition de Largo Caballero. Aussitôt, Fred Barthélemy écrivit dans *Le Libertaire* un article extrêmement violent qu'il intitula : « La pente fatale ». En le relisant aujourd'hui, on sent encore le nœud dans la gorge qui étouffait Fred, si ému et si désespéré que les lignes de son article sont comme hachées par l'émotion :

« Ainsi l'organisation libertaire la plus puissante du monde s'incline devant le pouvoir bourgeois. Celle qui a toujours proclamé la supériorité de l'action directe envoie cinq ministres dans un gouvernement qui, désormais, tiendra les anarchistes en laisse. Comme en Russie, en 1919, ils se justifient en disant que la menace d'une victoire des forces réactionnaires motive leur collaboration. L'exemple de ce qui s'est produit à Moscou n'est donc pas assez éloquent. C'est toujours la même démission. Ou bien nos camarades espagnols renieront peu à peu leurs principes, ou bien ils seront liquidés. Comment mettre en garde le prolétariat contre les séductions du pouvoir et s'incliner respectueusement devant lui s'il offre l'apparence d'une mue ? Nos cinq camarades dans le gouvernement du *Frente Popular* cela relève d'une mauvaise plaisanterie. Hélas, l'avenir nous prouvera qu'il s'agit d'une sinistre méprise. Un ministre est toujours un dindon. Ceux-là seront les dindons de la farce. »

Dès ce moment, Fred n'eut plus qu'un souci : partir en Catalogne rejoindre Germinal et Cottin, dans la colonne Durruti. Claudine et les deux enfants, revenus de vacances, rayonnaient de plaisir. Ils s'étaient baignés dans la mer, dorés au soleil. La guerre n'existait pas pour eux. Le farniente des vacances agissait encore à Billancourt. Mariette, à dix ans, ressemblait à une petite femme coquette, si câline avec son père que celui-ci fondait. « Tu es plus amoureux d'elle que de moi », disait Claudine en riant. Fred ne se décidait pas à quitter son foyer. Il devait aussi abattre suffisamment de travail pour laisser à sa famille de quoi vivre. Pendant ce temps-là, les événements se précipitaient en Espagne. Imitant la centurie Sébastien Faure, le parti communiste organisait une Brigade internationale dont il donnait la responsabilité à André Marty. Dix jours plus tard, la Russie livrait des tanks et des avions aux troupes républicaines. Fred ne pouvait plus attendre. Il fit précipitamment ses adieux à Claudine et aux enfants, stupéfaits et consternés.

De Saragosse, la colonne Durruti s'était déplacée à Madrid où le gouvernement, saisi de panique devant l'offensive franquiste, l'avait appelée de toute urgence.

Pour défendre la ville, les combattants entassaient des sacs de terre, murets dérisoires. Des tranchées rappelèrent désagréablement à Fred celles où il s'envasait devant les lignes allemandes. De l'autre côté se trouvaient encore des Allemands, envoyés par Hitler, et des Italiens dépêchés par Mussolini. Les Russes servant d'instructeurs aux républicains, la guerre civile espagnole se transformait donc en conflit international. Fascistes et communistes la convertissaient en un banc d'essai où ils affrontaient leurs forces, leurs méthodes.

Seule la stature de Germinal permit à Fred de repérer son fils amaigri, les traits du visage creusés, mal rasé. Vêtu d'un blouson, coiffé d'une casquette avec l'insigne de la F.A.I., le foulard noir et rouge noué à son cou n'était plus qu'un chiffon en lambeaux. Assis, adossé au parapet, il tournait le dos à la canonnade tirée des lignes franquistes. Une écuelle étamée à la main, il mangeait un ragoût. Reconnaissant son père dans ce visiteur étrangement propre parmi tous ces hommes loqueteux avec lesquels il avait pris l'habitude de vivre, il lui tendit une cuillère :

— Tu en veux ?

Fred repoussa son geste. Germinal paraissait extrêmement las. Un milicien, courbé pour éviter les balles qui sifflaient au-dessus des sacs de terre, présentait une grosse outre en peau de bouc à chacun des combattants. Germinal la haussa à bout de bras au-dessus de sa tête. Un jet de vin rouge gicla dans son gosier.

Fred, lui aussi, soldat, avait cédé à l'alcool. Il dit néanmoins :

— Tu bois du vin, maintenant ?

Puis, regrettant cette réprimande dans laquelle il percevait un ton absurdement paternel, il demanda s'il pourrait rencontrer Durruti.

Germinal, évasif, montra l'horizon.

Les explosions sourdes des canons se rapprochaient. Sur la gauche, jaillit un crépitement de mitrailleuses. Des miliciens qui venaient d'arriver, s'élancèrent et disparurent en direction des lignes ennemies.

— Des Russes, dit Germinal, mais pas des Russes comme ceux qui servent d'officiers aux cocos. Des rescapés de la *makhnovitchina.* Des durs. Ils sont de tous les mauvais coups. Même qu'il n'en restera pas un pour cracher à la figure du général Kléber quand tout ce bordel sera fini.

— Quel général Kléber ?

— Un ancien du Komintern, qui commande les Brigades internationales.

— Je croyais que c'était Marty ?

— Marty, c'est le commissaire politique. Kléber, le chef militaire.

— Comment ça se passe, avec les Brigades ? Vous fraternisez ou vous vous faites la gueule ?

— Eux sont bien armés. Les Russes leur fournissent tout le nécessaire. Nous, dans la centurie Sébastien Faure, on manque de tout. Pas de casque, pas de baïonnette, presque pas de revolver et une seule bombe pour dix hommes.

— Une bombe ? Pourquoi une bombe ?

— Enfin, une grenade, si tu veux. Comme on n'a pas de grenade, on s'en est fabriqué une grosse, qu'on appelle la bombe de la F.A.I. (il prononçait, comme tous ses camarades, la Faille, qui devenait un nom de femme aimée). Tiens, regarde !

Germinal montra une espèce de boîte avec un levier maintenu baissé seulement par un cordon.

— Quoi, dit Fred, c'est de la folie. Le lanceur a toutes les chances de s'arracher la main.

— Oui, oui, aussi on la lance le plus vite et le plus loin possible. Ça fait quand même des dégâts chez l'ennemi.

Les miliciens, très nombreux maintenant près des parapets de terre, se haussaient sur la pointe des pieds pour observer les mouvements des fascistes ; rapidement car les balles ne cessaient de siffler. Fred remarqua des soldats-enfants, en guenilles, pieds nus, qui pouvaient avoir tout au plus seize ans.

— Comment ose-t-on les envoyer se battre nu-pieds ?

— Tu sais, nos souliers qui prennent l'eau, ça ne vaut guère mieux. Je rêve parfois de chaussettes. Tu te rends compte, rêver de chaussettes !

— Quand j'ai vu Flora pour la première fois, dit Fred, elle avait aussi les pieds nus. Elle les balançait derrière une charrette de poissonnier. Elle t'a dit ça ?

— Non. Mais je me doute bien que vous avez des choses drôles, entre vous.

Au nom de Flora, Germinal se leva, en se pliant pour que son buste ne dépasse pas le parapet.

— L'inconvénient d'être grand ! Ça ne vaut rien à la guerre. On offre une de ces cibles !

Il bougonna :

— On piétine dans la merde. Pas de jumelles pour observer au-delà des tranchées. Pas de cartes. Pas de plans. On court sur les fascistes à l'aveuglette. Le plus fort, c'est qu'on arrive à les battre. Faut vraiment qu'ils soient toquards ! Ou peut-être qu'ils ont peur d'attraper nos poux.

Fred resta toute la soirée et la nuit avec Germinal qui, après une offensive de la veille, prenait quelque repos. Le lendemain, il partit à la recherche de Durruti, qu'il rencontra dans un abri improvisé par des charpentiers, en un des lieux les plus exposés à la canonnade. Autour de cette casemate, l'activité était intense. L'état-major, en cotte bleue, se composait de militants de la C.N.T. qui transmettaient les directives aux chefs de colonnes. Dès qu'il aperçut Fred, Durruti s'élança vers lui et l'embrassa fraternellement.

— Toi et Lecoin vous nous avez bien aidés. Le gouvernement de la République se sert de nous, mais ne nous sert pas. Je suis ici avec mes cinq mille hommes pour défendre Madrid. Le gouvernement, qui croit que Madrid va capituler, s'est déjà enfui à Valence. Qu'importe, on tiendra seuls. J'ai distribué à chaque Madrilène un fusil et une pioche. Une pioche pour creuser des tranchées. Un fusil pour les défendre. Ça marche. L'euphorie a succédé au défaitisme.

Durruti paraissait encore plus musclé. Son visage osseux, devenu très beau, ressemblait à celui que les sculpteurs gothiques catalans donnèrent à leurs christs. Il souriait à Fred, heureux de le revoir. Le téléphone sonnait sans arrêt. Un lieutenant décrochait et tendait à chaque fois l'appareil à Durruti qui répondait brièvement, d'une voix rude, un peu trop sèche, pensait Fred, qui trouvait à ces ordres quelque chose de trop militaire. Durruti s'en aperçut :

— On ne peut pas s'attarder à des amabilités. L'efficacité, mon vieux. D'abord l'efficacité. Aussi de la discipline. Difficile la discipline pour des anars. Ça me soulève souvent le cœur de sévir, mais quoi ? Dans les Brigades internationales on ne plaisante pas. Chez les fascistes non plus. Je demande de l'autodiscipline, pas toujours bien comprise.

Un milicien entra dans le fortin, en levant son poing fermé. Il avait une allure de paysan et parlait avec difficulté, demandant à retourner dans sa ferme parce que sa femme était malade et sa terre abandonnée.

Durruti lui répondit avec une grande douceur, qui contrastait avec son ton sec au téléphone :

— Tu ne vois pas, camarade, que la récolte s'engrange ici ? Si nous ne battons pas les fascistes, que feras-tu de ta terre ? Ils te la reprendront pour la redonner au propriétaire.

Le paysan-soldat se balançait d'une jambe sur l'autre. Il avait enlevé son calot qu'il tenait à la main, comme un chapeau.

— Remets ton bonnet. On est ici entre camarades, tu le sais bien.

— Si je ne rentre pas chez moi, ce sera la misère.

— Écoute, camarade, la guerre que toi et moi nous menons, c'est justement pour sauver la révolution et la révolution mettra fin à la misère.

— Je suis fatigué, camarade Durruti. Je voudrais rentrer chez moi.

— Bien. Tu t'en iras à pied. Nous manquons de mulets. Quand tu arriveras à ton village tout le monde apprendra que tu n'as pas de courage, que tu es un lâche.

L'homme se redressa, regarda Durruti de ses petits yeux vifs, avec colère.

— Je ne veux pas que tu dises ça ! Eh bien, je resterai. Je ne manque pas de courage. Je suis seulement fatigué. *Salud !*

Durruti se tourna vers Fred.

— C'est tous les jours comme ça. Ils demandent à retourner chez eux. La guerre est trop longue pour ces paysans. Ils s'ennuient de leurs moutons, de leurs champs, de la montagne qu'ils aperçoivent au loin. C'est ça le plus dur : les convaincre de rester.

— Germinal m'a dit que votre pénurie d'armes persiste. Nous avons envoyé tout ce que nous avons pu.

— Les Russes ne fournissent des armes qu'aux troupes gouvernementales. Nous ne disposons que de sept tanks mexicains et de vieilles mitrailleuses Hotchkiss. Une, pour deux mille hommes. Nous et le P.O.U.M. nous servons sur l'ennemi. Sinon, nous n'aurions qu'un fusil pour trois combattants. Les deux autres sont arrachés aux fascistes. Ce qui n'empêche que nous tenons Madrid.

Un commissaire communiste entra, saluant du poing levé. Il demanda à Durruti de l'accompagner à Santa Clara avec sa colonne. Durruti regarda par la fenêtre aux vitres brisées. Il pleuvait.

— Non, répondit-il. Je dois préserver mes hommes de la pluie.

Étonné, le commissaire répliqua :

— Seraient-ils en sucre ?

— Oui, ils sont en sucre. Ils se dissolvent dans l'eau. Sur deux volontaires venus avec moi à Madrid, un seul survit.

Le communiste partit en haussant les épaules.

— Depuis une semaine, dit Durruti à Fred, plus de la moitié de ma colonne a été détruite. Presque tout mon état-major est tué. Une catastrophe !

Il ajouta, découragé :

— *Somos solos* (Nous sommes seuls).

Quelques minutes plus tard, il rassemblait ses partisans et le mauser pendu à l'épaule, ouvrait la marche pour une nouvelle offensive. Les miliciens de la colonne le suivaient, en rangs compacts. Tous étaient silencieux. On n'entendait que le piétinement des sandales de corde. Au loin, les canons franquistes tiraient sans discontinuer.

C'est seulement deux jours plus tard, à Barcelone, que Fred Barthélemy apprit que Durruti avait été atteint d'une balle en plein poumon, vers deux heures de cet après-midi où ils s'étaient séparés, devant la cité universitaire. Transporté à l'hôtel Ritz aménagé en hôpital, malgré plusieurs interventions chirurgicales il était mort le lendemain, vers six heures du matin. Son nom représentait un tel symbole que l'on avait gardé secret son décès.

Il fallait bien maintenant avouer ce désastre. Fred assista aux funérailles de Durruti, le 23 novembre, défilé chaotique, désordonné, tout à fait fou, de cinq cent mille personnes, si différent de ces enterrements solennels dont il avait été témoin : celui de Kropotkine à Moscou, le transfert des cendres de Jaurès au Panthéon, le convoi de Barbusse vers le Père-Lachaise. Makhno, lui, était disparu, inconnu, dans son interminable défaite. Qui sait ce que l'avenir réservait à l'Espagne ? Si le sort des armes devait être contraire aux républicains, Durruti échapperait au moins à cette catastrophe. Il le revoyait, marchant d'un pas ferme en tête de sa colonne, en si bonne santé. Il venait juste d'avoir quarante ans.

Transféré clandestinement dans la nuit à Barcelone, son corps fut finalement exposé dans les locaux de l'ancienne chambre du commerce et de l'industrie, convertie en Maison des Anarchistes. Lorsque Fred y arriva, la foule, déjà dense, envahissait l'immeuble. A chacune des deux portes latérales, des écriteaux tentaient de la canaliser. « Durruti vous invite à entrer », disait le premier. « Durruti vous prie de vous retirer », disait le second. Les murs, hâtivement drapés de tentures noires et rouges, donnaient à l'immeuble une allure de théâtre. Fred s'avança, bousculé, bousculant, vers le catafalque entouré de miliciens. Dans le cercueil ouvert, Durruti reposait sur des coussins de soie blanche. Fred aperçut seulement sa tête puissante, que l'on comparait à celle de Danton. Toujours ces allusions à la Révolution française ! En Espagne aussi ! Il croisa Émilienne, la compagne de Durruti, qui pleurait. Deux seules personnes pleuraient, Émilienne et une vieille femme de ménage qui travaillait déjà dans la maison du temps des industriels et qui ne connaissait certainement pas Durruti, mais que ce défilé sinistre d'hommes et de femmes muets et graves faisait sangloter.

Durant la nuit, malgré la pluie, des milliers d'individus se succédèrent devant le catafalque. Et ils restaient agglutinés autour de la Maison des Anarchistes, attendant on ne sait quoi. De toute manière l'attroupement était tel qu'il rendait une échappée impossible. Fred se tenait dans l'encoignure d'une fenêtre, la gorge nouée. De tous ses amis, Durruti, certainement, était celui qu'il aimait le plus. Jamais il n'oubliera sa carrure d'athlète, son sourire de carnassier, ses yeux intelligents, sa voix rude. Dans la foule, on disait que ses dernières paroles avaient été : « Trop de comités ! » Oui, trop de comités, trop de discours. Pas assez d'armes. D'autres montraient du doigt un jeune homme, vêtu d'une blouse bleue de mécanicien, qu'ils appelaient le prêtre rouge. Fred reconnaissait ce petit curé de campagne auquel Durruti sauva la vie.

Les miliciens manifestaient une fâcheuse tendance à massacrer les prêtres et les religieuses. Durruti ne pouvait souffrir ces exécutions sommaires. Il avait puni les incendiaires de la cathédrale de Lerida ; aidé à fuir l'évêque de Barcelone, emmitouflé dans un cache-poussière ; transmis au gouvernement l'intégralité des trésors du palais épiscopal que des pillards mettaient à sac. Aussi, lorsque ce petit curé échappé d'une rafle, au lieu de chercher à joindre les lignes franquistes, se précipita vers Durruti pour lui demander des comptes, ce dernier apprécia son cran et lui offrit de jeter sa soutane et de devenir son secrétaire. L'un et l'autre n'eurent qu'à se louer de leur association. Ils se chamaillaient parfois, mais s'aimaient bien. Un jour, Fred avait assisté à l'une de leurs disputes. Le puritanisme de Durruti s'offusquant de ce que des prostituées suivaient la colonne, il avait ordonné au prêtre rouge de les chasser. « Comment veux-tu que je les chasse ? lui répondit-il. En leur faisant un sermon ? »

Dans la foule qui se massait autour du catafalque, le petit curé, anonyme, oublié, se tenait raide, blême. Lui aussi perdait un ami.

Le départ du cortège vers le cimetière avait été fixé à dix heures. Dès avant le lever du jour, il devint évident qu'il serait impossible aux organisateurs d'approcher du bâtiment. Comme aucun barrage n'avait été établi sur le parcours du convoi, l'escorte de motocyclistes qui devait précéder le cortège resta bloquée dans une rue adjacente. Et la foule affluait toujours. Ceux qui s'engouffraient dans une rue se heurtaient à ceux qui dévalaient d'une autre. A neuf heures, toutes les voies d'accès à la Maison des Anarchistes étaient bouchées. L'escadron de cavalerie qui devait entourer le corbillard se perdit. Les voitures couvertes de couronnes de fleurs s'immobilisèrent. A dix heures trente, des miliciens de la colonne Durruti saisirent le cercueil et le portèrent sur leurs épaules. La foule entonna *Hijos del pueblo.* Dans la bousculade, le cercueil et ses porteurs s'avancèrent. Fred suivait. Aux fenêtres des immeubles, sur les toits, dans les branches des arbres, partout des hommes et des femmes saluaient Durruti. Les coups de sifflet des organisateurs désorganisés, les klaxons des voitures bloquées, couvraient la musique des orchestres qui cherchaient à se rejoindre. Il fallut plusieurs heures pour atteindre la Plaza de Cataluña, éloignée seulement de quelques centaines de mètres. Des oraisons funèbres furent prononcées au pied du monument à Christophe Colomb. Mais tout le monde criait et personne n'entendait le moindre discours. On n'atteignit le cimetière qu'en fin de journée. Là encore, une foule arrivée à l'avance, obstruait le chemin de la tombe, piétinant l'amoncellement de centaines de gerbes et de couronnes déposées dans les allées. Découragés, les porteurs entreposèrent le cercueil dans la maison du gardien, repoussant à plus tard la mise en terre. Si bien que Durruti fut enseveli sans public, le lendemain.

Fred Barthélemy se trouvait néanmoins là. Et le prêtre rouge. Fred l'observait. Ses lèvres tremblaient. Peut-être marmonnait-il une prière ? Fred en éprouva une telle gêne, qu'il s'écria :

— *Viva la Anarquía !*

— *Viva la Libertad !* répondit le petit curé.

Ils se séparèrent, sans autre forme de salut.

Fred Barthélemy resta à Barcelone où il assurait la liaison entre les comités français d'entraide et la F.A.I.

A la brigade Sébastien Faure s'était ajoutée une brigade allemande Erich Mühsam et une brigade internationale qui avait pris le nom de Sacco et Vanzetti. Ainsi Mühsam, Sacco et Vanzetti rejoignaient symboliquement Durruti. Mais que de morts, bon Dieu, déjà ! Trop de symboles et pas assez de lucidité.

Outre sa mission officielle, c'est ce manque de lucidité qui retenait surtout Fred en Catalogne. Appréhendant l'effritement de l'élan libertaire dans la prolongation de la guerre, il voulait mettre son expérience de la Révolution russe au profit de la Révolution espagnole. Souvent, il pensait à Victor, parti en 1916 à Barcelone et qui participa à la première insurrection catalane. Il pensait aussi à Igor et aux gardes noirs. Lisant avec attention la presse soviétique, il s'inquiétait de ce que celle-ci s'intéresse de plus en plus aux affaires espagnoles. Il savait bien que, parmi ces officiers instructeurs envoyés de Moscou, se glissaient des agents de la Guépéou. La terrible police politique de Staline devait être là. On ne la voyait pas. Seul Fred la flairait. Le 17 décembre, la *Pravda* elle-même le lui confirma : « Quant à la Catalogne, l'épuration des éléments trotskistes et anarcho-syndicalistes est commencée ; cette œuvre sera menée avec la même énergie qu'en U.R.S.S. » Que signifiait : « L'épuration est commencée » ? Tous les signes de l'entrisme, du noyautage de la Révolution espagnole par les communistes moscovites se devinaient bien, mais « l'épuration » ? Fred rencontrait souvent les cinq ministres anarchistes du *Frente Popular*. Il se sentait le plus proche du ministre de la Santé, Federica Montseny. Comme jadis en Russie, deux femmes dominaient de leur personnalité le parti républicain ; une anarchiste, Federica Montseny, et une communiste, Dolorès Ibarruri, dite la Pasionaria. Deux femmes adversaires, comme étaient ennemies Alexandra Kollontaï et Marie Spiridonova. Deux femmes de culture et de comportement bien différents puisque Federica Montseny, comme la Kollontaï, était une intellectuelle, romancière féministe, et que la Pasionaria, épouse de mineur, venait des plus basses et des plus rudes couches du prolétariat.

Federica Montseny ne parut pas surprise par l'entrefilet de la *Pravda*.

— L'épuration n'est pas commencée, dit-elle à Fred, mais les communistes aimeraient bien l'exercer. Ils anticipent. Ils prennent leurs désirs pour des réalités. Nous ne céderons pas. C'est l'avantage, vois-tu, d'être au gouvernement. Nous sommes ainsi au courant de tout. Par exemple que les Russes ont demandé à Largo Caballero d'écarter Nin et le P.O.U.M. du ministère. Sans nous, Caballero aurait peut-être cédé.

— Ne surestimez pas votre force. Après tout, vous n'êtes que cinq au gouvernement. Rappelle-toi, Federica, du processus habituel des bolcheviks. D'abord Nin, qu'ils accusent de trotskisme, alors qu'il est à couteaux tirés avec Trotski. Nin, d'abord, que l'on va disqualifier mensongèrement, parce que la mode est aujourd'hui à condamner le trotskisme, puis ce sera vous. Pour l'instant ils vous ménagent, car vous avez la haute main sur la Catalogne. Mais ils s'arrangeront bien pour vous avilir ou vous récupérer. Durruti, lui, n'était pas récupérable. Malheureusement, le sort n'a pas voulu...

— Le sort... ou la balle perdue.

— Quelle balle perdue ?

— Il valait mieux n'en rien dire, mais Durruti n'a pas été abattu par les franquistes.

— Comment ?

— La balle qui l'a tué venait de derrière les lignes. Une balle perdue, mais tirée par qui ?

— Durruti a été tué d'une balle dans le dos !

— Oui, ne le divulgue pas.

— Une balle dans le dos, ça ressemble beaucoup aux balles dans la nuque, dont ces messieurs sont spécialistes.

— On ne peut rien prouver. Un accident est aussi possible. Un des nôtres, inexpérimenté...

— Maintenant, je comprends l'article de la *Pravda.* Durruti tué, Nin menacé, les hostilités commencent. Vous devez adopter immédiatement des mesures énergiques. Le P.O.U.M. a été l'une des rares organisations ouvrières en Europe à protester contre les procès de Moscou. Il va payer cher cette audace. Toute la gauche, même les anars, a salué l'arrivée des avions et des tanks russes comme une victoire, alors qu'il s'agit des prémices de notre possible défaite. Moscou s'est toujours montré hystérique devant le succès de l'anarchisme en Espagne. Seulement, il n'avait pas de prise, aucun moyen de freiner ce courant ou de le stopper. Maintenant, Staline trouve le joint. Il est là. Il ne lâchera plus sa proie.

— Tu exagères. Que pouvions-nous faire d'autre que d'accepter l'aide russe ? Blum tergiverse. Il a peur de mécontenter l'Angleterre...

— Blum a toujours peur de mécontenter quelqu'un. De toute façon, la solidarité de peuple à peuple est la seule valable. Elle commence à bien marcher. Des volontaires ne nous arrivent pas seulement de France, mais d'Angleterre, d'Amérique, sans parler des Allemands et des Autrichiens anti-nazis.

— Des hommes, oui, nous en avons. Mais des armes, Barthélemy, des armes ! Où s'en procurer ? Pas de simples fusils, des armes modernes... Seuls les Russes nous les fournissent.

— Ils vous les fournissent, avec en prime les agents de la Guépéou. Ils expédient un tank sur le front de Madrid avec, dedans, l'assassin de Durruti.

— Il ne s'agit que d'une supposition. Je n'aurais pas dû te parler de mes soupçons.

— Dans un autre tank se cache l'assassin de Nin. Et le tien aussi, Federica, s'avance dans un autre véhicule venu de Moscou.

— Je connais ta vie, Barthélemy, elle te fait dramatiser en excès. Nous sommes plus forts que tous tes agents de la Guépéou, à supposer qu'ils existent. Le peuple espagnol est avec nous.

— Mais c'est justement ça, Federica, que les Russes n'accepteront jamais. Il n'y a rien qui horrifie plus les communistes que le succès d'une révolution prolétarienne qui ne serait pas marxiste. En 1920, Lénine, déjà, disait que le triomphe d'une révolution prolétarienne dans un pays développé convertirait très vite la Russie en un pays non plus révolutionnairement exemplaire, mais de nouveau retardataire. Moscou, c'est La Mecque. Il ne peut y avoir deux lieux saints pour une même religion.

Agacée, Federica Montseny répliqua :

— Que me parles-tu de religion ? Nous avons aboli justement ce qu'ils appelaient des lieux saints. Il n'existe plus de lieux saints en Espagne. Si nous participons au gouvernement c'est, tu le sais bien, pour empêcher que la révolution ne dévie et pour la poursuivre au-delà de la guerre ; pour nous opposer à toute tentative dictatoriale, d'où qu'elle vienne.

Fred sentait le désespoir l'envahir. Comment convaincre ? Federica était sincère et les quatre autres anarchistes ministres ne l'étaient pas moins. Le ministre de la Justice, Juan Garcia Oliver, vieux camarade de Durruti, organisateur avec lui des premières colonnes de miliciens, s'efforçait de paraître sérieux et responsable depuis qu'il participait au pouvoir. Fred lut, non sans stupeur, son discours aux élèves d'une école militaire :

« Officiers de l'armée populaire, vous devez observer une discipline de fer et l'imposer à vos hommes qui, une fois incorporés dans les rangs, cesseront d'être vos compagnons pour devenir des pièces de la machine militaire de notre République. »

Le ton même de Trotski ! Nul doute, le pouvoir, tout pouvoir, travestissait les êtres les plus idéalistes en robots. Avant de quitter Federica Montseny, qui l'accompagnait à la porte de son bureau, il ajouta néanmoins :

— J'ai fréquenté en Russie une femme qui te ressemblait un peu et que j'aimais beaucoup. Elle aussi a été ministre. Tu connais son nom, Alexandra Kollontaï. En tant que leader de l'opposition ouvrière, elle croyait transformer le parti bolchevik. C'est le Parti qui l'a transformée. Maintenant ambassadeur, elle se tient loin des manœuvres abominables de ses anciens amis. Crois-moi, Federica, cette alliance, en Russie, entre communistes, anarchistes et socialistes révolutionnaires ressemblait beaucoup à votre *Frente popular*. C'est une alliance d'ennemis et qui ne peut se terminer autrement que par l'un des partenaires avalant tous les autres. Tu sais bien que le communisme de Moscou est une force anti-révolutionnaire. Vous ne l'avalerez pas. Ou si vous l'avalez, ce sera pire, vous mourrez empoisonnés.

Comme à Moscou Fred se consolait en fréquentant les gardes noirs, à Barcelone il aimait retrouver ceux qui se disaient « *Els fills de put* », relevant l'injure qu'on leur adressait couramment. Certes, ils étaient désorganisés, indisciplinés, désordonnés, mais ils s'agitaient joyeusement. Ces « fils de putes », qui ne renonçaient pas à la spontanéité, à l'humour, à la bohème, faisaient preuve à l'occasion d'un courage et d'une efficacité absolus. Ils lui rappelaient Igor et cette fille aux cheveux ras, vêtue de cuir, si troublante. Comme les gardes noirs de Moscou, ces « fils de putes » de Barcelone demeuraient les purs, les vrais, l'utopie incarnée. Ils dérangeaient tout le monde. Et surtout les cinq ministres anarchistes du gouvernement.

C'est à Barcelone que Fred Barthélemy écrivit sa brochure sur Gorki, qui venait de mourir. Alekseï Maksimovitch Pechkov, qui s'était nommé lui-même Gorki, c'est-à-dire l'Amer, et que, depuis son retour en Russie, en 1928, ses compatriotes n'appelaient plus que Sladki, autrement dit le Sucré. Sa rencontre avec Gorki, si amer alors, Fred ne l'avait jamais oubliée. Plus que tout autre Russe, Gorki symbolisait la Russie profonde, celle des *bossiak,* ces va-nu-pieds, celle des bas-fonds. Mais il symbolisait aussi la lucidité et le reniement. De l'Amer au Sucré, ce changement de pseudonyme reflétait toute l'histoire de la Révolution russe. L'amertume de Gorki, son découragement, son pessimisme à propos du peuple slave, sa méfiance envers le « saint moujik », idole de la littérature démocratique, tout cela influença beaucoup Fred. Il voulait, dans son texte, dire toute son admiration pour l'auteur de *La Mère,* le petit-fils d'un haleur de la Volga et d'une serve, et qui, comme lui, avait été vagabond dès l'âge de dix ans, et en même temps montrer comment le système recupéra ce pur, cet intègre, cet idéaliste ; comment Staline en fit sa chose, son jouet, son nounours. Staline que l'on voyait sur les photos, dans la presse, en compagnie de Molotov, soutenant le cercueil de Gorki. Gorki déifié, pour lequel on débaptisait sa ville natale, Nijni-Novgorod, pour lui donner le nom de l'Amer.

Fred décrivait comment Gorki servait à Lénine de conscience, peut-être même d'âme. Cette âme du peuple russe, si peu compréhensible aux intellectuels du Kremlin. Très hostile à Zinoviev et à Kamenev, il stigmatisait ce « venin du pouvoir » qui trop souvent aveuglait Lénine. Lénine l'écoutait. Il l'écoutait parce qu'il l'aimait. Toutefois, ses perpétuelles critiques, ses interventions en faveur de détenus, finirent par l'exaspérer à tel point qu'il le convainquit d'aller se reposer à l'étranger. C'était en 1921. Après le départ de Gorki, Lénine n'eut plus de conscience. Son âme, dont Gorki disait qu'il devait sans cesse la retenir par les ailes, s'envola.

Quand Gorki revint au pays natal, en 1928, bien sûr l'accueil extraordinaire qui l'attendait le bouleversa. Les députations des usines, du Parti, de l'armée, le portaient en triomphe, l'embrassaient, l'étouffaient. Il pleurait d'émotion et de joie. Mais très vite, la haine qu'il observa entre les dirigeants, le consterna. Son premier discours, à la séance plénière du soviet de Moscou, exprimait son inquiétude devant ces antagonismes qui déchiraient le Politburo : « Camarades, il faut apporter plus de bienveillance dans vos rapports, soyez moins durs... Vous trouvez bien la possibilité d'être aimables à mon égard, alors pourquoi l'êtes-vous si peu entre vous ? »

Intervention où se perçoit l'incommensurable naïveté politique de Gorki. Et sa belle âme. Le seul, sans doute, à conserver après 1933, où il ne quittera plus la Russie, une âme vivante dans un pays d'âmes mortes. Mais une âme vivante enrobée du sucre des flatteries, lourde de soporifiques. Gorki, dans les dernières années de sa vie, embaumé avant l'heure, resta plongé dans son rêve. Il avait vécu trop longtemps en exil. Maintenant, couvé par Staline, comme un œuf d'une espèce antédiluvienne, une espèce rare à épargner religieusement, il n'était plus qu'un vieil homme que l'amour du pays natal aveuglait. Il fermait les yeux pour moins souffrir. Car lui qui scruta plus profondément qu'aucun de ses compatriotes la misère et la profondeur du peuple russe, lorsqu'il ouvrait ses yeux, si enfoncés dans ses orbites, il se découvrait prisonnier de l'organisation, muselé par son entourage et par ce secrétaire que Staline lui flanquait, plus geôlier que secrétaire. Rien de plus éloquent que les pseudonymes. Alekseï Maksimovitch Pechkov s'était baptisé Gorki (l'Amer) et Iossif Vissarionovitch Djougachvili s'était baptisé Staline (l'Acier). L'acier broyait son entourage, sauf l'Amer qu'il transformait en Sladki (Sucré). Un peu de sucre adoucissait sa poigne de fer. Sladki était un bonbon que l'on distribuait au peuple pour le soulager de ses aigreurs d'estomac. « Le vieil ours a un anneau passé au nez », dit Romain Rolland qui vécut quelques jours dans la datcha de Gorki, en 1935. Et il ajouta : « Il est très seul, lui qu'on ne voit jamais seul. »

La brochure de Fred Barthélemy : *Gorki, ou l'Amer et le Sucré,* sans doute le meilleur de ses textes, le plus émouvant, une fois de plus arriva mal à propos. Le deuxième procès de Moscou, qui s'ouvrit le 30 janvier 1937, absorba l'attention de toute la presse. Gorki, mort d'une pneumonie à soixante-huit ans, bénéficiait d'obsèques nationales, en un temps où l'on mourait plus couramment en U.R.S.S. d'une balle dans la nuque. Qu'on ne nous embête plus avec Gorki ! C'est maintenant Radek qui entre en scène. Dans ce procès des Dix-sept, axé sur le sabotage économique, comme le précédent l'avait été sur le trotskisme, Karl Radek qui, un an auparavant, réclamait l'exécution de ses amis Zinoviev et Kamenev, passait à son tour à la trappe, ne s'accusant pas moins que d'avoir voulu organiser la guerre contre l'U.R.S.S. afin de prendre le pouvoir. Lui, ce malheureux diablotin, plutôt disgracié, ce bouffon, que Fred revoyait sautillant près de Trotski, Juif aussi comme Kamenev, comme Zinoviev, comme Trotski... Décidément, cela faisait beaucoup de Juifs liquidés. Fred parlait d'un complot raciste. Son hypothèse paraissait de l'affabulation. Radek qui tenta de soulever l'Allemagne avec les spartakistes, Radek qui négocia la paix de Brest-Litovsk, traité par Vychinski de clown, d'histrion, de Pygmée misérable, de roquet, de toutou se ruant sur un éléphant ! L'éléphant, bien sûr, c'était Staline. Quel vocabulaire hystérique ! Pour comble, personne ne semblait s'apercevoir de ce délire. On rétorquait à Fred : « Mais puisqu'il a avoué, puisqu'ils ont tous avoué. Toi-même tu ne leur accordais guère de confiance. Tu as toujours comparé le Politburo à un nœud de vipères. Staline est bien obligé d'assainir ses écuries. D'ailleurs, le peuple l'approuve. »

La presse s'étendait en effet complaisamment sur cette unanimité populaire, en Russie, que les gouvernants occidentaux aimeraient bien rencontrer chez eux. Toutes ces usines, tous ces kolkhozes, qui votaient à mains levées : « Fusillez ! Fusillez-les tous ! » Fred répondait que la terreur est une épidémie. De peur d'être suspect chacun dénonce son voisin. Ainsi, tout un pays devient coupable et vote son extermination. On le traitait de farceur.

Évidemment, en Espagne, depuis que l'U.R.S.S. fournissait des armes, le pouvoir glissait à droite. Pas vers l'extrême droite franquiste, mais vers la droite classique, bourgeoise. Le mot d'ordre de Moscou n'était plus un secret pour personne : « Empêchez la révolution anarcho-syndicaliste ou vous n'aurez pas d'armes. » Comme chacun sait, celui qui possède les armes, possède le pouvoir. Le pouvoir glissait donc insidieusement aux mains des communistes espagnols, si minoritaires au début de la guerre civile, avec la complicité de la bourgeoisie libérale. Fred ne s'illusionnait plus. Lorsque la guerre se terminerait, quel que soit le vainqueur, la dictature s'installerait en Espagne. L'heure de la liberté était passée. Il n'empêche qu'il fallait combattre Franco. Puisque les anarchistes espagnols, disait Fred, refusaient de vaincre comme libertaires, préférant la compromission gouvernementale, ils n'auront d'autre perspective que de mourir en défenseurs de la légitimité de l'Etat.

Fred s'obstinait néanmoins à demeurer à Barcelone parce qu'il se sentait lié à cette terre espagnole comme, jadis, à la terre slave. A la maîtrise de la langue russe, il ajoutait la familiarité du castillan, qu'il parlait couramment. Cette facilité à apprendre les langues allait chez lui de pair avec sa propension à s'acclimater, à s'insérer dans un nouveau pays qui devenait alors le sien. Il se sentait autant russe et espagnol que français. Peu à peu, il s'était « naturalisé » dans la Révolution espagnole, comme auparavant dans la Révolution russe. Pour lui, d'ailleurs, il n'existait pas de hiatus. L'une répondait à l'autre. Durruti continuait Makhno.

Il ne revoyait plus Germinal, toujours sur le front. Quant à Cottin, la balle tirée jadis sur Clemenceau avait fini par ricocher, le tuant lors d'une offensive de routine.

Un soir, Fred rencontra dans les rues de Barcelone le vieux Marius Jacob, tout aussi désemparé que ce jour où il arriva au *Libertaire,* après ses vingt-cinq ans de bagne. Accouru assister à la révolution anarchiste, il ne comprenait guère ce qui se passait. Effaré de découvrir que des anarchistes étaient devenus ministres, il s'en retourna très vite à Issoudun où il tenait un commerce de camelot ambulant, avec pour tout équipement un âne et un parapluie.

Disons-le, ce qui maintenait peut-être le plus fortement Fred à Barcelone, c'était les miliciennes. Il avait toujours été fidèle à Claudine, comme à l'infidèle Galina. Mais il ne résistait pas à l'afflux de toutes ces femmes que la révolution libérait d'une soumission ancestrale et qui explosaient littéralement d'une fureur de vivre. Se comportant désormais comme des hommes, vêtues de la même salopette, coiffées du même calot, le fusil ou la pioche à la main, elles montaient à l'assaut des mâles comme elles se jetaient sans peur au-dessus des parapets pour attaquer les franquistes. Le spectacle quotidien de la mort se doublait chez elles, comme bien sûr chez les hommes, d'une furieuse voracité érotique. Accouplements d'autant plus brefs que, sans cesse, miliciens et miliciennes devaient obéir à des ordres de déplacement. Les étreintes défiaient la séparation, défiaient la mort. Tous ces bataillons de femmes-soldats, qui transitaient par Barcelone, lectrices de la revue anar *Mujeres libres,* toute cette excitation causée par la précarité de la situation politique, entraînaient Fred dans une activité sexuelle effrénée. Son militantisme politique, course de vitesse pour rattraper la crue du flot communiste, pour la dénoncer, pour la juguler, ressemblait d'ailleurs à sa poursuite lubrique. Les lourdes et envoûtantes tentations de la sexualité le cernaient, comme il se sentait encerclé par les pièges de la Guépéou. Il n'avait pas de liaison, pas d'amourette. Il ne savait même pas qui elles étaient, d'où elles venaient, toutes ces brunes pulpeuses, aux fortes odeurs fauves, qui lui plantaient leurs ongles dans la chair, qui le mordaient comme des chiennes. Il s'enfonçait en elles, comme une baïonnette dans un ventre. La guerre rôdait autour de ces couples éphémères, aussitôt défaits.

Il songeait de moins en moins à Paris, de moins en moins à Claudine. Même Flora s'estompait. Vue d'aussi loin, Claudine lui réapparaissait de temps en temps, toujours aussi douce et calme, mais bien fade comparée à ces Espagnoles passionnées, passionnantes, qui passaient dans sa vie comme des fusées éclairantes.

Barcelone devenait une ville cosmopolite. Les révolutionnaires du monde entier, de toutes les tendances, s'y regroupaient, s'y affrontaient. Anglais, Français, Américains, se trouvaient maintenant débordés par les Allemands antifascistes et surtout les Russes qui s'implantaient solidement, comme s'ils ne devaient jamais repartir. C'est ainsi que Fred rencontra un soir, sur les Ramblas, un Juif polonais avec lequel il avait eu certains contacts à Moscou et qui arborait à sa boutonnière l'ordre du Drapeau Rouge. En général les Russes qui reconnaissaient Fred Barthélemy l'évitaient. Ignace Reiss s'approcha.

— Je ne te demande pas ce que tu fais là, je le sais. Inutile de me poser des questions puisque, toi aussi, tu devines ce qui me conduit à Barcelone.

Ils parlèrent de la Moskova, des églises à bulbes d'or, de la neige, s'abstenant de commenter les événements politiques. A quoi bon ! Fred se laissait glisser dans ses souvenirs. Sa pensée s'en retournait souvent là-bas, du côté des steppes et des forêts de bouleaux ; du côté de Galina, de la Kollontaï, de Gorki, de la Spiridonova, des gardes noirs... Ignace Reiss rendait soudain toute cette ambiance tangible. Ils se revirent plusieurs fois. Reiss s'arrangeait pour que ce soit dans des lieux déserts. Brusquement envoyé en mission, avant son départ, il confia à Fred :

— Je n'aime pas les anarchistes. Je pense, comme Trotski, qu'ils poignardent la révolution. C'est Nin que je voudrais joindre, mais cela m'est impossible. Alors je compte sur toi. Préviens Nin que la prochaine charrette sera pour lui. Nin et le P.O.U.M. sont condamnés. A eux de se tenir prêts. C'est leur dernière chance.

Nin se souvenait très bien d'Ignace Reiss qu'il avait fréquenté amicalement à Moscou. Par ailleurs, il était informé que Reiss avait accédé à de hautes fonctions dans les services secrets soviétiques. Il prit donc son avertissement très au sérieux.

Fred Barthélemy, toujours fort de son expérience à Moscou, exposa aux responsables du P.O.U.M. et de la F.A.I. le scénario probable :

— Si le P.O.U.M. est éliminé, le tour des anarchistes viendra, puis celui de l'aile gauche des socialistes. Les milices, nos milices qui se battent au front, sont toutes éloignées de Barcelone, alors que l'armée gouvernementale du général Pozas se structure à l'arrière, ici même…

— Pozas est un militaire de carrière comme Toukhatchevski, dit Andreu Nin. Et comme Toukhatchevski, il fait le jeu des communistes. Quant à la police, elle est pratiquement entièrement noyautée par les staliniens.

Qui prononça la phrase fatidique ?

— Avant qu'il ne soit trop tard, fomentons une insurrection qui libérera l'armée et la police de la tutelle communiste.

Qui ? Nin ? Barthélemy ? Federica Montseny ? Tous ensemble, peut-être ? Toujours est-il que, le 3 mai, militants poumistes et anarchistes se lancèrent à l'assaut des casernes et des commissariats. Fred se trouvait bien sûr parmi eux, avec un vieux revolver et une de ces « bombes de la Faille » dont Germinal lui avait expliqué le maniement. Les combats de rues durèrent une semaine. Le P.O.U.M. et la F.A.I. gagnèrent à ce sursaut de rassembler leurs forces, mais en même temps ils perdirent leur antenne gouvernementale. Le cabinet Negrin, qui remplaça celui de Caballero, se sépara en effet de ses ministres poumistes et anarchistes sous le prétexte propice de la rébellion de leurs troupes contre l'autorité légale.

La Guépéou, devenue N.K.V.D., sut-elle par quel processus Nin fut averti du danger qui le menaçait ? Sans doute, puisque les premières punitions tombèrent sur les anarchistes. D'abord le philosophe Camillo

Berneri, lacéré à coups de couteau devant le palais de la Generalidad ; puis son compatriote Barbieri, assassiné par la police sur les Ramblas. Tous les deux anarchistes italiens. Pour montrer la solidarité entre l'armée et la police, douze jeunes anarchistes furent parallèlement tués à la caserne Karl-Marx.

Renvoyés dans l'opposition, d'où ils n'auraient jamais dû sortir, le P.O.U.M. et la F.A.I. subirent alors les accusations du parti communiste. Accusations qui trouvèrent un large écho dans l'opinion, lassée des désordres, des restrictions, de cette guerre civile qui n'en finissait pas. Le parti communiste ne soutenait-il pas que le P.O.U.M. et la F.A.I. désorganisaient la production, semaient le défaitisme, déclenchaient une insurrection pour détruire le *Frente popular* et établir leur dictature ? Tous les correspondants étrangers relataient ces calomnies comme véridiques. Des affiches apparaissaient sur les murs de Barcelone : « Le P.O.U.M., avant-garde du fascisme dans l'Espagne loyale. » En même temps, le bruit courait que Juan Negrin, ce socialiste de droite allié aux communistes, venait d'envoyer secrètement en Russie les réserves d'or de la Banque d'Espagne. Où était le défaitisme ?

Le 16 juin, sous prétexte de complot fasciste, Negrin mit le P.O.U.M. hors la loi. Dans la nuit, les arrestations massives de militants s'opérèrent d'autant plus facilement que les milices combattantes immobilisaient au front quarante mille poumistes. Nin fut arrêté à Barcelone comme « agent de Franco » par la police russifiée dépêchée spécialement de Madrid. Le parti communiste ibérique profita de la liquidation du P.O.U.M. pour se débarrasser en même temps des trotskistes. Alors que tout trotskiste infiltré dans le P.O.U.M. et découvert était immédiatement exclu, le P.C.I. se complut à faire l'amalgame entre poumistes et trotskistes. Et entre trotskistes et anarchistes pendant qu'ils y étaient. Sloutzky, chargé par Moscou de former la police secrète espagnole sur le modèle de la Guépéou, proclamait maintenant sans vergogne : « Quant aux anarchistes et aux trotskistes, même s'ils sont aussi des soldats antifascistes, ils sont nos ennemis. Ce sont des contre-révolutionnaires et nous devons les détruire jusqu'aux racines. »

Un tribunal spécial d'espionnage fut formé pour juger le P.O.U.M. Negrin osa l'informer que l'armée exigeait la peine de mort pour les accusés et qu'il était nécessaire de donner satisfaction à l'armée. Comme les jurés rechignaient, il menaça : « Il me faut la condamnation de ces hommes. Si besoin est, je prendrai parti pour l'armée contre le tribunal. De hautes raisons de politique internationale m'obligent à vous demander ce sacrifice. »

Fred et ses camarades de la F.A.I. et de la C.N.T. s'épuisaient à crier leur indignation. Dans un des nombreux meetings où ils essayaient de réveiller les consciences, Federica Montseny compara la tyrannie de Staline à la tyrannie des tsars. C'était bien temps ! Ils proclamaient l'innocence de Nin, exigeaient des éclaircissements sur sa disparition, cependant que dans un rassemblement communiste, Dolorès Ibarruri, la Pasionaria, formulait cette infamie : « Il vaut mieux condamner cent innocents que d'absoudre un seul coupable. »

A Moscou, parallèlement au procès du P.O.U.M. à Barcelone, s'ouvrait une nouvelle inculpation, celle de l'état-major de l'armée rouge, accusé de forfaiture au profit de l'Allemagne. Toukhatchevski, le tout-puissant maréchal, celui qui, avec Trotski, créa l'armée populaire victorieuse de la contre-révolution tsariste, celui qui mata l'insurrection de Cronstadt, coupable de félonie, impossible !

— Ou plutôt si, disait Fred à ses camarades ébahis, Toukhatchevski a bien trahi, mais il y a vingt ans, en 1917, lorsque lui, un aristocrate, un officier du tsar, se mit au service des communistes. Il n'a pas trahi Staline, il a trahi sa caste d'origine. Le tsar assassiné se venge aujourd'hui en le faisant fusiller pour un crime qu'il n'a pas commis.

— Mais il a avoué, rétorquaient les camarades de Fred ; ils ont tous avoué, les sept autres généraux exécutés avec lui. Nos généraux nous trahissent bien, pourquoi ceux-là ne trahiraient-ils pas Staline ?

— Ils ont inventé des méthodes, répondait Fred. Vous verrez qu'ici aussi les poumistes vont confesser qu'ils sont les agents de Franco.

Cette fois-ci, Fred se trompait. Aucun poumiste ne reconnut ce que leurs bourreaux exigeaient qu'ils proclament. La N.K.V.D. était stupéfaite. Les poumistes mouraient sous la torture, mais ne parlaient pas. Ce qui réussissait si bien à la Loubianka échouait à la Casa del Pueblo.

Dans ce contexte apocalyptique, une excitation extrême intoxiquait Fred. Il ne dormait presque plus, courait de réunions politiques à une débauche de coucheries orgiaques. Avant de monter au front, les miliciennes s'envoyaient de plus en plus paroxystiquement en l'air. A la tension politique répondait une tension sexuelle, jamais assouvie. Une nuit, un jeune homme pâle, bouleversé, l'arracha aux bras et aux cuisses qui l'enserraient :

— Vite ! Viens vite ! Ils s'en prennent maintenant aux nôtres. Germinal est arrêté.

Fred se rhabilla en toute hâte.

— Où se trouve-t-il ?

— Avec d'autres camarades, appréhendés avec lui sur leurs positions de combat. A Santa Ursula, un ancien couvent à Vallmajor.

Fred forma un commando qui s'élança immédiatement à l'assaut de la prison. Les « bombes de la Faille » défoncèrent les portes. A l'intérieur, ils se heurtèrent à un grand portrait de Staline qui les regarda d'un air désapprobateur. Plus loin, ils découvrirent des cadavres d'hommes jeunes, pendus par les pieds. Leurs visages et leurs torses nus portaient les traces d'abominables tortures. Ils ne rencontrèrent aucun geôlier, aucun garde, aucune trace de Germinal. L'*Investigación* était abandonnée.

Comment retrouver Germinal ? Fred apprit que la Guépéou s'était installée dans l'appareil d'État espagnol, au ministère de l'Intérieur, sous le nom de *Departamento especial de informaciones del Estado,* paseo San Juan, numéro 104. Difficile de s'y présenter pour réclamer des nouvelles de Germinal. Ses chances d'en ressortir eussent été bien minces. S'ils avaient coffré Germinal n'était-ce pas pour l'attirer, lui, Fred, justement dans un piège ? Il ne sortait plus seul depuis les combats de rues, toujours entouré de jeunes camarades fortement armés.

Les prisons clandestines étaient certainement nombreuses. La Guépéou affectionnait particulièrement les caves, les garages, les derniers étages d'immeubles, tous les lieux où les cris des torturés s'entendaient moins. Il existait une prison clandestine au numéro 24 de la Puerta del Angel, trop solidement gardée pour qu'il puisse être question de l'investir. Ils tentèrent leur chance à Santa Barbara. Mais, là aussi, les cellules étaient vides. Enfin, pas complètement, il restait les religieuses, dont on avait ouvert les cercueils, des religieuses en décomposition, empestant le bâtiment. Impossible d'y demeurer plus de quelques instants. Un des miliciens qui accompagnaient Fred, tomba de saisissement en voyant un corps phosphorescent. Il lui avait semblé, par un de ces retours inattendus vers une croyance oubliée, qu'il s'agissait d'une apparition de la Sainte Vierge.

Contrairement aux poumistes, accusés de trahison (et par certains côtés c'était bien vrai ; ces marxistes-léninistes ne refusaient-ils pas la voie de Staline, la seule orthodoxe puisque celle du chef de l'Église) les anarchistes emprisonnés n'obtenaient pas le statut politique. On les inculpait tout simplement de vol, de pillage et d'assassinat.

En désespoir de cause, Fred s'adressa au consulat français. Il se prétendit en quête de son fils, volontaire dans les milices et arbitrairement arrêté, certainement par erreur. Le consul montra qu'il connaissait la musique, mais promit de tout entreprendre pour que ses deux compatriotes repartent en France au plus tôt. En effet, les poumistes et anarchistes étrangers, capturés par les communistes, n'échappaient au châtiment que si leur incarcération était connue à l'extérieur. Pour éviter toute complication, leurs ravisseurs préféraient alors les expulser. Il importait donc d'annoncer au *Departamento especial de informaciones del Estado* que le consulat français recherchait Germinal Barthélemy, que le consulat français le savait emprisonné illégalement et réclamait sa libération. Il fallait devancer de vitesse une exécution sommaire, une « disparition ». On disparaissait beaucoup dans les prisons espagnoles. Nin, lui-même, avait disparu. Évadé ? Les communistes allaient jusqu'à dire qu'il s'était réfugié chez Franco.

Un matin, de très bonne heure, la sonnerie du téléphone arracha Fred à une de ses appariades. Le consulat l'informait que son fils venait d'arriver dans les bureaux. Il s'y rendit aussitôt.

Germinal était à tel point amaigri que ses vêtements, trop amples, pendouillaient sur son corps, comme des sacs vides. Dégonflé, il ressemblait à son père. Ce dernier, stupéfait par cette métamorphose, lui demanda stupidement :

— Quel âge as-tu donc ?

— On n'a pas d'âge quand on émerge de l'enfer !

Mentalement, Fred établissait le compte, renvoyait Germinal dans son enfance à Belleville, avec Flora. Cet énorme poupon, soudain hâve, déguenillé, barbu, paraissait moins grand. Ses yeux bleus (les yeux de Flora) étaient extrêmement pâles. Il titubait de fatigue.

— Es-tu blessé ? T'ont-ils torturé ? As-tu besoin d'un médecin ?

— Ils torturent les Espagnols comme dans ces histoires de l'Inquisition. Les tenailles, le fer rouge, les pendaisons par les poignets ou par les pieds, tout l'attirail de ces supplices que l'on a vus, tu sais, dans ces tableaux du Prado avant qu'on les mette à l'abri. Mais les étrangers, non, on ne les torture pas dans leur corps. Seulement dans la tête. Ça ne laisse pas de trace. C'est peut-être pire. On ne peut même pas hurler, comme ceux qu'on écorche. On est écorché dans la tête.

Germinal, étendu sur un lit de camp, parlait lentement, cherchant ses mots.

— On va partir tous les deux, dit Fred, repose-toi.

— Partir où ?

— En France. A Paris. On s'en retourne.

— Ne fais pas ça pour moi. On doit continuer à se battre ici. C'est maintenant que ça devient grave.

— Repose-toi, mon gars. Dors un bon coup. L'Espagne, pour nous, c'est fini. De Paris, on aidera encore nos camarades. On n'a pas fini la lutte, va. Ça ne sert à rien de rester à Barcelone pour s'offrir au massacre.

Il étendit une couverture sur Germinal, qu'il borda soigneusement. Il se sentait père, père de ce camarade brisé, dans lequel il avait du mal à reconnaître l'enfant de Flora. Ce sentiment paternel, qu'il n'avait éprouvé que pour Mariette, voilà qu'il se reportait sur ce fils et qu'une tendresse, un amour violent, le submergeait.

Germinal s'endormit. Il le confia au consul, lui demandant de préparer leur voyage pour le lendemain, désirant auparavant saluer une dernière fois Federica Montseny.

Il y avait eu les « anarchistes de tranchées » dont se moquait Lénine, ces militants de la génération de Jean

Grave qui succombèrent aux sirènes de l'Union sacrée. Il y avait eu les anarchistes *ideiny,* ces collaborateurs des bolcheviks, parmi lesquels Fred se laissa circonvenir. Il y avait maintenant en Espagne ces « anarchistes de gouvernement », eux aussi blousés, ridiculisés. Fred éprouvait contre eux une sorte de haine, leur imputant la responsabilité de l'effondrement du mouvement libertaire. Il les accusait d'avoir, comme les *ideiny,* donné le pouvoir aux bolcheviks. Homme de l'appareil à Moscou, pendant trop longtemps, il aurait dû commencer par s'accuser lui-même. Mais les contradictions de la Révolution espagnole lui faisaient oublier ses propres contradictions. Parmi les anarchistes ministres (ex-ministres) il gardait néanmoins une indulgence pour Federica Montseny. Avant de quitter l'Espagne à jamais (car, pour lui, aucun doute, la victoire irait à Franco ou à Staline) il avait envie de discuter avec elle, d'essayer de comprendre comment, à chaque fois, la liberté était outragée. Pourquoi les hommes qui défendaient cette notion étaient vilipendés. Pourquoi, finalement, la révolution qui s'opérait au nom de la liberté, n'avait rien de plus pressé que de la supprimer dès qu'elle obtenait le pouvoir.

Federica Montseny, inconsciemment, déjà, portait le deuil de l'Espagne libertaire. Comme ces femmes enveloppées de noir du théâtre de Lorca, elle ressemblait à une veuve. Dans son air sévère, ses yeux passionnés, son angoisse, elle rappelait Marie Spiridonova, cette Marie Spiridonova qui, depuis longtemps, avait dû perdre sa vie frêle dans les caves de la Loubianka.

— Federica, avant de nous séparer, une question m'obsède. Pourquoi avez-vous cédé à l'appel du pouvoir ? Pourquoi ne t'es-tu pas souvenue, toi, une femme, de l'expérience de Louise Michel qui s'écriait après la chute de la Commune de Paris : « Le pouvoir est maudit, c'est pourquoi je suis anarchiste » ?

Federica Montseny, emmitouflée comme une vieille,

paraissait en effet, dans son échec, dans son chagrin, une aïeule. Pourtant, elle n'avait que trente-deux ans. Elle répondit à Fred, comme si elle récitait, parce qu'elle se l'était déjà si souvent avoué, si souvent rabâché :

— L'an dernier (c'est seulement l'an dernier) il n'était plus nécessaire de détruire l'État, écroulé de lui-même. Nous nous trouvions dans une situation anarchiste exemplaire. Les organisations ouvrières et paysannes assuraient la continuité de la vie communautaire. La C.N.T. majoritaire maîtrisait tout le mouvement syndical. La colonne de Durruti galvanisait les miliciens. Nous tenions tête à Franco. Nous tenions tête à tous les partis républicains. C'est à ce moment-là que nos militants furent pris de panique. Nous avons tous été pris de panique. L'État détruit se révélait comme un vide, un gouffre, qu'il fallait combler avec d'autres structures qui n'existaient pas, que nous n'avions pas préparées. Les relations internationales, la guerre moderne, tout cela nous surprenait soudain, dans toute son urgence. Comment se dispenser des tâches qui relevaient classiquement de l'État ? D'où l'acceptation provisoire d'un gouvernement républicain qui ne jouerait qu'un rôle de façade, le mouvement syndical que nous contrôlions entièrement possédant la puissance. Mais cet État provisoire devint vite un État définitif. Les communistes, se faufilant par la porte de service, quelques mois plus tard occupaient les salons. Maintenant ils gardent la porte d'entrée, après nous avoir fichus dehors.

— Tu te souviens de notre conversation lorsque tu étais encore camarade ministre ?

— Je ne t'ai pas répondu comme je l'aurais voulu. Pourtant, j'avais compris que l'on ne pouvait pas à la fois être dans la rue et dans le gouvernement. Nous étions dans le gouvernement et la rue nous échappait. Nous perdions la confiance des travailleurs et l'unité du mouvement s'effritait. Quand, en mai, après les affrontements, j'ai quitté le gouvernement pour rejoindre la rue, mon soulagement fut immense. Je m'étais vite aperçue que nos camarades, égarés hors de leur milieu propre, s'intoxiquaient de gouvernementalisme avec une rapidité navrante. Nous devions accepter des postes de chefs de corps d'armée, de chefs de police, de directeurs de prison, de commissaires politiques. A chaque fois, nous abandonnions un peu plus de notre raison d'être. Mais quoi, on ne gagnera pas la guerre en se contentant de défiler dans les rues, le poing levé, en criant : *No pasaran.*

— On bute toujours sur la guerre et la nécessité de vaincre les ennemis de la Révolution. En Russie, c'est aussi la guerre civile qui a provoqué l'abandon des principes libertaires par les meilleurs de nos camarades, et qui m'a fait, moi-même, collaborer trop longtemps avec les bolcheviks. Je suis mal placé pour t'en vouloir, Federica. J'essaie seulement de comprendre pourquoi tout recommence toujours pareil.

Ils se donnèrent l'accolade. Federica, à la forte stature, ressemblait à un grand oiseau. Elle se blottissait frileusement dans un immense châle qui se rabattait sur ses épaules, comme des ailes brisées.

Dans le train qui roulait lentement vers Perpignan, chargé d'une foule d'hommes et de femmes qui s'y entassaient avec leurs balluchons, leurs innombrables valises, leurs mioches ; dans un compartiment sentant l'ail et la sueur, Germinal racontait à Fred comment la police politique vint l'arracher aux tranchées qui défendaient Madrid, sans explication ; comment il avait été transporté à Barcelone, emprisonné avec d'autres volontaires étrangers : des Polonais, des Allemands, des Autrichiens. Les Américains et les Anglais, arrêtés la plupart dans les rangs des Brigades internationales, étaient rapidement expulsés ; ressortissants de pays trop puissants pour risquer d'inutiles complications. Quant aux Allemands et aux Autrichiens antinazis, pourquoi se gêner, la potence les attendait dans leur propre pays.

Germinal avait été enfermé dans un garage sans aération, avec d'autres hommes et des femmes. Un seul lavabo. Un seul W.C. Couverts de poux et de puces, privés de sommeil car les interrogatoires se poursuivaient la nuit, et s'ils s'assoupissaient, le jour on les réveillait brutalement pour les conduire de nouveau « à la question », les prisonniers se trouvaient confrontés à des demandes stupides, absurdes, auxquelles ils devaient néanmoins répondre. Leurs tortionnaires voulaient absolument leur faire avouer qu'ils étaient des espions, réclamaient la liste de leurs camarades impliqués dans quel complot ? Germinal, depuis son arrivée en Espagne, n'avait eu d'autre activité que combattante, ne quittant pratiquement jamais le front. Comment aurait-il pu inventer la moindre liste ! Si combattre Franco, pour les communistes, équivalait à de l'espionnage, d'accord il était un espion.

— A quoi ressemblaient tes flics ? demanda Fred.

— Pas d'Espagnols. J'ai repéré un Russe, un Hongrois, un Allemand. Le chef de la prison parlait allemand avec les camarades teutons, mais avec un fort accent russe. J'ai eu le temps de m'habituer à tous ces accents.

— Détaille-moi cette ordure.

— Grand, fort, avec une tignasse noire et un nez plat de boxeur. Il y avait aussi un Polonais, petit, avec une raie au milieu des cheveux, toujours pâle, très nerveux. Pourquoi ? Tu voudrais que je te les présente ?

— J'en ai tellement vu, en Russie, de ces maudits types. J'essaie de les repérer. Faudra bien qu'un jour on se décide à les empêcher de nuire.

— Les interrogatoires commençaient toujours de la même manière, reprit Germinal. Ils disaient : « Vos affaires marchent mal. Vos amis ont tout avoué. Vous savez que vous ne pouvez rien contre nous. Vous savez que vous ne sortirez jamais vivant de cette maison. » Ils jetaient un revolver sur la table. Comme on ne répondait pas, ils prenaient le revolver et vous l'appuyaient sur la tempe. Parfois, ils tiraient en l'air, pour faire croire à un début d'exécution. Une fois, on m'a emmené en dehors de Barcelone, les yeux bandés, dans une bagnole, encadré par des flics qui me serraient entre eux le plus fort possible, comme pour m'écraser. Ils m'ont conduit sans doute dans un bois car j'ai senti une odeur d'écorce et de feuilles. Ils ont dit qu'ils allaient me descendre. Mais, là encore, ils ont tiré en l'air et nous sommes revenus dans la cave. Je les entendais causer en français, avec leur maudit accent russe : « Demain, nous aurons le temps de tuer ce chien. » Quand ils m'ont crié que j'étais un « maquereau d'anarchiste », un fils de salaud, un fils de traître, j'ai compris alors que c'est toi qu'ils cherchaient. Ils m'ont enfermé dans une armoire de fer, haute d'un mètre. J'y suis resté trois jours accroupi, sans manger...

— Tais-toi, bafouilla Fred.

Toutes ces épreuves de Germinal, il les ressentait dans sa chair, où chacune de ces tortures s'enfonçait jusqu'à l'os. Dans le compartiment, les autres passagers qui ne comprenaient pas le français, n'écoutaient pas leur conversation. Ils parlaient entre eux, très fort, gesticulaient, tout à l'excitation de leur émigration vers la France. Dans certains wagons, on chantait *Bandera roja* ou *Salud, Milicianos de España.* Ces paroles et ces airs, qui arrivaient par bribes, paraissaient à Fred douloureusement dérisoires.

Il se trouva soudain très seul, exclu de cette communauté de fugitifs. Germinal s'était endormi, affaissé contre la paroi du wagon, ballotté par les cahots du train. Fred ne le quittait pas du regard. Il regrettait toutes ces années vécues sans lui. Maintenant, il le ramenait en piteux état, mais il le ramenait. Cette révolution loupée avait failli le lui prendre, comme l'autre, celle de Moscou, lui prit Alexis. Saturne dévorant ses enfants. Oui, toujours, mais dévorant aussi les enfants des autres. Délire que de se jeter toujours sur la poitrine de l'ogre ! Fred, qui ne pleurait jamais, renifla des larmes qui coulaient sur son visage.

Fred avait abandonné Barcelone en proie à la folie. Il arriva dans un Paris en pleine démence. Ces intellectuels bourgeois, dont se défiait tant Makhno, adoptaient, quant à la guerre d'Espagne, au nazisme, au stalinisme, des positions aberrantes. Ils signaient n'importe quoi, pour se faire de la publicité, pour se donner de l'importance. De nouvelles vedettes de la littérature surgissaient qui, toutes, voulaient jouer un rôle politique. André Malraux, Louis Aragon, Jean Giono. On se bousculait au portillon pour effectuer un pèlerinage à Moscou. Bien guidés, bien reçus, les « idiots » de plus en plus « utiles », revenaient éblouis, qualifiant de bobards, de calomnies, tout ce qui s'insinuait à l'étranger contre l'U.R.S.S. Ils y apprenaient une chanson qu'ils chantaient avec des trémolos dans la voix, à la fin des banquets :

Je ne connais aucun autre pays
Où l'on respire si librement.

L'aliénation n'atteignait pas que les intellectuels dits de gauche. Ceux de droite n'étaient pas épargnés, le voyage à Berlin ou à Rome étant pour eux aussi sacré que celui de Moscou pour leurs adversaires. La déification d'Hitler égalait celle de Mussolini. Alphonse de Châteaubriant se pâmait devant ce qu'il appelait « la bonté d'Hitler », ajoutant : « Oui, Hitler est bon. Regardez-le au milieu des enfants. Hitler n'est pas un conquérant, il est un édificateur d'esprits. »

Fred Barthélemy retrouva Victor Serge qui gagnait sa vie comme correcteur dans une imprimerie de presse de la rue du Croissant. Celui-ci lançait une campagne dénonçant les manœuvres staliniennes contre le P.O.U.M. Fred arriva opportunément pour lui fournir des informations de première main. Ils réussirent à mettre sur pied une commission, formée de personnalités irréfutables. En Espagne, Negrin refusa de les recevoir. A Moscou, Ilya Ehrenbourg publia un article dans les *Izvestia* où il qualifiait le Comité de défense des révolutionnaires antifascistes d'Espagne de « cœurs sensibles », ce qui était aimable, mais aussi d' « alliés des Marocains et des Chemises noires », ce qui était absolument dégueulasse.

L'Ehrenbourg français, Louis Aragon, pour ne pas être en reste, exposait dans *Ce Soir* les « crimes » du P.O.U.M. et insinuait que Nin se réfugiait en Allemagne nazie.

Victor Serge crut habile de présenter Fred Barthélemy à ce nouveau romancier dont on parlait tant, André Malraux qui, en Espagne, avait combattu dans l'aviation républicaine. Ils se rencontrèrent dans un bistrot. Dès qu'il aperçut Malraux, Fred fut frappé par sa ressemblance avec Trotski. Non pas une ressemblance physique, mais une sorte de réplique dans le comportement. La manière dont il se tenait, comme s'il posait devant un statuaire, sa façon curieuse de s'exprimer comme on déclame à la Comédie-Française, tout en lui évoquait l'acteur tragique, quelque peu démodé. La faconde avec laquelle il monologua à propos de l'Espagne, de la Russie, de la Chine (il ouvrait les bras pour ramasser le monde entier en une boule imaginaire qu'il serrait frénétiquement, comme s'il voulait l'écraser) était fascinante. Seulement, les premiers moments de surprise passés, Fred constata que Malraux mélangeait tout, voire qu'il inventait à mesure. Il jouait à la révolution, comme Trotski se donnait en représentation à la tribune. Mais, en même temps, Trotski faisait la révolution. Là se situait la différence. Son théâtre, à Trotski, c'était la révolution d'Octobre et non pas les Éditions Gallimard.

Impossible à Malraux d'admettre la persécution du P.O.U.M. Poussé à bout, il finit par s'écrier :

— J'accepte les crimes de Staline, où qu'ils soient commis !

Victor Serge se leva, blême, sa tasse de café à la main. Malraux aussi s'était levé. Ils se défièrent du regard pendant quelques secondes, puis Victor Serge lui lança sa tasse de café à la figure.

Fred avait repris sa vie conjugale paisible à Billancourt. Mariette et Louis pavoisaient. Quant à Claudine, elle demeurait imperturbablement la même. Tant d'événements intervenus depuis son mariage auraient pu la transformer, l'aigrir. Non, toutes ces aventures qui entraînaient son mari ne la perturbaient pas. Elle restait la gardienne du foyer, des enfants, de leur amour, apparemment sans trouble. Par contre, près de Claudine, Fred éprouvait une gêne. Le souvenir de toutes ces femmes lascives, de cette lubricité barcelonaise, l'éveillait la nuit. Tant de chevauchements, de culbutes, de copulations, se métamorphosaient en cauchemars. Il lui semblait entendre le choc des bombes éventrant la terre, le crépitement d'une mitrailleuse. Des coups frappés à la porte ? La Tchéka ? Non. Le silence le plus absolu régnait à Billancourt. Il percevait seulement la respiration de Claudine, les grognements des enfants qui rêvaient. La sueur mouillait sa chemise. Comme s'il avait la fièvre. Il attendait avec impatience les premières lueurs du jour.

L'Espagne en feu, Germinal arraché aux bourreaux, Victor Serge « trotskiste », Franco entré à Bilbao puis à Santander, le Front populaire qui agonisait en France (la droite avait eu raison du ministère Blum qu'elle harcelait en disant : « Impossible à la France de négocier avec Hitler par l'intermédiaire d'un Juif »), des centaines de milliers de fugitifs qui traversaient les Pyrénées, brutalisés, dévalisés, enfermés dans des camps par les gardes mobiles français, Pestaña mort de maladie alors que l'Espagne avait tant besoin de lui (tous ces morts : Makhno, Durruti, Cottin, Mühsam), un chaos d'images douloureuses se bousculaient dans la tête de Fred.

Le 4 septembre, sur une route, non loin de Lausanne, le corps d'un homme, bien vêtu, fut découvert, criblé de balles de mitraillette. Dans une main, il tenait encore une touffe de cheveux gris. L'homme n'avait pas été dévalisé et, dans son portefeuille, se trouvait un billet de chemin de fer pour la France. C'était Ignace Reiss qui payait son sursaut d'humanité vis-à-vis de Nin. Nin, dont on apprenait enfin qu'il avait succombé à des semaines de supplices : décharges électriques, ongles arrachés, baignoire. On voulait qu'il confesse ses prétendus rapports avec Trotski, avec Franco. Contrairement à Zinoviev, à Kamenev, à toute la vieille clique bolchevique qui ne résistait pas aux tortures et avouait tout ce que Staline désirait, Nin ne craqua pas et refusa tout compromis, tout désaveu.

Fred revoyait Nin à Moscou, en 1921, alors jeune homme de moins de trente ans, comme lui. Fred ne comprit jamais très bien ce partage des responsabilités entre Maurin, proclamant en Espagne sa non-soumission au parti communiste russe, et Nin resté en Russie, un peu en otage ; Nin qui travaillait au Profintern, avec Fred et Victor ; Nin séduit par Boukharine, puis par Trotski ; Nin renié par Trotski lorsqu'il fondera le P.O.U.M. avec Maurin, à la veille de la guerre civile espagnole ; Nin devenu ministre de la Justice du gouvernement de Catalogne…

•

Germinal se remettait lentement. Trop faible pour reprendre son métier de terrassier, il travaillait provisoirement avec sa mère dont le négoce, s'amplifiant, nécessitait l'emploi d'un manœuvre pour les emballages et les livraisons. C'est encore par le biais de Germinal que Fred revit Flora.

Elle n'avait pas changé, toujours aussi rayonnante, toujours aussi belle. Au grand atelier, tout en haut de Montmartre, s'ajoutait un autre étage de la maison, qui lui servait de bureau et de remise pour les toiles. Une secrétaire dévisagea Fred avec étonnement. Il est vrai que son allure de prolo détonnait dans cette ambiance cossue.

Flora l'accueillit par un tir de reproches.

— Regarde comme tu m'as abîmé Germinal avec ta connerie espagnole. Tu crois que ce n'est pas assez d'avoir esquinté ton Alexis en Russie, que tu as eu le culot d'abandonner aux bolchos. Tu abandonnes tout le monde, Claudine, tes deux petits, moi… Il n'y a que ta foutue politique qui t'intéresse. Pauvre fou ! Paumé !

Elle s'approcha de Fred, le renifla.

— Toi, tu sens l'homme à femmes. Tiens, aurais-tu perdu ta vertu ?

Fred fut stupéfait. Comment devinait-elle sa cavale barcelonaise ? Elle reprit :

— Ce n'est pas tellement l'odeur, bien sûr. Tu t'es récuré depuis. Pour que la femme au foyer ne sache rien. Mais je le sens. Oui, dans tes yeux, dans le pli de ta bouche. On ne me trompe pas.

— Qu'est-ce que ça peut bien te faire ? dit Fred, agacé.

— Comment, qu'est-ce que ça peut bien me faire !

Tu seras toujours à moi, non ! Et moi, je serai toujours à toi. Même si on ne couche plus ensemble.

Puis elle lança, abruptement :

— A propos, j'ai une amie du tonnerre. Une riche, très riche. Moi je suis pauvre, à côté d'elle. C'est la femme de ton ancien patron.

— Quel patron ?

— Louis Renault, le numéro je ne sais combien, dans les deux cents familles.

Flora lui ménageait toujours des surprises. Après tout, rien d'étonnant que la femme d'un industriel fréquente une marchande de tableaux.

— Christiane est une des reines de Paris, reprit Flora. Elle est brillante. Elle plaît. Elle séduit. Je lui ai parlé de toi, un jour. Elle aimerait beaucoup te connaître. Enfin, c'est plutôt son amant qui voudrait te rencontrer.

— Quelle salade ! Je n'ai rien à branler avec ces gens-là.

— Son amant, c'est un écrivain. Il a lu tes élucubrations. Je dois t'avouer que je préfère les siennes. Il a publié l'an dernier un beau roman où il transpose leur amour à tous les deux. Ce n'est pas toi qui m'offrirais ce cadeau. Christiane, dans ce roman, il l'appelle Beloukia et son amoureux devient le poète Hassib. Le prince Mansour, mari de Beloukia, c'est Louis Renault. Ça se passe en Perse. Il y a des roses, des chats. Superbe.

— Elle me paraît plutôt toquarde, ton histoire.

— Il a un défaut, son amant. Un seul défaut, mais de taille. Comme toi, il se préoccupe de politique.

— Comment s'appelle-t-il ? demanda Fred, soudain intéressé.

— Drieu.

— Quel Drieu ? Le fasciste ?

— Moi, je n'y connais rien à vos embrouilles. Il dit que tu es un type bien et qu'il aimerait te connaître.

— Drieu La Rochelle écrit des romans à l'eau de rose ? Tu es sûre qu'il s'agit du même ?

— Tu verras bien. Fais-moi le plaisir de déjeuner avec eux, la semaine prochaine, dans l'atelier. Ils sont charmants. Lui aussi c'est un homme à femmes. Vous devriez bien vous entendre. Seulement, habille-toi un peu mieux. Ton pantalon tirebouchonne. Tu peux pas demander à Claudine de lui donner un coup de fer ? Il est élégant, Drieu. Ils sont très beaux, tous les deux.

— Tu es folle. Je n'ai rien à dire à Drieu. D'ailleurs, tous ces intellectuels bourgeois m'emmerdent, qu'ils soient de gauche ou de droite.

Ils se quittèrent presque fâchés. La semaine suivante, lorsque Germinal, au *Libertaire,* lui transmit un mot de Flora, l'invitant avec Christiane Renault et Drieu, il n'osa évidemment plus refuser.

Fred fut désagréablement surpris par l'atelier transformé en salon, avec une profusion de gerbes de fleurs. Un maître d'hôtel, en gants blancs, loué pour le service, servait le champagne à Christiane Renault et à Drieu La Rochelle, déjà arrivés. Il est vrai qu'il s'agissait d'un couple séduisant. Drieu se leva pour serrer la main à Fred. Ils devaient avoir à peu près le même âge. Les deux femmes aussi. Tous les quatre avoisinaient la quarantaine. Une calvitie précoce dégageait le front de Drieu. L'air d'un danseur mondain, se dit Fred. L'image de Louis Renault lui revint. Louis Renault qu'il n'avait jamais vu lorsqu'il travaillait à Billancourt, mais dont la photo réapparaissait souvent dans les journaux. Comparé à Drieu et à Christiane, il s'apparentait plutôt à un ouvrier, ce patron si redouté. Tout le séparait de Louis Renault et pourtant, il se sentait plus proche de cet industriel, de ce métallurgiste, que de ces deux gandins qui buvaient leur champagne. Louis Renault avait un visage disgracié, une tête énorme disproportionnée avec son corps. Quasimodo, oui, le Quasimodo de *Notre-Dame de Paris* ! Louis Renault n'existait que pour son usine, comme Quasimodo pour sa cathédrale. Et sa femme, grande, élancée, qui visiblement ne s'habillait que chez les grands couturiers, c'était Esméralda! Esméralda la coquette qui bafouait Quasimodo avec ce dandy aussi bien astiqué que les personnages douteux rôdant autour des boîtes de nuit de Montmartre.

Instinctivement, Drieu lui fut antipathique. Il lui trouva une ressemblance avec Aragon qu'il croisait parfois dans les meetings. Le fasciste et le communiste, même gueule de beaux mecs, de valseurs, de types à gonzesses.

— J'ai lu votre *Saturne dévorant ses enfants,* dit Drieu. Quel dommage qu'un texte aussi lucide ait été publié chez un faux éditeur. Voulez-vous que je m'en occupe ? Ce ne doit pas être difficile de le rééditer. Une œuvre utile. Oui, très utile.

Fred se renfrogna :

— N'en parlons plus. On ne ressuscite pas les morts.

— Vous avez révélé, bien avant tout le monde, ce que nos beaux esprits ont découvert avec Gide. Votre « retour de l'U.R.S.S. » était tellement plus terrible. Vous avez vécu de l'intérieur ce que nos littérateurs ne firent qu'apercevoir.

Fred écoutait à peine Drieu. Il regardait Flora et Christiane qui papotaient. Comment Flora pouvait-elle se mouvoir si à l'aise avec cette femme habituée à évoluer dans un monde tellement éloigné du leur ? Mais son monde à lui, le monde de Fred, le monde de leur enfance aux Halles et à Belleville, le monde qu'il partageait avec Claudine à Billancourt, était-il encore celui de Flora ? Avoir pris deux directions opposées n'empêchait-il pas, justement, que leur amour leur soit restitué intact ? Christiane Renault et Flora étaient belles, mais de cette beauté des fleurs de luxe. Des orchidées dans un vase de cristal. Fred reconnaissait mal sa Flora dans cette poupée bichonnée qui se dressait sur ses hauts talons. Toutefois, à bien observer les deux femmes, Fred les distinguait différentes. Christiane Renault exprimait de tout son corps, de tout son visage, une légèreté, une propension à la joie et au plaisir. Flora donnait superficiellement la même impression. Fred la devinait tendue. Il découvrait chez elle une légèreté feinte qui masquait son esprit volontaire et son ambition.

Drieu discourait toujours. Fred rattrapa au vol quelques mots. Il entendit : « choisir entre le beurre et les canons... congés payés... Doriot... »

Drieu, il le savait, bien sûr, était un des membres vedettes du P.P.F. Fred, au nom de Doriot, redevint attentif.

— Doriot se souvient de vous. Il trouve, nous trouvons, que vous gâchez vos dons, que vous égarez votre activité. Beaucoup d'anciens communistes rejoignent Doriot. Pourquoi pas des libertaires? Vous êtes trop intelligent pour ne pas vous apercevoir que le temps de l'anarchie est moribond. L'anarchie n'a pas survécu en France à l'assassinat de Jaurès. En Russie, en Espagne, les communistes vous ont liquidés. Vous êtes taillés dans le bois des victimes. En France, Doriot est le seul recours. Aucun doute là-dessus. Doriot ou Thorez, voilà l'avenir.

— Doriot ou Thorez? Ils me rappellent trop les concurrents du Kremlin. Zinoviev contre Trotski. Merci, j'ai déjà donné.

— Réfléchissez. Nous pourrions vous offrir une belle place. Un homme comme vous mérite tellement mieux que de végéter comme vous le faites. Flora nous a parlé de votre situation. Quel gâchis!

— J'ai l'impression de me situer à ma vraie place. Vous verrez que Doriot finira par choisir Hitler contre Staline. Les deux se valent. Je sais, c'est criminel de dire ça aujourd'hui. Pourtant...

Une ombre d'agacement passa sur le visage de Drieu.

— Nous sommes une force. Si vous vous obstinez dans votre refus, quelle solitude vous attend!

Fred se remémorait le jeune Doriot à Moscou, venu

lui demander conseil, puis le Doriot tout-puissant à Paris auquel il montra le testament de Lénine et qui en tira profit. La destinée des hommes tient à peu de chose, à des hasards, à des rencontres. Drieu, aujourd'hui, tendait la perche à Barthélemy. Qu'il la saisisse et tout son destin, à lui aussi, eût été changé...

En février 1938 s'ouvrit le quatrième procès de Moscou, celui des « vingt et un ». Parmi ces vingt et un, le dernier des héritiers testamentaires de Lénine, à l'exception de Staline qui manœuvrait la trappe ; le dernier parmi ceux que Fred avait fréquentés au Kremlin, le plus sympathique, le plus enjoué, le plus humain : Boukharine. Boukharine se reconnut d'abord coupable, mais d'une manière étrange. Il ne s'accusait pas, comme ses prédécesseurs, de délits si absurdes qu'ils n'étaient plausibles que pour des débiles. Il disait simplement : « Il s'est formé en moi ce que, dans la philosophie de Hegel, on appelle une conscience malheureuse qui peut différer de la conscience ordinaire en ce qu'elle est en même temps une conscience criminelle. » Associer ainsi le malheur et le crime ne manquait pas d'audace. Fred retrouvait bien là l'intellectualisme et l'humour de Boukharine, si présent encore pour lui, avec sa casquette et son blouson de cuir, ses yeux rieurs. Un moment déboussolé par ce raisonnement inhabituel, le procureur se ressaisit et lança au visage du prévenu les dénonciations classiques : trahison, espionnage, attentat contre Staline. Et là, Boukharine ne marcha pas. Il nia tout, en bloc, résolument, sans faiblesse.

Vychinski l'accablait d'injures : « Ignoble salaud, charogne, excrément humain, sale chien, fumier, saleté hybride de renard et de porc. » Tout de même, traiter ainsi celui que les vieux bolcheviks nommaient « notre cristal » ! Comme le cristal, en effet, Boukharine demeurait transparent, sans tache, limpide, au-dessus, au-delà du tombereau d'ordures déversé par le procureur.

On le condamna donc finalement à mort, seulement pour avoir mal pensé. Mais pour Staline, comme pour Hitler, ne s'agissait-il pas là du mal suprême ?

Dans la charrette de Boukharine, les maréchaux Blücher et Yegorov, délateurs de Toukhatchevski au précédent procès, et Yagoda qui avait monté le procès truqué de Zinoviev. Yagoda, qui dirigeait tous les services de police depuis dix ans, docile exécutant de Staline et que la raison d'État commandait de supprimer puisqu'il connaissait tous les dessous des premiers procès des compagnons de Lénine. Il s'accusait notamment d'avoir donné ordre au docteur Lévine d'assassiner Gorki. Et le docteur Lévine, chargé de veiller à la santé fragile du vieil écrivain, confirmait sa responsabilité dans la pneumonie fatale de Gorki : « Je l'ai exposé au froid volontairement. » La *Pravda* écrivait de Yagoda : « Il se tient debout à la barre des accusés, comme un misérable chacal auquel on a arraché les dents. »

Quatre procès truqués, monstrueux, invraisemblables et, en Occident, non seulement les partis communistes approuvaient, mais les libéraux estimaient ce procédé naturel. Romain Rolland (mais Romain Rolland était perdu) déclarait la Constitution russe « la plus humaine du monde ». Un reporter américain, qui assistait au procès, envoyait des articles enthousiastes, persuadé qu'il revivait la Révolution française avec Staline dans le rôle de Robespierre. L'ambassadeur des U.S.A. lui-même avouait son admiration pour Vychinski dont il disait qu'il « avait conduit le procès de haute trahison d'une manière qui frappe mon respect et mon admiration en tant que juriste ».

Le monde devient fou, s'angoissait Fred Barthélemy. *L'Humanité* publiait froidement : « Il faut imiter la vigilance des magistrats soviétiques. Nos camarades espagnols comprendront ce que nous voulons dire. »

Terrible avertissement. L'assassinat de Nin et de ses compagnons ne suffisait pas. Ni celui de Berneri et de Barbieri. Ni celui de Durruti. Ni celui de Reiss. Maintenant que les adversaires du stalinisme étaient liquidés en Espagne, le tour des bourreaux staliniens allait venir. Inutile de vouloir venger Durruti, Staline se chargeait de liquider lui-même les assassins qu'il commanditait. Ainsi ses monstruosités ne laisseraient pas de trace. Les Russes qui avaient noyauté le parti communiste ibérique étaient les uns après les autres convoqués à Moscou et exécutés dans les caves de la Loubianka : l'ambassadeur Rosenberg, le consul Antonov, l'attaché commercial Stachevsky (négociateur auprès de Negrin pour l'envoi de l'or espagnol à Odessa), le général Bazin (chef de la mission militaire), le général Kléber (alias Gregory Stern), tous ceux que Fred avait vus, redoutés, à Barcelone, passaient à la trappe.

Lorsque Antonov-Ovseenko qui, en 1917, donna l'assaut du palais d'Hiver, et que les anarchistes soupçonnaient du meurtre de Berneri et de Nin, fut rappelé à Moscou et nommé commissaire du peuple à la Justice, Fred écrivit dans *Le Libertaire* qu'il était perdu. Il l'était. Lorsque Sloutzky, chargé de former la police secrète espagnole sur le modèle de la Guépéou, fut rappelé à Moscou, Fred écrivit qu'il était perdu. Il l'était. Fred se complut à annoncer ainsi la fin tragique de la plupart des assassins de la Révolution espagnole et, à chaque fois, il ne devançait que de quelques mois les nouvelles de Moscou. Mais qui le lisait ? Le nombrilisme français, indifférent à ce qui se déroulait hors de ses frontières, devenait suicidaire. Le nouveau ministère Blum intéressait beaucoup plus les Français que ces procès à répétition où tous les accusés se déclaraient coupables, intéressait beaucoup plus que cette guerre civile manifestement perdue en Espagne. On avait bien assez à s'inquiéter de la vie chère, de la difficile survie du Front populaire et de ces menaces de casse-pipe qui pointaient à l'est.

Le découragement envahit lentement Fred Barthélemy. Son métier de traducteur de la langue russe l'obligeait à mettre perpétuellement le nez dans l'ordure. Une nouvelle fois, le milieu des anarchistes français se rétrécissait, supportant mal ce nouvel échec en Espagne. Le pessimisme imprégnait tous ceux qu'il rencontrait. Il ne fréquentait plus Voline (l'ombre de Makhno se dressait entre eux), et voyait peu Victor Serge, qui l'agaçait avec son trotskisme. Germinal, son jeune camarade, revenu brisé d'Espagne, somnolait. Quant à la vie conjugale, à Billancourt, elle perdait beaucoup de ses attraits. Claudine et Fred s'installaient dans des habitudes, une sorte de douce torpeur, où l'amour lui-même s'endormait.

Il pensait de plus en plus à une femme, qui n'était pas Flora, elle aussi bien lointaine. Il pensait de plus en plus à Alexandra Kollontaï. Alexandra, ambassadeur en Suède et protégée de la fureur animale de Staline par cette planque dans un pays neutre. Échapperait-elle longtemps à la liquidation de tous les amis de Lénine ? Elle devait être l'un des rares membres du premier Comité central du P.C. à demeurer en poste. Fred ressentait un grand désir de revoir la Kollontaï avant qu'elle aussi disparaisse dans le néant et de causer de tous ces événements qui s'étaient succédé depuis leur séparation. Peut-être lui donnerait-elle des nouvelles de Galina ? D'Alexis ? En même temps que la Russie de Staline l'horrifiait, une nostalgie de la Russie de sa jeunesse le poignait. Avec Alexandra, il la retrouverait. Seulement, rendre visite à Alexandra dans l'ambassade d'U.R.S.S. à Stockholm risquait évidemment de la compromettre. Il suffisait de beaucoup moins pour être criminel dans la Russie de Staline.

Il ne se posait pas la question de savoir si Alexandra Kollontaï accepterait de l'accueillir. Il lui semblait qu'entre eux subsistaient des liens très forts. Sans doute était-il l'un des rares Français à connaître parfaitement celle que les journaux ne décrivaient que d'une manière superficielle et amusée, se complaisant à souligner l'anomalie de cette grande dame élégante représentant le pays de la dictature du prolétariat. Alexandra Kollontaï était pourtant une vraie révolutionnaire, beaucoup plus profondément révolutionnaire que la plupart des politiciens qui jouaient à l'ouvriérisme.

Il avait, maintenant, surtout envie de répandre ses théories féministes en France. L'homme se libérait si mal, pourquoi ne pas essayer de sensibiliser les femmes, de les soulager du carcan du mariage, de la maternité, du foyer ? La libération des femmes et la libération de l'humanité par les femmes, pourquoi pas ?

Fred réussit à contacter secrètement Alexandra Kollontaï par des socialistes suédois. Un rendez-vous fut pris à Göteborg où Alexandra, souffrante, partait régulièrement se reposer. Elle le reçut chez des amis scandinaves, allongée sur un sofa. Des coussins roses et mauves l'enveloppaient. Ils ne s'étaient pas revus depuis quinze ans. Alexandra Kollontaï avait perdu l'aspect pulpeux de sa jeunesse, au profit d'une beauté grave, souveraine, altière. Elle tendit la main à Fred, sans se lever. Il embrassa son poignet très blanc, touchant des lèvres une fine dentelle qui affleurait de la manche de sa robe. Puis il se laissa tomber à genoux, enfouissant sa tête contre la poitrine opulente d'Alexandra qui lui caressa doucement les cheveux.

— Mon petit Fred. Mon pauvre petit Fred ! Qu'es-tu devenu ? Et moi, regarde comme je suis vieille. Soixante-quatre ans, tu te rends compte ! Et mon cœur qui flanche. Il ne manquait plus que ça !

Fred restait agenouillé. Il regardait Alexandra, émerveillé, comme au temps de leur rencontre à Moscou. Pour lui, elle n'avait pas d'âge. Malgré l'émotion, il plaisanta :

— Tu vois comme le cœur est fragile, Alexandra. Toi, une femme de tête. Je présumais bien que ta tête ne fléchirait jamais. Mais le cœur... Ah ! le cœur ! Tu ne te méfiais pas de lui.

— Moque-toi, mon petit Fred. Moque-toi. Le cœur n'est qu'un organe comme un autre, qu'une pompe. Tu veux parler des sentiments. Alors, tu crois que je n'ai jamais été amoureuse ? Parce que je me suis toujours efforcée d'être un individu avant d'être une femme... Parce que, aussi grand qu'était mon amour pour un homme, dès que ce dernier dépassait une certaine limite et flattait mon penchant féminin pour le sacrifice, la rébellion éclatait de nouveau en moi. Il fallait que je m'en aille. Il fallait que je rompe avec l'homme que j'avais choisi. Penses-tu que j'ai quitté Dybenko sans chagrin ? Tant d'années pour me consoler de notre rupture. Tant d'années... Et suis-je vraiment consolée...

Pavel Dybenko ? Ce paysan, chef des matelots de la Baltique, que la bourgeoise Kollantaï épousa en 1918 pour se donner, disaient ses ennemis, un certificat de conformité prolétarienne. Avait-elle aimé à ce point Dybenko, de dix-sept ans son cadet ? Fred avait rencontré de temps à autre ce bel homme que le Parti considérait comme un héros. Toutefois, Alexandra et Pavel habitaient peu ensemble, accaparés l'un et l'autre par leur activité politique.

— Ils ont fusillé Dybenko, reprit Alexandra. Fusillé ! Lui, l'irréprochable ! Je sais que tu penses mal, mon petit Fred. Je sais que tu es notre ennemi. Mais j'ai accepté de te revoir parce qu'ils sont devenus fous, là-bas, au Kremlin. Je ne leur pardonnerai jamais d'avoir tué Dybenko.

— Galina ?

— Elle a suivi Kamenev dans sa chute, évidemment. Mais on l'a seulement déportée. Comme tant d'autres. La Sibérie se peuple.

— Alexis ?

— Ton fils ? Quel âge aurait-il ?

— Dix-sept ans.

— Sans doute dans une école où le dressage est parfait. Heureusement que je lui ai épargné l'atavisme d'une mère bagnarde et d'un père trotskiste.

— Je ne suis pas trotskiste.

— Bah ! Vous êtes tous trotskistes ! C'est une maladie qui vaut bien celle du Géorgien. En tout cas, tant que durera mon ambassade en Suède, Trotski n'y mettra pas les pieds. J'ai obtenu qu'on lui refuse son visa d'entrée ici, à ce maudit intrigant. S'il avait gagné contre Staline, c'est lui qui, aujourd'hui, serait le grand dictateur. Staline se contente de récolter ce que Trotski sema.

Fred n'était pas accouru près d'Alexandra Kollontaï pour discuter de Staline et de Trotski. Et s'il voulait lancer en France une campagne dans la perspective des théories de la Kollontaï, il ne lui était pas indispensable de la rencontrer puisqu'il avait traduit, pour lui-même, tous ses écrits. Mais cette tâche n'était en fait qu'un prétexte pour rejoindre la grande dame de la Révolution, pour scruter son regard, entendre sa voix. Dans l'état dépressif où il se trouvait après les événements d'Espagne, il ressentait le besoin de se revigorer. A peine avait-il revu Alexandra qu'une exaltation le transportait.

Alexandra non plus n'avait pas envie de parler politique avec Fred. Elle l'interrogeait sur ses amours, sur sa manière de vivre. Il lui raconta son mariage avec Claudine, ses deux enfants, son travail d'ajusteur aux usines Renault.

— Tu n'aurais pas dû quitter ton métier. C'est là que se trouve ta vérité. Tout le reste n'est qu'imposture. Après la mort de Lénine, alors que j'étais ambassadeur à l'étranger, Zinoviev et Trotski montèrent une campagne de presse contre moi, m'accusant d'inciter les jeunes gens à la débauche et de ne pas comprendre le rôle de la famille prolétarienne. On qualifiait mes idées de « bassement animales ». Alors que je me suis toujours élevée contre les expériences émotionnelles stériles, que j'ai toujours placé le désir amoureux après le travail, que j'ai toujours souligné que le travail est le but principal de l'existence. J'ai montré dans mes livres un type de femme moderne, libérée de toutes les contraintes de la maternité et de la sexualité, mais je suis loin d'accéder à cette perfection. L'amour, dans toutes ses déceptions, ses tragédies, ses quêtes éternelles de bonheur parfait, a joué un trop grand rôle dans ma vie. Une dépense inutile d'une énergie et d'un temps précieux, finalement tout à fait méprisable.

— Ne médis pas de l'amour, Alexandra. La libération de la femme ne doit pas conduire à l'enchaîner au travail, mais à développer toutes ses facultés créatrices.

— La libération de la femme passe d'abord par son entrée dans le monde du travail salarié, par sa prolétarisation, par son intégration dans tous les secteurs dévolus traditionnellement aux hommes, par exemple l'armée, la police ; par la prise en charge des enfants par l'État pour la soulager du fardeau de la maternité...

— Quand tu étais ministre, la libération de la femme avança, grâce à toi, de plusieurs siècles, d'un seul bond. Tes successeurs reviennent en arrière. Tu avais légalisé l'avortement. Il est aujourd'hui interdit, comme dans les pays capitalistes. Les femmes se sont prolétarisées, comme tu le souhaitais, mais elles se marient, font des enfants, les élèvent, concourent au stakhanovisme. Comme les hommes, elles briguent les honneurs, le pouvoir.

Alexandra Kollontaï resta un moment songeuse. Puis elle se mit à rire.

— Les honneurs ! Figure-toi que si Staline s'est débarrassé de tous ses amis, de tous ses rivaux, de tous ses ennemis, il n'a par contre jamais su comment s'épargner les récriminations des veuves de Kropotkine et de Lénine. Dans la maison de Kropotkine, sa veuve avait ouvert un musée. Tous ces visiteurs qui allaient en pèlerinage chez le vieil anarchiste rendaient Staline fou furieux. Mais il a la superstition des veuves. La Kropotkina n'arrêtait pas de lui demander de donner le nom de Kropotkine à une école, à une chaîne de montagnes, à une ville, à une station de métro. Il donnait. Il n'y a plus un seul anarchiste vivant en Russie, mais le grand anarchiste mort est sanctifié grâce à sa veuve. Elle est décédée cette année, heureusement pour Staline, et le musée Kropotkine a été aussitôt fermé. Il lui reste encore la Kroupskaïa. Il est tellement excédé par les récriminations de la Kroupskaïa qu'il l'a dernièrement menacée de nommer une autre veuve officielle pour Lénine.

Alexandra Kollontaï se leva, ajustant méticuleusement sa robe. Toujours aussi élégante, toujours aussi séduisante, elle tendit les mains vers son visiteur.

— Viens, nous marcherons un peu dans le parc.

Elle s'appuya sur le bras de Fred.

— J'ai toujours cru, reprit-elle, que le temps viendra inévitablement où la femme sera jugée sur les mêmes critères moraux que les hommes. Nous en sommes encore loin. Si une révolution a échoué en Russie, c'est bien la révolution sexuelle. J'avais fait interdire la prostitution. Elle demeure toujours hors la loi. On peut même dire que la prostitution, telle qu'on la connaissait jadis en Russie, telle qu'on la voit dans les pays occidentaux, est éliminée. Seulement se propage une prostitution déguisée, bien pire ; celle de la secrétaire du soviet local qui s'abandonne à son supérieur pour gagner de l'avancement ou une ration alimentaire spéciale ; celle de l'ouvrière qui couche avec un fonctionnaire du Parti pour se procurer une paire de bottes ou même, parfois, pour simplement un peu de sucre ; celle de cette femme qui épouse un homme parce qu'il dispose d'une chambre dans une maison commune ;

celle de cette voyageuse qui s'offre au contrôleur du train pour obtenir une place gratuite, ou au chef de station de contrôle pour pouvoir passer son sac de farine... Il n'y a plus de prostituées en Russie, puisque la prostitution est une pratique courante, presque une habitude. Je suis découragée, mon petit Fred. Bien fatiguée...

Elle l'appelait « mon petit Fred », comme lorsqu'il avait vingt ans.

— J'aime ces pays du Nord, reprit-elle. Surtout la Norvège, avec ses fjords, ses montagnes, son peuple courageux. J'aimerais mourir ici, à Göteborg. Pas à Stockholm. A Göteborg, on tourne le dos à la Russie. Oui, j'en ai plein le dos de toutes ces histoires à la Boris Godounov.

Brusquement, elle saisit Fred par les épaules, le regarda dans les yeux, intensément.

— Il faut que je t'avoue une chose. On me met encore dans les secrets d'État... Staline a peur de la guerre qui vient. Il est persuadé qu'Hitler déclenchera un conflit mondial. Comme il n'a pas confiance dans l'alliance franco-anglaise, il signera un pacte avec l'Allemagne. Il croit qu'il sera ainsi épargné. Il veut gagner du temps. Vos chefs d'État sont des imbéciles. Hitler et Staline les amusent en Espagne. Ils ne remarquent pas que le danger s'enfle au-delà du Rhin et de la Vistule. Allez, va, je t'ai tout raconté. J'ai été heureuse de te revoir. Tu es devenu un homme, maintenant. Dommage que tu arrives si tard.

Elle l'embrassa sur les lèvres, longuement.

Dès son retour à Paris, Fred Barthélemy rencontra Frossard, éternel ministre du Travail, comme si ses antécédents de premier secrétaire du Parti (dit des travailleurs) le dotaient d'un droit d'aînesse pour cette fonction. Avec son crâne chauve, ses lunettes, sa courte moustache, son mégot aux lèvres, Frossard avait acquis l'allure d'un petit patron renfrogné. Il savait Fred Barthélemy spécialiste qualifié des affaires russes. Contrairement à la plupart des hommes politiques occidentaux, ses anciennes relations avec les bolcheviks lui permettaient de ne pas considérer la Kollontaï comme une amusante mondaine. Il prit donc très au sérieux l'information et invita Fred à le suivre dans le cabinet de Léon Blum.

La précédente entrevue de Fred Barthélemy et de Léon Blum s'était soldée par une aversion réciproque. Pourtant, Blum aurait dû accueillir avec sympathie ce libertaire impénitent. Sa première adhésion n'était-elle pas allée à l'anarchisme ? N'avait-il pas fréquenté jadis Jean Grave et qualifié *L'Unique et sa propriété,* de Stirner, de « livre le plus hardi, le plus destructif, le plus libre de la pensée humaine » ? Mais il conservait néanmoins plus d'affinités avec le milieu dandy et esthète de *La Revue blanche* qu'avec l'anarchie.

Frossard demanda à Fred de répéter devant Léon Blum ce qu'Alexandra Kollontaï lui avait révélé. Blum écouta debout, les yeux mi-clos, les mains jointes. Il remercia ensuite Fred de son information, avec cette voix de fausset qui lui rappela désagréablement celle de Zinoviev. En le reconduisant à la porte, il lui tendit deux doigts. Fred se souvenait que, la dernière fois, il lui avait offert une main molle, certes, mais toute la main. Cette réticence en disait long sur son antipathie.

Dès que Blum se retrouva seul avec Frossard, il lui reprocha de le déranger pour des bêtises. Staline allié à Hitler, il fallait être un anarchiste hystérique pour imaginer un tel roman. Frossard lui suggéra d'entrer lui-même en contact avec la Kollontaï, par l'intermédiaire des socialistes suédois. Blum refusa, ne voulant pas prêter l'oreille à de tels ragots.

Ce qu'ignoraient Blum et Frossard, ce qu'ignoraient Fred Barthélemy et Alexandra Kollontaï, c'est qu'à la même époque Staline choisissait, lui aussi, un messager français, que ce messager était l'ex-capitaine Sandoz, avocat en France des intérêts soviétiques, et qu'il chargeait Sandoz de rencontrer Laval pour lui proposer la neutralisation du parti communiste français en échange d'une alliance franco-russe. Mais Laval n'avait plus aucune audience, ni aucun pouvoir.

Dans son désarroi, Fred ressentait une nostalgie du travail manuel. En quittant son logement, il lui arrivait de plus en plus souvent de s'attarder le long des ateliers de Renault, d'épier le bruit des moteurs, les coups de masse, les grincements de chaînes et de poulies des palans, le crissement du câble des treuils. Fermée comme une boîte, l'usine ne laissait rien percevoir de son activité. Fred rôdait autour des bâtiments comme un voleur, exclu de cette vie ouvrière où il vécut peut-être ses seules années heureuses (si l'on excepte, bien sûr, sa vie sauvage avec Flora). Les deux Hubert, Claudine la bobineuse, les dimanches chez les beaux-parents à Pantin, toute cette vie ordinaire, insouciante, paisible, le poussait à la mélancolie. Alexandra Kollontaï ne lui avait-elle pas dit : « Tu n'aurais pas dû quitter ton métier. C'est là que se trouve ta vérité » ? Il en était bien conscient. Sa vérité se trouvait dans l'habileté de ses mains, dans l'intelligence avec laquelle il maniait sa lime et ses scies, son compas, son burin, ses pinces, dans son plaisir devant la perfection de la pièce achevée. Alors, pourquoi cette fuite perpétuelle, cette recherche d'une autre vérité, de la Vérité, qui sans cesse s'en allait plus loin, inaccessible. Depuis que Flora lui prit la main en sautant de sa charrette de poissonnier, l'entraînant dans une course éperdue, il ne tenait plus en place. Il avait tant couru qu'il avait même perdu Flora.

Parfois, le dimanche, il se consacrait à Claudine et aux enfants. Traversant le pont de Sèvres, ils partaient en promenade vers les bois de Meudon. A gauche, sur la Seine, l'île Seguin, complètement investie par Renault, ressemblait à un gros cuirassier. Fred pensait à Christiane Renault, à Drieu son amant, à cette futilité des oisifs qui ne pouvait pas, non plus, être la vraie vie. Existait-il une vraie vie ? « Viens, on va faire la vie », disait Flora. A chacun sa vie...

Il n'obtenait plus de Mariette ces moments privilégiés qui l'attendrissaient tant naguère. La petite fille devenait une jeune fille. A douze ans, elle s'esquivait, se dérobait dans le mutisme. Quant à Louis, toujours dans les jupes de sa mère, il boudait avec obstination ce monsieur peu disponible que l'on appelait son père.

Heureusement, Germinal sortait de sa déprime. Fred le retrouvait souvent dans les locaux du mouvement libertaire. Retapé, il regagnait du poids, de la prestance. Il habitait encore chez Flora et lui servait de manœuvre, mais il aspirait à reprendre la pioche et la pelle.

Germinal avait rencontré à Montmartre, dans un groupe d'artistes bohèmes et de marginaux mal définis, ce Louis-Ferdinand Céline dont on parlait tant. Depuis longtemps, Fred souhaitait dialoguer avec Céline. L'auteur du *Voyage au bout de la nuit* ne manquait pas d'affinités avec l'anarchisme. Il était, en tout cas, pacifiste, anticolonialiste, anticonformiste. Comme tous les écrivains à la mode, il avait accompli, lui aussi, son pèlerinage en Russie et, au désappointement des communistes qui tentaient de le récupérer, en rapporta un pamphlet : *Mea culpa,* qui ne laissait subsister aucune ambiguïté sur ses sentiments quant à la bonté naturelle de l'homme et la vertu des masses. Germinal arrangea un rendez-vous dans un bistrot, près de la place du Tertre.

D'emblée, Céline et Fred sympathisèrent. Grand, costaud, vêtu d'un complet marron, Céline avait un front volumineux, des cheveux en désordre et des yeux aussi bleus que ceux de Germinal. Rien de solennel, rien de compassé dans cet homme en vogue. De la malice dans le regard et beaucoup de simplicité. Ils évoquèrent la Russie, évidemment. Très vite, Fred s'aperçut que Céline la connaissait peu, qu'il ne devait guère s'être éloigné de Leningrad. Contrairement à tous les autres écrivains, invités somptueusement, Céline s'était astreint à payer son voyage. Il aurait bien voulu que Lucette Almanzor l'accompagne, mais comme ils n'étaient pas alors mariés les difficultés s'amoncelèrent pour leur permettre le partage d'une chambre dans un même hôtel. Fred croyait que Céline plaisantait. Il ne plaisantait pas. Alexandra Kollontaï était bien oubliée !

Germinal avait raconté à Céline ce que représentait son père, son action en Russie, puis en Espagne. Si bien que Céline dit brusquement :

— Vous savez, Barthélemy, je suis anarchiste jusqu'aux poils. Je l'ai toujours été et ne serai jamais rien d'autre. Les nazis m'exècrent autant que les socialistes. Je n'ai jamais voté et, s'il m'arrive de le faire, je voterai pour moi. Seulement, ce qui nous sépare c'est que vous croyez au progrès, au prolétariat. Pour moi, le prolétariat n'est qu'une faribole, un songe-creux, une imagerie imbécile. Il n'y a qu'une seule vérité au monde, c'est la mort. Avez-vous des enfants, Barthélemy ?

Fred lui montra Germinal.

— Non, celui-là n'est plus un enfant. L'humanité ne mérite plus d'enfants, dit Céline, lugubre.

Puis il se lança dans une longue péroraison, où il parla de l'anarchisme du peuple allemand (notion qui lui était vraiment personnelle), de son antipathie pour le nazisme, de son exaspération des lamentations des intellectuels de gauche, de l'amitié qui l'avait lié un temps à Barbusse, de la guerre qui grondait, de l'Allemagne qui envahirait l'Ukraine, de sa phobie des Juifs et des francs-maçons, de la médecine populaire, de son dégoût de l'alcool et de ce qu'il appelait « la mangeaille »...

Fred ne pouvait placer un mot. Dans le débit ininterrompu de Céline, les interjections virevoltaient. Il passait sans transition de la drôlerie à la bouffonnerie. Voire à l'enthousiasme lorsqu'il évoquait les femmes : « Des cuisses ! Encore des cuisses, s'écria-t-il. L'humanité ne sera sauvée que par l'amour des cuisses ! »

Plus Fred l'observait, plus il lui découvrait un air loustic, parigot, une allure de voyageur de commerce beau parleur et dragueur de filles de petite vertu ; un peu voyou, comme Baskine. Sa sympathie du début s'estompait.

Ayant achevé son soliloque, Céline se leva, tendit la main à Fred, s'en alla précipitamment, revint sur ses pas et grommela sentencieusement :

— Il faut choisir : mourir ou mentir. Vous avez choisi de mourir, Barthélemy, puisque vous refusez de mentir.

Fred et Germinal se retrouvèrent seuls dans le bistrot, un peu étourdis par ce discours véhément.

— N'empêche, dit Germinal, que c'est un écrivain balèze. Barbusse, Rolland, Margueritte, à côté, c'est de la gnognote !

En septembre, Fred Barthélemy accueillit les accords de Munich avec soulagement, mais sans joie. Il préférait Munich à la guerre, mais Céline avait raison, la guerre déferlerait bientôt de nouveau sur l'Europe. Que faire ? Sinon protester, proclamer son pacifisme, son rejet de l'armée, de toutes les armées, son rejet du pouvoir, de tous les pouvoirs. Fred titra dans *Le Libertaire :* « Leur guerre n'est pas notre guerre. Leur paix n'est pas notre paix. » Puis, un peu pour s'éloigner de ce cauchemar, beaucoup par amour d'Alexandra Kollontaï, il s'engagea dans une campagne féministe. L'humanité sauvée par les femmes ! Pas seulement les cuisses, chères à Céline. Plutôt les ventres. L'humanité sauvée par la grève des ventres, d'abord. Le refus de l'enfantement, face au massacre des innocents que tous les États préparaient. Donc le droit à l'avortement. Comme Fred donnait dans ses articles toutes les précisions requises pour des méthodes anticonceptionnelles, il fut arrêté par deux agents en civil devant l'imprimerie du *Libertaire*. Son premier emprisonnement lui avait évité les égarements des prémices du Front populaire, le second, qui le tiendra hors circuit de l'automne 1938 au printemps 1939, le dispensera de subir ce climat de folie qui préluda, dans les milieux politiques, au déclenchement de la Seconde Guerre mondiale.

Lorsque Fred sortit de la Santé, tout était joué. En Espagne, Negrin nommait des communistes au commandement de toute la zone sud républicaine. Cette provocation amena un dernier sursaut des anarchistes qui se battirent contre les communistes à Madrid et à Barcelone. Franco, profitant de cette guerre civile annexe, rafla la mise. Paris s'empressa de reconnaître la légalité du vainqueur et délégua comme ambassadeur auprès du Caudillo le vieux maréchal Pétain, le fusilleur des protestataires dans les tranchées de 1917, l'assassin présumé du premier Hubert. La défaite de la République, en Espagne, c'était, une nouvelle fois, la défaite de l'anarchie.

Après l'annexion de l'Autriche, Hitler occupait la Tchécoslovaquie. Doriot, qui reprochait avec raison au parti communiste français d'être « un parti russe », transformait le P.P.F. en parti allemand. Daladier signait un pacte de non-agression avec l'Allemagne. Cette Allemagne monstrueuse, qui porta Franco au pouvoir, multipliait les pogroms, brûlait les synagogues et les maisons juives, enfermait dans des camps des milliers d'innocents seulement coupables de leur prétendue race. L'antisémitisme, cet antisémitisme qui surprit tant Fred en Russie, se propageait aussi en France, tache de sang énorme. Céline publiait un livre ignoble : *Bagatelles pour un massacre*. Il est devenu fou, se disait

Fred. Mais pas plus fou que Maurras, que Daudet, que tous ces intellectuels, ces journalistes, ces politiciens qui ne cessaient de japper depuis qu'ils s'étaient fait les dents sur le premier cabinet Blum, dit « cabinet du Talmud », meute démente qui exigeait de bouffer du Juif.

Tout le vocabulaire de Céline, tout son vocabulaire antisémite, se trouve dans la presse de droite, à l'époque du Front populaire. Ses injures étaient communément employées à la Chambre des députés, dans la rue, au café du Commerce. Louis-Ferdinand le dingue ramassait toute cette boue, toute cette ordure, et la jetait à la gueule de Daladier, de Staline, de Blum, d'Hitler. Il se glorifiait de pétrir ce fumier puisque, pour lui, l'Apocalypse piétinait à nos portes. Il modelait ces immondices en statue infecte, ricanant, éructant ses blasphèmes. Fou du roi, Céline gênait tout le monde par sa voyance, même les fascistes, même les antisémites distingués du type Brasillach. Il effrayait, Céline, avec toute cette mort, toute cette mortalité qu'il décrivait, accourant de l'est, cette danse de mort qui entrechoquait ses os, de l'Oural à Madrid. Le « voyage au bout de la nuit » ! Oui, Céline était le grand voyant, le prophète qui montrait du doigt, horrifié, ces cavaliers de l'enfer dont personne encore, à part lui, n'entendait le galop.

Fred aimait les librairies. Il tenait cela de sa découverte émerveillée des *Misérables* dans la boutique de Delesalle. Delesalle que, d'ailleurs, il négligeait encore depuis que les sorties en famille lui pesaient. Les vitrines des librairies demeuraient pour lui un plaisir qui ne se ternissait pas. Il s'attardait à lorgner ces étalages de livres. Il eût voulu tout lire, tout connaître. Souvent, il entrait dans les magasins, feuilletait quelques volumes, regrettait que ses pauvres finances ne lui permettent pas autant d'achats qu'il le souhaitait. Un jour, un gros bouquin à couverture illustrée attira son attention. Parce que le titre comportait deux mots magiques : « russe » et « schisme » : *Histoire du schisme de l'Église russe.* L'histoire de l'Église ne l'intéressait pas particulièrement. Mais tout ce qui touchait la Russie restait pour lui très vivant. Et puis le schisme, il en savait un bout, tous les schismes, toutes les hérésies. Les schismes et les hérésies dans l'Église socialiste, bien sûr. Le nom de l'auteur le frappa : Prunier. Prunier, comme l'ex-lieutenant de la mission française qui, de l'Église marxiste, dévia dans celle des popes.

Fred regarda au dos de la couverture, lut la notice consacrée à l'auteur. Il s'agissait d'un professeur d'études slaves à la Sorbonne. Tentant sa chance, Fred lui écrivit par l'intermédiaire de l'éditeur. Quelques semaines plus tard une réponse lui parvint. Il s'agissait bien du Prunier de Moscou. Rendez-vous fut pris au jardin du Luxembourg, devant la statue de « Marius sur les ruines de Carthage », près du grand bassin.

Toutefois, Fred eut du mal à le reconnaître. Il n'était plus barbu, son crâne n'était pas rasé et il ne marchait pas nu-pieds. Il ressemblait maintenant tout simplement à un professeur qui ne chercherait pas à se singulariser.

— Alors, soldat Barthélemy, dit Prunier en souriant, on en fait de belles. Vous mériteriez d'être mis aux arrêts.

— Mais on m'y a mis, mon lieutenant. J'en sors. Six mois de taule. Et c'est la seconde fois.

Prunier, d'une taille bien inférieure à celle de Fred, lui posa néanmoins la main sur l'épaule, d'un geste protecteur, l'entraînant dans une allée.

— J'aime parler en marchant. Tu te souviens de mes pérégrinations dans les rues de Moscou ? Tu te demandais où j'allais.

— Je te retrouve au point où je t'avais laissé, dans une autre Église, mais sans doute aussi obtuse que celle des bolcheviks.

Fred conservait l'habitude d'appeler les communistes des bolcheviks.

— Tu te souviens de Berdiaeff ?

— Non.

— Le soir où tu me pistais, comme un sale petit flic, et où tu me récupéras parmi des mages barbus...

— Je croyais dégringoler dans la nuit des temps !

— Berdiaeff t'a interpellé. Il est maintenant réfugié en France. C'est un philosophe extraordinaire, aux antipodes de Marx, mais tellement plus profond. Intemporel. Ce que vous cherchez à tâtons, vous autres anarchistes, il l'a rencontré et l'a placé en pleine lumière. Seulement, la lumière de Berdiaeff porte moins loin que les projecteurs de Staline ou le phare de Trotski. C'est une lampe à huile. On doit s'approcher très près pour la discerner. Mais alors, quelle clarté !

Prunier et Barthélemy marchaient lentement dans les allées ombragées par des arbres immenses. Étrange de cheminer dans ce jardin tranquille avec son premier ami de Russie ! Ils croisaient des étudiants flâneurs, des mères de famille poussant des landaus. Toute cette végétation qui les entourait, ces gazons, ces massifs de fleurs, ces arbustes, ces rangées d'arbres, faisaient de ce jardin public un havre de paix. La paix, cette paix déchirée qui obsédait Fred comme tant d'autres de ses contemporains, Berdiaeff en parlait-il et que préconisait-il pour la sauver s'il était si clairvoyant ?

— Berdiaeff, dit Prunier, voit le conflit dans lequel nous nous engageons sans issue parce qu'il se déroule entre la personne et l'Histoire.

— Entre l'individu et l'État ?

— Si tu préfères. L'État fut créé par un acte de violence dans le monde du péché et n'est que toléré par Dieu. Seule la liberté provient de Dieu et non le pouvoir. La conscience chrétienne du Moyen Âge n'acceptait pas une soumission inconditionnelle des sujets au souverain puisqu'elle préconisait la désobéissance à un pouvoir tyrannique et mauvais et admettait même la possibilité d'un tyrannicide. Je cite Berdiaeff qui a démontré combien la pensée du Moyen Âge était éloignée de la divinisation de l'État.

— Tu veux me faire croire que ton Berdiaeff est anarchiste ?

— Il porte Proudhon assez haut. Mais il se sépare de vous en ce qu'il estime le spirituel plus important que le temporel. Comme les marxistes, vous vous préoccupez trop de l'économisme. Or, l'économisme c'est le progrès lié au pouvoir de la technique. Et le pouvoir de la technique représente la dernière métamorphose du royaume de César. On ne sort pas de là : le fondement indispensable de la liberté de l'homme tient dans le dualisme du royaume de l'esprit et du royaume de César. Sinon, nous retournons à la conscience antique qui reconnaissait le pouvoir absolu de l'État.

Ce qui agaçait Fred, dans le raisonnement de Berdiaeff, retransmis par Prunier, c'était ce vocabulaire de la bigoterie qui ressemblait singulièrement à celui des Églises politiques. Il s'exclama :

— Alors, il n'y a pas de choix : ou bien le pape, ou bien Staline !

— Ou bien Hitler, qui est aussi un païen. Non, tu ne me comprends pas. Le christianisme qui m'intéresse, c'est le christianisme d'avant saint Paul, d'avant la romanité, d'avant la récupération du message christique par l'historicité ; d'avant le pape. Gandhi est plus révolutionnaire que Lénine, « si on entend par révolution l'apparition d'un homme nouveau ».

Ils revenaient près du grand bassin. Des enfants y lançaient des petits voiliers, qu'ils récupéraient difficilement, s'affolant dans cette propension de leurs jouets à prendre le large. Fred les regardait. Il pensait à ce que lui disait Prunier, à ces paroles étranges du philosophe russe, dont il se remémorait maintenant le visage pointu dans la faible lueur des cierges. Prunier reprit :

— Staline et Hitler, ces païens, ces nouveaux César, sont malins. Ils savent que désormais le sentiment religieux imprègne les masses. Alors ils le récupèrent à leur profit. Ils veulent édifier une nouvelle culture et ils subodorent que toute culture ne survit que par un culte. C'est pourquoi Staline codifie le culte de Lénine. Je suis retourné en Russie pour terminer ma documentation avant d'écrire mon histoire de l'Église orthodoxe. J'ai fait la queue pendant trois heures avant de pénétrer dans le mausolée où Lénine est présenté à la dévotion des foules dans son cercueil de verre. Quelle relique, dans nos pays soi-disant religieux, attire une telle affluence et depuis aussi longtemps ? Lénine s'identifie au messie. Quant à Staline, c'est l'adoration perpétuelle, le Dieu vivant. Pas une once de spiritualité là-dedans. Ne confondons pas spiritualité et religiosité. Tout fanatisme est religieux, disait Gorki. Lorsque Gorki se heurta au fanatisme politique, il l'expliqua par la mentalité dévote et rétrograde du peuple russe. Il avait raison. Romain Rolland, lui, n'a rien compris. Du temps où il boudait le bolchevisme, il reprochait à celui-ci de bafouer l'idéal religieux. Il s'est converti à Staline parce que le stalinisme lui paraît vivre de la foi religieuse, une foi sociale qui, dit-il, vaut bien celle de toutes les Églises. Parbleu ! puisqu'il s'agit d'une nouvelle Église, terrible, aussi intolérante que celle de Torquemada ! Je te ferai rencontrer Berdiaeff. Contrairement à ce que tu crois, nous demeurons bien proches.

— Non. S'il a publié des livres, je les lirai. On ne gagne rien à fréquenter les auteurs. J'en ai déjà trop vu. Et puis, tous ces gens-là sont des bourgeois. Comme toi.

— Bien... Bon... A ta guise ! Simplement je te transmettrai encore trois maximes de Berdiaeff : « Celui qui aime le monde est bourgeois... Une société bourgeoise est une société non spiritualisée... A l'esprit bourgeois s'oppose l'esprit du pèlerin... » Tu es arrivé à Moscou en pèlerin, Fred Barthélemy. Et je remarque

que tu pérégrines toujours. Berdiaeff, toi et moi-même, quoi que tu en dises, nous sommes tous des Juifs errants.

Ils se quittèrent à la grille du parc, devant le boulevard Saint-Michel. Prunier s'engagea rue Soufflot. Fred le regarda s'éloigner jusqu'à ce qu'il bifurque à gauche pour rejoindre la Sorbonne. Il eut alors l'impression pénible de perdre encore quelque chose, quelqu'un. Courbant les épaules, il descendit dans le métro. Le trajet serait long jusqu'à Billancourt.

La défaite de la République espagnole, la menace aiguë d'une seconde guerre mondiale, laissaient les anarchistes français désemparés. Ils ne parlaient plus dans leurs réunions que de pacifisme, mais quelle pouvait être la nature de ce pacifisme dans le conflit inévitable qui approchait ? Ils refusaient la guerre antifasciste préconisée par les communistes qui leur paraissait camoufler une guerre impérialiste, mais ils repoussaient aussi le pacifisme absolu, l'indifférente résignation. Lorsque, le 22 août, la presse annonça la signature du pacte germano-soviétique, ils furent les seuls à ne pas se déclarer stupéfaits. Alors que *L'Humanité* signalait la nouvelle en quelques lignes et en caractères minuscules, Fred Barthélemy la commentait en première page du *Libertaire* :

« On voit mal, écrivait-il, ce que la France peut bien reprocher au pacte germano-soviétique, puisqu'elle a, elle-même, signé un pacte de non-agression avec l'Allemagne, sans demander à la Russie ce qu'elle en pensait. La France s'aperçoit un peu tard de l'utilité d'une alliance militaire avec l'U.R.S.S., que Laval, Blum et Daladier ont toujours tergiversé à conclure. Je comprends que les dirigeants français aient eu peur de se faire avaler par Staline, mais ils se feront bouffer par Hitler. Au fond, tout se résume à ce choix : par qui préférons-nous être dévorés ? »

Blum se souvenait-il de la visite de Barthélemy, de

l'avertissement de la Kollontaï ? Non, sans doute, les politiciens devenant amnésiques dès que l'Histoire ne fonctionne pas selon leurs vœux.

Dans la rue, aux terrasses des cafés, dans le métro, des gens consternés, la mine longue, parcouraient hâtivement les journaux. Mais pas *L'Humanité* que personne ne déployait plus. Les communistes s'étaient soudain volatilisés.

Évidemment, lorsque le gouvernement français entra en guerre, début septembre, son premier objectif fut de frapper les anarchistes, plus faciles à capturer que les chars de Guderian. Alors qu'un numéro du *Libertaire* se mettait en page, la police envahit les locaux, saisit le papier et le matériel. Les scellés sur les portes, Fred Barthélemy se retrouva dans la rue avec Louis Lecoin et quelques camarades. La rue, cela ne les offusquait pas. Elle restait leur domaine de prédilection. Ils en aimaient à la fois l'anonymat, l'activité et l'imprévu. La rue, lieu des manifs, de la vente des journaux, de la distribution des prospectus, des rencontres, de la propagande sur le vif. D'être jetés à la rue les rajeunissait. Ils se sentaient à la fois plus disponibles et plus aventureux. A propos, quoi faire ? A quoi pouvons-nous encore être bons ? se demandaient-ils. A quoi pouvons-nous encore être utiles ? La solution individuelle de se soustraire au crime collectif par la désertion retenait certains. Fred et Lecoin la repoussaient. Ils cherchaient plutôt un geste, un dernier geste avant la catastrophe, qui leur permettrait au moins de libérer leur conscience. Lecoin proposa de divulguer un tract que l'on intitulerait... « Paix immédiate ! » D'abord rédiger un texte et le faire signer par les personnalités pacifistes les plus notoires, c'est-à-dire Alain, Victor Margueritte, Jean Giono. Comme il en est des proclamations collectives, dont la vitalité s'émousse à force de se heurter aux corrections multiples, le libellé de « Paix immédiate » se révéla finalement plutôt anodin. Fred accompagna néanmoins

Lecoin dans sa chasse aux paraphes. Ils n'en voulaient pas plus d'une trentaine. Marceau Pivert, chef de file du courant de la gauche révolutionnaire à la S.F.I.O., Henri Jeanson, scénariste de *Pépé le Moko* et de *Hôtel du Nord,* Henry Poulaille, leader de la littérature prolétarienne, Marcel Déat, socialiste transfuge de la S.F.I.O., auteur du slogan « Mourir à Dantzig », signèrent sans problème. Joindre Alain, Margueritte et Giono se révélait plus difficile. Difficile, mais indispensable puisqu'ils étaient tous les trois les auteurs de l'impératif télégramme envoyé à Daladier et à Chamberlain : « Nous voulons que la France prenne immédiatement l'initiative d'un désarmement universel. »

Un camarade réussit à emprunter une vieille bagnole qu'il conduirait. Lecoin et Barthélemy s'y installèrent. Le périple devait être long. Alain et Margueritte se trouvaient en effet en Bretagne et Giono en Provence. Ils pensaient rencontrer Giono dans les Basses-Alpes, au camp du Contadour, ce lieu de rassemblement des pacifistes autour de l'auteur du *Refus d'obéissance* et de la *Lettre aux paysans sur la pauvreté et la paix.* Giono absent, ses fidèles, abandonnés dans la montagne, ne savaient plus trop à quel saint se vouer. Certains parlaient de renvoyer leur livret militaire et de transformer le Contadour en camp retranché. Mais alors les gendarmes viendraient et il faudrait se battre contre eux. On n'en sortait pas. Toujours se soumettre ou se battre. Faute de Giono, son ami Lucien Jacques signa le tract « Paix immédiate », en son nom et en celui de Giono. Lecoin, Barthélemy et le chauffeur repartirent aussitôt en direction de la Bretagne.

Victor Margueritte, en vacances à La Baule, accueillit ses visiteurs avec chaleur. Fred, très ému de s'approcher enfin de celui qu'il avait tant admiré, eût aimé lui parler d'Alexandra Kollontaï, de Gorki (dont Victor Margueritte avait préfacé *La Mère*), du féminisme, de *La Garçonne,* mais l'heure n'était pas à de telles préoccupations. Victor Margueritte devenu vieux, aveugle, écoutait Lecoin lui lire lentement le texte de « Paix immédiate ». Lorsque Lecoin termina, en enflant la voix, par une vieille habitude d'orateur, sur les derniers mots du manifeste : « Réclamons la paix ! Exigeons la paix ! », Victor Margueritte s'écria :

— Lecoin, si vous n'aviez pas entrepris ce voyage pour soumettre ce manifeste à ma signature, je vous en aurais voulu toute ma vie.

Ils s'en allèrent presque joyeux, dans la direction de Lorient. Alain, malade de la goutte, se reposait au Pouldu. Septuagénaire comme Victor Margueritte, Alain les reçut assis dans une voiture d'infirme que poussait une gouvernante. Lecoin crut bon de lui donner du « cher camarade ». Fred qui montra toujours beaucoup de réserve, quant à ce philosophe à la petite semaine, observait un silence prudent. Alain, très aimable, volubile, s'échauffait en parlant :

— Nul n'est à l'abri de cet enthousiasme prodigieux qui fait que l'on peut marcher sans savoir où, à la suite d'une troupe bien disciplinée et résolue. Alors, il faut savoir dire non. Dire non, ce n'est point facile. Devant toute déclaration guerrière, le mieux est d'observer le silence. Si c'est un vieillard qui s'excite à imaginer le massacre des jeunes, lui opposer un froid mépris. Devant une cérémonie guerrière, une seule attitude, s'en aller. Si l'on est tenu de rester, penser aux morts, compter les morts ; penser aux aveugles de guerre, cela rafraîchit les passions. Il n'est même pas nécessaire de siffler ; il suffit de ne pas applaudir. Donnez-moi votre manifeste que je le signe des deux mains.

De retour à Paris, le plus difficile restait de dénicher un imprimeur qui prenne le risque de passer outre à la censure. Ils le trouvèrent, réussirent à sortir clandestinement de l'imprimerie les cent mille tracts et à les livrer dans des lieux sûrs où quinze mille enveloppes timbrées portaient déjà les adresses de leur destinataire.

Cinq tracts furent glissés dans chaque enveloppe. Des paquets de cent manifestes étaient par ailleurs répartis entre des camarades suffisamment hardis pour les distribuer eux-mêmes.

Dix jours après la déclaration de guerre, « Paix immédiate » éclata comme une bombe. La première bombe qui explosa dans cette « drôle de guerre » où les belligérants s'observaient des deux côtés du Rhin sans tirer un coup de fusil. Louis Lecoin et Fred Barthélemy se planquaient prudemment hors de leurs domiciles. A la fin du mois de septembre, ils furent néanmoins arrêtés l'un et l'autre. Ils s'y attendaient. Mais ils ne s'attendaient pas du tout aux événements qui suivirent, dans le cabinet du juge d'instruction.

Dès son premier interrogatoire, Fred devina qu'il se tramait quelque chose. Le juge ne tarda pas à l'avertir que la plupart des signataires se récusaient, accusant Lecoin d'usurpation de signature. Ils affirmaient n'avoir approuvé qu'un appel à des parlementaires et incriminaient Lecoin et Barthélemy d'abus de confiance puisqu'ils avaient rédigé un appel au peuple.

Fred crut remarquer un léger sourire dans les yeux du juge. Lui non plus n'était pas dupe.

Qui se dégonflait ? Pas Giono qui ne devait même pas être au courant de sa signature empruntée puisque incarcéré lui-même, avant le lancement du manifeste, au fort Saint-Nicolas de Marseille. Pas Henry Poulaille, pas Marceau Pivert, pas Henri Jeanson. Les deux plus lamentables furent les plus célèbres, ceux que l'on aurait pu qualifier de pacifistes professionnels, puisque leur réputation, leur œuvre, s'inscrivaient dans cette spécialité : Victor Margueritte et Alain. Une fois de plus, deux intellectuels donneurs de leçons allaient se révéler de bien piètres individus.

Alain malade, le juge se déplaça au Vésinet où l'auteur de *Mars ou la guerre jugée* était hospitalisé. Il soutint que les mots épinglés par la justice dans le manifeste (« Que les armées, laissant la parole à la raison, déposent donc les armes ») avaient été ajoutés après coup. Comme le juge lui opposait que la majorité des signataires reconnaissait ce passage, il rétorqua qu'il ne s'en souvenait pas, qu'il n'avait rien signé du tout et se plaignit de ce que Lecoin l'eût appelé impertinemment camarade.

Confrontés avec Victor Margueritte, Lecoin et Barthélemy se retrouvèrent face au vieil homme aveugle dans le cabinet d'un capitaine instructeur. Victor Margueritte osa plaider qu'ils avaient abusé de sa cécité, ne lui lisant pas le vrai texte imprimé et, comme si cette dérobade ne suffisait pas, il ajouta ce coup de pied de l'âne : en publiant leur tract, Lecoin et Barthélemy commettaient un acte de haute trahison envers la France.

Rien de plus triste que le gâtisme ! Sans doute, avant de mourir, Victor Margueritte ambitionnait-il de réépingler sur son veston cette Légion d'honneur que *La Garçonne* lui avait fait perdre.

Le procès des signataires de « Paix immédiate » traîna en longueur. Seuls Henri Jeanson et Jean Giono furent emprisonnés comme Lecoin et Barthélemy. Les Allemands arrivaient à Paris que les accusés attendaient encore dans leurs cellules leur comparution au tribunal. Bientôt, Pétain réclamera à son tour des vainqueurs une « paix immédiate ». Mais Lecoin et Barthélemy ne seront pas pour autant considérés comme des précurseurs. Ni jugés, ni condamnés, ils demeurèrent incarcérés. Puisqu'ils avaient tant aimé l'Espagne, on les transféra tout près des Pyrénées, au camp de Gurs où étaient internés les miliciens espagnols réfugiés en France. Une vague d'encabanés en chassant une autre, comme Fred et Lecoin arrivaient à Gurs les Espagnols s'en allaient et, à leur place, débarquaient douze mille Juifs allemands, les seuls prisonniers allemands que la valeureuse armée française avait pu attraper. Par compensation, les gardes mobiles les recevaient à coups de crosse de fusil et leur hurlaient des injures. Heureusement, la plupart d'entre eux avaient effectué un trop bref séjour en France pour avoir eu le temps d'assimiler la langue de leur pays « d'accueil ». Seuls Barthélemy et Lecoin comprenaient. La honte, le dégoût. Que faire ? Ils étaient repoussés à l'intérieur des barbelés par la soldatesque qui ne comprenait rien, qui ne comprenait pas que ces Juifs parlant allemand n'étaient pas des ennemis, mais des victimes qu'ils eussent dû protéger au lieu de les schlaguer.

Fred chercha à se dégager de la foule qui piétinait, qui s'agglutinait au centre du camp. Il chercha un coin pour vomir, vomir la maigre pitance de la prison, vomir toute sa bile, tout son écœurement. Il aurait voulu se vider entièrement de cette pourriture qui lui tordait les tripes, se vider de tout, se vider de lui-même ; se dégorger de cette vie stupide, atroce, répugnante ; se liquéfier ; disparaître dans une flaque.

5

Le bouquiniste
(1939-1957)

« *On supprimera l'Âme*
Au nom de la Raison
Puis on supprimera la raison.

On supprimera la Charité
Au nom de la Justice
Puis on supprimera la justice.

On supprimera l'Esprit
Au nom de la Matière
Puis on supprimera la matière.

Au nom de rien on supprimera l'Homme ;
On supprimera le nom de l'Homme ;
Il n'y aura plus de nom.

Nous y sommes. »

Armand ROBIN,
Les Poèmes indésirables, 1945.

Lorsque je rencontrai Fred Barthélemy, en 1947, sur ce quai de la Tournelle où il surveillait ses boîtes de bouquiniste, il était revenu de captivité depuis déjà deux ans. Revenu de captivité ? Peut-on employer cette expression alors exclusivement réservée aux prisonniers de guerre et aux déportés politiques ? Fred Barthélemy n'avait pas fait la guerre (en tout cas pas celle-là) et il n'avait pas été déporté dans les camps nazis. Ni résistant, ni collaborateur, cet ex-prisonnier peu ordinaire ne s'apparentait à personne, même pas aux droits-communs. Si bien qu'il ne figurait sur aucune liste. Ni répréhensible, ni méritant, ni bourreau, ni martyr, ni ceci, ni cela. Rien. Il n'était rien. Ses années de claustration l'effaçaient. Le monde qui l'accueillit à son retour à Paris lui parut d'ailleurs encore plus fou que celui des années 30. Plus fou, plus terrible, plus oppressant. On l'aurait invité à entrer de nouveau en prison qu'il s'y serait rendu avec fatalisme. Alors qu'on ne parlait que de la Libération, ne ressentait-il pas, une fois de plus, que la société, le pouvoir, jouaient habilement avec les mots et que la prison d'où il sortait ne représentait que l'antichambre d'un univers carcéral dont il ne discernait pas les limites.

Je ne pouvais pas soupçonner la tragédie dont était porteur ce bouquiniste désabusé. Nos relations se bornèrent, pendant de longs mois, à celles qui finissent par lier clients et libraire. Puis il guida mes lectures, me prêtant des livres qu'il ne désirait pas vendre, mais dont il jugeait l'étude indispensable. Bientôt, il me présenta quelques-uns de ces étranges visiteurs qui restaient pendant des heures, en toute saison, devant son éventaire. C'est ainsi que je rencontrai Armand, Lecoin, Monatte, dont je mésestimais bien sûr l'importance puisque, eux aussi, comme Fred, et pour les mêmes raisons, se trouvaient sur la touche.

Je ne me suis rendu compte que beaucoup plus tard, en un temps où la vie, mes occupations, mes ambitions, m'éloignèrent très loin de Fred Barthélemy, à quel point j'avais négligé alors ces chances offertes. Chances de mieux connaître des personnages exceptionnels, chargés d'une histoire que j'essaie aujourd'hui, difficilement, de restituer.

Mais ces hommes et ces femmes qui entouraient Fred Barthélemy, qui les connaissait ? Qui se préoccupait d'eux ? Quelles influences exerçaient-ils ? Où s'exprimaient-ils ? Les boîtes du bouquiniste, quai de la Tournelle, ressemblaient à un radeau chargé de tous les déchets d'une civilisation disparue. Et à ce radeau s'accrochaient des naufragés auxquels personne ne portait secours.

Je comprends, maintenant, l'étonnement de Fred Barthélemy en voyant le tout jeune homme que j'étais s'introduire dans son passé, farfouiller dans ses publications, s'amarrer en un mot à cette embarcation à la dérive. Je comprends sa mauvaise humeur, ses réticences, sa brutalité même pour me faire lâcher prise, pour m'éloigner de son prévisible naufrage.

Il ne me parla du camp de Gurs, de ses prisons, que lorsqu'une grande intimité s'établit entre nous. Et comme je m'étonnais qu'il n'y fît jamais allusion auparavant, il me répondit qu'il était impossible, à Lecoin et à lui, d'évoquer ces camps de concentration français, alors que l'horreur des camps d'extermination nazis, la terreur des années d'Occupation, la rigueur revancharde des « épurateurs », accaparaient tous les esprits. Comparés à la monstruosité de l'holocauste juif, aux abominations des déportations en Allemagne, que comptaient les camps institués par Daladier ? Des millions de suppliciés là-bas, quelques milliers ici. L'Histoire n'enregistre la souffrance qu'au poids. La Saint-Barthélemy pèse beaucoup plus lourd que le supplice de Damien.

— Un brave bourgeois radical-socialiste et des gendarmes républicains sont pourtant aussi efficaces dans la répression qu'un dictateur nazi et des S.S., me raconta Fred Barthélemy. Nous étions douze cents inculpés à Gurs, douze cents inculpés en instance de jugement, donc présumés innocents (mais tout enfermé est présumé coupable), dans des baraques plantées sur un terrain marécageux que chaque pluie transformait en cloaque. On accédait aux chiottes par des ponts de planches. En novembre 1940, les derniers « réfugiés » espagnols emmenés ailleurs, arriva un défilé d'hommes et de femmes de tous âges, d'enfants de toutes tailles, trébuchant sous la charge de leurs balluchons. Certains, qui s'effondraient dans la boue, étaient cravachés par les gardes mobiles. Et la pluie tombait sans interruption, dégoulinait sur ces familles étrangement errantes. On les regardait sans comprendre, se demandant d'où elles pouvaient bien venir et pourquoi on les internait. Les gardes séparaient les couples, envoyaient les femmes à un bout du camp avec leurs enfants, les hommes à l'autre extrémité. Lorsqu'on nous a dit qu'il s'agissait de Juifs allemands, on ne l'a pas cru. Ils parlaient allemand, mais certains parlaient aussi français. Ceux-là nous expliquèrent qu'ils étaient alsaciens. Juifs et français. Français et fiers de l'être. Ils ne pigeaient pas pourquoi, après avoir fui l'Alsace envahie par les Allemands, leurs compatriotes les parquaient entre des barbelés. Leur stupéfaction égalait la nôtre. Le lendemain matin, on trouva une vingtaine de ces Alsaciens, suspendus aux clôtures de fer, électrocutés en tentant de s'évader.

« Les jours qui suivirent, ces prétendus Allemands moururent avec une telle rapidité que les fossoyeurs, débordés, entassaient les cadavres dans une baraque, empilés les uns sur les autres. Les rats accouraient de partout ; des rats qui en eurent bientôt assez de leurs charognes et qui se mirent à prendre d'assaut nos cabanes. On se battait toute la nuit contre la vermine, à coups de galoche. Tout ça n'est rien. Le plus abominable advint quand les nazis occupèrent la zone libre et que le gouvernement de Pétain leur livra les Juifs du camp, avec en prime les Allemands antifascistes qui se trouvaient parmi nous. Horrible, notre camp, mais moins pire, bien moins pire, qu'Auschwitz ou Dachau. Lorsqu'on nous libéra, en 1945, on croisa encore une fois de nouveaux arrivants, des collaborateurs, ou prétendus tels. On leur laissa nos rats et nos poux. Et nos gardiens, infatigables.

« Vois-tu, ce camp, je n'arrive pas à l'oublier. J'en ai emporté l'odeur. L'odeur de merde, de paille pourrie, de boue. Ne la sens-tu pas ?

Il me tendit le bras, me mettant sa manche de veste sous le nez.

— Tu sens cette odeur de mort, de décomposition, hein ?

Je dis oui, pour ne pas le contrarier.

Une autre fois, il me raconta sa stupéfaction, en revenant de Gurs, devant cette espèce d'effacement produit en son absence. L'effacement de son passé, des hommes qui comptèrent dans sa vie. Trotski assassiné au Mexique et, à Moscou, Staline revêtant l'uniforme blanc du feld-maréchal. Voline, mort tuberculeux, comme Makhno et incinéré lui aussi au Père-Lachaise. Mort aussi, Guilbeaux, antisémite et profasciste. Comment Lénine et Romain Rolland purent-ils à ce point se méprendre sur le compte de cet intrigant, alors qu'à

Moscou même, tout dans sa personne puait la moisissure ? Mais qui ne s'était pas trompé ? Fred Barthélemy se méfia toujours de Frossard, mais qui pouvait penser que ce fondateur du parti communiste français serait allé jusqu'à voter les pleins pouvoirs à Pétain en 1940 ? Ni que Paul Marion, l'ex-créateur de l'École de bolchevisme de Bobigny, serait ministre de Laval-Pétain ? Qui aurait osé pressentir que le « grand Jacques » finirait sa carrière politique, si brillamment commencée, sous l'uniforme des S.S. ? Morts de leur mort naturelle, comme on dit, Victor Margueritte, Sébastien Faure, Romain Rolland. Liquidés façon Guépéou, Laval, Drieu, Louis Renault. Laval fusillé, Drieu suicidé, Renault assassiné en prison. Et Thorez, le rival de Doriot, déserteur de son 3e régiment du génie, le 3 septembre 1939, réfugié dans la Russie de Staline alliée alors à Hitler et qui reçoit sa récompense en devenant ministre d'État de la IVe République ! Fred Barthélemy soliloquait devant moi, énumérant ce ballet de girouettes. Il finissait par regretter le camp de Gurs où, m'affirmait-il, il ne rencontrait que des justes, que des innocents, que des purs, que des réfractaires. N'était-il pas naturel qu'en ces temps de folie guerrière les vrais pacifistes fussent enfermés comme anormaux, comme asociaux ; qu'Eugène Humbert, bouclé dans la prison d'Amiens pour son refus de prendre les armes, périsse dans sa cellule sous les bombes anglaises ?

Libéré en 1945, après six ans d'internement, sans jugement, ni, par là même, de condamnation, libéré sans explications, sans excuses et, bien sûr, sans indemnités, Fred Barthélemy rejoignit Claudine qui l'attendait à Billancourt. Il ne lui fut pas difficile d'obtenir un poste d'ajusteur, mais la dictature exercée par la C.G.T. communiste, désormais syndicat unique et omnipotent, le chassait d'une usine à l'autre. Coincé, entre les patrons qui expulsaient les agitateurs, et la C.G.T. qui veillait à écarter tout débordement sur sa gauche, Fred passait d'emploi en emploi. L'heure n'était pas rose pour les libertaires (rares), les trotskistes (discrets), les socialistes de gauche (désemparés). Le « parti des fusillés » les désignait communément tous les trois comme « social-flics », ce qui évitait tout débat.

Fred retrouvait à Paris l'ambiance de Moscou et de Barcelone. Une ambiance de suspicion, de délations, de règlements de comptes. Staline, coiffé de sa casquette militaire, fascinait toute la gauche. Une véritable terreur stalinienne stérilisait l'intelligentsia européenne. Et si certains osaient réagir, tel cet Arthur Koestler, transfuge du Komintern comme Barthélemy, l'intimidation se mettait en marche. Jacques Duclos, en tête d'une délégation, n'était-il pas allé lui-même chez l'éditeur Calmann-Lévy, exigeant la non-publication du *Zéro et l'Infini* !

Je remarquais que Fred Barthélemy et ses amis n'appelaient jamais le parti communiste (qui s'enorgueillissait d'être « le parti des fusillés ») que « le parti des fusilleurs ». Comme je me montrais un jour agacé par ce jeu de mots un peu facile, Lecoin me dit :

— Écoute, petit, puisque tu nous parles si souvent de la Commune de Paris, songe aux versaillais. Ils m'ont toujours paru extrêmement bas et sanguinaires. Mais ce n'étaient que des bourgeois ! Je croyais que ceux de ma classe, la classe des pauvres, ne commettraient jamais des actions aussi infâmes. Ils les ont commises ! Cent mille êtres humains sommairement exécutés... On n'a pas jugé, on s'est vengé.

Cher Louis Lecoin (pour l'instant court-circuité, rangé des voitures), je devais beaucoup le fréquenter plus tard, au temps de sa croisade en faveur des objecteurs de conscience. Contrairement à Fred, il n'était pas resté à Gurs. Déporté au Sahara, avec cinq cents autres « fortes têtes », on l'assigna au cassage des cailloux à Sidi-bel-Abbès. Comme Fred, les années d'internement l'avaient sonné.

Tous les deux ruminaient leur déconvenue. Armand, lui, ricanait. Il me paraissait déjà très vieux, avec son bonnet de laine enfoncé sur les oreilles, engoncé dans un tas de vêtements superposés. Armand représentait la tendance de l'anarchisme individualiste. Pour lui, Barthélemy et Lecoin étaient de dangereux déviationnistes qu'il traitait parfois de politicards. Il me mettait en garde contre ce qu'il appelait le romantisme de Lecoin et m'exhortait à ne pas suivre Barthélemy dans ses « imbécillités ».

— N'oublie jamais qu'il a été un rallié.

— Un rallié ?

— Oui, un rallié aux bolchos. Il s'en mord les doigts. Seulement, c'est à cause des ralliés que l'anarchisme est mort en Russie et qu'il meurt en France. Tiens, tu liras ça chez toi.

Il me tendit une feuille imprimée, reproduite d'après sa revue *L'En Dehors* et datée de novembre 1923. Il s'agissait d'une réponse au *Manifeste des ralliés,* ces anarchistes russes qui crurent bon de joindre leurs forces à celles des bolcheviks. Tout cela me semblait bien loin. Mais la qualité du ton de ce contre-manifeste me retint. C'est un texte peu connu, qu'il serait dommage de perdre. Le voici :

« Les citoyens ralliés me permettront bien de leur faire observer qu'ils auraient pu attendre que soient refroidis les cadavres ou fermées les plaies de ceux de leurs anciens compagnons d'idées fusillés ou torturés par la police de sûreté communiste. Le foin du râtelier bolcheviste est-il si appétissant qu'il annihile toute retenue ? Ce manifeste est un geste qui manque de noblesse à l'heure où paraît un nouveau code criminel russe renfermant des articles destinés à la punition du délit de propagande anarchiste, articles qui ne le cèdent en rien aux lois scélérates de nos sociétés capitalistes. Pour pressés qu'ils fussent de participer à la curée, les ralliés auraient pu choisir un moment autre. »

Quelle lucidité ! Mais elle n'empêchait que le septuagénaire Armand me donnait l'impression d'être un raseur. La lucidité brille souvent d'une lumière trop crue. Combien plus troublants la pénombre de l'ambiguïté, les méandres des contradictions ! Fred Barthélemy m'intriguait. Son passé, que peu à peu je découvrais, m'éblouissait. La révolution d'Octobre, la guerre d'Espagne, quel prodigieux témoin !

Le jour où il m'emmena quai de Valmy, au siège de la Fédération anarchiste, je fus définitivement conquis. D'autant plus que j'y rencontrai Germinal et que celui-ci m'invita peu après à lui rendre visite dans le petit logement qu'il partageait avec une réfugiée espagnole. Il me présenta, très fier, leur fils qu'ils appelaient, en toute logique, Floréal.

Comme Germinal n'avait que trente-trois ans, qu'il offrait un naturel affable, une bonne camaraderie s'établit très vite entre nous. Si Fred Barthélemy m'introduisait dans le mouvement libertaire, Germinal y devint mon guide. Il fréquentait à la fois le 145, quai de Valmy et la rue de la Douane, où se trouvait la permanence de la C.N.T. en exil. En réalité, dans cette après-guerre où le parti communiste s'annexait tous les bénéfices de la Résistance et de la Libération, la F.A. (qui succédait à l'U.A. d'avant-guerre) se contentait de vivoter. Seuls les anarchistes espagnols formaient un clan dur et enthousiaste. La guerre d'Espagne, qu'ils prétendaient continuer (et dont les internements dans les camps français ne leur semblaient qu'un épisode), la participation de nombre d'entre eux aux maquis français, la présence des leaders qui les accompagnaient dans l'exil (notamment Federica Montseny), concouraient à propulser la C.N.T. et la F.A.I., désormais moteurs du mouvement libertaire international. Germinal, qui avait participé à la Résistance avec un groupe d'exilés de Barcelone, assurait le lien entre la F.A. et la F.A.I.

Mais je voyais bien qu'il se sentait plus à l'aise parmi les Espagnols qu'avec les Français.

Sa carrure, sa force, étaient légendaires. Toutes sortes d'anecdotes illustraient ses exploits dans le maquis. Sa dernière performance datait du 1er mai 1946 où les anars, en queue du défilé, furent matraqués par les cocos sous l'œil indifférent de la police. Germinal, se servant de la hampe de son drapeau rouge et noir, assomma une vingtaine d'agresseurs. Les autres ne demandèrent pas leur reste.

Comme nous fûmes assez vite inséparables, tout le monde s'amusait de notre différence de gabarit. Lui-même en jouait, me saisissant de temps en temps par la taille et, me brandissant au-dessus de sa tête, criait : « Petit moujik ! Petit moujik ! » Cette plaisanterie l'égayait beaucoup. Moi, infiniment moins. Mais on aurait tout pardonné à Germinal, tellement étaient contagieux sa bonne humeur, son entrain et l'innocence de son rire.

Il témoignait à son père une attention et une affection extrêmes. Cette mise à l'écart de Fred Barthélemy, la propension que ce dernier marquait à vivre retiré, s'excluant lui-même de toute activité militante par masochisme, comme s'il voulait accentuer le rejet dont il était l'objet, Germinal l'atténuait par une activité un peu brouillonne. Il courait de l'étal de bouquiniste du quai de la Tournelle au bureau du *Libertaire* quai de Valmy, comme s'il était porteur d'une mission. Il déchargeait Fred de toutes les tâches obscures et indispensables : la distribution des tracts, le collage des affiches, la présence active dans les réunions, la vente des journaux à la sauvette, l'astreinte des permanences. Il l'excusait ainsi de ne pas se trouver là, disant qu'il le représentait. L'amitié qu'il m'accordait semblait aussi un prolongement de l'intérêt que me manifestait Fred. Ce dernier m'avait présenté à ses amis, recommandé quai de Valmy. Germinal prenait le relais. Il alla même plus loin puisqu'il m'introduisit dans l'intimité de son père. Il ne pouvait pas pressentir que le jeune homme qu'il accueillait avec tant de générosité deviendrait un jour le biographe de Fred Barthélemy et, pourtant, il agissait comme s'il en eût eu la prescience. Tout simplement, c'était un être généreux. De plus, il plaçait son père si haut qu'il considérait que tout ce qui concernait celui-ci méritait d'être connu.

— T'a-t-il parlé de Flora ?

— Flora ?

— Oui, ma mère. Comment, il ne t'a pas parlé de Flora ?

Germinal s'offusqua. Je ne comprenais pas pourquoi j'aurais dû savoir l'existence de cette femme. Il insista :

— C'est curieux, tout de même, qu'il ne t'en ait rien dit. Toi qui aimes la peinture moderne...

Il m'emmena voir Flora. Mais Flora, bien sûr, je la connaissais de réputation. Qui n'en avait entendu parler, dans ce petit milieu qui s'intéressait à l'histoire de l'art contemporain puisqu'elle tenait une galerie de tableaux rue de Seine, où l'on contemplait les plus beaux Soutine, les Chagall de la meilleure époque et d'admirables Baskine (dont on savait qu'elle avait été l'égérie) ?

Flora appartenait déjà au légendaire de l'École de Paris et tous les ouvrages sur la peinture des années 30 l'évoquaient. Qu'une personne aussi illustre soit mêlée au passé de Fred Barthélemy, qu'elle soit, de surcroît, la mère de Germinal, me stupéfia. Je la croyais très âgée puisqu'elle s'intégrait à une génération d'artistes sinon classiques, en tout cas classés. Ma surprise fut grande de rencontrer un petit bout de femme, qui n'approchait que de la cinquantaine et qui conservait des « années folles » la mode des cheveux coupés à la garçonne, un maquillage d'opérette et un tailleur façon Chanel. Le luxe de la galerie, la fortune que représentaient les tableaux accrochés sur les murs tendus de velours grenat, renvoyaient si brutalement à l'image du clochardisant bouquiniste du quai de la Tournelle, qu'imaginer une liaison amoureuse entre deux êtres si dissemblables ne paraissait pas crédible. Pourtant, tout cela était vrai, comme je devais le découvrir peu à peu, à travers les souvenirs de Germinal, les confidences réticentes de Fred et surtout les récits colorés et truculents de Flora, à partir du moment où elle m'admit dans son cénacle. Sans l'apport de Flora, ce livre n'existerait pas.

Toutefois, ma première rencontre avec Flora fut brève. Elle me reçut avec beaucoup de désinvolture. J'appris plus tard que sa manière cavalière de traiter ses visiteurs cachait de fines blessures ; comme la vulgarité de son langage masquait une sensibilité sur laquelle elle posait une carapace. Elle me tutoya d'emblée, sous prétexte de mon jeune âge, et attaqua Fred Barthélemy avec entrain :

— Ben mon coco, tu peux te vanter d'avoir de la veine ! Tomber sous la protection de Fred, comme ça, dès ses débuts dans la vie, voilà qui te mènera loin. Tu vois où ça l'a mené, lui, ses conneries ! Il regarde les chalands qui passent, qui passent et ne s'arrêtent pas. Les chalands... non, pas les bateaux, les clients, quoi ! Moi, il me suffit d'un client par mois et je bouffe du caviar. Lui, la pauvre cloche, faut qu'il rame pour se payer un casse-croûte au troquet du coin. T'as vu sa dégaine ? Je ne veux plus de lui ici. Il chasse mes michetons. C'est pus un homme, c'est un épouvantail !

— Laisse-la se défouler, dit Germinal. Ils se feront des scènes toute leur vie. Seulement, ils ne peuvent pas se priver l'un de l'autre.

Flora s'indigna :

— Comment ! Mais je me suis dispensée de lui toute ma vie ! C'est un copain d'enfance, un point c'est tout.

— C'est mon père, corrigea Germinal.

Elle me montra Germinal en pointant sa jolie main de fillette.

— Tu vois, celui-là, ce vieil enfant que nous avons eu quand nous étions petits. L'inconscience, quoi ! Pour notre honte, il n'a cessé de grandir. Et il n'arrête pas de nous embêter, allant de l'un à l'autre, comme ça, pour qu'on ne s'oublie pas. Sans Germinal, il y a longtemps que je l'aurais largué, ton Fred à la manque.

Puis, s'adressant, courroucée, à son fils :

— Et voilà que maintenant tu m'amènes un nouveau loustic. Non, remballe tes frusques. Moi j'en ai ma claque de tes manigances. Que veux-tu que j'en fasse, de ton petit copain ? On vient lui montrer Flora, la Flora de Fred... C'est pas un zoo, ici. Tu veux que je lui montre mes fesses, pendant que tu y es ?

— Viens, me dit Germinal. De temps en temps, elle déconne.

De cette première entrevue avec Flora, je gardai longtemps une impression de gêne, la sensation désagréable de m'introduire dans un secteur privé de la vie de Fred Barthélemy. Le plus étrange, c'est que dans la semaine qui suivit, Fred m'invita à déjeuner à Billancourt et que j'y connus Claudine, dont j'ignorais l'existence. Je croyais que Fred habitait seul, dans une chambre de bonne du quartier Maubert. C'était vrai, mais cela ne l'empêchait pas de poursuivre de bonnes relations avec Claudine et leurs deux enfants.

Du temps où Fred était interné à Gurs, Claudine obtint un emploi chez Renault. Elle le conservait. Je découvris avec plaisir Mariette et Louis. Vingt et un et dix-neuf ans, des âges proches du mien. Ils me parlèrent abondamment des Auberges de la Jeunesse, dont ils étaient des adeptes enthousiastes. L'un et l'autre ne ressemblaient ni à Fred, ni à Germinal. Avec ses yeux noisette, Mariette se rapprochait de sa mère et Louis, on ne sait de quel lointain parent.

Là encore, je fus surpris d'entrer dans l'intimité de

Fred Barthélemy, tout à coup, comme ça, sans crier gare. J'essayais de l'imaginer époux de la douce Claudine, dont l'accueil contrastait tant avec celui de Flora. Elle avait préparé un repas tout simple, me recevant comme l'ami de ses enfants, que je n'étais pas encore. Eux aussi montraient le même naturel, la même amabilité que leur mère. Comme je connaissais mal les Auberges de la Jeunesse, ils voulurent absolument me convaincre de les accompagner un week-end, se proposèrent de m'inscrire d'urgence, d'effectuer toutes les démarches pour que je devienne ajiste au plus tôt.

Le soir, je retournai à Paris en compagnie de Fred, enchanté de ce dimanche. Que Fred m'encourage à suivre ses enfants dans les A.J. m'étonna :

— C'est là que s'incarne aujourd'hui le véritable esprit libertaire, me dit-il. Les choses changent, les lieux où souffle l'esprit se déplacent. Je t'ai conduit quai de Valmy parce que je voulais que tu découvres les structures de l'organisation. Il faut aussi des structures. Mais l'esprit s'envole et va parfois ailleurs. Il importe de ne pas perdre sa trace. Tu penses que Germinal continue mon combat. C'est vrai et ce n'est pas tout à fait vrai. En réalité, Mariette et Louis sont beaucoup plus dans la vérité. Germinal reste trop lié aux Espagnols. Je retrouve chez lui, chez sa compagne, chez ses camarades, la même mentalité qui figeait Makhno et Voline : le romantisme de l'exil. Ils n'admettent pas que leur guerre est finie, qu'ils ne reconquerront pas l'Espagne d'avant Franco. Le temps est le plus grand ennemi de l'exilé. Le temps et l'oubli. Heureux Durruti, heureux Nin, heureux Pestaña, morts avant d'avoir su la victoire de Franco ! Heureux les morts qui ne connaissent pas le pourrissement de l'exil ! Je sais ton amitié pour Germinal, un type épatant, mais déjà, comme moi, un homme du passé ; comme Lecoin, comme Armand. La boutique du quai de Valmy, c'est aussi le passé. La liberté s'exprime maintenant par la nature, dans la vie naturelle. J'écoute Mariette et Louis avec beaucoup d'attention. Ils n'imaginent pas qu'eux et leurs copains sont les vrais libertaires, les nouveaux libertaires. Ils me parlent de la gestion directe de leurs Auberges, de leur Père Aub, de leur Mère Aub, qui ressemblent tant aux Mères qui accueillaient les compagnons du Tour de France. Ils me racontent les veillées autour des feux de bois, leurs dialogues, leurs chansons, leurs nouveaux maîtres à penser : Giono, Prévert... Oui, c'est là que souffle notre esprit. Accompagne-les, puisqu'ils t'invitent.

Je suivis Mariette et Louis pendant quelques week-ends et me lassai vite de cette euphorie à la chlorophylle. Il est bien vrai que les Auberges de la Jeunesse, dans ces années idéologiquement étouffantes qui succédèrent à la Libération, représentaient une bouffée d'air pur, un lieu de libre discussion ; que les notions de paix, de liberté, d'égalité, de fraternité, de non-conformisme s'y réfugiaient. Il est bien vrai que l'avenir s'édifiait là, plus qu'au quai de Valmy. Mais les bords du canal Saint-Martin avaient pour moi un attrait bien plus grand que les futaies de la forêt de Fontainebleau. Et le passé qu'exprimaient Fred et Germinal me fascinait. Si bien que, du quai de la Tournelle au quai de Valmy, mon itinéraire variait peu. La boutique du siège de la F.A. était misérable. Mais sur les rayonnages de bois blanc s'amoncelait une profusion de livres. Les journaux s'empilaient sur une table, près de la caisse où un permanent somnolent surveillait théoriquement le local. Beaucoup de jeunes de mon âge le fréquentaient. Ouvriers pour la plupart, ils contrastaient avec les plus vieux militants, artisans ou correcteurs d'imprimerie. Pratiquement, aucun intellectuel n'apparaissait dans la cambuse, puisque tous posaient au garde-à-vous devant les caciques du parti communiste, le petit doigt sur la couture du pantalon. Certains, lorsqu'ils seront exclus, ne sachant où traîner leurs guêtres, passeront brièvement parmi nous, avant de rejoindre les trotskistes parmi lesquels ils se sentiront moins dépaysés. J'aimais l'ambiance sinistre du canal Saint-Martin, les vieux ponts métalliques, les chalands transportant du charbon, les boutiques des bougnats. J'aimais les réunions rue de Lancry, sur le chemin de la place de la République. On y voyait beaucoup de pantalons de velours de terrassiers, des bleus de travail qui sortaient de la blanchisserie, des casquettes à pont. On se serait cru dans un roman d'Eugène Dabit, ce qui n'était pas pour me déplaire. Je retrouvais souvent Germinal rue de la Douane, tout en bas du canal, au siège de la C.N.T. Comme Fred donnait de temps en temps un article au *Libertaire,* il m'arrivait d'aller l'attendre à l'Imprimerie du Croissant. On terminait la soirée avec des compagnons, juste en face, dans le bistrot où Jaurès avait été assassiné.

De mes premières années dans cette mouvance libertaire je conserve un souvenir attendri.

Ah ! j'oubliais ! Le canal Saint-Martin n'était pas le seul lieu qui m'attirait. Je me rendais souvent, aussi, rue de Seine, dans la galerie de Flora qui, devant mon insistance, avait fini, en maugréant, par m'adopter.

Oublier Flora, quelle hypocrisie ! Flora, inoubliable ! La manière dont elle m'avait rembarré, la façon dont elle parlait de Fred Barthélemy, auraient dû me faire passer l'envie de la revoir. Il eût été plus naturel que je m'empresse auprès de Mariette dont les jolis yeux noisette me regardaient parfois avec insistance. Suivre Mariette et Louis dans leurs randonnées champêtres, en short de toile et sac au dos, dans une joyeuse ambiance décontractée, oui, c'est cela qui eût été naturel pour mon âge et non pas m'obstiner à stationner trop longtemps dans cette galerie de la rue de Seine, devant des portraits de femmes aux yeux cernés, aux lèvres épaisses et trop rouges, comme des blessures saignantes.

D'abord Flora affecta de ne pas me reconnaître. Peut-être, d'ailleurs, ne me reconnaissait-elle pas ? Quelle importance pouvait-elle bien prêter à un jeune homme mal fagoté, alors qu'un gratin de nouveaux riches fréquentait sa galerie. L'argent mal acquis, l'argent des bénéfices de guerre inavouables, s'échangeait dans cette boutique de luxe contre des peintures qui, toutes, avaient été conçues vingt ans auparavant par des artistes faméliques et désespérés dont ces couleurs, presque insoutenables, reflétaient les obsessions. Ces œuvres, que je revois aujourd'hui, éparpillées dans les grands musées d'Europe et d'Amérique, alors confinées dans un aussi petit espace, éclairées par des lampes électriques un peu trop faibles, donnaient à ce local sombre une ambiance délétère. Flora se tenait toujours au fond, assise dans un fauteuil blanc, vêtue de noir, ce qui mettait en relief la blondeur de sa chevelure et ses yeux bleus. Elle pinçait entre ses doigts un long fume-cigarette et s'amusait à dessiner des volutes avec la fumée, observant, derrière ce petit nuage, les visiteurs qui contemplaient les tableaux. Très souvent, de beaux jeunes hommes l'entouraient, à ses pieds. Peut-être restaient-ils debout, mais le souvenir que j'en ai les présente à ses pieds, à genoux ou quelque chose de ce genre. Bien sûr, je les enviais, je les jalousais. Je savais que Flora avait l'âge d'être ma mère. Je le savais, mais qu'importe ! Flora ressemblait si peu à ma mère, si peu à une mère. Je trouvais qu'elle était le sosie de Louise Brooks et j'avais punaisé dans ma chambre d'hôtel, face à mon lit, une photo de l'actrice, découpée dans un magazine, assise elle aussi dans un fauteuil, avançant ses belles jambes provocantes, vêtue d'une robe de Patou.

Un jour Flora daigna m'apercevoir. Nous étions seuls. Elle vint vers moi, toujours aussi souveraine malgré sa petite taille et me dit en me montrant le plancher :

— Je m'absente pendant une heure. Tu restes là, comme un chien.

Elle m'accordait enfin une place. Elle m'apercevait. Elle m'eût demandé d'aboyer que je l'aurais fait. Mais non, Flora se laissait aller à des rosseries incroyables et puis, d'autres fois elle changeait d'humeur, devenait enjouée, amusante, affectueuse. Ce jour-là, justement, lorsqu'elle réapparut, elle me passa une main satinée sur la nuque, comme une caresse.

— Bon, ça va, me dit-elle. Je t'enlève ta laisse. Maintenant tu peux gambader.

Nos relations demeurèrent toujours entrecoupées de douches froides. Je ne savais jamais comment je serais accueilli lorsque je tournais le bec-de-cane de la porte. Parfois c'était :

— Quoi ! Encore toi ! Quel pot de colle !

Il arrivait que l'accueil fût plus agréable :

— Alors, mon coco, on vient me donner un coup de main ? Tiens, justement, veux-tu porter ce pli urgent à...

Le pire advenait lorsqu'elle affectait de ne pas me voir et qu'elle minaudait au milieu de ses bellâtres.

Puis elle s'habitua à ma présence. Ou je m'habituai à son humeur. Toujours est-il qu'elle finit par ne plus me traiter comme un chien et qu'elle me parla. Parfois, le soir, vers sept heures elle commandait deux tasses de thé au bistrot voisin, qui nous étaient livrées par un serveur maussade, et fermait boutique. Ah ! ces moments d'intimité dans la demi-pénombre, car elle éteignait toutes les lumières qui éclairaient les tableaux. C'est Flora qui m'a transmis le goût du thé, l'envie du thé lorsque le jour tombe, que je n'ai jamais perdu. Flora, pour moi seul, et qui ne me parlait que de Fred Barthélemy. Tout ce que je sais de leurs années vagabondes, de leur amour passionné, me vient de ces fins d'après-midi dans la galerie de la rue de Seine. En réalité, ce n'est pas moi qu'elle invitait, mais Fred. C'est à Fred qu'elle parlait. Je n'étais que la substitution, la doublure. J'écoutais. Ravi.

Fred ne prononçait jamais le nom de Flora. Je lui relatai nos rencontres et lui fis quelques allusions à ses confidences sur leur enfance à Belleville.

— T'a-t-elle causé de Delesalle ?

— Non.

— Elle omet toujours le plus important. Mon pauvre vieil ami, mon vrai père, se meurt.

Delesalle, pour moi, n'était qu'un moment de l'histoire du mouvement ouvrier. Je le croyais mort depuis longtemps.

Quelques semaines plus tard, Fred me pria de l'accompagner au Père-Lachaise pour l'incinération du corps de Paul Delesalle. Nous étions bien peu nombreux en compagnie de Léona. Maitron, Dommanget, le président du Syndicat de la Librairie. Fred insista pour que l'on attende les délégations ouvrières. Comme elles n'arrivaient pas, le cercueil fut porté au crématorium.

Je reconduisis Fred Barthélemy quai de la Tournelle. Très pâle, encore plus vieilli prématurément que d'habitude.

— Ils ne sont pas venus, me répétait-il. Ils ne sont pas venus ! Jouhaux a trop de rancune. Il ne sait pas pardonner...

— Pardonner quoi ?

— Delesalle lui avait donné ce qualificatif, qui lui convient si bien : « Un gars qu'a mal tourné. » Mais ils n'ont quand même pas tous mal tourné. Ils auraient dû venir, malgré Jouhaux. Non, tu te rends compte, Delesalle oublié par les syndicats !

Comme je l'aidais à ouvrir ses boîtes de bouquiniste, il me prit par l'épaule et me demanda de lui promettre que, lui aussi, irait *post mortem* au crématorium du Père-Lachaise.

— Germinal observera tout ce que vous souhaiterez. Et Mariette...

— Oui, oui... On ne sait jamais. Tu leur rappelleras. Tu me trouves idiot, hein ! Qu'importe ma charogne ! Mais au columbarium du Père-Lachaise, j'aimerais bien rejoindre Delesalle et Makhno et Voline. Toute ma famille est là-bas, réduite en cendres. Tu me réserveras une case, pas trop loin de celle de Delesalle. Delesalle, c'est le numéro 14942.

A partir des obsèques de Paul Delesalle, Fred Barthélemy s'enferma dans une solitude hautaine. Il cessa totalement d'écrire, même dans *Le Libertaire*. Une autre mort le troubla. Elle ne l'affecta pas comme celle de Delesalle, mais elle le troubla. Celle de Nicolas Berdiaeff, à Clamart. Berdiaeff et Prunier restèrent toujours pour lui une énigme. Il trouvait dans les écrits de Berdiaeff des analyses du pouvoir, de l'État, d'une lucidité et d'une rigueur stupéfiantes. Mais le mysticisme du philosophe russe le déroutait. Comme tous les anarchistes, il se méfiait de ce qui revêtait une allure religieuse et même spiritualiste. N'empêche qu'il me fit découvrir Berdiaeff et que cette lecture demeure l'une de celles qui m'ont le plus marqué.

L'affaire Kravchenko réveilla un peu Fred Barthélemy de sa torpeur. On se souvient que ce haut fonctionnaire russe, en mission à Washington, avait « choisi la liberté » et publié sous ce titre en 1947 un livre qui déchaîna une avalanche d'injures, de sarcasmes, de mensonges et de calomnies. La mode restait à l'admiration de tout ce qui était moscovite. Remettre en cause les plans quinquennaux, la collectivisation agricole, le socialisme patriotique, quelle impudeur ! Toute l'intelligentsia occidentale considéra l'ouvrage comme une monstruosité, à l'évidence l'œuvre de la C.I.A. Sur plainte de Kravchenko, qui tenait à prouver son existence, sérieusement mise en doute, un procès en diffamation s'ouvrit à Paris.

L'arrivée de Kravchenko suscita un meeting à la Mutualité titré : « Kravchenko contre la France. » Rien que ça ! Un Russe dénonçait les camps de concentration soviétiques, entre autres joyeusetés bolcheviques, ces camps sur lesquels on observait un silence pudique, et on l'accusait d'être « contre la France »! Pas si vite, messieurs, pas si vite ! Si le parti communiste obtenait 28,6 % des voix, s'il avait compté des ministres au gouvernement, il n'avalait pas encore toute la France ! Il faut bien dire qu'à écouter les intellectuels venus à la rescousse pour attaquer Kravchenko, on avait l'impression que c'était accompli, que la France soviétisée avait le droit, elle aussi, d'accéder au rôle de satellite, comme la Pologne. L'ineffable Garaudy se retrouvait aux côtés du doyen de Canterbury et de Joliot-Curie, parmi les défenseurs « inconditionnels » de l'U.R.S.S. Quant à Vercors, il aurait mieux fait de s'en tenir au « silence de la mer », qui lui donna gloire et fortune, plutôt que de déclarer : « Kravchenko devrait connaître le même sort que les criminels de guerre. »

Pas une seule personnalité de gauche, pas un seul libéral, pas un seul démocrate soi-disant chrétien, n'accepta de contrer les accusateurs de Kravchenko. Ses uniques témoins étaient des Ukrainiens, comme lui, et comme lui exilés, survivants de cette famine planifiée qui tua quatre à cinq millions d'entre eux, en 1933. Des Ukrainiens ! Fred Barthélemy y vit un dernier sursaut, ou une dernière tentative de revanche de la *makhnovitchina.* Mais qui se remémorait encore Makhno ?

Tous les intellectuels illustres appelés à la barre proclamaient d'une seule voix l'inexistence des camps de concentration en U.R.S.S. C'est alors que s'avança une femme qui présentait la singularité d'avoir été déportée à la fois dans les camps bolcheviks et dans les camps nazis. Elle était, de surcroît, la veuve de Heinz Neumann, l'un des anciens chefs du parti communiste allemand, député au Reichstag, disparu à Moscou dans les caves de la Guépéou en 1937.

Invraisemblable, l'histoire que raconta Margarete

Buber-Neumann. On cria donc à la supercherie. Sa déposition, horrible, fut sans cesse coupée par les sarcasmes et les plaisanteries des amis de ses bourreaux pour lesquels le président du tribunal montrait beaucoup de considération. Comme Margarete Buber-Neumann avait fait une allusion à Erich Mühsam, que personne ne releva puisque pour tous ces beaux esprits l'auteur de *Staatsräson* était parfaitement inconnu, Fred Barthélemy chercha à joindre l'Allemande.

Il n'avait pas rencontré Margarete Buber-Neumann à Moscou puisqu'elle ne s'y réfugia avec son mari, fuyant le nazisme, qu'en 1932. Parmi les copains de Germinal, un Autrichien, à la fois son compagnon d'armes dans la brigade Durruti et dans les maquis de la Résistance, servit d'intermédiaire et d'interprète.

Comme Fred Barthélemy, Margarete Buber-Neumann détenait une mémoire politique fabuleuse. Malgré toutes ses aventures, elle restait encore étonnamment jeune. A deux ans près, elle avait le même âge que Fred. Alors que lui paraissait usé, cassé, Margarete déployait beaucoup de vivacité et même, aussi curieux que ce soit, d'optimisme. Elle se figurait que la vérité éclaterait au cours du procès Kravchenko. Elle se trompait. Non, elle ne se trompait pas totalement puisque si, sur le moment, ce procès sembla illusoire, il distilla néanmoins le doute. A partir de là, l'édifice du terrorisme bolchevik, institué en France après 1945, commença à craqueler. Il faudra encore attendre longtemps pour que naisse une « nouvelle gauche », mais la brèche était là.

En allant à la rencontre de Margarete Buber-Neumann, c'est vers son passé, qui l'accablait, que Fred retournait. Une fois de plus, il interrogeait son destin. Dans ses confidences, ne revenait-il pas sans cesse sur son « erreur », sur l'erreur de Mühsam, de Victor Serge, de Monatte, de tant d'autres libertaires qui crurent que la révolution d'Octobre ouvrait une ère nouvelle et qui furent floués par les bolcheviks ? Margarete et son mari, militants communistes à l'origine, ne présentaient pas exactement le même cas de figure. Néanmoins, Staline remettait toutes les montres à l'heure. Heinz Neumann et Margarete retardaient. Ils l'ignoraient en arrivant en Russie et pourtant, déjà, ils avaient manqué leur rendez-vous avec l'Histoire.

Les journaux, qui ne prenaient guère au sérieux la déposition de Margarete Buber-Neumann, reproduisaient superficiellement le récit de son odyssée des camps soviétiques aux camps nazis. Fred voulait tout savoir. Margarete lui racontait, d'un ton monocorde, tout ce qu'elle avait sur le cœur. Parler la soulageait un peu. Elle lui racontait comment Heinz et elle avaient été à Moscou les hôtes privilégiés de Staline ; comment Heinz fut envoyé en mission à Barcelone, près du P.C.I. ; comment, à partir de là, pour lui et pour tant d'autres, mouillés dans la guerre d'Espagne, tout bascula. Heinz Neumann avait été arrêté sous inculpation de trotskisme, de zinoviévisme, de kamenévisme et de boukharinisme. Difficile de réunir autant de péchés contradictoires. Difficile d'en être absous. Difficile à la compagne d'un tel criminel de demeurer en liberté. Margarete fut emprisonnée sans que le motif de son incarcération lui soit jamais signifié.

— La contagion a gagné les pays capitalistes, dit Fred. On m'a aussi bouclé en 1939, sans que je passe en jugement et je n'en suis sorti qu'en 1945. Les camps de concentration français sont aussi tabous que les camps russes. Si j'ai bien entendu, Staline livra à Hitler, en cadeau d'amitié, les Allemands antinazis qui croupissaient dans ses camps, comme Pétain et Laval donnèrent à la Gestapo les Allemands antinazis et les Juifs embastillés dans les camps français.

Margarete Buber-Neumann racontait. Son emprisonnement à Boutyrki, sa déportation à Karaganda :

— Lorsqu'on m'a extirpée de Karaganda, avec d'autres Allemands, en janvier 1940, Zensl Mühsam revenait, elle aussi, de Sibérie…

Fred revoyait très bien la compagne de Mühsam lorsqu'il rencontra l'écrivain allemand avec Durruti. Grande, mince, portant ses cheveux tressés autour de la tête. Une femme distinguée, élégante.

— Nous nous retrouvions à Boutyrki sans comprendre, reprit Margarete. Le plus étrange c'est que les gardiens nous traitaient avec ménagements que l'on nous apportait une bonne nourriture, que nous avions droit aux bains. Contraste si énorme avec la pouillerie, les insultes et les coups dans les camps, que cette soudaine mansuétude nous inquiéta. Zensl devait avoir près de soixante ans. Elle ne se plaignait jamais de son sort et conservait une dignité admirable. Elle ne parlait que de son mari qu'elle tenta de soigner au camp d'Oranienburg jusqu'à ce que les S.S. jettent devant elle son cadavre défiguré. Zensl quitta l'Allemagne en 1934 pour se réfugier en Russie. Pourquoi l'avait-on déportée comme « courrier trotskiste », elle qui n'avait aucune sympathie pour Trotski ?

» On nous a gavées à Boutyrki. On nous a lavées, bichonnées, vêtues avec soin. Nous comprenions bien que nous allions être expulsées et que l'on voulait nous rendre présentables. Expulsées vers quel pays ? Aucune d'entre nous n'imagina que ce pourrait être vers l'Allemagne d'Hitler. Et pourtant le train roulait vers Brest-Litovsk. Je me suis retrouvée en prison à Lublin. La Gestapo m'accusa d'être un agent de la Guépéou envoyé en Allemagne pour espionnage. Après Karaganda, j'ai hérité de Ravensbrück. Zensl Mühsam, je n'ai jamais su ce qu'elle était devenue. Peut-être est-elle morte, elle aussi, à Oranienburg, comme Erich ?

Après son entrevue avec Margarete Buber-Neumann, Fred Barthélemy tomba dans une dépression qui m'inquiéta beaucoup. Germinal, Mariette et Louis partageaient mes appréhensions. Alors que Fred ne s'était jamais préoccupé très longtemps de ses enfants, ceux-ci lui vouaient un véritable culte. Chez Germinal ce lien se doublait de leur aventure commune en Espagne. Pour Mariette et Louis les sentiments étaient plus complexes. Ils vivaient toujours chez leur mère et Claudine ne recevait que rarement la visite de Fred. Je ne comprenais pas comment Fred délaissait à la fois Claudine et Flora au profit de femmes que j'apercevais fugitivement et qui me paraissaient d'un inintérêt absolu. Enfin, inintérêt pour moi, bien sûr. Lui, devait leur trouver quelques attraits. Germinal me donna la clef de cette dérive, me retraçant tous les détails de la vie fiévreuse de son père à Barcelone, et comment, dans les derniers jours qui glissaient inéluctablement vers la défaite, il chassait son angoisse par une frénésie sexuelle suicidaire. Le même phénomène se reproduisait. Il reprenait sa quête érotique et, une fois de plus, avec des Espagnoles. Germinal s'en désolait. D'une part, cette sexualité exacerbée s'assimilait à une drogue et Fred, envoûté, perdait ses vertus de militant ; d'autre part la C.N.T. voyait d'un mauvais œil le désordre engendré dans ses rangs par la furia licencieuse de Barthélemy. L'anarchie a beau préconiser la liberté sexuelle, l'amour libre, la camaraderie amoureuse, la sexualité débridée y demeure suspecte. Les libertaires, comme tous les autres révolutionnaires, sont des puritains, certains poussant jusqu'à la pudibonderie. Les brèves et multiples liaisons de Fred bouleversaient certains ménages, occasionnaient des ruptures entre couples de militants, autant de remous qui gênaient, qui perturbaient l'activité politique. Il fallait que Fred conserve un grand prestige pour qu'on ne le blâmât pas plus ouvertement. Seuls ses vieux amis le désapprouvaient catégoriquement. Aux rendez-vous du quai de la Tournelle, un grand nombre d'entre eux ne venaient plus, marquant ainsi leur désaccord. Même le vieil Armand, que l'on aurait pu croire le plus indulgent pour Fred, eu égard à ses théories sur la sexualité libertaire, s'était fâché, reprochant à Barthélemy de confondre liberté sexuelle et libertinage. Il partit outré, froissé comme si on lui faussait volontairement ses principes, à tel point que s'il avait pardonné à Fred son « ralliement » aux bolcheviks, il ne l'excusera jamais de cette nouvelle faute et ne le reverra plus.

J'ignorais que la rencontre avec Margarete Buber-Neumann avait déclenché chez Fred tout un processus de culpabilité et de regrets. L'image de Galina le hantait. Galina disparue dans ces camps de concentration russes que l'Occident s'obstinait à nier. Galina la « coureuse », comme l'autre Galina, celle de Makhno. Fred « courait » à son tour, courait vers des images floues, des corps fluides, des étreintes brèves, vers Flora sans doute, mais par quels détours... La certitude d'un désastre s'abattait sur ses maigres épaules. Tous ces vaincus que déchiraient les griffes des rapaces, ces Espagnols échappés au franquisme, ces Russes, ces Polonais, ces Ukrainiens, ces Baltes, tous ceux qui réussissaient à glisser entre les mailles du filet d'acier de la terreur, tous ces fugitifs qui apparaissaient en France comme des gêneurs, comme de mauvais témoins, cette « lie de la terre », tout ce déchet balayé par les idéologies triomphantes, Fred Barthélemy se l'appropriait. Il ne pensait qu'à ce ressac, n'entendait que lui. Il me lança un jour à brûle-pourpoint :

— Les Juifs ont droit à leur martyre, les réfugiés des démocraties dites populaires, qui n'ont de démocratie que le nom, n'inspirent que le soupçon, que le mépris. Nous sortons à peine de la monstruosité du nazisme. C'est assez. Impossible d'avaler. Nous seuls pouvons boire cette saloperie, malgré son goût de vinaigre et de fiel. Tu comprends pourquoi j'ai tant envie de vomir, pourquoi j'essaie de fuir...

Oui, il fuyait, de femme en femme. Je sais maintenant qu'il fuyait surtout Flora.

Peut-être aussi fuyait-il l'image omniprésente de Staline, qui ne cessait de grandir, de grossir, et dont le monde entier fêtait les soixante-dix ans. Comme il était d'usage pour les cérémonies en l'honneur des satrapes d'antan, l'hommage à Staline imposait des sacrifices humains. Budapest pendait Laszlo Rajk et Sofia Traicho Kostov. Par contre, l'attribution du ministère des Affaires étrangères récompensait de ses crimes Vychinski, le procureur du diable. La hyène chargée des négociations internationales, New York, Paris, Londres, trouvaient tout naturel de traiter avec cet assassin.

Staline faisait peur. En France, les cent quatre-vingts députés communistes élus au Palais-Bourbon se considéraient déjà comme en terrain conquis. L'anniversaire de Staline devait marquer l'allégeance de la France à l'Union soviétique. « L'homme que nous aimons le plus »... Tel était l'intitulé de la brochure publiée en l'honneur de celui que l'on n'appelait plus que « le Petit Père des Peuples ». De tous les peuples... Donc du peuple français fasciné comme le lapin par le boa. « Que longtemps encore règne sur le monde ta bienfaisante lumière », titrait *L'Humanité* du 26 novembre 1949. Des dizaines de camions décorés parcouraient la France pour y recueillir les offrandes. Le 6 décembre, s'ouvrit à Paris, dans la grande salle du Syndicat des métaux, l'exposition des quatre mille cadeaux, sélectionnés et présentés sur un autel. J'y étais. On se serait cru à Lourdes. Des ex-voto partout. N'y voyait-on pas le chapelet d'une catholique « décédée à quatre-vingt-deux ans en priant pour la victoire de Staline », la pantoufle d'une déportée de Ravensbrück, un morceau de granit de la carrière de Mauthausen, un petit bonnet de poupée « tricoté en prison par une fillette gazée à Auschwitz », le clairon avec lequel André Marty sonna en 1907 l'insurrection des vignerons du Midi, une bicyclette offerte par un industriel de Saint-Étienne « en accord avec ses ouvriers », une robe confectionnée par les midinettes de Schiaparelli, des dessins d'artistes, des poèmes et même des billets de banque...

Le 20 décembre, à la Mutualité, Maurice Thorez concluait cette apothéose par un discours-fleuve dans lequel il affirmait notamment : « Le pays soviétique va vers l'abondance. Bientôt le pain sera fourni gratuitement et à volonté. La vie est toujours plus belle dans les cités ouvrières et les kolkhozes où les fleurs tapissent les pelouses et embellissent tous les logements. Grâce à Staline, le citoyen soviétique connaît déjà ce monde heureux où, selon la parole de Marx, il y a pour tous du pain et des roses. »

En ces jours où l'imposture, le mensonge, recouvraient Paris de brume, je n'osais rencontrer Fred Barthélemy. Malgré moi, mes pas me portaient toujours vers cette boutique de la rue de Seine où Flora, dans ses jolies robes de soie noire, assise dans son fauteuil blanc, s'enveloppait douillettement d'un cocon. Les rumeurs du monde pénétraient peu dans cette alcôve. Lorsque je vins ce soir-là, accablé par toute cette bêtise qui agitait Paris, Flora me reçut en riant, un rire énorme, qui lui ressemblait mal. Elle hoquetait, tout en essayant de me parler à la fois de Staline et de Fred. Je finis par distinguer ce qu'elle éructait entre deux fous rires :

— Ah ! il doit être content, ton grand Fred Barthélemy ! C'est la réussite de sa vie, aujourd'hui ! Ce Staline, tout de même, c'est bien lui qui l'a mis en place ?

Comme je m'étonnais, elle reprit :

— Mais oui, mon coco, il m'a quittée pour aller faire la révolution en Russie, tu le sais bien. Voilà le résultat. Il doit être content. Toute la France pavoise.

— Ne vous moquez pas, Fred est désespéré.

— La belle âme ! S'est-il jamais préoccupé de savoir si j'étais désespérée, moi, à cause de sa maudite politique, de ses maudits livres ? Dans quelle folie les gens se vautrent ! Même que ça perturbe le commerce. Je ne vois plus un client. Tu n'imagines pas ce qu'ils achètent, maintenant, ceux qui ont du pèze à mettre à gauche. Des timbres-poste... Oui, des timbres-poste, très rares, très chers. C'est plus pratique à emporter qu'un tableau, quand le Petit Père des Peuples enverra ses tanks vers Brest. Les bijoux, les pièces d'or, les timbres-poste, on boucle déjà ses valises chez les richards. On s'apprête à se tailler vers les Amériques.

Je regardais les tableaux sur les murs de velours grenat, ces tableaux que je connaissais si bien. Certains disparaissaient enlevés par un collectionneur ou, le plus souvent, par un musée. Les Baskine commençaient à se raréfier. Soutine inabordable, Chagall le remplaçait, avec sa fantasmagorie de coqs, de fiancées, de violonistes acrobates, de petits ânes tristes. La galerie devenait plus gaie. Le tragique s'éloignait de ses murs. Les couleurs de Chagall chantaient. Flora elle-même, d'ailleurs, chantonnait en les examinant. Mais, ce jour-là, elle s'obstinait à ricaner. Elle leur tournait le dos, me disant qu'elle en avait sa claque de tous ces barbouilleurs.

J'étais habitué aux sautes d'humeur de Flora, à la manière dont elle prenait plaisir à me rabrouer, mais cette fois-ci elle semblait finalement aussi désemparée que Fred. Ce qui me poussa à lui confier :

— Vous savez, j'ai rencontré Rirette.

— Rirette ? Quelle Rirette ?

— Rirette Maîtrejean.

— Ah ! il t'a raconté ! Belleville ! Mais où diable as-tu bien pu pêcher Rirette ?

— Fred voulait me procurer un métier. Il a demandé au Syndicat des correcteurs d'imprimerie que j'effectue un essai. C'est là que j'ai découvert Rirette, qui est un as dans la profession. Nous avons parlé de Fred et de vous.

— Alors, comme ça, tu corriges ?

— Non, ça n'a pas marché. Mon orthographe est trop mauvaise.

— Et Rirette a récupéré Fred ?

— Non. Elle n'y tenait pas et lui non plus. Je ne sais pas pourquoi.

— Elle a raison. Si l'on revient sur son passé, on meurt. Faut aller de l'avant. Chère Rirette, non je ne veux pas la revoir. Tout ça est trop loin. Est-elle heureuse ?

— Je ne sais pas. Elle m'a parlé tristement de Victor Serge, mort voilà deux ans à Mexico.

— Ah, elle t'a parlé de Victor ! Nous sommes toutes les mêmes ; aussi folles ! Victor aussi l'abandonna pour ses chimères. Et la première chose qu'elle fait, trente ans après, c'est de se chagriner pour ce lâcheur. Toutes les mêmes !

Elle s'affaissa dans son fauteuil. Je respectai son silence. Elle rêvait. A quoi ? A qui ? Je pensais qu'elle laissait courir ses souvenirs, et que Fred y prenait sa place.

Ses bras nus, très blancs, sortaient de sa robe noire et mes yeux allaient de la petite aquarelle de Baskine où l'on reconnaissait Flora, dévêtue, à cette image de chair affalée dans son siège. Je m'approchai et, pour la première fois, osai poser un baiser juste à la naissance de l'épaule, là où se dessine le commencement des rondeurs du buste.

Contrairement à ce que j'appréhendais, elle ne réagit pas avec sa brusquerie habituelle. Elle me regarda, surprise, me saisit la main qu'elle porta à ses lèvres. Puis, me renvoya, non sans douceur :

— Mon pauvre petit ! Va ! Va retrouver Fred. Il a besoin de toi.

Fred fuyait Flora, évitait Claudine. Il ne m'entretenait plus que de Galina, d'Alexis, de Victor Serge. La

Russie des années 20 se réintroduisait dans sa vie depuis le procès Kravchenko et la rencontre de Margarete Buber-Neumann. Puisque David Rousset lançait une enquête sur les camps de concentration soviétiques, il se remit à lire les journaux.

— Vois, me disait-il, comme ils sont perfides. Les canards de gauche se dérobent à l'enquête et ceux de droite ouvrent leurs colonnes à Rousset. Ainsi démontre-t-on que Rousset n'est qu'un fieffé réactionnaire et que son désir de tirer au clair les accusations de Kravchenko relève d'un anticommunisme primaire.

Mais David Rousset ne lâchait pas prise. Ancien résistant, déporté lui-même dans les camps nazis, auteur de l'ouvrage clef sur ce qu'il appelait *L'Univers concentrationnaire,* il réussit à constituer à Bruxelles un tribunal où, pour la première fois, la Russie de Staline passa en jugement. Jury dérisoire face à la puissance de l'armée rouge et de la Guépéou-N.K.V.D., néanmoins le *Livre blanc sur les camps de concentration soviétiques* que publia Rousset fit écumer de rage les nouveaux collabos. La muraille édifiée par Staline autour de son empire, pour que ne filtre à l'extérieur aucun de ses secrets, commençait légèrement à se lézarder. Par cette mince fente, on apercevait à la fois l'innommable et l'espoir.

L'espoir ? Ce qu'aucun journaliste ne relatait et qui arrivait par de multiples détours au bureau du quai de Valmy. Ainsi, contrairement à ce que tout laissait supposer, le souvenir de Makhno ne s'effaçait pas en U.R.S.S. On apprenait qu'une organisation secrète d'anciens makhnovistes s'était formée dans l'armée russe en 1945 ; qu'une association clandestine d'étudiants répétait les slogans de Cronstadt : « Des soviets, pas de Parti » ; que dans les camps sibériens des anarchistes tolstoïens préconisaient la désobéissance civile à la manière de Thoreau ; qu'au grand mât du camp de Norilsk un drapeau noir avait même été hissé.

En mars 1950, on informa Fred, toujours par les mêmes voies indirectes, qu'Alexandra Kollontaï venait de mourir. Mourir de sa belle mort, comme on dit. Sans doute devait-elle à l'obscurité de sa retraite de n'avoir pas expiré dans les caves de la Loubianka. Car Fred eut beau feuilleter les journaux russes comme d'ailleurs les journaux français, aucun ne signalait le décès de cette femme extraordinaire.

L'élimination d'Alexandra de l'histoire du siècle, où elle joua un rôle si éminent, le bouleversa. Alexandra était oubliée, comme Delesalle, comme lui-même disparaissait des dictionnaires, des mémoires, de l'actualité. Il ne s'agissait pas de gloriole, ni de mégalomanie, mais simplement de la désagréable impression d'être enterré vivant. Il était reconnaissant à Kravchenko et à David Rousset d'avoir osé secouer les colonnes du temple. En même temps, Kravchenko et Rousset l'éclipsaient définitivement. Dans *Saturne dévorant ses enfants* il avait, le premier, dénoncé la monstruosité du bolchevisme, mais personne ne s'en souvenait.

On a beau ne pas vouloir faire carrière, se moquer des honneurs, on n'en reste pas moins tributaire de cet amour-propre qui provoque tant de susceptibilités et de rancœurs. Fred Barthélemy, homme désintéressé, généreux, idéaliste, utopiste, n'était pas un saint. Il n'ambitionnait pas, d'ailleurs, l'état de sainteté, pour la bonne raison que je ne lui connaissais aucune ambition.

Si 1949 avait été l'année de l'apothéose de Staline, 1953 fut celle de la mort du tyran. Dix-sept kilomètres de queue pour regarder le corps inerte du nouveau Sardanapale. Et comme Sardanapale entraînait dans son trépas son harem et ses courtisans, il se produisit, comme il se doit, un holocauste devant la dépouille de Staline : huit cents victimes piétinées, étouffées ; huit cents gogos crevés la bouche ouverte.

Fred m'adjura de ne pas me préoccuper de cette mort de l'illustrissime qui emplissait les pages de tous les journaux. Celle de Marius Jacob lui semblait infiniment plus digne d'attention. Il me parla donc longuement de Marius Jacob, de sa surprise lorsqu'il rencontra, voilà plus de vingt ans, ce bagnard libéré, échoué dans les bureaux du *Libertaire* ; ce Marius Jacob, fantôme des temps révolus de l'illégalisme et du terrorisme ; ce Marius Jacob devenu un paisible marchand forain. Septuagénaire, Marius Jacob, considérant que la vie ne pourrait plus que lui apporter les misères de la vieillesse, réunit neuf gosses de son village, leur offrit un bon goûter ; puis rangea son linge, fit son ménage, laissa deux bouteilles de rosé sur la table pour les copains, alluma un feu dont il vérifia qu'il dégageait bien du gaz carbonique et se piqua à la morphine.

Fred rapprochait ces deux morts, celle du bagnard et celle du dictateur. La mort volontaire du premier, digne de celle de Socrate et la fin de l'autre, qui n'était pas une fin puisqu'on allait l'embaumer dans un cercueil de verre et l'installer dans le mausolée de la place Rouge, près de Lénine qui, aux enfers, se reculait d'effroi.

Je m'étais embauché dans une fonderie de Vincennes, où je bossais comme manœuvre.

Vincennes ! Le nom chantait aux oreilles de Fred Barthélemy. Vincennes où il avait travaillé avec le second Hubert, le frère de Claudine. Vincennes de sa vie ouvrière heureuse. Vincennes de Makhno.

Une nouvelle fois, il entreprit de me faire apprendre un métier. Lui qui ne se préoccupa jamais de l'avenir de ses enfants, se souciait tout à coup de mes lendemains. Il me disait qu'un bon ouvrier est paré pour la vie. J'ignorais alors qu'il me répétait mot pour mot les conseils que Delesalle lui prodigua. La paternité que Delesalle lui offrit, il la transférait sur ma personne. Mais j'avais déjà tant bourlingué sans jamais me fixer à aucune place, qu'il était bien tard pour tenter de me passer la corde au cou. D'ailleurs, je me rebellais à cette seule éventualité et me scandalisais que Fred puisse me la proposer. Je me voulais libre de toute entrave. La condition de manœuvre me plaisait dans la mesure où, justement, elle n'apparaissait que provisoire. Apprendre un métier signifiait choisir, suivre une destinée. L'obstination qu'il mit à tenter de me stabiliser me cabra. Juste au moment où nous parvenions à une amitié affectueuse, celle-ci se fêla. Nous nous opposâmes même assez violemment. Mais c'est évidemment parce que nos relations se faisaient plus intimes, plus sentimentales, qu'elles étaient plus fragiles.

Je ne comprenais pas alors les motivations de Fred, comme je les comprends aujourd'hui. Sa façon de me diriger me heurta. Je m'en ouvris à Germinal qui s'étonna. Il ne connaissait pas à son père cette tendance éducatrice. De toute manière, Germinal se trouvait absorbé par sa seconde paternité : une fille prénommée Dolorès.

Notre différend dura peu. Lorsque Fred s'aperçut que j'étais vraiment par trop rétif, il abandonna ses ambitions ouvrières à mon égard. Un jour, j'en eus assez de me lever tous les matins à six heures pour attraper le métro de Vincennes et repiquai à ma vie de bohème qui me convenait si bien. Fred ne pipa mot. Il me voyait rappliquer presque tous les jours devant le parapet du quai de la Tournelle. Je passais des heures à fouiller dans ses boîtes, à lire en me tenant un peu à l'écart pour ne pas gêner la clientèle. Je n'achetais plus rien. Les casiers de Fred constituaient ma bibliothèque, dans laquelle je puisais à loisir.

Fred avait beau dire, avait beau m'en vouloir de ce qu'il appelait ma mauvaise tête, lui aussi était incorrigible. Ne se vouait-il pas à une nouvelle tâche qui ne lui apporta que des ennuis : la réhabilitation de Louis-Ferdinand Céline. Pour Céline il se remettait à écrire dans *Le Libertaire* des articles incendiaires où il dénonçait une conjuration de bien-pensants, d'hypocrites, de pharisiens. Céline, exilé au Danemark, voilà une victime à défendre. L'antisémitisme de Céline, cet antisémitisme dont il n'avait aucune idée avant de le découvrir dans le peuple russe, l'avait horrifié et il considéra alors l'auteur de *Bagatelles pour un massacre* comme un fou dangereux. Céline humilié, Céline malheureux, lui redevenait sympathique.

Il s'employa à relever les phrases antisémites des contemporains de Céline et l'anthologie qu'il dressa fut concluante. Qui reprochait à Claudel d'avoir traité Proust de « Juif sodomite » ? Qui reprochait à Bernanos ce poulet : « Le Juif draine l'or, comme un abcès de fixation draine le pus » ? Tous ceux qui lançaient alors à Blum et à Mandel les pires obscénités, en pleins débats à la Chambre des députés, se tenaient cois. Seul Céline trinquait. Toute la France (ou presque) était antijuive lorsque Céline écrivait ses pamphlets. Ceux-ci n'exprimaient en réalité qu'un sentiment collectif. Céline ni pire, ni meilleur (plutôt meilleur que pire) que les autres antisémites professionnels, servait de bouc émissaire. La France entière vomissait sur lui tout l'antisémitisme dont elle se nourrissait. Elle faisait de Céline un être d'abjection pour masquer sa propre ignominie.

Tels étaient les propos publiés par Fred Barthélemy. Ils ne dérangeaient personne car personne (à part quelques milliers de militants) ne lisait plus *Le Libertaire*. Fred s'excitait tellement en faveur de Céline qu'il fit le projet d'aller le voir au Danemark. Céline lui répondit une lettre assez folle, mais très belle, qui vaut la peine d'être reproduite :

« Vous avez bien du courage de soutenir une cause plus que perdue, je pense... Le Duc Mayer de Montrouge-Vendôme possède rats de Haute et Basse Justice et va me le faire bien voir. Il m'a voué, Dieu sait pourquoi, une haine spéciale ! Vengeance raciste. Hystérie d'orgueil surtout. Le diable ! Certes, il ferait bon que les libertaires m'épaulent... Mais que peuvent-ils ? La Comédie est réglée... minutée... Hauts lieux de Hurle-la-Mort ! Ce qui se passe en cour n'est qu'une récitation de texte... à une virgule près. Vais-je faire le clown d'Arènes ? C'est possible... Le pitre de ce procès Dreyfus à l'envers ? C'est possible... Mais je suis bien malade. Oh non, ne venez pas me voir ! J'agrée tous vos bons sentiments... mais je trouve ma misère honteuse. Pas spectaculaire du tout. Job aimait le fumier, moi pas. Bien amicalement à vous. »

Rouerie habituelle à tant d'écrivains accoutumés à jouer avec les mots ! Feindre de s'étonner que Daniel Mayer lui voue une haine spéciale (« On ne sait pourquoi... ») ne manquait pas de culot. Un Juif, même socialiste, pouvait éprouver à son égard quelque ressentiment. Habile sa manière de retourner la situation en sa faveur. C'est Daniel Mayer qui devenait raciste. Et Céline finissait par s'identifier à Dreyfus !

Fred Barthélemy repartait avec un tel entrain dans un nouvel assaut contre des moulins, qu'il ne s'apercevait pas de la malignité de Céline. Faute de le rencontrer, il poursuivit avec lui une longue correspondance. Son ardeur à le défendre, la campagne qu'il tenta de susciter pour qu'il soit amnistié et autorisé à rentrer en France, achevèrent de le déconsidérer aux yeux des rares politiciens et intellectuels qui se souvenaient encore de lui.

Sa seule influence s'exerçait au sein de la Fédération anarchiste. Mais depuis la fin de la guerre, la famille libertaire était bien malade et tous les guérisseurs qui accouraient achevaient de ruiner sa santé. L'anarchie étouffait sous le poids de sa légende ; sous le poids des Espagnols, « anciens combattants » de la F.A.I. et de la C.N.T. ; sous la poussée, enfin, des infiltrations marxistes qui la désagrégeaient. La F.A. trouvait sans cesse dans ses pattes les trotskistes qui se réclamaient, eux aussi, du syndicalisme révolutionnaire et, pour l'opinion publique, trotskistes et anarchistes ne faisaient plus qu'un. Cette confusion mettait évidemment Fred Barthélemy hors de lui. Décidément, il ne se débarrasserait jamais de Trotski. Ni du marxisme. Parmi les nouveaux militants qui apparaissaient quai de Valmy beaucoup de jeunes ne théorisaient-ils pas pour un « matérialisme historique libertaire » ! En décembre 1953, ces dissidents de l'Église marxiste réfugiés dans un mouvement se refusant depuis toujours à se constituer en parti politique, opéraient un coup de force en transformant justement la F.A. en parti, sous le nom de Fédération communiste libertaire, s'appropriant à la fois le local et le journal puis, se réunissant en congrès, ils expulsaient les « vieux », dont Fred Barthélemy.

L'opération se produisit si rapidement et en employant les techniques du complot à la mode bolchevique, que Fred Barthélemy et ses amis, brusquement sans local, sans journal, sans fichier, sans argent, n'eurent pas le temps de comprendre ce qui leur arrivait.

Sur le quai de la Tournelle, Fred se tordait de rire. Il s'esclaffait, se tapait sur les cuisses. Cette exubérance m'étonnait.

— Formidable ! me criait-il. Ce que Thorez n'a pas réussi, ses dissidents y parviennent. Couler le petit bateau de Proudhon et de Sébastien Faure que toutes les tempêtes n'avaient pas fait chavirer ! Il a suffi qu'une bande de morveux s'ingénient à trouer la coque avec leurs canifs et ça y est ! Nous voilà coulés ! Nous sombrons, mon gars, nous sommes à l'eau ! Saluons, saluons ensemble, avant de disparaître dans les flots.

Le désastre le rendait lyrique.

Sur ce, une superbe voiture s'arrêta le long du trottoir, un chauffeur à casquette en descendit, qui s'avança vers Fred.

— Monsieur Barthélemy, je présume. Je vous livre quelques paquets.

— D'où ? Comment ? Je n'ai rien commandé.

Fred suivit le chauffeur qui ouvrit le coffre de la Rolls. Des livres d'art s'y entassaient, à l'état neuf. Ils représentaient, au simple prix d'occasion, une somme rondelette. Étonné, Fred demanda :

— Qui vous envoie ?

— Ma patronne, Madame Flora.

Fred referma précipitamment le coffre.

— Reportez-les-lui. Ce sont de trop beaux livres pour ma clientèle.

— Elle vous les offre.

— A plus forte raison.

Le chauffeur et la Rolls s'en retournèrent. Fred passa du rire à la fureur. Blême, il marmonnait entre ses dents :

— La garce, elle veut m'humilier, me faire la charité.

J'essayais de plaider la cause de Flora :

— Vous vous méprenez. Elle reçoit beaucoup de livres. Elle a pensé qu'il vous serait agréable d'en profiter.

Je réalisais aussi que Flora tentait ainsi de se manifester, de renouer avec Fred sans en avoir l'air, avec cette désinvolture si agaçante qui la caractérisait. Fred, lui, recevait ce geste comme une provocation.

— M'envoyer des livres ! Elle qui les déteste ! Elle a toujours détesté les livres, le sais-tu ? Elle refusait d'apprendre à lire. Ce qu'elle aime, c'est compter, compter ses sous. Elle s'est enrichie exprès, pour me faire honte.

Jamais je n'avais entendu Fred se laisser aller à une telle rage contre Flora. C'est beaucoup plus tard, dans nos ultimes rencontres, lors de son extrême vieillesse, que je traduirai mieux les raisons de sa fureur. Ils ne se pardonneront en effet jamais de s'être lâchés. Il me semble bien aujourd'hui que Fred exagéra tant qu'il put sa clochardisation, qui s'accentua au cours des années, pour embêter Flora et que celle-ci se vengeait de la politique misérabiliste de Fred en étalant sa richesse pour qu'il en arrive à la considérer comme une ennemie de classe. En tirant chacun à l'extrémité d'un même fil, ils avaient l'impression de s'éloigner définitivement l'un de l'autre. Seulement le fil ne rompait pas.

Fred et Germinal participaient à la reconstitution de la Fédération anarchiste, celle qui s'est perpétuée jusqu'à aujourd'hui. La vieille garde, sonnée, effondrée, se serait peut-être dissoute, et Fred avec elle, si ne s'était manifesté un nouveau venu qui, tout comme Fred, avait été incarcéré pendant toute la durée de la guerre. Il s'appelait Maurice Joyeux, lui aussi ancien ouvrier ajusteur, très titi parisien, d'un entrain infatigable. Petit, fluet, il possédait une voix puissante, un peu criarde, suffisamment forte pour ameuter un quartier, perturber une réunion, rassembler des égarés. Le véritable esprit libertaire, étouffé un moment par l'intrusion marxiste, put se réincarner dans la librairie qu'il ouvrit à Montmartre sous l'enseigne : « Le Château des Brouillards »; bientôt siège provisoire de la F.A. qui publia son propre journal : *Le Monde libertaire*.

Fred coopérait, mais sans entrain. On eût dit par devoir. Les deux enfants de Claudine prenaient soudain une place prédominante dans sa vie. A tel point qu'il en oubliait ses Espagnoles. Sans doute Mariette et Louis, qui avaient quitté le domicile maternel, contribuèrent-ils à cette transformation. Institutrice à Paris, Mariette militait toujours activement parmi les ajistes. Louis, marié, employé des postes, s'activait avec sa femme aux « Amis de la Nature ». Le frère et la sœur se voyaient souvent auprès de leur père et leurs convictions l'influencèrent certainement beaucoup, aux abords de sa soixantième année.

La campagne, les paysans, l'intriguaient toujours. Il avait interrogé Gorki, Marie Spiridonova, sans succès.

Mariette et Louis lui révélaient une nouvelle idée de cet espace dilaté, de cet espace qui lui paraissait sans forme, hors des structures urbaines. Le soleil, la pluie, le vent, les petits chemins dans la forêt, les prairies, les rivières, la mer, la montagne, Mariette et Louis parlaient de tous ces éléments avec un plaisir sensuel. Ils y mêlaient la joie des rencontres, les soirées chantantes autour des feux de bois, la convivialité des tentes de toile plantées les unes près des autres, à proximité d'un ruisseau.

— Je suis passé à côté de la nature, m'avoua-t-il. Comme c'est curieux ! J'ai seulement vécu dans l'abstraction des idées.

Et moi je lui racontais ma famille paysanne, ce métier régi par les caprices du temps ; lié au sol, au village. Le paysan, lui disais-je, c'est l'homme du pays, l'homme d'ici, pas d'ailleurs. L'homme du lieu. L'homme qui ne bouge pas. L'homme pour qui la terre est plate. Vous et moi nous ne tenons pas en place. Nous sommes gens des ailleurs. C'est pourquoi nous nous sentons si proches des exilés, des proscrits, des fugitifs. L'exil est en nous.

Il m'observa avec beaucoup d'attention, comme s'il m'avait mal perçu auparavant.

— Tu as vieilli, mon petit gars. Tu raisonnes déjà comme un ancêtre.

Après s'être perdu pendant un long moment à regarder la Seine, par-derrière le parapet, il reprit :

— Bizarre, cette curiosité que j'avais, enfant, pour la mer. Et toute ma vie se sera écoulée loin d'elle. Je m'en suis rapproché en m'embarquant pour la Russie. Seulement, dessus, on ne la voit pas. Elle s'étale tout autour. Et puis la guerre se continuait. On passait plus de temps dans le ventre du bateau que sur le pont. Depuis Odessa, je n'ai guère revu la mer. J'en rêve, parfois. Un jour, la mer m'a fait un drôle de cadeau. Elle m'a envoyé Flora, avec son odeur de poisson. Tu as remarqué comme elle sent le poisson ?

Je crus que Fred plaisantait. Flora exhalait, pour moi,

une tout autre odeur que celle d'une poissonnerie. Cette simple allusion me scandalisait. Flora sentait la femme riche, le beau linge, les eaux de toilette, les parfums exotiques.

Nous ne connaissions pas la même Flora. Celle qui me séduisait tant n'était pas celle qui le poursuivait dans ses insomnies et qui le poussait à jeter en bas du lit ses compagnes éphémères, furieux de trouver ces noiraudes à la place de la petite fille blonde aux yeux bleus qui sortait chaque nuit de la mer et s'avançait vers lui, sans bruit, en balançant ses jambes blanches, blanches comme la couleur de l'aube.

L'insurrection algérienne aiguillonna Fred Barthélemy. Les ratonnades, à Paris, le mirent hors de lui. Nous partagions la même indignation. Mais alors que je m'exaltais pour cette guerre d'indépendance, croyant qu'il était de notre devoir d'aider le F.L.N. à secouer le joug colonial, Fred tentait de me détourner de ce qu'il appelait du romantisme.

— Mais enfin, lui disais-je, vous vous êtes bien précipité au secours de la République espagnole et auparavant vous avez fait de la prison pour anticolonialisme !

Fred me répliqua qu'il prendrait volontiers parti contre la guerre que menait la France en Algérie, mais qu'il se refusait à approuver un nationalisme algérien qui transparaissait à travers le F.L.N.

— Soyons contre toutes les guerres, même les guerres d'indépendance.

Cette neutralité me révoltait. J'aspirais à porter les valises du F.L.N. et le lui dis. Il répliqua, très en colère :

— Alors l'exemple de mes propres conneries ne sert donc à rien. J'espérais t'enseigner quelque chose. Tu n'as rien compris. Ou je me suis mal expliqué. C'est consternant !

La position de Fred Barthélemy était conforme à celle de la F.A. Maurice Joyeux lui-même écrivait :

« La lutte contre la guerre que le colonialisme mène en Algérie ne doit en aucun cas être un triomphe pour le F.L.N., organisation nationaliste et bourgeoise qui reprendra à son propre compte l'exploitation des populations algériennes, dont les fils seront morts pour rien, pour le plaisir de changer de maîtres. »

Ce n'est pas possible, pensais-je. Barthélemy, Joyeux, se trompent. Tout nous démontre aujourd'hui que, seuls, ils entrevoyaient les risques d'une aventure qui allait déchirer tant de consciences, briser tant de vies et dont nous sommes encore amers.

J'étais tant bouleversé par ce conflit qui s'ouvrait avec Fred, qu'au lieu de chercher compréhension près de Germinal, je me précipitai vers Flora. Seulement Flora se moquait pas mal du F.L.N. Elle ne voulait même pas savoir de quoi il s'agissait, bouleversée elle-même par la plainte que son amie Christiane Renault venait de déposer pour homicide volontaire sur la personne de son mari. Douze ans après la mort suspecte de celui-ci ! Il lui avait fallu attendre douze ans pour oser s'attaquer aux Vychinski de l'épuration.

— Christiane deux fois veuve, s'indignait Flora. Veuve de Drieu et veuve de Renault. Tous les deux tués par votre maudite politique. Comme il était beau, Drieu ! Renault, lui, il était moche, c'est sûr. Mais, quand même, Billancourt c'est lui qui l'a fait, non ? Collaborateur ? Et les autres patrons, alors ? Et ses cadres ? Et ses employés ? Et ses ouvriers ? Ils ont tous travaillé pour les Boches. Sans protester. Tous contents de rester sur place, de toucher leur paye. L'État-gangster a assassiné Renault pour lui voler son usine !

— L'État-gangster ! Vous parlez comme Fred. Vous voyez bien qu'il s'y connaît un peu, en politique.

— Laisse Fred de côté, veux-tu ? Renault avait soixante-sept ans lorsqu'il a été coffré à Fresnes. Christiane fréquentait suffisamment de beau monde pour qu'on lui rende son mari. La dernière fois qu'elle le rencontra, elle lui promit que, dans huit jours, il serait libre. Louis lui répondit : « Trop tard, ils m'auront tué avant, car c'est la nuit qu'ils viennent. » Le lendemain, elle le trouva à l'infirmerie de la prison, sans connaissance, la tête entourée de bandages. Le brigadier qui la conduisait lui chuchota : « Cette nuit, ils l'ont tabassé, ils ne l'ont pas ménagé. » Il mourut quelques jours après dans des douleurs si épouvantables qu'on dut lui attacher les bras, les jambes, le corps, tellement il se débattait. Ils ont diagnostiqué : crise d'urémie. A travers le cercueil, Christiane fit radiographier clandestinement le crâne. L'urémie causait de drôles de fractures ! Pendant douze ans, on l'a empêchée de porter plainte. Tu te rends compte, douze ans ! Et on s'étonne des inculpés, bouche cousue, aux procès de Moscou. Les juges ont remis le nez dans le dossier. Bien obligés. Et tu sais ce qu'ils ont conclu ? Oui, oui, on s'était trompés, Louis Renault, ce n'est pas d'urémie, qu'il est mort, mais d'une pneumonie. Christiane a été déboutée. Non-lieu. Elle abandonne. Elle ne ressuscitera ni Drieu, ni Renault. Elle se remarie avec un marquis. Histoire de leur en boucher un coin. J'espère qu'il aimera aussi la peinture, son marquis. Tu rêvasses, ou quoi ? Ça ne t'intéresse pas, mes salades ?

Je pensais à la guerre d'Algérie. Renault, pour moi, c'était de l'histoire ancienne. Christiane, je l'apercevais parfois dans la galerie. Elle me donnait l'impression d'une femme du monde, un peu frivole. Je n'aimais pas lorsqu'elle bavardait avec Flora. Il me semblait qu'elle nous enlevait Flora, à Fred comme à moi. A Fred comme à moi...

Je retournais vers lui. Je me disais qu'il peignait tout en noir parce que trop vieux, trop mis au rancart. Lui m'accusait de céder aux séductions de la couleur rose.

— Tu vas devenir un homme politique, si tu continues sur ta lancée. Les hommes politiques ont en commun avec les criminels de tout voir en rose. Il n'y a même qu'eux qui font des rêves en couleurs tendres.

Lorsque, après une discussion pénible, qui dégénéra en dispute, je quittai le quai de la Tournelle, je ne me doutais pas que, pendant vingt-cinq ans, je cesserais de fréquenter celui qui se plaçait alors au cœur de mon existence. Sans doute, resté près de Fred Barthélemy, nombre de mes égarements ne se seraient pas produits. Mais je n'aurais pas vécu.

Épilogue

(1982-1985)

Alfred Barthélemy est mort en 1985, à Paris, à l'hôpital de la Salpêtrière. Son agonie a duré longtemps, beaucoup trop longtemps. Il a connu toutes les misères des vieillards, toutes ces chirurgies, ces raccommodages, ces transfusions, ces prothèses, par lesquels la médecine prolonge une existence qui n'est plus qu'un souffle, qu'un gémissement. Prostate, cataracte, arthrose, brisure du col du fémur et, finalement, cancer, rien ne lui aura été épargné. A plusieurs reprises, l'hôpital informa la famille que sa fin était proche et nous nous retrouvâmes près d'un mourant goguenard qui semblait s'amuser à nous faire répéter, tous ensemble, le dernier acte de la cérémonie des adieux.

Tous ensemble ? Dans cette vie riche en paradoxes, celui-ci ne sera pas moins étonnant : Fred Barthélemy, qui ne se soucia jamais de ce que l'on appelle la vie de famille, se voyait, à la veille de sa mort, entouré avec la plus grande affection (disons même la plus pieuse vénération) par ses enfants et petits-enfants. Parmi ses amis d'autrefois, aucun ne se joignait à nous pour la bonne raison que tous l'avaient précédé dans la tombe. J'étais le seul, parce que le plus jeune, plus jeune que Germinal, le fils aîné ; Germinal qui se souvenait encore de moi avec un reste d'affection. Mariette et Louis, les enfants de Claudine, me marquaient une certaine froideur que je m'expliquais mal, sinon comme punition de mon éloignement de leur père, pendant trop longtemps. Et puis toute cette ribambelle d'enfants et de petits-enfants. Louis avait deux enfants adultes. Floréal et Dolorès approchaient déjà des quarante ans et ils arrivaient avec leur progéniture. Ces rejetons témoignaient à leur grand-père une admiration bruyante. Ils s'accaparaient leur grand homme. Visiblement, pour eux, j'étais de trop. L'étranger. L'intrus. La manière dont Germinal m'accueillait, à chaque fois, devant la porte de la chambre de Fred, en me saisissant par la taille et en me soulevant au-dessus de sa tête, s'exclamant joyeusement : « Petit moujik ! Petit moujik ! », les agaçait beaucoup. Germinal déjà septuagénaire, ils mettaient cette plaisanterie sur le compte du gâtisme. Ils ne savaient pas ce que ce rituel signifiait pour nous et combien il nous unissait à celui que nous venions retrouver.

J'interrogeai Germinal sur l'absence de Claudine. Claudine était morte, au début des années 70, sinon, bien que séparée de Fred depuis fort longtemps, elle aurait accouru. Et Flora ? Germinal me dit que Flora refusait de se rendre à l'hôpital, se considérant elle-même comme trop vieille pour oser défier la mort qui rôdait dans tous les couloirs de la Salpêtrière.

Inimaginable que Flora puisse entamer sa quatre-vingt-cinquième année ! J'étais partagé entre la curiosité de la revoir et la peur d'effacer une si belle image, tendrement conservée. Comme j'avais entrepris la biographie de Fred Barthélemy, il m'était toutefois nécessaire d'interroger Flora pour reconstituer leurs amours enfantines, et cet environnement exceptionnel qui fut le leur, au temps de la bande à Bonnot.

Flora ne tenait plus sa galerie rue de Seine, retirée dans un somptueux appartement près de la place des Vosges, au milieu de ses Baskine, de ses Soutine, de ses Chagall. Il lui en restait peu, mais comme ils prenaient chaque année plus de valeur, elle ne cessait de s'enrichir, seulement en les regardant. Elle avait ajouté astucieusement, à son capital d'origine, des œuvres d'artistes plus jeunes : Fautrier, Dubuffet, Bacon, Balthus, Magritte qui, elles aussi, constituaient des actions à la hausse. De temps en temps, elle vendait, rachetait, jouait avec la peinture comme à la Bourse. Je lui téléphonai pour solliciter un rendez-vous et elle insista pour m'envoyer sa voiture et son chauffeur. C'était ridicule, le métro me conduisait directement chez elle. Je ne la contrariai pas cependant, me souvenant qu'elle aimait étaler son luxe, comme une marque de revanche, bien sûr tout à fait vaine ; mais cette ostentation lui donnait tellement de plaisir !

Le chauffeur me refila à un valet de chambre qui m'introduisit au salon. Face à la porte d'entrée, au-dessus d'une cheminée monumentale, un nu vous arrivait en pleine gueule, ou plutôt un déshabillé de Baskine, superbe, avec ses violets et ses roses. Un portrait de Flora, évidemment, d'une sensualité étourdissante. Je la connaissais, cette peinture, si souvent reproduite dans les livres d'art, et même en cartes postales, mais de la découvrir là, dans cette pièce silencieuse, seul à seul, me tourneboulait. Je m'approchai très près, fasciné. Le temps s'arrêta. Absorbé dans ma contemplation, j'oubliai le lieu où je me trouvais et le but de ma visite. Soudain, j'eus l'impression que quelqu'un, derrière mon dos, me regardait. Je me retournai brusquement et ce que je vis me stupéfia. Un Klimt ! Un tableau de Klimt ! Non, pas un tableau. Plutôt, sortie d'un tableau, une de ces femmes de Klimt, idole de la décadence viennoise, couverte de pierreries. En observant mieux le visage de cette femme, si fardée, je remarquai qu'elle devait en effet atteindre, à quelque chose près, l'âge des peintures de Klimt. Les peintures et leurs modèles sont immortels. Jamais leurs traits ne s'altèrent. Ce Klimt-là, lui, s'était abîmé avec le temps. Sous la couche de maquillage, on devinait les rides, toutes les plissures de la peau. Le modèle avait eu le tort de s'échapper de la toile, perdant, par là même, son éternelle jeunesse.

— Mon petit Fred, me dit ce fantôme, comme tu as vieilli !

— Mais... je ne suis pas Fred.

Je me nommai, lui rappelant le jeune homme si timide qui venait à sa galerie, du temps où Fred était bouquiniste.

— Ah ! oui, répondit-elle. C'est vrai, mon Fred est un vieillard. Je ne veux pas le rencontrer. Trop tard. La vieillesse est affreuse. Comment me trouves-tu ?

Je bafouillai, lui parlai de Klimt.

— Klimt ? Ces expressionnistes teutons ne valent pas nos fauves. Tu as vu mon Baskine ?

— Je n'ai vu que lui.

Je faillis ajouter : « Comme vous *étiez* belle ! » et ravalai mes mots. D'ailleurs, déjà, elle ajoutait :

— Tu m'as tout de suite reconnue. Et maintenant, suis-je si loin de cette fille en chemise ?

Je plaisantai :

— En ce temps-là, vous n'aviez qu'une chemise à vous mettre. Aujourd'hui vous portez une parure de princesse.

— Oui, galopin, tu veux dire qu'il vaut mieux que je cache ce corps sous une armure de perlouses. Allons, qu'exiges-tu encore ? Ne t'ai-je pas tout avoué, jadis ?

— J'aimerais que vous me racontiez de quelle manière vous avez vécu la bande à Bonnot.

— Ah oui ! L'histoire du chauffeur et du prince...

— Comment ça ?

— Bonnot était chauffeur, tu le sais bien, chauffeur de bagnole ; et le prince c'est Kropotkine, celui qui leur a tourné la tête avec ses idées folles.

— Non, chère Flora, ce n'est pas Kropotkine qui les influençait ; plutôt Bakounine.

— Bah ! Toujours des histoires de Russes. Tous fous

à lier ! Kibaltchich, Eichenbaum... Les Russes, les Slaves, on ne leur pardonne leur folie que s'ils peignent, que s'ils jouent de la musique. Baskine, Soutine, Chagall, Stravinski, parle-moi de ceux-là ! Les autres, c'est du vent. Le vent de la mort et de la misère. Aimes-tu la musique ? Moi, je ne me lasse pas d'écouter *Boris Godounov*. Moussorgski, ça fout en l'air Trotski ou Staline. C'est la vie qui chiale, qui rit, qui chante. Les autres sécrètent le néant. Ce sont eux qui m'ont volé mon pauvre petit Fred.

Elle se mit à pleurer, debout. Les larmes, en coulant sur son visage, défaisaient le savant maquillage. Des traînées noires venaient de ses cils, balafrant ses joues comme des tatouages. Toute petite, dans sa robe lamée d'or, elle ressemblait à une momie. J'avais l'impression horrible que son visage allait se dissoudre tout entier, fondre, et qu'il ne resterait plus dans ces précieux atours qu'une tête de mort. Je la pris précautionneusement par les bras et la conduisis vers un fauteuil où je l'aidai à s'asseoir. Elle demeura un long moment prostrée, puis lança, dans une soudaine surexcitation :

— Il sera toujours à moi. Je serai toujours à lui.

Inutile de demander de qui il s'agissait. J'acquiesçai :

— Oui, Flora, toujours. Et ce livre que j'écris vous unira à jamais.

Un peu solennelle cette promesse. Que n'affirme-t-on pas pour quelques grammes de secrets dérobés ?

— Dites-moi tout, Flora, tout !

Elle me regarda attentivement :

— Je te reconnais, toi, maintenant. Tu as toujours été curieux. Je ne te dirai pas tout. A toi de deviner. Mais je t'aiderai. Et puis, merde, chante ce que tu veux. Tout ça n'a plus importance.

Ces longs moments à l'hôpital, où je me trouvais seul avec Fred Barthélemy. J'essayais d'éviter les heures où la famille affluait. Recroquevillé dans son lit, il attendait. Son long corps s'était rétréci à l'extrême. Dans son visage amaigri, les yeux noirs témoignaient encore, néanmoins, de cette vitalité et de cette passion qui menèrent sa vie. Dès que j'ouvrais la porte de la chambre, je rencontrais ses yeux. Guettaient-ils sans cesse le visiteur ? Je surprenais une angoisse dans son regard, qui disparaissait dès que j'avançais la seule chaise et m'y asseyais pour engager la conversation. Une fois, il approcha très près sa tête de la mienne et me dit à voix basse :

— C'est le goulag, ici. Ils m'épient. Ils viennent dans ma cellule, camouflés de leur blouse blanche et me piquent pour que je ne m'évade pas. Débrouille-toi pour me faire sortir.

C'est vrai que cette chambre de malade s'apparentait à une cellule de prison modèle. Mais elle ne comportait pas de barreaux, sauf ceux du lit métallique. Et Fred Barthélemy ne voyait que ceux-là. Il se complaisait à me les désigner, en ricanant :

— Ils m'ont foutu dans un lit-cage !

— Tu es malade, Fred. On te soigne bien. Tout à l'heure, Germinal viendra. Prends patience.

— Alors, toi aussi, tu te mets avec eux ?

Une aide-soignante entra en poussant un chariot chargé de nourriture. C'était l'heure du repas. Elle posa un plateau sur le lit, presque sous le menton de Fred.

— Comment ça va, le pépé, aujourd'hui ? Toujours aussi grognon ?

Fred, effaré, ne répondit pas. Dès qu'elle fut partie, il écarta le plateau.

— Tu dois manger, dis-je. Sinon tu vas t'affaiblir et nous ne pourrons pas te faire évader.

— C'est du dégueulis de chat.

Comme Fred édenté refusait le secours d'une prothèse, on lui servait seulement une sorte de hachis de viande mélangé à des légumes passés à la moulinette.

— Allons, mange, repris-je, c'est bon.

Narquois, il me tendit le plateau.

— Si c'est bon, mange-le. Je te le donne.

Je goûtai la purée avec un haut-le-cœur et reposai le plateau sur la table de nuit.

— Tu vois, toi aussi, tu cales.

Que répondre ? Je lui apportais des gâteaux secs qu'il amollissait dans un verre d'eau et avalait avec une sorte de gloutonnerie. Ensuite, rasséréné, il se mettait à parler. Il pouvait ainsi soliloquer pendant des heures, si personne n'entrait dans la chambre. A la moindre apparition d'une blouse blanche, il s'arrêtait, me regardait d'un air complice et observait un mutisme absolu. « Le goulag ! » me soufflait-il. Parfois, les infirmières ou les médecins entendaient vaguement et me demandaient : « Que baragouine-t-il ? Il se méfie de nous. Pourquoi ? Allons, allons, soyez sage, père ronchon ! »

J'avais envie de leur expliquer quel personnage ils soignaient. Manifestement, ils le prenaient pour un petit vieux acariâtre perdant plus ou moins la tête. Mais serait-ce rendre service à Fred Barthélemy, retombé dans l'anonymat depuis si longtemps, que de ressusciter un passé chargé d'un tel détonateur politique ?

Ce passé remontait dans la conscience embrumée de Fred dès que nous nous trouvions seuls. Il semblait même qu'il ne voulait rien laisser perdre, que cette biographie, dont il disait ne pas se soucier, finissait par l'obséder. Dès qu'il me voyait, il s'empressait de me fournir des éléments nouveaux ou des réflexions dont il pensait qu'elles pouvaient m'aider à mieux comprendre son action.

Souvent, ces remarques arrivaient à brûle-pourpoint. Par exemple :

— J'ai cru toucher la porte du paradis et je n'ai fait qu'ouvrir des bureaux minables, où discutaient des comités. La réunionnite est un des maux de la révolution. On y parle tant de la révolution qu'on l'oublie.

Il n'appelait plus les députés que les « députes » (sans accent aigu sur le second *e*).

— Il y a les putes, soulignait-il malicieusement, qui sont des paumées et il y a les super-putes, plus familièrement nommées députes. Alors, elles, ce sont les grandes salopes, les bouffeuses de pèze, les fouteuses de merde. Vive les putes, à bas les députes !

Il riait, content de sa plaisanterie.

Puis il me demandait de m'approcher plus près de son lit, me tirait par mon veston pour me parler à l'oreille et me disait à mi-voix, comme s'il s'agissait d'une confidence :

— Hier, je me suis reluqué dans la glace, avant de me raser. Les miroirs ne sont plus ce qu'ils étaient. Autrefois, ils me renvoyaient une meilleure image.

L'intelligence de Fred Barthélemy, qui m'avait tant impressionné jadis, tournait à la facétie.

Je cherchais surtout à savoir comment il avait vécu ces vingt-cinq ans pendant lesquels nous ne nous étions plus rencontrés et ce qu'il avait fait pendant cette longue traversée du désert. Il existe, dans toutes les vies d'hommes publics, de curieuses oscillations, des apparitions et des disparitions, des succès et des échecs.

Souvent, lorsque l'un monte, l'autre descend. Je me souvenais de Lecoin, tombé dans l'anonymat après la Seconde Guerre mondiale, en un temps où Fred jouait encore les utilités. Puis, les rapports s'inversèrent. Dans les années 60, Louis Lecoin devint le grand homme du mouvement libertaire, ayant pris sur lui la charge de défendre les objecteurs de conscience et de les protéger par un statut. Théoriquement, un objecteur persistant dans son refus d'accomplir son service militaire, pouvait demeurer emprisonné jusqu'à quarante-neuf ans, âge où il se trouvait délié de toute obligation guerrière. Réclamer le droit à l'objection de conscience, au moment où le contingent partait encore se battre en Algérie, ne manquait pas d'audace. J'ai suffisamment fréquenté Lecoin à cette époque et participé à son action pour savoir l'intrépidité qui animait cet homme. De ses militants se constituant symboliquement prisonniers en s'enchaînant place Bellecour à Lyon au pied du monument de Louis XIV, à sa grève de la faim de 1962, puis au statut arraché un an plus tard et, enfin, à la libération de tous les objecteurs incarcérés, Lecoin retrouvait la force médiatique qui fut la sienne au moment des manifestations en faveur de Sacco et Vanzetti. De Gaulle bougonna : « Il ne faut pas que Lecoin meure. » Et l'abbé Pierre lui écrivit : « Ce Dieu auquel vous ne croyez pas, il vous aime infiniment. »

J'avais demandé à Lecoin des nouvelles de Fred Barthélemy, disparu. Il ne savait rien. Il m'écouta d'ailleurs à peine. Que lui importait Barthélemy, alors que quatre-vingt-dix objecteurs de conscience moisissaient en prison ?

Bizarrement, à peine le statut des objecteurs obtenu, Lecoin, à son tour, passait à la trappe. En 1968, la nouvelle vague anarchiste qui déferla de l'université de Nanterre et prit d'assaut la Sorbonne, récupéra Fred Barthélemy. *L'Humanité* s'en gaussa, disant que Cohn-Bendit ramassait Barthélemy dans les poubelles de l'Histoire. Toujours ces poubelles, dont les couvercles allaient servir de boucliers dans les affrontements avec la police.

Finalement, Cohn-Bendit s'aperçut que se faire précéder par un fossile manquait d'agrément et s'attribua la première place, remettant Barthélemy dans la décharge où il l'avait trouvé.

Lorsque Lecoin mourut, en 1971, et fut, lui aussi, incinéré au Père-Lachaise, Fred Barthélemy n'y assista pas. Échappé à la coupe de Cohn-Bendit, il tombait sous celle de Mariette et Louis. Les deux enfants de Claudine l'intégraient en effet à leur lutte écologique contre les centrales nucléaires. Lorsque je les interrogeai sur l'activité de leur père, je remarquai vite qu'ils exagéraient son rôle. Ils m'étalaient des photos où l'on voyait Barthélemy traîné à terre par les C.R.S., représentant, dans ces manifestations pacifistes qui souvent tournaient au vinaigre, le rôle du vieillard persécuté. Ils me montraient trop complaisamment les sit-in où Fred se détachait au premier plan, face à la police, très bien exposé pour les photographes, trop dangereusement exposé devant les matraques. Mariette et Louis me décevaient. Eux-mêmes semblaient d'ailleurs poussés par les deux fils de Louis, sûrs de la vérité de leurs vingt ans. Comme ils ne voulaient pas apparaître désuets devant ces jeunes, ils en rajoutaient et propulsaient le grand-père au casse-pipe.

Seules mes rencontres avec Germinal ne me désappointaient pas. Il me racontait comment il lutta, avant et après 1968, contre les perpétuelles tentatives de transformer la Fédération anarchiste en parti marxiste libertaire. Jusqu'alors le mouvement avait été essentiellement tenu par des ouvriers ou d'anciens ouvriers. Soudain, un afflux d'étudiants, nourris de philosophie marxisante, déferla sur la F.A. et faillit l'étouffer. Il ne s'agissait plus d'ennemis voulant la détruire, mais de nouveaux militants bien intentionnés qui risquaient de l'annihiler en la délitant. Face à ce glissement, Fred se cramponna. Jusqu'à ce qu'il parte à l'hôpital sur une civière, il demeura la conscience de l'anarchie.

En 1968, au Congrès international des Fédérations anarchistes qui se tint en Italie, à Carrare, Cohn-Bendit contesta violemment ce qu'il appelait « l'anarchie de papa ».

— Cohn-Bendit ne pouvait pas mieux dire, ironisait Germinal, l'anarchie de mon papa c'est la meilleure.

Germinal avait amassé beaucoup de documents qu'il se faisait un plaisir de me laisser consulter. Certains doublaient ceux que je compulsais dans les dossiers de Fred, au Kremlin-Bicêtre, d'autres étaient différents. Il avait recueilli des photos, des coupures de presse, concernant son père et que celui-ci n'avait pas gardées ou me dissimulait. Parmi ces photos, l'une d'elles m'arrêta. Fred Barthélemy, vieillard, le dos cassé, au bras d'une très jeune femme, élégante, jolie, un peu pensive.

— Qui est-ce ?

Germinal pinça un moment la photo entre ses doigts, comme s'il hésitait à répondre.

— C'est Isabelle.

— Isabelle ?

— Oui, le dernier amour de Fred.

— Le dernier amour de Fred n'est-il pas le premier ?

— Sans doute. Mais Flora reste lointaine. Isabelle est venue sans bruit et partie de même. Tiens, regarde...

Il me tendit d'autres photos. De belles photos, émouvantes, d'un couple étrange : une jeune femme, à l'allure de jeune fille, guidant un vieillard avec une amoureuse attention. Antigone ouvrant le chemin à Œdipe. Sur l'une d'elles, un garçonnet se calait devant la robe longue d'Isabelle. Je le montrai du doigt.

— Fred et Isabelle ont pondu un gosse. Il s'appelle Paul, en souvenir de Delesalle. Il va avoir neuf ans.

— Je ne les ai pas vus à l'hôpital.

— Non, Isabelle ne vient pas. Peut-être amènera-t-elle le petit Paul un de ces jours. Quoique, tu le sais, pour Fred ses enfants aient toujours été le cadet de ses soucis. Ses femmes aussi, peut-être ?

— Sauf Flora.

— C'est vrai. Sauf Flora.

Je parle du temps où Fred Barthélemy se mourait lentement à l'hôpital. Heureusement, auparavant, nous pûmes nous revoir plus intimement, plus calmement, dans son étroit logement du Kremlin-Bicêtre. Je ne me serais jamais douté que le peu d'années où nous nous connûmes, à mes débuts dans la vie parisienne, eussent autant compté pour lui, qu'il en conserverait un souvenir aussi vif. Disons-le, je m'aperçus avec surprise combien il m'aimait. Et moi, le retrouvant, je sentais avec étonnement un flot de tendresse qui me submergeait. Cet homme était bien mon père spirituel. Je le savais, mais je n'eus jamais osé supposer que lui me considérait comme un fils. Mieux, en analysant les circonstances de sa vie, pour la biographie que j'entreprenais, des analogies me sautèrent aux yeux. Mes relations ambiguës avec Flora ressemblaient fort à celles de Fred et de la Kollontaï. Quant à mon ingratitude envers celui qui m'ouvrit la voie, elle se rapprochait de la légèreté dont Fred usa trop souvent envers le bon Delesalle. Peut-être Fred Barthélemy remarquait-il, lui aussi, ces similitudes. Toujours est-il qu'il me témoignait une affection sans retenue. Dès que je frappais à la porte de son logement, à l'heure dite de notre rendez-vous, il arrivait précipitamment. Il m'attendait. Depuis le matin peut-être car, sur la table de la salle à manger, les coupures de presse, les lettres, les brochures, étaient posées en bon ordre, prêtes à être consultées. Nous procédions par tranches. Tranches d'Histoire et tranches de vie. Les deux se chevauchant.

Fred Barthélemy en revenait toujours à sa grande erreur, l'erreur d'un nombre impressionnant d'anarchistes en 1917, qui soutinrent la Révolution bolchevique ; pire, qui renoncèrent à leur philosophie fondamentale et contribuèrent à instaurer, provisoirement le croyaient-ils, une soi-disant dictature du prolétariat qui n'était en réalité que la dictature d'un parti.

Il me reçut, une fois, dans une grande agitation. Il avait déniché la copie d'une lettre d'Errico Malatesta à Luigi Fabbri, datée du 30 juillet 1919. Le leader anarchiste italien analysait avec une grande lucidité la situation :

« En réalité, écrivait-il, il s'agit de la dictature d'un parti, ou plutôt des chefs d'un parti ; c'est une véritable dictature avec ses décrets, ses sanctions pénales, avec ses agents d'exécution et surtout avec sa force armée qui sert aujourd'hui pour défendre la Révolution contre ses ennemis extérieurs, mais qui servira demain pour imposer aux travailleurs la volonté des dictateurs... pour défendre une nouvelle classe privilégiée contre les masses... Le général Bonaparte, lui aussi, a servi à défendre la Révolution française contre la réaction européenne, mais en la défendant il l'a étranglée... c'est la dictature de Robespierre qui prépara la voie à Napoléon. »

— Hein, tu vois ça ! s'écria Fred. Seulement, parle de Malatesta, aujourd'hui, on te répondra qu'il s'agit d'un condottiere de la Renaissance italienne dont on peut voir le portrait au musée du Louvre. Notre culture, à nous, nos personnages historiques, n'existent plus.

— Tu exagères.

Fred Barthélemy s'assit sur une chaise de cuisine qu'il transportait partout dans le logement. Je ne sais pourquoi, il ne pouvait se passer de cette chaise cannée, banale, peu confortable. Il aimait s'y installer à l'envers, les bras posés sur le dossier, le menton sur ses mains.

— J'exagère. J'exagère. Bon, admettons. La vérité c'est qu'on en vient à se persuader que le monde se désagrège, que tout fout le camp. Alors qu'en réalité, c'est nous qui nous désagrégeons avec l'âge, c'est nous qui foutons le camp. Ce n'est pas le monde qui meurt, comme je voudrais le croire, mais moi, moi tout seul, mon monde à moi.

Que répondre ? Je n'osais plus toucher aux dossiers.

— Va, continue, me dit Fred. Puisque tu as décidé de faire le saint-bernard.

Un jour, il me sortit un paquet, enveloppé dans du papier journal et assez mal ficelé. Sur une étiquette, à demi décollée, je lus : « Les crimes de Trotski ».

— Quand Victor Serge publia *Les Crimes de Staline,* j'entrepris de réunir une documentation pour une sorte de réplique à propos de ce damné Trotski sanctifié par l'exil. Puis j'ai laissé tomber. A quoi bon !

Accoudé sur son dossier de chaise, Fred glissa dans un long silence. Je savais qu'il partait alors à la recherche de son passé, que son passé revenait vers lui, qu'il déborderait bientôt en un flot de paroles. Il me suffisait d'attendre, de ne rien dire, de ne pas rompre cet état de grâce qui s'installerait entre nous. Je me tenais prêt à noter ses paroles. Elles arrivaient d'abord dans le désordre, puis se transformaient en un discours susurré :

— La Spiridonova... L'œil qui regardera Trotski dans sa tombe jusqu'à la fin des temps... Lénine détruisit l'État, mais Trotski le reconstitua avec son train blindé. Zinoviev avait raison, Trotski était bien Bonaparte. Seulement il se trompa en prenant Staline pour Barras. Staline a ramassé le pouvoir des mains de Trotski-Bonaparte et c'est lui qui devint Napoléon... C'était extraordinaire, tu sais, à Moscou, les bolcheviks ne parlaient que de Paris, que de la Révolution française. Trotski justifiait le bolchevisme en tant que réplique des Jacobins. Le plus farce, c'est que les Jacobins, eux, ne se référaient qu'aux héros de l'Antiquité romaine. César, Caton, Brutus... Ils jouaient une tragédie antique à Paris, comme plus tard les bolcheviks se mirent à jouer une tragédie robespierriste à Moscou. On accable ce pauvre Staline. Tiens, passe-moi ce papier, là.

Il lut :

— « Aucun de nous ne veut ni ne peut discuter la volonté du Parti, car le Parti a toujours raison. » Tu vas dire : signé Staline. Perdu, mon vieux. C'est Trotski qui écrit ça en 1924, l'année de la mort de Lénine. Si le Parti a toujours raison, Trotski avait donc tort lorsqu'il fut mis en minorité. Il eut tort dans l'exil. Il eut tort en devenant trotskiste. Et puis la chiotte, je radote. C'est ça, la vacherie de la vieillesse. Le passé vous remonte à la gorge, vous étouffe. De l'air, bon Dieu ! De l'air !

Je me précipitai. Il étouffait réellement. Un râle sortait de sa poitrine. Il haletait. De sa main droite engourdie il tentait d'extraire quelque chose de sa poche. Je l'aidai à en sortir une boîte de médicament. Il avala une pilule dans le verre d'eau que je lui apportai. Assez rapidement, sa respiration reprit son cours normal. Il me regarda, un peu hébété, puis sourit. Quelques minutes plus tard, il se remettait à parler :

— T'as vu, le feld-maréchal, il a failli m'avoir. Depuis le temps qu'il cherche à me supprimer !

Ah ! ces deux années ultimes passées à l'écoute de Fred Barthélemy, comme j'eusse voulu les prolonger. La barrière de l'âge, de l'expérience et de l'inexpérience, les pudeurs et la timidité, tout cela tombait. Par la maturité, j'avais presque rattrapé Fred. Il s'établissait entre nous une grande familiarité et beaucoup d'attachement. Lorsque je le quittais et, après avoir descendu les étages, me retrouvais dans la rue de sa banlieue, je l'apercevais toujours à sa fenêtre qu'il ouvrait toute grande. Il se penchait au-dehors, agitait la main. Je partais à pied vers le métro et, en me détournant, je le voyais de plus en plus loin qui brandissait son bras maigre. Cet adieu un peu puéril avait quelque chose de douloureux et d'attendrissant.

Je me reprochais toujours de le laisser seul. Mais ses enfants et petits-enfants s'occupaient de lui. Rares les jours où il ne recevait pas de visite. Germinal me dit que des femmes dévouées lui faisaient ses courses, sa cuisine, son ménage. En réalité, on le choyait. Qui étaient ces femmes ? « Des voisines, me déclara Germinal, quelques jeunes militantes aussi. Tu le connais, il n'accepte pas n'importe qui. Il ne veut que des pin-up. »

Je questionnai Fred sur ces mystérieuses visiteuses que je ne rencontrais jamais. Il prit la chose à la blague, resta dans le vague.

— Et Isabelle ?

— Isabelle ? Quelle Isabelle ?

— Un biographe ne doit rien laisser dans l'obscurité. J'ai vu sa photo. Quelle jolie fille ! Et ce petit garçon ?

Il me regarda de biais, d'un air narquois.

Lorsque je travaillais sur ses dossiers, prenais des notes, il m'observait comme un professeur qui surveille la pratique d'un élève. Parfois il se levait, m'apportait une liasse de papiers blancs. Il lui arrivait de s'agacer de ma méticulosité et de la lenteur de mes recherches. Il grommelait :

— Tu ne vas pas occuper ma table pendant cent sept ans ! Où veux-tu que je mange, moi ? C'est plus un logement, ici ; ça devient un bureau, une étude de notaire, les archives nationales.

Je le laissais râler. Ce qu'il mangeait ne nécessitait guère de place. Et, depuis longtemps, il avait transformé lui-même son appartement en un fouillis de livres et de documents dans lequel je le forçais à mettre un peu d'ordre. Il lui arrivait de revenir sur une question posée la veille et restée sans réponse. En fait, et c'est bien normal, il n'aimait pas qu'on l'interroge. Il ne répondait que selon son bon plaisir.

Par exemple, il avait négligé mon interrogation sur ces mystérieuses visiteuses et sur Isabelle. Comme je m'apprêtais à m'en aller, le même jour, il me parla des femmes, mais d'autres femmes. Il tergiversait souvent ainsi. Une question posée, qui le gênait, le conduisait à réfléchir sur le même sujet et à deviser d'autre chose.

— Le rôle des femmes, dans la propagation du marxisme, on le passe sous silence. Ça aussi, ça fait partie de la censure des historiens. Que Sandoz et moi ayons vécu avec des militantes bolcheviques en U.R.S.S., je le trouvais naturel. Jusqu'à ce que, au moment du Front populaire, je me demande si nous n'avions pas été manipulés par nos compagnes, si elles n'étaient pas placées dans nos lits pour nous surveiller, pour nous aider à bien penser. Mais ça n'a intéressé personne. Quand même, la proportion de femmes communistes envoyées de Russie pour séduire les intellectuels français éminents, me paraît trop grande pour être fortuite. Maria Pavlovna près de Romain Rolland, Nadia près de Léger, Lydia près de Matisse, Elsa près d'Aragon, ça fait beaucoup de sous-marins féminins russes dans les eaux françaises...

Je n'y avais jamais pensé. Après tout, il s'agissait peut-être de coïncidences ou de modes. Les romantiques épousaient bien des Anglaises, les surréalistes des Américaines, pourquoi pas une mode dans la lingerie slave ? Néanmoins, les intuitions de Fred Barthélemy méritaient toujours d'être méditées.

— Elsa près d'Aragon ? Serait-ce cette cavalière Elsa que tu évoques parfois ? Pourquoi cavalière ?

— Une coïncidence. Troublante, comme toutes les coïncidences. Tu n'as pas lu *La Cavalière Elsa,* le roman de Mac Orlan ?

— Non.

— Il date de l'époque où je turbinais à Moscou, dans les premiers temps du Komintern. Un roman à la fois délirant et prémonitoire. Quelle gonzesse, cette Elsa Grünberg, « Juive allemande, slave par humeur et cavalière par nécessité »... la conquérante de l'Ouest, à la tête de l'armée rouge. Pas si voyantes, nos cavalières Elsa, mais plus subtiles, plus habiles, plus déterminantes...

La cavalière Elsa m'éloignait de ma propre enquête. Alors, de toutes ces Espagnoles de Barcelone, de toutes celles qu'il fréquentait du temps où il était bouquiniste, de ces soi-disant voisines actuelles, je ne saurai rien. Nous ne saurons rien. N'est-ce pas mieux ainsi ? Elles eussent risqué de ternir l'image de la seule, finalement, qui m'importe, de la seule qui compta vraiment pour lui et qu'il n'évoquait plus jamais.

J'essayais de remplir cette partie blanche qui demeure

dans la vie de Flora, entre le départ de Fred pour la guerre et le moment où il la retrouva en compagnie de Baskine. Flora, que je revis, bien sûr, dans son superbe appartement, se contenta de me redire : « C'est à toi de deviner. » Quant à Germinal, pensionnaire très tôt, il ne se souvenait de rien, sinon des dimanches où il aimait enfouir sa tête dans les dentelles et les fourrures de cette si jolie femme aux enivrantes odeurs d'alcôve.

Une autre fois, que Fred m'observait en train de classer mes notes, de réfléchir, de tracer des plans sur une grande feuille de papier, il me dit (ou plutôt, il se dit, car la plupart du temps c'est à lui-même qu'il parlait, ou à la cantonade) :

— Curieux que tu sois devenu un intellectuel. Un des rares qui se réclament de notre philosophie. Jadis, l'anarchie était soutenue par des hommes de lettres, des peintres, des savants. Aujourd'hui, les artistes, les écrivains, s'éloignent de nous. Les intellectuels célèbres fuient notre compagnie. Ils sont trop sollicités par les États qui se proclament leaders d'une idéologie. L'anarchisme n'est pas payant. Regarde les deux théoriciens italiens, l'anarchiste Berneri et le marxiste Gramsci. Berneri, persécuté, finalement assassiné à Barcelone, qui connaît ses écrits ? Alors que ceux de Gramsci sont constamment cités. Tu devrais abandonner. Tu perds ton temps avec moi. Tu vas te faire mal voir. Inspire-toi plutôt de Barbusse. Quel exemple de réussite sociale et même de réussite historique ! C'est fou le nombre de rues qui portent son nom. Je bute dessus à tout bout de champ dans mon carnet d'adresses. Crois-tu que l'auteur d'un seul livre lisible, *Le Feu,* que personne n'ouvre plus, mérite une telle gloire ?

— C'est drôle de t'entendre prononcer ce mot : la gloire ! Dans ta bouche, on a l'impression d'une cochonnerie.

— C'est vrai. J'en arrive à dire n'importe quoi. C'est

ta faute, aussi. Tu sculptes mon buste. Ne t'étonne pas si j'en viens à prendre la pose.

Pendant que je travaillais chez lui, agacé à la longue par son inoccupation, il prenait un bout de carton, un dos d'enveloppe usagée, et écrivait rapidement une sentence, une pensée, une réflexion, qu'il m'apportait en affectant la solennité. Ce n'était jamais banal. C'était même souvent surprenant. Je lisais :

« Le peuple s'en fout de la liberté. Ce qu'il veut c'est l'égalité. C'est la norme. C'est le standard. Tous pauvres, tous moches, tous ringards. »

Ou bien :

« C'était le bon temps. On leur donnait une alouette et ils vous prêtaient leur cheval. Souvent, ils vous rendaient même l'alouette, sous forme de pâté. »

Ou encore :

« Je suis un loup végétarien vivant parmi des moutons aux dents bien aiguisées. »

Il m'observait pendant que je décryptais ses billets. Si je ne réagissais pas immédiatement, il s'assombrissait :

— C'est pas bon, hein ! J'ai perdu la main. Peut-être même l'esprit.

Il criait, d'une voix aigre, bouffon :

— Esprit es-tu là ? Esprit es-tu là ?

Puis me regardait, consterné :

— L'esprit ne répond plus.

Souvent, il s'inquiétait :

— Les autres vieux radotent. Est-ce que je radote ? Je me demande souvent si je ressemble au vieux Delesalle ou, pire, au vieux Sorel.

— Georges Sorel ? Percevais-tu la chance que tu avais de le rencontrer ? Lorsque Lénine te parla de lui, connaissais-tu ses œuvres ?

— Non. Je l'ai étudié seulement en Russie et, même là, je comprenais mal l'attention que Lénine lui portait.

Quoique, l'admiration de Lénine pour Sorel, faut pas exagérer. Il se servait de Sorel comme « idiot utile », mais ses idées l'irritaient autant que celles de Proudhon agaçaient Marx. *Les Illusions du progrès* ! Comment Lénine pouvait-il accepter que le progrès soit une illusion ? Non, je n'avais lu ni Sorel, ni Péguy. Sans doute parce que tous les deux sont venus nous prendre par la main, Flora et moi, comme deux grands-pères trop bien intentionnés. Trop de bonté agace les enfants. Non, je n'avais lu ni Sorel, ni Péguy. Maintenant, si je ne me retenais, je ne lirais plus qu'eux. Sorel comprit avant tout le monde que le socialisme ne se justifiait que s'il apportait à l'humanité plus de morale, que s'il poussait le social vers le sublime. Pour lui, si le socialisme ne se transcendait pas en une métaphysique des mœurs, il ne valait pas la peine d'être vécu. C'est aussi ce que pensait Péguy. Je les ai manqués, ces deux-là. Si j'avais écouté leurs leçons, je ne me serais pas égaré comme agent du Komintern. Bien qu'il y eût du sublime dans la démarche de Lénine et de Trotski ! J'ai repensé une seule fois à Péguy, pendant mon séjour en Russie. J'assistais aux cérémonies données en l'honneur du dixième anniversaire de la mort de Tolstoï et, soudain, j'ai revu cette unique photo, épinglée dans le bureau des *Cahiers de la Quinzaine,* qui m'avait tant intrigué. Deux bonshommes bizarrement vêtus. A mon air interrogateur, Péguy répondit : « Tu liras plus tard leurs œuvres. Le plus vieux, le barbu, s'appelle Tolstoï. L'autre, le moustachu, c'est Gorki. Deux lumières qui viennent des pays de neige et qui éclairent toute ma pensée. Souviens-toi, mon petit, de ces deux noms. » C'est le seul conseil de Péguy que j'ai suivi. Je n'ai eu de cesse de rencontrer et de comprendre Gorki.

Épiant ses répétitions ou le retour de ses obsessions, il me demandait de l'avertir s'il rabâchait les mêmes anecdotes. Toutefois, lorsque je l'alertais, il n'en tenait aucun compte, se laissait aller, ne m'écoutait pas, ne me voyait même peut-être pas. Ne pouvant arrêter ce flux qui remontait de sa jeunesse, il continuait imperturbablement son histoire.

Dans ce miteux logement H.L.M. de banlieue parisienne, Staline et Trotski, morts tous les deux, ne cessaient d'être présents. Pourtant le trotskisme n'exerçait plus sa séduction, remplacé par d'autres chimères (le titisme, le castrisme, le maoïsme) et la déstalinisation était soi-disant effectuée. Il n'empêche que ces deux diables rouges hantaient toujours mon pauvre Fred.

— Staline, soliloquait-il, a promis pendant vingt-cinq ans le pain gratuit au peuple russe, sans le lui donner. Or, au même moment, la consommation du pain baissait à un tel point dans les pays capitalistes rassasiés, que ceux-ci l'auraient distribué quotidiennement et gratuitement que leur économie ne s'en serait pas ressentie. On fait des mythes de ce qui n'a plus d'importance. Au lieu de se rapprocher du communisme, la Russie n'a cessé de s'en éloigner. Elle n'en était pas loin en 1917, elle en est très loin en 1984. La Révolution russe succomba à la bureaucratie qu'elle a engendrée. Et qui l'engendra ? Trotski, que Staline traitait non sans humour, ni vérité, de « patriarche des bureaucrates ». Il aurait pu aussi bien lui attribuer le titre de prince du militarisme. Le bureaucrate et le militaire, ces deux fléaux du monde moderne, ont été communisés par Trotski. L'U.R.S.S. et ses satellites se sont approprié le mythe de l'État socialiste. Tous les dictateurs, maintenant, justifient leurs exactions par le mythe du socialisme. Ils opèrent le détournement d'un Bien, dont ils font un Mal. Il n'existe pas un dictateur militaire en Afrique qui ne se proclame socialiste. Les décolonisés sont aussitôt recolonisés par leur propre armée baptisée « populaire ». Quelle comédie ! Je ne serai pas fâché de quitter tout ça ! Vivement que la mort vienne. Qu'est-ce que je fous encore ici ? Veux-tu me le dire ?

Il tombait dans de longs moments d'abattement, restait prostré sur sa chaise et, soudain, le débit de paroles, très lent, reprenait :

— Dans le temps, lorsque l'on se sentait mourir, il paraît que l'on songeait à se mettre en règle avec Dieu. Aujourd'hui, il n'en est plus question. Notre devoir consiste à nous mettre d'abord en règle avec la Sécurité sociale, sorte de laïque providence. Il est vrai que l'État, de plus en plus tout-puissant, tend à remplacer Dieu. On s'aperçoit qu'on peut parfaitement se passer de capitalisme, de paysannerie, de classe ouvrière, mais personne n'imagine se priver de cet instrument aveugle : l'État. Le Tout-Puissant, qui est-ce ? C'est le flic du coin, le mec du guichet, le contrôleur des impôts, le juge, le chef de bureau. Dieu, c'est l'ordinateur. Il n'y a plus d'autre religion que celle du confort, de l'ordre ; pas d'autre morale que celle du lapin domestique. Le rêve de la cage et de la nourriture assurée. On est finalement dépiauté, mis à la casserole, mais qu'importe ! Mieux vaut cela que les aléas de l'aventure. On s'en remet à l'État, l'État vainqueur, l'État triomphant, l'État providence. L'État père et mère. On veut que tout soit organisé de la naissance à la mort, avec frais d'accouchement et d'enterrement assumés par la Sécurité sociale. La sécurité ! Après des millénaires d'insécurité cruelle, voilà venu l'âge de la sécurité anesthésiante.

— Cela te va bien de parler de Dieu, de la morale, de la religion.

— Nous avons tué leur Dieu et leur religion. Ce que nous ne prévoyions pas c'est que d'autres dieux et d'autres religions naîtraient de leur cadavre. Les idéologies politiques, à leur tour religions aveuglantes, sont l'opium du peuple. Staline, Mao, ont été des dieux. Quant aux curés, ils désertent les églises de pierre, mais il y a toujours autant de curés, plus peut-être... Ils s'insèrent dans d'autres Églises (idéologiques, politiques) et ils prêchent à tour de bras. Les curés de l'Église marxiste, les curés gauchistes, quel ennui ! Ça pullule. La vérole qui, autrefois, déblayait les rangs du bas clergé, ne les atteint pas. Ils sont vaccinés, immunisés, sans odeur, sans saveur. Mais ils sont là.

J'avais de plus en plus de mal à l'interroger. Il se dérobait sans cesse, comme si toutes ces anecdotes que je récupérais pour sa biographie l'ennuyaient. Souvent, il ne se souvenait plus d'un événement, d'une rencontre et m'accusait de les inventer. Je devais lui montrer le document qui les relatait. Il s'étonnait alors, ou bien me disait qu'il ne fallait pas croire tout ce que racontent les archives.

Dans sa biographie, apparaissaient des vides. Certains personnages essentiels s'évanouissaient soudain, sans que je puisse trouver d'explication à de telles ruptures. Par exemple Rirette, si importante dans la prime jeunesse de Fred et de Flora, pourquoi s'effaçait-elle complètement après sa séparation d'avec Victor ? Je regrettais de ne pas l'avoir questionnée moi-même, lorsque je la croisai parmi les correcteurs d'imprimerie, mais je ne pensais pas alors devenir le biographe de Fred Barthélemy. Pourquoi, aussi, ce vouvoiement entre Victor et Rirette, dans un milieu où tout le monde se tutoyait ?

Fred me répondit qu'il voulut cent fois interpeller Victor à ce sujet, lorsqu'ils se voyaient journellement à Moscou. La futilité de la question lui fit sans cesse différer cette demande. Par contre, la disparition de Rirette demeura également pour lui, pendant longtemps, une énigme. Jusqu'à ce qu'il découvre, dans un lot de livres acheté à l'hôtel Drouot, du temps où il était bouquiniste, une lettre glissée dans une brochure et oubliée là.

Il la sortit d'une boîte et me l'apporta. Un court

billet, que Victor écrivit en prison, du temps de la bande à Bonnot ; une prière adressée à Rirette :

« Mon amie, je suis heureux de votre liberté et que je demeure seul à souffrir. Tout finira. Je reviendrai. Soyez heureuse, essayez de l'être en m'attendant. Profitez du soleil, des fleurs, des beaux livres, de tout ce que nous aimions ensemble. Mais, je vous le demande en grâce, mon amie, ne retournez jamais, jamais, dans ce milieu. »

Au cours de l'hiver, Germinal m'avertit que son père avait été transporté d'urgence à l'hôpital. Une fois de plus, une opération retarda l'échéance inéluctable. Je le trouvai en salle de réanimation, bardé de tuyaux dans le nez, dans les poignets. Trop épuisé pour parler, il me fixait de ses yeux toujours vifs. Soudain, il me fit signe d'approcher, me saisit les mains et les embrassa avec fougue.

Très gêné, ne sachant que dire, que faire, les larmes me montaient aux yeux. Une infirmière entra, poussant un chariot chargé de fioles et de seringues. Elle me demanda d'abréger ma visite, afin de ne pas fatiguer le malade. Je m'enfuis presque, suffoqué.

Il ne devait plus jamais quitter la Salpêtrière, sinon pour le columbarium du Père-Lachaise où il alla rejoindre Delesalle, Makhno, Voline, Lecoin. Auparavant, il mena un dernier combat contre la mort, bizarrement puisqu'il n'attendait plus rien de la vie. Alors qu'au Kremlin-Bicêtre il affectait une répugnance pour son interminable vieillesse, il se complaisait à l'hôpital dans le défi de prolonger son existence, ne serait-ce que pour embêter les médecins qui, chaque semaine, nous annonçaient son agonie.

Au moment où tout paraissait perdu, il reprenait des forces. On débranchait les appareils. Débarrassé de ses harnais, il nous regardait, goguenard. Nous lui apportions alors précipitamment des journaux, des livres et ces biscuits secs qui constituaient l'unique nourriture qu'il acceptait.

Seul avec lui, lorsque arrivait un médecin ou une infirmière, il me présentait avec une emphase qui ne lui ressemblait pas : « C'est mon continuateur. »

Les morticoles en entendaient d'autres et n'attachaient aucune importance à cette désignation testamentaire. Certains faisaient « Ah ! Ah ! », « Très bien ! » et passaient, indifférents, à un autre malade. Fred Barthélemy, lui, aussi rasséréné que Lénine avec son fameux testament, me contemplait avec satisfaction et (si ne devait en souffrir ma modestie) je dirais même avec orgueil.

Pauvre Fred, pauvre vieil ami. Je regretterai toujours de ne pas être revenu près de lui plus tôt, de n'avoir pas compris combien il m'aimait. J'essayais de rattraper cette carence en ces derniers jours, de lui donner la satisfaction de penser que son œuvre ne serait pas perdue, que je m'en occuperais. Je réussis à convaincre un éditeur de republier *Saturne dévorant ses enfants* et lui montrai la maquette de couverture. Ce jour-là, malheureusement, on l'avait de nouveau bardé de tuyauteries. Immobile dans son lit, muet, ligoté, j'approchai la maquette très près de ses yeux. Put-il la lire ? Son insoutenable regard (terrible, un être humain, dont il ne reste, vivants, que le regard, que les yeux) ne se détachait pas de mon visage. Il saisit une ardoise posée sur la table de nuit et qui lui permettait de s'exprimer. Avec une craie, il traça maladroitement : « Le goulag ! On assassine, ici. »

Comme une infirmière entrait, avec ses seringues, il effaça précipitamment l'inscription.

— Qu'a-t-il encore écrit ? me demanda-t-elle.

— Un message pour moi, pour sa famille.

Elle haussa les épaules.

Cette manière inconvenante du personnel des hôpitaux de se comporter devant les malades, de parler devant eux comme s'ils étaient sourds, comme s'ils n'existaient pas, comme si, déjà, ils n'existaient plus !

Quelques jours plus tard, Germinal me téléphona que, cette fois-ci, c'était vraiment la fin.

Je le retrouvai dans le couloir de l'hôpital, en compagnie de Mariette, de Louis et de Flora. Flora, qui, finalement, avait osé défier sa peur. Elle tenait à la main un enfant que je ne reconnus pas.

— C'est Paul, me dit Germinal, le fils d'Isabelle.

— Elle n'est pas là ?

— Non, elle a envoyé le petit.

Paul, étranger parmi tous ces gens, ne savait vers qui se tourner.

L'écologie n'embellissait pas Mariette, desséchée comme un fruit déshydraté. Par contre, Flora, tout ancestrale qu'elle fût, affirmait sa présence avec force. La plus petite par la taille, elle paraissait la plus grande, la plus grosse, la plus forte. Elle s'était reconstitué le visage de ses vingt-cinq ans : des cheveux paille coupés à la garçonne, du rose aux joues, les lèvres bien rouges. Vêtue d'un tailleur Chanel noir, elle semblait un Baskine ressuscité, mais, lorsqu'on l'examinait de plus près, on esquissait un mouvement de recul, comme devant un spectre.

D'autant plus qu'elle avait sa tête des mauvais jours, vacharde, prête à mordre. Je l'entendis grommeler, à peine audible :

— Le voilà encore qui s'en va ! Il me laissera toujours tomber, ce voyou !

Soudain arriva une étrangère que la famille, dans une même impulsion, regarda avec réprobation. Curieuse apparition d'ailleurs que cette jeune femme, juchée sur des talons aiguilles, enveloppée dans un manteau de léopard, outrageusement maquillée, l'air à la fois vulgaire et insolent.

Lui faisant face, le clan la toisait sans aménité.

— Qui c'est, celle-là ? cria Flora.

Personne ne répondit.

L'inconnue s'avança.

— Où est-il ?

Personne ne broncha.

Je me nommai.

— Ah ! c'est vous, me dit-elle, avec (m'illusionnais-je ?) une certaine sympathie.

— Venez, nous irons lui dire adieu tous les deux.

Elle entra avec moi dans la chambre de Fred, s'approcha du lit, se pencha sur le visage du mourant qui, hagard, ne parut pas l'identifier ; m'interrogea d'un coup d'œil.

Je lui chuchotai à l'oreille qu'il n'y avait plus d'espoir.

Elle se dirigea de nouveau vers le lit, regarda Fred, lui caressa le front, hocha la tête et rebroussa chemin :

— Dommage...

Ce seul mot, puis elle partit, toujours aussi dédaigneuse, devant la famille qui s'écarta pour lui dégager le passage.

J'ai préféré ne pas demander qui elle était. Fred mourut ce même jour. Je conserve l'image de cette inconnue, dont nous ne saurons jamais rien. Elle appartient à cette zone de mystère inhérente à toute vie et sans laquelle la destinée deviendrait trop logique. Il me semble que Fred Barthélemy aurait eu encore beaucoup de choses à m'apprendre. Là aussi, il vaut peut-être mieux qu'il m'ait laissé sur des non-dit.

Table

Prologue 9

1. La petite fille dans la charrette aux poissons (1899-1917) 25
2. Les poubelles du camarade Trotski (1917-1924). 91
3. L'ogre de Billancourt (1924-1935). 267
4. L'affront populaire (1936-1938) 391
5. Le bouquiniste (1939-1957) 485

Épilogue (1982-1985) 531

DU MÊME AUTEUR

LITTÉRATURE

L'autobiographie :
L'Accent de ma mère, Col. « Terre Humaine », Plon
Ma sœur aux yeux d'Asie, Albin Michel
Drôles de Métiers, Albin Michel
Drôles de Voyages, Albin Michel

ROMANS

Le cycle vendéen :
Les Mouchoirs rouges de Cholet, Albin Michel
La Louve de Mervent, Albin Michel
Le Marin des Sables, Albin Michel

Une place au soleil, Albin Michel
Trompe-l'œil, Albin Michel
Les Américains, Albin Michel
Le Jeu de Dames, Albin Michel
Les Quatre Murs, Albin Michel
Nous sommes 17 sous une lune très petite, Albin Michel

Histoire de la littérature prolétarienne de langue française, Albin Michel

CRITIQUE ET HISTOIRE DE L'ART

25 ans d'art vivant, 1944-1969, Galilée
Atlan, mon ami, 1948-1960, Galilée
Karel Appel, de Cobra à un Art Autre, Galilée
Jean Dubuffet, Paysages du mental, Skira-J. Bucher
Naissance d'un Art Nouveau, Albin Michel
L'Art, pour quoi faire ?, Casterman
L'Art abstrait, tomes 3 et 4 (avec M. Seuphor), Aimé Maeght
L'Art abstrait, tome 5 (avec M. Pleynet), Adrien Maeght
Les Maîtres du dessin satirique, P. Horay
Agam, Martin Barré, Calder, Courbet, Dubuffet, Fautrier, Etienne-Martin, James Guitet, Kemeny, Koenig, Marta Pan, Poliakoff, Schneider, Soulages, monographies chez divers éditeurs.

URBANISME ET ARCHITECTURE

Histoire mondiale de l'architecture et de l'urbanisme modernes :
tome 1, *Idéologies et pionniers, 1800-1910,* Casterman
tome 2, *Pratiques et méthodes, 1911-1976,* Casterman
tome 3, *Prospective et futurologie,* Casterman
Esthétique de l'architecture contemporaine, Griffon, Neuchâtel
L'Homme et les Villes, Albin Michel (+ édit. illustrée), Berger-Levrault
L'Architecte, le Prince et la Démocratie, Albin Michel
L'Espace de la Mort, Albin Michel
L'Architecture des gares, Denoël
Claude Parent, monographie critique d'un architecte, Dunod

Goldberg, dans la ville, Paris Art Center
Le Temps de Le Corbusier, Hermé

CATALOGUE BIOBIBLIOGRAPHIQUE

Autour de Michel Ragon, Musée des Beaux-Arts de Nantes et Paris Art Center, 1984

Le Livre de Poche Biblio

Extrait du catalogue

LE LIVRE de POCHE

Sherwood ANDERSON
Pauvre Blanc

Guillaume APOLLINAIRE
L'Hérésiarque et Cie

Miguel Angel ASTURIAS
Le Pape vert

James BALDWIN
Harlem Quartet

Djuna BARNES
La Passion

Adolfo BIOY CASARES
Journal de la guerre au cochon

Karen BLIXEN
Sept contes gothiques

Mikhail BOULGAKOV
La Garde blanche
Le Maître et Marguerite
J'ai tué
Les Œufs fatidiques

Ivan BOUNINE
Les Allées sombres

André BRETON
Anthologie de l'humour noir
Arcane 17

Erskine CALDWELL
Les Braves Gens du Tennessee

Italo CALVINO
Le Vicomte pourfendu

Elias CANETTI
Histoire d'une jeunesse (1905-1921) - *La langue sauvée*
Histoire d'une vie (1921-1931) - *Le flambeau dans l'oreille*
Histoire d'une vie (1931-1937) - *Jeux de regard*
Les Voix de Marrakech
Le Témoin auriculaire

Raymond CARVER
Les Vitamines du bonheur
Parlez-moi d'amour
Tais-toi, je t'en prie

Camillo José CELA
Le Joli Crime du carabinier

Blaise CENDRARS
Rhum

Varlam CHALAMOV
La Nuit
Quai de l'enfer

Jacques CHARDONNE
Les Destinées sentimentales
L'Amour c'est beaucoup plus que l'amour

Jerome CHARYN
Frog

Bruce CHATWIN
Le Chant des pistes

Hugo CLAUS
Honte

Joseph CONRAD et Ford MADOX FORD
L'Aventure

René CREVEL
La Mort difficile
Mon corps et moi

Alfred DÖBLIN
Le Tigre bleu
L'Empoisonnement

Iouri DOMBROVSKI
La Faculté de l'inutile

Lawrence DURRELL
Cefalù

Friedrich DÜRRENMATT
La Panne
La Visite de la vieille dame
La Mission

Paula FOX
Pauvre Georges !

Jean GIONO
Mort d'un personnage
Le Serpent d'étoiles

Lars GUSTAFSSON
La Mort d'un apiculteur

Knut HAMSUN
La Faim
Esclaves de l'amour
Mystères

Hermann HESSE
Rosshalde
L'Enfance d'un magicien
Le Dernier Été de Klingsor
Peter Camenzind
Le poète chinois

Bohumil HRABAL
Moi qui ai servi le roi d'Angleterre

Yasushi INOUÉ
Le Fusil de chasse

Henry JAMES
Roderick Hudson
La Coupe d'or
Le Tour d'écrou

Ernst JÜNGER
Orages d'acier
Jardins et routes
(Journal I, 1939-1940)
Premier journal parisien
(Journal II, 1941-1943)
Second journal parisien
(Journal III, 1943-1945)
La Cabane dans la vigne
(Journal IV, 1945-1948)
Héliopolis
Abeilles de verre

Ismaïl KADARÉ
Avril brisé
Qui a ramené Doruntine ?
Le Général de l'armée morte
Invitation à un concert officiel
La Niche de la honte

Franz KAFKA
Journal

Yasunari KAWABATA
Les Belles Endormies
Pays de neige
La Danseuse d'Izu
Le Lac
Kyôto
Le Grondement de la montagne
Le Maître ou le tournoi de go
Chronique d'Asakusa

Andrzeij KUSNIEWICZ
L'État d'apesanteur

Pär LAGERKVIST
Barabbas

LAO SHE
Le Pousse-pousse

D.H. LAWRENCE
Le Serpent à plumes

Primo LEVI
Lilith
Le Fabricant de miroirs

Sinclair LEWIS
Babbitt

LUXUN
Histoire d'AQ : Véridique biographie

Carson McCULLERS
Le cœur est un chasseur solitaire
Reflets dans un œil d'or
La Ballade du café triste
L'Horloge sans aiguilles
Frankie Addams
Le Cœur hypothéqué

Naguib MAHFOUZ
Impasse des deux palais
Le Palais du désir
Le Jardin du passé

Thomas MANN
Le Docteur Faustus

Katherine MANSFIELD
La Journée de Mr. Reginald Peacock

Henry MILLER
Un diable au paradis
Le Colosse de Maroussi
Max et les phagocytes

Paul MORAND
La Route des Indes

Vladimir NABOKOV
Ada ou l'ardeur

Anaïs NIN
Journal 1 - *1931-1934*
Journal 2 - *1934-1939*
Journal 3 - *1939-1944*
Journal 4 - *1944-1947*

Joyce Carol OATES
Le Pays des merveilles

Edna O'BRIEN
Un cœur fanatique
Une rose dans le cœur

PA KIN
Famille

Mervyn PEAKE
Titus d'Enfer

Robert PENN WARREN
Les Fous du roi

Leo PERUTZ
La Neige de saint Pierre
La Troisième Balle
La Nuit sous le pont de pierre
Turlupin
Le Maître du jugement dernier

Luigi PIRANDELLO
La Dernière Séquence
Feu Mathias Pascal

Ezra POUND
Les Cantos

Augusto ROA BASTOS
Moi, le Suprême

Raymond ROUSSEL
Impressions d'Afrique

Salman RUSHDIE
Les Enfants de minuit

Arthur SCHNITZLER
Vienne au crépuscule
Une jeunesse viennoise
Le Lieutenant Gustel
Thérèse

Leonardo SCIASCIA
Œil de chèvre
La Sorcière et le Capitaine
Monsieur le Député

Isaac Bashevis SINGER
Shosha
Le Domaine

André SINIAVSKI
Bonne nuit !

George STEINER
Le Transport de A. H.

Andrzej SZCZYPIORSKI
La jolie Madame Seidenman

Alexandre VIALATTE
La Dame du Job
La Maison du joueur de flûte

Thornton WILDER
Le Pont du roi Saint-Louis
Mr. North

Virginia WOOLF
Orlando
Les Vagues
Mrs. Dalloway
La Promenade au phare
La Chambre de Jacob
Années
Entre les actes
Flush
Instants de vie

Dans Le Livre de Poche

Extraits du catalogue

Biblio/essais

Abécassis *Armand*
LA PENSÉE JUIVE :
1. Du désert au désir
2. De l'état politique à l'éclat prophétique
3. Espaces de l'oubli et mémoires du temps

Ansart *Pierre*
Proudhon *(Textes et débats)*

Aron *Raymond*
Leçons sur l'Histoire

Attali *Jacques*
Histoires du temps
Les Trois Mondes
Bruits

Balandier *Georges*
Anthropo-logiques

Bateson *Gregory*
La Cérémonie du Naven

Baudrillard *Jean*
Les Stratégies fatales
Amérique

Beckett *Samuel*
« Cahier de l'Herne »

Benrekassa *Georges*
Montesquieu, la liberté et l'histoire

Bonnet *Jean-Claude*
Diderot *(Textes et débats)*

Borer *Alain*
Un sieur Rimbaud

Borges *Jorge Luis*
« Cahier de l'Herne »

Bott *François*, **Grisoni** *Dominique*, **Jaccard** *Roland* et **Simon** *Yves*
Les Séductions de l'existence
De la volupté et de la misère amoureuses

Boutaudou *Christiane*
Montaigne *(Textes et débats)*

Breton *André*
Position politique du surréalisme
La Clé des champs

Brodski *Iossif* [Dossier sur]
Le Procès d'un poète

Burckhardt *Jacob*
Civilisation de la Renaissance en Italie
Tomes 1, 2, 3

Canetti *Élias*
La Conscience des mots

Carassou *Michel*
Le Surréalisme

Castoriadis *Cornélius*
DEVANT LA GUERRE :
1. Les Réalités

Céline
« Cahier de l'Herne »

Ceronetti *Guido*
Le Silence du corps

Chalmers *Alan F.*
Qu'est-ce que la science?

Chapsal *Madeleine*
Envoyez la petite musique

Char *René*
« Cahier de l'Herne »

Cioran
Des larmes et des saints
Sur les cimes du désespoir

Clément *Catherine*
Vies et légendes de Jacques Lacan
Claude Lévi-Strauss ou la structure et le malheur

Colombel *Jeannette*
SARTRE : *(Textes et débats)*
1. Un homme en situations
2. Une œuvre aux mille têtes

Cuvillier *Armand*
Cours de philosophie *Tomes 1 et 2*
Vocabulaire philosophique

Debray *Régis*
Le Scribe

Della Casa *Giovanni*
Galatée

Desanti *Jean-Toussaint*
Un destin philosophique

D'Hondt *Jacques*
Hegel *(Textes et débats)*

Dibie *Pascal*
Ethnologie de la chambre à coucher

Dispot *Laurent*
La Machine à terreur

Droit *Roger-Pol*
L'Oubli de l'Inde, une amnésie philosophique

Droit *Roger-Pol* [Sous la direction de]
Présences de Schopenhauer

Eco *Umberto*
La Guerre du faux
Apostille au « Nom de la rose »
Lector in fabula - Le Rôle du lecteur
La Production des signes

Edwards *I.E.S.*
Les Pyramides d'Egypte

Eliade *Mircea*
« Cahier de l'Herne »
Le Mythe de l'alchimie *suivi de* L'Alchimie asiatique

Étiemble
L'Érotisme et l'amour

Étienne *Bruno*
L'Islamisme radical

Farias *Victor*
Heidegger et le nazisme

Febvre *Lucien*
Au cœur religieux du XVIe siècle

Ferrero *Guglielmo*
Pouvoir
Les Deux Révolutions françaises

Ferry *Luc*
Homo Aestheticus

Flem *Lydia*
Freud et ses patients

Focillon *Henri*
Le Moyen Age roman et gothique

Fogel *Jean-François* et **Rondeau** *Daniel*
[Sous la direction de]
Pourquoi écrivez-vous?

Fontenay *Élisabeth de*
Diderot ou le matérialisme enchanté

Girard *René*
Des choses cachées depuis la fondation du monde
Critique dans un souterrain
Le Bouc émissaire
La Route antique des hommes pervers

Glucksmann *André*
La Force du vertige
Le Discours de la guerre *suivi de* Europe 2004

Godelier *Maurice*
L'Idéel et le Matériel

Gracq *Julien*
« Cahier de l'Herne »

Griaule *Marcel*
Dieu d'eau

Heidegger *Martin*
« Cahier de l'Herne »

Henry *Michel*
La Barbarie

Irigaray *Luce*
Le Temps de la différence

Jabès *Edmond*
Le Livre des marges

Jaccard *Roland*
Les Chemins de la désillusion
Dictionnaire du parfait cynique

Jaccard *Roland*
[Sous la direction de]
Histoire de la psychanalyse *Tomes 1 et 2*

Jacob *François*
Le Jeu des possibles

Jay Gould *Stephen*
Le Pouce du panda
La Mal-mesure de l'homme

Jung *Carl Gustav*
« Cahier de l'Herne »

Kojève *Alexandre*
L'Idée du déterminisme dans la physique classique et dans la physique moderne

Kremer-Marietti *Angèle*
Michel Foucault. Archéologie et généalogie

Kuhn *Thomas S.*
La Révolution copernicienne

Lacoste *Yves*
Questions de géopolitique : l'Islam, la mer, l'Afrique
Paysages politiques

Ibn Khaldoun
Naissance de l'histoire

Lardreau *Guy* – **Jambet** *Christian*
L'Ange

Laude *Jean*
Les Arts de l'Afrique noire

Leroi-Gourhan *André*
Les Racines du monde

Lévinas *Emmanuel*
Éthique et Infini
Difficile Liberté
Humanisme de l'autre homme
Noms propres
Totalité et Infini
Autrement qu'être ou Au-delà de l'essence
La Mort et le Temps

Lévy *Bernard-Henri*
Les Indes rouges
La Barbarie à visage humain
Questions de principe deux
Questions de principe trois
Éloge des intellectuels

Lévy *Bernard-Henri*
[Sous la direction de]
Archives d'un procès : Klaus Barbie

Leys *Simon*
Les Habits neufs du Président Mao

« L'Homme » *(revue)*
Anthropologie : état des lieux

Maffesoli *Michel*
L'Ombre de Dionysos
Les Temps des tribus

Mâle *Émile*
L'Art religieux du XIIIe siècle en France

Marie *Jean-Jacques*
Trotsky *(Textes et débats)*

Marion *Jean-Luc*
L'idole et la Distance

Marrus *Michaël R.* et **Paxton** *Robert O.*
Vichy et les Juifs

Martin-Fugier *Anne*
La Place des bonnes
La Bourgeoise

Meyer *Michel*
Le Philosophe et les passions

Michaux *Henri*
« Cahier de l'Herne »

Miller *Gérard*
Les Pousse-au-jouir du maréchal Pétain

Morin *Edgar*
L'Esprit du temps
Commune en France

Nabokov *Vladimir*
Littératures - 1
Littératures - 2

Onfray *Michel*
Le Ventre des philosophes
Cynismes

Ortoli *Sven*, **Pharabod** *Jean-Pierre*
Le Cantique des quantiques

Papaioannou *Kostas*
La Civilisation et l'Art de la Grèce ancienne

Passeron *René*
Histoire de la peinture surréaliste

Ponge *Francis*
« Cahier de l'Herne »

Pracontal *Michel de*
L'Imposture scientifique en dix leçons

Rebeyrol *Yvonne*
Lucy et les siens

Renan *Ernest*
Marc Aurèle ou la fin du monde antique

Robert *Marthe*
Livre de lectures
La Vérité littéraire
En haine du roman
La Tyrannie de l'imprimé
Le Puits de Babel

Rodis-Levis *Geneviève*
Descartes *(Textes et débats)*

Roger *Philippe*
Roland Barthes, roman

Romilly *Jacqueline de*
Les Grands Sophistes dans l'Athènes de Périclès
La Grèce antique à la découverte de la liberté

Segalen *Victor*
Essai sur l'exotisme

Serres *Michel*
Esthétiques. Sur Carpaccio

Sibony *Daniel*
Le Féminin et la Séduction

Simon *Yves*
Jours ordinaires et autres jours

Steiner *George*
Le Transport de A.H.

Védrine *Hélène*
Les Grandes Conceptions de l'imaginaire

Veillon *Dominique*
La Collaboration *(Textes et débats)*

White *Kenneth*
La Figure du dehors

Composition réalisée par BUSSIÈRE 18200 Saint-Amand-Montrond

IMPRIMÉ EN FRANCE PAR BRODARD ET TAUPIN
Usine de La Flèche (Sarthe).
LIBRAIRIE GÉNÉRALE FRANÇAISE - 6, rue Pierre-Sarrazin - 75006 Paris.

ISBN : 2 - 253 - 05950 - 1 30/4302/3